AF280435

Christina Kupczak

Salomes Botschaft

Roman um das Lukasevangelium

Für die Frauen, auf die es jetzt ankommt.

Vorwort

Es ist das Jahr 85 n. Chr. als auf einem Handelsschiff zwei Reisende Caesarea Maritima erreichen. Die beiden sind bereits im fortgeschrittenen Alter, doch haben sie eine erstaunliche Mission vor sich: Sie wollen über Caesarea Maritima nach Sepphoris, Nazaret und Tiberias reisen, dann weiter zum See Kinneret bis nach Kafarnaum.

Die Geschwister Salome bat Natan und ihr Bruder Lukas sind auf den Spuren des Nazareners, des seltsamen Wanderpredigers, der eine neue jüdische Sekte begründete, die in Antiochia zum ersten Mal als Christianoi bezeichnet wurde. Salome die Initiatorin, hat sich in den Kopf gesetzt ein Evangelium zu schreiben, eine Frohe Botschaft über Leben, Tod und Auferstehung des Jeshua aus Nazaret, in dessen Nachfolge sie sich sieht. Ihr etwas jüngerer Bruder Lukas ist Mitarbeiter, Schreiber, Torakundiger und ein skeptischer Gesprächspartner.

55 Jahre nach dem Tod des Jeshua lassen sich noch Zeitzeugen finden, so hoffen sie, noch ist die Spur frisch. So erkunden die beiden in ihrer ersten Reise Galiläa, in einer zweiten Reise Judäa und Jerusalem, kehren dann auf ihr Landgut nach Antiochia zurück und verfertigen ihre Schriftrolle.

Zehn Jahre später erreicht ein gewisser Theophilus aus Rom mit seinem Schüler Claudius eben dieses Landgut um die Schriftrolle abzuholen. Die Geschwister sind bereits verstorben und ein Neffe agiert im Auftrag seiner verstorbenen Tante als Testamentsverwalter. Theophilus muss zu seiner großen Überraschung erfahren, dass sein langjähriger Briefpartner nicht Lukas, sondern Salome bat Natan war. Soweit eine kurze Skizze des Romans.

Das Lukas-Evangelium war immer mein Lieblingsevangelium. Warum? War es die literarische Sprache? Die Gleichnisse vom verlorenen Sohn/barmherzigen Vater, vom großen Gastmahl und vom Barmherzigen Samariter?, war es die Erwähnung der vielen Frauen im Evangelium? War es das Hervorheben von sozialer Gerechtigkeit? – Bis heute wird an den drei christlichen Hochfesten Weihnachten, Ostern und Pfingsten aus dem Evangelium und der Apostelgeschichte des Lukas vorgelesen.

Alles richtig, doch da war noch etwas, das ich nie benennen konnte … irgendetwas sehr Vertrautes, sehr Nahes …

Dann las ich zufällig in einer exegetischen Schrift, dass sich hinter „Lukas" auch eine gebildete, wohlhabende Frau jüdischer Abstammung mit griechischer Bildung verbergen könne. Möglicherweise lebte sie in Antiochia, dem damaligen christlichen Zentrum. Wurde das dritte Evangelium von einer Frau geschrieben?

Das war es! Für mich erklärt diese Hypothese die Faszination des Lukasevangeliums auf mich. Es ist eine Hypothese, sicher, mehr nicht. Aber ich wollte diesem Gedanken nachgehen und so erfand ich Salome bat Natan mit ihrem Bruder Lukas, die sich – wie in der Einleitung des Lukasevangeliums geschrieben – auf Spurensuche begeben. Und kaum waren die beiden konstruiert und stiegen in Caesarea Maritima an Land, lief mein Kopfkino und ich musste nur noch hinterher schreiben.

Dieser Roman hat mir persönlich viel gegeben, hat mein Wissen erweitert, geordnet, verbunden und ich konnte etliche Fragen für mich beantworten. Die Covid-Pandemie machte es möglich, dass ich so lange und intensiv an diesem Stoff arbeitete und mich immer besser im ersten Jahrhundert zurechtfand. Die Anfänge liegen aber weiter zurück, liegen vor allem in den Gesprächen mit P. Amandus Hasselbach OFMCap, mit dem ich in der Gehörlosenseelsorge tätig war. Er war praktisch der Initiator für mein Interesse an den Evangelien. Daraus entstanden die sechs großen Frankfurter Evangelienspiele, die wir im Dreijahresrhythmus von 2000–2015 aufführten. Damals habe ich viel gelernt, praktisch umgesetzt und zweimal durfte ich auch nach Israel reisen.

Im strengen Sinn ist der Roman nicht historisch denn meine Figuren denken und sprechen wie in unserer Zeit. Doch bin ich sicher, dass die Fragen und Probleme damals ganz ähnlich waren wie heute. Es sind die großen Menschheitsfragen die jede Zeit, jede Generation umtreiben und die nur individuell beantwortet werden können.

Mein Ehrgeiz bestand darin keine phantastische Geschichte zu schreiben, sondern genau dem Text des Lukas-Evangeliums zu folgen und die Erkenntnisse der historisch-kritischen Bibelexegese einzubeziehen. Natürlich habe ich Personen und Situationen erfunden, aber immer am Text des Evangeliums orientiert, immer mit dem Gedanken: es hätte so sein können ... Für mich gibt es keinen spannenderen Stoff als die Evangelien und die Forschungen der christlichen aber besonders auch der jüdischen Theologen und Theologinnen. Vor allem die Bücher der jüdischen Exegeten haben mir Jesus aus Nazaret, den galiläischen Jeshua, ganz nahegebracht, seine Familie, seine Jünger und Jüngerinnen, die Pharisäer, Sadduzäer und auch die Römer.

Beim Schreiben begriff ich immer besser, warum die einen Jesus begeistert folgten, die anderen ihn aber töten wollten. Seine Botschaft ist bis heute aufwühlend, provokant, herausfordernd, stellt nach wie vor Machtstrukturen infrage und ist befreiend aber auch fordernd. Jesus hat keine Institutionen geschaffen, keine Ämter begründet, keinen neuen Tempel gebaut, kein Buch verfasst. Er sprach vom **Reich Gottes**, das nur im Herzen der Menschen entstehen kann. Jesus ging auf den Einzelnen zu, er sagte immer: **Du!** Er redete nicht von Juden, nicht von Männern und Frauen, er redete von Menschen und meinte seine Botschaft universal, sie ist an die ganze Menschheit gerichtet, aber sie beginnt beim Einzelnen und nicht bei den Reichen und Mächtigen.

Wie kommt es, dass diese Worte, eines Wanderpredigers, der den Kreuzestod erlitt, der in einer völlig unbedeutenden Gegend des römischen Imperiums geboren wurde, der keine herausragende Bildung genoss, Autodidakt war, aus einer Handwerkerfamilie stammte und nie sein Land verlassen hatte, wie kommt es, dass uns sein Leben und seine Worte immer noch umtreiben, uns nicht in Ruhe lassen? Mögen menschliche Institutionen zerfallen, aber seine Worte scheinen unzerstörbar.

Auf ihnen gründen die zur Zeit so viel beschworenen Werte unserer westlichen Welt. Sein Leben, sein Tod sind Vorbild, Beispiel, seine Auferweckung vom Tod ist die Hoffnung aller Christen.

Wer war er? Ein Träumer, Prophet, Weisheitslehrer, der erwartete Messias oder wie die Christen glauben der Sohn Gottes?

Vielleicht regt mein Roman die Leser und Leserinnen an einmal wieder zu den Evangelien zu greifen und diese kurzen Texte für sich selbst laut und langsam zu lesen, so wie es in der Antike üblich war. Diese Texte, die so seltsam aktuell, unvergänglich sind, die jedes Zeitalter neu ergründen und verstehen muss.

Christina Kupczak

Wichtige Erkenntnisse aus der historisch-kritischen Bibelexegese

Unter den unzähligen und weitgehend über alle Konfessionsgrenzen hinaus anerkannten wissenschaftlichen Ergebnissen über das Leben des Jesus aus Nazaret, habe ich grundlegende **Standards** hier zusammengefasst:

Die wissenschaftliche Forschung geht mehrheitlich von einer **Zwei Quellen-Theorie** aus, auf welcher die ersten drei Evangelien geschrieben wurden. Diese zwei Quellen sind:

Das **Markus-Evangelium**, geschrieben in den Jahren nach 60 (manche sagen 70), von einem Verfasser, der aus dem Judentum kam aber sich in der hellenistischen Welt assimiliert hatte. In meiner Geschichte ist das Markus-Evangelium (erst später so genannt), die römische Schriftrolle.

Die **Quelle Q**, eine verlorengegangene Schrift, die Aussprüche und Gleichnisse Jesu zusammenfasste. Diese Schrift beschränkte sich auf die Reich-Gottes-Lehre, überlieferte nicht Kreuzestod und Auferstehung. In meinem Roman verkündet der Wanderprediger auf Salomes Landgut diese Schrift. Der Verfasser des Markus Evangeliums kannte die Quelle Q nicht.

Lukas hat zusätzlich zu **Markus und der Quelle Q** aus seinem **Sondergut** geschöpft, welches er sich durch eigene Forschungen angeeignet hat, auch stieß er wohl auf bereits vorhandene Schriftstücke, wie es in Lk. 1,1 geschrieben ist. Sein Evangelium wurde um das Jahr 80 vermutlich in Antiochia, Syrien geschrieben. Zeitgleich entstand das **Matthäusevangelium**, wohl auch im syrischen Raum. Auch der Matthäus-Verfasser kannte das Markus-Evangelium und die Quelle Q, hatte auch Zugang zu einem anderen Sondergut. Doch wussten „Matthäus" und „Lukas" nichts voneinander, daher habe ich das Matthäusevangelium auch nicht erwähnt. **Die drei ersten Evangelisten nennt man Synoptiker**, da sie aus den gleichen Quellen schöpfen und man ihre Texte in einer Zusammenschau (Synopse) lesen kann.

Ganz anders geschrieben ist das **Johannesevangelium** (vermutlich im Jahr 100). Zur Zeit meines Romans existierte dieser Text nicht, also konnte ich ihn auch nicht einbeziehen. Die **Synoptiker** vermitteln den **palästinensischen Jesus mit seiner Reich-Gottes-Lehre**. Der Schreiber des Johannes-

Evangeliums hat bereits eine eigene Theologie über Kreuzigung und Auferstehung entwickelt und ist stark von der griechischen Kultur beeinflusst.

Die **ältesten Texte des Neuen Testamentes** sind aber einige **Briefe des Apostels Paulus**, der z. B. im 1. Korintherbrief Kapitel 11, 23-27 das Abendmahl mit den Deutungsworten schildert. Man geht heute allerdings davon aus, dass dies bereits Gemeindebildung war, also Paulus die Feier seiner Hausgemeinden schilderte. Weder die vier Evangelisten noch Paulus waren Augen- und Ohrenzeugen des Lebens Jesu, sondern gehörten der zweiten und dritten Generation an. Zunächst gab es eine mündliche Überlieferung, dann aber entstanden um das Jahr 60, also 30 Jahre nach Tod und Auferstehung Jesu, mit den Paulusbriefen und dem Markusevangelium die ersten Schriften, auch die Spruchsammlung der Quelle Q existierte bereits.

In der Antiken Literatur ist diese sehr zeitnahe schriftliche Überlieferung außergewöhnlich. Kaum ein Mensch der Antike ist durch Schriften so **stark bezeugt wie Jesus von Nazaret**.

1945 wurde in Nag Hammadi/Ägypten eine Sammlung von 114 Logien (Sprichworten) und Dialogen gefunden, **das Thomasevangelium**. Diese Schrift gilt als authentisch, wurde in koptischer Sprache um das Jahr 350 n. Chr. niedergeschrieben. Grundlage war eine griechische Urschrift (viele Lehnwörter). Das Thomasevangelium zeigt viele Übereinstimmungen mit den Synoptikern, beinhaltet aber auch unbekannte Jesusworte. Wie die Quelle Q hat es keine Passions- und Auferstehungsgeschichte.

Die Evangelien sind eine ganz neue literarische Gattung, die es zuvor nicht gab.

Alle Evangelien wurden in **griechischer Sprache** geschrieben.

Es gibt auch außerbiblische schriftliche Hinweise auf Jesus von Nazaret, so Plinius d. Ältere die römischen Annalen und **Josephus Flavius**, der jüdisch-römische Historiker, der ausführlich den Untergang Jerusalems schilderte, was ich im Roman übernommen habe.

Ebenso bedeutend sind die sehr guten **archäologischen Ergebnisse** von Ausgrabungen in Israel/Palästina. Immer besser weiß man heutzutage über das Alltagsleben im damaligen Galiläa und Judäa Bescheid.

Verstärkt nach der Katastrophe des 2. Weltkriegs und der Schoa haben **jüdische Theologen und Exegeten** die Schriften des Neuen Testaments erforscht und vieles aus ihrer Tradition und ihrem Glauben erhellt, was für viele Christen neu war. Jesus wird heute wieder als Jude gesehen, ein Mann der aus dem jüdischen Glauben lebte, der das Gesetz nicht brach, es weiter auslegte, manchmal sogar verschärfte. Der jahrhundertelange grausame christliche Antisemitismus hat nicht nur zuletzt unseren Blick auf den Juden Jesus verfälscht und „die Juden" für den Kreuzestod schuldig gesprochen, was einfach unsinnig ist. Mit meinen Mitteln habe ich versucht, dies anhand der exegetischen Erkenntnisse klar zu stellen. Zwei Romanfiguren: Hesekiel im I. Teil Galiläa und Mattitjahu im II. Teil Judäa, stehen für die zwei Entscheidungen, vor welche Jesus (aramäisch Jeshua), sein Volk stellte: Hesekiel kommt aus der pharisäischen Tradition und folgt dem Nazarener als Jünger, glaubt, dass sein Volk mit der Zerstörung des Tempels und Jerusalems ein Ende gefunden hat, aber die Tora in der umfassenden Lehre Jesu weiterlebt, der Ein-Gott-Glaube nun der ganzen Menschheit verkündet werden muss. Ganz anders Mattitjahu, ein Nachkomme aus einer Sadduzäerfamilie, der vom sadduzäischen Glauben zum pharisäischen überwechselt und mit den Pharisäern einen Neuanfang für den jüdischen Glauben findet. Für ihn ist Jesus aus Nazaret einer der jüdischen Propheten, aber nicht der Messias und Sohn Gottes.

Die **Pharisäer** waren nicht die Erzfeinde Jesu, wie es lange gepredigt und gelehrt wurde. Jesus stand den Pharisäern, den damaligen Volkspredigern, die auch Gericht und Auferstehung verkündeten, sehr nahe. Von außen gesehen gehörte er in der damaligen Gesellschaft zu den Pharisäern.

Ganz anders als die **Sadduzäer**, die sich auf ein erbliches Priestertum stützten und nur die Tora als heilige Schrift anerkannten, Gericht und Auferstehung nicht lehrten. Beim Untergang Jerusalems im Jahr 70 verschwanden die Sadduzäer vollständig, während die Pharisäer überlebten. Auf sie stützt sich das heutige Judentum mit Synagogengottesdienst und Rabbinat.

Der/die **Lukas-Evangelist**/in schrieb in einem **sehr guten Griechisch**, was ihn/sie als gebildeten Verfasser/in, vermutlich auch **Historiker/in und Rhetor/in** erkennen lässt. Lukas grenzt sich bewusst vom griechischen Mythos ab, er/sie bezieht immer wieder historische Daten in seinen/ihren Text ein.

Theophilus war entweder eine reale Person oder auch eine Kunstfigur (Theophilus = der Gottesfreund), und kann so auch für alle Menschen stehen, die Gott suchen und lieben. Ich habe mich dafür entschieden Theophilus als Person auftreten zu lassen.

Nicht in allen Teilen ist sich die exegetische Forschung einig. Natürlich gibt es **Hypothesen**, denen man anhängen oder die man ablehnen kann. z. B. der Ruf nach **Barabbas** im Prozess des Pontius Pilatus. Hier bin ich der Hypothese der jüdischen Exegeten gefolgt.

Die Deutung des Kreuzestodes, die durch Paulus eine frühe Erklärung als **Sühnetod** fand, habe ich geschildert aber sie auch in Zweifel gestellt, wie sie heute von vielen Christen bezweifelt wird. Warum musste Jesus diesen Tod sterben? In unserer Zeit setzt sich immer mehr der Gedanke durch, dass Jesus den **Kreislauf der Gewalt** (René Girard) **ein für allemal durchbrochen** und die Gewalt als legitimes Mittel der Befriedung einer Gesellschaft, widerlegt hat.

Die **Auferweckung** des Jesus aus Nazaret entzieht sich der historisch-kritischen Forschung, ist ein Akt des Glaubens. Dem Lukasevangelium folgend habe ich die Auferweckung als bezeugt und wirklich geschehen beschrieben. Dies ist auch meine persönliche Überzeugung, mein Glaube.

Lukas ist auch der **Verfasser der Apostelgeschichte**, griechisch: Die Taten der Apostel. Diese Tatsache konnte ich nicht ganz außen vorlassen und habe das Thema, auch die Missionsarbeit des Paulus immer wieder gestreift, wollte aber den Schwerpunkt auf dem Evangelium belassen. Ich bin der historisch-kritischen Exegese gefolgt und danach war Lukas kein Begleiter des Paulus und kannte ihn auch persönlich nicht, seine Theologie war ihm fremd.

Folgende Autoren und Autorinnen habe ich gehört und gelesen:
Jan Assmann, Ulrike Bechmann, Thomas Breuer, Willibald Bösen, Schalom Ben-Chorin, Thorsten Dietz, René Girard, Herbert Haag, Hubertus Halbfas, Gerd Häffner, Joachim Kügler, Hans Küng, Gerhard Lohfink, Pinchas Lapide, Heidrun Mader, Jakob Neusner, Elaine Pagels, Rudolf Pesch, Baruch Rabinowitz, Gianfranco Ravasi, Luise Schottroff, Vilma Sturm, Siegfried Zimmer.

Die kursiv geschriebenen Zitate aus dem Neuen Testament sind aus einer Übersetzung von Otto Karrer.

Salomes Botschaft ist auch als **Hörbuch**, gelesen von Christina Kupczak und Lutz Riehl dokumentiert: *www.augenohr-frankfurt.de*

Mein besonderer Dank und die Ermutigung dieses Buch zu schreiben, sowie es theologisch zu begleiten gilt Dr. Kornelia Siedlaczek (Theologin).

Christina Kupczak

14

Inhalt

Vorwort   5

Wichtige Erkenntnisse aus der historisch-kritischen Bibelexegese   9

Ein Brief aus Rom nach Antiochia   19

I. Teil Galiläa   20

1 Ankunft in Caesarea Maritima. Die Spur von Susanna   22
2 Frühling in Galiläa. Erinnerungen an Jeshua in Sepphoris   33
3 Die Familie des Jeshua in Nazaret   42
4 Rebecca erzählt   52
5 Auf dem Weg nach Tiberias zu Sixtus Livius Varro und weiter   62
   nach Magdala
6 Im Haus von Marta und Rut. Wer war Maria aus Magdala?   73
   Bei den heißen Quellen von Tabga
7 Tabga: Salome und Lukas tragen aus der Schriftrolle vor.   83
   Die Gemeinschaft des Brotbrechens am See Kinneret
8 Erinnerungen an Jeshua. Mit dem Boot auf dem See Kinneret   92
9 Warten auf Hesekiel. Jona beschreibt das Land Palästina.   100
   Zwei Legionäre unterhalten sich. Hesekiel kommt
10 Hesekiel erzählt von Jeshua. Die Ehebrecherin.   111
   Jonas Erinnerungen
11 Ein Vorfall in der Synagoge. Paulus aus Tarsus   123
12 Gleichnisse und Reden des Jeshua. Abschied aus Galiläa   131

In Antiochia. Die Gemeinschaft des Brotbrechens.   139
Eine fehlende Schriftrolle und Aaron ben Salomo

II. Teil **Judäa** 150

1 Ankunft in Joppe: Über Emmaus nach Jerusalem 152
2 Auf dem Zionsberg. Rufus führt durch die zerstörte Stadt. 161
3 In der Oberstadt: Golgota und der Tempel. Besuch bei Hanna 170
4 Ein merkwürdiger Papyrus von Alexander. 182
   Die Gemeinschaft des Brotbrechens
5 Susanna erzählt. Bericht eines Legionärs. Hat Jeshua gelacht? 193
6 Die Jüngerinnen. Wie ein Evangelium schreiben? 206
   Eine Entdeckung
7 Schwierige Texte. Die Reise nach Betanien 218
8 In Rahels Haus. Besuch beim Sadduzäer Eljakim 227
9 Der Geschichtenerzähler Jeshua. Rahel und Lea streiten. 238
10 Durch die Wüste zum Salzsee. 249
   Der Eremit Kleopas erzählt aus seinem Leben
11 Letzte Tage in Jerusalem. Wie sie Kleopas erlebt hat 259
12 Die Begegnung in Emmaus. Abschied von Kleopas. 271
   In der Karawanserei in Jericho
13 Eine gewagte Erzählung. Wieder auf dem Zionsberg 281
14 Das große Gastmahl 286
15 Einzug in Jerusalem. Die letzte Mahlgemeinschaft 295
16 Gefangennahme und Verrat des Petrus. Zwei Gespräche. 304
   Schnee in Jerusalem
17 Zweifel: Das nächtliche Verhör 315
18 Der römische Prozess unter Pontius Pilatus. 328
   Kreuzigung und Grablegung
19 Viele Fragen, die Mattitjahu beantworten kann 338
20 Im Haus des Josef von Arimatäa. 350
21 Das Grab ist leer. Außerhalb der Zeit 303
22 Gedanken über die römische Schriftrolle. Als der Paraklet kam 372
23 Die Urgemeinde in Jerusalem. 382
   Jakov der Gerechte und Paulus, der Völkerapostel
24 Auferweckung: Wahrheit oder Betrug? Abschied in Joppe 390
Psalm 103 400

III. Teil Antiochia

402

Ein zweiter Brief aus Antiochia nach Rom

404

1 Zwei Reisende aus Rom   405
2 Entdeckungen   414
3 Die Schriftrollen   425
4 Besuche in Antiochia   435
5 Ankunft in Ostia   447

Ein Brief aus Rom nach Augusta Treverorum

457

Die Romanfiguren – was sie repräsentieren   458

Über die Autorin   470
AugenOhr – das Autorenduo mit Inklusionshintergrund   471

Impressum, Bibliografische Information der Deutschen Nationalbibliothek   472

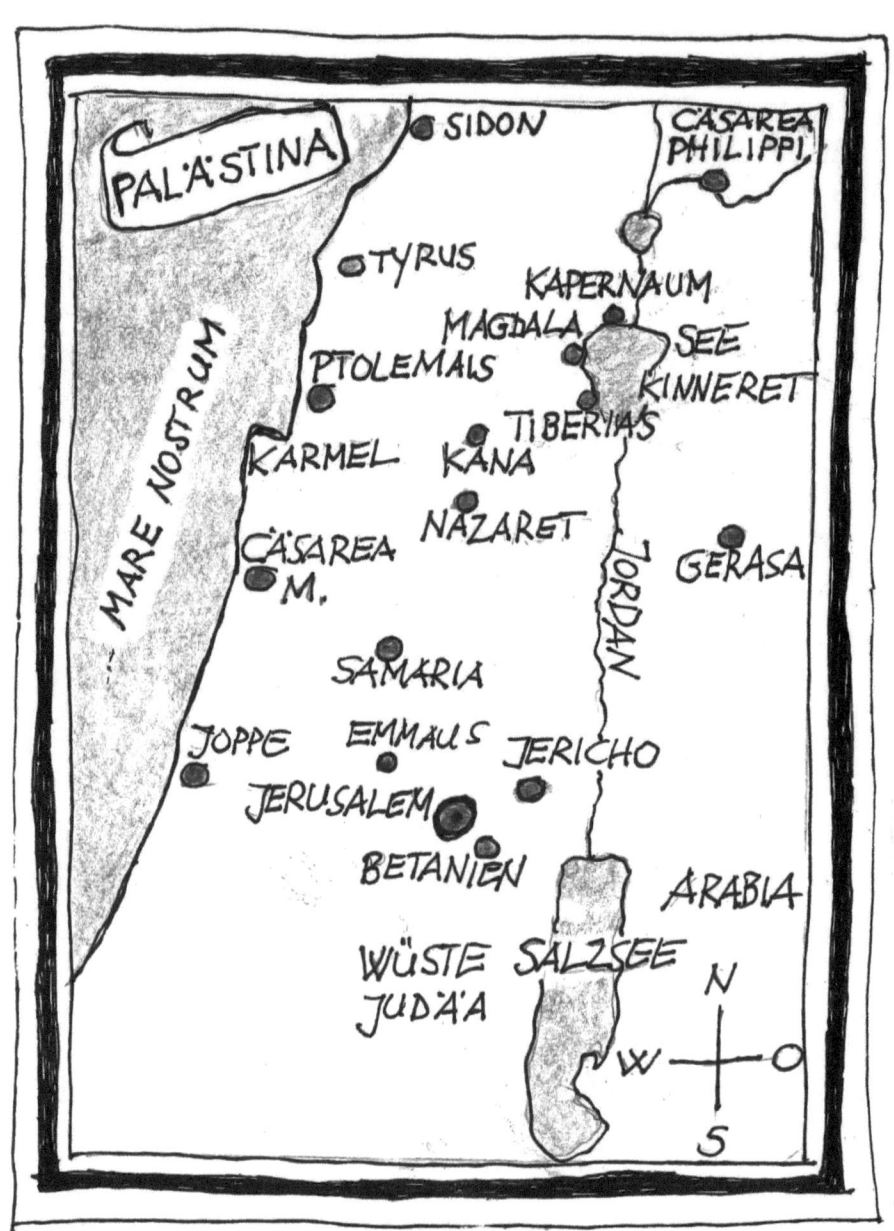

18

Ein Brief aus Rom nach Antiochia

Theophilus, Bruder im Herrn aus Rom schreibt an Flavius Julius Scaevola, im fünften Regierungsjahr des Kaisers Vespasian.

Mit großer Freude übersende ich dir heute eine kostbare Schriftrolle. Sie stammt aus dem Besitz eines Bruders, der nun heimgegangen ist in das Reich Gottes.

Diese Schriftrolle schildert das Leben, Leiden und die Auferweckung unseres Herrn Jesus Christus. Sie wurde nach den Zeugnissen vieler, die den Herrn in seinem Erdenwandel sahen verfasst und aufgeschrieben, damit alle Gläubigen gestärkt werden und die Frohe Botschaft auch den nachfolgenden Generationen verkündet werden kann.

In Zeiten der Verfolgung und Bedrückung möge diese Nachricht dir und allen Brüdern und Schwestern im Herrn Trost und Zuversicht sein.

Ich grüße dich im Namen des Herrn, im Namen aller Gläubigen in Rom.

Theophilus Anicius Centho

I. Teil

Galiläa

Kapitel 1

Ankunft in Caesarea Maritima. Die Spur von Susanna

Groß blähte sich das Sprietsegel auf und knatterte im Wind. Der Frühling begünstigte mit einer kräftigen Brise die Fahrt entlang an der Küste.

Das Handelsschiff war gut beladen und einige wenige Reisende schauten hoffnungsvoll auf das Meer hinaus. Würde der Wind günstig und die Fahrt sicher bleiben?

Das Imperium Romanum wurde seit drei Jahren von Kaiser Domitian regiert. Längst war die Pax Augusta vorbei. Der jüdisch-römische Krieg hatte Palästina endgültig der römischen Macht unterworfen, Jerusalem mit seinem Tempel zerstört, die Juden in alle Welt zerstreut.

Drei Männer und eine Frau suchten sich Plätze für die Reise, die bei kräftig anhaltendem Wind in den nächsten Tagen in Caesarea Maritima enden sollte. Dort würde das kostbare Zedernholz ausgeladen und zum Bau vornehmer Häuser verwendet werden. Die Reise war nicht ungefährlich, denn Piraterie war keine Seltenheit und im Notfall musste sich die Besatzung verteidigen können. – Der Anker wurde hochgezogen, die Schiffsleute standen auf ihren Positionen, das Schiff bewegte sich langsam aus dem Hafen hinaus.

Die Seeluft war angenehm, geradezu schmeichelnd umstrich sie die Gesichter und Körper der Reisenden. Es war die kurze Zeit des Frühlings, die schönste Jahreszeit. Sie würde nur einen Monat dauern.

Zwei Männer, es waren wohl Kaufleute, standen in einem lebhaften Gespräch zusammen. Die beiden anderen Fahrgäste saßen still und fast andächtig auf einem großen zusammengerollten Tau, während sich ihre Blicke nicht von der entschwindenden Stadt lösen konnten. Der Mann war von unauffälligem Aussehen, schon im vorgerückten Alter. Ein graubrauner, kurzgeschnittener Bart umrahmte sein Gesicht. Er trug Reisekleidung und legte schützend seine Hand auf eine Reisetasche, die er während der ganzen Fahrt nicht aus den Augen ließ. Die Frau im gleichen Alter, wohl schon über fünfzig Jahre alt, eine Seltenheit denn die Frauen starben jung, viele im Kindbett. Sie war immer noch von einer eigenartigen Schönheit. Das ovale Gesicht fast streng geschnitten, mit großen dunklen Augen, immer noch vollen Lippen und einer markanten Nase, die fast männlich wirkte. Ihr Haar immer noch dunkel und voll, nur wenige Silberfäden durchzogen es. Auch sie trug unauffällige Reisekleidung, keinen Schmuck aber sehr gut gearbeitete, solide Sandalen. Sie war offensichtlich von vornehmer Herkunft. Distanz, Gelassenheit und eine natürliche Autorität strahlte sie aus.

Als der Hafen Antiochias immer kleiner und kleiner wurde stand sie auf und trat ans Heck des Schiffes. Sie war groß, auffallend groß. Mühelos überragte sie um Kopfeslänge die Männer. Sofort richteten sich alle Augen auf sie, die beiden Kaufleute unterbrachen ihr Gespräch und nahmen sie verwundert in den Blick. Ihr Begleiter folgte ihr, dabei war ein leichtes Hinken zu sehen. Er schien eine Verletzung an der Hüfte zu haben. Neben ihr wirkte er fast unscheinbar, klein, obwohl er eine Durchschnittsgröße hatte. Die Zwei gehörten zusammen. Ein Ehepaar? Wohl kaum – aber klar war, dass sie eng verbunden waren.

„Salome, wollen wir nicht doch in Ptolemais an Land gehen? Wir wären näher an Sepphoris und Nazaret."

Die große schlanke Frau schaute auf den Sprecher hinunter und lächelte: „Lass es gut sein, Lukas. Wir haben die Fahrt lange und sorgfältig geplant und sollten jetzt aus Ängstlichkeit nichts überstürzen. Unsere Reise geschieht für den Herrn. Wir sind in einer außerordentlich wichtigen Mission unterwegs und er wird uns schützen. Außerdem möchte ich in Caesarea noch manches besorgen, was wir in Ptolemais nicht bekommen würden. Wir brauchen starke Esel für den Landweg und einmal möchte ich auch die Stadt sehen, in welcher Paulus in Haft saß bevor er nach Rom deportiert wurde. Petrus hat dort den Hauptmann Kornelius getauft, den ersten Menschen aus der paganen Welt. Lass die Angst nicht zu, die Angst ist ein schlechter Reisegefährte."

Ihr Begleiter schaute stumm aufs Meer hinaus und nickte. Salome zog ihren Schleier vom Kopf und ließ die Haare, die nur teilweise in Zöpfen gebändigt waren, genussvoll im Wind wehen. Es war ein sichtbares Zeichen von Freiheit und Selbstbestimmung, das gut zu ihrer Erscheinung passte. Dann schritt sie zur Bootsmitte, setzte sich wieder auf das Tau und zog einen kleinen Papyrus aus ihrem Gewand hervor. Er zeigte die Landschaft von Palästina mit vielen Städten, auch das Gebirge, das galiläische Meer und der Jordan waren eingezeichnet. Sie vertiefte sich in den Plan und schreckte leicht auf, als eine männliche Stimme sie ansprach. Es war ungewöhnlich sich zuerst an eine Frau zu wenden und nicht an den männlichen Begleiter. Aber sie schien die Person zu sein, die Entscheidungsgewalt hatte.

„Ihr seid Juden, nicht wahr?", begann der hinzugetretene Kaufmann etwas plump das Gespräch. Die Frau musterte ihn scharf, dann meinte sie distanziert: „Es stimmt, aber hat es eine Bedeutung?" – Der Mann wurde verlegen und stellte sich als Philippus vor, ergänzte entschuldigend: „Juden erkennen Juden. Auch ich bin Jude, wenn ich auch einen griechischen Namen angenommen und den alten Glauben abgelegt habe. Wieso reist ihr nach Palästina? Dort ist nicht mehr viel zu sehen nach dem Krieg. Jerusalem ist ein Trümmerhaufen, der Tempel zerstört und es ist nicht einfach als Jude in die Stadt zu gelangen ...", er zögerte und fügte hinzu: „Nun, du als Frau, das mag gehen ... aber dein Mann?", dabei bewegte er den Kopf in Richtung ihres Begleiters, „für ihn könnte es gefährlich werden. Die Römer sind dabei die Stadt völlig umzugestalten, der jüdische Kultus ist verboten." – Salome stand nun auf und sie überragte auch diesen, recht stattlichen Mann fast um Haupteslänge. Sofort veränderte sich die Situation und Philippus zeigte Unsicherheit, ja Verlegenheit, denn er musste leicht zu ihr aufschauen.

„Lukas ist mein Bruder, nicht mein Ehemann," erwiderte Salome mit ihrer vollen und dunklen Stimme, „ich bin Witwe und wir reisen das erste Mal ins Land unserer Väter."

„Ihr solltet dieses Land und eure Herkunft vergessen", war die spöttische Antwort, „die Juden sind ein verlorenes Volk, ihr Glaube besiegt, die Überlebenden mussten fliehen. Was wollt ihr dort? Du wirkst wie eine Griechin, eine Frau mit Bildung. Schau nicht zurück! Israel ist endgültig untergegangen, wie so viele Völker. Schau nach vorn, nach Rom, nach Alexandria. Dort liegt die Zukunft." Er sprach mit fester Stimme um seine Unsicherheit gegenüber dieser merkwürdigen Domina zu verdecken. Schnell schob er noch nach: „Ich gebe mich stets als Grieche aus, es ist von Vorteil, erleichtert mir den Aufstieg in der Gesellschaft. Man muss mit der Zeit, mit den Siegern gehen".

Salome nahm ihn fest in den Blick und meinte ruhig: „Dann glaubst du auch an die griechischen und römischen Götter? An Zeus, Neptun, Mars und Merkur?" Der andere lachte und schüttelte heftig den Kopf: „Nein, niemals! Warum soll ich diesen Unfug glauben: Götter, die wie Menschen handeln, die bestechlich, verlogen, liebestoll sind? Das ist doch zum Lachen." „Dann hängst du einer Mysterienreligion an?", insistierte Salome, „glaubst du an Isis, Osiris oder Mithras?"

Wieder wehrte Philippus unwillig ab, „was denkst du? Viele Griechen und Ägypter wenden sich dem Judentum zu, vor allem in Alexandria. Sie finden den Glauben an den einen Gott überzeugend, unsere Gebote vernünftig … nur die Essensverbote und die Beschneidung lehnen sie ab. Aber ein Jude muss beschnitten sein, sonst kann er nicht zum Volk Israel gehören … aah … was rede ich da? Israel ist untergegangen, der Tempel zerstört, die Priester verjagt, getötet, also es ist sowieso zu Ende."

„Und an wen glaubst du nun? Zu wem betest du?", beharrte Salome. Philippus lachte verlegen: „Du stellst Fragen und verstehst es die Menschen in die Enge zu treiben. Darauf kann ich dir keine Antwort geben."

Salome ließ die Augen nicht von ihm während sie ihre Zöpfe bändigte, die wie Schlangen um ihren Kopf tanzten. Dann meinte sie beiläufig: „Hast du von Jeshua gehört? Von Jesus aus Nazaret oder wie die Griechen jetzt sagen: von Jesus dem Christos?"

Philippus riss die Augen auf: „Den Gekreuzigten und Messias? Ist das dein Ernst? Bist du eine seiner Jüngerinnen, von diesen … Christianoi?"

Salome nickte ernsthaft und bestätigte: „Ja, ich bin Christin und deshalb reisen wir ins palästinensische Land um noch Zeugen zu finden, die uns von Jeshua berichten können."

Philippus schien es die Sprache verschlagen zu haben: „Sowas glaubst du? Ein Mann aus einem Nest, das ist nicht einmal ein Dorf dieses Nazaret … ein Dorfrabbi oder Dorfschreiber, der soll der Messias sein? Entschuldige, jetzt bin ich enttäuscht von dir, für so dumm habe ich dich nicht gehalten. Wie kommst du dazu? … aaah … ich verstehe: Du kommst aus Antiochia, also kanntest du Paulus, den bekehrten Pharisäer und Fanatiker, der diesen Jesus als den Christos verkündete."

„Du kanntest Paulus?", fragte Salome sehr schnell und in großer Spannung, „ich lebte in Antiochia, anfangs gehörte ich nicht zu den Christianoi, erst später habe ich von Paulus erfahren. Du kanntest ihn?"

Philippus bejahte: „Als sehr junger Mann sah ich ihn und hörte auch seine Predigt: ein Mann, der so gebildet war und diese abstruse Geschichte glaubte, sich auspeitschen, schlagen, sogar steinigen ließ! Er habe in Damaskus eine Erscheinung gehabt, sei vom Pferd gestürzt, wäre vom Blitz getroffen worden. Danach hat er die Christianoi nicht mehr verfolgt, er wurde sogar ihr Anführer. Blitz! ... haha ... es war wohl zu viel Sonne, ein Hitzschlag. Aber er gründete überall Gemeinden mit Juden und Nichtjuden und mit Frauen! Er setzte sogar Frauen als Gemeindeleiterinnen ein. Unfassbar. Wie kann man diesen Unfug glauben?"

„Immerhin hatte er einen Glauben gefunden, während du gottlos geworden bist", attackierte ihn Salome.

„Gottlos?", schrie Philippus und hob im Zorn die Hand, „du traust dich etwas, Weib!"

Salome musterte ihn kühl: „Ja, ich traue mich etwas. Vielleicht braucht unser Gott keine Tempel mehr, kein auserwähltes Volk und kein Gesetz? Vielleicht ist er nicht besiegt, sondern tritt jetzt seinen Siegeszug in den paganen Völkern an, vielleicht wird unser Gott der Gott für alle Menschen? Das war die Botschaft des Jesus aus Nazaret und sag mir: ist das so dumm? Ist das nicht Gottes Wille?"

Philippus blieb regelrecht der Mund offenstehen: „Wer bist du, Weib?", flüsterte er fast.

„Ich bin Salome bat Natan, eine Jüdin und Griechin, eine Frau in der Nachfolge des Jesus von Nazaret, des Messias für alle Menschen. Mit diesem Dorfrabbi wird der Glaube an den einen Gott alle Völker, alle Menschen erfassen und alle werden sein Gottesvolk sein. Auch du bist aufgerufen!", schloss sie herausfordernd.

Philippus starrte sie an – dann wichen seine Augen aus, er kehrte sich wortlos ab und wechselte zur anderen Schiffsseite. – Die Nacht brach an, die Reisenden suchten sich ein ruhiges Plätzchen, zogen Decken über die Körper. Salome lag noch lange wach und schaute in den Sternenhimmel, bis das Geplätscher der Wellen sie langsam in Schlaf versinken ließ. Die

Nacht verlief ruhig, die Seeleute nutzten den günstigen Wind, man würde bald in Caesarea sein.

Den Rest der Reise ging Philippus Salome aus dem Weg. Lukas beobachtete es belustigt. Da war einer dem Disput mit seiner großen Schwester nicht gewachsen. Er hatte das oft erlebt und innerlich musste er lachen.

Sidon und Tyrus lagen längst hinter ihnen, auch das Bergmassiv des Karmel hatten sie umfahren und nun blitzte die große weiße Hafenanlage von Caesarea Maritima in der Frühlingssonne auf. Hoch über der Stadt thronte der Tempel des Augustus. Die Hafenanlage schien die Ankommenden mit zwei riesigen Armen zu umfangen. Ein mächtiger Turm erhob sich neben der schmalen Einfahrt ins Hafenbecken. Sie waren angekommen, sie hatten Palästina erreicht.

Die Reisenden standen staunend am Bug als ihr Schiff immer weiter stadteinwärts glitt und dann anlegte. Sogleich entstand der übliche Tumult mit Ausladen, mit dem Umladen auf Karren und Lasttiere, Menschen fielen sich in die Arme, einige Halbwüchsige stürzten sich mit sicherem Blick auf die Fremden und boten ihre Dienste an. Salome und Lukas folgten einem lebhaften Knaben, der sie nicht weit vom Hafen in ein römisches Haus führte, während zwei andere das Gepäck schleppten. Das Haus hatte wohl bessere Tage gesehen, eine gewisse Nachlässigkeit war überall zu sehen, registrierte der penible Lukas. Anscheinend war die Familie gezwungen an Fremde zu vermieten. Salome brannte vor Ungeduld und wollte sich nicht lange ausruhen, vielmehr gleich die Stadt in Augenschein nehmen.

So schlenderten die Geschwister durch eine der prächtigen Geschäftsstraßen, staunten über das riesige Hippodrom, das gewaltige Aquädukt, welches Wasser aus dem Karmelgebirge in die Stadt brachte, die luxuriösen Thermen und reich geschmückten Paläste. Herodes der Große hatte Caesarea im römischen Stil erbaut und residierte in einem Palast am Meer. Nach seinem Tod übernahmen die Römer die Stadt, erhoben sie sogar zur Residenz des Statthalters, und später nach der Zerstörung Jerusalems, wurde Caesarea Maritima die Hauptstadt der Provinz Judäa. Lukas und Salome saßen sehr beeindruckt im riesigen Theater, das 4.000 Plätze bot und sich zum Meer hin öffnete. Ja, sie bewunderten die Baukunst der Römer vorbehaltlos, obwohl diese Jerusalem zerstört, den Tempel entweiht und abgebrannt, das Volk vertrieben hatten. Aber die römische Kultur war trotzdem hochstehend, die Gelehrsamkeit umfassend, die Grausamkeiten allerdings auch.

„Pontius Pilatus", sagte plötzlich Lukas in die Stille, „Pontius Pilatus herrschte hier und zog an den Festtagen hinauf nach Jerusalem. Pilatus, der dann im Palast des Herodes lebte, Pilatus, welcher das Todesurteil über Jesus gesprochen hat, Pilatus, ein Schinder, Hasser und Menschenverächter. Später wurde er nach Rom gerufen, abgesetzt und wie man hörte auch verbannt."

„Noch ist alles nicht so lange her", murmelte Salome, „gerade mal fünfzig Jahre nach der Kreuzigung des Herrn. Es muss noch Zeugen und Nachfahren geben. Aber hier wohl kaum. Vielleicht in Sepphoris? Lukas, wir sollten morgen gleich nach Sepphoris abreisen. Hier aber können wir noch einkaufen. Vor allem brauchen wir zwei starke Esel und Reisetaschen, die man aufschnallen kann."

„Kannst du noch reiten?", neckte Lukas die große Schwester, „als Kinder waren wir ständig mit den Eseln unterwegs und du warst die Wildeste von uns, immer bist du ausgerissen wenn sie dir Mädchenarbeit aufzwingen wollten".

„Die Mutter hat uns gefehlt", erinnerte sich Salome, „wir beide sind ohne Mutter aufgewachsen. Die Familie bestand fast nur aus Männern und das war mein Glück. Keiner hatte Zeit für mich, keiner wollte sich mit der störrischen Salome herumärgern."

„Stimmt", lachte Lukas, „und jetzt können wir brauchen was wir damals gelernt haben."

„Wie wunderschön die Stadt gebaut ist", begeisterte sich wieder Salome, „schau mal, dieser weiße Stein. Das ist Kalkstein und auch Marmor. Ist Sepphoris auch damit gebaut?"

„Schon merkwürdig, dass von Sepphoris in der römischen Schriftrolle nichts geschrieben ist", hing Lukas seinen Gedanken nach, „es liegt doch in der Nähe von Nazaret. Ich denke mal, dass Jeshua und seine Brüder dort als Bauhandwerker arbeiteten. In Nazaret gab es bestimmt keine Arbeit. Oder war Jeshua vielleicht auch hier in Caesarea? Baustellen gibt es genug."

„Hier in Caesarea war Paulus zwei Jahre unter dem Statthalter Felix in Haft bis er nach Rom ausgeliefert wurde, so habe ich gehört. Paulus ... gern hätte ich ihn kennengelernt. Ob wir uns verstanden hätten?"

„Bestimmt", meinte Lukas trocken, während er aufstand, „er war dir wohl ganz ähnlich. Euch beide hätte man sofort für Geschwister gehalten. Dass ich dein Bruder bin stößt bei den meisten auf Unglauben."

„Mein Lieber, ich bin froh, dass du mit deinem ausgleichenden und ruhigen Wesen mein Bruder bist. Zwei Hitzköpfe ... da würde unsere Mission scheitern. Ich bin auf dich angewiesen und auf deine geduldige Art des Schreibens und Beobachtens. Auf keinen Fall könnte ich auf dein großes Wissen über die Tora und die prophetischen Schriften verzichten. Mach dich nicht immer so klein."

„Salome, schaffen wir das? Ist das nicht alles zu groß für uns? Das Leben des Jesus aus Nazaret aufschreiben? Wir sind nicht mehr jung, diese Aufgabe ist gewaltig."

„Wer die Hand an den Pflug legt, für das Reich Gottes, soll nicht zurückschauen", erwiderte Salome fest und bestimmt, „das ist unser Auftrag. Wir dürfen nicht zweifeln und Zeit verschwenden. Komm, erledigen wir unsere Einkäufe, dann gehe ich in unsere Unterkunft und vielleicht finde ich unter den Frauen noch Zeugnisse über Jeshua. Und dir schlage ich vor einfach zu den Bauhandwerkern zu gehen. Vorhin kamen wir doch an einer Baustelle vorbei. Vielleicht war Jeshua doch hier? Und schau nach den beiden Esel. Morgen müssen wir welche kaufen."

„Mein Aramäisch ist nicht so gut wie deines", seufzte Lukas, „die Bauhandwerker sind wahrscheinlich Galiläer. Aber ob sie mich verstehen? Ich habe Schwierigkeiten mit dem Dialekt und es fehlen mir auch viele Worte."

„Lukas, sei nicht so kleinmütig, lass uns einfach anfangen". Salome schritt mit gewohnt festen und großen Schritten voran, bis ihr bewusst wurde, dass es Ärgernis erregte wenn eine Frau voran ging. Also passte sie sich dem Schritt des Bruders an und so bogen sie in die nächste Geschäftsstraße ein wo sie die Satteltaschen und einige Tüten mit getrockneten Maulbeeren und Nüssen erwarben. Vor der Herberge trennten sie sich und Salome saß etwas unschlüssig im Eingangsbereich, bewunderte ein kostbares und detailreiches Fußbodenmosaik. Dann riss sie sich aus ihren Gedanken, hielt nach einer Sklavin Ausschau und fragte diese ob es im Haus nicht eine Domina gäbe, eine alte Frau? Sie habe Fragen, die nur alte Menschen beantworten könnten. Dabei steckte sie der jungen Frau eine Münze zu.

Tatsächlich, nach einiger Zeit betrat mit schlurfenden Schritten eine würdige Matrone, ganz in Schwarz gehüllt, die Vorhalle. Salome erhob sich ehrerbietig und verneigte sich leicht. Sofort malte sich Verblüffung auf dem runzligen Angesicht der Alten, die zu ihr aufblicken musste.

„Ich danke dir, dass du meiner Bitte nachgekommen bist, ehrwürdige Domina", begann Salome das Gespräch, „mit meinem Bruder bin ich auf einer Reise um Nachforschungen über einen Rabbi zu erheben, der vor fünfzig Jahren hier in dieser Gegend lebte und viele Kranke heilte. Vielleicht hast du davon gehört?"

Die Alte schien erschrocken und meinte zögernd: „Rabbi? Du meinst vielleicht den Rabbi Jeshua?"

In Salome verbreitete sich ein triumphales Gefühl und im Stillen dankte sie dem Ewigen. „Ja", antwortete sie hastig, „Rabbi Jeshua aus Nazaret. Du kanntest ihn?" Unwillkürlich war sie ins Aramäische gewechselt und das lockerte die Situation sofort auf.

Mühsam ließ sich die Alte auf einem römischen Stuhl nieder und bedeutete Salome sich ebenfalls zu setzen. „Gekannt habe ich ihn nicht, aber gehört habe ich von ihm", kam sehr langsam und den Erinnerungen nachhängend ihre Antwort. „Rabbi Jeshua war ein Begriff, ein Ärgernis in unserer Familie, weil eine Tante von mir in ganz jungen Jahren, kurz vor ihrer Verheiratung verschwand und diesem Jeshua nachfolgte. Damals war ich ein Kind und habe nur die Aufregung in der Familie in Erinnerung. Es war eine große Schande für unsere Familie, denn dieser Mann hatte mehrere Frauen in seiner Gefolgschaft. Es sollen sogar verheiratete dabei gewesen sein. Alle Versuche Susanna zurück zu holen scheiterten, denn in den Städten am See Kinneret, wo der Mann herumwanderte, da war er hoch angesehen und verehrt. Die Menschen hielten ihn für einen Propheten und schützten ihn und seine Jünger. So zogen Susannas Brüder dreimal vergeblich ab, es war nichts zu machen. Wir gaben es auf sie zurück zu holen. Die Ältesten in der Familie verhängten ein Schweigegebot. Susannas Name durfte nie mehr genannt werden, sie war für uns wie tot. Wenn ich heute zurückdenke: ich war damals noch ein Kind ... also damit begann der Bruch in unserer Familie, mit unserer Herkunft und unserem Glauben. Mit der Zeit verwandelten wir uns von Juden in Griechen ... ja, so war das. Nur ich habe alle überlebt und nur ich beachte noch einige jüdische Gesetze. Aber Jüdin bin ich auch nicht mehr ... es ist so lange her und keiner weiß mehr von der Sache, deshalb rede ich so offen. Dann kam der Zeloten-Aufstand, der Krieg mit den Römern, der vier Jahre dauerte und allem ein Ende bereitete ..."

Die alte Frau schwieg und hing ihren Erinnerungen nach. Salome hatte atemlos gelauscht. So ein Glück, gleich beim ersten Versuch war sie fündig geworden! Sie sah darin ein Zeichen des Himmels und fragte vorsichtig weiter: „Und von Susanna habt ihr nichts mehr gehört?"

Die Alte schüttelte langsam den Kopf, „nein, aber wir erfuhren vom Ende des Wunderrabbis in Jerusalem: Kreuzigung, schrecklich! Pilatus, der römische Statthalter der hier residierte, hat ihn kreuzigen lassen. So wurde erzählt. Vielleicht war Susanna dabei? Ich weiß es nicht." Salome überlegte kurz: Wenn Susanna bei der Kreuzigung dabei war dann würde sie vielleicht in Jerusalem leben? Eine schwache Hoffnung glomm in ihr auf und sofort stand der Entschluss fest noch in diesem Jahr nach Jerusalem zu reisen. Aber jetzt? Unmöglich, der Reiseplan für Galiläa lag fest, sie mussten planvoll vorgehen. Doch vielleicht sollte man eine zweite Reise im Spätsommer nach Judäa unternehmen? Die Gedanken rasten durch ihren Kopf ... Unsinn ... Wahnsinn ... wie alt wäre Susanna? Zwischen siebzig und achtzig Jahren ... so alt wurden Frauen selten. Die meisten starben vor dem vierzigsten Lebensjahr, erschöpft von den vielen Geburten, der harten Arbeit, der Sorge um die hungrigen Kinder ... Aber vielleicht hatte sich Susanna nicht verehelicht? Vielleicht lebte sie wie Jeshua ehelos? ... was wird Lukas sagen, wenn ich ihm davon berichte? dachte sie stolz. Dann wandte sie sich der Alten wieder zu und fragte noch dies und das, bekam aber keine verwertbaren Auskünfte mehr.

Den Spätnachmittag verbrachte Salome damit die Reisetaschen einzuräumen, weitere Münzen in die Kleidung einzunähen. Lukas kam am Abend etwas entmutigt zurück. Er hatte einige Bauarbeiter angesprochen, die leicht als Galiläer erkennbar waren, denn sie trugen die Haare schulterlang und auch Vollbärte. Aber Auskünfte bekam er nicht. Im Gegenteil, man verlachte ihn, dass er nach einem Wanderprediger fragte, der vor fünfzig Jahren gekreuzigt wurde! Trotzdem hatte Lukas ein Gefühl, dass es durchaus Wissen gab, man aber nicht sprechen wollte. Sein Missmut schlug auf ihn selbst um, denn sicher war sein schlechtes Aramäisch mit die Ursache, dass man ihn nicht ernst genommen hatte. Salome, Salome hätte da etwas rausgekriegt, gestand er sich verzweifelt ein. Aber es war unmöglich, dass eine Frau auf offener Straße Männer befragte. Doch Lukas war nicht gekränkt wie viele Männer, die mit Salome nicht gleichziehen konnten und schlimmer noch, die auf sie angewiesen waren. Er hatte frühzeitig seine Rolle gefunden und als Hinkender war er auch in der Männergesellschaft mehr gelitten als geschätzt. Seine Nüchternheit und auch seine uneitle, ausgeglichene Natur hatte früh die Nische entdeckt in der er überleben konnte und auf seine Weise unverzichtbar wurde: Seine Kunst des Lesens und Schreibens. Diese nahmen alle gern in Anspruch. – Umso mehr erfreute er sich über Salomes Nachricht. Nur dass sie bereits für den Spätsommer eine weitere Reise plante, ließ ihn innerlich aufseufzen. Doch sie hatte – wie so oft – leider recht. Die Zeugen waren nur noch wenige und von Tag zu Tag verringerte sich die Möglichkeit noch sichere Nachrichten über Jesus von Nazaret zu bekommen.

Kapitel 2

Frühling in Galiläa. Erinnerungen an Jeshua in Sepphoris

Am nächsten Morgen verließen sie die Stadt, nachdem sie zwei Esel gekauft hatten und machten sich auf den Weg nach Sepphoris.

Die Außenbezirke von Caesarea waren nicht glanzvoll und edel wie die Kernstadt. Armselige Lehmhütten, notdürftig mit Stroh und Holz zusammengeflickt, das waren die Behausungen des Am – Haarez, des einfachen Volkes. Elendsviertel, überfüllt mit Kindern, Frauen, die an den Ausfallstraßen standen, mit Tand geschmückt, grell geschminkt, in der Hoffnung einen Freier zu finden. Prostitution war das Los vieler, die Ehemänner und Väter im Krieg verloren hatten, oder gar verstoßen wurden oder keine Söhne geboren hatten. Und überall die schreienden und lärmenden Kinderhorden. Dann das Schlimmste: rechts und links an der Straße Dutzende von Kreuzen mit verwesten Körpern. Hunde und Raben betätigten sich als Aasfresser. Der Gestank war entsetzlich. Immer noch gab es Zeloten die auch nach dem vernichtenden Krieg nicht aufgeben wollten, die immer wieder als Sicarier, als Dolchmänner, Attentate auf die Besatzer verübten und dies dann mit dem schmachvollen Tod am Kreuz büßten. Es gab noch einige Lebende unter den Gekreuzigten, die nur noch aufstöhnen konnten. Lukas trieb die beiden Esel zur Eile an, ermahnte Salome nicht hinzuschauen, möglichst schnell an diesem Elend vorbei zu kommen, denn es war bei Strafe verboten den Gepeinigten Erleichterung zu verschaffen oder die Toten zu begraben. Die Reste der Unglücklichen wurden zusammengefegt und in eine Grube geworfen, dort verscharrt. Jeshua ... Jeshua hatte diesen Tod erlitten ... unvorstellbar. Salome zog den Schleier übers Gesicht, der Verwesungsgeruch war kaum auszuhalten. Dann endlich erreichten sie freies Gelände, die Stadt lag hinter ihnen.

Schreckliche Bilder in einer berückend schönen Landschaft. Welchen Zauber der Frühling in einem heißen und trockenen Land entfaltet, kann nur derjenige ermessen, der nach dieser kurzen Zeitspanne die unbarmherzige Glut des Sommers ertragen muss. Salome hatte ganz gezielt den Aprilis ausgewählt um genau dann zu reisen wenn sich über der trockenen Erde ein zarter Grünschleier ausbreitet, sogar Blumen erblühen und frisches junges Grün an den Bäumen sprosst. In dieser Zeit ist das Karmelgebirge am schönsten, lieblich, geradezu paradiesisch. Karmel bedeutet *Weingarten Gottes* und kein Name konnte diese Landschaft treffender beschreiben. Salome wusste welchen Trost, welche Zuversicht und Hoffnung die Natur sprachlos vermittelte, ein Trost den sie damals nach Apollos Tod in Antiochia nicht fand. So zog es sie zurück auf das Familiengut um dort noch einmal neu anzufangen.

Noch bewegten sie die Gespräche mit Philippus und der Alten, die schrecklichen Kreuzigungsszenen, aber auch die Schönheit des Karmels erschütterte sie regelrecht.

Die Reise war nicht ungefährlich, auch war die Suche nach Zeitzeugen und Nachkommen abhängig von Glück und Zufall. Aber gab es das? War nicht das ganze Leben ein bunt gewebter und in vielen Einzelheiten stimmiger Teppich? Trat mit dem Älterwerden nicht immer mehr das Muster des Lebens hervor? Und galt das auch für die Gekreuzigten? Für die Gewaltopfer, für die vielen elternlosen und ungeliebten Kinder auf der Straße? Wo war da Gottes Barmherzigkeit, seine Liebe, von der Jeshua immer sprach? Wo waren Sinn und Würde in diesen Schicksalen? Rätsel über Rätsel … und doch waren die Beiden fest davon überzeugt, dass Jeshua von Nazaret der verheißene Messias war. Seine Botschaft hatte sie ins Herz getroffen.

Salome war sich ihrer Talente durchaus bewusst. Klar war ihr aber auch, dass von dem, der *viel erhalten hat auch viel zurückgefordert werden wird*. So sprach der Wanderprediger, den sie in ihrer Jugend erlebte und der ihr die ersten Worte des Rabbi Jeshua vermacht hatte. Sie fühlte sich getroffen: sie hatte viel erhalten, sie musste ihre Talente umsetzen, von ihr würde viel gefordert werden. Das war der Anfang! Der Anfang auf ihrer Suche nach Jesus aus Nazaret, der schließlich zum Plan einer Palästinareise führte. Das Geschenk des Theophilus aus Rom, die Schriftrolle, die damals an Flavius Julius gesandt wurde … das war die Vorlage für ihr großes Ziel. Sie wollte auch eine Schrift verfassen, aber noch mehr, neue Geschichten, neue Worte des Jeshua erkunden und sie aufschreiben. Und sie wollte ganz eigene Themen setzen, vor allem die Menschen in den paganen Völkern erreichen. Auch sie hatte, wie so viele Juden, das eigene Volk aufgegeben, sah es in der Bedeutungslosigkeit verschwinden, nicht zuletzt auch deshalb, weil sie Jeshua nicht als den Messias erkannten. Jedenfalls fühlte sie sich durch den Auftakt gestern bestätigt und gestärkt.

Geduldig und treu trabten die Esel den Pfad entlang. Die Reisetaschen waren prall gefüllt, es fehlten noch zwei gewebte Teppiche für die Rücken der Tiere. Lukas ritt voraus, umsichtig und pragmatisch wie immer.

Der Karmel besteht aus Kalkgestein und Dolomit. Es gibt viele Höhlen, karge neben fruchtbaren Landschaften. Weit lag die fruchtbare Jesreel-Ebene vor ihnen. Überall Kornfelder, Eichen, Pinien, Ölbäume und die blühenden Mandel- und Orangenbäume ließen an das Paradies denken. Seit altersher hatten die Menschen hier Wein angebaut und natürlich erkundeten die Geschwister wie die Weinberge bepflanzt und gepflegt wurden, denn auf ihrem Landgut gab es ebenfalls ausgedehnte Weinberge.

In der Geschichte des Volkes Israel war der Karmel ein wichtiger Ort: Hier lebte der Prophet Elia in einer Höhle, hier besiegte er die Baalspriester und rettete den Glauben an den einen Gott. In der Tora wurden Sepphoris, Nazaret und auch Kafarnaum nicht erwähnt, sie waren unbedeutende Orte. Überhaupt wurde ganz Galiläa trotz seiner Fruchtbarkeit, trotz des Fischreichtums im See Kinneret von den Juden in Judäa verachtet. Die Bevölkerung hatte sich hier mit Fremden vermischt, viele fremdländische Frauen wurden geheiratet. Waren die Kinder aus diesen Verbindungen noch Juden? Nach jüdischem Gesetz galten nur die Kinder jüdischer Mütter als richtige Juden. Seit der assyrischen Eroberung gab es hier eine Mischbevölkerung, viele Nicht – Juden oder Heiden, wie die Rechtgläubigen sagen, und dann kamen noch die Griechen und Römer mit ihrer hochentwickelten Kultur, mit ganz anderen Gesetzen, die nicht zwischen rein und unrein unterschieden, dazu. – Sogar Fremdländische aus sehr fernen Ländern, nördlich von Rom, waren als Söldner gesehen worden, Männer mit einer blassen, fast weißen Haut, mit sehr hellen, sogar roten Haaren und blauen Augen. Viele vermischten sich mit den Fremden. Dann gab es die Samaritaner, diese abgefallenen Juden, die sogar einen eigenen Tempel auf dem Berg Garizim bauten und den Kult in Jerusalem ablehnten ... Überall spaltete sich der Glaube der Väter in kleinste Gruppen auf, die sich gegenseitig bekämpften.

Finsternis, Verwirrung und Endzeitstimmung waren über das Land hereingebrochen seitdem die Römer nun schon 120 Jahre das Land besetzten und auspressten. Sie duldeten die Idumäer, die sie als Könige über Israel einsetzten. Tausende Juden gingen schon vor dem Krieg freiwillig ins Exil. Auch Lukas und Salomes Vorfahren hatten Palästina verlassen und waren nach Syria ausgewandert. Die Wurzeln der eigenen Kultur starben ab, die Traditionen verblassten, die Gesetze wurden kaum noch befolgt. Selbst die heiligen Schriften, die Tora und die Propheten, die Psalmen kannten viele nur noch in griechischer Sprache, besonders seitdem es die Übersetzung, die Septuaginta gab. Die aramäische Sprache verschwand langsam von Generation zu Generation. Aber Salome hatte bereits in der Begegnung mit dem Wanderprediger erkannt: Aramäisch war die Sprache Jeshuas und deshalb musste sie die Sprache pflegen und durfte sie nicht vergessen.

Der Aufstieg auf dem karstigen Bergrücken wurde merklich steiler, die Esel suchten vorsichtig den Pfad. Mit sicherem Instinkt, wenn auch immer langsamer, erreichten sie die Höhe. Unter einem alten Olivenbaum machten sie Halt und sattelten ab. Es war Mittagszeit und sie beschlossen zu rasten. Fruchtbares Land, soweit das Auge schweifen konnte. Hügel, Täler, winzige Dörfer und Städtchen lagen in Mulden oder bekrönten Hügel. Hier wuchs Korn, das Hauptnahrungsmittel der armen Leute. Der Duft von Orangenblüten lag in der Luft. Aber trotz der Schönheit des Landes war Salomes Gesicht grau, in Gedanken war sie bei den Gekreuzigten. Lukas bemerkte es kummervoll und er nahm sich vor ihre Gedanken in eine andere Richtung zu lenken. So packten sie ihr bescheidenes Mahl mit Brot, Oliven, getrocknetem Fisch, Früchten und Wasser aus.

„Heute müssen wir zumindest Sepphoris erreichen", mahnte Lukas und deutete auf die Stadt in der Ferne, „von dort ist es nur eine kurze Strecke nach Nazaret. Sicher finden wir dort keine Unterkunft." Salomes Gesichtsfarbe hatte sich gebessert, sie atmete tief durch: „Dann weiter an den See Kinneret. In Tiberias soll es heiße Quellen geben, da würde ich gerne baden. Dort lebt auch ein Freund meines verstorbenen Mannes, vielleicht besuchen wir ihn. Und dann immer am Seeufer entlang nach Magdala, Tabga und nach Kafarnaum. Einmal möchte ich mit dem Boot auf dem See fahren und auf die Dörfer und Städte der Dekapolis schauen. Dann zur Jordanquelle, nach Caesarea Philippi wo Petrus den Herrn als Messias erkannte … ob der Hermon der Berg der Verklärung ist? … aber am wichtigsten sind Nazaret und Kafarnaum. Werden wir noch Zeugen finden?" Lukas hatte die kleine Landkarte ausgepackt und fuhr mit dem Finger vom Hermon bis zum Meer: „Ptolemais, da sollten wir mit dem Schiff zurückfahren".

„Erst einmal", sagte Salome fest, „aber ich bin sicher, dass dies nicht unsere letzte Reise sein wird. Wir müssen dem Ewigen vertrauen, dass er uns führt und die Begegnung mit der alten Frau hat mir Mut gemacht". – Die Beiden gönnten sich einen kurzen Schlummer im Schatten des Baumes, bevor sie wieder die Esel zum Abstieg bereit machten. Langsam ging es den Karmelrücken abwärts. Weit dehnten sich die blau leuchtenden Flachsfelder aus.

Nach zwei Tagen erreichten sie Sepphoris, eine Stadt auf einer Anhöhe, weithin sichtbar. Lukas erspähte beim Annähern an die Stadt auf einer Anhöhe Kreuze. Er nahm sich vor diese Straße beim Weiterreiten zu meiden.

Auch Sepphoris war eine völlig griechische Stadt, kleiner als Caesarea aber nicht weniger prächtig, sogar die Straßen waren mit Marmor ausgelegt. Auch hier gab es in einen Hügel hineingebaut ein römisches Theater, zwei Märkte mit einem reichhaltigen Angebot von Weizen, Oliven, Lammfleisch, Dörrfisch und vielen Früchten. An einem Keramikstand blieben die beiden stehen und Salome wurde von den nebenan angebotenen Webteppichen angezogen. Sie kaufte zwei kleine Teppiche, die sie auf die Rücken ihrer Esel legten.

Bewundernswert auch hier die römische Baukunst: eine gut geplante Wasserversorgung, viele Privatvillen von reichen Römern und Herodes Antipas hatte sich eine Residenz mitten in der Stadt erbauen lassen. Ein Bautrupp von Galiläern führte Verbesserungsarbeiten an einer Umfassungsmauer aus. Während des Kriegs stand Sepphoris auf Seiten der Römer, wurde verschont, fürchtete sich aber vor der Rache der Zeloten. Früher einmal hatte sich die Stadt dem Widerstand angeschlossen und wurde vom römischen General Varus zerstört. Danach erlosch der Widerstand, die Bevölkerung kollaborierte mit den Römern. Von 61 Aufständen gegen die Besatzungsmacht gingen 60 von Galiläa aus.

Die Geschwister waren sehr bewegt auf den Spuren des Nazareners zu wandeln. Musste er nicht auch in Sepphoris gewesen sein? Aber seltsamerweise berichtete die römische Schriftrolle davon nichts. Jeshua und seine Brüder waren Bauhandwerker. Wo haben sie gearbeitet wenn nicht hier? Hier wurde viel gebaut. Unmöglich konnten sie in Nazaret ihr Auskommen finden. Ob sich jemand noch an die fünf Brüder erinnerte?

Sehr bald war eine Unterkunft gefunden, diesmal hatte sich Salome durchgefragt. Es war angeraten mit Geld vorsichtig umzugehen. Gab man zu viel, so geriet man in Verdacht reich zu sein und provozierte vielleicht einen Überfall. Viele Menschen hier waren bettelarm, man musste nur die vielen Tagelöhner sehen, die oft vergeblich nach Arbeit suchten und tagelang an den Straßenecken herumstanden. Salome hatte das meiste Geld in ihre Kleider eingenäht. Bewusst waren sie unauffällig, fast ärmlich gekleidet. Sie wusste, dass sie mit ihrem Auftreten, ihrer Erscheinung und Sprache, mit ihrer naturgegebenen Dominanz vorsichtig sein musste, wollte sie bei Männern nicht Verärgerung oder Schlimmeres hervorrufen. Aber sie war eine gute Menschenkennerin und sah sofort ob sie eine Frage oder ein Gespräch wagen konnte oder nicht. So fragte sie hin und wieder nach dem Wanderprediger aus Nazaret, der auch Bauhandwerker war. Die meisten schienen erstaunt, befremdet und schüttelten den Kopf. Aber zwei Männer wirkten verunsichert, verstockt, und man konnte an ihren Gesichtern ablesen, dass sie mehr wussten aber nichts sagen wollten. Die Geschwister gaben vor Verwandte zu suchen, die damals Jeshua gefolgt wären und deren Spur sich verloren hätte.

Nachdem sie in ihre Unterkunft, dem Gästehaus eines reichen Juden, zurückgekehrt waren, beschloss Lukas noch einmal zu den Bauhandwerkern zu gehen und sie zu befragen. Salome hoffte im Haus Gesprächsmöglichkeiten zu finden.

Oft wurde sie von Frauen wegen ihrer Körpergröße angestarrt und dies benutzte sie geschickt als Überrumpelungsmoment. So auch jetzt. Zwei recht junge Dinger standen kichernd und tuschelnd in gebührendem Abstand und hatten sie im Blick. Festen Schrittes ging Salome auf sie zu und bat sie um Auskunft, was die beiden zum Verstummen brachte. Eine Frau, die sich wie ein Mann benahm und auch wie ein Mann sprach! Salomes alte List führte meistens zum Erfolg, so auch hier. Natürlich ging es zuerst um ihre Größe und da hatte sie ein reichhaltiges Arsenal von kruden Erklärungen, die sie wechselweise einsetzte. Diesmal behauptete sie, dass ihr Vater Ägypter war und diese wären bekannterweise besonders große Menschen. Sie befriedigte die Neugierde der Mädchen indem sie frei erfundene und spannende Geschichten erzählte, alles im Brustton tiefster Überzeugung, so dass die beiden immer zugänglicher wurden. Irgendwie schaffte sie dann die Erzählkurve in Nazaret enden zu lassen. Was das für ein Ort sei? Die Gören brachen in schallendes Gelächter aus und prusteten los: das seien doch nur einige schmutzige Lehmhäuser mit tumben Bauern, das letzte Kaff in Galiläa. Wer will freiwillig nach Nazaret? Dahin gäbe es nicht einmal eine Straße, nur einen Trampelpfad. Was sie dort wolle? –

Salome fabulierte von einem entfernt verwandten Onkel, der dort in Armut lebe und den sie auf der Reise nach Tiberias aufsuchen wollten. Ob es weit sei nach Nazaret? Wieder Gekicher und dann das Angebot auf das Flachdach zu steigen, von dort könne man das Drecksdorf sehen … Sie sagten wirklich *Drecksdorf*. Also stiegen die Drei hoch auf das Flachdach und tatsächlich war in einiger Entfernung ein jämmerliches Dorf an einer Hanglage zu sehen. Salomes Herz fiel wie in eine tiefe Schlucht. In der Schriftrolle stand, dass Jeshua von den Bewohnern und sogar von seiner Familie unfreundlich aufgenommen wurde. Man lehnte ihn ab, misstraute ihm, so steht geschrieben : Woher hat er das alles? Und: Sie nahmen Anstoß an ihm. Das also war Nazaret! Beklommen stieg Salome wieder hinunter, gab den Mädchen zwei Münzen und verschwand in ihrem Raum. Dort vertiefte sie sich ins Gebet und schreckte auf, als es an ihre Tür klopfte.

Lukas war wieder da. Sein Gesicht strahlte, er wirkte geradezu begeistert, seine Bedächtigkeit und sein Zögern waren völlig verschwunden. Ja, er hatte etwas erfahren können. Bei den Bauhandwerkern berichtete einer von seinem verstorbenen Vater, der oft von fünf Brüdern aus Nazaret erzählte. Sie hätten mit ihm gearbeitet und auch der alte, schon schwächliche Vater war dabei gewesen. Der konnte aber nur noch Handlangerdienste übernehmen. Alles tüchtige Männer, ja, aber der Älteste – den Namen hatte er vergessen – also dieser sei sehr merkwürdig gewesen. Der habe nach der Arbeit oft herumgesessen, fremde Leute beobachtet, mit ihnen das Gespräch gesucht, sogar mit Frauen! Und sich ihre Sorgen angehört. Und jedes Mal wenn er zur Baustelle kam, wartete eine Horde von Straßengören auf ihn. Denn er habe mit den Kindern gesprochen, sogar mit ihnen gescherzt und sie getröstet, in den Arm genommen. Manchmal habe er ihnen auch etwas Brot zugesteckt. Wildfremde Bälger! Davon etliche nicht ehelich gezeugt! Eine Schande! Oft legte er ihnen die Hände auf und segnete sie. Das Komischste aber: er selbst habe keine Kinder gehabt, sei ohne Frau gewesen und manche tuschelten, dass der Alte nicht der Vater dieser Menschen gewesen sei. Naja, was soll schon aus Nazaret kommen? Hungerleider mit unehrenhaften Familien. Andererseits habe dieser älteste Sohn so eine seltsame Art gehabt, dass niemand ihn verspottet habe. Er wäre irgendwie anders gewesen und man ging ihm aus dem Weg. Die anderen vier Brüder waren ganz normale Leute, die zum Erstgeborenen auch Abstand hielten.

Der Vater des Erzählers war schon lange tot, aber er konnte sich nicht darüber beruhigen wie sich dieser Mensch um Kinder kümmerte. Unnütze

Esser, die den Arbeitenden das Brot wegnahmen ... Namen konnte er keine mehr nennen.

Lukas schwieg, er war von seinem Bericht selbst ergriffen. Auch Salome war tief berührt, sie sprach aus was beide dachten: „Das war Jeshua, das war der Herr". Morgen wollten sie in aller Frühe nach Nazaret aufbrechen.

Es stimmte was die Mädchen gesagt hatten: keine Straße, nur ein Trampelpfad führte zu dem unansehnlichen Dorf. Lukas hatte sich vorher genau erkundigt einen Weg zu finden, der nicht an den Kreuzen vorbeiführte. Gab es eine abgelegenere Gegend? Obwohl in unmittelbarer Nähe Sepphoris, eine blühende Stadt lag, und nicht weit von hier war die Via Maris, die uralte Handelsstraße, die seit altersher Ägypten mit Mesopotamien verband. Die Römer hatten sie befestigt und ausgebaut, sogar Wachstationen gab es. Trotzdem ... Nazaret lag in einem toten Winkel.

Je näher die beiden Reisenden den armseligen Behausungen kamen, umso mehr mussten sie den Mädchen Recht geben: Das Dorf bot einen jämmerlichen Anblick. Ein Haufen schäbiger Lehmhütten, eng auf einem Bergabhang gebaut, keine öffentlichen Gebäude, nur eine Wasserstelle und auch keinen Markt. Gab es eine Synagoge? In der römischen Schriftrolle wurde davon berichtet. Auf den ersten Blick konnte man nichts feststellen. Schätzungsweise 200–300 Menschen lebten hier, große Familien mit vielen Kindern. Alte waren nur vereinzelt zu sehen. Wer wurde unter diesen Umständen auch alt? Das also war die Heimat des Herrn. Hier musste es noch Spuren von ihm, Augenzeugen und bestimmt auch Nachkommen geben. Aber es galt sich vorsichtig zu bewegen und nicht als Griechen sondern als Juden aufzutreten. Nur keinen Argwohn erwecken, arme Leute sind immer misstrauisch, vermuten in Fremden nichts Gutes ... überlegte Salome. Sie wusste, dass es nun auf sie ankam denn sie sprach fließend Aramäisch. Von ihr würde es abhängen ob sich die Menschen öffneten.

Die Dorfstraße war steil und unübersichtlich, die Behausungen klebten wie kleine Schachteln am Berg. Hühner, etliche Hunde und Scharen von Kindern bevölkerten die Dorfstraße. Aus einem unscheinbaren Haus, das sich nur durch zwei große hölzerne Türen von den anderen Hütten unterschied, trat ein alter Mann mit einem umgelegten Gebetsschal.

„Das muss die Synagoge sein", rief Salome aufgeregt dem Bruder zu, „lass uns hineingehen". Natürlich waren die beiden Fremden bereits von einer

Schar Kinder und Frauen umringt, die sie neugierig beobachteten. Lukas band die Esel an einem Pflock fest, dann öffneten sie die knarrende Holztüre und betraten einen sehr dunklen Raum. Etwas huschte über den festgestampften Lehmboden, ein Tier das aufgeschreckt worden war. Sehr langsam gewöhnten sich die Augen an das Dunkel. Dann sah man ein primitives, aus Stein gehauenes Lesepult, die Bema, dahinter mit einem verblassten blauen Tuch verhüllt den Toraschrein. Hölzerne Bänke liefen an den Wänden entlang, das war alles. Noch nie hatte Salome eine so erbärmliche Synagoge gesehen. Und hier also hatte Jeshua aus der Jesajaschriftrolle vorgelesen, Ärgernis erregt und er konnte keinen Glauben finden ...

Nirgends ist ein Prophet ohne Ehren als in seiner Vaterstadt, bei seiner Verwandtschaft und im eigenen Hause ...

So, so hatten sich die beiden diesen Ort nicht vorgestellt. Schweigend drehte sich Lukas um und ging hinaus. Konnte es sein, dass der Messias, der Erlöser und Gottes Sohn hier aufgewachsen war? Leichte Zweifel schlichen sich in die Herzen der beiden.

Salome fasste sich zuerst: Gott, betete sie ... ewiger Gott unserer Väter, schicke uns einen Menschen, der uns weiterhilft, der uns leitet. Und es geschah.

Kapitel 3

Die Familie des Jeshua
in Nazaret

Eine ältere Frau mit einem Wasserkrug war inmitten der Kinderhorde stehen geblieben. Ihr Blick traf die große Salome und dieser Blick war frei, offen, anteilnehmend. Da fasste Salome Mut und stellte sich und den Bruder als Juden aus Antiochia vor. Sie suchten die Nachkommen des Rabbi Jeshua, der hier geboren wurde. Seine Familie sei doch von hier? Ob sie weiterhelfen könne? Sofort erschienen Abwehr und Misstrauen auf dem Gesicht der Frau aber Salome hielt dem Blick stand und versuchte durch Freundlichkeit und Offenheit Vertrauen zu erwecken. Unauffällig steckte Lukas der Wasserträgerin eine Münze zu und sie brachte die beiden zu einem Haus, ziemlich in der Mitte des Dorfes gelegen. Es war umlagert von Kleinkindern und zwei junge, bereits abgearbeitete Frauen die ihre Säuglinge auf dem Rücken trugen, erwarteten sie neugierig. Zwei weitere Frauen mahlten Korn mit einer Getreidemühle. Männer waren nicht zu sehen. Vermutlich arbeiteten sie auf den Feldern oder als Bauhandwerker außerhalb. Natürlich erregten die Geschwister Aufsehen, besonders die große Salome, die auf dem Esel geradezu königlich wirkte. Beim Näherreiten umringten sie Scharen von Kindern mit großen Augen und bettelnden Händchen. Eine junge Frau stand vor dem Haus, zu welchem sie geführt wurden.

Wortlos verschwand die Frau mit dem Krug.

Salome fasste sich ein Herz und stellte sich der jungen Frau vor: „Ich bin Salome bat Nathan aus Antiochia und dies ist mein Bruder Lukas. Wir suchen die Nachkommen des Rabbi Jeshua. Bist du eine Verwandte von ihm?" Die Frau zog ihren Schleier über den Mund und flüsterte ihren Namen: „Salome". Die Namensgleichheit war vielleicht ein gutes Zeichen? Ob sie mit ihr sprechen könne? fragte Salome behutsam.

Sie könne nichts sagen, war die Antwort. Ihr Mann Reuven arbeite auf dem Feld und man müsse ihn fragen. – Unterdessen hatte Lukas die Esel an einem mickrigen Ölbäumchen angebunden. Salome holte zwei alte Brote aus der Satteltasche und riss sie in kleine Stücke für die Kinder, die gierig danach griffen. Alle Aufmerksamkeit galt nun der großen Salome und der Kinderschar, so dass Lukas die Gelegenheit benutzte und der Frau aus einer Tüte Nüsse und süße Maulbeeren anbot. Blitzschnell hatte diese einige Süßigkeiten herausgepickt und sich umgeschaut: keiner hatte es gesehen. Dann verschwand sie in der Lehmhütte, winkte der Fremden zu. Lukas verstand, steckte seiner Schwester die Tüte zu und übernahm das Brotverteilen an die Kinder, während Salome in der winzigen Behausung verschwand.

Sie betrat einen kleinen Raum, der mit getrockneten und geflochtenen Palmblättern ausgelegt war. Die junge Frau hockte mit ihrem Kind in einer Ecke und bedeutete ihr ebenfalls Platz zu nehmen. In aller Ruhe faltete Salome die Tüte auf, nahm einige Nüsse heraus und mit einem freundlichen Gesicht ermunterte sie ihr Gegenüber zuzugreifen. Diese griff auch hastig zu und steckte schnell die Süßigkeiten in den Mund. Nun wagte Salome zum Anliegen ihres Besuchs zu kommen und nannte den Namen Jeshua. Ob sie von ihm gehört habe? Ob er ein Verwandter gewesen sei? Auf dem Gesicht ihres Gegenübers malte sich ein kurzes Erschrecken ... dann nickte sie und schüttelte heftig den Kopf. Salome verstand: Sie wusste von ihm aber sie durfte nicht über ihn sprechen. Die Männer hatten den Namen aus der Familie getilgt, so wie Susanna in Caesarea ausgelöscht worden war. Salome war verwirrt: Hatte sie nicht in Antiochia gehört, dass am Wochenfest in Jerusalem die Apostel, die Jünger und die Familie des Herrn einträchtig beisammensaßen und den Geist des Herrn empfingen? War nicht Jakov, der Zweitgeborene und Herrenbruder, Leiter der Jerusalemer Gemeinde geworden? Sie war unsicher, ließ sich aber nichts anmerken, denn sie wollte die Frau nicht verschrecken. Hilflos hielt sie ihr noch einmal die Tüte mit den Nüssen und Maulbeeren unter die Nase. Dieser Versuchung schien sie nicht gewachsen zu sein: sie griff sofort zu und auch ein zweites Mal.

„Wir sind doch Frauen und Mütter", versuchte Salome die Situation zu entkrampfen, „mein Bruder will später mit deinem Mann sprechen aber ich möchte mit dir, von Frau zu Frau reden. Bitte sprich mit mir. Ich werde niemand sagen, dass du mit mir gesprochen hast, das verspreche ich beim Leben meiner Kinder". – Eine Lüge, durchzuckte es sie. Meine Kinder sind tot. Aber welche Sicherheit kann ich dieser einfachen Frau geben? Der Herr vergebe mir. Leicht schüttelte sie diesen Gedanken ab denn sie konnte stets pragmatisch abwägen was zum Ziel führen könne und was nicht. Zögerte sie, war sie unsicher, so würde sie nichts erfahren. Und außerdem, befand sie kühn: meine Kinder sind bei dem Ewigen. Jeshua hat uns gelehrt, dass die Toten auferweckt werden. „Bitte, kannst du mir nicht eine Begebenheit erzählen, die nur für Frauen ist? Gibt es eine Geschichte aus der Kindheit des Jeshua?" Dann reichte sie ihr die Tüte und sagte fest: „Nimm!" Schnell griff die junge Salome danach und ließ die Tüte in ihrem Gewand verschwinden. Sie schaute sich vorsichtig um als wären noch Zuhörer da und deutete auf die Tür. Salome stand auf und drückte die einfache Holztüre zu.

Nun begann die Frau zu reden: „Dieser Mensch hat nur Unglück und Schande über unsere Familie gebracht", stieß sie hastig hervor. Sie sprach einen starken galiläischen Dialekt mit dem die Zuhörerin Probleme hatte, denn ihre Aussprache war vernuschelt und oft verschluckte sie die Endsilben ... „Schon als Kind war er hochmütig und ungehorsam und folgte seinem eigenen Willen, nicht seinen Eltern ... Einmal war die ganze Familie auf der Wallfahrt nach Jerusalem zum Pessachfest. Jeshua war zwölf Jahre alt, er hatte noch keine Bar Mitzwa, er war noch ein Kind. Viele Menschen zogen mit, auch viele Familien aus Nazaret. Jeshua war oft und gerne bei anderen Menschen und als die Eltern ihn nicht sahen machten sie sich keine Sorgen. Sie dachten: er ist bei Verwandten und Nachbarn, obwohl sie bereits auf dem Heimweg waren. Dann aber, nach einer Tagesstrecke, war er nicht auffindbar und so machten sie sich voller Sorgen auf den Weg nach Jerusalem zurück. Verzweifelt suchten sie ihn drei Tage, bis sie ihn im Tempel fanden. Er saß bei den Lehrern, hörte ihnen zu und stellte viele Fragen. Die Lehrer waren außer sich über sein Wissen, sein Verständnis und seine Antworten. Auch Maria und Josef waren außer sich und Maria sagte: *Kind, was hast du uns angetan? Dein Vater und ich, voll Kummer suchen wir dich.* – Doch er erwiderte nur: *Warum sucht ihr mich? Wisst ihr nicht, dass ich im Haus meines Vaters sein muss?* – Beide verstanden die Rede nicht. Doch er ging mit ihnen hinunter nach Nazaret. Er gehorchte aber nicht wirklich, doch ich erzähle nichts weiter ... frag meinen Mann Reuven".

Was für eine Geschichte! Sie musste wahr sein, sie passte in das Bild, das in der römischen Schriftrolle geschildert war. Der Vorfall war unerhört, wieder ein Verstoß gegen die Tora, gegen das vierte Gebot. Und diese Antwort: Mein Vater ... wer war sein Vater? Josef nicht, auch in der Schriftrolle ist er der *Sohn der Maria*, was auf eine außereheliche Geburt hinweist.

Salome war im Innersten erschüttert, sie verstand was ihr aus dem Mund dieser armen unwissenden Frau mitgeteilt wurde: Der Vater von Jeshua war der Ewige selbst! Niemals hätte sie sich diese Geschichte ausdenken können. Hastig erhob sich die junge Frau, ging nach draußen, beruhigte das quengelnde Kind mit Auf- und Abgehen.

Sie hatte genug gesagt, mehr war nicht möglich, verstand Salome sofort. Sie war keine Blutsverwandte, hatte in die Familie hineingeheiratet, musste vorsichtig sein. Noch eine ganze Weile saß Salome stumm und erschüttert da, aber sie fühlte sich reich beschenkt. Die Zeit verstrich und irgendwann hörte sie Männerstimmen. Reuven, der Ehemann war gekommen. Nun also sollte sie einem leiblichen Verwandten des Herrn gegenübertreten. Sie war in höchster Anspannung.

Wie so oft musste sich Salome bücken als sie aus dem Haus trat. Lukas war mit einem Mann im Gespräch. War das Reuven? Es schien so, denn Lukas deutete auf seine Schwester und sein Gesprächspartner zeigte Verwunderung als er die hochgewachsene Salome sah. Das Überraschungsmoment war stets auf ihrer Seite, von daher war sie immer etwas im Vorteil. Auch Reuven musste zu ihr aufblicken und er tat es genauso widerwillig wie alle Männer. Die dichten Brauen hatte er zusammengezogen, seine Augen blickten verärgert, seine Miene war missmutig.

„Meine Schwester Salome", stellte sie Lukas vor und fügte schnell hinzu: „Sie versteht und spricht ausgezeichnet Aramäisch und ist als Übersetzerin für mich unverzichtbar. Von daher bitte ich dich um dein Verständnis, dass sie bei unserem Gespräch anwesend sein muss". – Lukas der Schlaukopf, lachte Salome in sich hinein, er lässt dem anderen keine Wahl, er muss mich akzeptieren und anscheinend hat er ihn bereits zum Gespräch überredet. Was täte ich ohne ihn? So versuchte sie einen schüchternen, fast demütigen Eindruck zu vermitteln, was ihr aber nicht gut gelang. Jedenfalls musste sie vorsichtig sein und sollte möglichst keine eigenen Fragen stellen.

Reuven nickte leicht verdrießlich und bedeutete den Fremden einzutreten. Er führte sie in einen rückwärtigen Raum, der mit einigen Polstern ausgestattet war. Beim Hinsetzen wurde klar, dass es sich um Kissen mit gefülltem Stroh handelte. Nun hing viel davon ab wie gut sich die Geschwister ohne Worte verständigen konnten. Aber Salome vertraute ganz ihrem langjährigen Zusammenspiel. Gleich zu Gesprächsbeginn stellte sich heraus, dass Reuven das gebrochene Aramäisch von Lukas verstand, dieser aber die Antworten des anderen nur unvollständig. Lukas begann zunächst noch einmal ihren Reisezweck zu verdeutlichen und dass viele Menschen sich eine neue Schriftrolle über Jeshua aus Nazaret erhofften. – Eigentlich ganz schlau, dachte Salome zufrieden.

Reuven war der Enkel des Simon, des jüngsten der Herrenbrüder. Er arbeitete auf dem Feld, war Bauer und kein Bauhandwerker. Ja, es habe in der vorigen Generation noch etliche Bauhandwerker gegeben, dann aber seien die meisten Verwandten aus Nazaret abgewandert, einige sogar bis Alexandria. Er und seine Kinder wären die einzigen Blutsverwandten des Jeshua.

Ob es noch andere Verwandte gäbe?, hakte Lukas nach.

Mit abgewandtem Kopf murmelte Reuven: „Jona, der Enkel des Jakov, lebt als Fischer am See Kinneret. Aber wir haben uns getrennt und sind ohne Nachricht voneinander."

„Jakov, der Zweitälteste?", entfuhr es Salome, die gleich am Anfang aus ihrer Übersetzerrolle herausfiel.

„Ja, von Jakov dem Zweitältesten in der Familie des Josef", bestätigte Reuven trotzig.

Lukas meinte vorsichtig: „In eurer Familie scheint es eine große Trennung gegeben zu haben, ich meine mit dem Auftreten des Jeshua. Habe ich das richtig verstanden?"

Da platzte es aus Reuven regelrecht heraus: „Trennung? Es war ein furchtbarer Streit, ein Riss, der die Familie endgültig spaltete. Jeshua hat die ganze Familie gegeneinander aufgebracht, ja zerstört. Noch jetzt, in der dritten Generation geht der Streit immer weiter, aber einige haben es nicht mehr ausgehalten und sind ausgewandert. Viele sind auch im römischen Krieg umgekommen. Mein Vater Josef und mein Großvater Simon haben den Bund Israels gehalten. Für sie war Jeshua ein falscher Prophet. Wie kann ein Prophet, der sich auch als Messias ausgab, am Kreuz enden? Das ist doch alles Wahnsinn gewesen und hat furchtbare Zerwürfnisse in die Familie getragen, weshalb ich im Dorf mit keinem darüber spreche und hoffe, dass die Sache langsam in Vergessenheit gerät."

Vorsichtig begann Lukas die Erzählungen der Schriftrolle zu überprüfen. Ob es stimme, dass Jeshua in Nazaret in der Synagoge gepredigt habe und dort Ärgernis erregte?

„Ja", bestätigte Reuven, „es muss schrecklich gewesen sein obwohl Jeshua wohl klug sprechen konnte und auch viele ihm zuhörten. Aber geglaubt haben sie ihm nicht. Er las aus der Buchrolle des Propheten Jesaja vor und hat die Schrift auf sich bezogen:

Der Geist des Herrn ist über mir, denn er hat mich gesalbt und mich gesandt, den Armen frohe Botschaft zu bringen, Befreiung zu künden den Gefangenen, den Blinden neues Augenlicht – Geknechtete in Freiheit zu setzen, auszurufen das Gnadenjahr des Herrn."

„Das ist doch Gotteslästerung!", rief Reuven empört. Sein Vater erzählte, dass die Männer in Nazaret so aufgebracht waren, dass sie ihn aus dem Ort hinausstießen und ihn von einer Anhöhe hinunter stürzen wollten ... „Was er sich einbildete! Er war doch einer von uns, ein einfacher Bauhandwerker aus einer Handwerkerfamilie! Sein Auftreten war beschämend und peinlich. Er selbst sagte: *Kein Prophet gilt etwas in seiner Heimatstadt.* Prophet! Er hatte sich selbst zum Propheten gemacht!"

„Ich verstehe nicht warum man ihn töten wollte. Es gab viele Männer in Israel, die sich auserwählt fühlten und predigten. Und man ließ sie gewähren, hielt sie für Sonderlinge. Warum diese Wut?"

Reuven blickte kurz auf, sein Blick war unsicher. Er räusperte sich und sagte nach einer Weile: „Er hat mit zwei Beispielen aus den heiligen Schriften, mit der Witwe aus Sarepta und dem aussätzigen Syrer Naaman behauptet, dass ihnen die Erwählung des Ewigen zuteil wurde, nicht uns Juden, nicht dem auserwählten Volk".

Lukas schwieg überrascht, blieb aber bei dem heiklen Thema: Da sei in der römischen Schriftrolle – er zögerte etwas – nahm dann aber allen Mut zusammen, also in der Schriftrolle sei eine ungeheuerliche Szene geschildert: Einmal wäre die Mutter Maria mit den Brüdern zu ihm nach Kafarnaum gekommen, in sein Haus, damit wäre wohl das Haus des Petrus und Andreas gemeint gewesen?, also dort hätte ihn wieder die Menge belagert, so dass er nicht einmal Zeit zum Essen gehabt hatte. Da wären seine Verwandten, seine Mutter und die Brüder gekommen und wollten ihn sprechen, sie wollten ihn wieder mitnehmen nach Nazaret. Sie sagten: *Er ist verrückt!* Das wäre doch ungeheuerlich. Ob er davon wüsste?

Reuven lachte kurz auf und meinte grimmig: „Oh ja, es war jahrelang Gespräch hier im Dorf, das Lachen wollte kein Ende nehmen und noch schlimmer: Jeshua habe auf das Verlangen seinen Verwandten ausrichten lassen – er selbst sprach nicht mit seiner Familie – , also er ließ seiner Mutter und den Brüdern vor dem Haus ausrichten: *Wer ist meine Mutter, und wer sind meine Brüder?* Dann zu dem Umstehenden gerichtet: *Das sind meine Mutter und meine Brüder: wer den Willen Gottes tut, ist mir Bruder, Schwester und Mutter."*

Eine Weile schwiegen die Geschwister erschrocken, denn Reuvens Worte deckten sich genau mit dem was in der Schriftrolle stand.

Nun versuchte Lukas das Gespräch in ruhigere Bahnen zu lenken. Er sei verwundert, dass Jeshua wohl sehr spät, erst im Mannesalter öffentlich aufgetreten sei ...

Reuven nickte grimmig: Oh ja, er sei bereits über dreißig Jahre alt gewesen als er anfing zu predigen und herumzuwandern. Schließlich habe er keine Familie gegründet, keine Kinder gehabt. Ein ständiges Ärgernis, dass er als Erstgeborener ohne Nachkommen blieb. Dafür habe er sich immer um fremde, wild aufwachsende Kinder gekümmert. Gehörte sich das für einen gesetzestreuen Juden? Leben wir nicht in unseren Kindern weiter? ... Er sei in der Familie fremd gewesen, so wurde immer erzählt. Eine Schande, ein gesunder Mann ohne Frau und Kinder ...

Warum er nicht geheiratet habe, das sei doch sehr schwierig gewesen sich der Ehe zu entziehen?, wollte Lukas wissen.

„Schwierig?", brummte Reuven, „es muss ein dauernder Streit gewesen sein und der Spott der Nachbarn wurde unerträglich. Aber Jeshua hat sich immer rechtzeitig entzogen wenn die Eltern ihm eine Braut vorstellen wollten. Dann ist er einfach für Wochen in Sepphoris verschwunden und hat dort gearbeitet. Er war viel weg, arbeitete gerne auf Baustellen und beschäftigte sich stets mit fremden Menschen und deren Sorgen. Für die eigene Familie hat er nichts empfunden. Noch schwieriger wurde es als Vater Josef starb und Maria Witwe wurde. Jeshua war als ältester Sohn verpflichtet für sein Mutter zu sorgen aber die beiden waren sich fremd geworden. Maria hat ihn verfolgt, klagte und redete dauernd auf ihn ein. Er hat nie gestritten, nein, er hat geschwiegen und ging seiner Wege. Als er zurückkam da war sofort Freude, Hoffnung … aber dann begann alles wieder von vorn. Gut, Maria hatte noch vier Söhne mit Familien, die sich alle um sie kümmerten, sie war nicht allein". Reuven stockte, lachte dann bitter auf: „Nicht weit von hier, in Nain, sah Jeshua einmal einen Leichenzug. Eine Witwe trug ihren einzigen Sohn zu Grabe und Jeshua sei von Mitleid erfasst worden. Er sagte zu ihr: Weine nicht! Und dann trat er an die Bahre, berührte den Toten und befahl: *Jüngling, ich sage dir: steh auf!* Der Tote habe sich aufgerichtet und geredet und Jeshua habe ihn seiner Mutter übergeben. Was auch immer wahr sei an dieser Geschichte: die Menschen erzählten überall davon, kamen hierher, suchten ihn. Er aber lebte nicht mehr hier, er war in Kafarnaum. Hier konnte er keine Wunder wirken, natürlich nicht, weil alle wussten wer er war: ein Handwerker und Sohn des Josef. Aber seine Mutter Maria, sie hing an ihm und hat ihn allen anderen Kindern vorgezogen, zum Zorn seiner Brüder".

Lukas und Salome tauschten Blicke und Lukas verstand sofort … Sie hätten eine Schrift aus Rom, welche das Leben des Jeshua bis zu seinem Kreuzestod schildert, sagte Lukas eifrig, vermied es aber die Auferweckung zu nennen, und in dieser Schriftrolle würde Jeshua als *Sohn der Maria* bezeichnet, seine Brüder wären auch namentlich aufgeführt: Jakov, Josef, Juda und Simon. Aber warum hieß Jeshua nicht Sohn des Josef?

Reuven lachte kurz und böse auf: „Eine alte Verleumdung meiner Ahnin Maria. Es wurde hin und wieder getuschelt, dass Josef nicht der Vater von Jeshua sei. Ich will zu diesem bösen Geschwätz nichts sagen. Jeshua war besonders, wohl der Klügste unter den Brüdern, er soll auch ganz anders ausgesehen haben. Während es bei uns eine starke Familienähnlichkeit gibt, wäre er von ganz anderem Aussehen gewesen. Aber hätte Josef eine unehrenhafte Frau geheiratet? Warum sollte er das tun? Wäre Jeshua nicht sein Sohn gewesen dann hätte er Maria leicht verstoßen können. Nein, das ist alles Unsinn. Kein Mann, kein gesetzestreuer Jude hätte das getan. Du und deine Schwester, ihr habt doch auch keine Ähnlichkeit, das gibt es doch oft".

Die beiden waren aufgewühlt und baten um etwas Wasser. Reuven rief seine Frau, die mit einem Krug Wasser kam. Alle tranken aus dem Krug und hingen ihren Gedanken nach.

Behutsam begann Lukas wieder das Gespräch: „Und doch muss es später eine Wendung in der Familie gegeben haben, denn wie aus sicherer Quelle berichtet wird, sei Jakov der Zweitgeborene, dann Leiter der Jerusalemer Gemeinde geworden."

Reuven nickte verärgert und bestätigte dies. Ja, Jakov sei plötzlich umgeschwenkt, kein Mensch habe dies verstanden nachdem er jahrelang Jeshua abgelehnt und bekämpft hatte. Dann aber, dann sei er nach der Kreuzigung und einer Auferweckung – ein weiteres Ärgernis – nach Jerusalem gezogen. Obwohl: Jakov sei stets ein gesetzestreuer Sohn Israels geblieben. Beschneidung, Befolgung der Tora, Essens – und Reinheitsgebote habe er auch später immer befolgt. Aber dann seien ganz andere Männer aufgetreten: Griechen, sehr gebildete Leute, die sich immer mehr einmischten in die jüdischen Traditionen. Er habe erfahren, dass sie die Beschneidung und die Tora ablehnten, das alles sei nicht richtig gewesen.– Sein Vater Josef habe ziemlich Angst bekommen und Nazaret nicht mehr verlassen. Sie wären dem Gesetz treu geblieben und würden täglich beten: Sch'ma Israel, der Ewige ist unser Gott, der Ewige ist einzig. In Jerusalem habe die Lehre des Jeshua immer verrücktere Züge angenommen. Dann machten die Hohepriester mit der neuen Sekte Schluss: Jakov wurde gesteinigt, die Gemeinschaft versprengt und später brach der Krieg aus, Jerusalem und der Tempel zerstört. Er verstehe nicht was sie beide jetzt noch wollen?

„Und Maria? War Maria, die Mutter des He ... äh, die Mutter Jeshuas auch in Jerusalem?," warf die unvorsichtige Salome ein und bereute gleich ihren Ausbruch. Doch Reuven schien das nicht zu bemerken, er habe nichts mehr wissen wollen, er habe alles gesagt, mehr könne man von ihm nicht erfahren. Das Gespräch war beendet.

Lukas nickte Salome zu, bedeutete ihr das Ende zu akzeptieren.

Reuven verfiel in dumpfes Brüten. Die Geschwister standen auf, bedankten sich höflich. Salome zögerte: Sollten sie sich nicht erkenntlich zeigen? Lukas schüttelte leicht den Kopf. Benommen traten sie vor das Haus und Reuven folgte ihnen.

„Ich habe euer Nachtquartier geregelt. Rebecca, die Frau, die euch hierher brachte ist Witwe und hat Platz in ihrem Haus. Sie wartet schon auf euch, da vorn. Seht ihr das Haus mit der grünen Tür?"

Lukas gab Salome ein Zeichen und nahm den kleinen gewebten Teppich von seinem Esel. Salome verstand, zog auch ihren Teppich vom Rücken des Tiers, rollte ihn ein und gab ihn ihrem Bruder. Lukas überreichte nun mit vielen Dankesworten die beiden Teppiche Reuven, der sie ebenfalls dankend entgegennahm.

Kapitel 4

Rebecca erzählt

Als sie die Dorfstraße zum gezeigten Haus hinaufritten wurden sie wieder von schreienden und bettelnden Kindern umringt. Lukas erklärte in dem Getöse: „Er wollte kein Geld, aber ich sah, dass ihm die Webteppiche gefielen und ich denke er kann sie in seiner kargen Behausung gebrauchen. Wir haben Wichtiges erfahren und werden von dieser Frau sicher noch mehr hören". Salome stimmte ihm zu, sie war noch ganz in Gedanken.

Rebecca stand vor dem Haus und schien sie mit Ungeduld zu erwarten. Auch dieses Haus war winzig, zwei kleine Räume und eine Feuerstelle. Aber trotz der Armut wirkte es freundlich und einladend. Ein kleines Mahl war schon vorbereitet: Brot, Wasser, Oliven, Trauben und getrockneter Fisch. Rebecca bewirtete die Gäste und erklärte, dass sie mit Salome in einem Raum übernachten würde, Lukas im Zimmer nebenan. Ihr galiläischer Dialekt war noch ausgeprägter als bei Reuven. Lukas entschuldigte sich gleich, dass er Mühe habe zu folgen und es besser sei wenn er sich gleich zurückziehe. Außerdem wolle er noch seine Aufzeichnungen weiterführen. Salome begriff: nur mit einer Frau würde Rebecca ausführlicher und lockerer berichten. Diese war sofort einverstanden und nachdem das kleine Mahl beendet war, zog sich Lukas zurück. Zuvor hatte er über Sinn und Ziel ihrer Reise berichtet.

Salome und Rebecca waren nun allein, zwei Frauen im gleichen Alter aber von unterschiedlicher Herkunft. Zunächst lenkte Salome das Gespräch auf Rebeccas Familie und ob sie noch Verwandte habe? – Oh doch, Rebecca hatte noch zwei Töchter, die im Dorf verheiratet waren. Die Söhne starben bereits im Kindesalter, ihr Mann starb vor einigen Monaten und nun lebte sie allein, unterstützt von den Töchtern. Außerdem habe sie einige Kenntnisse in der Heilkunst und sei als Wehmutter tätig. Da gäbe es immer viel zu tun. Geld bekäme sie nicht aber Nahrungsmittel und auch Hilfe bei körperlicher Arbeit. Sie sei ganz zufrieden, wenn sie auch ab und an einige Münzen erhalte, könne sie gut überleben. Salome verstand den Wink und versprach für ihre Auskünfte ein kleines Entgelt. Dabei dachte sie unentwegt: Ist sie mir nicht ähnlich, diese Rebecca? Sie kann sich selbst helfen, sie ist praktisch und packt ihr Leben an. Ohne Apollos wäre es mir vermutlich genauso gegangen. Apollos – ein Stich fuhr ihr ins Herz. Sie vermisste ihn immer noch: seine Klugheit, seine Liebe und seine große Geduld. Aber sie ließ die Trauer nicht aufsteigen. Jetzt, jetzt musste sie wach sein und die Gunst der Begegnung nutzen.

Rebecca selbst hatte Jeshua nicht mehr erlebt, aber ihre Mutter und die älteste Schwester, die beide verstorben waren. Die beiden erzählten oft von dem furchtbaren Streit in der Familie des Josef. Sie sagte wirklich: furchtbarer Streit. – Josef ben Heli hatte eine große Familie: Fünf Söhne, stattliche Söhne, und drei Töchter. Es war ein großes Glück, wenn eine Familie so viele Söhne hatte und nur wenige Töchter. Jeshua, der Erstgeborene sei besonders klug gewesen. Schon in der Synagogenschule wäre er aufgefallen und der Rabbi wäre bald mit ihm überfordert gewesen. Ob Salome die Geschichte mit der Wallfahrt und dem Verschwinden des Zwölfjährigen kenne? Zwölf Jahre, noch nicht einmal mündig, habe er einfach seine Eltern verlassen und sich drei Tage in Jerusalem herumgetrieben. Habe er keine Angst gehabt? Und wo hat er geschlafen? Wer hat ihm zu essen gegeben? Aber dieses Kind sei so eigenwillig, so furchtlos, so neugierig auf andere Menschen gewesen … und dann die Antwort: *Wisst ihr nicht, dass ich im Haus meines Vaters bin?* Der Tempel! Der Tempel also war sein Vaterhaus? Josef sei ein stiller, sanftmütiger und doch starker Mann gewesen, aber mit diesem Sohn bestraft.

„Und Maria, seine Mutter?" unterbrach Salome den Redefluss.

„Maria … naja, sie war eine ganz übliche einfache Frau. Jung geheiratet, Josef älter aber nicht alt. Sie war lebhaft, konnte sich leicht ereifern, er bedächtig und ruhig. Josef sagte wenig aber er handelte schweigend, viele waren sehr erstaunt über ihn. Warum hat er seinen ungehorsamen Erstgeborenen nie zurechtgewiesen? Wurde er auf Jeshua angesprochen, dann schwieg er. Er ließ ihn gewähren und das war natürlich auch ein Grund warum der Tratsch über Jeshuas Herkunft kein Ende nahm. Vielleicht war er doch nicht der Vater?… Jedenfalls passten er und Maria gut zusammen und wäre Jeshua nicht gewesen dann hätte man diese Familie glücklich preisen können. Aber Jeshua … er stand immer im Mittelpunkt des Dorfklatsches. Er war anders, von ihm ging auch so etwas aus … so … wie soll ich es nennen? Prophet stimmt schon aber da war noch mehr, so erzählte es meine Mutter. Sie sagte oft: unser braver Rabbi Nahum hatte regelrecht Furcht vor diesem Kind, das so schnell lernte, alle Schriften sofort behielt, so gut reden konnte, Fragen stellte, die Nahum selbst nie in den Sinn gekommen wären. Jeshua war nicht ungezogen oder bösartig, nein, er passte einfach nicht zu uns. Vielleicht wäre sein Leben in Jerusalem ganz anders verlaufen. Dort gibt es auch kluge Kinder, klügere Rabbis und Lehrer. Aber Jeshua lebte nun einmal hier, im Dorf, das zwar eine Synagoge hat – aber kein Fremder würde dieses armselige Bethaus als Synagoge erkennen".

Rebecca hielt inne, nahm etwas von den Trauben und reichte sie Salome. „Mhm ... hat euch Reuven nicht erzählt was Jeshua hier im Dorf tat?" Salome verneinte erstaunt.

Rebecca schüttelte den Kopf: „Die Familie hat ihn regelrecht ausgelöscht, ein Schweigegebot verhängt. Warum nur? Er war seltsam, gut. Aber er hat nichts Böses getan, ganz im Gegenteil. Also meine Mutter erzählte, dass Jeshua viele Jahre hier im Dorf ... naja, klingt merkwürdig ... also dass er der Dorfschreiber war. Er konnte gut lesen und schreiben, vor allem konnte er gut erklären und so setzte er notwendige Schriftstücke auf. Heiratsurkunden, Verträge und wohl auch Scheidungsbriefe. Das sei bei ihm aber sehr schwierig gewesen, er habe sich öfter geweigert dies zu tun. Und außerdem unterrichtete er die kleinen Kinder in den Anfängen des Lesens und Schreibens. Sie lernten bei ihm das Alfabet und die Zahlen. Jeshua hat hinter der Synagoge unterrichtet. Da gibt es heute noch einen kleinen Platz mit feinem Sand. Er hat mit einem Stöckchen in den Sand geschrieben und so die Kinder für die Synagogenschule gut vorbereitet. Sie liefen ihm in Scharen nach, auch die Mädchen ... Also eigentlich wäre er ein guter Rabbi gewesen, oder zumindest ein Synagogenvorsteher, dazu wurde er immer wieder gedrängt. Aber er lehnte ab. Er blieb Dorfschreiber obwohl wir immer wieder keinen Rabbi hatten."

„Er hat Kinder unterrichtet?", fragte Salome sehr verblüfft.

„Ja. Er konnte gut mit Kindern umgehen, ganz ohne harte Worte und ohne Schläge. Sein Unterricht war wie ein Spiel. Wer nicht kommen wollte, den hat er auch nicht gezwungen. Aber das war auch gar nicht nötig. Die Kleinen lernten mit Eifer und wenn sie in die Synagogenschule kamen, dann konnten etliche schon richtig gut lesen und schreiben. Vor allem beantwortete Jeshua ihre Fragen und manchmal hätten die Erwachsenen dabei gesessen und gestaunt was er alles mit den Kindern bereden konnte. Davon erzählte meine Mutter oft."

„Du erzählst sehr gut, bitte sprich weiter", bat diese.

Rebecca dachte kurz nach: „Ja, als Kind war er wohl schon auffallend, aber der erwachsene Mann ... nein, die arme Familie. Jeshua wurde Bauhandwerker wie sein Vater und die Brüder, er war fleißig, zuverlässig ... aber ... wie soll ich sagen ... also Jeshua tat nicht das, was er als gesetzestreuer Jude tun sollte: er weigerte sich eine Frau zu nehmen, ja, anders kann man es nicht sagen. Immer wieder wurde eine Braut für ihn gesucht und bevor sie ihm vorgestellt wurde, verschwand er, manchmal für Wochen. Kam er zurück, ging alles von vorn los. Viele Männer versuchten mit ihm zu reden, aber er schwieg. Was wollte er? Manche sagten: er weiß es selbst nicht was er will. Oft zog er sich auf einen Berg zurück, war sehr schweigsam, aber er war kein Gelehrter, kein Schriftbesessener. Einige meinten: Soll er nach Jerusalem und dort Schüler eines berühmten Rabbi werden und vielleicht hätte die Familie zugestimmt, denn Jeshua wurde immer mehr zum Ärgernis. Warum konnte er nicht sein wie alle? Dann wieder saß er bei Frauen und Kindern, hörte zu was die Menschen erzählten, unterrichtete hinter der Synagoge, sogar in Sepphoris war er dafür bekannt. Aber er nutzte sein Wissen nicht aus, er behielt alles für sich, setzte keinen unter Druck. Deshalb erzählten ihm die Menschen gern, sie vertrauten ihm. Er habe gut erzählen können, sprach gut griechisch und seine Rede war voll mit Bildern, leicht zu verstehen und doch tiefe Gedanken. Was sollte mit ihm werden? Er wusste es wohl selbst nicht. Einmal sagte er: *Niemand, der die Hand an den Pflug legt für das Reich Gottes, soll zurückschauen.* Klar, denn wenn man beim Pflügen zurückschaut, springt der Pflug aus der Furche. Dieser Spruch gefiel meiner Mutter besonders, sie hat ihn oft wiederholt. War er verrückt? Nein, er arbeitete gut, war nicht gewalttätig, befolgte die Gesetze. Er war nur so anders ... Mit dreißig Jahren immer noch nicht verheiratet. Seine Brüder hatten schon halbwüchsige Söhne. – Eines Tages war er weg, einfach fort. Und dann hat es sich herumgesprochen, dass er an den Jordan gegangen ist, aber nicht hier in Galiläa sondern weit im Süden, in Peräa, in der Wüste. Und dort hat er diesen Propheten getroffen, den seltsamen Menschen mit Kamelhaargewand, der am Jordan predigte ... wie hieß er doch?"

„Johannes der Täufer".

„Richtig, Johannes der Täufer. Jeshua soll sich ihm angeschlossen haben, aber nicht lange. Dann habe er sich von ihm taufen lassen und da sollen merkwürdige Dinge geschehen sein ... Also nachdem sich Jeshua von

Johannes taufen ließ, hat er selbst angefangen zu predigen. Aber ganz anders als der Täufer. Dieser redete von Buße aber Jeshua immer vom Reich Gottes und von Vergebung, Barmherzigkeit. Er habe immer vom Reich Gottes gesprochen. Aber wie! Er verkündete den Armen, Kranken, Gebrechlichen, den Männern, Frauen und Kindern dieses Reich Gottes. Ja, sogar den Kindern! Er soll sogar gesagt haben: Ich sage euch: Wer nicht wie ein Kind Gottes Reich aufnimmt, der kann nicht hineinkommen. Das ist doch ungeheuerlich, das stellt die Tora in Frage. Nicht Gesetzeserfüllung wäre wichtig sondern unwissend und arm sein wie ein Kind! Wer hat das jemals gehört? Die Kinder ... das war so eine Sache ... immer wieder Kinder, denen er die Hände auflegte und sie segnete. Sicher, arme Wesen, viele ... Keine Eltern, kein Zuhause, sehr traurig aber wir alle müssen uns durch den Tag plagen und ums Überleben kämpfen. In der Jugend meiner Mutter hatte es sogar eine Hungersnot gegeben. Viele wanderten aus, gingen weg. Aber die Römer, sie sind ohne Gerechtigkeit und rauben uns aus: die Steuern werden immer höher, dazu kommt noch die Landessteuer des Herodes Antipas und die Tempelsteuer. Ist es da zu verwundern, dass manche Eltern ihre Kinder aussetzten und verschwanden, weil sie die hungrigen Mäuler nicht stopfen konnten? Und der Krieg machte immer mehr Waisen. Aber wir können uns doch nicht auch noch um herumstreunende Kinder kümmern? Doch Jeshua tat es, er liebte sie und sie liefen ihm nach."

Dieselben Worte, die auch Reuven gebrauchte, dachte Salome nachdenklich, dann, einem plötzlichen Gedanken nachgebend platzte sie heraus: „War Jeshua unansehnlich? Hässlich? Oder hatte er ein körperliches Gebrechen?"

„Nein! Wo denkst du hin!" Rebecca war richtig empört, „meine Schwester und meine Mutter erzählten, dass er ein großer stattlicher Mann war, sogar schön sei er gewesen. Er habe aber anders ausgesehen wie seine Brüder. Ich glaube, meine Schwester war etwas verliebt in ihn. Seiner Mutter Maria sah er schon ähnlich ... nein, nein ... wäre er unscheinbar oder hässlich gewesen, dann wären ihm die Menschen nicht in Scharen nachgelaufen."

„Da gibt es noch ein Gerücht, dass Josef nicht sein Vater gewesen sei".

„Ja, ja ... was den Menschen so alles einfällt wenn einer etwas Besonderes ist. Als ob sich Maria mit sechzehn Jahren in einem Dorf wie Nazaret heimlich einem anderen Mann hätte hingeben können. Hier hocken doch alle eng aufeinander, das wäre nie geheim geblieben. Nein, nein, sie war mit Josef verlobt, die beiden durften zusammen sein und von ihm wurde sie auch schwanger ... vielleicht ein bisschen zu früh aber nach dem Gesetz erlaubt. Nein, nein, nichts war sonderbar oder ungewöhnlich, ganz übliche Leute ... Aber dann kam Jeshua. Ich denke: Neid war da auch dabei, viel Neid. Es muss dann eine Befreiung gewesen sein als er endlich mit dreißig Jahren wegging. Trotzdem trat keine Ruhe ein. Seine Mutter Maria suchte ihn immer wieder auf, sie schwankte zwischen Stolz und Scham. Ihr Sohn konnte heilen, konnte Wunder wirken! Sie verfolgte ihn regelrecht, in seiner Anfangszeit, als er am See Kinneret lehrte. Meine Mutter sagte oft: Gott kann nicht überall sein und deshalb erschuf er Mütter. Immer mehr Menschen liefen ihm nach. Hier in der Synagoge heilte er einmal, aber keiner glaubte an ihn. War er nicht der Sohn von Josef? Lebten nicht seine Brüder und Schwestern bei uns? Der sollte ein Prophet sein? Aber dann heilte er am See Kinneret Lahme, Blinde, Taube, Fallsüchtige und sogar welche, die von Dämonen besessen waren! Da sei ganz Galiläa durchgedreht, erzählte immer meine Mutter. Viele habe er geheilt, aber nicht in Nazaret. Das gab neuen Ärger. Überhaupt diese Heilungen: Krankheit bedeutet Sünde, und Sünde wird bestraft. Besessene sind in der Macht des Teufels und Aussätzige müssen aus der Gemeinschaft ausgeschlossen werden. Das weiß doch jedes Kind. Aber Jeshua widersprach: diese Menschen waren für ihn keine Sünder sondern Arme, Ausgestoßene. Er hat sie von ihren Leiden befreit, aber war das richtig? Meine Mutter sagte: er pfuscht dem Ewigen ins Handwerk. In der Familie wurde er abgelehnt. Josef, der Vater war schon früh gestorben. Dann kam alles immer schlimmer. Die vier Brüder hatten keine Gewalt über ihn und als er anfing Kranke zu heilen, da kamen Menschen ins Dorf, suchten ihn und schrien: *Jeshua, Sohn Davids, erbarme dich meiner.* Ja, das hatte sich auch schnell herumgesprochen. Er war wirklich aus der Familie von König David und es gab auch noch etwas Besitz in Betlehem. Wenn die Familie Gewalt angewandt hätte, wäre sie von seinen Anhängern umgebracht worden."

„Aber er wurde dann wirklich getötet und sogar schrecklich am Kreuz", Salome hatte Mühe das Gespräch noch zu lenken.

„Das Kreuz! Auch noch diese Schande", eiferte sich Rebecca, „aber wenn die Römer ihn hier in Galiläa gekreuzigt hätten – undenkbar! Einen Aufstand hätte es gegeben. In Jerusalem war er unbekannt und dann war Pessach, die Stadt voll mit Fremden. Da war es günstig ihn zu verhaften und so nutzen die Hohepriester das aus. Pilatus war es egal. Ein Galiläer, ein Zelot, mehr oder weniger am Kreuz ... er tat was die Hohepriester von ihm verlangten. Schließlich wollte er keinen Aufruhr, wie so oft an den hohen Feiertagen".

„Und dann?", frage Salome lauernd, „und dann?"

Rebecca schüttelte den Kopf, „die wahnsinnigen Ereignisse waren noch nicht zu Ende. Plötzlich wurde erzählt Jeshua sei vom Tod auferweckt worden und seinen Jüngern erschienen. Die arme Familie hier im Dorf. Zu der Schande brach nun auch der Spott herein".

„Und Jakov?"

Rebecca schnaubte: „Jakov! Ist Wahnsinn ansteckend? Jakov hatte die ganzen Jahre unter Jeshua gelitten und ihn sogar bekämpft. Aber dann ... von Heute auf Morgen war er zu einem überzeugten Anhänger seines Bruders geworden. Und er zog noch andere Familienmitglieder mit. Es war wie eine Krankheit, die weiterging. Er verließ Nazaret, ging nach Jerusalem. Dort sei er gesteinigt worden, sagte meine Mutter. – Ich kenne das alles nur aus Erzählungen aber wenn ich dir das berichte, so denke ich: das kann in Nazaret nicht geschehen sein. Und immer noch gibt es kein Ende." „Ja," sagte Salome langsam," die Mahlgemeinschaften des Rabbi Jeshua verbreiten sich immer mehr. Ich habe zuerst in Antiochia von ihm gehört." „Dann glaubst du an ihn?", Rebecca war fassungslos, „du gehörst zu seinen Jüngerinnen?"

„Ja, ich glaube an ihn", erwiderte Salome fest.

„Wer war er? Sag mir: Wer war er?" flüsterte Rebecca in höchster Anspannung.

„Er war der Messias, der Gesandte des Ewigen."

Die Nacht wurde lang und die beiden Frauen fanden kein Ende in ihrem Austausch. Nun hatten sie die Rollen getauscht. Rebecca war die Fragende, Salome antwortete. Erst nach Mitternacht fanden sie Ruhe und konnten einschlafen. Salome schlief ruhig und fest, ihr Herz war froh, ihr Geist jubelte. Rebecca aber war so aufgewühlt, dass sie kaum Schlaf fand.

Die Sonne stand schon höher am Horizont als die beiden Frauen aufwachten. Salome fühlte sich frisch, tatkräftig und fast verjüngt, Rebecca hatte dunkle Ringe unter den Augen und wirkte sehr nachdenklich und zerstreut. Nach dem Morgenmahl bedankten sich die Geschwister herzlich und Lukas wollte ihr ein Beutelchen überreichen.

„Nein!", schrie sie, „nein, ich will kein Geld. Euer Besuch war als hätte jemand die Tür aufgestoßen, als wäre ich von einem dunklen Raum ins Licht gekommen. Nein, ich habe euch zu danken und ich werde beten und dann will ich an den See wandern und dort Jona suchen. Er soll mir noch mehr über Jeshua erzählen."

„Du meinst Jona in Kafarnaum?", hakte Salome sofort nach, „wo ist er? Wie können wir ihn finden?"

„Er ist Fischer, er muss ein Boot am Hafen haben, dort werdet ihr ihn finden," sagte Rebecca nachdenklich, „geht ihr voran, eure Zeit ist begrenzt. Ich muss das alles im Herzen bewahren, mich erinnern und darüber nachdenken was ich von euch gehört habe. Dann werde ich an den See pilgern."

Die Geschwister verabschiedeten sich, umarmten Rebecca und nach einigen Drängen nahm sie eine Tüte mit Nüssen und süßen Maulbeeren von Salome an. Als die beiden auf ihrem Esel weiterzogen stand sie noch lange am Ende des Dorfes und winkte.

Auf einer Anhöhe sahen sie weit ins galiläische Land: im Süden die fruchtbare Jesreel-Ebene, dahinter die Berge Samarias mit dem heiligen Berg der Samaritaner, dem Garizim. Im Westen, ganz am Horizont blinkte das Blau des Mare Nostrum. Im Norden und Osten der gewaltige, schneebedeckte Hermon, dahinter die Gebirgsmasse des Hochgebirges vom Libanon. So abgelegen Nazaret schien, war es nicht doch zentral gelegen?

Schweigend ritten die Geschwister in die Frühlingslandschaft hinein. Dann erzählte Salome von ihrem nächtlichen Gespräch. So ritten sie mehrere Stunden, jeder in die eigenen Gedanken versunken. Plötzlich hielt Lukas seinen Esel an und meinte: „Ich kann nicht weiter. Soviel haben wir erfahren. Lass uns rasten und ich muss alles aufschreiben was du erfahren hast, sonst vermischen sich die Erinnerungen."

Salome deutete auf eine breitgefächerte Pinie, die auf einem Hügel stand. Dort rasteten sie und währen Salome sich mit Wasser erfrischte, hatte Lukas sich niedergelassen und seine Schreibtafeln geordnet. Mit sicherer Hand und in sehr kleinen Buchstaben ritzte er in die Wachsfläche. Die Sonne näherte sich langsam dem Horizont. Sollten sie weiterziehen? Lukas wehrte ab, „lass uns hierbleiben. Die Nächte sind mild, unsere Decken genügen und ich kann in Ruhe fertig schreiben, Wasser, Brot, etwas Dörrfisch und Feigen haben wir auch. Bis an den See kommen wir heute sowieso nicht. Also warum nicht hier übernachten? Wir haben beide nicht gut geschlafen. Der Platz ist gut." – Die immer ungeduldige Salome seufzte leicht auf, musste jedoch dem Bruder recht geben. Sie sattelte den Esel ab, richtete das kleine Mahl. Später lagen sie nebeneinander und erinnerten sich an Reuven. War es nicht schrecklich, dass selbst die eigenen Nachkommen Jeshua nur als Ärgernis sahen?

Lukas seufzte leicht und meinte: „Kommt mir bekannt vor, du warst in deiner Jugend doch auch ein Ärgernis in unserer Familie. Später, später, als du gebildet und wohlhabend warst, da wurdest du geachtet denn ohne deine Hilfe hätten wir das Landgut nicht halten können. So sind eben Familien: Alle sollen gleich leben, nicht auffallen und schön in der Familie bleiben. Vor allem: alle müssen die ständige Kontrolle über jeden dulden und mitmachen. Wer das nicht mitmacht, gehört nicht dazu. Ich mit meinem Hinkebein war auch immer so einer, der nicht richtig dazugehörte".

„Aber man hat dich gebraucht, deine Schreib- und Lesekunst", warf Salome ein.

„Stimmt! Gebraucht hat man mich, aber geliebt nicht. Übrigens: dich auch nicht, aber das weißt du doch. Man muss seinen eigenen Weg gehen, das habe ich früh gelernt und auch Jeshua war das klar. Noch vor seinem Auftreten unter den Menschen hat er völlig mit der Familie gebrochen. Nur so konnte er seinen Auftrag erfüllen."

„Schlimm war das ..." kam es nachdenklich von Salome, „musste das so sein?"

„Nein", kam die Antwort, „man hätte ihn auch einfach in Ruhe lassen können, schließlich war er ein guter Mann, der nichts Böses tat, sogar heilen konnte ... Das ist nur die unbedeutende Meinung eines einfachen Mannes."

„Ich finde es schrecklich, dass er von der Familie verstoßen wurde und selbst nie ein gutes Wort über die Familie sagte. Das kann ich so nicht schreiben, das ist so hart und die Menschen würden es nicht verstehen."

„Salome", Lukas atmete tief durch, „Salome, einmal erinnere dich daran, wie hart du oft über unsere Familie geredet hast und genauso wie Jeshua hast du dich um jede Verheiratung gedrückt."

„Das stimmt, aber dann habe ich in Antiochia eine gute Familie erlebt und hatte mit Apollos das Glück einer wunderbaren Ehe."

„Ja, sei froh darüber, dass du das erfahren konntest. Ich habe es nicht erlebt. In unseren Familien geht es immer um Ehre oder Schande. Frauen ohne männliche Kontrolle sind schnell Huren. Ich finde das schrecklich und bin auch froh, dass ich nicht als Frau geboren wurde … Übrigens stimmt es nicht, dass Jeshua nur ablehnend über die Familie gesprochen hat. Er hat die Scheidung verboten um die Frauen zu schützen, die oft rechtlos davongejagt wurden. Wie oft hat er sich um verlassene Kinder angenommen und ihnen Würde gegeben, sie als Vorbild hingestellt. Auch die Alten hat er nicht vergessen: Er hat den *Korban*, das Weihegeschenk für den Tempel verboten, um sich vor der Verpflichtung für die eigenen alten Eltern zu drücken. Zuerst kommt die Verpflichtung für die Eltern, dann das Geschenk an den Tempel. So steht es auch in der Schriftrolle."
„Lukas, du hast Recht. Das ist mir so nicht aufgefallen. Und ich verstehe langsam was diese Mahlgemeinschaften bedeuten, dieses Brotbrechen mit allen Menschen, besonders mit denen, die auch von ihren Familien verstoßen wurden. Die Mahlgemeinschaften, das war seine Familie, eine Familie ohne Hierarchie, ohne männliche Gewalt, ohne Verurteilung und alle sind gleich … aber einige sagen: Das sprengt unsere Ordnung, die Tradition, beschädigt die Gesetze und zersetzt die Familie … Lukas, hörst du noch?"

Aber Lukas schlief bereits tief und fest.

Kapitel 5

Auf dem Weg nach Tiberias zu Sixtus Livius Varro und weiter nach Magdala

Tiberias lag vor ihnen und weit erstreckte sich das galiläische Meer, der See Kinneret.

Kinneret bedeutet in aramäischer Sprache *Harfe*, und genau diese Form hat der See. Hier also lebte Jeshua, hier berief er die Zwölf, sammelte Jünger, predigte vom Reich Gottes, erzählte Gleichnisse und heilte viele Menschen.

Als sie auf einer Anhöhe die reiche römische Stadt Tiberias und den See erblickten, hielten sie bewundernd an und nahmen mit Begeisterung die liebliche Landschaft auf.

Tiberias wurde von Herodes Antipas erbaut und löste Sepphoris als Hauptstadt Galiläas ab. Den Namen wählte Antipas zu Ehren des römischen Kaisers Tiberius. Auch hier gab es ein Forum, Theater, Hippodrom, Paläste und Tempel, alles in diesem herrlichen sanft gelbweißen Kalkstein gebaut. Rücksichtslos ließ Herodes Antipas einen jüdischen Friedhof überbauen, weshalb die Stadt den Juden als unrein galt. Berühmt ist Tiberias durch seine warmen Quellen, die besonders die Römer mit ihren luxuriösen Thermalbädern zu schätzen wussten. Schwerlich konnte man sich eine schönere Stadt in einer schöneren Landschaft vorstellen. Klein war Galiläa, aber wie unterschiedlich. Die Landbevölkerung, welche die Masse des Volkes ausmachte, lebte in *Drecksdörfern* wie Nazaret, während die reiche Oberschicht in unvorstellbarem Luxus schwelgte. Dies galt nicht nur für die Römer, nein, auch wohlhabende Juden, Priesteradel und reiche Kaufleute konnten sich ein Dasein im Überfluss erlauben, während Am – Haarez das Volk, ausblutete und immer mehr Steuerlast aufgebürdet bekam. Das waren die Gedanken, die Lukas durch den Kopf gingen als sie die Stadt erreichten.

„Hier hat Herodes Antipas den Täufer enthaupten lassen", unterbrach Salome seine Überlegungen, „hier war er gefangen und der feige und gottlose Herrscher erfüllte den Wunsch der Herodiastochter nach dem Haupt des Predigers. Warum werden Propheten getötet?"

„Weil sie die Wahrheit sagen", meinte Lukas trocken.

Sie stiegen von ihren Eseln ab und gingen durch eine enge Geschäftsstraße mit vielerlei Auslagen, mit wundervollem Kunsthandwerk und Salome kaufte wieder zwei kleine gewebte Teppiche. Sicher bewegte sie sich durch die vornehme Stadt, die Erinnerungen an Antiochia wach werden ließ. Fast 25 Jahre hatte sie dort gelebt und war Griechin geworden, ohne ihr Jüdischsein ganz abzulegen. Hier wollte sie einen alten Bekannten, einen Kollegen ihres verstorbenen Mannes aufsuchen, den immer gut gelaunten, witzigen und kontaktfreudigen Sixtus Livius Varro. Vielleicht hatte er auch Verbindungen die weiterhelfen konnten? Sixtus war bekannt, sehr schnell wurde ihnen ein Weg zu einer prächtigen Villa mit Portikus gewiesen.

„Moment mal", sagte Salome plötzlich und bedeutete dem Bruder die beiden Esel rechts und links am Halfter zu packen und sich ruhig aufzustellen. Sie griff in eine Satteltasche, verschwand hinter dieser lebendigen Mauer und kam nach kurzer Zeit völlig verändert heraus: Die Haare kunstvoll mit Kämmen aufgesteckt – wie konnte sie das in so kurzer Zeit tun? Und sie trug ein tiefrot-violettes Gewand aus Seide, darüber einen ebensolchen Schleier, den sie im Haarknoten befestigt hatte. Sogar eine leichte Schminke hatte sie aufgetragen.

„Schmuck muss man sich dazu denken", bemerkte sie in ihrer pragmatischen Art, während sie ihren Esel am Halfter packte und voranschritt. „Mein lieber Bruder, jetzt muss ich ein bisschen schauspielern, aber das ist alles im Auftrag unserer Mission."

Am Portikus stand ein älterer, sich seiner Würde und seines Amtes bewusster Sklave, der unsicher: was sollten die Esel?... die vornehm gekleidete, große Salome anstarrte.

„Melde mich deinem Herrn", sagte diese in herablassendem Ton und warf ihm beiläufig die Zügel zu, deutete auf den zweiten Esel und fügte an: „Ich bin Salome, Ehefrau des Apollos aus Antiochia, dein Herr kennt mich."

Der Sklave war über das ungewöhnliche Auftreten verblüfft, denn wie konnte eine so vornehme Domina in einem Seidengewand auf einem Esel reiten und wer war dieser unscheinbare, hinkende Mann? Doch wagte er keine Frage zu stellen, überantwortete einem herbeigeeilten Sklaven die Esel und schritt die Stufen zum Portikus hoch. Dort bedeutete er den seltsamen Fremdlingen zu warten, durchquerte die Eingangshalle mit einem sprudelnden Brunnen und verschwand in einer großen Tür. Kurze Zeit darauf trat ein älterer Mann, wohlbeleibt, groß und breit, in römischer Kleidung heraus breitete die Arme aus und rief: „Salve Salome! Das ist der schönste Besuch seit Monaten. Endlich ein Mensch mit Verstand, Geist und Witz in diesem öden Haus." Er umarmte sie und schaute fragend auf Lukas, den Salome als ihren kleinen Bruder vorstellte.

Nun stürzten die beiden Reisenden in eine ganz andere Welt und Lukas hatte viel Mühe sich in dieser Umgebung zurecht zu finden. Gestern noch in einer Lehmhütte und heute in einem Marmorpalast. Sofort begann Sixtus sie zu bewirten und auszufragen. Salome beherrschte ein wundervoll kultiviertes Griechisch, sie wirkte keinen Augenblick unsicher oder zögerlich, nein, sie war wieder in ihre frühere Welt eingetaucht, in die Welt der Gebildeten und Reichen in Antiochia.

Der alte Römer erwies sich als ein Mann, der seine Schwester wirklich gut kannte, beobachtete Lukas mit Erstaunen und zunehmender Heiterkeit.

Sixtus war ein ausgesprochener Epikureer, nicht verantwortungslos, aber vorrangig genoss er das Leben, fragte nicht nach Woher und Warum, allein wichtig war die Gegenwart. Sein breites Gesicht, sein lachender Mund, die freundlichen arglos blickenden Augen, zeugten von Wohlstand, Genuss, Glück und anscheinend auch von einer robusten Gesundheit. Lachend hob er den Finger: Salome solle ihm nur keine ihrer gut erfundenen Geschichten auftischen, er wisse, dass sie in dieser Kunst eine Meisterin sei. Nein, er erwarte seit Wochen in großer Neugierde ihre Ankunft, die sie in einem Brief angekündigt hatte. Also: was wolle sie in Tiberias?

Was macht sie jetzt? dachte Lukas angespannt. Wie wird sie es hinkriegen diesem Genussmenschen klarzumachen, dass wir auf den Spuren eines gekreuzigten Messias sind?

Salome enttäuschte ihn auch diesmal nicht und sie ging gleich in medias res: „Jesus von Nazaret", sagte sie sicher und klar.

„Wer? Wie bitte?"

„Jesus von Nazaret oder Rabbi Jeshua oder in Antiochia auch Jesus der Christos genannt".

„Noch nie gehört", sagte Sixtus, während er verblüfft in seine Kissen sank, „ein Judäer?"

Nun holte Salome in einem kühnen Erzählbogen aus und schilderte dem staunenden Römer ihren Weg zu diesem Wanderprediger, der das Reich Gottes verkündete, am Kreuz den Tod erlitt und auferweckt wurde. Sie schaffte es tatsächlich in wenigen Sätzen diese unglaublich wahnsinnig anmutende Geschichte ruhig und sachlich darzulegen.

„Salome, das ist die beste deiner Geschichten, die ich je gehört habe", war der völlig verblüffte Kommentar des Alten.

„Keine Geschichte, die Wahrheit", beharrte Salome.

„Also gut, gut ... lass mich zuerst nachdenken". Sixtus erhob sich und schritt im Raum auf und ab.

„Ich habe schon viele verrückte Religionen kennengelernt, aber verzeih mir ... dies ist das Allerverrückteste, was ich je gehört habe. Gut: dass kaum noch jemand mit Verstand die griechisch-römischen Götter ernst nehmen kann, diese Parodie auf die Menschen, dass es Leute gibt, die einen ägyptischen Totengott anbeten, Tiere einbalsamieren, Pyramiden als Grabmonumente bauen, daran hat man sich gewöhnt. Die Ägypter leben nur um sich auf den Tod vorzubereiten und als Mumien zu enden – Hochkultur heißt das, aber für mich irrsinnig. Oder Kybele mit ihrem Sohn-Geliebten und dem schwarzen Stein, der Mithraskult mit der Stieropferung für Soldaten, die Isis-Verehrung ... eine Frau, die den zerstückelten Leichnam ihres Mannes zu neuem Leben erweckte und mit ihm einen Sohn zeugte ... ich dachte immer. Ich kenne alles. Aber was du mir da erzählst, das macht mich geradezu sprachlos! Das kann sich kein Mensch ausdenken: ein Gekreuzigter als Prophet – Messias – oder sogar Gott?"

„Genau", antwortete Salome nüchtern, „das kann sich keiner ausdenken." Ein Riss tat sich auf, ein tiefer Riss zwischen zwei Menschen, die sich bisher geschätzt hatten, die wunderbare Jahre in Antiochia gemeinsam mit Apollos verlebten und sich nun fremd gegenüberstanden.

Sixtus ging weiter schweigend auf und ab, auch Salome schwieg. Dann blieb der Alte in seiner ganzen Größe und Breite vor den Gästen stehen und seine Stimme verriet schon eine gewisse Distanz, eine Unterkühltheit, die auch Ablehnung spüren ließ. „Warum tust du dir das an?" begann er wieder und musterte Salome eindringlich. Lukas hatte er völlig vergessen, „warum tust du dir das an? Haben die Götter, oder wer auch immer, dich nicht reich gesegnet? Mit Schönheit, Geist, Witz und mit der ganzen Wendung deines Schicksals, das dich ins Haus des Apollos brachte? Ist das nichts? Solltest du nicht dankbar sein für dieses Glück? Dein Leben genießen?.... Salome!" Er beugte sich leicht zu ihr hinunter, „du bist nicht mehr jung, du hast das fünfzigste Jahr überschritten aber du bist bei guter Gesundheit, Apollos hat dich mit einem Fideikommis abgesichert, du lebst in Frieden mit seinen Söhnen aus erster Ehe. Warum willst du das alles wegwerfen? Was bietet dir dieser Rabbi Jeshua, der doch offensichtlich gescheitert ist? Auferweckung ... gut, gut ... auch nichts Neues. Römer und Griechen kennen sowohl Götter in Menschengestalt als auch die Entrückung auf den Olymp oder wohin auch sonst. Das sind doch alles keine wirklich neuen Idee, das ist doch nur ein Wirrwarr von – Entschuldigung – Albernheiten, welche die Welt noch verrückter machen."

Salome stand nun auch auf und sie war so groß, dass sie Sixtus gerade in die Augen blicken konnte: „Nein, so ist es nicht, lieber Sixtus. Es ist keine neue Mythologie, der ich anhänge. Jesus von Nazaret ist eine historische Person, gekreuzigt unter Pontius Pilatus, begraben in Jerusalem und dort auferweckt. Sein Grab ist leer. Woher sonst sollten die Jünger den Mut nehmen seine Lehre überall zu verkünden? Sogar das Martyrium auf sich zu nehmen? Jesus hat uns den Weg gewiesen mit Neid, Gier, Stolz, Hass und Gewalt zu brechen und schon hier in dieser Welt ein Reich des Friedens zu errichten, das Reich Gottes. Keine Unterschiede, Gemeinschaft mit allen. Vor Gott sind alle gleich, das war seine Botschaft."

„Gemeinschaft mit allen Menschen? Was verstehst du darunter?"

„Jesus von Nazaret hat eine Tischgemeinschaft begründet, eine Gemeinschaft, in welcher alle, wirklich alle Menschen eingeladen sind: Reiche und Arme, Freie und Sklaven, Gesunde und Kranke, Kinder und Greise, Männer und Frauen, Judäer, Römer und Griechen ... einfach alle!"

Sixtus verblüffter Ausdruck war in pures Entsetzen umgeschlagen: „Eine Tischgemeinschaft mit ALLEN? Nein danke, ohne mich. Was soll das für einen Sinn machen? Das würde unsere ganze Ordnung umstürzen, den Staat aushebeln, die Priester entmachten, den Kaiser absetzen, die häusliche Ordnung zerstören. Kinder! So ein Unfug, Kinder sind noch keine Menschen. Die meisten sterben sowieso früh ..."

„Wenn sie nicht von ihren Vätern getötet werden", unterbrach ihn Salome.

„Ganz recht! Das ist das gute Recht des pater familias. Warum sollen unnötig viele Menschen, verkrüppelte Kinder, zu viele Mädchen, Schwache und Blöde am Leben bleiben? Wo kämen wir dahin? Sie alle sind nur eine Belastung für den Staat, für gesunde Familien. Und Frauen sollen nicht mehr im Besitz ihrer Männer sein, wenn ich dich richtig verstanden habe?"

Salome nickte.

Nun schlug Sixtus Haltung endgültig in Ablehnung um: „Nein, es tut mir leid, dass wir in diesen Konflikt geraten sind. Ich kann deine Wandlung nicht verstehen. Wusste Apollos davon? Was hat er von diesen Ideen gehalten?"

„Apollos kannte diese Ideen, ja. Er hat mir – wie immer – keine Hindernisse aufgestellt und schließlich habe ich in seinem Haus auch die ersten Christianoi kennengelernt, damals in Antiochia."

„Christianoi?"

„So nennt man inzwischen die Jünger und Nachfolger des Jesus aus Nazaret. Apollos war immer sehr offen und schaute nie zurück. Deshalb ließ er diese Freunde auch weiter zu, die zu Anhängern des neuen Glaubens wurden."

„Freunde?"

„Du erinnerst dich sicher an Flavius, Livius, Marcus ..."

„Hör auf! Du willst doch nicht sagen, dass die alle Anhänger dieses Rabbi wurden?"

„Doch," war Salomes bestimmte Antwort.
Wieder ging Sixtus auf und ab, dann blieb er vor Salome stehen. Lukas hatte sich erhoben, er verstand: das war der Abschied, nein Rausschmiss. Salome kürzte ab: „Sixtus, es war schön dich zu sehen und ich freue mich, dass es dir wohl ergeht und du bei guter Gesundheit bist. Lass uns die Vergangenheit dankbar bewahren. Aber jetzt trennen sich unsere Wege und ich möchte dich nicht weiter belästigen. Vale, Sixtus."

Sie verneigte sich leicht und ging schnellen Schrittes zum Ausgang, Lukas folgte ihr.

Vor dem Portikus klatschte Salome energisch in die Hände und rief: „Sklave, die Esel!" Recht schnell kam ein Sklave und führte die beiden Esel vor, Salome nahm das Grautier am Halfter und ging hinaus auf die Straße, tauchte unter im Menschengewimmel. Lukas schaute kurz zurück und sah den völlig verstörten Sixtus unter dem Portikus stehen. Dann folgte er Salome, die zielstrebig in eine Gasse einbog und verschwand.

Als Lukas sie einholte, schnaubte sie kurz: „Warte hier, ich muss mein Kleid wechseln." Und genauso schnell wie vorhin hatte sie das Seidengewand mit dem groben Kleid einer einfachen Judäerin vertauscht. „Es war eine Torheit hierher zu kommen, mein Fehler," stieß sie zwischen zusammengepressten Lippen hervor. „Finde ich nicht," meinte Lukas nachdenklich, „mir hat es geholfen viel zu verstehen, besonders habe ich jetzt begriffen welche Kraft, ja Gewalt in der Lehre des Jeshua liegt. Sixtus hat das gut erkannt. Diese Lehre würde die Welt verändern und die Letzten würden die Ersten sein. – Und außerdem meine liebe Schwester, es war doch auch eine komische Wiederholung der Geschichten die wir in Nazaret hörten: Wie Jesus wurden wir nicht angenommen, für verrückt erklärt. Da kann man nur weggehen."

„Und den Staub von den Füßen schütteln", murmelte Salome.

„Wohin?"

„Nach Magdala, aber zuerst muss ich dieses alberne Kleid verkaufen. Gut, es wird unsere Reisekasse auffüllen."

Magdala war eine Überraschung. Durch Ruinen, sogar Ruinenfelder ritten die Geschwister. Doch in Teilen hatte man die Stadt wieder aufgebaut. Nach dem jüdisch-römischen Krieg kehrten viele Einwohner wieder zurück und versuchten einen Neuanfang. Die Märkte und der Fischhandel, wichtig für die vorbeiführende Via Maris, belebten die Ruinenstätte. Schon immer war Magdala für seinen großen Fischhandel bekannt und überall roch es nach Fisch, der Geruch überlagerte alles. Salome überwand sich und ging direkt zu den Fischverkäuferinnen. Hier versprach sie sich die besten Auskünfte über die Zeit des Jeshua. Fischverkäuferinnen und Marktfrauen hatten viele Verbindungen, waren meistens alteingesessen. Hier wollte sie ihr Glück versuchen.

„Bleib mit den Eseln da, Lukas", bat sie den Bruder, „ich will weiter hinein in den Markt und da wird es sehr eng. Sicher werde ich jemanden finden, der sich erinnert." So verschwand sie im Markttreiben und steuerte bewusst die Fischbänke an, wo hauptsächlich Frauen lautstark ihre Waren anboten. Sehr schnell hatte sie eine alte Frau im Blick. Alte Leute wussten bestimmt noch etwas aus der Zeit als Jeshua hier lebte.

Eine ältere aber rüstige Fischfrau schrie mit einer schneidenden Stimme, die das Gepolter der Männer mühelos übertönte: „Kauft Fische bei Marta, nirgends ist Fisch frischer, größer und billiger. Fisch aus dem Kinneret, jeden Morgen ein frischer Fang! Martas Fische sind die besten!" Grell und scharf beherrschte diese Stimme fast den ganzen Markt und viele drängten sich auch zu ihr, die Fische zu begutachten. Mit flinken Augen überwachte Marta die Kundschaft und hatte offensichtlich viel Erfahrung wie diebische Hände mit harten Stockschlägen erwischt wurden. Während sie schrie, ihre Fische verteidigte und die Kundschaft befehligte, wickelte eine junge Frau die Fische in Palmblätter ein, verschnürte sie und übergab sie den Kunden, während Marta zwischendurch noch abkassierte. Nichts entging ihr, sie konnte sehr schnell rechnen, Münzen herausgeben und trotzdem alles im Blick behalten.

Eine Weile stand Salome und genoss die Szene, bewunderte die Alte, die bestimmt schon einige Stunden verkaufte. Die muss es sein!, beschloss Salome, sie weiß bestimmt etwas, sie muss über sechzig Jahre alt sein, also vielleicht hat sie als Kind noch Jeshua erlebt? Langsam drückte sie sich durch die Menge nach vorn und kaufte zwei wundervoll frische Fische, die schon ausgenommen und gesalzen waren. Unser Abendessen ist gesichert, dachte Salome. Brot haben wir noch, auch Oliven und Trauben. Dann gab sie sich einen Ruck und schrie fast genauso laut wie die Alte, in einem bewusst groben Aramäisch: „Ich suche eine Übernachtung für mich und meinen Bruder. Kannst du uns Herberge geben?"

Sofort verstummte das Schreien und Marta winkte sie zu sich: „Nimm deinen Fisch und geh an den See. Dort stehen drei Palmen ganz nah beisammen. Bald bin ich fertig und dann komme ich nach und werde euch zu einem Schlafplatz führen. Vertrau mir!" – Gleichzeitig hielt sie die Hand auf, in die Salome zwei Münzen legte und gleichzeitig schlug Marta mit einem Stöckchen einem Knaben auf die diebische Hand. „Verschwinde du Bengel, du Missgeburt und Rabenaas!", schrie sie dabei. Das Kind schaute mit bittenden und hungrigen Augen zur Alten, aber die ließ sich nicht erweichen. Jeshua, was hätte Jeshua getan?, durchfuhr es Salome. Und ohne weiter nachzudenken gab sie Marta noch eine Münze, deutete auf einen Fisch, die junge Frau wickelte ihn ein und Salome winkte dem Knaben ihr zu folgen. Als sie aus dem Gewimmel herauskamen kramte sie in ihrer Umhängetasche, holte ein Stück Brot heraus und gab dies mit dem Fisch dem Knaben, der eine kleine Schwester an seiner Hand führte. Dieser starrte sie fassungslos an, packte blitzartig Fisch und Brot, ergriff Salomes Hand, küsste sie und schnell waren die Kinder im Gedränge der Straße verschwunden.

Berührt und aufgewühlt suchte Salome den Bruder mit den Eseln, der weit hinten, abseits der Straße stand. Während sie weitergingen fiel ihr plötzlich ein: Brot und Fische, wie Jeshua hatte sie Brot und Fische an Hungrige verteilt, an Kinder, kleine Menschen, die von den Erwachsenen verjagt wurden. Welches Schicksal hatten die beiden? Waren die Eltern tot? Vermutlich. Seit dem verlorenen Krieg gab es noch mehr elternlose, herumstreunende Kinder im Land. Krieg, Hunger, Armut trafen wie immer die Kleinsten und Schwächsten am schlimmsten.

Wer ein solches Kind in meinem Namen aufnimmt, der nimmt mich auf … so stand es in der Schriftrolle aus Rom.

„Salome, was ist los? Wo bist du mit deinen Gedanken?", Lukas schaute besorgt auf die nachdenkliche Schwester. Sie schreckte leicht auf, zeigte die Fische in der Tasche und deutete auf das nahe Seeufer. „Komm, lass uns dort essen. Eine Fischverkäuferin wird gleich kommen und uns weiter helfen".

Tatsächlich fanden sie schnell die drei Palmen und nahmen im Schatten großer Blätter Platz. Salome breitete einen Teppich aus, legte Brot, Oliven, Trauben und die Fische auf die Palmblätter vom Markt und Lukas holte den Ziegenbalg mit Wasser.

„Wie gut es uns geht," sagte Salome leise und bedrückt. Dann erzählte sie von den Kindern.

„Die Kindheit ist hart, das wissen wir doch beide," antwortete Lukas nüchtern, „wie alle anderen Kinder haben wir auch ab dem siebten Jahr mitgearbeitet. Ich in den Weinbergen und du musstest das Haus fegen, in der Küche helfen und auf kleine Kinder aufpassen."

„Das ist nicht richtig. Kinder müssen lernen, viel lernen, damit sie später ein besseres Leben haben. Wir mussten wenigstens nicht hungern."
„Manche erkämpfen sich das Lernen, wie du. Wer stark ist und kämpfen kann, sich selbst bezwingen, der kann besser leben, so wie du es getan hast."

„Ich hatte Glück, großes Glück in meinem Leben", murmelte Salome, „lange habe ich gebraucht um das zu begreifen. Und jetzt will ich zurückgeben, anderen helfen, mehr Gerechtigkeit schaffen. Das ist der Sinn unserer Reise. Wenn wir auch eine Schriftrolle schreiben, wie die des Theophilus, dann kann die Frohe Botschaft in alle Länder kommen und das Reich Gottes kann anbrechen."

„Das Reich Gottes", in Lukas Stimme klang Zweifel, „glaubst du wirklich, dass ein Reich Gottes anbrechen wird? Hier in dieser Welt der Gier, Dummheit, Brutalität und Ehrsucht?"

„Jeshua sagte: Jetzt, heute, mit ihm bricht das Reich Gottes an und damit auch die Endzeit. Wie lange sie dauern wird? Vielleicht muss zuvor das Evangelium verkündet werden. Daran halte ich mich fest."

Lukas seufzte und gab dem Gespräch eine andere Wendung: „Schau auf den See, die herrliche Landschaft. Ist es nicht wie im Garten Eden hier? Jedenfalls leben die Menschen hier besser als in Nazaret."

„Wie groß der Kinneret ist, so riesig habe ich ihn mir nicht vorgestellt –
und schau die braunen kahlen Berge auf der anderen Seite. Was ist das?"
„Die Golanhöhen mit den zwölf Städten, ein Gebiet der paganen Völker."

„Ich möchte einmal auf dem See mit einem Boot fahren. Ob wir Jona finden? Vielleicht hat er ein Boot?"

Kapitel 6

Im Haus von Marta und Rut.
Wer war Maria von Magdala?
Bei den heißen Quellen von Tabga

„Aaah ... da seid ihr ... wartet, gleich bin ich da." Eine schrille Stimme durchschnitt die traumhafte Stimmung. Marta kam mit kurzen und kräftigen Schritten die kleine Böschung herunter gestapft. Breit lachend ließ sie sich neben den Geschwistern auf den Boden plumpsen und schrie: „Alles verkauft! Ich habe alle Fische verkauft. Es waren viele Fremde da, viele Reisende von der Via Maris. Ein guter Tag. Und ihr sucht also eine Unterkunft? Ja, da seid ihr bei mir genau richtig."

Bevor Lukas und Salome fragen konnten, redete sie in ihrem schrillen Ton weiter: „Ihr könnt zu mir kommen, zu mir und meiner Schwester Rut. Wir haben ein kleines Haus und auch mehr Räume als wir brauchen." Erleichtert standen die Geschwister auf.

„Was führt euch nach Magdala? Geschäfte? Verwandte?"

Ihrem starken Dialekt und der abgehackten Sprechweise konnte Lukas kaum folgen. Nun musste Salome wieder vor. Diese bemühte sich ihr Aramäisch in Ausdruck und Redegeschwindigkeit anzugleichen: „Nein, nichts von alledem. Wir sind auf der Suche nach Menschen, die uns von Jeshua aus Nazaret erzählen können, dem Wanderprediger, der vor fünfzig Jahren hier am See Kinneret wirkte. Kannst du uns etwas sagen?"
Marta riss die Augen auf und ließ sie flink über die Geschwister hin und her wandern. „Den? Der Wunderrabbi?"

„Genau der!"

„Ha, da kann ich euch einiges erzählen, aber noch viel mehr meine Schwester Rut, sie kann sich besser an ihn erinnern, sie war damals zwölf Jahre alt, sie ist meine große Schwester. Ja, sie redet immer noch von ihm und trifft sich auch mit andern, die ihn kannten. Ich war zu klein. Aber Rut, Rut weiß noch viel. Sie kann ihn nicht vergessen, er konnte heilen, die schrecklichsten Gebrechen. Blinde konnten sehen, Lahme gehen und Aussätzige wurden rein ... aach, den könnte ich jetzt gut gebrauchen. Meine Hände schmerzen immer mehr und manchmal kann ich die Finger kaum bewegen. Zu viel kaltes Wasser, zu viel Arbeit mit den schweren Fischmessern. Aber kommt mit, wir wohnen nicht weit von hier."

Erfreut packten die beiden alles zusammen, beluden ihre Esel und folgten Marta, die immer voraus stapfte.

Das Haus der Schwestern war unscheinbar aber doch größer und stabiler gebaut als die Lehmhütten in Nazaret. Marta kündigte mit ihrer lieblichen Stimme den Besuch an: „Rut, Rut, komm heraus, ich habe Gäste mitgebracht."

Vor die Tür trat eine sehr kleine schmale Frau mit großen wachen Augen. Sie mochte gut die siebzig überschritten haben. Eine große Ruhe ging von ihr aus, was die Ankommenden wohltuend bemerkten. Sie lächelte und bat die beiden herein, während Marta unentwegt redend ankündigte sie müsse noch einmal auf den Markt und mit den Fischern reden. Morgen früh solle sie den ersten Fang geliefert bekommen, besonders die großen und breiten Fische müsse sie unbedingt haben.

Der Raum, in den sie Rut führte war sehr schlicht aber sauber und mit einfachen gewebten Teppichen ausgelegt. In den Sitzpolstern befand sich Schafswolle, kein Stroh. Eine Öllampe und ein Wasserkrug standen in der Mitte, am Fenster einige Blumen in einer einfachen Vase. „Wie schön wieder Besuch zu haben", Ruts Stimme war weich und leise. Wie unterschiedlich Geschwister sein können, wunderte sich Salome. Gibt es einen größeren Gegensatz als die beiden Frauen? Gleichzeitig musste sie innerlich lachen: traf dies nicht auch auf sie und Lukas zu? – Was der eine nicht kann, kann der andere ... Diesen Satz sagte oft Simon, der älteste Bruder. Es klang auch immer etwas Neid mit. Lukas und sie trennte nur ein Jahr und von klein auf bildeten sie ein unzertrennliches Paar, lebten in Abstand zu den viel älteren Brüdern.

Rut sprach ein gutes Koine-Griechisch und so war Lukas von Anfang an nicht vom Gespräch ausgeschlossen. Überhaupt war es merkwürdig, dass Rut sich so frei und sicher gegenüber einem fremden Mann bewegte.

Eigentlich hätte sie sich zurückziehen oder nur mit Salome sprechen müssen. In dieser keimte die Vermutung auf: ist Rut eine Jüngerin des Rabbi Jeshua? Eine Christin? Gerade hatte sie den Gedanken gefasst als Rut sich freimütig als Jüngerin des Nazareners bekannte. Welches Glück! Salome und Lukas tauschten einen geradezu triumphalen Blick. Der Herr hatte sie bisher gut geführt. Nun stürzten sich die beiden mit Fragen auf ihre Gastgeberin und diese gab gerne Auskunft.

Sie sei Mitglied in einer Gemeinschaft des Brotbrechens in Kafarnaum. Ja, sie kenne Jona, den Enkel des Jeshua-Bruders Jakov und auch Simon, den Enkel des Apostels Andreas. Beide leben als Fischer am See und um sie herum habe sich eine Gemeinde gesammelt, die ständig anwächst. Aber man müsse vorsichtig sein. Bedrängnis von allen Seiten: die Juden trennten sich immer mehr von den Jeshua-Jüngern, manche verwehrten ihnen sogar die Synagoge. Und die Römer wurden langsam auf die neue jüdische Glaubensgemeinschaft aufmerksam, denn sie verweigerten den Kaiserkult um Domitian. Dieser nenne sich *Herr und Gott*, ein Titel, der gotteslästerlich sei. Viele Familien seien gespalten, manche stünden sich feindlich gegenüber. Aber all dies habe Jeshua vorhergesagt.

Wo sie sich versammeln würden und wie sie das Brotbrechen feiern? Wollten die beiden wissen. Rut berichtete mit großer Freude und geradezu leidenschaftlich: „Wir versammeln uns am Abend, meistens im Haus der Fischergemeinschaft zu einem einfachen Mahl und dabei gedenken wir Jeshuas, wiederholen seine Worte, beten Psalmen und brechen das Brot. Die Gemeinschaft besteht schon aus fünfzig Gläubigen, aber nicht alle können kommen. Viele leben weit verstreut auf den Dörfern. Auch ein Pharisäer ist dabei, Hesekiel, ein Schriftkundiger und Rabbi. Er hat Jeshua als junger Mann mit eigenen Augen gesehen. Hesekiel hatte auch vor dem Krieg Verbindungen mit der Gemeinschaft in Jerusalem, aber jetzt leben dort nur noch wenige, die Römer wollen nach der Eroberung der Stadt keine Juden mehr dulden, der Kontakt ist abgerissen. Jerusalem ist gefährlich, immer noch vereinzelte Aufstände von den Zeloten."

Lukas und Salome lauschten in größter Anspannung und hatten Fragen über Fragen. Dann erkundigte sich Rut über die Geschwister, über Antiochia und die dortigen Gemeinschaften. Aufgeregt, geradezu erschrocken reagierte sie auf die Nachricht von der römischen Schriftrolle. Was darin geschrieben sei? Lukas und Salome zitierten abwechselnd aus der Schrift, sie konnten sie auswendig. Rut lauschte völlig versunken in ihren Erinnerungen und war hingerissen. „Ihr müsst hierbleiben! Ihr müsst die Schrift unserer Gemeinschaft übermitteln. Hesekiel hat Schüler, die können schreiben und für mich ist es die größte Ehre und Freude meines Lebens, dass ich euch beherbergen darf. Nach Kafarnaum ist es nicht weit. Ich bringe euch dorthin, dann glauben sie euch und haben Vertrauen. Es gibt Menschen die uns feindlich beobachten, einige Landsleute und auch Römer. Manchmal haben wir auch Angst, dass sich ein Verräter in unsere Versammlungen schleicht."

„Kannst du uns etwas über Maria aus Magdala erzählen?", war eine der dringendsten Fragen, die Salome auf der Seele brannte.

„Maria … oh ja", erwiderte Rut eifrig, „ich war damals ein Kind, zwölf Jahre alt, als Jeshua mit seinen Jüngern und Jüngerinnen hier durchzog. Da schloss sich ihm Maria an, sie kam aus einer wohlhabenden Familie und war Witwe. Durch glückliche Umstände musste sie sich keinem Mann unterordnen, denn in ihrer Familie gab es keine Männer mehr, auch ihre Söhne waren gestorben, furchtbar. Sie verlor sechs Kinder, ganz schlimm, die beiden ältesten Söhne kurz vor der Verheiratung. Damals wütete hier ein unbekanntes Fieber und die Kinder starben wie die Fliegen, aber auch viele Erwachsene. Das war eine furchtbare Zeit und wohl auch der Grund warum Maria von Dämonen heimgesucht wurde. Wochenlang konnte sie sich in ihrem Haus einschließen und keinen Menschen sehen … dann aber irrte sie tagelang und sogar auch in der Nacht durch die Stadt, sprach wirres Zeug, schrie manchmal furchtbar auf und niemand konnte sie beruhigen. Jeshua traf sie als er in der Synagoge aus der Tora vorlas und die Schrift auslegte."

„Hier gibt es eine Synagoge?", Salome war erstaunt, „kannst du uns dorthin bringen?"

„Gerne, wir haben sogar eine schöne Synagoge, die wir nach dem Krieg wieder aufgebaut haben," erwiderte Rut eifrig.

„Und wie hat Jeshua Maria geheilt?", beharrte Salome.

„Einmal, als sie wieder so furchtbar schrie, ist er zu ihr gegangen, hat ihr die Hände aufgelegt und gebetet. Dann befahl er den Dämonen sie zu verlassen. Und ab da war sie gesund, bei klarem Verstand und folgte ihm nach. Sie konnte ihn und seine Anhänger unterstützen denn sie war wohlhabend und konnte selbst über ihr Geld verfügen. Mit ihr kamen auch andere Frauen: Johanna, die Frau des Chuza, eines Verwalters des Königs Herodes Antipas und Susanna, auch noch andere. Auch die anderen Frauen waren meistens nicht aus armen Familien, sie unterstützten die ganze Anhängerschaft mit ihrem Geld und den vielen Kontakten und Jeshua nahm sie gleichberechtigt in seinen Jüngerkreis auf. Das war für viele unerhört und ein schwerer Verstoß gegen die Tradition und die Gesetze. – Ja, es war ungeheuerlich und hat Jeshua sicher auch geschadet."

„Johanna, eine verheiratete Frau war dabei? Wie war das möglich?"

„Das weiß ich auch nicht, bedenke, dass ich erst zwölf Jahre alt war und noch wenig Verstand hatte. Aber ich erinnere mich, dass Johanna und Susanna eng befreundet waren. Susanna war die Jüngste, nur einige Jahre älter als ich. Sie soll einfach ihre Familie verlassen haben als sie zur Heirat gedrängt wurde."

Nun konnte Salome von ihrer Begegnung mit der Alten in Caesarea Maritima berichten. Rut nickte zu allem und sagte: „Ja, das war Susanna."

„Und deine Schwester Marta?", warf Lukas ein.

„Marta war noch ein Kleinkind, uns trennen zehn Jahre und sie kann sich an diese Zeit nicht erinnern. Leider, vielleicht wäre ihr Leben anders verlaufen wenn sie Jeshua bewusst gesehen und gehört hätte."

„Er hat einen tiefen Eindruck bei dir hinterlassen", bemerkte Salome, „aber was denkt Marta?"

Die kleine Rut seufzte: „Ach, sie hatte so eine schlimme Ehe. Der Mann schlug sie dauernd. Die vielen Schwangerschaften belasteten sie stark, denn sie bekam nur Mädchen und ihr Mann gab ihr die Schuld, dass sie keine Söhne gebären könne. Alle Mädchen wurden verheiratet, nicht hier, weit weg und dann mussten sie sich den Familien ihrer Männer unterwerfen, niemand konnte sich um Marta kümmern. Zum Schluss sprach ihr Ehemann die Scheidung aus, es war ganz leicht. Er sagte dreimal: Ich scheide mich von dir, gab ihr den Scheidungsbrief und dann musste sie das Haus verlassen. Der Mann nahm eine neue, junge Frau in der Hoffnung, dass sie ihm Söhne gebären würde. Aber das Elend setzte sich fort, auch sie bekam nur Mädchen."

„Dann seid ihr beiden Schwestern zusammengezogen?"

Rut nickte: „Ja, auch ich war allein, allerdings hatte ich einen lieben Ehemann, ganz anders als Marta. Meine Söhne sind ausgewandert, ich habe sie selbst dazu ermutigt, es gab keine Arbeit, aber Steuern mussten gezahlt werden. Und ich hatte Angst, dass beide sich den Zeloten anschließen würden und wären dann am Kreuz geendet oder im römischen Krieg umgekommen. Sie leben nun in Alexandria, es geht ihnen gut und sie unterstützen mich. Jetzt versuche ich Marta nach ihrer schrecklichen Ehe Ruhe und Frieden zu geben. Aber sie kommt nicht zur Ruhe, sie ist voller Bitternis und manchmal denke ich: sie hasst sich selbst für die Schläge und Demütigungen und die vielen Jahre der sinnlos ertragenen Qual. Zum Schluss war sie allein."

„Sie ist nicht eine Jüngerin von Jeshua?"

„Nein, sie zögert, sie schwankt hin und her denn Jeshua hat die Ehe für unauflöslich erklärt und die Scheidung verboten. Da hat er das Gesetz eindeutig verschärft und er sagte einmal: *Wegen eurer Herzenshärte.* – Er kannte die verstoßenen Frauen, die sich zum Schluss selbst verkaufen mussten um zu überleben. Am Stadtausgang, Richtung Tabgha kann man einige dieser Unglücklichen sehen. Marta sagt: „Zum Schluss hat mich die Scheidung gerettet denn mein Mann hätte mich totgeschlagen."

„Die Gesetze der Tora sind wirklich sehr ungerecht für die Frauen", meldete sich Lukas verärgert, „ich habe mich lange damit beschäftigt."

„Wie gut, dass ein Mann dies einmal ausspricht", wunderte sich Rut, „in den Geboten vom Sinai steht, dass die Frau in den Besitz des Mannes gehört, wie ein Vieh oder ein Haus. Wir sind keine Menschen. Das war auch einer der Gründe warum ich mich frühzeitig vom Glauben unserer Väter abgewandt habe, damals als ich die tägliche Qual meiner Schwester sehen musste. Oft sind die Nachbarn zusammengelaufen und versuchten auf den Mann mäßigend einzuwirken. Aber das steigerte nur seine Wut. Er berief sich auf das Gesetz und dass seine Frau ihm gehöre. Vielleicht hätte ein Rabbi oder ein frommer Pharisäer auf ihn einwirken können denn die Schrift muss ja stets neu ausgelegt werden. Aber da war niemand."

„Unsere Ehegesetze sind düster", bestätigte Lukas, „es ist sogar möglich, dass ein Mann, der mit einer unverheirateten Frau, einer Jungfrau, den

Beischlaf ausübt, dass dieser Mann straflos ausgeht, auch wenn er verheiratet ist, denn nach Auffassung vieler Rechtsgelehrter hat er keinen Ehebruch begangen: die Frau gehörte keinem Mann. Umgekehrt ist das natürlich nicht möglich. Auf Ehebruch steht Steinigung. Und dann die Gründe für eine Ehescheidung: ein angebranntes Essen genügt. – Ich muss ehrlich sagen: ein völliges Scheidungsverbot, wie Jeshua es ausgesprochen hat, das finde ich auch zu hart. Am besten ist es wirklich nicht zu heiraten, hat auch Paulus gesagt."

Salome meinte unwillig: „Das ist lebensfremd. Die meisten Menschen wollen heiraten und eine Familie gründen. Jeshua wollte mit diesem strikten Scheidungsverbot die Frauen schützen. Ich denke, dass mehr nicht möglich ist, nicht in unserer Tradition. Da finde ich das römische Gesetz gerechter. Seit Kaiser Augustus können auch Frauen auf einer Scheidung bestehen. Allerdings ist dann das wirtschaftliche Problem so groß, dass es viele unterlassen. Und was ich ganz entsetzlich finde ist das Recht des Vaters überflüssige, verkrüppelte oder kranke Kinder töten zu dürfen. Auch Mädchen werden öfter getötet. In manchen Familien tötet der Vater ab dem vierten Mädchen. Die Mütter werden nicht gefragt und das ist nach jüdischem Gesetz nicht möglich."

Lukas vertiefte seine Argumentation: „Jedenfalls verstehe ich gut, dass Johannes der Täufer, Jeshua und auch Paulus unverheiratet geblieben sind. Ich hätte es auch lieber so gemacht und mich den Schriften gewidmet."

„Wir leben in der Endzeit, bald kommt der Herr zurück und deshalb ist es nicht vernünftig noch zu heiraten", bestätigte Rut, „ich bin froh schon ein hohes Alter erreicht zu haben und muss mir keine Gedanken mehr machen ... Aber viel wichtiger: gibt es eine Abschrift von dieser Schriftrolle über das Leben von Jeshua? Oh, wie gerne hätten wir so eine Schrift."
Salome und Lukas schüttelten die Köpfe und Salome sagte rasch: „Nein, es wäre zu gefährlich gewesen eine Abschrift auf die Reise mitzunehmen. Aber das ist auch unnötig. Lukas und ich kennen die Schrift auswendig. Wort für Wort und können sie aufsagen."

Rut staunte: „Die ganze Schrift? Wort für Wort?"

„Das ist nicht schwierig", versicherte Lukas, „ich war ein eifriger Synagogenschüler und gelernt habe ich immer gern, ich kann auch die Tora auswendig und Salome erhielt in Antiochia eine Rhetorikausbildung, ihr Mann war Jurist und Senator und hat ihr alles beigebracht was sie wollte. Also ist unsere Wiedergabe eine doppelte Sicherheit denn wir haben getrennt gelernt."

„Der Herr hat wundersame Wege", staunte Rut, „Morgen bringe ich euch nach Kafarnaum. Dort treffen wir hoffentlich Jona an und vor allem Hesekiel. Was ist in der Schrift geschrieben? Bitte erzählt es mir."

Schnell war es Abend, die Drei hatten sich so viel zu erzählen und bemerkten nicht wie Marta zurückkam. Sie war vom Tagewerk erschöpft und legte sich gleich zum Schlaf nieder.

Am nächsten Morgen wollte Salome zuerst die Synagoge besuchen. Diese war überraschend schön ausgestaltet: ein Mosaikfußboden, sogar Fresken an den Wänden. Besonders originell war das Vorlesepult, die Bema mit einer Menora und einem Feuerwagen in Stein gehauen.

Salome stand lange davor und fühlte sich im Innersten tief bewegt. Der Feuerwagen des Elia, mit welchem der Prophet entrückt wurde. Der siebenarmige Leuchter war bei der Eroberung Jerusalems geraubt worden. Man hatte ihn nach Rom gebracht und dort im Triumphzug gezeigt. Der Glaube des Volkes Israel, ihr Volk, das Volk, das Jahwe auserwählt hatte, um den einen Gott allen Menschen zu verkünden. Und nun? Jerusalem zerstört und das Volk zerstreut. Waren die Christianoi die Erben Israels? „Du bist Maria aus Magdala wirklich ähnlich", rief Rut überrascht aus, „Ja, du erinnerst mich stark an sie. Auch sie war groß, wenn auch nicht so groß wie du. Eine Frau mit scharfem Verstand, die hungrig war nach Wissen und Erkenntnis. Sie lernte heimlich Lesen und Schreiben von einem Rabbi-Schüler. Sie war die Anführerin der Frauengruppe, ja, sie hat als kleines Mädchen auf mich einen starken Eindruck gemacht."

Salome drehte sich um: „Wie alt war sie?"

„Oh, nicht jung und nicht alt, so in der Mitte des dritten Lebensjahrzehnts und immer noch schön aber so mit einer leisen Trauer. Sie war schon eigenartig".

Durch Salomes Gesicht ging es wie ein Riss. Sie verneigte sich vor der Menora und verließ schweigend die Synagoge. Lukas stand schon bei den

Eseln und wartete. Dann machten sich die Drei auf, Richtung Kafarnaum. Rut saß auf Lukas Esel und dieser führte die kleine Reisegesellschaft an. Von klein auf war Rut mit Tieren vertraut und ohne das geduldige, wenn auch manchmal störrische Grautier wären sie nicht nach Kafarnaum gekommen. Rut freute sich auf die heißen Quellen in Tabga, dort konnte sie ihre schmerzenden Glieder und Gelenke im Wasser baden und dort würden sie rasten.

Die Geschwister waren hingerissen von der üppigen Flora, die um den See wucherte und blühte. Überall war das Land grün. Gesunde große Fächerpalmen säumten die Ufer. Blumen, Büsche und ganze Blütenteppiche wuchsen wild und großflächig an der Uferstraße. Noch nie hatten die Beiden eine solche Farbenpracht und Fülle gesehen. Die Landschaft um Antiochia war erdfarben, von wenig Grün unterbrochen. Nur die Weinstöcke mit ihren meterlangen Wurzeln, die tiefliegendes Grundwasser aufnehmen konnten, boten den Augen eine Ruheinsel im Einheitsbraun. Aber bunt? Bunt war in ihrer Heimat nichts. Hier aber blühten die gelben Narzissen, die ihre filigranen Häupter im Wind bewegten, daneben blutrote Anemonen, die sich wie Teppiche hoch an den Hängen hinzogen, durchmischt von dunkelvioletten kunstvoll geformten Irisblüten, dazu grüne Blätter die an kleine Schwerter erinnerten. Auch traubenförmige weiße und dunkelblaue Blütenstände entzückten die Wanderer. Am Wegesrand entfalteten sich üppige Akanthusblätter. Die Augen konnten sich nicht sattsehen. Mehrmals hielt Salome ihren Esel an um Schönheit und Duft der Blüten zu genießen. Überall schwirrten Bienen, zartfarbige Schmetterlinge und Insekten aller Art.

Begeistert rief Salome aus. „Lukas, wir sind in den Garten Eden eingezogen. Oh, so herrlich habe ich mir die Heimat des Herrn nicht vorgestellt." Auch der sonst so beherrschte Lukas brach immer wieder in Rufe des Entzückens und Erstaunens aus. Rut hatte ihre Freude daran. Sie lenkte die beiden hinunter an den See und dort sah man wie heiße Quellen in den See einmündeten.

Frauen und Kinder saßen auf schwarzem Vulkangestein und hielten die müden Füße ins Wasser. Es waren drei warme salz- und mineralhaltige Quellen wie Lukas erkannte, als er eine Handvoll dieses lebendigen sprudelnden Wassers schöpfte und trank. Rut war nicht mehr zu halten. Sie warf ihr Obergewand ab, zog die Sandeln aus und folgte einer Quelle bis in den See hinein. Sie ging sogar weit in den See bis ihr das Wasser an der

Brust stand, tauchte mehrmals unter und lachte befreit auf. Dann winkte sie Salome und Lukas zu: „Kommt!" Und ebenso stiegen die Zwei ins Wasser, fühlten die Wärme, den Salzgehalt, das lebendige Element.

„Diese Quellen haben mein Leben verlängert", rief ihnen Rut zu und tauchte wieder unter. Die Drei entspannten, lachten, ließen schwierige Gedanken los und genossen das Leben.

Kapitel 7

Tabga: Salome und Lukas tragen aus der Schriftrolle vor.
Die Gemeinschaft des Brotbrechens am See Kinneret

Rut prustete, nachdem sie wieder aufgetaucht war. „Auch Marta kommt gerne hierher und erholt sich von ihrer harten Arbeit." Später saßen sie zum Trocknen auf den schwarzen Steinen. „Bitte", ermunterte sie Rut „bitte, könnt ihr etwas aus der Schriftrolle vortragen? Hier hat Jeshua 5.000 Männer, Frauen und Kinder mit Brot und Fischen gespeist. Steht das in der Schrift?"

Salome und Lukas nickten sich zu und Salome begann mit der Erzählung der Brotvermehrung: *Es war schon spät geworden, da traten die Jünger zu ihm und sagten: die Gegend ist abgelegen, und es ist schon spät. Entlass sie, damit sie noch in die umliegenden Höfe und Dörfer gehen und sich etwas zu essen kaufen können. Er entgegnete ihnen: Gebt ihr ihnen zu essen! Sie sagten: Sollen wir hingehen und für 200 Denare Brot kaufen, um es ihnen zu essen geben? Er fragte sie: Wieviel Brote habt ihr denn? Geht und seht nach. Als sie nachgesehen hatten, meldeten sie fünf Brote und zwei Fische. Da befahl er den Leuten, es sollten sich alle in Gruppen niederlassen. Und sie lagerten sich in Gruppen jeweils hundert und fünfzig. Da nahm er die fünf Brote und zwei Fische, blickte zum Himmel, sprach den Lobspruch, brach das Brot und gab es den Jüngern, dass sie es an die Leute verteilten. Alle aßen und wurden satt. Man hob noch zwölf Körbe mit Brotstücken auf und was von den Fischen übrigblieb – dabei waren es fünftausend Männer, die von den Broten gegessen hatten.*

„Das geschah hier", endete Salome ergriffen, „ein Wunder aus fünf Broten und zwei Fischen so viele Menschen satt zu machen."

„War es ein Wunder?", meinte die kleine Rut nachdenklich, „es war ein Wunder, ja. Aber nicht die Vermehrung der Fische und der Brote sondern das Wunderbare geschah durch die Verwandlung der Herzen, denn alle hatte auf dem langen Weg Nahrung mitgenommen, diese aber in ihren Beuteln versteckt. Nach Jeshuas Predigt verstanden sie, dass sie teilen sollten und in den Gemeinschaften, in denen sie saßen teilten sie alles was sie mitgebracht hatten. So war das damals, so habe ich es selbst erlebt, denn ich war mit meiner Tante und meinem Onkel dabei. Wir alle waren plötzlich eine Familie, auch die Fremden, mit denen wir zusammensaßen, nicht nur die Blutsverwandten".

Salome dachte nach und erwiderte gerührt: „Rut, du bist besser als unsere Rabbinen, du hast den Herrn wirklich erkannt. Und das ist das Reich Gottes, das Königtum Gottes, das Jeshua immer verkündete: die Verwandlung unserer Herzen."

Neugierig hatte sich Volk um die Erzählerin versammelt. „Erzählt mehr von Jeshua!", rief eine Frau. Lukas konzentrierte sich und zitierte: „*Danach entließ er sie, stieg mit seinen Jüngern in das Boot und kam in die Gegend von Dalmanuta. Da traten die Pharisäer vor und begannen mit ihm zu streiten. Sie wollten von ihm ein Zeichen vom Himmel, um ihn auf die Probe zu stellen. Da seufzte er tief in seinem Geist und sprach: Was will dieses Geschlecht für ein Zeichen? Wahrlich, ich sage euch, diesem Geschlecht wird bestimmt kein Zeichen gegeben werden. Damit ließ er sie stehen, bestiegt das Boot und fuhr an das andere Ufer.*

„So war das, genauso", ereiferte sich Rut, „das erzählen die Nachkommen der Zwölf in Kafarnaum. Obwohl Jeshua mehr Macht als sie, ja Vollmacht hatte wie kein anderer, trotzdem forderten sie stets von ihm Beweise und Zeichen vom Himmel. Sie wollten ihn nicht annehmen, sie verhärteten ihr Herzen, verschlossen Augen und Ohren."

„Er war doch nur ein Dorfrabbi, ein Wanderprediger und kein studierter Mann", erklärte Lukas, „sicher, die Pharisäer waren auch nicht Priester wie die Sadduzäer. Doch gab es berühmte Männer unter ihnen, wie Hillel, sie kannten sich untereinander. Sie kamen aus den gleichen Dörfern und Städten. Viele hatten Schüler, die von ihnen die Tora lernten. Aber Jeshua war allein, er kam aus diesem unbedeutenden Dorf Nazaret und völlig unverständlich: seine Schüler waren Fischer und Tagelöhner und er lehrte auch nicht aus der Tora. Das hätten seine Jünger auch gar nicht verstanden und vor allem in ihren ungeschulten Köpfen nicht behalten".

„Genauso war es, wie gut du alles erkannt hast", bestätigte ihn Rut, „genauso war es und weil er so ganz anders war und ihre Bildung, ihr Ansehen und ihre Titel nicht brauchte, ja missachtete, deshalb waren sie neidisch auf ihn denn sie konnten nicht heilen."

„Hier hat Jeshua auch geheilt, in dieser Gegend, gleich zu Beginn seines Wirkens hat er einen Aussätzigen geheilt".

„*Erzähle!*", forderten ihn die Kinder auf und Lukas dachte nach und begann: *Da kam ein Aussätziger zu ihm, der auf die Knie fiel und ihn anflehte: Wenn du willst, kannst du mich rein machen! Voll Mitleid streckte er seine Hand aus, rührte ihn an und sagte zu ihm: Ich will, werde rein! Sogleich wich der Aussatz von ihm, und er wurde rein. Jesus wies ihn fort. Er sprach zu ihm: Hüte dich, es jemand zu sagen! Geh hin, zeige dich dem Priester und bringe die von Moses vorgeschriebene Gabe für deine Reinigung dar – ihnen zum Zeugnis. Trotzdem ging jener hin und begann das Geschehene überall zu verkünden und herumzureden, so dass Jeshua nicht mehr offen eine Stadt betreten konnte, und so blieb er draußen an einsamen Orten. Aber die Menschen kamen von überall her zu ihm.*"

„So war es!", sagte Rut mit fester Stimme. „Jeshua konnte heilen aber die Pharisäer, die Schriftgelehrten und erst recht nicht die Sadduzäer in Jerusalem konnten es nicht. Da waren sie wütend, weil sie an Bedeutung verloren hatten und alles Volk Jeshua nachlief."

„Und wir sollten auch weiterziehen, dass wir Kafarnaum heute noch erreichen", mahnte Lukas und stand auf. Unter dem Bedauern seiner Zuhörer verabschiedeten sie sich, bestiegen ihre Esel und ritten an der Uferstraße nach Norden, nach Kafarnaum.

Es war Nachmittag, als die Drei Kfar Nahum, das ist Dorf des Nahum, erreichten. Rut ritt voraus, gleich hinunter zum Seeufer. Viele Boote lagen dort und die Reisenden aus Antiochia waren erstaunt wie groß die Boote waren. Rut erklärte: „Der See ist fischreich und die Männer arbeiten mit großen Schleppnetzen. Jona und Simon sind in einer Genossenschaft, wie Andreas und Petrus es waren. Nur so kann man genug fischen und sich dann den Fang und Gewinn teilen. Die beste Zeit ist nachts, wenn der Vollmond am Himmel steht. Dann fahren die Fischer zu den warmen Quellen, dort tummeln sich die meisten Fische."

Sie gab dem Esel mit einem Stöckchen einen leichten Schlag und führte ihn an den Booten vorbei. „He, Levi", rief sie einem Fischer zu, der mit anderen ein gut gefülltes Netz an Land zog, „wo sind Jona und Simon?"

„Noch auf dem See, aber sie werden bald zurückkommen. Warte bis die Sonne zwei Finger breit weiter am Horizont gewandert ist. Heute ist ein guter Tag. Auch sie werden einen guten Fang gemacht haben."

Die Freunde setzten sich etwas erhöht auf eine Böschung und genossen den Blick auf den See. „Jetzt verstehe ich warum die Menschen den See Meer nennen, er ist so groß, ganz anders wie ich es mir vorgestellt habe, und das andere Ufer ist nicht zu sehen. Herrlich hier, dazu der sanfte Wind", rief Salome aus.

„Heute ist der Wind sanft", meinte Rut, „aber es gibt auch ganz andere Tage, wenn die Fallwinde von der Gaulanitis auf die Wasser stürzen, dann kann es haushohe Wellen geben und auch erfahrene Fischer sind schon ertrunken. Jeshua hat einmal dem Sturm und den Wellen befohlen. Steht das auch in der Schriftrolle?"

Salome zitierte langsam: *An jenem Tage, als es Abend wurde, sprach er zu ihnen: Lasst uns ans andere Ufer fahren. Sie entließen das Volk und nahmen ihn wie er gerade im Boot war, mit. Auch andere Boote fuhren gleichzeitig mit. Da erhob sich ein gewaltiger Sturm, und die Wogen schlugen in das Boot, so dass es sich schon mit Wasser zu füllen begann. Er aber schlief hinten im Boot auf einem Kissen. Da weckten sie ihn und riefen: Meister, kümmert es dich nicht, dass wir zugrunde gehen? Er stand auf und schalt den Wind und sprach gebietend zum See: Schweige, sei still! Da legte sich der Wind, und es wurde ganz still. Er sprach zu ihnen: Was seid ihr so ängstlich? Habt ihr keinen Glauben? Da fasste sie ein tiefer Schauer, und sie sagten zueinander: Wer ist er wohl, da auch Wind und See ihm gehorchen?"*

„Genauso trägt Simon immer die Geschichte vor, immer wieder muss er sie erzählen, besonders die Kinder wollen sie immer wieder hören", Rut schien sich auf der Reise regelrecht zu verjüngen. „Bitte, ihr müsste uns die Schriftrolle übermitteln. Leider kann ich nicht schreiben, auch die meisten Männer haben nur wenig Schriftkenntnisse aus der Synagogenschule. Aber Hesekiel kann uns helfen, seine Schüler können alles aufschreiben. Er weiß viel von Jeshua, er hat auch einiges aufgeschrieben, was ihm die älteren Leute erzählt haben. Und Salome: auch hier wieder diesen Satz den Jeshua oft sagte: warum seid ihr ängstlich? Habt ihr keinen Glauben?"

Weit draußen auf dem See sah man einen kleinen Punkt der sich dem Ufer näherte und stetig größer wurde. Es waren zwei große Boote mit viereckigen Segeln, die sich langsam näherten.

„Sie haben einen guten Fang gemacht, die Schleppnetze sind schwer und voll", rief Rut glücklich. Voller Ungeduld standen die Reisenden am Ufer und ließen die Augen nicht von den Booten. Dann sprangen die Männer heraus und zogen vereint die großen Netze an Land, in denen viele Fische zappelten.

Rut winkte und rief, zwei junge Männer winkten zurück.

„Wir müssen warten bis sie ihre Arbeit getan haben", Lukas war nun auch aufgeregt und es schien ihnen eine Ewigkeit bis endlich der Fang in Körbe verteilt war, das Boot versorgt, die sechs Fischer ihr Tagewerk beendet hatten. Dann endlich, endlich näherten sich Jona und Simon.

Salome war es regelrecht feierlich zumute. Hier begegnete sie einem Blutsverwandten des Herrn und einem Nachkommen des Apostels Andreas. Reuven war auch ein Verwandter, ja, aber ein Mann der Jeshua ablehnte, der ihn als ein Unglück sah. Ganz anders die beiden: sie waren Jünger in der Nachfolge.

Jona hatte schwarze, lockige Haare, eine tief sonnengebräunte Haut und dunkle, geradezu feurige Augen. War er seinem Großvater Jakov ähnlich und vielleicht auch Jeshua? Jona lachte ein breites Lachen und hob die zierliche Rut wie ein Kind hoch, meinte: „Heute bist du hier in Kafarnaum? Was ist los? Hast du Gäste?"

Simon war gemessener, fast scheu hielt er sich zwei Schritte hinter Jona und musterte besonders die große Salome. Er hatte hellbraune Haare und ein griechisches Aussehen. Durchaus möglich, dass Simon aus einer gemischten Familie kam, vielleicht mit griechischen Vorfahren? Schließlich war der Name seines Großvaters auch griechisch: Andreas, der Mannhafte, dachte Lukas.

In ihrer ruhigen und unaufgeregten Art stellte Rut die Freunde vor und erzählte von der römischen Schriftrolle ebenso die Absicht eine eigene

Schrift über das Leben Jeshuas zu verfassen. Die Augen der beiden Männer wurden größer und größer ... „eine Schrift über das Leben Jeshuas? Die müssen wir kennen, eine Abschrift haben. Ihr müsst hierbleiben und uns alles erzählen", drängte Jona, „wir haben ein Gemeinschaftshaus, das Haus von Simon Petrus und Andreas. Dort ist Platz für euch ... oh, welche Freude. Kommt, kommt mit".

Obwohl Kafarnaum Stadt genannt wurde, war der Ort keineswegs mit Tiberias oder Sepphoris zu vergleichen. Kafarnaum war ein Städtchen, ein Großdorf aber mit einer besonderen Lage: Eine Grenzstadt im Norden des galiläischen Meeres gelegen, ganz nah bei der Einmündung des Jordan in den See. Hier endete zu Jeshuas Zeiten der Machtbereich des Herodes Antipas und mit Betsaida begann das Herrschaftsgebiet seines Bruders Herodes Philippus. Herodes der Große hatte seinen Söhnen das Klientelkönigtum unter der römischen Besatzungsmacht gesichert. Dieser war keinesfalls ein unfähiger Herrscher. 41 Jahre konnte er sich auf dem Thron halten und baute Städte wie Caesarea Maritima, ließ den Tempel in Jerusalem glanzvoll erweitern, seine Paläste konnten sich mit den römischen Bauten messen. Herodes war von einer regelrechten Bauwut besessen und kopierte die griechisch – römische Architektur, verfügte aber doch über Eigenständigkeit und obwohl von den Juden als Idumäer und Konvertit verachtet, verwaltete er das jüdische Gebiet souverän, bewahrte so das Judentum vor dem Untergang. Von der Macht konnte er aber wie so viele nicht lassen und schreckte vor Verwandtenmord und sogar vor der Ermordung der eigenen Söhne nicht zurück, als diese ihm gefährlich wurden. Selbst seine geliebte Frau Mariamne ließ er in einem Eifersuchtsanfall töten. Doch auch er musste abtreten und als er im 31. Regierungsjahr des Kaisers Augustus starb, wurde sein Reich unter drei Söhne aufgeteilt. Herodes Antipas bekam Galiläa und Peräa, Herodes Philippus die Gaulanitis, Trachonitis und Banias, Herodes Archelaos erbte Judäa, Samaria und Idumäa. Aber Herodes Archelaos erwies sich als Tyrann und unfähig das Land zu regieren. So setzte ihn Kaiser Augustus ab und unterstellte das Gebiet direkt römischen Statthaltern, wo es mit Unterbrechungen in römischer Hand blieb, bis zur Eroberung Jerusalems. Dann fanden alle Teilfürstentümer ein Ende und ganz Palästina wurde in die Provinz Syria eingegliedert. Kafarnaum lag zu Jeshuas Zeit genau auf der Grenze der beiden Teilfürstentümer des Antipas und Philippus, hatte neben der jüdischen Bevölkerung auch eine kleine Garnison von Soldaten des Antipas und eine Zollstelle und wo Soldaten sind leben auch Prostituierte. Kein Ort war in Galiläa von so unterschiedlichen Bevölkerungsgruppen geprägt wie Kafarnaum. Jeshua hatte diese Stadt geliebt obwohl Herodes Antipas für ihn gefährlich war. Antipas hatte Johannes den Täufer getötet und er war auch auf den Wanderprediger neugierig …

Diese Gedanken gingen Lukas durch den Kopf als er den beiden Fischern, Salome und Rut folgte. Durch seine Gehbehinderung war er meistens der Letzte, was ihn nicht störte, ganz im Gegenteil, konnte er doch so seinen Gedanken am besten nachhängen.

Kafarnaum war aus dem schwarzem Vulkangestein der Gaulanitis, aus Basalt gebaut. Das also war *seine Stadt*, so stand es in der römischen Schrift geschrieben. Evangelium hatte sie der Verfasser genannt, die Frohe Botschaft. Aus Kafarnaum kamen die ersten und wichtigsten Apostel: Simon Petrus mit seinem Bruder Andreas und die Zebedäussöhne Jakov und Johannes. Auch Levi der Zöllner, den Jesus an der Zollstation berufen hatte, war von hier. Also fünf von zwölf Apostel, fast die Hälfte. Und was für eine merkwürdige Zusammensetzung des Zwölferkreises: Fischer, ein Zöllner, ein Zelot und vielleicht ein Sicarier, ein Dolchmann: Judas Iskariot, wohl der einzige Judäer. Waren vielleicht sogar fünf der Apostel Zeloten? Johannes und Jakobus nennt die römische Schriftrolle Boanerges, also *Donnersöhne*. Dann gab es noch Simon, den Zeloten. Und war nicht vielleicht auch Petrus mit seinem aufbrausenden Charakter Zelot? Alle hofften das Land von der römischen Besatzung befreien. Geendet war dies vor zehn Jahren mit der Zerstörung Jerusalems und der Vertreibung der Juden aus der Stadt und dem Land. Immer mehr Fremde siedelten sich jetzt an. Lukas Gedanken gingen zurück zu den Aposteln. Wie konnte man eine so ungleiche Männergruppe führen? Und wie konnte sich der Kollaborateur Matthäus in dieser Zelotengruppe halten? War er nicht ein Verräter, ein Zolleinnehmer, der von den eigenen Landsleuten erhöhte Zölle erpresste und einen Teil in die eigene Tasche wirtschaftete? – Dann die Frauengruppe, die ebenfalls sehr unterschiedlichen Frauen, sogar verheiratete sollen dabei gewesen sein. Wie das? Wie war es möglich, dass Jeshua mit dieser unglaublichen, Ärgernis erregenden Gefolgschaft durchs Land ziehen konnte und ihm immer mehr Menschen folgten? Er selbst hatte keine Heimat mehr, kein Haus, keine Familie aber anscheinend doch eine Art Standort im Haus von Petrus und Andreas …

Inzwischen waren sie im Gemeinschaftshaus angekommen. Es war erstaunlich groß, gehörte mehreren Fischerfamilien. Diese lebten im Vergleich zu den Bauern und Weingärtnern gut. Sie gehörten nicht zu den ganz Armen denn in der Schrift steht geschrieben: *Sie ließen ihren Vater*

Zebedäus mit den Taglöhnern im Boot und folgten ihm nach. Also konnten sie Taglöhner bezahlen.

Lukas war so in seine Gedanken vertieft, dass er nicht bemerkt hatte wie sie in einen größeren Raum getreten waren und sich alle auf Sitzpolster niederließen. Es waren Frauen da, Frauen, die sofort Essen brachten und sich dann zu den Männern setzten. Nicht möglich in der jüdischen Tradition aber selbstverständlich unter den Jeshua Anhängern. Sie folgten der Lebensweise ihres Herrn und unterschieden nicht mehr zwischen den Geschlechtern.

Zuerst mussten Salome und Lukas Rede und Antwort stehen wie sie hierhergekommen waren und was der Grund ihrer Reise sei. – Gemurmel und eine richtige Aufregung entstand als Salome von der Schriftrolle berichtete, die ihnen aus Rom zugesandt worden war. Ein guter Freund, ein gewisser Theophilus ließ eine Abschrift anfertigen und schickte diese mit einem Boten nach Antiochia. Abschrift! Sofort riefen viele durcheinander: „Wir brauchen auch eine Abschrift, unbedingt! Was ist da geschrieben?"

Salome überlegte, lächelte und meinte dann: „An diesem Ort kann ich nur einen Text vortragen: *Unmittelbar von der Synagoge weg gingen sie mit Jakov und Johannes in das Haus des Simon und Andreas. Die Schwiegermutter Simons lag fieberkrank danieder, und gleich sprachen sie ihm von ihr. Er trat hinzu, fasste sie bei der Hand und richtete sie auf. Das Fieber verließ sie, und sie bediente sie. Als es Abend geworden, nach Sonnenuntergang, brachte man alle zu ihm, die krank oder von bösen Geistern besessen waren. Die ganze Stadt war vor der Tür versammelt. Und er heilte viele, die von verschiedenen Krankheiten befallen waren, und vielen trieb er die bösen Geister aus, ließ aber die bösen Geister nicht reden, weil sie ihn kannten.*

„Das stimmt, das stimmt!", erklang es von verschiedenen Seiten, „auch steht dieses Haus ganz in der Nähe der Synagoge. Oft haben wir diese Geschichte gehört. Holt Hesekiel, er muss das hören und seine Schüler beauftragen alles was die beiden uns erzählen, aufzuschreiben".

Lukas und Salome beteuerten, dass sie die Schriftrolle Wort für Wort auswendig wüssten.

„Hesekiel ist in einer Streitsache in Tiberias, er soll dort als Schlichter zwischen zwei jüdischen Familien einen Erbschaftsstreit beilegen.

Ich weiß nicht wann er wiederkommt", meinte bedauernd ein älterer Mann.

„Dann laufen wir nach Tiberias und holen ihn", riefen einige halbwüchsige Knaben und sprangen auf, „gleich morgen früh laufen wir los." Alle lachten und lobten die Knaben: „Ja, morgen macht ihr euch auf den Weg und Salome und Lukas müssen hierbleiben".

Kapitel 8

Erinnerungen an Jeshua.
Mit dem Boot auf dem See Kinneret

„Erzählt uns von Hesekiel", forderte Lukas die Gemeinschaft auf.

„Oh, Hesekiel ist ein Pharisäer, einer der Jeshua noch als jungen Mann gesehen hat. Er kann viel über ihn berichten."

„Ein Augenzeuge? Einer der erwachsen war und Jeshua aus nächster Nähe sah?", Salome war vor Freude außer sich.

„Ja, ja ... er gehörte zu einer Gruppe von Pharisäern die Jeshua immer beobachteten, die mit ihm diskutierten. Die meisten lehnten ihn ab weil er das Gesetz nicht streng befolgte, mit Sündern verkehrte, Frauen in seiner Nähe duldete und sich überhaupt nicht wie ein richtiger Rabbi benahm".

„Sie waren neidisch auf ihn, neidisch weil er mit Vollmacht lehrte und weil er heilen konnte und genau das konnten sie nicht!", rief eine aufgeregte Stimme.

„Also gehörte Hesekiel zu seinen Gegnern?" fragte Lukas.

„Nein, nein, er war noch sehr jung und folgte einfach den Pharisäern in seiner Familie. Dann aber später, später als Jeshua gekreuzigt und auferweckt worden war, da bekannte sich Hesekiel als sein Jünger. Ach, das ist eine eigene Geschichte, die soll er selbst erzählen", beruhigte Jona die Diskussion.

Nun entstand ein großes Durcheinander. Die einen wollten wissen was alles in der Schriftrolle geschrieben steht, die anderen wollten ihre Erzählungen an die Gäste loswerden. Allmählich verstand keiner mehr sein eigenes Wort, bis Jona in die Hände schlug und streng rief: „Ruhe! Der Reihe nach. Ich schlage vor, dass wir Salome und Lukas unsere Geschichten erzählen und dann berichten sie von der Schriftrolle. Wer fängt an?" –

Plötzlich war es mucksmäuschenstill, alle Augen richteten sich auf Jona und einige Hände hoben sich. Mit Vergnügen bemerkte Salome, dass sich Kinder meldeten, zwei Mädchen im Alter von zwölf Jahren, die ganz lebhaft, geradezu naseweis wirkten, reckten die Händchen.

„Dann beginnt Johanna mit ihrer Lieblingsgeschichte", beschloss Jona. Das kleinere der beiden Mädchen strahlte über das ganze Gesicht, sie holte tief Luft und begann nun eifrig die Geschichte zu erzählen welche sie von ihrer Großmutter oft gehört hatte, die damals – als Jeshua in Kafarnaum lebte – eine junge Frau war. Da geschah im Haus des beliebten Synagogenvorstehers Jairus eines Tages ein großes Unglück denn seine kleine Tochter wurde krank, immer kränker und alle Heilkundigen versagten. Das Mädchen, Johanna betonte dramatisch: „Sie war zwölf Jahre alt, wie ich! Also das Mädchen war schon dem Tod nahe. Da stürzte der Vater aus dem Haus und suchte Jeshua, den er am Ufer des Sees fand, er rief ihm zu: Mein Töchterlein liegt im Sterben, komm doch und lege ihr die Hände auf, dass es gerettet wird und am Leben bleibt! Jeshua wollte gleich mit ihm gehen aber da waren viele Menschen und drängten sich um ihn. Sie kamen nicht voran und Verwandte eilten Jairus entgegen, sie sagten: Deine Tochter ist schon gestorben, was bemühst du den Meister noch? Jeshua hörte das und sagte zum Vater: *Fürchte dich nicht, glaube nur.* Er nahm nur drei Jünger mit: Petrus, den Onkel von Simon, Johannes und Jakov, die Brüder. Im Haus des Synagogenvorstehers war ein großes Geschrei. Viele Menschen weinten und klagten, auch meine Großmutter. Jeshua aber ist ganz ruhig eingetreten und sagte: *Was lärmt ihr und weint? Das Mädchen ist nicht tot sondern schläft.* Da haben ihn alle ausgelacht. Jeshua aber schickte alle hinaus, nahm nur die Eltern und die drei Jünger, fasste das Kind an der Hand und sagte: *Talita kumi* und das Mädchen ist aufgestanden und herumgegangen. Alle waren sehr erstaunt. Jeshua aber befahl ihnen nicht davon zu sprechen und man sollte dem Mädchen zu essen geben." Stolz beendete Johanna ihre Erzählung und einige Kinder und Frauen klatschten in die Hände. Salome meinte scherzhaft: „Aber die Menschen haben sich nicht daran gehalten, sonst könntest du die Geschichte nicht erzählen." – Johanna nickte stolz und strahlte über das ganze Gesicht.

„In der römischen Schriftrolle", fuhr Salome fort, „da gibt es aber noch eine andere Erzählung, die ist in die Geschichte wie hineingewoben. Da wird von einer blutflüssigen Frau erzählt, wisst ihr davon?" Sofort erhob sich lebhafte Zustimmung und viele nickten. Etliche deuteten auf eine alte Frau, die ganz zusammengekrümmt in der Runde saß. „Sara, das ist deine

Geschichte, erzähle." Sara richtete sich auf und mit einer erstaunlich kräftigen, fast jugendlichen Stimme erzählte sie von der blutflüssigen Frau, die schon zwölf Jahre an Blutungen gelitten hatte und niemand konnte ihr helfen. Die Frau sei ihre Großtante gewesen und sie selbst damals ein Kind von sechs Jahren. Sie habe das alles damals nicht verstanden aber die Heilung wurde immer wieder in der Familie erzählt und erst später, als sie erwachsen war, selbst Kinder hatte und dann nicht mehr fruchtbar, erst dann habe sie begriffen wie ungeheuerlich die Begebenheit war. Eine blutende Frau war unrein, musste sich absondern und die Großtante berührte Jeshua, also sie verunreinigte ihn nach jüdischem Gesetz und auch alle anderen, die sie berührte. Und was tat Jeshua? Er hätte sie davonjagen müssen, sie hätte bestraft werden müssen. Nein, er sagte: *„Meine Tochter, dein Glaube hat dich geheilt … unfassbar!"* – Salome fügte ein: „Ja, stimmt. Diese Geschichte hat mich sehr getroffen. Wie kann ein Mann so über eine blutende Frau schreiben? Das ist doch ungehörig, nie hat sich ein Rabbi in der Öffentlichkeit damit befasst und so verständnisvoll gehandelt. Nach jüdischem Gesetz war er unrein geworden, also hätte er sich sofort den Reinigungsriten unterziehen müssen. Und dann die Einzelheiten: welcher Mann denkt darüber nach, dass die Frau von vielen Ärzten falsch behandelt wurde und ihr ganzes Vermögen aufgebraucht hatte. Und: es hat nichts geholfen, nein, es sei sogar noch schlimmer geworden. Wer hat die Schriftrolle geschrieben? Das frage ich mich oft und später auch das Grab des Herrn, wo nur die Frauen kommen und die Jünger voller Angst in Jerusalem bleiben …"

Da hielt es die kleine Johanna nicht mehr und sie platzte heraus: „Vielleicht hat die Schriftrolle eine Frau geschrieben, eine Frau wie du! Du willst doch auch eine Schriftrolle schreiben?"

Alle lachten über die naseweise Johanna, nur Salome lachte nicht, sie wurde ganz ernst und dachte: das Kind hat Recht. Ich habe es auch schon gedacht, hatte aber nicht den Mut es auszusprechen. Simon meinte nachdenklich: „Jeshua hat sich oft leicht über unser Gesetz hinweggesetzt. Für ihn stand der Mensch über dem Gesetz. Und genau das war das Ärgernis für alle, die sich als Rabbi, Lehrer oder Schriftkundige sahen, denn er nahm ihnen Ehre und Macht weg, und das Schlimmste: alle liefen ihm nach. Deshalb sahen sie in ihm eine Bedrohung, einen Feind."

„Aber die Großtante von Sara wurde doch geheilt!", rief Johanna empört, „da müssen doch alle froh sein."

Simon lächelte: „Johanna, du bist schon in der Lehre des Jeshua erzogen worden. Aber unsere Gesetze sind alt und mächtig. Nach unseren Gesetzen hat Jeshua nicht richtig gehandelt."

„Dann müssen die Gesetze weg!", rief Johanna wütend und verschränkte die Arme. Viele lachten. Es folgten noch weitere Erzählungen von den Taten des Rabbis Jeshua, damals als er in Kafarnaum lebte. Und immer wieder konnten Lukas und Salome aus der Schriftrolle das Vorgetragene bestätigen. Salome ermunterte alle sich zu erinnern und zu berichten. Sie hoffte auf neue Geschichten und sie wurde nicht enttäuscht.

Simon erzählte die Berufung seines Großvaters Andreas und seines Großonkels Petrus viel ausführlicher, als in der römischen Schrift überliefert: Jeshua hatte die beiden und auch die Zebedäussöhne nicht einfach so berufen, sondern da sei vorher etwas Wichtiges geschehen ... „Damals war Jeshua noch fremd und als er am Ufer des Sees stand lagen zwei Boote am Ufer. Die Fischer wollten nicht mehr hinausfahren und wuschen ihre Netze. Jeshua ist einfach in ein Boot gestiegen und bat Simon Petrus und Andreas ihn auf den See hinaus zu rudern. Von dort sprach er zu vielen Menschen, die sich um ihn versammelt hatten denn von draußen, vom Kinneret her, konnte man ihn besser hören. Nachdem er seine Rede beendet hatte, sagte er zu Simon: *Fahre hinaus auf den See, dann werft eure Netze zum Fang aus.* Simon aber antwortete: *Herr, die ganze Nacht haben wir uns abgemüht und nichts gefangen, aber auf dein Wort hin will ich die Netze auswerfen.* So haben sie es getan und sie fingen so viele Fische, dass die Netze schon zu reißen drohten. Da mussten die Brüder andere Fischer zur Hilfe holen, sie sollten kommen und ziehen helfen. Alle kamen und füllten beide Boote, so dass sie tief im Wasser lagen. Als Simon das sah, da warf er sich Jeshua zu Füßen und rief: *Geh weg von mir Herr, denn ich bin ein sündiger Mensch.* Alle waren von einem Schauder ergriffen wegen des Fischfangs, auch die Söhne des Zebedäus: Jeshua erwiderte: *Fürchte dich nicht, von nun an wirst du Menschenfischer sein.* Da haben die Vier die Boote an Land gezogen, alles zurückgelassen und folgten ihm nach."

Lukas hatte sofort alles mitgeschrieben und alle waren von seiner Schreibkunst auf den Wachstafeln beeindruckt, die Kinder drängten sich nach vorn um alles besser sehen zu können.

„Fürchte dich nicht ... wie oft sagte das Jeshua?", meinte Salome nachdenklich, „aber wir fürchten uns in dieser Welt, wir fürchten uns vor der

Steuererhebung, vor der Macht der Römer, vor den eigenen Leuten, die uns jeden Tag das Gesetz aufzwingen wollen, die uns misstrauisch überwachen. Wir fürchten uns vor Missernten, Krankheit und Tod. Und Jeshua sagte immer: Fürchtet euch nicht …"

„Und", führte Jona lächelnd weiter, „sehr oft sagte er auch: *Folge mir nach. Wenn wir ihm nachfolgen dann müssen wir uns nicht fürchten.*"

„Sela! Sela!", erklang es von mehreren Seiten. So verbrachten die Geschwister mit Rut den Abend und die Nacht im Gemeinschaftshaus der Fischer. Am nächsten Tag verabschiedeten sie sich herzlich von Rut, sie wollten sie auf ihrer Rückreise noch einmal besuchen. Die Knaben machten sich auf den Weg Hesekiel zu holen.

Lukas und Salome aber gingen hinunter an den See und ließen sich weitere Geschichten von Jeshua erzählen. Lukas notierte alles was für ihn neu war, während Salome dafür sorgte, dass der Erzählfluss nicht versiegte. Jona und Simon hatten wieder einen reichen Fischfang an Land gebracht und nachdem sie die Fische verteilt und die Netze gesäubert hatten, trat Jona auf die beiden zu und meinte: „Salome und Lukas, wollte ihr nicht einmal mit hinaus auf den See fahren?" – Etwas Schöneres hätte er nicht anbieten können. Genau das hatte sich Salome schon die ganze Zeit gewünscht. „Der Wind steht günstig", meinte Jona, „und wir können weit hinausfahren, unser Tagewerk ist getan und so kommt ins Boot." Nur zu gern folgten die Geschwister seiner Aufforderung.

Wie groß das Boot war, gut zehn Männer hatten darin Platz. Der Wind trieb sie schnell hinaus in die Seemitte und die Wellen ließen das Boot auf dem Wasser tanzen. Am anderen Ufer erhob sich der nackte Bergrücken des Golan. Jetzt, im Frühjahr war er von einem zarten Grün überzogen. Aber nicht mehr lange und die Sonne würde alles wegbrennen. Zufrieden stellte Salome fest, dass ihre Zeitwahl für die Reise genau richtig gewesen war.

„Dort drüben, dort oben", Salome wies auf den Bergrücken, „dort hat Jeshua einen Tauben geheilt. Das ist paganes Gebiet, keine Juden leben dort und trotzdem haben ihm die Menschen den Tauben gebracht. So schnell hatte sich sein Ruf verbreitet. Eine merkwürdige Geschichte: Jeshua seufzte und dann berührte er mit Speichel die Zunge des Tauben und sagte: *Effata, tu dich auf!* Und sogleich konnte der Mann hören und richtig sprechen. Ein Wunder, denn woher sollte der Mann wissen wie man spricht? Auch dass er Speichel benutzte finde ich merkwürdig. Und warum seufzte er?"

Lukas entgegnete: „Dort oben sind die zehn Städte, die Dekapolis, Griechen leben dort. Und ich glaube, dass Jeshua für sie das Zeichen einsetzte. Kaiser Vespasian hat auch mit seinem Speichel Kranke geheilt, so wird erzählt. Und das Seufzen: Jeshua seufzte zweimal nach dem Zeugnis der römischen Schrift: einmal bei der Heilung des Tauben und ein zweites Mal bei der Forderung der Pharisäer er solle ihnen ein Zeichen vom Himmel geben. Ich glaube, dass Jeshua zweimal wegen Dummheit geseufzt hat. Beim Tauben, weil die Bewohner ihn nicht in ihre Gemeinschaft aufnehmen konnten und bei den Pharisäern weil er doch schon viele Wunder gewirkt hatte. Was sollte er noch tun? Übrigens: da gibt es doch noch die Erzählung von der Heilung eines Mannes, der von Dämonen besessen war. Das muss auch in dieser Gegend gewesen sein, in Gerasa. Und als Jeshua ihn geheilt hatte und die Dämonen in die Schweineherde fuhren, die sich den Abhang hinunterstürzten, da waren die Leute nicht froh, sondern sie baten ihn ihr Gebiet wieder zu verlassen."

„Das hat mich auch oft geärgert, wenn ich es gelesen habe. Hätten sie nicht froh sein müssen, dass ein Mensch wieder in die Gemeinschaft zurückkehren konnte?"

„Du vergisst die Schweine, meine liebe Schwester", war Lukas ironische Antwort: „Eine ganze Schweineherde war ausgelöscht, ein großer Verlust für den Besitzer. Was hatte der von der Heilung eines Irrsinnigen? Nichts, aber sein Besitz war gefährdet durch diesen Jeshua." – Simon und Jona lachten laut auf und hatten an dieser Deutung ihren Spaß während Salome zugab: „Kleiner Bruder, in dir steckt viel mehr als man glaubt. Du kommst so unauffällig daher aber dann hast du Ideen und Beobachtungen, die mir nicht aus dem Kopf gehen."

Lukas wiegelte ab: „Schon gut, große Schwester. Beobachten und Aufschreiben kann ich. Aber eine Geschichte gut erzählen, mit Struktur, mit Spannung, treffenden Worten und schönen Bildern, das kann ich nicht. Da fehlen mir Bildung und Talent, das ist deine Arbeit. – Aber frage doch mal Jona und Simon über die seltsame Erzählung mit dem Wasserwandeln. Dieser Text treibt dich doch regelrecht um und lässt dich nicht in Ruhe."

Eine Windböe war aufgekommen und bewegte das braune Segel heftig. Es knatterte im Wind, die Wellen spritzten über den Bootsrand und die Männer hatten alle Händevoll zu tun das große Boot zu bändigen. Dann ließ der Wind nach, die Fahrt verlangsamte sich und Simon ging auf Lukas Wunsch ein.

„Der Wandel auf dem See Kinneret, ja. Eine Begebenheit, die mein Großvater Andreas immer und immer wieder erzählen musste. Nie hatte man solches gehört, auch in der Tora ist so etwas nicht berichtet. Ich denke, dass man die Vorgeschichte erzählen muss. Also nach der Brotvermehrung, danach wollte Jeshua unbedingt allein sein und er befahl den Jüngern, auch meinem Großvater Andreas nach Betsaida voraus zu fahren. Er schickte alle weg und stieg auf einen Berg um zu beten. Das war auch merkwürdig und erregte bei manchen Frommen Anstoß: Nie hat Jeshua gemeinsam mit den Jüngern und Jüngerinnen gebetet. Immer allein, immer ist er weggegangen. Einmal hat ihn einer der Zwölf aufgefordert er solle sie ein Gebet lehren. Seltsam ... Also *er blieb lange Zeit auf dem Berg und als er wieder herabgestiegen war, sah er die Jünger draußen auf dem See wie sie sich mit Rudern abmühten, denn es war ein starker Wind aufgekommen. Da plötzlich – es war um die vierte Nachtwache – sahen die Jünger Jeshua auf dem See wandelnd zu ihnen kommen. Er kam tatsächlich auf sie zu und schien sie nicht zu sehen, denn er war im Begriff an ihnen vorbei zu gehen. Die Jünger schrien auf denn sie dachten ein Gespenst zu sehen und gerieten in Angst. Da blieb er plötzlich stehen, redete sie an und sagte: Fasst Mut! Ich bin es, fürchtet euch nicht. Dann stieg er in das Boot und der Wind legte sich. Da waren alle durcheinander und staunten.*"

„Genauso steht es in der römischen Schrift", rief Salome aus, „und: sie waren bei den Broten nicht zur Einsicht gekommen, ihr Herz war versteinert. Aber wie kann man das verstehen? Das ist eine unheimliche Geschichte und was soll sie bedeuten?"

„Unheimlich, ja ..." meinte Lukas nachdenklich, „aber vielleicht muss man das in Zusammenhang mit dem Gebet auf dem Berg begreifen. War er nicht mit dem Ewigen ganz verbunden? Ich meine: viel mehr als wir Menschen. War er nicht von ihm gesandt? Ich denke anders als die Propheten, die irgendwann den Ruf bekamen, bei Jeshua war es anders ... wie soll ich sagen. Er war von Anfang an auserwählt...aus einer anderen Welt? Woher kam diese Faszination, die er auslöste? Warum sagten alle: er lehrt mit Vollmacht? Auch seine Gegner und Feinde. Sie hätten doch auch sagen können. Er ist verrückt, größenwahnsinnig, wie seine Familie befürchtete. – Aber nein, an seiner Vollmacht zweifelte keiner... es muss etwas ganz Außerordentliches um ihn herum gewesen sein, etwas das wir Menschen empfinden aber nicht verstehen können ... Und warum wollte Jeshua an den Jüngern im Boot vorbeigehen? Das heißt doch, dass er im Geist bei dem Ewigen, bei seinem Gott war, in einer anderen Welt, in einer Welt, zu der wir keinen Zugang haben."

„Lukas, du solltest Rabbi werden!", rief Simon begeistert.

„Ach nein, dazu tauge ich nicht. Ich kann nicht zu vielen Menschen sprechen und allein meine beschädigte Hüfte, mein schlechtes Gehen hätte mich vom Lehramt ausgeschlossen. Wer nimmt einen Hinkenden ernst? Ich bin Schreiber, Beobachter, und das bin ich gern. Das ist nur die unbedeutende Meinung eines einfachen Mannes."

„Und wer glaubt einer Frau?", ergänzte Salome, „die Rabbinen sagen: *Lieber möge die Tora in Flammen aufgehen, als dass sie den Frauen übergeben werde.* Und: *Wer seine Tochter die Tora lehrt, der lehrt sie Albernheit.* – Aber zusammen sind Lukas und ich eine Einheit. Zusammen können wir eine Schriftrolle schreiben und im Reich Gottes ist es nicht wichtig, dass du hinkst und ich eine Frau bin. Das glaube ich fest und so folge ich meiner inneren Stimme."

Langsam ging der Tag zur Neige und die Fischer entschieden zurück zu fahren. Den Abend verbrachten die Geschwister mit der ganzen Gemeinschaft der Jeshua – Gläubigen und gedachten seiner beim Brotbrechen und beim Singen der Psalmen.

Sie würden noch Tage bleiben und auf Hesekiel warten.

Kapitel 9

Warten auf Hesekiel.
Jona beschreibt das Land Palästina.
Zwei Legionäre unterhalten sich.
Hesekiel kommt.

Warten ... warten auf Hesekiel. Die Freunde saßen am Seeufer und tauschten sich aus. Gerade hatte der fleißige Chronist Lukas die Geschichte des Hauptmanns von Kafarnaum, eines Unbeschnittenen, aufgeschrieben. Obwohl kein Jude, half er mit die Synagoge zu bauen, so dass die Ältesten der Juden für seinen kranken Knecht bei Jeshua baten. Und der Knecht wurde gesund. Immer mehr Menschen aus den paganen Völkern liefen ihm nach und glaubten an ihn.

„So viele Taten haben wir bereits aufgeschrieben", meinte Salome, „aber ich möchte wissen was Jeshua gepredigt hat. Seine Rede soll mitreißend gewesen sein, ein Bildrede, die gelehrte und einfache Menschen verstanden, er soll jeden erreicht haben."

„Bestimmt erfahren wir noch viel von Hesekiel", beruhigte Lukas die Schwester, „du muss dich gedulden bis er zurück ist." – Aber Geduld war gar nicht Salomes Sache. Sie überlegte ob es nicht möglich sei am Jordan aufwärts nach Caesarea Philippi zu wandern. Dort habe Petrus das erste Mal den Herrn als den Messias erkannt, dort müsse auch der Berg der Verklärung sein.

„Der Hermon?", Jona schüttelte den Kopf, „der Hermon ist ein sehr hoher Berg, sein Gipfel ist mit Schnee bedeckt. Und Caesarea Philippi ist eine griechische Stadt, dort leben keine Juden. Augenzeugen oder Nachkommen sind dort auf keinen Fall zu finden. Das wäre verlorene Zeit."

„Dann erzähle mir doch wenigstens wie es dort aussieht", forderte ihn die niemals müde Salome auf.

Jonas Gesicht bekam etwas Träumerisches als er begann: „Die Landschaft ist berückend schön, und am schönsten ist der Hermon, ein gewaltiger Berg vor einem tiefblauen Himmel. Dort ist die Luft so klar, dass man weit ins Land schauen kann und viele Dörfer und Städte, die weit entfernt sind zum Greifen nah erscheinen. Der Jordan hat da seinen Ursprung mit drei Quellflüssen, die sich vereinigen, zu einem Wildbach werden und als Fluss in den Kinneret einmünden. Danach, wenn er den See wieder verlässt, ist er oft nur ein trübes, sehr träge dahinfließendes Gewässer. Nur in der Regenzeit schwillt er an und wird manchmal zu einem reißenden Fluss. – Die Gegend um Caesarea Philippi ist üppig grün. Da wachsen Walnussbäume, Dattelpalmen, Platanen, Eichen und es gibt Maulbeeren, Granatäpfel und Feigen. Und in Banias, so nennen wir Caesarea Philippi, da gibt es auch einen kleinen Wasserfall. Auf einem See wachsen gelbe Seerosen und am Ufer gibt es Papyrusstauden. Die Römer verehren dort einen Gott Pan. Es gibt in den Fels hineingehauene Nischen und dort stehen Götterstatuen. Keine Gegend für fromme Juden."

„Bist du einmal auf den Hermon hochgestiegen?", Salome hatte ihm gebannt zugehört.

„Ich war ziemlich weit oben, als aber die Schneefelder sichtbar wurden bin ich umgekehrt: keinesfalls können Jeshua und die drei Jünger auf dem Gipfel gewesen sein. Was sollten sie auch dort oben im Schnee?"
„Also doch nicht der Berg der Verklärung?"

„Wir wissen es nicht", meinte Jona achselzuckend, „er ist jedenfalls der einzig hohe Berg dort und hat etwas Ehrfurchtgebietendes."

„Zweimal hat der Herr seine Leiden und seinen Tod vorausgesagt", warf Salome ein, „einmal direkt nach dem Messiasbekenntnis des Petrus und dann nach der Verklärung. Die Verklärung, ein wunderbares Bild, wie aus einer anderen Welt, wie das Wasserwandeln und dann diese zweimalige Prophezeiung von Jeshua: Er werde von den Ältesten, Hohepriestern und Schriftgelehrten verworfen und getötet werden, aber drei Tage danach werde er auferstehen."

„Und der hitzköpfige Petrus versuchte ihm das auszureden", fuhr Jona fort, „aber Jeshua verbot es ihm mit harten Worten und sagte: *Wenn jemand mir nachfolgen will, muss er sein Kreuz auf sich nehmen und mir nachfolgen. Denn wenn jemand sein Leben retten will, wird er es verlieren, wer aber sein Leben um meinetwillen und für die frohe Botschaft verliert, wird es retten."*

Dann erzählte Jona weiter: „Caesarea Philippi wurde von Herodes Philippos zu Ehren des Kaisers so benannt."

Salome überlegte: „Wie klein das Land ist und wie extrem unterschiedlich. Jerusalem soll im Gebirge liegen und gleich am Stadtrand würde die judäische Wüste beginnen, haben mir Freunde in Antiochia erzählt. Dann soll es nach Jericho sehr steil, in einer engen Schlucht hinuntergehen, fast bis ans Salzmeer, ein Meer in dem es kein Leben gibt, nur Wasser und Salz. Und dahinter wieder Wüste ... und hier: fruchtbares Land. Weißt du, den Jordan, der dann ins Salzmeer mündet, den möchte ich einmal sehen und die Stelle, an der Johannes der Täufer getauft hat, denn er ist immer am selben Ort geblieben. Dort war auch so eine Begebenheit, so etwas wie die Verklärung. Auch dort soll sich bei der Taufe Jeshuas der Himmel geöffnet haben und eine Stimme war zu hören: *Du bist mein Sohn, der geliebte, an dir habe ich mein Wohlgefallen.* Ich denke: Erst da hat Jeshua seinen Auftrag, seine Sendung erkannt, nachdem er dreißig Jahre in Nazaret lebte. Es war die erste Enthüllung, dann auf dem Berg die zweite Enthüllung und dann machte er sich auf den Weg nach Jerusalem, und dort bewegte sich alles dem Abgrund zu: Prozess, Kreuzigung, Tod. Die Auferweckung, das war die dritte Enthüllung. So ist es in der römischen Schrift geschildert. Das Messiasbekenntnis des Petrus und die Verklärung auf dem Berg bilden genau die Mitte der Frohen Botschaft."

Jona war erstaunt: „Salome, du hast so klare Gedanken und ich versteh vieles besser wenn du es sagst, als wenn die Rabbinen reden. Warum bist du nur als Frau geboren worden?"

Salome tauchte kurz aus ihren Gedanken auf: „Weil es dem Ewigen so gefallen hat. Einen Vorteil habe ich als Frau: die wenigsten nehmen mich ernst. Als junge Frau habe ich vielen gefallen und äußere Schönheit wurde meistens mit Dummheit gleichgesetzt. So wurde ich meistens unterschätzt und hat es mir erleichtert, meine Ziele zu errichen. Ich hatte das große Glück mit meinem gelehrten Ehemann Apollos, der mich meines Geistes wegen erwählte. In Antiochia gab es schönere Frauen als mich, aber er hat sich für mich entschieden. Und unter seinem Schutz und seiner Anleitung konnte ich mich ungestört entwickeln, keiner hat mich gehindert, deshalb sitze ich hier. Was wäre gewesen wenn ich als Mann auf die Welt gekommen wäre? Vielleicht wäre ich Rabbi geworden, hätte mich mein Leben lang mit Schülern beschäftigt und das getan was alle tun. – Nur als Frau konnte ich diesen Weg gehen, einfach weil ich gewohnt war nicht auf andere zu schauen sondern meiner inneren Stimme zu folgen. Ein Rabbi würde keine Schriftrolle über Jeshua von Nazaret schreiben … aaah … zurück … zurück zum Land Palästina, dem Land meiner Vorväter. Nun habe ich erst einen kleinen Teil gesehen. Kennst du das ganze Land?"

Jona berichtete weiter: „Das Land kenne ich ganz gut, auch die griechisch – römischen Städte an der Küste, die ganz von den Römern beherrscht sind. Aber weiter hinaus, in fremde Länder bin ich nicht gekommen. Doch Griechen haben mir erzählt, dass Palästina eine Landbrücke sei, im Süden gäbe es ein riesiges Land mit schwarzen Menschen, im Osten liegen die Reiche der Parther und Perser, im Norden, nördlich von Rom, da seien Länder mit tiefen Wäldern und Sümpfen. Dort würde eine Grenzmauer das Imperium von den Barbaren trennen."

„Mhm", meinte Salome nachdenklich, „dann liegt das Land an einer ganz wichtigen Stelle. Von hier aus kann sich die Frohe Botschaft schnell auf den gut gebauten und weit verzweigten Römerstraßen in die ganze Welt verbreiten."

Lukas musste lachen: „Ganz meine Schwester Salome. Sie denkt schon wieder weit voraus und glaubt, dass unsre Schriftrolle einmal von allen Völkern gelesen wird."

„Warum nicht?", entgegnete Salome gut gelaunt, „warum nicht? Unsere Reise ist doch bisher gut gelungen."

Zwei römische Soldaten setzten sich in unmittelbarer Nähe zu den Dreien auf Basaltblöcke. Sie aßen gebratenen Fisch, schenkten sich aus einem Krug Wein ein und unterhielten sich so laut, dass alle anderen mithören mussten, zumal sie Stimmen wie Schlachtposaunen hatten und überhaupt keine Rücksicht nahmen. Warum auch? Sie waren die Herren des Landes. Ihr Koine-Griechisch war sehr grob, die Ausdrucksweise manchmal unanständig und trotzdem zogen sie die Freunde in den Bann, denn sie sprachen über Götter, genauer: über diesen seltsamen Gott der Juden, der nicht einmal ein Bildnis hatte …

„Unsichtbar soll er sein", lachte der eine, der einen Kopf wie ein Ochse hatte, Hände wie Schaufeln und der mühelos einen halben Fisch in seinem breiten Mund verschwinden lassen konnte.

Der andere, ebenfalls grob gebaut, hatte gelbe Haare, die wie Stroh von allen Seiten des Kopfes abstanden. Seine Haut war von der Sonne nicht braun sondern rot gefärbt.

„Ein Söldner aus den barbarischen Wäldern", flüsterte Jona den Geschwistern zu. Die ungeschlachten Gesellen merkten überhaupt nicht, dass sie aufmerksame Zuhörer hatten und waren völlig mit Essen, Finger abschlecken, Wein nachschütten und mit dieser brüllenden Unterhaltung beschäftigt.

„Also was ich an Verrücktheiten in diesem Land erlebt habe", fuhr der erste fort, der seinen Kopf mit den schwarzen Locken schüttelte, „also diese Narren hier haben EINEN GOTT! und nur EINEN TEMPEL! Wo gibt es so etwas? Und der hat sogar keinen Namen oder sein Name ist geheim, darf nicht genannt werden. Dazu weiß keiner wie er aussieht und er hat auch keine Göttin, keine Söhne. Ein erbärmlicher Kerl. Aber er habe dieses Volk der Judäer auserwählt und er hat ihnen sogar Gesetze gegeben. Nach diesen Gesetzen leben sie, ganz genau. Sie haben Essensverbote: kein Schweinefleisch, keine Muscheln, keine Krebse und Hummer, und andere verrückte Speiseregeln: Fleisch und Milch darf man nicht zusammen essen. Und dann müssen sie den Sabbat halten, den siebten Tag in der Woche. Da hocken sie alle zuhause und dürfen nichts machen. Kein Spaß, keine Abenteuer, keine Saufereien, keine Weiber! ... Mann o Mann!" Der Legionär biss herzhaft in einen Fisch, dass das Fett nur so aus seinen Mundwinkeln rann.

„Ein Gott ohne Frauen?", staunte der Strohköpfige, „was soll das für ein Gott sein? Ein Gott muss Söhne zeugen, Weiber verführen, Kriege gewinnen ... also in meiner Heimat, da gibt es andere Götter als die römischen, aber es sind gewaltige Krieger. Donar, der mit einem Hammer über den Gewitterhimmel reitet, der listige Baldur und die wilde Freya ..."

„Ja, das verstehe wer will, diese Judäer ... Aber noch verrückter: in Alexandria und seit neuestem auch in Antiochia gibt es Griechen und Römer, die so etwas gut finden. Proselyten! Sie haben die römischen Götter verstoßen und leben wie die Judäer. Aber viele scheuen dann doch den Übertritt zu diesem unsichtbaren Gott. Beschneidung! Kein gesunder Mann lässt an seinem besten Teil herumschnippeln. Mehercule!"

„Beschneidung?"

Der andere machte eine unmissverständliche Geste an seinem Finger und deutete auf sein Geschlechtsteil.

„Hä?!", rief der zweite entsetzt.

„Ich sage die Wahrheit, beim Jupiter … aber lach nicht: da hat sich so eine jüdische Sekte entwickelt, die haben diesen Glauben übernommen, kommen aber ohne Beschneidung aus. Sie verehren einen Gekreuzigten als Gottessohn, ha, ha ha …"

„Ein Gekreuzigter?"

„Ja, glotz nicht so. Der neueste Gott hängt am Kreuz! Das wär´ doch was für dich?!"

Er schlug mit Wucht auf die Schulter des anderen, der stand auf, warf die Essensreste weit von sich, nahm noch einen tüchtigen Schluck Wein und dann stiegen die beiden lachend und schwatzend die Böschung hinauf.

„Da hast du die Zukunft unseres Glaubens", sagte Lukas leicht spottend, „glaub´ bloß nicht, dass alle Welt Jeshua nachläuft. Die Juden haben es nicht getan und die paganen Völker werden es erst recht nicht tun."

„Du darfst auf das Geschwätz von zwei tumben Legionären nichts geben, Lukas", widersprach Salome, „in Antiochia, da sind große Gelehrte Christianoi geworden. Sie finden die Botschaft keineswegs lächerlich, im Gegenteil. Lächerlich finden sie diese Götterwelt, die denselben Vergnügungen und Dummheiten nachhängt wie die Menschen. Nein, ich glaube fest: Jeshua war der Messias, vom Ewigen gesandt um uns Menschen den richtigen Weg zu zeigen, das Reich Gottes schon in dieser Welt zu verwirklichen. Und in seinem Dienst stehen wir, mein lieber Bruder. Und vertrau´ auf den Heiligen Geist, dass er in uns wirkt."

So verging noch ein Tag und dann endlich, endlich traf Hesekiel ein. Er wurde in einem recht soliden Reisewagen gebracht, denn wie so oft hatte er mit viel Geschick Familienstreitigkeiten friedlich gelöst. Zum Dank stellte ihm ein wohlhabender jüdischer Kaufmann seinen Reisewagen zur Verfügung.

Obwohl mit der totalen Niederlage der Aufständischen der Tempel zerstört, der Sanhedrin abgesetzt, die Sadduzäer geflohen oder ermordet und viele, viele Juden das Land verlassen hatten, trotzdem blieben etliche zurück, die für die neuen Herren unverzichtbar waren. Dazu gehörten Kaufleute mit ihren vielen Beziehungen in fremde Länder, mit ihrem Geschick Waren aufzuspüren und zu liefern, zu kaufen und zu verkaufen. Und einige Fromme, die unerkannt und bescheiden ihrer täglichen Arbeit nachgingen. Auch sie lebten in Dörfern und kleinen Städten, viele um den See Kinneret.

Hesekiel war in den Siebzigern, ein kleiner zerbrechlich wirkender Mann mit feinen Gesichtszügen, einem Gelehrtenkopf, weißem Bart und sehr wachen dunklen Augen. Insgesamt machte er körperlich einen etwas hinfälligen Eindruck, dies änderte sich aber schlagartig, als er die Gäste begrüßte. Seine Stimme war noch voll, tief und unerwartet kräftig. Salome und Lukas schreckten etwas zurück, denn sie hatten eine zarte hohe Greisenstimme erwartet und nicht die Stimme eines Rufers in der Wüste.

Hesekiel bat um etwas Ruhe, er wollte seinen durchgeschüttelten Körper zunächst ausstrecken und sich ausruhen. Dann aber käme er in die Synagoge kommen, bereit zum Gespräch.

Ungeduldig saßen Lukas und Salome in der dunklen Synagoge, die recht groß war für den Ort und durch den schwarzen Basaltstein düster wirkte. Hier also hatte Jeshua gesprochen, hier hatte er am Sabbat den Mann mit der gelähmten Hand geheilt und einen anderen von den Dämonen befreit. Als nach einigen Stunden Hesekiel die Synagoge betrat, erhoben sich die beiden um ihm Ehre zu bezeigen. Dieser aber winkte ab, setzte sich auf eine der umlaufenden Bänke und nahm die Zwei gründlich in Augenschein. „Warum seid ihr hier? Was wollt ihr?", eröffnete er das Gespräch. Lukas wies auf Salome, die zögerte nicht: „Wir sind hier um noch Augenzeugen zu finden, Menschen, die Jeshua noch kannten oder Menschen, die Erzählungen ihrer Vorfahren treulich aufbewahrten und berichten können. Wir wollen eine Schriftrolle anfertigen, eine Schriftrolle wie die aus Rom, die wir von einem guten Freund erhielten und die uns das Leben, Leiden und die Auferweckung unseres Herrn schildert. Deshalb sind wir von Antiochia hierhergekommen und wurden reichlich belohnt."

Hesekiel musterte Salome scharf und antwortete: „Zwar hat Jeshua auch Frauen in seiner Jüngerschaft gehabt und besonders Maria aus Magdala schätzte er sehr. Ich muss zugeben, manchmal hatte ich den Eindruck, dass sie ihm näher stand als Simon Petrus, der mit seinem hitzigen Temperament oft den Herrn erzürnte … Aber noch ist es ungewöhnlich, dass Frauen das Wort führen … du hast doch nicht die Tora studiert, du warst doch in keiner Synagogenschule. Woher kommt dein Wissen?"

„Verehrter Meister, deine Fragen sind berechtigt. Lesen und Schreiben habe ich mir bei meinem kleinen Bruder Lukas abgeschaut, Teile der Tora lernte ich von ihm auswendig, und dann hatte ich das große Glück, dass mein lieber Mann Apollos, ein griechischer Rechtsgelehrter, mich sehr förderte und ich in seiner Kanzlei in Antiochia, viel lernen durfte. Dort erwarb ich ein gutes Griechisch, auch Latein und ich kenne das römische Recht, einiges in der Literatur und Philosophie."

„Aha", der Alte riss die Augen auf, „dann bist du eine gelehrte Frau und weißt auf manchen Gebieten mehr als ich. Und Lukas unterstützt dich?"

„Ohne meinen Bruder könnte ich das alles nicht schaffen. Er ist mein treuer Begleiter, meine Stütze, Ratgeber und mein Vertrauter. Seine Gedanken sind wertvoll und er schreibt alles auf was uns berichtet wird."

„Gut", Hesekiel richtete sich auf, „was wollt ihr wissen?"

Salomes Anspannung fiel von ihr ab. Sie überlegte kurz, erzählte von den Begegnungen in Nazaret und meinte dann: „Ich schätze die Ordnung, die richtige Ordnung, die richtige zeitliche Abfolge. Von daher hoffe ich, dass du mir von Johannes dem Täufer erzählen kannst. Mit ihm und der Taufe begann alles. Zu ihm ist Jeshua gepilgert, ins südliche Jordantal. Wer war er? Woher wusste Jeshua von ihm?"

„Johannes der Täufer", sagte nachdenklich der Alte … „ja, da kann ich dir auch nur berichten was mir andere erzählten. Er war ein richtiger Prophet, vielleicht der letzte in Israel und ich denke, dass er von der Rede des Jesaja ergriffen war:

Stimme eines Rufers in der Wüste:
Bereitet den Weg des Herrn, ebnet seine Pfade!
Jegliches Tal soll ausgefüllt,

jeder Berg und Hügel niedrig werden;
was krumm ist, soll gerade,
raue Wege sollen geglättet werden:
und alle Menschenkinder sollen schauen Gottes Heil.

Diese Verse scheinen ihn gepackt zu haben und er ließ sich am Jordan nieder, aber nicht auf dem Gebiet Judäas, sondern am Ostufer, in Peräa. Dort gibt es eine Furt und dort ist für ganz Israel eine bedeutende Stelle und ich denke, dass der Täufer diese bewusst gewählt hat."

„Von welcher Stelle sprichst du?"

„Es ist die Stelle, an welcher die Hebräer in das Gelobte Land einzogen, damals unter Josuas Führung, als sie vierzig Jahre Wüstenwanderung hinter sich hatten. Es war ein völliger Neuanfang. Für unsere Vorfahren begann ein neues Leben. Später ist dort der Prophet Elia mit einem feurigen Wagen in den Himmel entrückt worden und er ließ seinen Mantel an seinen Schüler Elischa zurück. Das bedeutet: ein heiliger Ort, hier hat sich der Himmel geöffnet. Johannes hat nur an dieser Stelle getauft und die Menschen sind von weither gekommen, aus Judäa, Samaria und Galiläa. Jeshua muss von ihm gehört haben."

„Wann war das?"

Hesekiel überlegte kurz: „Das war im 15. Jahr des Kaisers Tiberius, während Pontius Pilatus Statthalter von Judäa, Herodes Antipas Teilfürst in Galiläa, sein Bruder Philippos Landesherr in Ituräa war. Hohepriester waren damals Hannas und Kajaphas, da begann der Täufer sein Werk."

Salome kam noch einmal zurück zur Taufe: „Und wie lange lehrte Jeshua im Land?"

„Nun, es muss über ein Jahr gewesen sein, nach meiner Erinnerung."

„Diese Taufe, sie war etwas Neues, so habe ich es verstanden", meldete sich Lukas, „kein vorgeschriebenes Reinigungsritual, keine rituelle Waschung, sondern eine Handlung, die das Leben der Menschen veränderte. Sie wurde auch nur einmal vollzogen. Die Predigt des Täufers war hart: Er predigte Umkehr und Buße."

„Richtig, Johannes predigte Umkehr und Buße und zwar für alle! Das war das Neue. Er unterschied nicht zwischen Sündern und Gerechten, nicht zwischen Menschen mit sündigen Berufen, wie Zöllner, Wirte, Hirten, käufliche Frauen und den Gerechten, welche die Gesetze der Tora penibel befolgten, nein. Er forderte alle zur Umkehr und Buße auf und sagte: *Ihr Gerechten, bildet euch nicht ein, dass ihr Abrahams Kinder seid, die Tora besitzt und im Tempel das Sühnopfer darbringt. Es hilft euch nichts. Schon ist die Axt an die Wurzel der Bäume angelegt, nichts schützt euch ...* Johannes war ein Gerichtsprophet, der das Nahen des Gerichts, eine Endzeit vor sich sah. Zöllner und Kriegsleute ließen sich bei ihm taufen und folgten seinen Worten: erpresst niemand, fordert nicht mehr Steuern als festgesetzt sind, betrügt nicht, begnügt euch mit eurem Sold. – Johannes kündigte auch den Messias an und erkannte Jeshua, als dieser an den Jordan kam."

„In Nazaret hörten wir, wie Jeshua von der eigenen Familie geächtet wurde, dass er lange dort lebte und sich nicht in die Traditionen einfügen wollte. Dann sei er plötzlich verschwunden."

„So muss es gewesen sein", bestätigte Hesekiel, „Jeshua wusste wohl auch lange nicht was seine Aufgabe, seine Botschaft war. Dann aber, nach der Taufe am Jordan, dann kannte er seine Sendung. Er ging noch einige Zeit in die Wüste um zu fasten und zu beten. Die Dämonen und der Teufel hätten ihn dort versucht, so erzählten einige Jünger des Johannes, denn Jeshua folgte kurze Zeit dem Täufer. Aber wohl nach dieser Wüstenzeit begann er seine eigene Mission."

„Später, später muss du mir davon erzählen", bat ihn Salome, „Hesekiel, was glaubst du: Wer war Jeshua aus Nazaret? Wer waren seine Vorfahren?"

Hesekiel zog ein Papyrusstück aus seinem Gewand uns las: *„Bei seinem ersten Auftreten war Jesus ungefähr dreißig Jahre alt und er war, wie man glaubte, ein Sohn des Josef, der von Heli stammte ..."* dann folgten viele Namen, Generationen zurück, weit zurück, bis Hesekiel schloss. *„Henoch, Jared, Maleleel, Kainam, Henos, Seth, Adam – von Gott."*

Salome und Lukas waren tief bewegt und ließen den Text auf sich wirken. „Also das bedeutet: Jeshuas Abstammung geht auf König David zurück und auf den Ewigen. Er ist der erwartete Messias, nicht nur für die Juden, sondern für alle Menschen?...Kann ich das Papier haben?"

Der Alte reichte es ihr wortlos.

„Danach, als Jeshua wieder in Galiläa war, danach hat er nie wieder den Täufer gesehen oder?", trieb Lukas das Gespräch weiter.

„Nein, gesehen hat er ihn wohl nicht mehr aber er erfuhr von seinem Ende, dass Antipas ihn köpfen ließ. Er hat immer voll Hochachtung und Liebe über den Täufer gesprochen und einmal sagte er: *Unter den vom Weibe Geborenen ist keiner größer als Johannes – aber der Kleinste im Reich Gottes ist größer als er.*"

Kapitel 10

Hesekiel erzählt von Jeshua.
Die Ehebrecherin.
Jonas Erinnerungen.

Hinweis: Der Text über die Ehebrecherin steht heute im 8. Kapitel des Johannesevangeliums. In den älteren Handschriften steht er jedoch im Lukas-Evangelium.

„Und die Familie Jeshuas?", hakte Salome nach, „da gibt es in der Schriftrolle eine furchtbare Stelle, wie die Familie, Maria mit vier Söhnen und wohl auch anderen Verwandten kamen *und ihn holen wollten, denn sie sagten: er ist verrückt.*"

Hesekiel lachte leicht auf: „Ja, das war wirklich so. Ich war selbst dabei, damals als junger Mann, noch keine zwanzig Jahre alt. Nie habe ich ein gutes Wort von ihm über Familie gehört. Er muss fürchterliche Kämpfe mit seinen Angehörigen ausgestanden haben. Manches war schon erschreckend, nein schrecklich, was er sagte. Einmal kam ein Mann zu ihm und wollte sich ihm anschließen. Jeshua sagte zu ihm auch: *Folge mir nach!* Der Mann aber erwiderte er müsse zuerst seinen toten Vater begraben. Und Jeshua antwortete: *Lass die Toten ihre Toten begraben, du aber geh und verkünde das Reich Gottes!* Ein anderer wollte ihm nachfolgen, sich aber vorher von seiner Familie verabschieden. Jeshuas Antwort war: *Keiner, der die Hand an den Pflug gelegt hat und nochmals zurückschaut, taugt für das Reich Gottes ...* Wie hat er das gemeint? Ich denke: Er wollte sagen JETZT, kein Aufschub, entscheide dich radikal und für dein ganzes Leben. Erstaunlich, dass ihm trotzdem immer so viele gefolgt sind ... Mein Vater und mein Onkel waren Pharisäer und die folgten Jeshua, allerdings nicht weil sie von ihm begeistert waren, nein, sie hielten ihn für einen Betrüger. Nazaret – wer konnte schon aus Nazaret kommen? Aber Jeshua konnte heilen und das konnten sie nicht. Sie empörten sich über ihn, auch weil er wunderbar reden konnte, in Alltagsbildern, so dass alle ihn verstanden. Er sprach ganz anders als die Pharisäer: seine Sprache war schlicht, alle Begriffe aus dem Alltag der Menschen, eindringliche Beispiele, manche auch … wie soll ich sagen: also manche auch übertrieben, kurios und auch lustig. Aber genau das behielten die einfachen Leute. Jeshua verstand die Kunst des Weglassens. Keine langen Tiraden, kein Einhämmern von Verhaltensweisen. Was er aber gerne machte waren Doppelerzählungen, Doppelgleichnisse mit demselben Thema: zum Beispiel Vergebung oder Barmherzigkeit oder Verlorensein. Das verlorene Schaf und die verlorene Drachme, die eine Frau verzweifelt sucht … ja, er erzählte spannend und ungewohnt. Er sprach zu den Herzen der Menschen, die Rabbinen zum Verstand. Vor allem: eine unbestrittene Vollmacht ging von ihm aus, er faszinierte die Menschen. Auch ich war als junger Mann fasziniert, aber ich hütete mich dies zu sagen denn dann hätten mich die Alten nicht mehr mitgenommen. Schon als Kind, mit zwölf Jahren hat er sich von seiner Familie entfernt und ist allein nach Jerusalem zurück. Es stimmt schon: Fremde Menschen zogen ihn mehr an als die Blutsverwandtschaft. Auch wird in dieser Erzählung – du kennst sie sicher aus Nazaret – früh seine Angstfreiheit bewiesen. Jeshua hatte keine Angst, so habe ich ihn erlebt. – Oh wie gut habe ich Jeshuas Zerwürfnis mit seiner Familie verstanden … Doch versprecht mir, dass wir eine Abschrift von der römischen Schriftrolle bekommen und falls es euch gelingt eine neue Schrift zu verfassen, dann wollen wir auch diese Abschrift haben. Ihr kennt die Schrift aus Rom auswendig?"

Lukas und Salome bejahten.

„Gut, dann schlage ich vor, dass wir uns täglich hier treffen. Zuerst könnt ihr mir Fragen stellen und dann werden meine Schüler alles aufschreiben was ihr vortragt. Morgen früh bin ich ausgeruht, von der Reise erholt, und dann erzähle ich euch weiter."

Hesekiel winkte zur Tür und zwei junge Männer stürzten herein, traten an das Vorlesepult, breiteten einen Papyrus aus und ordneten ihr Schreibzeug. Dann schauten sie erwartungsvoll auf die beiden Fremden.

Lukas begann: „*Anfang der Heilsbotschaft von Jesus Christus, dem Sohne Gottes. Es steht geschrieben bei dem Propheten Jesaja: Ich sende meine Boten einher vor deinem Angesicht …*"

Aus den Augenwinkeln sah Salome wie Hesekiel durch die Tür trat, kurz im Licht stehen blieb, sich umdrehte und leicht verbeugte.

Nun folgten aufregende Tage, sowohl für die Geschwister als auch für die Bewohner Kafarnaums: sie sollten eine Schriftrolle bekommen, eine Urkunde, einen heiligen Text über ihren Rabbi aus Nazaret, über Jeshua, der in den griechischen Städten Jesus der Christos genannt wurde. Alle befanden sich in Hochstimmung, Trost und der Gewissheit: das Reich Gottes kommt. Wie wird es sein?

Hesekiel saß schon in der Synagoge als die Geschwister am nächsten Morgen eintrafen. Lukas richtete alles auf dem Vorlesepult, der Bema, tauchte seine Rohrfeder in die Tinte und schaute konzentriert auf den alten Pharisäer und auf Salome, die sich in der Synagoge gegenübersaßen.

„Wo waren wir gestern stehen geblieben?", grübelte der Alte … „ach ja … Johannes der Täufer … und ich wollte dir, Salome, raten: sprich doch mal mit Jona, er ist der Enkel des Jakov, Bruder von Jeshua. Er kann sicher noch einiges zu den Jahren in Nazaret sagen. Ja, es war eine lange Zeit, in welcher Jeshua so unerkannt lebte. Ich denke, dass er auch Zweifel hatte und sich lange seiner Sendung nicht bewusst war. Alle waren gegen ihn, alle hielten ihn für anmaßend, verrückt. Das muss ihn auch bedrückt haben."

„Danke für deinen Hinweis. Ich werde mit Jona sprechen."

„Bevor ihr beginnt", meldete sich Lukas, „eine Frage an dich, Hesekiel: In der Diaspora hat man die jüdische Erziehung nicht so genau genommen. Wie wachsen jüdische Knaben hier auf?"

„Schon früh beginnt die Erziehung zum Gesetz", war die sofortige Antwort, „mit fünf Jahren beginnt der Knabe lesen und schreiben zu lernen, mit sieben Jahren wird mitgearbeitet, meistens im Beruf des Vaters. Mit dreizehn Jahren Einführung in die Tora, Bar Mitzwa, die Mündigkeit und das Lernen der Gesetze und anderer heiligen Schriften. Mit achtzehn wird geheiratet".

Salome griff sofort wieder ein: „Was mich beschäftigt: du kommst aus einer Pharisäerfamilie und bist selbst Rabbi geworden. Warum wurde Jeshua nicht in den Kreis der Pharisäer aufgenommen? Gut, er predigte neu, aber wäre es nicht besser gewesen ihn einzubinden?"

Hesekiel schloss kurz die Augen dann begann er langsam zu erklären: „Da war zuerst seine Art, seine Methode. Und was mir erst später klar wurde: Er selbst war Jude aber betrachtete sein Volk aus Distanz. Er lehrte seine Jünger nicht in der Synagoge sondern unter freiem Himmel, auf der Wanderung, manchmal vom Boot aus wenn er sich auf den See hinausrudern ließ. Da konnte man ihn besser hören. Bei Tabga gibt es so eine Stelle. Die hat er genutzt als er seine große Rede hielt ... Die Schüler oder Jünger kommen üblicherweise zum Rabbi und er unterrichtet sie in der Synagoge, dann lernen sie eifrig die Tora auswendig, diskutieren und dienen ihrem Lehrer. Die Rabbinen lehren nach Plan, nach Stufen, eine strenge Schulung des Gedächtnisses, das wort- wörtliche Zitieren aus den heiligen Texten. Bei Jeshua: Nichts von alledem! Ein ordentlicher Rabbi bleibt auch vor Ort, in seiner Stadt, in seiner Heimat. Jeshua tat das Gegenteil: er wanderte herum, war heimatlos und forderte dies auch von seinen Jüngern. Die meisten waren verheiratet und verließen ihre Familien, ja viele Familien wurden so zerstört. Die offene Tischgemeinschaft war für den Nazarener wichtiger als die Blutsverwandtschaft und seltsamerweise folgten ihm darin viele. Weiter: man bewirbt sich als Schüler bei einem Rabbi. Jeshua aber hat seine Schüler selbst ausgewählt. Er sagte nur: *Folge mir nach!* Aber was für Schüler! Kein Rabbi hätte sie angenommen: Männer im mittleren Alter, fast alle mit Familie behaftet, keine jungen Leute, dazu Fischer, Tagelöhner, die einfachsten Menschen. Konnten sie überhaupt lesen und schreiben? Wohl kaum. Entsprechend haben sie sich auch verhalten und wenig, meistens nichts von seiner Rede verstanden. Gestritten haben sie sich, wer im Reich Gottes an höchster Stelle sitzen würde. Aber Jeshua scheint das nicht gestört zu haben. Einmal berief er 72 Jünger und schickte sie paarweise aus, völlig ohne Vorbereitung und auch ohne Geld, ohne Taschen und selbst ohne Sandalen! Da waren sogar Ehepaare dabei, Frauen! Und sie sollten Kranke heilen, wie er. Die Gebildeten lachten über diese Tölpel, sie konnten nicht einmal aus der Tora rezitieren. Ja sie hielten nicht einmal die Reinigungs- und Fastengebote! Das wurde oft im Kreis der Pharisäer diskutiert. Ein Onkel von mir sagte: Jeshua wählte diese Leute aus weil mit ihnen keine Diskussionen über die Tora möglich waren, sie wussten nichts ... Er stellte sich radikal auf die Seite der Armen, nein der Ärmsten, des verachteten Volkes, des Am – Haarez. Nie hat er versucht Leute von Macht und Einfluss für seine Botschaft zu gewinnen ... das war sehr seltsam ... Und dann sein engster Kreis, die Zwölfergruppe: Vier Fischer, ein Zöllner, etliche Zeloten, Hitzköpfe, Ungebildete. Wie hielt diese Gruppe zusammen? Das haben wir uns oft gefragt. Überhaupt die Zeloten in seiner engsten Umgebung: die erwarteten doch kein Reich Gottes sondern die Befreiung von den Römern durch einen königlichen Messias, der endlich das davidische Königtum wieder aufrichten würde. Kein Gedanke lag Jeshua ferner. Deshalb verbot er ihnen auch ihn Messias zu nennen. Er diskutierte nicht mit ihnen … er verkündete seine Reich-Gottes-Botschaft aber auch keine neue Lehre. Mein Vater brachte es einmal auf den Punkt: Er selbst war die Lehre, er allein, seine Lebensweise, sein Lebensweg. Die Jünger ließ er meistens reden und störte sich nicht an ihren dummen Gedanken … dazu noch die Frauen! Unerhört. Und warum lehrte er nicht aus der Tora? Er selbst war durchaus darin bewandert und kannte auch die Propheten und die Psalmen. Nicht einmal gebetet haben sie zusammen. Er hat stets allein gebetet, meistens weit ab, oft auf einem Berg. Er soll auch den Jüngern ein Gebet hinterlassen haben, später in Judäa, aber erst als sie ihn dazu aufforderten … Aber da war ich nicht mehr dabei."

„Langsam, langsam", unterbrach ihn Lukas, „ich habe Mühe mitzukommen." Er schrieb und nach einer Weile nickte er Hesekiel zu.

Dieser fuhr fort: „Ganz unmöglich war aber die Frauengruppe, die er genauso behandelte wie die Männer. An eine kann ich mich besonders gut erinnern, an Johanna, die Frau des Chuza. Sie kam aus Kafarnaum, ihr Mann war Verwalter bei König Herodes Antipas. Chuza war kein Jude aber einer der auf Suche war. Ein komischer Kerl: schickte seine Frau mit einem Wanderprediger über die Dörfer! Das muss man sich einmal vorstellen. Und die Johanna, die hat das auch noch gerne getan … ja, Chuza, aus dem wurde keiner schlau, er war neugierig, wissbegierig, er vertraute Jeshua, lud ihn zu Tisch und einmal schickte er einen Freund zu ihm, dessen Knecht krank geworden war. Ihr kennt bereits die Geschichte. Chuza war es völlig egal was andere über ihn redeten. Johanna musste ihm dann alles erzählen was sie auf den Wanderungen erlebt hatte. Wie war das alles möglich? frage ich mich heute. Wie konnte diese verrückte Gesellschaft unbehelligt über Land ziehen? Manchmal haben sie unter freiem Himmel übernachtet und gearbeitet hat keiner, nein. Sie ließen sich einladen, vorzugsweise von Sündern und einige der Frauen hatten Geld, sie unterstützen die Gemeinschaft. Aber Jeshua wollte keine Sonderbehandlung oder Bedienung. Er selbst bediente alle, das war gegen jede Tradition und Sitte. Selbstverständlich wird ein Rabbi von seinen Schülern bedient, selbstverständlich! Darüber gab es unter den Pharisäern besonders viel Aufregung. Jeshua missachtete Titel und Ämter, er wollte auch keine Rabbinen ausbilden, nein. Er selbst sei der Meister, alle anderen Brüder … Ja, das stimmte schon was mein Vater sagte: Er ist die Lehre, er setzt sich über das Gesetz. Und trotzdem liefen ihm alle nach, sie verfolgten ihn regelrecht …

denn da war diese ... diese Vollmacht, die Faszination ... seine Ausstrahlung und Macht über die Menschen. – Er sprengte alle Regeln und nie hätte er in den Kreis der Pharisäer gepasst, daran war gar nicht zu denken."

„Der große Konflikt zwischen ihm und den Pharisäern war aber sein Umgang mit dem Gesetz, so scheint es mir. Was kannst du mir dazu sagen?"

Hesekiel schien hin und her gerissen, nach einer Zeit des Überlegens erklärte er: „Ja und Nein. Jeshua hat das Gesetz nie übertreten, er hat es weit ausgelegt, aber das taten viele Pharisäer auch. Das war ja unser ständiger Konflikt mit den Sadduzäern. In manchen Fragen hat er das Gesetz sogar verschärft, so beim Schwören und der Ehescheidung, weil er die Not der verstoßenen Frauen sah. Viele mussten sich prostituieren um zu überleben. Er soll als Dorfschreiber in seinem Heimatort Nazaret tätig gewesen sein und habe sich dort mehrfach geweigert einen Scheidungsbrief auszustellen. Jeshua war sehr nah an den Menschen, näher als wir, so sehe ich das heute. Selbst von unbedeutender Herkunft, keine einflussreiche Familie, kein Amt, kein Besitz, konnte er sich gut mit dem Am Haarez auf eine Stufe stellen und das sahen die Menschen. Er stand nicht über ihnen, wie die anderen religiöses Führer. Ihm ging es stets um den einzelnen konkreten Menschen, nicht um die Gesetzeserfüllung. Das Gesetz war für ihn nicht oberste Norm. Sabbat-Reinigungs – und Fastengebote waren nachgeordnet. Auch gab es bei ihm eine gewisse Missachtung des Tempels. Er ging nicht gegen den Tempelkult vor aber er praktizierte ihn nicht, hielt seine Jünger nicht dazu an. Sein Tod am Kreuz wurde dann auch von seinen Gegnern so verstanden: das Gesetz hat gesiegt! Selbst den Sadduzäern ist es nicht gelungen ihn als Gesetzesbrecher zu überführen. So wurde er Pilatus als Aufrührer überantwortet, aber das stimmte erst recht nicht."

„Doch im Glauben über die Auferstehung müssen sich doch Pharisäer und Jeshua einig gewesen sein?"

„Ja, das stimmt. In diesem Punkt herrschte Einigkeit ganz im Gegensatz zu den Sadduzäern."

„Verstehe ich es richtig wenn der Glaube der Sadduzäer, der sich nur auf die Tora bezieht, der ältere Glaube ist?"

„So ist es. Für sie ist mit der Tora alles abgeschlossen. Es gibt keine weiteren heiligen Schriften. Aber wir Pharisäer glauben, dass der Ewige auch durch die Propheten, die Psalmen und die Weisheitsbücher gesprochen hat. Es stimmt, dass sich hier auch Einflüsse von anderen Völkern einmischten: von den Babyloniern und den Griechen. Aber warum war das Volk Israel im Exil? Sollten wir dort nicht lernen, sollten wir nicht tiefer in unserem Glauben werden? Auch der große Hillel hat Gedanken der Griechen aufgenommen. Seine Goldene Regel ist aus der griechischen Philosophie und natürlich war auch Paulus, der selbst in der Diaspora aufgewachsen ist, von der griechischen Kultur beeinflusst, wie auch sein Lehrer Gamaliel, übrigens ein Enkel des Hillel."

„Wie sah Jeshua aus?"

„Ziemlich groß, schulterlanges Haar, ein kurzer Bart, so wie die meisten Galiläer aussehen. Ein ansehnlicher Mann aber es gab viele ansehnliche Männer. Es war nicht das Äußere … es war eine Macht die von ihm ausging, eine merkwürdige Geschlossenheit, Furchtlosigkeit, irgendwie … Unangreifbarkeit und vor allem eine ganz direkte Zuwendung. Jeder der ihm begegnete fühlte sich angesprochen, wichtig genommen. Er hatte auch die Gabe kein Gesicht zu vergessen und unter den hunderten, die sich oft um ihn scharten erinnerte er sich an jeden."

Salomes Zutrauen zu dem alten Pharisäer wuchs stetig und sie fühlte, dass sie ohne Vorbehalt fragen konnte: „Jeshua und seine Liebe zu den Kindern war wohl auch sehr ungewöhnlich?"

Hesekiel versank wieder in Erinnerungen bevor er antwortete: „Immer liefen ihm Kinder nach, verwahrloste, elternlose Kinder aber auch welche aus guten Familien. Kaum betrat er ein Dorf oder eine Stadt, schon quollen sie aus allen Gassen und Häusern und riefen: Jeshua, Jeshua, komm zu uns! Die Jünger drängten oft die Kinder ab, versuchten sie zu verjagen, aber er verbot es ihnen, immer durften die Kinder zu ihm kommen. Was gilt ein Kind? Es ist fast ein Nichts. Kinder haben keine Macht, sie können nichts einfordern, sie müssen sich beschenken lassen und den Erwachsenen vertrauen. Daher waren sie für Jeshua ein Beispiel wie wir Gott begegnen sollen: Offen, vertrauensvoll, ohne Anspruch auf Verdienste, ohne Aufrechnung der Gesetzeserfüllung. Er stellte sie als Vorbilder hin. Das war seine Antwort auf diese unsäglichen Rangstreitigkeiten, die Beschäftigung mit den Ehrenplätzen im Reich Gottes. Viele Pharisäer fanden diesen Vergleich kindisch, manche fühlten sich dadurch beleidigt. Doch für mich als junger Mann war es überzeugend."

Lukas zitierte: *„Lasst die Kinder zu mir kommen und verbietet es ihnen nicht. Denn ihnen gehört das Reich Gottes. Wirklich, ich sage euch: wer nicht wie ein Kind Gottes Reich aufnimmt, der kann nicht hineinkommen.*

Und auch das ist überliefert: Dann nahm er ein Kind, stellte es in ihre Mitte, und indem er es in die Arme nahm, sprach er zu ihnen: Wer ein solches Kind in meinem Namen aufnimmt, nimmt mich auf; und wer mich aufnimmt, nimmt nicht mich auf, sondern den, der mich gesandt hat."

„Genau, genauso war es!", rief Hesekiel aufgeregt, „ach wie gut, dass es bereits aufgeschrieben ist."

„Schreiben ...", meinte Salome nachdenklich, „es gibt Menschen, die sagen: Jeshua konnte nicht lesen und schreiben. Er war ein Schwindler und Betrüger, er konnte nur einige Stellen aus der Schrift auswendig aufsagen. Konnte Jeshua schreiben?"

„Mhm, ganz sicher konnte er lesen und schreiben denn er wusste stets die passende Stelle aus den heiligen Schriften, er war oft besser als unsere Leute ... aber sah ich ihn einmal schreiben?" ... der Alte überlegte längere Zeit. Dann strahlte plötzlich sein Gesicht: „Doch! Einmal habe ich ihn schreiben gesehen und es war sogar eine sehr gefährliche Geschichte. Und Jeshua war sehr überlegen, denn er vollzog eine prophetische Zeichenhandlung, sehr schlau! Ja, da hat er geschrieben, mir stockte damals der Atem. Es war in Judäa, am Ölberg ..."

„Erzähle!", forderte ihn Salome auf.

„In der Morgenfrühe kam Jeshua wieder zum Tempel zurück. Alles Volk strömte ihm zu, er setzte sich und lehrte sie.

Da führten die Schriftgelehrten und Pharisäer eine Frau herbei, die beim Ehebruch ergriffen worden war, stellten sie in die Mitte und sagten zu ihm: Meister, dieses Weib ist auf frischer Tat beim Ehebruch ergriffen worden. Moses hat im Gesetz geboten, solche zu steinigen. Was sagst du dazu? – Mit dieser Frage wollten sie ihn versuchen, um etwas zu einer Anklage gegen ihn zu haben.

Jeshua bückte sich nieder und schrieb mit dem Finger auf den Boden.

Als sie ihm weiter mit ihren Fragen zusetzten, richtete er sich auf und sprach zu ihnen: Wer von euch ohne Sünde ist, werfe den ersten Stein auf sie!

Dann bückte er sich aufs Neue und fuhr fort, auf den Boden zu schreiben. Als sie dies hörten, ging einer nach dem anderen hinaus, die Ältesten voran, bis auf den letzten. So blieb Jeshua allein mit der Frau zurück, die immer noch dastand. Jeshua richtete sich auf und sagte zu ihr: Frau, wo sind sie? Hat keiner dich verurteilt?

Sie erwiderte: Keiner, Herr!

Da sprach Jeshua zu ihr: Auch ich verurteile dich nicht. Geh hin, und von nun an sündige nicht mehr!"

Vor Überraschung hatten Salome und Lukas aufgelacht.

„Was hat er in den Sand geschrieben?", fragte Salome angespannt.

Hesekiel lachte leise ... „Nun, das war sehr schlau. Er wusste, dass nur die Schriftgelehrten und Pharisäer ihn verstehen würden denn es war eine Anspielung auf eine Stelle bei dem Propheten Jeremia: *Die von mir Abgefallenen sollen in den Staub geschrieben werden.* Es war zum einen eine Verurteilung der Pharisäer und zum anderen konnte er seine Überlegenheit und Schriftkenntnis beweisen. Es gab eine Riesenempörung, aber auch weil er sie vorgeführt hatte und sich mit dieser Zeichenhandlung an die Stelle des Ewigen setzte. Das war übrigens auch so ein Ärgernis: Immer wieder setzte er sich an die Stelle Gottes. Wer war er? ... Wie lange habe ich an diese Szene nicht mehr gedacht ... seltsam. Denn mein Vater beschloss danach ihm nicht mehr zu folgen. Er sagte: dieser Mann hält nicht das Gesetz, schlimmer: er setzt sich an die Stelle der Tora. So gingen wir von Judäa zurück nach Galiläa."

Salome war erschüttert. Was für eine Geschichte. Ehebruch! Ein todeswürdiges Verbrechen und wie provokant und ruhig Jeshua handelte.

Hesekiel fuhr fort: „Die Gesetze der Tora waren nicht vorrangig für ihn, vorrangig war das Reich Gottes. Das war das große Ärgernis. Er lehrte in den Säulenhallen des Tempels aber er war nie im Tempel, hat nie dort geopfert. Er missachtete vollständig den Priesteradel und die Sadduzäer waren entschlossen ihn zu vernichten, er war für ihren Stand zu gefährlich geworden."

So verbachten sie den ganzen Morgen in der Synagoge. Am Nachmittag kamen wieder die Schüler und schrieben auf, was Salome und Lukas ihnen diktierte.

Abends wartete Salome am Ufer auf Jona und nachdem das Boot an Land gezogen war, setzten sie sich hinein und Salome versuchte einen Gesprächsanfang zu finden. Ein heikles Thema: Warum lebte Jeshua in Nazaret abgesondert? Warum verweigerte er Ehe und Familie? Wäre das so hinderlich für seine Sendung gewesen? Schließlich waren auch fast alle Apostel verheiratet. In Nazaret konnte man ihr keinen Grund nennen.

Jona nickte: „Ein heikles Thema, stimmt. Dass er sich mit der Schrift beschäftigte, sich zum Beten zurückzog und auch grübelte, das hätte man wohl hingenommen, wäre er verheiratet gewesen. Aber wie es im engeren Familienkreis immer wieder erzählt wurde: stand eine Brautschau an, war er verschwunden."

„Mochte er keine Frauen?", unterbrach ihn Salome in ihrer direkten Art, „mochte er vielleicht … du weißt schon, und in der griechischen Kultur war die Männerliebe üblich, auch uns bekannt. Jeshua muss davon gewusst haben denn er hat in den griechischen Städten gearbeitet."

„Also ja", antwortete Jona, „in der Familie wurde das immer mal überlegt, nie direkt ausgesprochen aber es war schon klar. Und der Spott in Nazaret zielte auch ganz klar darauf. Aber er war Frauen gegenüber völlig unbefangen und offen, freundlich, anteilnehmend und seine Kinderliebe war auffallend. Alle konnten ihn sich gut als Vater vorstellen. Warum sperrte er sich? Es gab auch genug Mädchen die ihn gerne geheiratet hätten, denn er ging gut mit den Frauen um, spielte nicht den Besitzer wie die meisten Männer. Auch später gab es in seiner Gefolgschaft viele Frauen, auch junge, schöne. Maria von Magdala muss ihm sehr nahegestanden haben, da gab es Eifersüchteleien unter den Männern. Sie stand ihm wohl sehr nah und ich denke: sie hat ihn auch am besten verstanden, sie ahnte wohl, dass sein Leben gewaltsam enden würde aber sie hat nichts dagegen getan, sie wusste, dass es sein Auftrag war so zu leben. Ein Wort ist von ihr überliefert: Jeshua will die verletzte Welt heilen, er selbst ist der verwundete Arzt … Da liegt eine seltsame Wahrheit drin. – Als er in der Öffentlichkeit auftrat, da verdächtigte ihn niemand der Männerliebe, überhaupt nicht. Schließlich steht nach unserem Gesetz Todesstrafe darauf. Der leiseste Verdacht hätte auch alle Anhänger in alle Winde zerstreut. Nie wurde er so gesehen. – Warum blieb er allein? Ich muss sagen, jetzt nach seinem Tod und der Zerstörung Jerusalems habe ich eine Erklärung gefunden. Einmal war Jeshua von ganz anderen Gedanken erfüllt, er war von Elohim erfüllt, mit ihm hatte er oft Zwiesprache, sehr oft. Er nannte den Ewigen *Abba – Väterchen*, für viele bereits eine Gotteslästerung, aber es zeigte wie eng er ihm verbunden war. Jeshua wusste, dass er bald eines gewaltsamen Todes sterben würde. Zweimal hat er das hier in Galiläa vorausgesagt und in Jerusalem soll er es noch einmal prophezeit haben. Warum sollte er eine Frau und Kinder ins Unglück reißen? Wer würde sie versorgen? Vielleicht hätte man sie in die Sklaverei verkauft? Oder sogar getötet? Zudem erwartete er die große Wende, das Ende dieser Zeit. Diese ist vielleicht auch mit dem Fall Jerusalems gekommen. Der Glaube unserer Väter ist dahin."

Salome hatte konzentriert zugehört und pflichtete Jona bei: „Das sind gute und einsichtige Gründe, die du anführst. Und hätte nicht auch eine Familie später dynastische Rechte eingefordert? Ich meine, vielleicht hätte sich seine direkte Familie auch wie sein Bruder Jakov zu ihm bekehrt? Eine Familiendynastie gegründet und das Reich Gottes für sich in Anspruch genommen? Die Mahlgemeinschaft mit allen Menschen unter Herrschaft seiner Familie? Das ist undenkbar. Sie hätten Einfluss auf die Verkündigung gehabt und diesen auch genutzt."

„Mein Großvater Jakov hat dies auch auf seine Weise getan. Sofort bekam er nach seiner Bekehrung einen Vorrang in der Jerusalemer Gemeinde, er war ein Blutsverwandter und damit war für viele klar: er muss der Gemeindeleiter sein, er hat ein Anrecht darauf. Doch sage ich dir ehrlich, dass ich Zweifel daran habe was Jakov vom Reich Gottes und der Völkergemeinschaft bei den Mahlfeiern verstand. Er führte die Gläubigen wieder zurück in die Tradition der Beschneidung, Tora, Reinheitsgebote. Nicht umsonst wurde er *Jakov der Gerechte* genannt, er war dem Gesetz verpflichtet. Dann löschte der Krieg alles aus."

„Aber du bist doch ein Nachkomme, ein Blutsverwandter ..."

„Oh ja, aber daran werde ich nicht rühren. Ich bin übrigens auch unverheiratet und ob ich es noch tun werde? Da habe ich Zweifel. Jeshua wollte keine Familie mit Blutsverwandten, er wollte die Menschheitsfamilie, ohne Vorrechte, ohne Ansehen der Person."

„Und deshalb bist du auch weg aus Nazaret und gehst auch nicht nach Jerusalem", ergänzte Salome.

„Genau, du hast mich verstanden."

Sie schwiegen eine Weile dann sagte Jona nachdenklich: „Jetzt im Gespräch wird mir plötzlich auch klar warum er so treffend reden konnte und ihn die einfachsten Menschen verstanden. In der Familie wurde immer berichtet, dass er dauernd mit fremden Leuten beschäftigt war, besonders in Sepphoris, wo ihn keiner beobachtete wie im Dorf. Er sei stadtbekannt gewesen, habe nach seiner Arbeit sich mit allen möglichen und unmöglichen Menschen befasst und sei ein sehr guter Zuhörer gewesen. Er hörte mehr zu, gab aber auch Rat und Trost wenn man ihn fragte. Dabei klebten immer Kinder an ihm. Er galt als merkwürdig, etwas versponnen, aber er war sehr beliebt. Ich glaube, da hat er viel gelernt und er hat die vielen Jahre als Bauhandwerker Menschen aus allen Ständen gekannt, alle Altersgruppen und er sei auch mit Griechen und Römern freundlich gewesen."

„Du meinst er hat diese vielen Jahre gebraucht um dann zu predigen und zu heilen? Die langen Jahre in Nazaret waren eine Art Vorbereitung?"

„Ja, das glaube ich heute fest. Jeshua hat von den Menschen direkt gelernt. Deshalb war seine Rede auch so mitreißend."

Salome stellte ihre letzte Frage: „Ist niemand mehr in Jerusalem zu finden, der das alles miterlebt hat?"

Jona überlegte kurz: „Doch, es soll noch eine Frau aus der Jüngerschaft dort leben, eine uralte Frau … den Namen habe ich vergessen."

„Susanna?"

„Ja! Susanna! Woher weißt du von ihr?"

Salome erzählte und beschloss noch einmal unbedingt nach Jerusalem zu reisen. Sie würde schon eine Einigung mit Lukas finden.

Kapitel 11

Ein Vorfall in der Synagoge. Paulus aus Tarsus

Am zweiten Tag der Befragung bat Salome Hesekiel mehr über Jeshuas Reden zu erzählen, über die Gleichnisse, seine Bildrede.

Hesekiel begann: „Zuerst muss ich über das Reich Gottes sprechen. Das war die Mitte, um die Jeshuas Gedanken kreisten, ganz anders als die Bußpredigt des Täufers. Zwar hat er die Tora stets geachtet, aber alles erschien in einem neuen Licht. Die Liebe Gottes stand im Mittelpunkt, die Liebe zu den Verachteten, den Armen und Sündern. Barmherzigkeit und Vergebung predigte er, nicht Gesetzeserfüllung und Strafe. Die Sünder wurden nicht verdammt sondern sie erhielten Vergebung. Und die Frommen? Diejenigen, die alle Gesetze penibel hielten? Sie sollten die Letzten sein und die Sünder die Ersten? Sie sollten hinten anstehen? Oft griff er die Pharisäer mit scharfen Worten an: *Sie hätten den Schlüssel zur Tür der Erkenntnis weggenommen, wären selbst nicht hineingegangen und die hineingehen wollten, die hätten sie gehindert.* In manchem hatte er sehr recht, wie ich fand, denn viele Pharisäer waren ehrsüchtig und auch eitel, natürlich gab es auch ehrliche und bescheidene Männer unter ihnen aber die anderen drängten sich in den Vordergrund. Wartet … wie war das … Ja, so hat er gesprochen: *Wehe über die Pharisäer, sie wollen auf den vordersten Plätzen in der Synagoge sitzen und auf den Straßen und Plätzen von allen gegrüßt werden. Sie binden den Menschen Lasten auf, die sie kaum tragen können, selbst aber rühren sie keinen Finger dafür …*

Und dann seine persönliche Armut. Er war wirklich bettelarm, lebte vom Geschenkten. Aber bei uns, im Judentum ist Armut ein schlechtes Zeichen. Reichtum gilt als Beweis für Gottes Wohlgefallen. – Jeshua provozierte dauernd, aber ob es ihm so bewusst war? Er war kein aggressiver Mann, nicht verbissen oder rachsüchtig. Er dachte in einem großen Rahmen: nie sprach er von Juden, immer von Menschen, nie berief er sich auf Mose oder den Bund am Sinai. Er sagte immer: Du! Wo blieb die Gemeinschaft des auserwählten Volkes? Die Familie? Er forderte stets den Einzelnen heraus und er sagte nie wie die Propheten: Spruch des Herrn, nein, er sagte: *Ich!* Noch schlimmer: *Ich aber sage euch ...* war das nicht gefährlich und lästerlich? Seine Gedanken bedrohten das ganze Gefüge des Volkes: den Bund, die Blutsverwandtschaft, den Tempel, die Hierarchie der Mächtigen, die Tempelpriester ... Aber er übte nicht Macht aus wie andere: Nie forderte er auf seine Worte aufzuschreiben und weiterzugeben, wenn Jünger ihn verlassen wollten so ließ er sie gehen. Er hat keinen zurückgehalten, er hat auch seine Rede nicht angepasst, gefälliger gemacht, dass die Leute bei ihm blieben. Er wusste ja auch in den letzten Tagen, dass ihn einer aus dem engsten Kreis verraten würde, aber er hat das nicht verhindert, ihn nicht zur Rede gestellt. Er ließ allen eine unglaubliche Freiheit. Zwar sagte er einzelnen: Folge mir nach, aber gezwungen hat er niemanden, geschmeichelt hat er keinem, manchen hat er sogar die Nachfolge in seiner Jüngerschaft verboten ... sehr seltsam. – Man konnte es auch lassen und viele, die ihm nachfolgen wollten taten es nicht, denn es bedeutete: keine Familie, kein Besitz, keine Heimat, keine Autorität, Wer sollte das aushalten und wofür?... Für das Reich Gottes."

Salome unterbrach ihn. „Diese Nachfolge, ich muss da noch einmal nachfragen. Die Nachfolge stellte er über die Tora, das war das Ärgernis und für viele auch die Missachtung des Gesetzes. Aber was genau verstand er unter Nachfolge? Sollten alle so leben wie er?"

„Keineswegs!", antwortete Hesekiel sehr rasch, „keineswegs. Er sagte: *Ihr seid das Salz der Erde und das Licht der Welt.* Aber da war wieder diese merkwürdige Freiheit, die er gab. Er verlangte nur einen gelebten Glauben, für die Armen. Ausgestoßenen und Verachteten. Aber kein Nachspielen ... wie soll ich sagen ... kein stumpfes Nachmachen seines Lebens. Nein, jeder habe sein eigenes Kreuz und das müsse er tragen und einen Weg finden. Das Leid auf sich nehmen aber sich nicht erdrücken lassen sondern ins Positive verwandeln. Ich erinnere mich genau, er sagte einmal: *Wer mir nachfolgen will, muss sich selbst aufgeben, täglich sein Kreuz auf sich nehmen und so mir folgen. Denn wer sein Leben retten will, wird es verlieren; wer aber sein Leben um meinetwillen verliert, der wird es retten. Was nützt es dem Menschen, wenn er die ganze Welt gewinnt, aber dabei sich selbst verliert oder selber Schaden leidet?"* Das Reich Gottes gewinnen, das war sein Hauptgedanke. Aber was war das? Ich denke es waren die offenen Tischgemeinschaften mit Menschen, die sich sonst nirgends zusammenfanden: Männer, Frauen, Pharisäer, Nicht-Juden, Zöllner, Sünder, Reiche, Arme ... Immer wieder sagten die Pharisäer: Er zerstört die ganze Ordnung. Obwohl es auch unter ihnen etliche gab, die von ihm beeindruckt waren, die schwankten ihm nachzufolgen. Die Mehrheit aber wandte sich ab, doch das Volk hielt zu ihm. – Heute denke ich: uns war nur die Erfüllung des Gesetzes wichtig, die Reinheit vor dem Ewigen, auch die Auslegung, die wir in den Toraschulen lernten. Das Gesetz gut auslegen, für die Menschen, das war schon auch unsere Sache. Aber wir übersahen völlig die Wirklichkeit des Am – Haarez: die bittere Not, der Hunger, die Ausbeutung durch die Römer, die brutale Steuererhebung, die ungerechte Behandlung der Frauen, die verlassenen Kinder, der Verkauf vieler in die Sklaverei. Diese Leute waren nicht durch eigene Schuld in die Armut gekommen, nein, es war das ganze System, diese Ausbeutung, sie führte zu einer strukturellen Armut. Wir haben das nicht gesehen. Für uns war das Gesetz immer wichtiger und bei Jeshua war es genau umgekehrt. Litten wir nicht selbst auch unter diesen Missständen? Doch … aber wir wussten nicht wie ihnen begegnen außer mit Rückzug in unsere Traditionen oder mit Gewalt. Und das kam einer Selbstvernichtung gleich. Keiner der über sechzig zelotischen Aufstände hat etwas gebracht, nur tausende von Kreuzigungen, Leid, Vertreibung und Sklaverei."

Hesekiel war in der Aufregung aufgestanden und lief hin und her … „Reich Gottes? Wir alle träumten davon das Reich Davids wieder herzustellen, die Fremden zu vertreiben, Israel wieder aufzurichten. Aber Jeshua setzte ganz anders an: In unseren Herzen. Die sollten wir ändern, dann unsere Gedanken, dann die Worte und dann die Taten … das würde das Reich Gottes herbeirufen, nicht der perfekt eingehaltene Sabbat, wie viele glaubten damit könne man das Erscheinen des Messias erzwingen. Heute habe ich das verstanden, heute … aber damals war ich noch sehr beeinflusst von den Gedanken der Männer in meiner Familie. Das Reich Gottes ist kein Jenseits, sondern es beginnt jetzt! Einmal sagte Jeshua: es ist mitten unter euch … Er hatte Recht: Eine grundlegende Veränderung kann es nur geben wenn jeder bei sich anfängt, jeder *den Balken in seinem eigenen Auge sieht und nicht den Splitter beim anderen …*"

Die Tür wurde mit Gewalt aufgestoßen und eine junge Frau taumelte herein. Ihre Kleidung war zerschlissen, beschmutzt, die Haare hingen wirr um den Kopf. Sie hatte sich längere Zeit nicht gereinigt und schrie: „Verflucht alle, ihr Söhne des Teufels, ihr Hunde … lasst mich, lasst mich …" Dann brach sie zusammen und lag eine Weile regungslos am Boden. Hesekiel war aufgestanden und beugte sich zu ihr hinunter, sprach beruhigende Wort, richtete sie auf, legte ihr die Hände auf und langsam beruhigte sich die Frau. Sie zog den Schleier fest über das Gesicht und kauerte sich in eine Ecke der Synagoge, erstarrte wie zu einer steinernen Figur.

Hesekiel nahm wieder Platz und sagte mit bekümmerter Stimme: „Ihr wurde Gewalt angetan, von römischen Legionären, eine ganze Horde muss es gewesen sein, die sie zwei Nächte gefangen hielt und ihre Lust an ihr austobten. Danach war ihr Geist verwirrt, ihr Herz gebrochen. Aber noch schlimmer: ihre Familie wandte sich von ihr ab, ihr Verlobter löste die Verlobung und man überließ sie sich selbst. Es sind Menschen, die nicht an Jeshua glauben, die ihn ablehnen. Sie haben eine andere Vorstellung von Recht und vor allem von Reinheit. So umkreist diese arme Frau uns, die Gemeinschaft der Jeshua-Gläubigen. Wir dulden sie, wir geben ihr zu essen. Manchmal gelingt es den Frauen sie zu reinigen und neu anzukleiden. Dann verschwindet sie wieder und nach vielen Tagen kommt sie zurück, verwirrt, fast verhungert und schmutzig. Sie war einige Zeit verschwunden, wir haben schon nach ihr gesucht."

Salome hatte sich der Kauernden genähert und diese begann sofort zu schreien, als sie in ihre Nähe kam.

„Du kannst ihr nicht helfen", sagte Hesekiel traurig, „sie lebt in einer anderen Welt, in der Welt der Dämonen, die sie jagen. Sie hasst sich selbst wegen der Schande, die ihr angetan wurde. Das sind die Dämonen, die Jeshua austrieb. Er legte solchen Frauen die Hände auf, er sprach ruhig mit ihnen, betete und befreite sie von der Schande. Aber wir können es nicht … ich kann es nicht. Doch wenigstens jagen wir sie nicht weg wie die anderen. Wir tun das Notwendigste für sie aber wir können sie nicht von den Dämonen befreien."

„Dann gibt es viele solcher Frauen?", fragte Salome tief erschrocken.

„Viele," war Hesekiels Antwort, „für viele Männer ist es ein Vergnügen Frauen zu demütigen, ihnen Gewalt anzutun. An diesen Menschen können sie ihre Wut und ihren Hass ohne Gefahr auslassen. Sie sind die Sieger und wir die Besiegten, die Rechtlosen. Aber noch schlimmer: auch für die Gesetzesfrommen ist diese Frau unberührbar, eine Ausgestoßene. Jeshua aber hat uns durch seine Taten gelehrt diese Getretenen, Entwürdigten in unserer Mitte aufzunehmen."

„Aber … aber …", Salome war ein ganz neuer Gedanke gekommen, „aber was bedeuten hier die Dämonen? Diese Frau ist doch unschuldig. Warum wird sie von Dämonen gequält? Und überhaupt, Hesekiel: erkläre uns bitte wer die Dämonen sind. Wer ist der Teufel? Warum hat das Böse soviel Macht? Jeshua hat die Dämonen und auch den Teufel ganz direkt angesprochen. Wie kann Gott das Böse zulassen? Woher kommt es?"

Hesekiel war körperlich geradezu in Deckung gegangen, als Salomes Fragen auf ihn einprasselten. Sehr zögerlich antwortete er: „Salome, du stellst einem kleinen Gelehrten so gewaltige Fragen, die ich unmöglich beantworten kann. Woher kommt das Böse? Jeshua sagte einmal: das Böse entsteht in unseren Herzen, dann in den Gedanken und dann wird es zur Tat. So sehe ich das auch. Aber das ist nicht alles. Das Böse hat viele Gesichter. Ja, es scheint mir, dass es auch etwas Eigenständiges gibt, eine Art Gegenspieler zum Allmächtigen? Da ist die Verführung zur Macht, die kommt von auch von außen. Menschen setzen sich über andere Menschen, genießen Macht, genießen die Furcht der anderen, ihre Entwürdigung, ihre Vernichtung. Jeshua kannte auch diese Verführung. Davon wurde gleich nach seiner Taufe am Jordan erzählt. Er selbst erlebte die Verlockungen der Macht, des Bösen. Ich weiß es nicht wie das Böse in die Welt kam, es ist ein Geheimnis. Ja, der Ewige lässt es zu." Der Alte schwieg eine Weile und fuhr dann fort: „Doch denke ich, dass das Böse zumeist in den Tiefen unserer Herzen entsteht, ausgelöst durch Neid, Stolz, Zorn, Kränkung und Gier. Ist es in der Welt, dann pflanzt es sich fort. Sehr schwer ist dieses Böse wieder auszulöschen. Das sind die Dämonen, die wir selbst geweckt haben und die sich am Ende auch gegen uns selbst wenden, uns verfolgen. Meistens wenn wir am Ende unseres Lebens stehen und Rückschau halten. Auch verrohte Menschen, wie die römischen Soldaten werden das erleben. – Aber auch das Gute pflanzt sich fort und kann das Böse besiegen … Doch darüber hinaus gibt es noch eine unbegreifliche, finstere Macht, die unabhängig ist von uns. Ich kann dir keine Antwort geben. Nur so viel: Jeshua kannte diese und er hat sich ihr entgegengestellt. Und das Böse fühlte seine Vollmacht und wich zurück. Mehr kann ich dazu nicht sagen."

Mühsam fanden die Drei zu ihrem Thema zurück: Wie war das? Das Reich Gottes, in dem die Sünder den gekränkten Gerechten vorgezogen werden? In dem man sogar seine Feinde lieben soll?

„Vielleicht aber", meinte der Alte, „vielleicht war es gerade diese Empörung der Gesetzestreuen, ich sage der Gottesbesitzer, die mir die Tür öffnete zum tieferen Verständnis der Reich-Gottes-Lehre. Alles beginnt in unseren Herzen und nur hier kann man beginnen diese Welt zu ändern. Aber diese Forderung war schmerzlich, ungeheuerlich und für fast alle unerfüllbar. Die Gesetze, der Sabbat, die Wallfahrten nach Jerusalem, das Fasten ... alles nachgeordnet, alles nicht so wichtig. Damit entzog Jeshua allen, nicht nur den Herrschenden Geld, Ehre und Macht. Aber als junger Mann, der noch keinen Platz in der Gesellschaft hatte, als junger Mann verstand ich das eher, und so wurde ich langsam sein Jünger, wenn auch nur im Verborgenen. Erst nach seinem Kreuzestod, nach der Auferweckung habe ich mich bekannt. Und jetzt werden wir immer mehr. Es ist seltsam, dass nun seine Gedanken den Siegeszug antreten, die Gedanken eines Gescheiterten, eines Gekreuzigten. Jeshua stellte alles auf den Kopf. Sieg durch Untergang ... da habe ich angefangen Paulus zu verstehen."

„Paulus?", sofort war Salome sehr wach: „Du hast Paulus gekannt?"

„Ich habe ihn einmal erlebt, damals in Jerusalem, als er auf Petrus und Jakov, den Herrenbruder traf und durchsetzte, dass auch die Unbeschnittenen zur Gemeinschaft gehören. Es war ein unerhörter Auftritt."

„Erzähle", drängte ihn Salome, „erzähle von ihm. Wir haben zur gleichen Zeit in Antiochia gelebt. Ich gehörte noch nicht zur Gemeinde des Herrn und immer wenn über Paulus gesprochen wurde, da war so etwas wie Furcht ..."

Hesekiel nickte: „Oh ja, Furcht konnte er durchaus verbreiten in seiner Überzeugung für den gekreuzigten und auferstandenen Herrn predigen zu müssen. Er war jünger als die Apostel, als die Augenzeugen, aber er führte das Wort. Obwohl er Jeshua nicht begegnet war, nannte er sich selbst auch Apostel, was die anderen ärgerte. Paulus begründete sein Apostelamt damit, dass ihm der Herr selbst erschienen sei und ihn beauftragt habe."

„Saul, Saul warum verfolgst du mich?", unterbrach ihn Salome, „das Bekehrungserlebnis in Damaskus. Davon wurde in Antiochia oft erzählt."

Hesekiel war ganz in Gedanken versunken und hörte nicht zu, erzählte weiter: „Keiner war ihm in Jerusalem gewachsen, keiner. Das war auch kein Wunder denn er war ein studierter Pharisäer aus Tarsus, einer Gelehrtenstadt. Er sprach ein sehr gutes Griechisch, auch Latein, er hatte Umgang mit vielen verschiedenen Völkern des Imperiums. Paulus war römischer Bürger, nein Weltbürger. Und die Apostel? Kleine Leute vom See Kinneret, konnten kaum lesen und schreiben, waren nicht weit gereist wie Paulus. Paulus war allen überlegen, ergriff er das Wort, verstummten die meisten und wer sich eine Gegenrede erlaubte wurde regelrecht niedergemacht. Er war ein schwieriger Charakter und hatte oft Streit mit seinen Schülern. Immer wieder trennten sie sich von ihm, er war kompromisslos in seinen Forderungen. Und trotzdem: überall gründete er Gemeinden, im ganzen Osten des römischen Reichs. – Paulus entschied einfach: Wer in der Jeshua-Nachfolge ist muss sich nicht beschneiden lassen, er muss auch nicht die Reinheitsgebote der Tora befolgen, er muss nicht Jude werden. Damals reiste er mit einem jungen Griechen, er hieß Titus und er war unbeschnitten. Wie gesagt: keiner war ihm gewachsen und mit der Zeit gaben alle nach. Selbst Petrus hatte diesen Traum mit dem unreinen Getier und verstand, dass es um die Aufnahme der Heidenvölker ging … Nun, der ganze Konflikt von damals ist erledigt. Mit dem Fall Jerusalems und des Tempels ist die Jerusalemer Gemeinde ausgelöscht. Die heutigen kraftvollen Jeshua-Gemeinden liegen außerhalb, besonders in Syria, wo ihr herkommt. Dort wird nun das Reich Gottes verkündet und die Botschaft weitergegeben."

„Aber Paulus hat nicht das Reich Gottes verkündet", unterbrach ihn Salome, „so wie mir erzählt wurde, verkündete er den Gekreuzigten, der sein Leben als Sühnopfer darbrachte, uns von der Schuld freikaufte und auferstanden ist."

Hesekiel schaute bewundernd zu ihr auf: „Wie klug du bist! Die meisten sehen diesen Unterschied nicht. Aber ja: Paulus verkündete das Kreuz, *den Juden ein Ärgernis und den Griechen eine Torheit*. Das Zentrum seiner Predigt war das Kreuz. Und da gebe ich ihm recht: wäre Jeshua nicht am Kreuz gestorben und auferweckt worden, was wäre dann unser Glaube? Wir wären als eine jüdische Sekte mit Jerusalem untergegangen, wie die Essener. Das Kreuz, das Ärgernis, ist die Mitte unseres Glaubens geworden. Salome, die Wege des Ewigen sind nicht unsere Wege aber der Geist Gottes wird uns führen."

Salome dachte nach, während Lukas aufgehört hatte zu schreiben. Dann wandte sie sich an den alten Pharisäer: „Wie sah er aus? Ich meine Paulus?"

Hesekiel zog die Luft ein und schüttelte sich etwas: „Klein, schwarzer Bart, unglaublich funkelnde Augen, sehr lebhaft, eine durchdringende, alles bezwingende Stimme. Betrat er den Raum, so zog er alle Aufmerksamkeit auf sich. Er war sich seiner Wirkung nicht bewusst, er war gleichgültig sich selbst gegenüber. Er brannte nur für seine Mission: die Hinführung der paganen Völker zu Jesus von Nazaret, dem Gekreuzigten, dem Erlöser und Sohn Gottes. Brennen ist wohl das beste Wort, das ihn kennzeichnete. Ein Mensch, der von innen heraus brannte und viele begeisterte, zum Glauben führte."

Lukas klopfte auf die Bema und ermahnte: „Das ist alles wissenswert und erhellt vieles. Aber bleiben wir bei unserer Arbeit. Wir wollen eine Schriftrolle über das Leben des Herrn schreiben und nicht über Paulus aus Tarsus."

„Obwohl", fügte Salome an, „wenn ich so Hesekiel höre dann wird mir klar, dass es wichtig wäre auch über Paulus und die Apostel zu schreiben, die Gemeinden, die sich bildeten …"

„Salome!", unerwartet streng klang Lukas Stimme. Er hob mahnend den Papyrus hoch.

„Schon gut, schon gut …"murmelte sie, „also lass uns zu unserer Aufgabe zurückkehren, du hast Recht, lieber Bruder. Hesekiel, kannst du uns von der großen Rede des Jeshua erzählen, damals, als er bei Tabga vom Berg herunterkam?"

Kapitel 12

Gleichnisse und Reden des Jeshua. Abschied aus Galiläa

Hesekiel hatte mit Vergnügen den Schlagabtausch der Geschwister verfolgt, besann sich wieder und erzählte ausführlich wie Jeshua zu einer großen Volksmenge gesprochen hatte, zu Menschen aus dem ganzen Land. Sogar aus Jerusalem waren sie gekommen und auch Griechen aus Tyrus und Sidon. Alle wollten ihn hören und viele wollten von ihren Krankheiten geheilt werden, denn es ging eine Kraft von ihm aus und er heilte alle.

„Damals begann Jeshua die Armen, Hungernden, Weinenden, die Verachteten und Verfolgten zu preisen und ihnen Heil zuzusagen. Er forderte das Liebesgebot sogar für die Feinde, die bedingungslose Hilfe für jeden, der in Not geraten war."

Salome lauschte aufgeregt, mit brennendem Herzen und manchmal wusste sie im Voraus was Hesekiel sagen würde ... *der gute Baum, der gute Früchte bringt und der schlechte Baum, der keine Früchte bringt, dass man von Disteln nicht Feigen und vom Dornenstrauch keine Trauben ernten kann ... das Haus ohne Fundament, das zusammenbricht wenn die Flut kommt ...* Sie kannte vieles. Woher? ... der Wanderprediger damals, den sie in ihrer Jugend auf dem Landgut ihrer Familie hörte, der hatte das alles schon gepredigt. Und sie hatte in der Nacht seine Worte aufgeschrieben. Damals müssen Wanderprediger die ersten Verkünder gewesen sein. Sofort würde sie die Texte vergleichen wenn sie zurück waren.

Am nächsten Tag schrieb Salome und Lukas befragte den alten Pharisäer. Hesekiel eröffnete aber das Gespräch ganz anders. „Bevor ihr mich fragt, da ist noch etwas das ich berichten muss. Da war das ganz besondere Verhältnis des Jeshua zu dem Ewigen, den er vertrauensvoll Vater, ja sogar *Abba, Väterchen* nannte. Das war ungeheuerlich, für viele schon eine Überschreitung, eine Form der Gotteslästerung. In unserer Tradition ist der Ewige kein Vater, er ist unbegreiflich, nicht menschlich fassbar, wir scheuen uns seinen Namen auszusprechen. Bei den Heiden, den paganen

Völkern ist das ganz anders. Ihre Götter sind immer Männer, immer Väter, sie haben Frauen und Kinder und sie benehmen sich auch wie die Menschen. Sie können sogar besiegt werden oder sterben. Der Gott der Juden aber ist fernab von solchen Vorstellungen, er hat weder Geschlecht noch Familie. Und nun sagte Jeshua *Abba*. Das war ganz neu ... wie soll ich es sagen? Ich habe lange darüber nachgedacht: Väter haben die ganze Macht, in allen Kulturen, Frauen sind immer untergeordnet, immer im Besitz und unter Kontrolle des Mannes. Kinder rechtlos, werden noch nicht als Menschen gesehen. Bei den Römern und auch bei anderen Völkern können Väter Kinder töten, das ist ihr Recht und so hat man auch kranke, verkrüppelte Kinder schnell beseitigt, auch allzu viele Mädchen, die versorgt werden mussten. Das ist bei uns Juden anders, Kinder werden nicht getötet, in vielem sind unsere Gesetze nicht so von Gewalt geprägt. Blinde und Taube müssen geschützt werden, so steht es in der Tora ... Ja, aber zurück zu diesem *Abba* von Jeshua. Er nannte den Ewigen, den Unaussprechlichen Vater, aber das war nicht der übliche Vater der paganen Völker, kein gewalttätiger Herrscher, keiner der tötete oder unterdrückte. Er war irgendwie ... wie soll ich sagen: er ging den Menschen nach, er rächte sich nicht sondern er bemühte sich um die Menschen, er verzieh, hörte ihre Bitten und gab ihnen Brot, er strafte nicht sondern heilte und ging den Verlorenen entgegen. Das war ganz neu. Jeshua hatte einen ganz neuen Zugang zum Ewigen, einen ... wie soll ich sagen? ... einen verwandtschaftlichen, sehr engen, liebevollen Kontakt. Er lehrte auch sein Jünger den Ewigen als Vater anzusprechen, damit soll auch ein Gebet beginnen, dass er sie noch in Jerusalem gelehrt hat. Für ihn war das Gebet auch etwas zwischen Gott und Mensch, nichts das offen in der Gesellschaft gezeigt werden sollte. Als Jude kann ich nicht vom Gottesbild sprechen aber kommen wir Menschen ohne Bilder aus? Sein Bild vom Ewigen war ganz anders als unseres ... das wollte ich euch noch sagen. Nun aber eure Fragen."

Lukas war von den Ausführungen Hesekiels ganz gefangen und fand nur schwer zu seinen Fragen zurück: „Da waren die Sabbateilungen. Warum musste Jeshua am Sabbat heilen? Das war doch eine Provokation, oder?"

„Es war ein großes Ärgernis, allerdings. Da gab es bereits aufsehenerregende Heilungen wie der Gelähmte, der durch ein Dach zu seinen Füßen heruntergelassen wurde und dann wurden ihm auch noch die Sünden vergeben! Wer konnte Sünden vergeben außer Adonai? Kein Mensch konnte dies, aber Jeshua tat es und setzte sich damit an die Stelle des Ewigen. Dann die Heilungen am Sabbat, dem heiligsten Tag. Eines Tages, am

Sabbat, sah er eine Frau in der Synagoge stehen, es war an einem Ort hier am See. Sie war völlig zusammengekrümmt und konnte sich nicht mehr aufrichten. Er ging auf sie zu und sagte: *Frau, du bist von deiner Krankheit erlöst.* Dann legte er ihr die Hände auf und sogleich konnte sie sich wieder aufrichten und sie lobte Gott. – Der Synagogenvorsteher aber empörte sich, dass Jeshua am Sabbat heilte, es gäbe sechs Tage Zeit dies zu tun aber nicht am Sabbat! Jeshua wies ihn scharf zurecht: *ihr Heuchler, löst nicht jeder von euch am Sabbat seinen Ochsen oder Esel von der Krippe und führt ihn zur Tränke? Diese Frau ist eine Tochter Abrahams, die der Satan schon achtzehn Jahre gebunden hatte – durfte sie nicht am Sabbat von dieser Fessel gelöst werden?* ... Er ging so frei mit dem Gesetz um, so furchtlos und sicher. Da gab es noch einen Mann mit einer gelähmten Hand, den er heilte. Musste das sein? Konnte er nicht warten? Der Mann mit der gelähmten Hand hatte diese Hand schon lange, er war damit nicht in Lebensgefahr. Aber Jeshua sagte: *Der Menschensohn ist auch Herr über den Sabbat!* Menschensohn, auch so ein merkwürdiger Begriff. Er benutzte das Wort immer wieder. Aber was meinte er damit? Beim Propheten Daniel wird vom Menschensohn geredet, eine Erscheinung aus der Endzeit? Aber schlimmer war jedenfalls, dass er sich über den Sabbat gestellt hat. Es war aber nicht nur der Sabbat, auch die Fastengebote hielt er nicht korrekt ein, wie er immer wieder die Tora nachgeordnet hat ... Da hielten die Pharisäer Rat untereinander, was sie gegen ihn unternehmen könnten. Aber es gab nie eine totale Ablehnung. Viele schwankten, neigten ihm oft zu, dann aber kam wieder eine anmaßende Äußerung von ihm oder er setzte sich über die Tora. Doch haben die Pharisäer ihn auch gewarnt, einmal rieten sie ihm vor Herodes Antipas zu fliehen, er wolle ihn gefangen nehmen und töten wie den Täufer. Aber Jeshua floh nicht, er verachtete Antipas und nannte ihn einen Fuchs. Seine Radikalität beeindruckte alle, auch, dass er sich nie schonte, nie floh wenn es gefährlich wurde. Er war eben ganz anders als unsere Pharisäer, die wurden bei Ehestreitigkeiten gerufen oder wenn es ums Erbe ging, aber keiner bat sie um Heilung oder Sündenvergebung, keiner rannte ihnen nach. Das kränkte viele, denn auch sie meinten es ernst mit dem Glauben und gaben ihr Bestes."

„Jeshua war doch Bauhandwerker", führte Salome das Gespräch in eine neue Spur, „gibt es auch ein Gleichnis von ihm aus dieser Arbeit? Er hat lange als Bauhandwerker gearbeitet und muss viel gewusst haben."

Hesekiel stutze: „Nein, nie ... seltsam, jetzt erst wo du mich fragst wird mir das bewusst. Jeshua sprach auch nie über Nazaret, seine Mutter, seine Brüder ..."

„Er hatte sich wohl vollständig von seiner Familie getrennt und mit der Taufe am Jordan ein neues Leben angefangen", erklärte Salome, „das wundert mich nicht nachdem wir in Nazaret waren."

„Das stimmt wohl leider. Viele hat es gestört, dass er nie über seine Familie sprach, keine Verwandtschaft hatte und auch selbst ehelos blieb. Die Familie ist das Fundament unseres Volkes und unseres Glaubens."

„Vielleicht sollte man sagen: war das Fundament", beharrte Salome.

„Du bist bitter ... aber ich kann dir leider nicht widersprechen. Vielleicht ist das Volk Israel am Ende, vielleicht ..."

„In Antiochia sagen die Gläubigen, dass Israel den Messias, Jesus den Christos nicht erkannt hat und deshalb von Gott verstoßen wurde. Die Jeshua-Gläubigen oder Christianoi, wie uns nun viele nennen, sie empfinden sich als das wahre Israel."

Hesekiel senkte den Kopf: „Du magst Recht haben obwohl ich mich in der Nachfolge Jeshuas sehe. Möge der Ewige uns nicht fallen lassen. Ich bin und bleibe ein Sohn Israels."

„Hesekiel, bitte ein Gleichnis von Jeshua", erinnerte ihn Salome.

Und Hesekiel erzählte vom Sämann, der das Korn aussäte und wie dieses auf den Weg fiel, zertreten wurde, anderes fiel auf Felsengrund und verdorrte, wieder andere Samen fielen unter die Dornen und erstickten. Aber ein Teil fiel auf fruchtbare Erde und brachte hundertfältige Frucht.

„So ist es auch in der römischen Schriftrolle aufgezeichnet", ergänzte Salome, „und die Jünger verstanden ihn nicht und er musste das Gleichnis erklären?"

Hesekiel bejahte: „Die Jünger taten sich mit seiner Rede sehr schwer, sie waren harte Arbeit gewohnt und nicht eine treffende Rede".

„Das denke ich mir auch und eigentlich musste doch auch Jeshua das wissen. Ich verstehe auch nicht warum er Zwölf ausgewählt hat, da ist kaum einmal die Rede davon, dass er verstanden wurde. Petrus wollte ihn vor dem Leiden bewahren, Johannes und Jakobus wollten Feuer auf das Samariterdorf regnen lassen, die Kinder wollten sie ständig wegschicken, dann dieser dauernde Rangstreit: Wer ist der Größte?"

Hesekiel konterte: „Eben deshalb hat er sie ausgewählt. Er wollte auch ein Zeichen setzen, an die zwölf Stämme Israels erinnern, vielleicht ein neues Israel begründen? Aber ich gebe dir Recht. Vielleicht hat auch das Unverständnis der Zwölf ihn dazu gebracht seine Gedanken, sein Reich Gottes zu öffnen, für alle Völker. Ich denke, dass er nicht sofort sondern Schritt für Schritt seinen Auftrag erkannte. Und da waren noch die Frauen, die haben ihn viel besser verstanden. Besonders Maria aus Magdala, sie war wohl auch die Gebildetste im Kreis, was natürlich zu Spannungen führte."

„Und wie hat sich Jeshua dann verhalten?"

„Nun er war ein Meister in der Kunst der Menschenführung. Solange er da war, hat er diese unglaublich widersprüchliche Gruppe immer wieder zusammengebracht. Da gab es auch noch andere Probleme, die Jüngste von allen, Susanna war ein ganz einfaches Mädchen ohne Lebenserfahrung, fast noch ein Kind. Was hat sie in dieser Gefolgschaft gehalten? Aber sie blieb wohl am längsten bei Jeshua, sie folgte ihm bis unter das Kreuz, war Zeugin der Auferweckung ist danach in Jerusalem geblieben."

Sofort lebte Salome auf: „Ich hoffe sehr Susanna zu finden, denn sie muss die meiste Zeit mit Jeshua verbracht haben. Ich hoffe, sie lebt noch."

Lukas räusperte sich, er vermied jeden Gedanken an eine mögliche zweite Reise, aber ob er sie verhindern würde? Er kannte Salomes unbändigen Willen. Nun aber versuchte er davon abzulenken: „Wir wollten doch neue Gleichnisse hören ..."

Hesekiel nahm die Gesprächswendung an: „Da gibt es ein Gleichnis von dem auch die Pharisäer begeistert waren, denn es ging auch um Gerechtigkeit und das Einhalten der Tora ..."

„Sprich!"

Und der Alte erzählte vom reichen Mann und armen Lazarus und wie beide starben und sich in der anderen Welt an verschiedenen Orten wiederfanden, der eine in Höllenqualen, der andere im Schoß Abrahams ..."

Salome war begeistert von diesem unbekannten Gleichnis, das eines ihrer Lieblingsthemen behandelte: Armut und Reichtum und die Verantwortung der Reichen den Armen zu helfen und sie nicht zu verachten, ihr Leben zu verbessern. Jeshua selbst war arm. Er stand immer auf der Seite der Armen, aber er verlangte nie die Enteignung der Reichen, keine Rache an den Ausbeutern. Er verlangte auch nicht, wie diese Essener, dass jeder einen Teil seines Besitzes an die Gemeinschaft abgeben solle. Noch unverständlicher für viele: Geld lehnte er für Heilungen ab und verbot seinen Jüngern streng Geld anzunehmen. Aber er konnte doch wirklich heilen! Und in den Therapieräumen des Asklepios war es selbstverständlich, dass die Kranken zahlten. Nein! *Umsonst habt ihr erhalten, umsonst sollt ihr weitergeben.* Da war wieder das Reich Gottes, das wir auf dieser Welt nicht verfehlen sondern jetzt schon verwirklichen sollen. Musste man nicht sofort Hand anlegen? Die Worte des Herrn aufschreiben, das Leben der Armen verbessern, gerechter machen? Sie hatte dies beherzigt und auf dem Landgut viele Arbeitsplätze geschaffen, viele armen Familien aufgenommen und auch Kranke, Alte … und ging es nicht allen gut?

Auch das nächste Gleichnis von Hesekiel begeisterte sie.

„Hütet euch vor aller Habsucht! Das Land eines reichen Mannes gab eine üppige Ernte und der Besitzer dachte: Was soll ich nun tun? Es fehlt mir der Raum um meine Ernte zu speichern. Also will ich die alte Scheune abbrechen und eine größere bauen um meine ganzen Vorräte gut aufzubewahren. Dann kann ich sagen: Nun, meine Seele hast du einen reichen Vorrat und für viele Jahre Ruhe. Dann iss und trink und lass es dir wohl sein. – Gott aber sprach zu ihm: Du Narr, heute Nacht werde ich deine Seele zurückfordern. Wem wird dann der Reichtum gehören? So geht es dem Menschen, der Schätze für sich sammelt aber vor Gott nicht reich ist."

„Wunderbar", flüsterte Salome, „so eine klare und kurze Geschichte. Die müssen wir unbedingt aufschreiben."

Die Tage vergingen, sie wurden fast heimisch in der Mahlgemeinschaft in Kafarnaum, bei Jona, Simon, Johanna, Sara, Hesekiel und vielen, vielen anderen.

Es fiel ihnen schwer von Kafarnaum Abschied zu nehmen, von der heiteren Landschaft, den Brüdern und Schwestern in der Nachfolge des Jeshua, von den lieb gewonnen Plätzen, dem See Kinneret. Aber Lukas mahnte zum Aufbruch. Es waren seit ihrer Abreise zwei Monde vergangen und die Fülle der Aufzeichnungen verlangte bald richtig aufgeschrieben zu werden. Auch warteten auf dem Landgut noch Pflichten, Führung und wirtschaftliche Entscheidungen auf sie.

Eines Morgens waren die Geschwister reisefertig und mit wehen Herzen trennten sie sich von den liebgewordenen Menschen. Alle versprachen in Kontakt zu bleiben.

In Magdala erwarteten sie Marta und Rut, die ungleichen Schwestern. Rut umarmte Salome ganz fest und flüsterte: „Es ist das letzte Mal, dass wir uns hier in dieser Welt sehen aber ich hoffe auf ein Wiedersehen dort, in Gottes Reich." Marta hatte ihnen ein Paket mit Dörrfisch zurecht gemacht, welches sie dankend entgegennahmen.

Als sie weiterritten kam in der Ferne Nazaret in den Blick. Sie waren aber froh, dass ihr Weg nach Westen führte, die schnellste Strecke zum Meer. In Ptolemais wollten sie ein Schiff suchen.

Dann kamen sie durch eines der vielen armseligen Dörfer und hörten Geschrei: römische Verwaltungsbeamte und Legionäre trieben Menschen zusammen, Männer, die ihre Steuerschuld nicht begleichen konnten. Unter dem Heulen der Frauen und Kinder band man sie mit einem Seil zusammen und führte sie so in die Sklaverei. Auch einige Frauen wurden brutal aus ihren Häusern gerissen, gefesselt und gesondert weggetrieben. Überall schreiende und weinende Kinder. Salome brach das Herz, sie gab einen Großteil ihrer Münzen an die Dorfbewohner, die aus Dank niederknieten und ihre Hände küssten. Es war eine fürchterliche Szene …

Endlich erblickten sie das Mare Nostrum und die Hafenstadt Ptolemais. An der Straße, die zur Stadt führte wieder rechts und links Kreuze mit gekreuzigten Männern, sogar eine Frau war dabei. Immer noch gab es Zeloten und Aufstände. Füchse und anderes Getier hatten sich über die menschlichen Reste hergemacht. Lukas trieb seinen Esel an und griff Salome in die Zügel, dass sie schnell diese Straße des Grauens hinter sich brachten.

Wie die anderen römischen Küstenstädte hatte Ptolemais ein hellenistisches Stadtbild. Ptolemais gehörte bereits zur Provinz Syria. Hier versammelten sich vor siebzehn Jahren die römischen Truppen unter dem

Oberbefehlshaber Vespasian dem späteren Kaiser, um die Aufstände niederzuschlagen. Drei Legionen marschierten von hier aus nach Judäa, hinauf nach Jerusalem. Damit war das Ende Israels besiegelt.

Endlich kam der große Hafen in Sicht. Es galt noch eine Nacht eine Unterkunft zu finden, was ihnen schnell gelang. Erschöpft fiel Salome in einen frühen Schlaf während Lukas seine Aufzeichnungen überprüfte und ordnete.

Gleich am frühen Morgen machten sie sich auf zum Hafen, hatten Glück ein Handelsschiff zu finden das bereit war sie nach Antiochia mitzunehmen. Die Überfahrt war rau und es kam ein kühler Wind auf. Trotzdem saß Salome fast die ganze Zeit auf dem Deck, eng in ein wollenes Tuch gehüllt, ganz in sich versunken. Im Geist ordnete sie die Fülle der Erzählungen und legte sich bereits Sätze zurecht. Zunächst wollte sie die Berichte gesondert erfassen und einzeln aufschreiben. Die Notwendigkeit einer zweiten Reise nach Judäa stand für sie fest. Sie mussten unbedingt nach Jerusalem, nach Betanien, an den Jordan und auch in die Wüste um dort noch mehr Zeugen zu finden. Unruhig und aufgewühlt schaute sie auf die langsam entschwindende Küste Palästinas.

Lukas trat auf sie zu, lächelte, zu gut kannte er die Gedanken seiner Schwester. Und in seiner ruhigen, unaufgeregten Art sagte er: „Wann reisen wir nach Jerusalem?" Salome schaute ihn erstaunt an: „Du bist einverstanden?" Lukas nickte und meinte: „Nach der Traubenernte, im Spätsommer, da wäre die beste Zeit."

In Antiochia

Die Gemeinschaft des Brotbrechens. Eine fehlende Schriftrolle und Aaron ben Salomo

Der dritte Tag in Antiochia, der dritte Tag in Apollos Haus. Selten hatte sich Lukas so unwohl, so fremd und am falschen Platz gefühlt. Das Haus war für ihn ein Palast, riesig, mit einem Innenhof, Brunnen, anschließenden Räumen, die wundervoll bemalt waren. Überall standen Sklaven und waren zu Diensten. Gutgenährte, schöne Menschen in vornehmen Gewändern verkehrten hier. Salome gehörte dazu, sie war wieder in die griechische Welt eingetaucht, eingekleidet in kostbare Stoffe. Eine Sklavin ordnete jeden Morgen ihre Haare zu einem regelrechten Kunstwerk und Aurelius Apollos schenkte ihr Schmuck.

Aurelius Apollos, der älteste Sohn des verstorbenen Apollos, war ein tadelloser Gastgeber. Seine Erziehung, seine Sprache, sein Auftreten und seine Kleidung zeugten von hoher Bildung, erlesenem Geschmack und vornehmer Gesinnung. Salome bewegte sich unter diesen Menschen sicher und entspannt und zu seinem Erschrecken musste Lukas feststellen: seine Schwester war ihm fremd geworden. Warum musste er mitkommen? Ein jüdischer Tölpel vom Land mit grobem Griechisch, bäurischer Herkunft und obendrein hinkend. Aber Salome hatte darauf bestanden, dass er mitkam.

Drei Monate waren seit ihrer ersten Reise nach Palästina vergangen und nun sollte die zweite Reise vorbereitet werden, die Reise nach Judäa. Ende September wollten sie mit dem Schiff von Antiochia nach Joppe fahren, dann hinauf nach Jerusalem. Lukas erschauerte bei diesem Gedanken: die Heilige Stadt ein Trümmerwüste, der Tempel eine Ruine, überall Römer und Fremde, die Juden vertrieben. Die Gemeinde Jakovs des Gerechten war ausgelöscht, es gab noch einige Versprengte, die vielleicht Jeshua gekannt hatten. Jeshua ... und dann Susanna, die vielleicht noch einzige

Augenzeugin. Susanna war für Salome ein Phantom, vielleicht eine Illusion? Sie müsste zwischen 70 und 80 Jahren alt sein, sollte sie überhaupt noch leben. Aber Salome war überzeugt: Susanna lebt! – Wie sich in Jerusalem zurechtfinden? Es war nicht ungefährlich, nun seitdem die Römer die einzigen Herren waren. Zwar wirkten die Geschwister unauffällig und waren nicht mehr jung. Sie waren Juden, die vorgeben wollten überlebende Verwandte zu suchen. Zuviel zielloses Herumirren würde sie aber verdächtig machen und so kam Salome auf die Idee: wir besuchen Aurelius Apollos, die alten Freunde, die Gemeinschaft der Christianoi, wie sie nun genannt wurden. Hier hoffte sie Kontakte zu finden, die ihnen helfen konnten ihre Mission in Jerusalem zu erfüllen.

Lukas seufzte, stand von der steinernen Sitzbank auf, lief einmal um den Springbrunnen und dachte: ich muss raus hier, ich werde heute in die Stadt gehen. Noch einen Tag halte ich es in diesem Palast nicht aus. Diese Sklaven … ist es denkbar, dass sie an einer gemeinsamen Mahlfeier teilnehmen? Ich wage nicht einmal zu fragen und ich kann es mir auch nicht vorstellen.

Wie alle Landleute begann Lukas bei Sonnenaufgang den Tag und die Arbeit. Auf dem Landgut mussten zuerst die Tiere versorgt werden. Die Arbeiter und Tagelöhner brauchten Anweisungen und erst dann war an die einfache Morgenmahlzeit zu denken. Hier hockte er stundenlang nutzlos herum und wartete auf das Jentaculum, das Frühstück nach römischer Art.

Gerade betraten Salome und Aurelius den Innenhof, sahen ihn, begrüßten ihn und winkten ihm zu folgen. – Die Tafel im Speiseraum war reich gedeckt mit Fladenbrot, Eier, Käse, Honig, Obst, Milch, Wasser und Säften. Sogar kunstvolle Backwaren mit Fleischfüllung wurden angeboten. Nach griechisch – römischer Sitte nahm man das Essen liegend ein, auf die linke Hand gestützt, die rechte war zum Essen bestimmt. Alles viel zu viel. Zu viel Essen, zu viel Auswahl, zu viel Luxus. Aber Lukas fügte sich und dachte: ich muss mich als Chronist und Schreiber verstehen, dann werde ich diese Zeit auch hinter mich bekommen.

Salome hatte die ersten beiden Tage persönliche Gespräche geführt, wieder familiäre Kontakte geknüpft und sich insgesamt sehr vorsichtig und diplomatisch verhalten. Die neue Sekte der Christianoi, die so schnell wuchs und Menschen aus allen Ständen erfasste, wurde von den Römern und Griechen skeptisch, argwöhnisch, oft ablehnend betrachtet. In Rom gab es unter Kaiser Nero vor 25 Jahren bereits eine schreckliche Verfolgung des neuen Glaubens. Auch unter dem jetzigen Kaiser Domitian flammte hin und wieder die Verfolgung auf. Es war ein ständiges Lavieren zwischen Bekennen und Vermeiden von unnötigen Provokationen. Salome schlängelte sich da mit viel Geschick hindurch und baute auf die Toleranz des Hausherrn.

Aurelius Apollos war kein Christianoi sondern ein Schüler der Stoa. Soviel Lukas darüber gehört hatte war ihm diese Philosophie durchaus sympathisch denn sie war nicht kindisch, abergläubisch und von Skandalen geprägt wie der römische Götterhimmel. Vielmehr hatte sie ihr Fundament in einer ganzheitlichen Weltauffassung, in welcher jeder Mensch – natürlich waren nur Männer gemeint – seinen Platz in einer Ordnung erkannte, ausfüllte und mit Gelassenheit und Seelenruhe sein Los akzeptierte. Ataraxia, die Unerschütterlichkeit war das Prinzip dieser Lehre und dies gefiel Lukas durchaus, denn seine Natur fühlte sich angesprochen.

Niemand aus der Familie des Apollos wurde Anhänger des Rabbi Jeshua, außer Salome. Und Apollos hatte ihr nichts verboten, er selbst blieb ein Suchender und Fragender und konnte sich sein Leben lang keiner Lehre anschließen. Zu Salomes Zeiten gab es Treffen und auch Mahlgemeinschaften in seinem Haus aber diese hatten sich nun verlagert, in das Haus von Flavius Julius Scaevola, einem engen Freund des verstorbenen Apollos, einem hervorragenden Rechtsgelehrten und Rhetoriker. – So gab Aurelius bereitwillig Auskunft und versprach Salome und Lukas, dass sie am Abend Sklaven dorthin bringen würden.

Endlich, dachte Lukas, endlich kann man sich Hoffnungen auf konkrete Hinweise und Kontakte machen. Mit Ungeduld beobachtete er die Sonnenuhr, deren Schattenzeiger sich langsam weiterbewegte, während er Reisebeschreibungen in der Hausbibliothek studierte. Dann, als der Tag zur Neige ging, trat ein Sklave ein und gab ihnen zu verstehen ihm zu folgen. Die Geschwister verzichteten auf eine Sänfte sondern waren froh sich etwas Bewegung verschaffen zu können. Immer noch war es heiß, auch die Abendsonne brannte noch erbarmungslos auf die Stadt.

Antiochia war eine reiche Stadt, vornehm, großzügig gebaut, der Prunk an den öffentlichen Gebäuden stand nur wenig dem römischen Vorbild nach.

Aber auch Elend und Ausbeutung blühten hier reichlich. Alte, ausgedörrte und krummgebuckelte Lastenträger schleppten riesige Stoffballen und Kasten durch die Menge. Auf einem Sklavenmarkt wurden Menschen feilgeboten: Alte, Junge, Starke, Schwache, auch Halbwüchsige. Jeder war zu etwas zu gebrauchen. Wer lesen, schreiben, rechnen konnte und auch über Sprachkenntnisse verfügte, hatte ein besseres Los zu erwarten.

Dein Reich komme ... fiel Lukas ein. Ja, wann kam endlich das verheißene Gottesreich?

Dann waren sie da: die Villa des Flavius Julius stand in Nichts dem Prunkbau des Aurelius Apollos nach. Wie passte das zu einer Mahlgemeinschaft des Wanderpredigers Jeshua? Lukas erfassten immer mehr Zweifel und Unsicherheit während Salome zielstrebig den Portikus durchschritt und vom Hausherrn Flavius Julius herzlich willkommen geheißen wurde. Die Freude war echt, auch bei allen anderen, die herbeiströmten und sie begrüßten.

In einem hinteren, langgestreckten Raum war das Coena, das Abendmahl bereitet. Auch hier mangelte es an nichts: Es gab Kohlsuppe mit Speck, Gemüse, Fleisch, gesalzener Fisch, Brot und Obst in Hülle und Fülle. Als Getränke wurde Mulsum gereicht, ein Wein mit Gewürzen und Honig. Verwundert schaute sich Lukas um: alle schienen aus demselben Stand zu sein, keiner war ärmlich gekleidet. Einige wohlhabende Juden unter mehrheitlich Griechen, Männer und Frauen gemischt, einige Kinder. Nach dem Sättigungsmahl erhob sich Flavius Julius und sprach feierlich über Jesus den Christos, der die Menschen am Kreuz erlöst hatte. Gebete mit aufgehobenen Armen wurden gesprochen, einige Gesänge angestimmt, das Brot gebrochen und ein Becher Wein herumgereicht. Alles schien gut einstudiert. Lukas und Salome fühlten sich hin und her gerissen: ein Gemeinschaftsmahl oder ein Ritus, was fand hier statt? Und wo blieb die Lesung aus der römischen Schriftrolle?

Endgültig kippte dieser Eindruck bei einem musikalischen Auftritt: eine ältere Domina, gepflegt, stilsicher geschminkt und in ein glitzerndes grünes Gewand gekleidet, mit modisch aufgetürmten blondierten Haaren erhob sich und begann auf einer Leier ein Loblied zu Ehren des Christos anzustimmen. Sie sang solo mit dünner Stimme und auch die Töne traf sie nicht immer, sie klangen manchmal falsch. Die Anwesenden wirkten bei dieser Darbietung seltsam reserviert, die Gesichter leicht eingefroren.

Zwei Frauen hüstelten nervös, eine gewisse Unsicherheit und Peinlichkeit machte sich breit. Die Sängerin schien das nicht zu bemerken, nicht zu stören. Nachdem sie ihren Gesang mit strahlendem Lächeln beendet hatte, löste sich merklich die angespannte Atmosphäre. Auf Salomes Gesicht malten sich Unwille und Ärger. Ihre Nachbarin schien das bemerkt zu haben, beugte sich zu ihr und flüsterte ihr ins Ohr: „Es ist ein unvermeidlicher Teil unserer Feier. Caecilia Helena ist eine unserer Unterstützerinnen. Aber sie besteht auf diesem Gesang, jedes Mal." – Salome nickte verwirrt und in ihrem Inneren grummelte es: das ist ein Übergriff, eine Verdrehung des ursprünglichen Gedankens von Jeshua, der das Reich Gottes feiern wollte und nichts anderes. Das Mahl war damit beendet und es begannen lebhafte Gespräche.

Lukas suchte die Nähe der Juden und kam mit einem rasch ins Gespräch. Aaron ben Salomo war ein offener und mitteilsamer Mann in den Sechzigern und gab bereitwillig Auskunft. Auch seine Familie lebte schon seit Generationen in Antiochia und hatte sich allmählich dem Judentum und Israel entfremdet. Er wurde ein Anhänger des Paulus, der ihn zum Glauben geführt hatte. Seit einiger Zeit mied er die Synagoge, wo man den Christianoi mehr und mehr distanziert bis ablehnend begegnete.

„Du musst verstehen Lukas", ereiferte sich Aaron, „die Trennung von Juden und Christianoi ist nicht mehr aufzuhalten. Anfangs gab es noch ganz praktische Gründe: die strengen Speisegesetze, die Reinheitsvorschriften und die genaue Befolgung der Tora. Paulus hat mich überzeugt, dass dies alles zu seiner Zeit gut und richtig war, doch nun ist mit Christos die Welt in eine Endzeit eingetreten. Der Gott Israels hat den alten Bund gelöst, durch den Sühnetod Jesu ist der Glaube an den einen ewigen Gott für alle Menschen fassbar geworden. Du kennst sicher den Streit zwischen Petrus und Paulus hier in Antiochia. Nachdem Petrus mit den unbeschnittenen Jesus-Gläubigen gegessen hatte, machte er einen Rückzieher in Jerusalem, denn da forderte Jakov, der Herrenbruder die Einhaltung der alten Speiseregeln. Paulus, ja, der war mein Mann: unerschrocken, weitsichtig und mutig empörte er sich gegen die Rückführung zur Tora und bestand darauf die Unbeschnittenen anzuerkennen und gleich zu behandeln. Er hat den Herrn nicht persönlich gekannt aber er hat ihn verstanden. Paulus öffnete die Tür unseres Ein-Gott-Glaubens für alle Völker. Hat nicht Jesus, oder Jeshua wie du sagst, in seinem Erdenleben alle Menschen angesprochen? Ist er nicht am Kreuz für uns alle gestorben? Hat er nicht die Gebote der Tora übertreten, Sünder vor Gerechte gestellt und auch Nicht-

Juden geheilt? Unser Volk hat den Meschiach nicht erkannt und damit sein Heil verfehlt. Die Strafe war die Zerstörung Jerusalems, des Tempels, die Auflösung des Sanhedrins, die Auslöschung der Sadduzäer und die Zerstreuung der Juden in alle Welt. Sind nicht wir, die Christiano, die wahren Erben Israels? Mich hat das überzeugt und so bin ich den Schritt weg von der Synagoge und hin zur Taufe gegangen."

„Jaaa ...", Lukas war durch diese radikale Rede überrumpelt, „aber, aber – verzeih mir – was ich hier sehe: ist das die offene Tischgesellschaft des Nazareners? Hier sehe ich nur Gleiche unter Gleichen, alle wohlhabend, Römer, Griechen und noch einige Juden ... Ich zähle gerade mal noch fünf Juden unter 30 Gästen. Jeshua aber war Jude und kein Grieche, obwohl er griechisch sprechen konnte. Er predigte vom Reich Gottes, von Vergebung, Barmherzigkeit und der Bezwingung der eigenen bösen Gedanken und Wünsche, nicht vom Sühnetod. Und man kann auch nicht sagen, dass er die Tora missachtet hat, nein, in einigen Teilen hat er sie sogar verschärft: Ehescheidung, Schwören, Barmherzigkeit und Vergebung üben, die Schwachen und Kranken in die Mitte der Gesellschaft stellen ... Aber hier frage ich mich: wo ist Jeshua? Wir waren in Galiläa und haben dort noch Augenzeugen gefunden und befragt und die redeten ganz anders."

Aaron winkte ab: „Galiläa, Galiläa zählt sowieso nicht, wenn schon dann Judäa. In Galiläa hat sich doch seit Jahrhunderten alles vermischt. Die Assyrer, Babylonier, Griechen, Ägypter, Römer ... alle möglichen Völker haben sich niedergelassen und Kinder gezeugt. Und dann die Samaritaner! Abgefallene Juden. Also vom Volk Israel ist da nicht mehr viel geblieben. Gut. Jesus war der Messias aber das eigene Volk hat ihn nicht erkannt, sogar verfolgt, Nein mein Lieber, die Zukunft, die Heilstat des Christos liegt hier, in der griechischen Welt. Hier ist der Welthorizont, hier kann sich unser Glaube verbreiten. Israel ist verloren."

Während Aaron sich seinem Weinbecher widmete dachte der Pragmatiker Lukas: sei bloß nicht gelähmt vor Entsetzen über die Verurteilung des eigenen Volkes. Das kannst du dir für später aufsparen. Frage ihn! Frage! Er ist Kaufmann, Händler und hat bestimmt Kontakte nach Jerusalem. – Also raffte er sich auf und gab dem Gespräch eine andere Wendung: „Kennst du Juden, Jesus-Gläubige in Jerusalem? Wir suchen Kontakte für eine zweite Reise die uns weiterhelfen, Menschen die uns beherbergen können und noch Augenzeugen kennen."

Aaron schaute ihn ungläubig an: „Ihr wollt wirklich nach Jerusalem? In eine zerstörte Stadt um noch Augenzeugen zu finden? Warum?"

Lukas nahm seinen ganzen Mut zusammen und stieß hervor: „Wegen der Schriftrolle. Wir wollen eine eigene Schriftrolle verfassen. Über Leben, Leiden, Tod und Auferweckung des Jeshua. So wie die römische Schriftrolle aber mit neuen Berichten, neuen Gleichnissen und neuen Worten des Herrn. Übrigens vermisse ich heute eine Lesung aus dieser Schrift. Sie ist doch im Besitz der Gemeinde. Warum wurde nicht daraus vorgelesen?"

„Oh, die Schriftrolle …", Aaron senkte die Stimme, „es wird ein Geheimnis darum gemacht und leider habe ich sie noch nie einsehen dürfen. Da gibt es … wie soll ich sagen … also da gibt es anscheinend ein Misstrauen mir gegenüber. Als geborener Jude bin ich schriftkundig und könnte unangenehme Fragen stellen. Das wird zwar nicht so gesagt aber ich bin sicher, dass es so ist. Es hat sich ein Leitungsgremium herausgebildet, das über die Lesung bestimmt und auch eine Auswahl der Texte trifft. Außer mir stört sich daran auch keiner, keiner vermisst die Schrift. Für die meisten ist der Ablauf des Mahls, Ritus, Lobpreis und Gesänge wichtiger. Wie gerne würde ich diese Schrift einsehen. Das ist auch ein Grund warum einige Juden sich aus der Gemeinschaft zurückgezogen haben. Du weißt: wir sind ein schriftfixiertes Volk."

Lukas war erstaunt: „Aber Salome hat eine Abschrift. Sie hat sie damals angefertigt als sie zu uns aufs Landgut zurückkkam. Und mit dieser Schrift hat sie mich überzeugt. So wurde ich ein Christianoi."

„Ihr habt eine Abschrift?", rief Aaron geradezu erschrocken aus und vergaß seine Vorsicht. „Ich muss eine Abschrift haben! Egal was sie kostet! Wie kann ich sie bekommen?"

„Aaron, wir sind Brüder, ich verkaufe die Abschrift nicht aber ich bin dir dankbar, wenn du uns Kontakte nach Jerusalem machst."

„Gut!", Aaron beugte sich näher zu Lukas, „da gibt es zwei Brüder, die betreiben einen Luxushandel für Römer, die sich jetzt in Jerusalem niederlassen. Sie waren Diasporajuden aus der Kyrenaika, nun leben sie in Jerusalem. Sie sind Christianoi, im Verborgenen, obwohl: ich denke schon, dass die Römer das wissen. Aber sie brauchen die beiden für ihre Wünsche, für die Ausstattung ihrer Häuser. Woher soll die Ware sonst kommen? Alexander und Rufus sind vertrauenswürdig. Den Kontakt kann ich dir machen."

„Hieß ihr Vater Simon? Simon von Kyrene?"

Aaron fiel erschrocken zurück: „Woher weißt du das?"

Lukas erwiderte mit leichtem Triumph in der Stimme: „Diese Namen stehen in der Schriftrolle. Ihr Vater Simon hat dem Herrn das Kreuz getragen."

„Das stimmt ... das ist ja ungeheuerlich. Lukas, ich muss diese Abschrift haben. Du bekommst von mir alles was du brauchst ... Und wollt ihr wirklich eine eigene Schrift anfertigen? Das ist ein kühnes Unternehmen für Leute, die nicht mehr jung sind."

Lukas nickte und seufzte: „Du kennst meine Schwester Salome nicht. Ich bitte dich mit Boten – du bist Kaufmann und für dich kein Problem – also mit Boten den Brüdern eine Nachricht zukommen zu lassen, dass Salome und ich in der letzten Septemberwoche in Joppe mit dem Schiff eintreffen werden. Wir brauchen einen Ortskundigen der uns abholt und nach Jerusalem bringt. Dort können uns Alexander und Rufus weiterhelfen. Und bitte, schreibe uns zusätzlich einen Brief, den wir zur Legitimation übergeben können."

„Gemacht!" Aaron streckte seine Hand aus in die Lukas einschlug. Dann meinte: „Wenn ihr eine weitere Abschrift der römischen Schrift nach Jerusalem mitbringt dann gehen euch alle Türen auf."

Lukas lachte und deutet auf seinen Kopf: „die Schriftrolle ist hier bestens aufbewahrt, auch bei Salome. Und ich nehme mal an, dass es in Jerusalem Schriftkundige gibt. Ein Transport auf der Reise wäre viel zu gefährlich."

So endete der Abend doch noch erfolgreich und Lukas war hochzufrieden als er sich mit Salome auf den Rückweg machte. Diesmal wurden sie von zwei Sklaven mit einem leichten Gefährt abgeholt. Lukas beste Stimmung stand ganz im Gegensatz zu Salomes grimmiger Miene. Das Gepolter der Räder war so laut, dass sie sich nicht austauschen konnten. Dann aber, im Haus des Aurelius schlichen sich die Zwei noch in einen rückwärtigen Garten. Salome musste sich regelrecht Luft machen und schilderte ihre Gespräche, die sie entsetzlich enttäuscht hatten.

„Was ist da nur geschehen? Warum wurde nicht aus der Schrift vorgelesen? Wo war die Tischgemeinschaft mit den Armen, Ausgestoßenen, mit Kranken und Sündern?" Die kannten sich alle bestens, sind sich sogar familiär verbunden."

„Ja, wo waren sie? Das habe ich mich auch gefragt."

Salome lachte bitter auf: „Man hat sich getrennt, es gibt jetzt Mahlgemeinschaften in der Unterstadt, dort wären – diese Leute unter sich – und würden sich wohler fühlen. Aber darauf legte man größten Wert: selbstverständlich würden sie unterstützt und selbstverständlich wird auch bei jeder Feier für die Armen Geld gesammelt." Salomes Augen funkelten. „Und das ist das Schlimmste, aber sie begreifen es nicht. Sie geben Almosen anstatt Geschwisterlichkeit, Gerechtigkeit. Sie sind wohltätig und damit haben sie sich entpflichtet. Meine Fragen wurden überhaupt nicht verstanden, man war leicht verärgert und so habe ich es aufgegeben. Sie sind unter ihresgleichen und damit zufrieden. Auch ist die Gemeinschaft schon geschrumpft. Zu meiner Zeit, in Apollos Haus, waren wir doppelt so viele. – Und worüber wurde gesprochen: es gibt nun neue Spiegel, die lebensecht abbilden können. Stolz wurde mir ein Handspiegel präsentiert. Er war aus Glas, mit einer Zinnfolie hinterlegt und gab wirklich verblüffend echt die Gesichter wieder. Kein Vergleich zu den alten polierten Metallplatten. Das war wichtig! Und seit neuestem gibt es Schränke und keine Truhen mehr. Da kann man die Kleider aufhängen. Unsere Erlebnisse in Palästina? Pah, das war peinlich, keinerlei Anteilnahme. Und dann die Mahlfeier: ganz in römischer Tradition. Der Hausherr ergreift das Wort, alle werden passiv, hören ihm zu. Er führt durch die Feier, bricht das Brot … Das haben wir früher gemeinsam getan und jeder, der wollte sprach ein Dank- oder Bittgebet. Jetzt aber war alles wie eine einstudierte Szene. Feierlich ja … aber keine Wärme, keine Gemeinschaft. Das Reich Gottes … pah!" … schloss sie, „das wird nicht mehr erwähnt. Sie haben aus Jeshua den Gesalbten, den Christos gemacht."

Lukas ließ sie lange reden, bis er den Eindruck hatte, dass ihr Herz erleichtert sei. Dann berichtete er von Aaron und seinen Kontakten nach Jerusalem. Und sofort war wieder die alte Salome da: Angespannt, neugierig und begeistert von der Aussicht in Jerusalem auf Christianoi zu treffen, begann sie sofort Pläne zu schmieden.

„Wann fahren wir zurück aufs Landgut?", fragte Lukas hoffnungsvoll.

„Morgen, sofort morgen", war die Antwort, und: „wie bekommt Aaron die Abschrift?"

„Er will einen seiner Söhne schicken. Einen Reisewagen stellt er uns auch zur Verfügung und er gibt seinem Sohn ein Schreiben an Alexander und Rufus mit. Außerdem schickt er ein zweites Schreiben durch einen Händler nach Jerusalem damit man uns in der letzten Septemberwoche in Joppe abholt, alles geregelt. Morgen werde ich Aaron benachrichtigen dass wir sofort abreisen."

„Lukas, ohne dich wäre ich verloren, mit dir bin ich stark, gemeinsam wird das Werk gelingen."

Im Überschwang der Gefühle umarmte Salome ihren Bruder heftig, so dass er schon nach Luft schnappte.

„Morgen reisen wir ab und ich freue mich Aarons Sohn kennenzulernen. Dann gibt es doch noch Jeshua-Jünger die verkünden wollen, die nicht nur an sich und ihresgleichen denken, die das Evangelium weitertragen."

„Sela!", war Lukas knappe Antwort.

II. Teil

Judäa

Kapitel 1

Ankunft in Joppe.
Über Emmaus nach Jerusalem

Schon seit zwei Tagen befanden sich die Geschwister auf dem Meer. Die Reise würde diesmal länger sein als im Frühjahr.

Es war Spätsommer und wenn auch die Sonne noch Kraft hatte, so stachen die Strahlen nicht mehr. Das Licht war milder, die Nächte wurden länger. Noch vor dem Winter, vor der Regenzeit wollten sie ihre Mission beginnen. Jerusalem war das wichtigste Ziel, weiter Betanien und die judäische Wüste wollten sie besuchen.

Die nimmermüde Salome hatte von Aaron erfahren, dass es am großen Salzsee einen riesigen Felsen gäbe auf dem die Zeloten den Römern den letzten erbitterten Widerstand entgegensetzten. Kurz vor der Einnahme der Felsenfestung hätten sich alle Juden selbst getötet. Lukas sagte dazu nichts, hoffte aber, dass ihre Forschungen in Jerusalem und Betanien alle Fragen abklären würden. Nach allem was Aaron ihm erzählt hatte ist dieser Salzsee und die umgebende Wüste eine schreckliche, lebensfeindliche Landschaft. Kein Reiseziel für Menschen, die bereits im fortgeschrittenen Alter waren und mit ihren Kräften haushalten mussten. Aber Salome brannte, neu befeuert durch Aaron und sein Wissen. Seine Kontakte beeinflussten die Reisepläne und die Zeit für ihre Erkundungen. Vielleicht würden sie vier Monde dauern. Es war die letzte Gelegenheit für die beiden alles zu erfahren was zum Schreiben der neuen Schriftrolle wichtig war. Dann würde die eigentliche Schreibarbeit auf dem Landgut beginnen. Das sorgsame Ordnen, Gewichten der Erzählungen und alles musste in eine sinnvolle Reihenfolge gebracht werden. Salome würde alles in ein literarisches, sehr gutes Griechisch fassen, wobei sie viel Wert auf historisch korrekten Daten und Ereignisse legte. Aber wie das alles überprüfen? Insgeheim seufzte Lukas, der einen fast unüberwindlichen Arbeitsberg vor sich sah.

Nach den Erfahrungen mit der Mahlgemeinschaft in Antiochia stand für beide fest: das Reich Gottes, die Worte Jeshuas, seine Taten, sollten die pa-

ganen Völker, die Griechen, Römer, Ägypter und auch die Nordvölker erreichen. Schmerzhaft gestanden sich die Geschwister ein: die versprengten
Juden, die ihre Heimat verloren hatten, würden sich mehrheitlich nicht
der Botschaft Jeshuas zuwenden.

Aaron hatte Recht wenn er strikt sagte: eure Schriftrolle ist nur sinnvoll
wenn ihr so schreibt, dass die Heiden sie annehmen können. Er war ganz
in der Spur von Paulus, hatte sich mit Zorn, ja schon auch Hass vom eigenen Volk abgewandt. Aaron ... an jenem Morgen in Antiochia war er selbst
gekommen, nicht sein Sohn. Er wollte die Abschrift der römischen Schriftrolle selbst in Empfang nehmen und reiste mit den Geschwistern aufs
Landgut. Dort verbrachten sie eine intensive mit vielen Gesprächen aus-
gefüllte Woche, für die Salome und Lukas dankbar waren. Aaron schaute
mit einem jüdischen, einem ganz eigenen, unverstellten, sehr schriftkundigen Blick auf ihre Arbeit, auch auf die ländliche Gemeinschaft der Jeshua-Gläubigen, die noch mehrheitlich aus Diasporajuden bestand. Er war
gebildet, wissbegierig und in der griechisch-römischen Welt erfahren,
kam aus einer traditionellen, noch stark von der Tora geprägten Familie.
Ganz anders Lukas und Salome, die zwar der Abstammung nach Juden
waren aber ohne echte Bindung an das jüdische Gesetz aufwuchsen. – Wer
war Jesus aus Nazaret? Diese Frage wurde immer mehr zum Kern, ja
Streitpunkt der beiden Parteien in Palästina und in Syria. So losgelöst
vom Judentum, so erhöht, so griechisch, hatten die Geschwister den Rabbi
aus Nazaret noch nie erfahren.

Aber zuerst stürzte sich Aaron auf die römische Schriftrolle. Er las sie laut,
begleitet von Gestik und Mimik, so wie das traditionelle Lesen üblich war.
In dieser Aktion wurde Salome klar: der Text war ursprünglich eine Rede
gewesen! Das war keine Schriftsprache, da hatte einer aufgeschrieben
was er hörte, was ein anderer predigte. Aarons Vorlesekunst erweckte die
Schrift zu einem ganz neuen Leben. Durch seinen Besuch und die Gespräche verstand Salome: die Schrift wird ihren Weg zu den Menschen nehmen, sie wird sich verändern. In späteren Generationen würde man vieles
anders, neu, vielleicht auch irrtümlich verstehen? Ein beklemmender Gedanke, den sie unwillig abschüttelte. Schließlich konnten sie und Lukas
nur in ihrer Zeit wirken, in ihrer kurzen Lebensspanne. Dann würden sie
beide, ihre Namen hinter dem Text verschwinden. Wie schnell war die
Entwicklung in Antiochia verlaufen. Drohte eine Spaltung? Hier die noch
jüdisch und traditionell geprägten Landgemeinden, dort die Städter mit
ihrem Zugang zur griechisch-römischen Welt, zur Philosophie, mit Kon-

takten zu den Gebildeten und auch Reichen. Zwei unterschiedliche Jeshua-Bilder zeichneten sich ab: Jeshua, der Messias der Juden und Jesus der Christos, der Herr und Gottes Sohn. Was war richtig? Welches Jesusbild ist wahr? – Lukas meinte in seiner pragmatischen Art: das ist nicht unsere Aufgabe. Wir sollen so schreiben wie wir es in unserer Zeit verstehen. Alles andere liegt nicht in unserer Macht sondern im Wirken des Geistes.

Mit Aaron überlegten sie auch wer der Schreiber der römischen Schrift war. Dieser kannte sich noch im Judentum aus, benutzte noch aramäische Worte wie *Effata, Talita kumi, Boanerges ...* aber er hatte sich vom Glauben der Väter bereits distanziert. Auch Aaron war die Bedeutung der Frauen im Evangelium aufgefallen. Immer wieder wurden Frauen an entscheidender Stelle hervorgehoben. Hatten die Frauen Jeshua und seine Botschaft vielleicht schneller und besser verstanden als die Männer? Sie stritten niemals über eine Rangordnung. Das stand für Salome schon fest: Schließlich wäre das Evangelium ohne die Frauen nicht in die Welt getragen worden ...

So schieden sie nach einer Woche von Aaron als Freunde, nachdem ihnen dieser noch einen Begleitbrief für Alexander und Rufus ben Simon mitgegeben hatte. Gleich nach ihrer Rückkehr wollten sie sich mit Aaron treffen, die ersten Tage in Syria bei ihm in Antiochia verbringen.

Das Schiff segelte in Küstennähe und diesmal fühlten sich die Reisenden sicherer obwohl die Fahrt länger dauerte als damals nach Caesarea Maritima. Die nahezu komfortable Reise war ebenfalls Aaron zu verdanken, der sie auf einem Handelsschiff mit Luxusgütern, kostbaren Teppichen, Geschirr, Gefäßen und Möbel untergebracht hatte. Die ganze Fracht war für reiche Römer in Jerusalem bestimmt, die mit Willen des Kaisers die Stadt in eine römische Metropole umgestalten sollten. Verdiente Veteranen mit ihren griechischen und römischen Familien siedelten sich an, alles Jüdische sollte ausgelöscht werden, auch der Name Jerusalem sollte verschwinden. Die Neusiedler erhielten viele Privilegien, darunter die Anlieferung von Luxusgütern unter Bewachung römischer Legionäre. So war die Schiffsfahrt sicher und bequem. Salome und Lukas bekamen eigene Schlafplätze und wurden von der Besatzung zuvorkommend behandelt, denn Aaron hatte sie als wichtige Handelspartner und Kontaktleute vorgestellt. Der Jude aus Antiochia erwies sich als Glücksfall für die beiden und ihre Mission. War es Glück? Oder war es nicht mehr? Fügung, Auftrag, Sendung? Salome war überzeugt, dass der Segen des Ewigen auf dieser Reise lag und was immer auch sie in Antiochia verwirrt und verunsichert hatte: zum Schluss war sie in allem bestärkt worden. Alles Weitere lag nicht in ihrer Macht, lag im Plan des Ewigen. So gelöst und beruhigt konzentrierte sich Salome auf die Ankunft in Joppe. Würden sie erwartet, abgeholt werden?

Joppe hatte keinen großen Hafen wie Caesarea Maritima. Das Schiff konnte nicht bis ans Land fahren. Boote holten die Waren und zum Schluss die Reisenden an Land. Es dauerte einige Stunden bis die Fracht umgeladen war. Dann, mit der letzten Bootsfahrt verließen auch Salome und Lukas das Schiff und wurden an Land gerudert.

Joppe … der Name war nicht unbekannt. Salome grübelte in welchem Zusammenhang sie von Joppe gehört hatte.

An Land war reges Treiben. Mehrere Transportwagen wurden mit Sesseln, Polster, Truhen, Gefäßen und Liegen beladen. Ein großer Mann, vornehm aussehend, hatte alles gut im Blick und beorderte die Sklaven was wo aufgeladen werden musste. Sein Blick streifte kurz die Geschwister, er lächelte ihnen zu, hob die Hand und bedeutete ihnen zu warten. Ziemlich schnell hatte er dafür gesorgt, dass alles gut verstaut und sicher verschnürt auf dem Wagen landete. Nun wandte er sich den beiden zu, verneigte sich leicht und stellte sich als Mattitjahu vor, Verwalter des Handelshauses Simon in Jerusalem.

Mattitjahu war eine außergewöhnliche Erscheinung. Sehr groß, schwarzes dichtes Haupthaar, das er kurz trug, Vollbart, schwarze, sehr kluge und traurige Augen, eine merkwürdig helle Haut, die nicht zu seinem orientalischen Äußeren zu passen schien, ein gut geschnittenes Gesicht. Er war ein schöner Mann, auffallend schön, im besten Alter, ungefähr in der Mitte des dritten Lebensjahrzehnts. Aber seine Augen wirkten merkwürdig alt, sehr wissend und über seiner ganzen Erscheinung lag ein Schleier von Traurigkeit. Er verneigte sich leicht und auch seine sonore Stimme passte vollkommen zu ihm. Er würde sie nach Jerusalem bringen, zu Alexander und Rufus ben Simon. Eine Übernachtung wäre notwendig da die Tageszeit schon fortgeschritten sei. Sie würden in einem Dorf namens Emmaus die Nacht verbringen und er entschuldigte sich schon jetzt für die sehr einfache, bäurische Unterkunft aber anders sei es nicht zu regeln. Dann würden sie am frühen Morgen aufbrechen und den Weg ins Gebirge nach

Jerusalem nehmen. Für Salome und Lukas stand ein Reisewagen bereit. So setzte sich die stattliche Karawane in Bewegung.

Wie ganz anders diese Landschaft aussah, sie wirkte herb, karg, in vielen Brauntönen, nicht wie das lieblich-grüne Galiläa. Dort oben also lag Jerusalem, die heilige Stadt, nein, die zerstörte Stadt. Beklommenheit und auch etwas Furcht erfassten die Reisenden. Sie waren auf den letzten Spuren des Jeshua aus Nazaret, sie folgten seinen letzten Tagen.

Der Weg war sehr staubig, kleine Staubwolken verhinderten oft den Ausblick. Morgen werde ich auf einem Esel reiten, schwor sich Salome. Dann, nach zwei Stunden erreichten sie im Schritttempo das Dorf Emmaus. Sofort stiegen Bilder von Nazaret in den Erinnerungen der Geschwister auf: Hier wie dort armselige würfelförmige Häuschen aus gebrannten Ziegeln, mit Lehm verschmiert. Die Menschen hatten alles mit eigenen Händen erarbeitet, die Häuser selbst gebaut, die Dächer einfach mit Hölzern belegt und Palmblätter durchgeflochten, dann mit nassem Lehm beworfen und festgestampft. Die Decke wurde dadurch stabil, so dass die Bewohner die heißen Nächte dort oben verbringen konnten. Eine schmale und steile Treppe führte an einer Außenwand nach oben. Alle Behausungen waren fensterlos, nur kleine Öffnungen sorgten dafür, dass der Rauch über der Feuerstelle abziehen konnte. Drinnen lebten Menschen und Tiere zusammen. Wenn es in der Regenzeit nass wurde, holte man die Hühner, die zwei Schafe und vielleicht eine Ziege ins Haus. Die Familien hausten eng zusammengedrängt auf einem erhöhten Podest, die Tiere im Eingangsbereich auf dem Boden. – Doch meistens schien die Sonne und das Leben spielte sich draußen ab. So auch in diesen spätsommerlichen Tagen. Emmaus lag nicht an einem Hügel wie Nazaret sondern auf einer Ebene und so hatten die Bewohner mehr Platz in der Fläche. Alles wirkte etwas freundlicher und größer.

Mattitjahu beorderte die Karawane zu zwei Häusern, die eng nebeneinander standen. Offensichtlich warteten hier zwei Familien darauf die Gäste in Empfang zu nehmen und zu versorgen. Erst jetzt sah Salome, dass auch Legionäre zum Schutz mitgekommen waren. Einige Frauen stürzten sich mit Schüsseln und Wasserkrügen auf die Ankommenden um ihnen die Füße zu waschen. Salome wehrte ab, es war ich peinlich bedient zu werden, doch rief ihr Mattitjahu zu: „Lass es gut sein, die Frauen bekommen ihren Lohn und wollen auch dafür arbeiten." Dann ließ es Salome zu. Ihr fiel auf wie die Frauen sie erstaunt ansahen. Was war geschehen? Plötzlich wurde ihr bewusst: Mattitjahu hatte ihr in lateinischer Sprache zugerufen! Wie schlau der ist, dachte sie innerlich lachend. Vor dem muss man sich in Acht nehmen.

Etwas abseits unter Palmen wurde ein großes Tuch mit Brot, etwas Fleisch, gedörrtem Fisch, Datteln und Trauben ausgelegt. Auch Krüge mit Wasser und Wein fehlten nicht. Die Frauen verschwanden hinter den Häusern, wohl um gemeinsam zu essen. Mattitjahu winkte Salome zur Männergruppe und lud sie ein sich zu setzen. Einige der einfachen Transportarbeiter schauten verwirrt und unsicher. Mattitjahu erklärte in aramäischer Sprache: „Salome ist eine berühmte Gelehrte aus Antiochia, wir brauchen ihr Wissen in Jerusalem." Damit war sofort wieder Entspannung eingetreten. In allen orientalischen Gesellschaften war es üblich, dass Männer und Frauen getrennt die Mahlzeiten einnahmen. Mit dieser Tradition waren auch Salome und Lukas aufgewachsen und hielten sie lange Zeit für selbstverständlich. Erst in den Tischgesellschaften des Herrn wurde diese Regel gebrochen. War Mattitjahu ein Jeshua-Jünger? Er verfügte über eine unbestreitbare Autorität. Während die Männer sich regelrecht auf Lukas stürzten und ihn befragten, wandte er sich Salome zu. Ob ihr der Name Emmaus etwas sage? Salome verneinte und registrierte, dass er wieder Latein sprach. Warum? Sollten die anderen ihn nicht verstehen? Mattitjahu wusste schon gut über sie und den Sinn ihrer Reise Bescheid.

Er erzählte ihr nun eine Geschichte von zwei Wanderern, die traurig aus Jerusalem kamen und glaubten, dass ihr Meister Jeshua gescheitert sei, gestorben am Kreuz. Da wäre ein dritter Wanderer zu ihnen gestoßen und habe ihnen aus den heiligen Schriften erklärt, warum Jeshua sterben musste und wie die Schrift erfüllt wurde. Bei Emmaus wollte der Fremde weitergehen aber die Jünger, einer hieß Kleopas, baten ihn: *Bleib bei uns denn es will Abend werden und der Tag hat sich schon geneigt.* So traten sie in ein Haus um zu bleiben und als sie sich zum Abendmahl niederließen nahm der Fremde das Brot, sprach den Lobpreis, brach es und gab ihnen das Brot. Da wären ihnen die Augen aufgegangen und sie hätten Jeshua erkannt. Er aber verschwand vor ihren Augen.

Salome hatte atemlos zugehört dann fiel ihr ein: „Doch … doch … davon berichtet die römische Schriftrolle, allerdings ohne die Namen des Dorfes und des Jüngers. Warte … gleich kann ich die Stelle zitieren. Nach einer kurzen Überlegung begann sie: *Danach gab er sich in einer anderen Ge-*

stalt zweien von ihnen zu erkennen, während sie als Wanderer übers Land gingen, auch sie kamen und meldeten es den übrigen aber ihnen glaubte man nicht."

Mattitjahus äußere Beherrschung hatte während dieses Zitats Risse bekommen. Seine Miene drückte Unglaube und Verblüffung aus: „Eine Schriftrolle? Es gibt eine Schrift über den Nazarener?"

Salome bejahte und erzählte.

„Gibt es eine Abschrift?", war sofort die nächste Frage.

Salome lächelte und deutete stumm auf ihren Kopf.

„Dann musst du dein Wissen diktieren, unbedingt."

Nun fasste sich Salome ein Herz und fragte direkt: „Bist du ein Anhänger des Jeshua, genannt der Messias?"

Mattitjahu zuckte mit den Schultern: „Ich weiß es nicht, ehrlich gesagt: ich bin ein Suchender zwischen Judentum und den Philosophen der Griechen, dann noch dieser neue Glaube ..." Er berichtete von seiner Herkunft und sein bisheriges Leben. Mattitjahu stammte aus einer Sadduzäerfamilie, aus dem Priesteradel in Jerusalem, streng nach den Gesetzen der Tora erzogen. Aber sein Vater, ein nüchterner und weitblickender Mann entschied, dass er nach der Bar Mitzwa Jerusalem verließ und zu Verwandten nach Alexandria umsiedelte. Er sah das nahende Unheil, den kommenden Krieg und wollte sicher gehen, dass sein ältester Sohn überlebte. Mattitjahu wuchs im Haus seines Onkels auf und erhielt eine umfassende griechische Bildung. Bald war ihm die philosophische Welt der Griechen und Römer vertrauter als das Judentum. Das Jüdischsein verblasste immer mehr und die Söhne des Onkels, auch gleichaltrige Freunde, konnten die heiligen Schriften nicht mehr in Hebräisch lesen, auch Aramäisch verstanden sie nur noch schlecht. Ihre Torakenntnisse beruhten auf der Septuaginta, der griechischen Übersetzung. Herkunft und Glaube verschwanden immer mehr wie hinter einem Schleier. Dann kam der große jüdische Aufstand vor 18 Jahren, die Zerstörung Jerusalems und des Tempels, die Auslöschung des Kultes. Auch seine Familie wurde in diesem Krieg völlig ausgelöscht. Der junge Mattitjahu war tief erschüttert und gab nach Monaten des Abwägens sein angenehmes Leben auf, kehrte nach Jerusalem zurück, in der Hoffnung noch Überlebende zu finden und seinen Glauben neu zu beleben. Dafür bekam er kein Verständnis von seiner Familie, schon gar nicht von seiner griechischen Frau und den halbwüchsigen Kindern. Aber ihn zog es mit aller Macht zurück nach Judäa. Lange Zeit hoffte er noch Verwandte zu finden – vergebens. Nur ein Großonkel hatte überlebt. Dann fand er Arbeit und auch eine neue Heimat bei Alexander und Rufus, auch bei vielen Mitgliedern der neuen Gemeinschaft. War dieser Jeshua aus Nazaret vielleicht doch der Menschensohn, der verheißene Messias? – Die griechische Philosophie erschien ihm plötzlich leer, bedeutungslos. Selbst der hochgerühmte Philo, der jüdisches und griechisches Denken versöhnen wollte, sagte ihm nichts mehr. Waren nicht hier in Jerusalem seine Wurzeln, sein Glaube, seine Heimat? War er nicht die ganze Zeit in Alexandria doch ein Fremder geblieben? Hatte er sich nicht getäuscht, selbst belogen? Seine Kinder, geboren von einer Griechin, galten nicht als Juden. Zwar reiste er noch in den ersten Jahren nach Alexandria, aber die Entfremdung nahm unaufhaltsam zu. – Er hatte sich zurechtgefunden im zerstörten Jerusalem, hatte Fuß gefasst, war ein unersetzlicher Verwalter im Handelshaus Simon geworden.

Wer war dieser Jeshua aus Nazaret? Irrten alle, denen er immer vertraut hatte? Wie war es möglich, dass Tempel, Opfer, Priester und der Sanhedrin ausgelöscht wurden? Es gab doch den Bund mit dem Ewigen, den Bund vom Sinai?– Und warum ging so viel Strahlkraft, Mut, Zuversicht und Liebe von den neuen Mahlgemeinschaften aus, an denen er immer öfter teilnahm? Doch wie konnte ein so großer Prophet – oder war er mehr? – wie konnte er so schmachvoll am Kreuz enden? Warum?

„Paulus hat eine Antwort", entgegnete Salome, „hast du von ihm gehört?" „Oh ja", murmelte Mattitjahu, „schließlich war er ein hochgebildeter Mann, mit ihm hätte ich gerne diskutiert. Woher diese Wirkung? Woher dieser Glaube? Ein Gekreuzigter, der auferstanden sein soll, einer, der keine richtige Lehre verfasste, der nur ungebildete Männer um sich versammelte. – Verzeih mir, aber das alles ist doch nur ein einziges großes Scheitern eines hervorragenden Menschen. Er war ein Dörfler, der in den religiösen und politischen Wirren zerbrach."

„Kann man oberflächlich so sehen", bestätigte Salome, „aber für uns ist er der Gottesknecht des Isaias: *Wie einer, vor dem man das Gesicht verhüllt, er war verachtet …* Er war der verheißene Messias, ganz anders als die Menschen ihn erhofften. Kein machtvoller Herrscher, kein neuer König

David. Gott kam unerkannt in diese Welt, nur erkennbar für die, die reinen Herzens waren. Jeshua war der Messias, mehr noch: der Sohn des Ewigen."

„Das ist Gotteslästerung", flüsterte Mattitjahu, „Elohim ist einzig, er hat keinen Sohn".

„Willst du dem Ewigen vorschreiben wie er sich zeigt? Es ist seltsam, dass Männer anscheinend genau wissen was Gott zu tun hat und was nicht. Es passt nicht in die jüdische Glaubensvorstellung, gut. Aber kann Elohim nicht tun was er will?"

Mattitjahu schaute auf: „Salome, ich freue mich auf bewegende Wochen mit dir, mit guten Streitgesprächen und besonders auf die römische Schriftrolle. Mein Vater hat nie an ein Eingreifen des Ewigen in diese Welt geglaubt, so wie alle Sadduzäer. Und an eine Auferstehung schon gar nicht. Seine Lehren habe ich tief verinnerlicht aber sie führen mich nicht weiter. Sie machen mich traurig, hoffnungslos und bitter. Was ich an euch Christianoi so bewundere ist eure Zuversicht, eure Fröhlichkeit, selbst in der Verfolgung bestehen euer Glaube und eure Hoffnung. Das erscheint mir stärker als alle ausgetüftelten Torakenntnisse und auch stärker als die Weisheit der Griechen."

„Sela!", war Salomes Antwort, „unsere Begegnung sehe ich genau in diesem Licht. Ich weiß, dass ich geführt werde und ich vertraue dieser Führung."

Kapitel 2

Auf dem Zionsberg: Rufus führt durch die zerstörte Stadt

Noch lange klang das Gespräch mit Mattitjahu in Salome nach. Obwohl übermüdet von der langen Reise und den Ereignissen des Tages aufgewühlt, konnte sie keine Ruhe finden. Ihr Nachtlager befand sich auf dem Dach des einfachen Hauses. Alle um sie herum schliefen tief und fest, nur sie war noch hellwach. Über ihnen der grandiose Sternenhimmel. Die klare Luft ließ Dimensionen erahnen, die der menschliche Geist nicht erfassen kann. Abraham, dachte Salome: Abraham wurde ein Volk verheißen, so zahlreich wie die Sterne des Himmels. Und jetzt? War dieses Volk nicht zerstört, würde untergehen? War dies nicht sein Ende?

Bei Sonnenaufgang machten sie sich auf den Weg nach Jerusalem. Salome und Lukas hatten sich zwei starke Esel als Reittiere ausgesucht. So fühlten sich beide viel freier. Die ersten Hügel kamen in den Blick, allmählich ging es in die Höhe. Hier in Judäa waren die Berge nicht kahl wie in der nahen Wüste sondern mit lichten Wäldern bewachsen. Ölbaumhaine und Weinberge säumten die Wege. Naturgemäß kamen sie nur langsam voran und dies gefiel den Neuankömmlingen, denn so konnten sie ihren Gedanken nachhängen. Merklich steiler wurde der Pfad, doch Mattitjahu kannte sich aus, er hatte den Transport schon oft durchgeführt. Schwierig war die Fortbewegung der großen Reisewagen, und so mussten sie sich auf einer umständlichen, langsam in Serpentinen ansteigenden Straße wie eine riesige Raupe durchs Gebirge schieben. Die Sonne, die in der Mittagszeit noch Kraft hatte, brannte auf die Reisenden. Dann, nach stundenlangem langsamen Emporkriechen schienen sie die endgültige Höhe erreicht zu haben. In der Ferne blitzte helles Gestein auf: der erste Blick auf Jerusalem.

Als die Steigung hinter ihnen lag, ordnete Mattitjahu eine Rast an. Mensch und Tier erfrischten sich an einer Quelle mit herrlich kaltem Wasser. Für fast alle Beteiligten war dieser Transport nichts Besonderes sondern Gewohnheit und sie schwatzten lebhaft durcheinander. Die Legionäre schienen wie aus einer Apathie zu erwachen. Jerusalem nahte, endlich eine Stadt, endlich Römer, Herren, ihresgleichen und Frauen. Etwas Vergnügen und gute Tage waren zu erwarten. Nur Lukas und Salome standen andächtig und konnten ihre Augen von der vor ihnen liegenden Stadt nicht lösen.

Mattitjahu gab das Zeichen zum Aufbruch. Die letzte Strecke. Je näher sie kamen umso bedrückender wurde der Anblick: eine riesige zerstörte Stadtmauer, beschädigte oder völlig eingerissene Tortürme, vieles schon mit Pflanzen überwuchert. Alle Bauten waren aus hellgelbem Kalkstein erbaut, der in der Sonne reflektierte. Wie herrlich musste die unzerstörte Stadt ausgesehen haben. Zunächst zogen sie eine ganze Strecke an der ruinierten Stadtmauer entlang bis zu einem Doppeltor. Dort empfingen sie Scharen von Bettlern, auch Prostituierte hatten sich positioniert und die Legionäre trafen die ersten Verabredungen. Hier war der älteste Teil Jerusalems, die Unterstadt, auch Zion genannt. Eng bebaut war dieser schmale Stadtteil auf dem Bergrücken. Die Folgen des Krieges sichtbar, obwohl viele Häuser wieder notdürftig hergerichtet und aufgebaut worden waren. Überall noch Brandspuren, Ruinen und wieder Horden von verwahrlosten Kindern, dazu viele Hunde, alle auf der Suche nach einem Bissen Nahrung, der zumindest das Überleben des Tages sichern konnte. Weiter in die Zukunft dachte keiner.

Die Karawane, beladen mit Luxusgütern, quälte sich durch die engen Gassen. Dann mussten die Karren zurückbleiben und herbeigeeilte Träger schafften die Handelsware weiter in dieses Häusergewirr hinein. Auch hier steuerte Mattitjahu alles mit sicherer und ruhiger Hand. Salome quälte sich mit altbekannten Gedanken, während sie Brot an die Kinderschar verteilte … wir reisen hier mit Luxusgütern, mit unnützen Gegenständen für die Reichen, für die Fremden, diejenigen, die einfach in dieses Land eingefallen waren und es rücksichtslos ausbeuteten. Bin ich wieder einmal auf der falschen Seite? Aber was konnte sie erreichen wenn sie sich den Nöten der Ärmsten widmete? Würde es das Elend beseitigen? Gerechtigkeit herstellen? Sicher, einzelnen wäre geholfen aber der Auftrag, das Ziel ist höher und größer: allen das Reich Gottes verkünden, die Frohe Botschaft, die Vergebung, die Liebe des Vaters für alle Menschen und Gerechtigkeit für die Armen und Ausgestoßenen. Eine neue Zeit würde anbrechen. So ermahnte sie die Stimme in ihrem Kopf, während sie die letzten Brotreste verteilte.

Dann ging es weiter durch die unzähligen, verschlungenen Gassen, immer wieder auf Treppen hinauf, bis sie in der Mitte der Unterstadt ihr Ziel erreicht hatten: das Handelshaus der Brüder Alexander und Rufus ben Simon. Ein kleiner Tumult entstand, ein Durcheinander als alle Waren ankamen, die Esel abgeladen wurden und viele Männer mit den Lasten in einem großen Tor verschwanden.

Das Handelshaus war ein kurioses Gebäude: offensichtlich bestand es aus vier Häuserruinen, die geschickt so instand gesetzt worden waren, dass man sie als Lagerhallen nutzen konnte. In der Mitte der Häuserfront prangte ein großes Schild in lateinischen Buchstaben: *Handelshaus Simon*. Aramäisch schien nicht vonnöten denn wer außer reichen Römern konnte hier schon kaufen?, dachte Salome. Aber dieser Gedanke war falsch, wie sie bald erfahren sollte. Unnützes Herumstehen war ihr zuwider und so sattelte sie ihr Grautier ab, führte es zu einer kleinen Wasserstelle und schaute sich um wo sie ihren Esel anbinden könne. Auch Lukas hatte sich aus dem Trubel gelöst und seinen Esel versorgt. Langsam ordnete sich das Gewühle, Sklaven und Mitarbeiter verschwanden in den Lagerhäusern. Mattitjahu hatte nun Zeit für die Geschwister. Er kam mit einem graubärtigen Mann in den Sechzigern, einem rüstigen Alten, auf sie zu und stelle ihn als Rufus ben Simon, Inhaber des Handelshauses vor. Rufus hatte trotz seines vorgerückten Alters blitzende Augen und sein Körper strahlte noch Spannkraft, sogar Vitalität aus. Er hieß die Geschwister mit großer Ehrerbietung willkommen und Lukas überreichte das Schreiben des Aaron aus Antiochia.

„Kommt in mein Haus", lud er die Gäste ein, „und du, Mattitjahu, du kommst mit und überlässt die Arbeit den Sklaven. Schließlich haben sie schon oft bei diesen Transporten mitgewirkt und wissen was zu tun ist." Leicht widerstrebend folgte dieser der Aufforderung. Sie betraten einen breiten und tiefen Raum in geringer Höhe. Es war ziemlich düster denn es gab nur einige Fensterschlitze, Reste der ehemaligen Behausungen. Von der Decke hing ein Gebilde mit vielen Öllampen, die ein sanftes Licht verbreiteten. Darunter ein Schreibtisch aus römischem Besitz, beladen mit vielen Papyrusrollen, Schreibgerät und losen Blättern. In der Ecke lag ein kostbarer Teppich, darauf stand ein niedriger Tisch, rings herum lagen Sitzpolster. Hinten an der Wand ein riesiges Regal mit vielen kleinen Fächern, die ordentlich mit Schriftstücken gefüllt waren. In der Mitte ein mächtiger Kamin, der wohl gesondert eingebaut worden war. Im ganzen Raum verteilt befanden sich teure römische Sessel mit schweren Polstern. Dorthin wies

Rufus seine Gäste, rückte die Sessel zusammen und winkte Sklaven herbei, welche die Ankömmlinge mit erfrischenden Getränken bewirteten.

„Nochmals willkommen in unserem Handelshaus, auch im Namen meines Bruders Alexander, der heute in Geschäftssachen in Betlehem ist. Spätestens übermorgen werdet ihr ihn kennenlernen. Doch nun gestattet mir zuerst die Nachricht meines guten alten Freundes Aaron aus Antiochia zu lesen." Er brach das Wachssiegel, entfaltete den Brief und stockte plötzlich, schaute fast erschrocken auf Salome und Lukas: „Eine Schriftrolle? Es gibt eine römische Schriftrolle und ihr wollt selbst eine verfassen?"

Die Geschwister bejahten und auf Rufus Gesicht malte sich Verwunderung, die einem Entzücken wich: „Gepriesen sei der Allmächtige", stieß er hervor, „ich hatte bereits in der Ankündigung, in einem Brief über Boten von eurer Reise gelesen und dachte, dass es sich um persönliche Freunde von Aaron aus seiner Gemeinschaft in Antiochia handelt – aber diese Botschaft ...", er hob den Brief, „also diese Botschaft ist geradezu unerhört. Ihr müsst meine Gäste sein, hier auf dem Zionshügel und so lange bleiben bis eure Mission erfüllt ist. Selbstverständlich bekommt ihr jede Unterstützung und ich erbitte nur eine Gegengabe: eine Abschrift der römischen Schriftrolle. Habt ihr eine dabei?"

Wortlos hoben Lukas und Salome ihre Hände und deuteten auf ihr Köpfe. „Ich verstehe", lachte Rufus, „sehr schlau. Als gelehrte Leute habt ihr die Schrift im Kopf und da ihr zu zweit seid, ist eine fehlerlose Übertragung sicher. Was kann ich für euch tun?"

„Rufus", unterbrach ihn Mattitjahu, „lass die beiden doch erst einmal ankommen und sich hier zurechtfinden. Aber stell dir vor: sie wussten, dass du und Alexander, dass ihr beide die Söhne des Simon von Kyrene seid."

„Woher das?"

„Nun, es steht in der römischen Schrift, dass dein Vater Simon Jeshua das Kreuz nach Golgotha getragen hat und dass er aus der Kyrenaika war, gerade vom Feld kam und seine Söhne Rufus und Alexander hießen", erklärte Salome.

„Das steht da drin?", Rufus war fassungslos, in seinen Augen standen plötzlich Tränen, „welche Ehre! Meine Familie ist mit Namen in der Heiligen Schrift erwähnt, welche Ehre." Dann fasst er sich wieder und fragte schnell: „Wer hat sie geschrieben? Wie nennt er den Text?"

„Den Verfasser kennen wir leider nicht, aber ein vertrauenswürdiger Freund aus Rom, Theophilus, hat sie uns geschickt und der Verfasser nennt seine Schrift Evangelium – die Frohe Botschaft", erklärte Salome. „Evangelium – die Frohe Botschaft", flüsterte Rufus ... „und unsere Namen stehen drin. Wie wird sich Alexander freuen. Noch Generationen später werden Menschen hören, dass mein Vater dem Herrn half das Kreuz zu tragen."

„Es ist ein wundervolles realistisches Bild von der Kreuzesnachfolge", fügte Lukas ein, „Jeshua hat immer vom Kreuztragen gesprochen und dann wurde es grausame Wirklichkeit und euer Vater hat es getan. Es ist ein bleibendes Bild für alle Zeiten."

Rufus nickte ergriffen. Aber dann brach es regelrecht aus ihm heraus: „Wie wollt ihr vorgehen in eurer Mission? Wie kann ich euch helfen?" Lukas antwortete nun: „Wir suchen noch Augenzeugen, falls möglich, und Menschen, die von ihren Eltern oder Großeltern noch Erzählungen über Jeshua kennen. Da wurde uns auch eine Frau genannt: Susanna. Sie war eine der Jüngerinnen des Jeshua und alte Leute, die sie kannten, meinten sie könne noch in Jerusalem leben."

„Susanna? Ja, sicher. Sie lebt noch, nicht weit von hier. Sie ist sehr alt aber bei klarem Verstand und eine Frau sorgt für sie, bringt ihr Essen, reinigt ihre Unterkunft, denn Susanna geht sehr ungern aus ihrer Behausung. Sie lebt in einer Ruine, die in Teilen noch bewohnbar ist. Und wir – die Gemeinschaft, – also wir würden sie gerne in einem besseren Haus unterbringen. Aber sie weigert sich, sie will dort bleiben weil sie mit dem Ort Erinnerungen verknüpft. Ich kann euch zu ihr bringen."

„Susanna lebt!", wiederholte Salome triumphierend, „ich wusste es. Und wen kennst du noch? Wer kann uns noch weiterhelfen?"

„Oh, da gibt es noch einige", meinte Rufus nachdenklich, „unbedingt solltet ihr Kleopas kennenlernen. Aber er lebt nicht hier sondern als Einsiedler in der judäischen Wüste."

„Kleopas?"

„Ja, er war ein Jünger des Herrn und ist mit einem anderen Jünger nach der Kreuzigung völlig entmutigt von Jerusalem weggegangen. Unterwegs, im Dort Emmaus trafen sie dann den Auferstandenen. Aber sie erkannten ihn erst am Brotbrechen ... steht das auch in der Schriftrolle?"

Salome und Lukas bejahten. Rufus strahlte regelrecht ... „in Betanien, wo Marta und Maria lebten, da gibt es auch noch Zeugen, die sich an Jeshua erinnern, besonders zwei Frauen ... wie heißen sie noch? Die Namen sind mir gerade entfallen ... sie reden gern, tun gerne wichtig, aber sie haben noch echte Kenntnisse."

„Gibt es auch noch Gegner von Jeshua, ich meine vielleicht Schriftgelehr-te oder sogar Sadduzäer, die von Prozess und Kreuzigung wissen?", fragte Salome angespannt.

„Bestimmt. Aber da habe ich keinen Zugang. Da kann sicher Mattitjahu weiterhelfen, er kommt aus einer Sadduzäerfamilie. Zwar sind viele getö-tet, viele auch unerkannt verschwunden, aber einige haben sich nach Be-tanien und Jericho zurückgezogen, leben im Verborgenen".

„Du denkst an Eljakim?" hakte Mattitjahu nach.

„Genau den. Aber der wird mit uns nicht sprechen wollen, das ginge nur über deine Vermittlung", nickte Rufus.

„Ich kann nichts versprechen, aber versuchen will ich es", versprach Mat-titjahu.

„So eine Freude, so eine Fügung!", rief Salome aus, „wie gut, dass wir die zweite Reise gewagt haben, der Herr ist mit uns."

„Die zweite Reise?", Rufus wurde neugierig, „wohin führte die erste Rei-se?"

„Nach Galiläa, Nazaret, die Städte und Dörfer am See Kinneret", war die Antwort.

„Dort wart ihr? Dort wo Jeshua lebte und lehrte?"

Und nun gab es kein Halten mehr. Rufus entschied seine Geschäfte heute ruhen zu lassen: Er schloss die Tür, gab einigen Sklaven Anweisungen, befahl eine Bewirtung zu bringen und dann mussten die Geschwister erzählen und erzählen …

Salome und Lukas schliefen tief, fest und traumlos. Trotz der aufwühlenden Gespräche mit Rufus, dem Austausch über Jeshua von Nazaret, seinem Prozess, Kreuzigung und Zerstörung der Stadt vor vierzehn Jahren, empfanden die Geschwister Seelenruhe denn sie waren am Ziel ihrer Reise: Jerusalem. Durch Aarons Vermittlung hatten sie Freunde gefunden.

Rufus übergab kurzerhand Mattitjahu alle Geschäfte für den folgenden Tag, er wollte sich ganz seinen Gästen widmen. Nach dem Morgenmahl schlug er ihnen vor sie durch die zerstörte Stadt zu führen damit sie eine Vorstellung von Orten und Gebäuden bekämen, wenn auch das meiste noch in Trümmern lag. Die Geschwister waren begeistert, stimmten sofort zu. Lukas bat um einen Wanderstab, so konnte er besser mit den anderen Schritt halten.

Zunächst führte sie Rufus durch das kleinteilige Gewirr des Zionshügels nach Norden, bog dann an der südlichen Ecke des Tempelbergs plötzlich nach Osten ab. Überall notdürftig instand gesetzte Häuser, vereinzelt bewohnt, aber Trostlosigkeit und Verlassenheit dominierten. Schon vor der Belagerung der Stadt, vor vierzehn Jahren, hatten viele Bewohner ihre Häuser verlassen und flohen rechtzeitig. Die Verbliebenen mussten einen hohen Blutzoll zahlen, es gab hunderttausende Tote und die restliche Bevölkerung wurde von den Römern vertrieben um weiter Aufstände zu verhindern. Aber einige Alte, kleine Leute, Tagelöhner und auch Händler waren zurückgeblieben. Sie wurden geduldet denn die Römer, die sich in der Oberstadt niederließen, brauchten Dienstleistungen.

Die Zionsstadt, der älteste Teil Jerusalems, bekam nun ein fast dörfliches Gepräge. In den engen Gassen rannten Hühner, ausgehungerte Hunde und Bettelkinder herum, die sofort die Besucher umringten.

„Lebt hier Susanna?, können wir sie heute noch besuchen?" Rufus nickte: „Ja, sie wohnt hier ganz in der Nähe, in einem winzigen Haus. Sie ist eigenwillig und schwierig im Umgang geworden, wie meistens sehr alte Leute. Besonders ihr Misstrauen wird immer schlimmer. So einfach zu ihr hingehen kann man nicht. Das geht nur über Hanna, eine Vertraute, die für sie sorgt. Sie weiß am besten ob Susanna zugänglich ist oder nicht.

Wir können sie auf dem Rückweg besuchen … oh nein, das hab´ ich ganz vergessen", Rufus blieb plötzlich stehen und griff sich an die Stirn, „in dieser Jahreszeit zieht sich Susanna ganz zurück, sie trauert über den Tod vieler Freunde, die damals umkamen. Am 30. Sextilis nahm Titus die Stadt ein und ein richtiges Abschlachten der Bewohner begann. Noch einen Monat gab es kleinere Aufstände, die Sicarier erdolchten immer wieder Römer. Es dauerte bis Ende September, dann hatte Titus die Stadt in der Hand. Eine Schreckenszeit für Susanna, es ist ein Wunder, dass sie davonkam. Sie verkroch sich in einem Loch in der Stadtmauer. Kommt, jetzt gehen wir zur Stadtmauer, von dort hat man einen guten Blick auf den Ölberg." –

Bald erreichten sie die hochgebaute Mauer, die in diesem Teil noch gut erhalten war. Rufus führte sie zu einer Treppe, wohl Teil einer Verteidigungsanlage, die in einer kleinen Plattform endete. Der Sturm der Römer mit Belagerungsmaschinen, Katapulten und Rammböcken hatte nicht hier stattgefunden. Hier fiel der Berg steil ab, ein tiefes Tal wurde sichtbar, das Kidrontal. Darüber erhob sich – Jerusalem weit überragend – der Ölberg, kein Berg sondern ein kleines Gebirge. Salome stieß einen Überraschungsruf aus: „Der Ölberg! So breit und hoch habe ich ihn mir nicht vorgestellt, das ist schon ein kleines Gebirge! So viele Ölbäume … und wo ist Getsemani?"

Rufus stand zwischen den Geschwistern und deutete Richtung Norden auf eine Stelle weit unten, am Fuß des Berges. Man sah eine kleine Mauer, die ein Geviert umschloss. „Das ist *Getsemani*, der Name bedeutet *Ölpresse* und in diesem, von Mauern umgebenen Garten wurde gutes Öl gepresst, dazu muss es kühl sein. Es gibt dort Naturhöhlen, in denen befinden sich die Ölmühlen. Jeshua muss gern dort gewesen sein. Sie boten Schutz vor der nächtlichen Hitze. Die Höhlen waren ein Nachtquartier für ihn und seine Jünger. Und in der Tiefe des Gartens fand er die Stelle für sein Gebet. Dort hat er nach dem letzten Abendmahl die Nacht verbracht. Die Jünger schliefen in der Höhle, während er in einer Ecke des Gartens mit sich gerungen hat. Er wusste ja, dass er einem grausamen Tod entgegen ging." „Gehen wir hinüber?", Salome war tief beeindruckt.

„Ihr habt noch viele Tage hier, lasst uns heute die Stadt erkunden dann könnt ihr euch viel besser vorstellen wo Jeshua verurteilt, gekreuzigt wurde und auferstanden ist … .da, seht ihr den Weg nach Osten über den Bergrücken? Das ist der Weg nach Betanien, wo Jeshua Marta und Maria besuchte. Der Weg ist kurz aber mühsam, weil er steil ansteigt und dann steil abfällt. Und oben auf dem Ölberg kann man weit in die judäische Wüste schauen. Eine Steinwüste, keine Sandwüste. Sie erstreckt sich bis an den Jordan und darüber hinaus nach Peräa. Dort hat Jeshua gefastet, nach seiner Taufe als er sich seiner Sendung bewusst wurde. Dort in der Wüste lebt auch Kleopas, der Emmausjünger."

„Den müssen wir sprechen und auch die Frauen in Betanien, von denen du erzählt hast", bestärkte Salome seine Rede.

„Gut, ihr beide habt meine und auch Mattitjahus Unterstützung, selbstverständlich. Doch jetzt lasst uns auf unserer Stadtbesichtigung weitergehen. Ich möchte, dass ihr euch später auch allein zurechtfindet. Das ist mein Beitrag zur neuen Schriftrolle."

Nur langsam und zögernd konnten sie sich vom grandiosen Anblick des Ölbergs losreißen. Lukas hatte alles schweigend aufgenommen.

Kapitel 3

In der Oberstadt. Golgotha und der Tempel. Besuch bei Hanna

Rufus führte nach Westen in die Oberstadt. Ein tiefes Tal mit einer Mauer trennte Unterstadt von Oberstadt, das Tyropoeontal. In den Ruinen und wiederaufgebauten Herrenhäusern ragte ein beschädigter Riesenbau auf, als römisches Theater erkennbar.

„Jerusalem hatte ein Theater? Die Heilige Stadt? Wie das?", staunte Lukas.

„Nun, ihr seid doch in Caesarea und auch in Sepphoris gewesen. Herodes der Große ließ die Städte römisch aufbauen, so auch Jerusalem. Die Stadt bekam ein Theater, sehr unjüdisch und sogar ein Hippodrom. Römische Tempel waren unmöglich. Dafür ließ Herodes den jüdischen Tempel besonders prachtvoll erweitern und schmücken. Zuerst baute er die weite Tempelplattform, so erhob sich der Bau deutlich über dem Zionsberg. Herodes wollte mit den Römern wetteifern, war aber vom Kaiser abhängig, musste ihm schmeicheln und gab sich bei den Römern als Römer, bei den Juden spielte er den frommen Toragläubigen. Aber bei den Juden war er verhasst, denn er war kein richtiger Jude. Trotzdem sind seine Bauten bewundernswert. Die Reste seines Palastes stehen noch. Dort residierte später der Präfekt wenn er aus Caesarea hierher kam."

„Pontius Pilatus?", unterbrach ihn Lukas.

„Ja, selbstverständlich. Pilatus wohnte dort oft und auch gern. Der Palast soll sogar prächtiger als die römischen Paläste gewesen sein."

„Pontius Pilatus …", murmelte Salome, „wie oft habe ich den Namen ausgesprochen … aber hier … hier ist alles so wirklich, so gegenwärtig. Es schaudert mich regelrecht."

„Jeshua war kein Mythos wie Mithras oder Osiris", mahnte Rufus, „er war ein von vielen bezeugter Wanderprediger und er hat nach einem römischen Prozess den Tod erlitten. Keine griechisch-römische Götterwelt, nein, alles ist wirklich geschehen."

„Du hast recht Rufus", bestärkte ihn Lukas, „in Galiläa war es ähnlich. Plötzlich war alles so nah und fassbar. Aber hier, hier bewegt es uns noch mehr, denn hier musste Jeshua sterben."

„Und ist auferweckt worden", ergänzte Salome, „gehen wir weiter in die Oberstadt?"

Rufus war schon vorausgegangen. Die Oberstadt lag auf einem Kalksteinplateau hoch über der Unterstadt mit schachbrettartigen Straßen und Plätzen, vielen protzigen Herrenhäusern, eine Stadt der Reichen und Vornehmen. Selbst die Ruinen wirkten noch herrschaftlich. Während die armseligen Behausungen der Unterstadt aus selbstgebrannten Ziegeln mit Lehmverputz errichtet wurden, waren hier alle Bauten in dem hellen, funkelnden Kalkstein und auch Marmor gebaut. Selbstverständlich gab es ein Kanalsystem und auch Bürgersteige. Eine mehrere Meter breite Prachtstraße durchschnitt den Stadtteil. Die Reste von Geschäften und öffentlichen Gebäuden konnte man noch gut erkennen. Zwischen den Ruinen wurde bereits wieder aufgebaut und so langsam nahmen die neuen Reichen die Oberstadt wieder in Besitz. Die wiederhergestellten Villen waren wie in Rom ein- oder zweistöckig, die Wohnräume um einen Innenhof gruppiert, während Wirtschaftsräume, Bäder und Zisternen im Untergeschoß angeordnet waren.

Auf dieser Höhe herrschte ein angenehmes Klima mit einem großartigen Blick auf den Tempel, jetzt aber ein erschütterndes Trümmerfeld. Bei diesem Anblick standen Salome und Lukas erstarrt, konnten nur halb Rufus Erklärungen folgen. „Früher", erläuterte Rufus, „früher lebte hier auch die vornehme jüdische Oberschicht, bestehend aus Hohepriestern, Sadduzäer, Großgrundbesitzer und Großhändler. Nun aber ist alles in römischer Hand." Immer noch starrten die Geschwister auf die Trümmerwüste, früher der heiligste Ort des Judentums, die Wohnstatt Jahwes.
„Lasst uns an die westliche Mauer gehen", rief ihnen Rufus zu und schritt auf eine Ecke der Stadtbefestigung zu. Die starke Mauer bot eine einzige Spur der Verwüstung.

„Das Himnontal", wies Rufus auf den Graben jenseits der Stadtmauer, „Jerusalem ist eine Bergfestung, von drei Seiten gut geschützt. Aber Titus brach mit seinen Legionen zuerst im Norden ein. Die Römer verfügten über eine gewaltige Kriegsmaschinerie, Katapulte. Sturmböcke und bewegliche Belagerungstürme. Hier begann das Gemetzel. Hinter uns, die große zerstörte Anlage, das war der Palast des Hohepriesters Kajaphas. In seinem Hof verriet Petrus den Herrn dreimal, das war hier. Seht ihr, weiter hinten, am nordwestlichsten Punkt: Da stand der höchste Turm, der Psephinus. An einem klaren Tag konnte man von seiner Spitze aus bis ans Meer sehen."

Schweigend und bedrückt gingen die Drei durch die Trümmerlandschaft nach Norden. Der Wiederaufbau war im Gange, aber Jerusalem würde keine jüdische Stadt mehr sein, Rom hatte gesiegt.

Mühsam war der Weg, weil es galt viele Steinblöcke zu umgehen oder zu überklettern. Wieder kam eine große zerstörte Palastanlage in den Blick. Rufus deutete darauf: „Der berühmte Palast Herodes des Großen. Hier auf dem Südwesthügel ließ er einen protzigen Palast im hellenistisch-persischen Stil bauen. Es waren zwei große Gebäude mit Räumen für 100 Menschen, mehrere Pavillons, Säulenhallen, Innenhöfe, Teiche, Brunnen und Gärten, eine Stadt für sich, umgeben von einer starken Schutzmauer. Hier residierte Herodes wenn er aus Caesarea Maritima kam. Später lebten hier die Präfekten, besonders während der großen Wallfahrtsfeste, weil dann die Gefahr für Aufruhr hoch war. Hier wurde Jeshua Pontius Pilatus vorgeführt und verurteilt. Von hier schleppte er den Kreuzesbalken nach Golgota. Ja, wir waren dabei, Alexander und ich, als ein Legionär meinen Vater packte und ihn zwang den Balken zu tragen ... aber jetzt will ich nicht darüber sprechen ... später."

Rufus holte tief Luft, deutete auf ein Trümmerfeld hinter der Palastruine: „Seht ihr die Grundmauern der oberen Agora? Das stand der Richterstuhl des Pilatus und da fand der Prozess statt. Genug Platz für das Volk, es war am frühen Morgen, die Schnellverfahren hatten begonnen und Jeshua war nur einer von vielen, die an diesem Tag zum Tod verurteilet wurden. Die Zeit drängte, denn der nächste Tag war Sabbat und auch das Pessachfest begann."

Salome und Lukas fühlten eine Eiseskälte in sich hochkriechen, sie fröstelten trotz der Sonne. Ohne sich zu verständigen kletterten sie über die Trümmer des Palastes, bis sie die Agora erreicht hatten. Dort knieten sie stumm nieder und gedachten des Herrn. Auch Rufus kniete nieder. Einige

Bewohner waren unterwegs, wassertragende Frauen, die stehen blieben und sich über den Anblick wunderten. Rufus erhob sich schwer und gab den Geschwistern ein Zeichen ihm zu folgen. Sie überkletterten Trümmerteile Richtung Norden und nach einer ganzen Weile änderte sich die Bebauung, die Häuserruinen wurden kleiner, bescheidener.

„Das war das Viertel der Handwerker und kleinen Händler", erklärte Rufus als er Salome über eine geborstene Säule half. „Hier gab es Marktbuden in denen Fleisch, Obst, Brot und Fische verkauft wurden. Und hier, hinter der zweiten Stadtmauer ...", er suchte nach einem Durchschlupf und fand ihn, winkte die beiden hindurch, „hier außerhalb der Stadtmauer befand sich vor vierzehn Jahren Golgota."

Golgota! Die Schädelstätte! Der Name durchfuhr sie wie ein Schwert. Aber wo war der Hügel? Überall Trümmer, doch Rufus ging zielsicher auf eine Stelle zu, auf welcher ein unscheinbarer Kalksteinstumpf zu sehen war. Der Platz ringsum war leergeräumt, es gab einen Steinkreis, der um diesen Rest angelegt war. Salome begriff und warf sich zitternd nieder. Sie bedeckte ihr Gesicht mit den Händen und schluchzte. Auch die beiden Männer knieten nieder.

„Wir konnten die Zerstörung nicht verhindern", erklärte Rufus nach einem langen Schweigen, „und wir müssen vorsichtig sein. Die Stelle ist nicht vergessen. Wenn auch der Krieg Golgotha zerstört hat, haben wir das Andenken bewahrt und versammeln uns am ersten Jom Schischi eines jeden Mondes hier, gedenken des Herrn und beten."

„Und das Grab?", fragte Lukas leise. Rufus deutete auf eine bröckelige Kalksteinwand, nicht weit von Golgotha entfernt: „Hier waren die Gräber, aber sie sind zehn Jahre nach der Kreuzigung von Herodes Agrippa, dem neuen Herrscher von Judäa und Enkel Herodes, abgebrochen worden. Dann wurde alles überbaut, die Stadtmauer erweitert. Ursprünglich war hier ein alter Steinbruch und der Hinrichtungshügel bestand aus minderwertigem Kalkstein, den man stehen ließ. Er sah aus wie ein Totenschädel, daher der Name Golgota. Rings herum befand sich ein Schuttplatz mit einigen Bäumen ... lasst uns aber besser weitergehen. Wir sollten nicht auffallen. Die Römer denken wir sind eine jüdische Sekte und das ist gefährlich denn alles Jüdische muss verschwinden. Ich befürchte aber, dass die Zeloten noch nicht aufgegeben haben und der Krieg wieder aufflammen kann. Kommt weiter, ich kann euch zumindest den Tempelplatz von der Westmauer aus zeigen. Vielleicht haben wir Glück und Silva oder andere von uns müssen Wache halten."

Schweigend bewegten sie sich wieder Richtung Osten und kamen an einer weiteren, zerstörten Anlage vorbei. „Der Hasmonäerpalast", wies Rufus auf die Ruine, „die Hasmonäer waren die jüdischen Könige vor Herodes."

Jetzt erhob sich vor ihnen die gigantische Tempelmauer, die Westmauer. Sprachlos standen Salome und Lukas vor diesem gewaltigen Bauwerk, noch nie hatten sie eine solche Mauer gesehen. Am Fuß lag ein Trümmerberg, darunter schwer beschädigte aber noch erkennbare Mauerbögen.

„Das Viadukt mit dem Eingang in der Westmauer", kommentierte Rufus. Sie suchten in den Ruinen eine begehbare Stelle und tatsächlich entdeckten sie einen Aufstieg über die Trümmer, der teilweise im Stein zurechtgehauen war, teilweise mit einem primitiven Geländer nach oben führte. Rufus half den Beiden hinaufzukommen und dann schlüpften sie durch das zerstörte Tor, standen plötzlich auf dem riesigen Areal der Tempelplattform. Links von ihnen der zusammengestürzte und verbrannte Tempel, ein einziger Schutt- und Aschehaufen. Viele Steine waren verkohlt. Was einmal der Tempel war bildete jetzt eine Art künstliches Schuttgebirge. Erst König Herodes hatte die Plattform so stark vergrößern lassen. Der ganze Berg Moria, der Berg auf dem Abraham seinen Sohn opfern sollte, verschwand unter dieser Fläche, ebenso die Ruinen des ersten Tempels, die Herodes einfach überbauen ließ. Die Säulenhallen, die rings um das gigantische Viereck führten, waren weitgehend eingestürzt. Legionäre standen bewegungslos auf Wachpositionen und kontrollierten die Zugänge.

Rufus hob die Hand, nahm mit einem Legionär Kontakt auf. Dieser regte sich nicht, zweifellos hatte er aber die Eindringlinge bemerkt.

„Silva", sagte Rufus leise, „einer von uns. Ein Römer und Christianoi, wie ihr in Antiochia sagt. Er ist nicht der einzige, auch andere sympathisieren mit uns. Silva kommt sogar zum Brotbrechen, vielleicht ist er morgen Abend da."

„Aber es heißt doch, dass Juden der Zutritt verboten ist?", flüsterte Lukas zurück, obwohl sie niemand hören konnte.

„Gesetz und Praxis", lachte Rufus leicht auf, „streng genommen dürften wir auch nicht in Jerusalem leben, ich meine als Juden. Aber wer soll die Reichen versorgen? Wer soll die Waren herbeischaffen? Wer kennt die Transportwege, hat die Verbindungen zu den Märkten und Handelshäusern? Es gibt immer eine Lösung und notfalls", er hob die Hand, rieb Daumen und Zeigefinger aneinander, „notfalls hilft das. Aber Silva und seinen Kameraden ist zu trauen, da könnt ihr ganz ruhig sein. Trotzdem sollten wir nicht auf dem Tempelberg herumlaufen. Von hier aus kann ich auch alles erklären, setzt euch: Ich hoffe, dass Silva uns nachher durch das Doppeltor gehen lässt, das ist einfacher als über die gefährliche Treppe zurück. Nun noch einiges zu den Tagen der Zerstörung: die Zeloten hatten sich hier festgesetzt und kämpften erbittert. Sie glaubten, dass Gott ihnen zu Hilfe eilen würde. Aber schließlich befahl Titus auch den Tempel anzuzünden. Er begriff wohl, dass erst dann ein Ende möglich war. Einer seiner Soldaten warf eine Fackel durch ein Fenster. Die Menora, Schaubrottische und Silbertrompeten kamen als Beutegut nach Rom. – Hier rechts, das eingestürzte Riesengebäude, das war die Basilika, die Versammlungshalle. Dort waren auch die Händler untergebracht, die Jeshua vertrieb. Damit hat er die Aufmerksamkeit der Sadduzäer und Schriftgelehrten auf sich gezogen."

„Mein Haus soll ein Bethaus genannt werden für alle Völker. Ihr aber habt es zu einer Räuberhöhle gemacht ..." zitierte Salome.

„Aus der Schriftrolle? Wie freue ich mich, wenn wir eine Abschrift haben. Die Zerstörung des Tempels war aber noch mehr: es war die Auflösung der jüdischen Selbstverwaltung, das Ende des Sanhedrins. Sadduzäer, Schriftgelehrte und Hohepriester wurden getötet oder flohen. Die Römer ließen dies alles unangetastet solange die Hierarchen ihre Macht stützte. Das taten besonders die Sadduzäer. Und der Tempel war nicht nur ein Heiligtum, er war die Bank, ein Wirtschaftszentrum, das Herz des Landes. Geldgeschäfte, Handel, Verträge, Rechtsprechung, alles fand hier statt. Was glaubt ihr was an den drei großen Wallfahrtsfesten besonders an Pessach los war? Die Stadt war total überfüllt. Hunderttausende drängten sich hier und darunter auch Jeshua und seine Jünger. Aber die Zeloten hörten nicht auf immer wieder Aufstände zu machen, obwohl klar war, dass wir niemals die Römer besiegen könnten. Der Krieg war aussichtslos, Selbstmord."

Lukas stand auf, stützte sich auf seinen Stab und zitierte die römische Schriftrolle: „Als er aus dem Tempel trat, sagte einer von seinen Jüngern zu ihm: Meister, da sieh, was für Steine und was für ein Bauwerk! Jesus entgegnete ihm: Siehst du diese mächtigen Bauten? Kein Stein wird auf dem anderen bleiben, der nicht in Trümmer ginge."

„So steht es in der Schrift?", wollte Rufus wissen. Salome und Lukas nickten stumm.

„Sprecht weiter", forderte sie der Freund auf. Lukas zitierte: „*Ihr aber, habt acht auf euch selbst! Man wird euch vor Gerichtshöfe ziehen und in den Synagogen euch schlagen; vor Statthalter und Könige wird man euch stellen um meinetwillen, zum Zeugnis vor ihnen. Vor allen Dingen muss die Frohe Botschaft allen Völkern verkündet werden.*"

„... muss die Frohe Botschaft allen Völkern verkündet werden ...", wiederholte Rufus, „das tun wir, seid nicht mutlos, lasst uns neu anfangen: Ich denke: genug für heute: Wir kommen später noch einmal hierher. Zuviel für heute, zu viel Trauer und Schmerz."

Doch die Geschwister hatten noch Fragen. „Wo stand die Burg Antonia?", meldete sich Lukas. Rufus deutete nach Norden: „Dort stand diese riesige Kaserne. Es ist nichts mehr von ihr zu sehen. Die Antonia, noch von Herodes gebaut, der ihr den Namen seines Förderers Marc Antonius gab, sie war eine Festung für Soldaten, die den Tempel schützen sollten. Später übernahmen die Römer die Kaserne. Es gab vier Türme, jetzt seht ihr nur noch einen Schutthaufen. Vom südöstlichsten, höchsten Turm, konnte man die Stadt überblicken und sofort eingreifen. Bei der Erstürmung der Tempelplattform bauten die Römer eine Rampe und schleiften die Burg, so konnten die Legion eindringen."

„Wie wird das einmal hier aussehen? Werden die Römer den Tempelberg bebauen?"

„Bestimmt!", war Rufus Antwort, „Jerusalem wird in einigen Jahrzehnten nicht mehr zu erkennen sein. Bestimmt werden hier römische Tempel stehen, vermutlich ein Jupitertempel. Auch werden sie die Stadt umbenennen, ihr einen römischen Namen geben."

„Ohne Tempel kein Judentum, keine Priester, keine Opfer", bemerkte Lukas und fuhr nachdenklich fort: „Auch wir Christianoi haben keinen Tempel, keine Priester und keine Opfer. Und Jeshua? War er jemals im Tempel?

Hat er geopfert? In der Schriftrolle wird nichts darüber berichtet."

„Nein", war Rufus knappe Antwort, „ich habe das auch oft überlegt und alle Zeugen gefragt aber sie sagten alle, dass er nie im Tempel geopfert habe."

Er drehte sich um und gab dem Legionär ein Zeichen, dieser schloss kurz die Augen und zeigte damit Einwilligung. So schritten die Freunde auf kurzem Weg über die Fläche und erreichten das Doppeltor, das noch einen Durchlass gewährte. Eine riesige zerstörte Treppe führte hinunter in die Unterstadt.

Lukas hatte jetzt schon einen Blick für die Gassen des Zionshügels und er konzentrierte sich auf den Weg um bald auch ohne Führung auszukommen. Ganz in der Nähe der östlichen Stadtmauer bog Rufus in eine winzige Gasse ein und deutete auf ein Häuschen, das neu aufgebaut worden war. Er öffnete die Tür und rief: „Hanna, bist du da? Ich komme mit Gästen."

Im Halbdunkel des Raums, neben der Feuerstelle, saß eine ältere Frau in einfacher aber sehr ordentlicher Kleidung, auf dem Kopf trug sie ein Tuch das kunstvoll zu einem Turban gewunden war, darunter blickte ein offenes und klares Gesicht die Eintretenden an. Sie war darin vertieft Wollfäden zu spinnen, in einer Ecke stand ein großer Webstuhl. Rufus stellte Salome und Lukas vor und Hanna sah gleich wie mitgenommen Salome wirkte.

„Ihr wart auf Golgotha und auf dem Tempelberg?", Salome nickte. Hanna nahm die große Frau einfach in die Arme obwohl sie nur halb so groß war. Da löste sich etwas in Salome, sie atmete auf und ließ ihren Tränen freien Lauf. Hanna streichelte ihr über den Rücken und meinte: „Setzt euch hier auf meine Matten. Wir trinken einen guten Schluck Quellwasser und dann erzählt mir."

So taten sie und mit Erstaunen, dann Begeisterung erfuhr Hanna vom Sinn ihrer Reise. Sie brannte regelrecht darauf ihren Teil zu dieser Mission beizutragen und wollte unbedingt wissen was in der römischen Schriftrolle geschrieben sei.

„Morgen Abend haben wir unsere Versammlung und brechen das Brot", beruhigte sie Rufus, „dann können Salome und Lukas für alle aus der Schriftrolle zitieren. – Hanna, wie geht es Susanna?"

„Es ist die schlimme Zeit wie du weißt … aber vielleicht vergisst sie durch den Besuch ihre Trauer. Ich werde ihr von euch berichten und vielleicht hilft es ihr zu eurer Schriftrolle beizutragen. Das könnte sie aus ihrer Schwermut reißen."

„Sie ist von Galiläa bis hierher Jeshua gefolgt?", Salome hatte sich wieder gefasst, „und warum ist sie hiergeblieben und nicht zurückgegangen nach Galiläa?"

„Ach, daran war nicht zu denken", sagte Hanna eifrig, „ihre Familie hatte sie verstoßen, ihre Freundin Johanna ging zurück nach Kafarnaum zu ihrem Mann und auch andere Frauen sind zurück nach Galiläa zu ihren Familien. Nur Maria aus Magdala blieb mit zwei anderen Marien bis zur Geistsendung da. Dann sind auch sie wieder nach Galiläa gezogen. So hat es mir Susanna erzählt. Zu wem aber sollte sie zurückkehren? Jetzt ist sie die einzige Überlebende aus dem Jüngerkreis, alle anderen sind weg oder gestorben."

„Und Susanna war die ganze Zeit der Wanderung bei Jeshua?", fragte Salome angespannt.

„Oh ja, sie hat ihn nie verlassen. Sie stieß am See Kinneret zu ihm und ist ihm treu gefolgt."

„Wunderbar", flüsterte Salome, „ich hoffe, sie kann noch viel erzählen."

„Das ist nicht so einfach. Sie ist sehr misstrauisch und ängstlich geworden, wie sehr alte Menschen eben sind. Du musst viel Geduld haben."

„Und du?", blieb Salome an ihrem Thema, „weißt du noch etwas über Jeshua, den Messias?"

Hanna stand auf, packte ein gackerndes Huhn, das sich ins Haus verlaufen hatte und warf es kurzerhand aus der Tür. Dann kam sie nachdenklich zurück: „Also ich selbst habe ihn nie gesehen, wohl aber von ihm gehört, denn er zog mit seinen Anhängern sogar durch Samaria. Ich bin aus Samaria und dort haben Jünger mir von Jeshua erzählt. Sie flohen, als nach der Steinigung eines Stephanus eine Verfolgung ausbrach. Da bin ich ihnen einfach gefolgt, mit ihnen zurückgegangen nach Jerusalem, als sich die Verfolgung gelegt hatte. Das geschah heimlich, denn die Stadt ist für mich als Samaritanerin verboten. Das war vor vielen Jahren. Hier fand ich einen neuen Platz, eine Heimat in der Gemeinschaft der Jeshua-Gläubigen und ließ mich taufen. Rufus und Alexander haben mir sehr geholfen, dieses Haus instandgesetzt und mit kleinen Hilfsdiensten kann ich mich ernähren. Vor allem habe ich eine gute und schöne Aufgabe mit Susanna."

„Du bist Samaritanerin?"

Hanna hob erschrocken den Zeigefinger und legte ihn auf die Lippen: „Pst, nicht weitersagen, das könnte mich in Gefahr bringen, denn für die Juden bin ich unrein, eine Abgefallene. Es gibt immer noch Menschen, die mein Volk hassen. Aber seitdem ich Jeshua nachfolge, seither habe ich alle Angst abgeworfen und fühle mich nicht mehr als Samaritanerin, auch nicht als Jüdin. Für mich ist allein Jeshua wichtig. Soviel habe ich über ihn gehört und ich glaube an ihn. Er hat vom Reich Gottes gepredigt und dass wir nach dem Tod ein neues Leben bekommen. Das haben die Samaritaner abgelehnt, genau wie die Sadduzäer und das finde ich trostlos. – Aus dem Dorf, aus dem ich komme, hat man von Jeshua erzählt, damals, als er durch unser Land gewandert ist."

Salome tauschte mit Lukas einen schnellen Blick, „dann erzähle mir was du von Jeshua weißt".

„Jeshua hat das Gebiet der Samaritaner nicht gemieden wie andere Juden. Wir gelten als Abgefallene, Unreine, und nichts ist schlimmer für die Juden als unrein zu werden. Aber für Jeshua gab es nicht rein und unrein, auch keine Essensverbote. In seiner Nähe war Freiheit, Zuwendung, großes Vertrauen in den Ewigen. Und die Leute in meinem Dorf erzählten *wie er einmal mit seinen Jüngern vorbeizog. Da kamen ihm zehn aussätzige Männer entgegen, die blieben von weitem stehen und riefen: Jeshua, Herr, erbarme dich unser! Er sah ihre Leiden, war von Mitleid erfasst und sprach: geht, zeigt euch den Priestern!* Ja, so steht es im Gesetz, in der Tora, an die auch wir Samaritaner glauben. *Die Männer gingen weg und der Aussatz fiel von ihnen ab, sie wurden rein. Doch nur einer kehrte zurück, pries Gott mit lauter Stimme, fiel Jeshua zu Füßen auf sein Angesicht und dankte ihm. Das war ein Samaritaner. Da fragte ihn Jeshua: Sind nicht alle zehn rein geworden? Wo sind die übrigen neun?* **Will keiner Gott die Ehre geben außer diesem Fremden?** *Dann sagte er noch: Steh auf und geh, dein Glaube hat dich gerettet."* Stolz schwang in Hannas Stimme mit.

Lukas schrieb eifrig auf seiner Wachstafel mit, die er immer in seiner Umhängetasche hatte.

„Wunderbar", flüsterte Salome, „wunderbar – aber auch erschreckend."
„Wieso?", Rufus schaute sie fragend an.

„Weil Jeshua sagte: Will keiner Gott die Ehre geben außer diesem Fremden? Das heißt: Er hat sich mit Gott gleichgesetzt."

Rufus zog die Augenbrauen hoch: „Salome, du bist so klug. Wie oft hörte ich von Hanna die Geschichte aber nie habe ich darüber nachgedacht."
Sie lächelte: „Ja, allein diese Geschichte belohnt mich für die Mühen der Reise. Und: Die Geschichte ist neu, sie ist nicht in der römischen Schrift aufgezeichnet. Hanna, kennst du noch eine Geschichte?"

Hanna strahlte über ihr ganzes breites Gesicht und nickte heftig: „Oh ja, meine Lieblingsgeschichte von Jeshua. Sie handelt auch von einem Samaritaner. Susanna hat sie mir erzählt."

Sie überlegte kurz und berichtete von dem *„sehr gefährlichen Weg von Jerusalem nach Jericho, der durch eine Felsenschlucht führt. Auf diesem Weg wurde ein Mann überfallen, ausgeplündert und verwundet liegengelassen. Da kam ein Sadduzäer, ein Priester, sah ihn und ging vorüber. Ebenso kam ein Levit, sah ihn und ging vorüber. Dann kam ein Samaritaner, der sah ihn, hatte Mitleid mit ihm, goss Öl und Wein in seine Wunden und verband ihn. Er hob den Verwundeten auf sein Reittier, brachte ihn zu einer Herberge und kümmerte sich um ihn. Am anderen Tag gab er dem Wirt zwei Denare und sprach: Sorge für ihn und was immer du brauchst, werde ich dir bei meiner Rückkehr bezahlen."*

„Weiter ...", ermunterte sie Salome.

„Oh, weiter ... stimmt, da war so ein Gespräch mit einem Gesetzeslehrer. Aber das weiß ich nicht mehr so richtig. Susanna weiß es. Wenn wir morgen zum Brotbrechen kommen dann kannst du sie fragen. Ich bin stolz auf die Geschichte, stolz, weil ein Samaritaner und nicht die beiden Juden das Richtige getan hat."

„Die Juden würden antworten, dass sich Priester und Levit an dem blutenden oder vielleicht schon toten Mann verunreinigt hätten, wenn sie ihm geholfen hätten", warf Rufus ein, „sie mussten für den Tempeldienst rein sein."

„Aber Priester und Levit waren auf dem Weg nach Jericho, das bedeutet: Sie kamen vom Tempeldienst und gingen nach Hause, also hätten sie helfen können", unterbrach Lukas sein Schreiben.

Rufus war verblüfft: „Du hast recht! Stimmt! Seltsam: so oft habe ich die Geschichte gehört aber das ist mir nie aufgefallen. Ihr beide öffnet uns die Augen ganz neu. Heute Abend wird Alexander zurück sein. Er muss uns Schreiber bestellen, damit ihr die römische Schrift diktieren könnt."
Sehr zufrieden zogen die Drei zum Handelshaus in freudiger Erwartung auf Alexander ben Simon.

Kapitel 4

Ein merkwürdiger Papyrus von Alexander. Die Gemeinschaft des Brotbrechens

Zwei neue Geschichten an einem Tag, dachte Salome glücklich ... ein guter Anfang und so wurden die schrecklichen Erinnerungen an Golgota und den Tempelplatz überdeckt.

Alexander wartete schon. Er war etliche Jahre älter als sein Bruder, ging gebeugt und schien ein Mensch zu sein der sich gerne im Hintergrund hielt. Immer ließ er dem jüngeren Bruder den Vortritt, zog sich aufs Beobachten zurück. Er setzte die schriftlichen Verträge auf, Rufus kontaktierte die Kunden, organisierte die Waren. – Wieder zwei die sich ergänzen, stellte Salome fest. Auch Jeshua schickte seine Jünger zu zweien.

Als Rufus dazukam, erzählten die beiden ausführlich von ihrer Herkunft und der ersten Reise nach Galiläa. Warum lebten Alexander und Rufus hier in Jerusalem wenn die Familie aus der Kyrenaika kam? Und war Simon, ihr Vater, bereits ein Anhänger des Nazareners oder wurde er es später?

Alexander berichtete: „Wir sind Diasporajuden aus Kyrene. Doch der Kontakt nach Jerusalem riss nie ab, denn ein Großteil der Familie lebte hier. Es waren Bauern, sie hatten große Felder zu bewirtschaften, auch Feigen- und Ölbäume gehörten zu ihrem Besitz."

„Ah, daher das Feld, von dem Simon kam, wie es in der Schriftrolle erwähnt ist", unterbrach ihn Lukas.

„Richtig. Wenn wir hier zu Besuch waren dann haben wir natürlich mitgearbeitet. Unser Vater Simon war damals in den besten Jahren und wir noch Kinder. Damals, als Jeshua verurteilt wurde war Pessach und die Stadt übervoll mit Pilgern. Pilatus war da und alle lebten in Anspannung, nicht nur wegen der Festtagsfreude, denn die Zeloten nutzten gerne solche Tage um einen Aufruhr zu beginnen. Für uns als Knaben war das alles sehr aufregend. Und dass Propheten, Schein-Messiasse und auch einfach Verrückte auftraten war üblich. – Es war am frühen Morgen des 14.oder 15. Nisan, ich weiß es nicht mehr genau, jedenfalls kurz vor Pessach, als wir uns auf den Weg in die Oberstadt aufmachten um dort einen Händler zu treffen. Rufus und ich plagten den Vater solange bis er zustimmte und uns mitnahm. Wir Kinder liebten die übervolle Stadt. Was gab es da nicht alles zu sehen. Von Jeshua wussten wir nichts auch nicht, dass Pilatus auf der oberen Agora Gericht hielt. So kamen wir ahnungslos an seinem Palast vorbei und wollten uns auf dem Forum mit dem Händler treffen, als plötzlich eine Aufregung entstand. Es waren noch nicht so viele Menschen unterwegs, es war am frühen Morgen, aber ohne zu wissen wie, gerieten wir in den Sog der Menge, die sich um einen Verurteilten scharten, dann wurden es immer mehr. Mein Vater wollte uns heraushalten aber es war zu spät, wir wurden hineingezogen und fanden uns an vorderster Stelle wieder. Da kam der Verurteilte mit dem Kreuzesbalken auf uns zu, die Römer trieben ihn mit Peitschen voran. Er schien durch die Geißelung sehr entkräftet, und sehr seltsam: auf dem Kopf trug er einen Kranz mit Dornen. Direkt vor uns brach er unter dem Kreuzesbalken zusammen, konnte sich nicht mehr aufrichten. Da packte einer der Soldaten meinen Vater und zwang ihn den Balken zu tragen. So ging es nach Golgota und wir Kinder liefen mit, es war entsetzlich, wir hatten Angst um den Vater und schrien und weinten. Das fiel nicht auf weil viele Leute schrien, aus Verzweiflung, aber einige auch aus Hass. Ich erinnere mich an eine Gruppe von Frauen die mitgingen und laut klagten Da war Susanna dabei aber wir kannten sie damals noch nicht. Dann, auf Golgotha wurde der Vater den Kreuzesbalken los, er packte uns an den Händen und lief so schnell er konnte mit uns weg, durch die Ober- und Unterstadt zu unseren Verwandten. Er war kein ängstlicher Mann aber er zitterte am ganzen Körper und wir Kinder auch. Wir waren so verschreckt, dass wir kein Wort sagten. Mein Vater wollte gleich abreisen aber die Verwandten redeten so lange auf ihn ein bis wir noch einige Tage blieben. Trotzdem war dieses Pessachfest sehr dunkel, wir redeten nicht über das Erlebte aber die inneren Bilder verfolgten uns. Dann, am ersten Tag der Woche gab es abends ein merkwürdiges Gerücht: ein verurteilter Zelot aus Galiläa sei gekreuzigt worden aber vom Tod erstanden! Einige Leute liefen hinaus nach Golgota, dort war er im Grab eines reichen Mannes bestattet worden – aber der schwere Rollstein war weg und das Grab leer. Nach einigen Fragen wurde uns klar: das war der Mann mit dem Kreuzesbalken! Nun wurde es uns richtig unheimlich und wir waren froh als wir bald abreisen konnten. Im Dorf Emmaus hörten wir noch so eine merkwürdige Geschichte. Der Gekreuzigte und wieder Lebendige sei zweien seiner Jünger dort erschienen. Endlich in Joppe bestiegen wir ein Schiff und segelten nach Alexandria ...

Die Jahre vergingen, aus dem kleinen Handel mit Tüchern, den mein Vater begonnen hatte, wurde ein Handelshaus. Es entwickelten sich viele Kontakte nach Rom bis Rufus und ich uns entschlossen nach dem Tod des Vaters in die Capitale zu übersiedeln. Dort gerieten wir in einen Kreis der Jeshua-Anhänger, eine Gemeinschaft des Brotbrechens. Wir erzählten unsere Geschichte von damals immer wieder und es wurde uns klar, dass unser Vater dem Herrn das Kreuz getragen hatte ... Es war für uns wie ein Ruf und wir schlossen uns der Mahlgemeinschaft an, legten unseren jüdischen Glauben, der schon sehr schwach geworden war endgültig ab und ließen uns taufen."

„Das ist unglaublich wichtig was du erzählst," unterbrach ihn Salome, „aus diesem Kreis, aus dieser Gemeinschaft muss der Verfasser der Schriftrolle kommen. Ihr müsst ihn gekannt haben, warum sonst sollte er eure Namen nennen?"

Die Brüder schauten sich erstaunt an. „Das stimmt, was du sagst", meinte Rufus langsam, „aber wir haben nie von dieser Schrift gehört. Vielleicht wurde sie auch später geschrieben, später, als wir über Antiochia nach Jerusalem kamen. In Rom lernten wir Aaron ben Salomo kennen, der suchte einen Handelspartner in Jerusalem weil sich dort reiche Römer angesiedelt hatten. Er überredete uns den Handel dorthin zu verlagern. Das war nicht besonders schwierig, da wir inzwischen das römische Bürgerrecht hatten. Dies schützte uns auch etwas in der Verfolgung unter Kaiser Nero, doch waren wir sicherheitshalber aus Rom geflohen. Der Schrecken war da und eine zweite Verfolgungswelle wollten wir nicht erleben. Jerusalem erschien uns nach dem Krieg als sicherer Ort. Hier war die Gemeinde des Petrus, Jakov und Johannes bereits vor der Zerstörung untergegangen. Gefährlich war es für uns Christianoi überall, ob in Rom, Antiochia oder Jerusalem. Als neue Sündenböcke taugten wir allemal. Doch versprachen wir uns in der zerstörten Stadt einen Neuanfang und auch eine gewisse Sicherheit, denn die Römer brauchten Händler, Kaufleute und Menschen, die sie versorgten. Der Krieg war vorbei und wir denken, dass man uns auch weiterhin in Ruhe lassen wird und sei es nur aus Eigennutz. Es war reizvoll eine neue Mahlgemeinschaft in Jerusalem zu begründen, wenn wir uns auch vorsichtig verhalten müssen. So kamen viele Jeshua-Jünger aus ihren Verstecken, auch Susanna. Wir sind gewohnt mit schwierigen Situationen klar zu kommen und wir haben gelernt, dass man uns braucht", so endeten Alexanders Ausführungen und er bestand darauf bald mit der Anfertigung einer Abschrift der römischen Schriftrolle zu beginnen. Wann könne es losgehen? Er habe tüchtige Schreiber. Morgen? Gleich nach dem Morgenmahl? Die Geschwister waren einverstanden.

Zum Schluss fügte Alexander noch an: „Und da habe ich noch etwas für euch ... eine seltsame Sache ... nun ja ... vielleicht auch bedeutungslos ... aber mehr davon morgen."

Der nächste Tag sollte ruhiger verlaufen weil sich am Abend die große Mahlgemeinschaft treffen wollte. Hanna hatte mit Susanna zugesagt. Ja, Susanna wollte kommen. Erleichterung machte sich bei Lukas und Salome breit. Susanna war als Augenzeugin, die den Herrn ohne Unterbrechung begleitet hatte, geradezu unverzichtbar.

Nun aber sollte zunächst die Schriftrolle diktiert werden. Salome begann. Alexander bat Lukas in sein Kontor, er kramte lange in dem großen Regal und zog ein Papyrusblatt heraus. Dieses überreichte er dem Gast, sein Gesicht zeigte Unsicherheit und Zweifel: „Das ist eine Schrift über ein Ereignis im Leben des Jeshua", meinte er, „ich habe das Blatt von einem Mann aus Betlehem erhalten. Er wusste, dass ich ein Jeshua-Gläubiger bin und suchte mich auf. Diese Schrift habe er von einem Schriftgelehrten bekommen und darin sei die Geburt des Jeshua geschildert. Demnach ist dieser nicht in Nazaret sondern in Betlehem, in der Davidstadt geboren. Zweifelhaft. Wollte er mich täuschen, ein gutes Geschäft machen? Ich fragte ihn wie hoch der Preis wäre und rechnete mit einer übertriebenen Summe. Aber es war das Gegenteil. Die Summe, die er nannte, war lächerlich gering so dass ich dachte: vielleicht betrügt er mich aber vielleicht ist die Schrift doch echt? Jedenfalls konnte ich mir ein Verlustgeschäft erlauben. Ich kann es nicht beurteilen, ich bin Kaufmann, nicht Schriftgelehrter. Also hier ist das Blatt über die Geburt des Jeshua in Betlehem. Ich schenke es euch – was soll ich damit anfangen? Übrigens, soviel habe ich herausgefunden: gleich am Anfang gibt es einen Fehler. Diese Volkszählung gab es so nicht, jedenfalls nicht in diesem Jahr, das habe ich nachgeforscht. Aber ob es wichtig ist?"

Lukas nahm dankend den Papyrus entgegen und las in griechischer Schrift: *In jenen Tagen erging von Kaiser Augustus die Verordnung, eine Zählung des ganzen Reiches vorzunehmen ...*

Lukas las langsam, konzentriert. Dann noch einmal und noch einmal. Jeshua ist in Betlehem geboren? Nun, er galt als direkter Nachkomme des großen Königs David. Die ärmliche Geburt, dass Maria und Josef keine Herberge fanden, ausgeschlossen wurden – das passte schon zu Jeshuas Leben. Auch die Hirten, die als Sünder, Unreine und Betrüger galten, die nachts heimlich ihre Herden weiden ließen ... passte auch. Der Engel mit der Botschaft: Fürchtet euch nicht!... wie oft hatte Jeshua das auch gesagt? Lukas begann den Text auswendig zu lernen und war schon weit gekommen als Salome den Raum betrat. Sie vertiefte sich nun in die Blätter und las ... Lukas ging zum Diktieren. – Als er nach einer guten Stunde wieder kam war sie so vertieft, dass er sich entschloss weiter zu diktieren und Salome nicht zu stören. So vergingen die Stunden, der Abend nahte und bald sollten die Freunde der Mahlgemeinschaft kommen.

Widerstrebend legte Salome das Blatt beiseite und stieg auf das Flachdach um frische Luft zu schöpfen, ihre Gedanken in eine andere Richtung zu lenken. Aber diese konnten sich von der eigenartigen Botschaft nicht trennen. Also gab es schon andere, die nicht nur mündlich Jeshuas Leben tradierten sondern auch schriftlich. Sicher gab es noch mehr dieser Schriftzeugnisse ... irgendwo ... zerstreut. Waren Maria und Josef wirklich in Betlehem gewesen? Sie beschloss nachzuforschen wann es diese Volkszählung unter Kaiser Augustus gab, denn sie legte viel Wert auf historische Korrektheit. Aber es war nicht nur die Geburtsschilderung in einer Notunterkunft, die sie bewegte. Sie spürte in dem Text einen Rhythmus, eine Ordnung und eine Symbolik, die nicht leicht zu entschlüsseln waren. Zahlen waren darin versteckt ... Zahlen im Alfabet ... Diese Geburtsgeschichte war nicht simpel, nein, da war mehr. Der Verfasser muss sehr schriftkundig gewesen sein. So begann der Text mit dem Namen des Kaisers Augustus und endete mit dem Namen Jesu. In drei Teile gliederte sich das Ganze und es gab eine strenge Ordnung ... Sie entschloss sich in den nächsten Tagen mit einem ausgeruhten Kopf darüber nachzudenken.

Ihr Blick ging weit über die zerstörte Unterstadt. War die Umwandlung Jerusalems nun endgültig? Das Ende des jüdischen Volkes, des Bundes? ... Aber das Evangelium, die Frohe Botschaft würde weiterleben, gerade durch das gut organisierte Imperium konnten die Schriftrollen in alle

Länder und über das Mare Nostrum getragen werden und von dort ... noch weiter ... in völlig unbekannte Länder? War dies Gottes Plan? Sein Eingreifen in diese Welt? Viele bestritten das, besonders die Sadduzäer hatten es abgelehnt, dass Gott in diese Welt eingreife.

Unten im Haus wurde es lebhaft und laut. Menschen kamen, begrüßten sich. Sie musste hinuntergehen, das Gemeinschaftsmahl begann. Und: Susanna war da!

Der geräumige Verwaltungsraum war völlig umgestaltet. Verschwunden der große Schreibtisch, die Sitzpolster lagen rechts und links an einer langen Tafel, bestehend aus aneinandergelegten Webteppichen, voll belegt mit Speisen, Wasser, Brot und Wein. Ungefähr 30 Männer und Frauen waren versammelt, alle sehr unterschiedlich: Junge, Alte, Gebrechliche, Gutgekleidete, Arme, zwei römische Soldaten und auch Kinder. Salome ließ mit Begeisterung ihren Blick über die bunte Gesellschaft streifen: das war die offene Tischgesellschaft des Jeshua! Sie atmete richtig auf, lockerte sich und ging auf die Gäste zu. Rufus schob sie etwas vor, winkte Lukas herbei und bat mit lauter Stimme um Aufmerksamkeit: „Liebe Schwestern und Brüder, heute haben wir wichtige und liebe Gäste: Salome und Lukas aus Antiochia. Sie sind nach Jerusalem gekommen um hier noch Zeugen zu finden die Jeshua kannten und von ihm Erinnerungen haben. Sie wollen eine Schriftrolle über das Leben des Herrn schreiben ... und" – Rufus machte eine wirksame Pause – „sie haben bereits eine Schrift aus Rom, diese werden sie uns diktieren." Ein Raunen, Erstaunen und Rufe der Verwunderung waren zu hören. Sofort wurden beide umringt und viele Fragen prasselten auf sie ein. Es dauerte eine ganze Weile bis wieder Ruhe eintrat und Rufus alle aufforderte Platz zu nehmen. Unauffällig schob er Salome neben eine sehr kleine, alte und schmächtige Frau, die sie mit großen Augen anschaute. Sie war in ein grau-blaues Tuch eingehüllt, das sie fest um sich zog. Dann ... sehr langsam, breitete sich ein Lächeln auf ihrem Gesicht aus bis es regelrecht aufleuchtete.

„Ich bin Susanna", kam es leise aus dem festgezurrten Tuch.

Es war wie ein Wiederbegegnen, so als hätten sich die beiden Frauen schon immer gekannt und nun nach langer Zeit wiedergefunden.
Laut war es geworden denn alle unterhielten sich lebhaft, die Kinder mit ihren hohen Stimmen übertönten alles. Salome hatte Mühe Susanna zu verstehen.

Lukas saß zwischen den beiden Legionären, schien ganz in ein Gespräch vertieft.

Salome beugte sich tief hinunter zu der winzigen Frau während Hanna dafür sorgte, dass die beiden Wasser und Speisen gereicht bekamen. Susanna lehnte den gedörrten Fisch und die Oliven ab, zum Missfallen von Hanna, die den Kopf schüttelte. Das Einzige was sie sich nahm war eine getrocknete Dattel und etwas Wasser, gemischt mit Wein. Dann richtete sie sich auf und wandte sich bestimmt an Salome: „Was willst du wissen? Gerne erzähle ich dir alles was ich gesehen und gehört habe. Mein Körper ist schwach aber mein Geist ist klar. Du gibst mir neues Leben und neuen Mut wenn ich dir meine Erinnerungen weitergeben kann und ich die Gewissheit habe, dass alles aufgeschrieben wird. Ich selbst bin ungebildet, aber ich bin nicht dumm, ich habe viel gelernt, auf meine Art, besonders von Jeshua". Ihre Stimme klang noch kräftig, klar und deutlich, fast etwas hart. Nur beim Namen Jeshua wurde sie plötzlich weich und etwas zittrig. Dann fuhr sie fort: „Am besten du und dein Bruder, ihr kommt morgen zu mir und Hanna, und dann erzähle ich euch alles."

Salome umfasste mit ihren beiden großen Händen die Hände der kleinen Frau, die völlig darin verschwanden, dann sagte sie bewegt: „Danke, ich danke dir herzlich. Niemand ist für uns auf dieser Reise so wichtig wie du. Niemand hat so lange und ohne Unterbrechung den Herrn begleitet. Ich hoffte und betete, dass du noch am Leben bist und ich dich finde." Sie war tief bewegt und ihre Stimme brach etwas, so dass sie sich kurz fassen musste: „Morgen kommen wir und dann können wir in Ruhe sprechen. Aber ich will jede Zeit mit dir nutzen und deshalb berichte mit bitte wie Jeshua die Geschichte vom barmherzigen Samaritaner erzählt hat. Da soll ein Gespräch vorangegangen sein?"

„Oh ja," nickte Susanna, *„ein Gesetzeslehrer, der fragte ihn: Meister, was muss ich tun um das ewige Leben zu bekommen? Jeshua sagte: Was steht im Gesetz geschrieben? Dieser antwortete: Du sollst den Herrn, deinen Gott, lieben aus deinem ganzen Herzen, mit deiner ganzen Seele, mit deiner Kraft und all deinem Sinnen und Denken – und deinen Nächsten wie dich selbst. Jeshua lobte ihn: Du hast recht geantwortet. Tu das, so wirst du das ewige Leben bekommen. – Aber der Gesetzeslehrer wollte Jeshua in die Enge drängen und er ließ nicht locker: Wer ist mein Nächster? –* So erzählte Jeshua die Geschichte vom barmherzigen Samaritaner ... und dann", Susanna lachte in sich hinein ... „und dann begann Jeshua zu fragen, und zwar so zu fragen, dass der Gesetzeslehrer in Bedrängnis geriet, besonders als er ihn aufforderte : *Wer von den dreien scheint dir, wer hat sich als Nächster erwiesen für den, der unter die Räuber gefallen war? Da musste der Gesetzeslehrer sagen: Der ihm Barmherzigkeit erzeigte. Jeshua entgegnete: Geh hin und mache es auch so!* Nun kam es zu einem der vielen Streitgespräche, die Jeshua oft mit den Pharisäern führte. Ich muss gestehen, dass ich gerne zugehört und viel gelernt habe."

„Hanna erzählte mir zwei Geschichten mit Samaritanern. Hat er immer so gut über sie gesprochen?"

Susanna überlegte kurz und berichtete dann: „Auf dem Weg nach Jerusalem, da kamen wir einmal durch eine samaritanische Gegend und Jeshua wollte übernachten, er schickte seine Jünger voraus ein Haus zu suchen. *Aber die Samaritaner lehnten es ab, weil wir auf dem Weg nach Jerusalem waren. Jakov und Johannes, die Brüder, wurden wütend und fragten: Herr, sollen wir sagen es möge Feuer vom Himmel fallen und sie verzehren? Jeshua aber drehte sich um und drohte ihnen. Er sagte: der Menschensohn ist nicht gekommen Menschen zu verderben sondern sie zu retten.*"

„Er drohte ihnen?", Salome war überrascht.

„Ja, er drohte. Du musst nicht denken, dass Jeshua immer freundlich und gütig war. Nein, er konnte sehr streng, sogar grob, sehr scharf und auch böse werden. Aber die Jünger sind ihm immer gefolgt, auch wenn sie ihn meistens nicht verstanden haben." Dann, mit Nachdruck schloss sie. „Aber wir Frauen, wir haben ihn verstanden, besonders Maria aus Magdala."

Die Unterhaltung wurde immer lauter, das Verstehen immer schwieriger. Rufus klatschte in die Hände, rief laut und vernehmlich: „Liebe Brüder und Schwestern, lasst uns zu unserem Mahl des Gedenkens kommen, der Abend ist schon fortgeschritten." Alle Augen richteten sich auf Rufus. Mit einer kräftigen und warmen Stimme begann er den Hallelpsalm zu singen. Alle fassten sich an den Händen und stimmten ein:

„Halleluja, Lobet ihr Knechte den Herrn von nun an bis in Ewigkeit.

Vom Aufgang der Sonne bis zum Untergang, sei der Name des Herrn gelobt.

Der Herr ist erhaben über alle Völker, seine Herrlichkeit überragt die Himmel.

Wer gleicht dem Herrn unserem Gott, im Himmel und auf Erden.

Ihm, der in der Höhe thront, der herabschaut in die Tiefe,
der den Schwachen aus dem Staub emporhebt und den Armen erhöht, der
im Schmutz liegt?

Er gibt ihm einen Sitz bei den Edlen, bei den Edlen seines Volkes.

Die Frau, die kinderlos war, lässt er im Haus wohnen.

Sie wird Mutter und freut sich an ihren Kindern.

Halleluja."

Salome und Lukas waren tief ergriffen, den Hallel-Psalm kannten sie noch aus ihrer Kindheit, später geriet er in Vergessenheit. Warum hatten sie ihn nie auf der Feier des Brotbrechens verwendet? Sie nahmen sich vor diesem Beispiel zuhause zu folgen.

Eine ältere Frau ermunterte nun die Gemeinschaft frei zu reden, was ihnen wichtig sei und was sie an Jeshua erinnere. Einige sprachen kurze Gebete, Lob, Dank und Freude über den Besuch aus Antiochia.

Eine alte Frau mit einer tiefen Stimme breitete die Arme aus und betete:

„Gelobt sei der Herr, der Gott Israels, denn er hat angeseh'n sein Volk,
ihm Erlösung gebracht und machtvoll das Heil aufgerichtet, in seines
Knechtes David Haus."

Dann wandte sie sich an die Geschwister: „Wie bin ich froh, dass ihr gekommen seid. Wie bin ich froh, dass ihr alles aufschreiben werdet. Besucht mich bald, ich kann euch noch manches erzählen von meinem Urgroßvater Sacharja. Er war der Vater des Täufers."

„Johannes der Täufer?", rief Salome fast erschrocken.

„Ja", war die Antwort, „Jochanaan kam aus unserer Familie. Aber auch wir haben ihn nicht erkannt, er blieb unverstanden wie Jeshua. Seine geheimnisvolle Geburt wurde mir oft erzählt. Ich bin keine Augenzeugin, ich kann euch aber alles berichten was in meiner Familie von Generation zu

Generation weitergetragen wurde."

„Lasst uns das Gebet des Herrn beten", bat ein Mann. Und gemeinsam, andächtig, alle fassten sich an den Händen und sprachen:

„Vater, geheiligt werde dein Name, es komme dein Reich,
gib uns täglich das nötige Brot, vergib uns unsere Sünden,
wie auch wir vergeben einem jeden, der uns etwas schuldet.

Und lass uns nicht in der Versuchung fallen. Amen."

Ein Gebet von Jeshua? Von ihm selbst? Lukas und Salome sahen sich erstaunt an. Das hatten sie noch nie gehört.

Dann nahm Rufus einen Becher Wein, erinnerte an Jeshuas Abschiedsworte und auf die Hoffnung auf ein Wiedersehen im Reich Gottes. Er brach auch das Brot, teilte es in die Runde, jeder brach sich ein Stück ab und Susanna sprach laut und deutlich in die Stille: *„das ist mein Leib, er wird für euch hingegeben*, so sagte Jeshua bei dem letzten gemeinsamen Mahl und er sprach davon, *dass er wieder vom Gewächs des Rebstocks trinken würde, dann im Reich Gottes. Wir sollten aber immer mit diesem Tun an ihn denken."*

Alle tranken aus dem Becher und aßen von dem Brot, gedachten still ihres Herrn.

Dann stimmte die alte Frau mit der tiefen Stimme einen Psalm an:

„Lobet den Herrn alle Völker, rühmt ihn, alle Nationen!

Denn mächtig waltet über uns seine Huld, die Treue des Herrn währt in Ewigkeit. Halleluja."

Die Feier war zu Ende. Salome fühlte sich tief berührt und wollte dieses Erlebnis nicht durch Worte zerstören. Auch die anderen fühlten wohl ähnlich. Kein Stimmengewirr, alle standen ruhig auf, viele umarmten einander, auch Salome und Lukas wurden umarmt. Susanna flüsterte Salome ins Ohr: „Bis morgen, Hanna ist auch da." Schnell leerte sich der Raum. Rufus Familie räumten die Polster, Kissen, Tücher und das übrige Essen weg, Die Brüder schleppten den schweren Schreibtisch wieder an den alten Platz.

Überwältigt fiel Salome Rufus um den Hals und flüsterte: „Danke, Danke. Ihr habt mich reich beschenkt. Ich will jetzt nichts mehr sagen. In meinem Herzen sind großer Friede, eine starke Zuversicht und Hoffnung." Dann wandte sie sich schnell ab und ging zu ihrem Schlafplatz, hinauf in den oberen Stock.

Auch Lukas verabschiedete sich wortlos mit Gesten der Dankbarkeit. Alexander löschte die vielen Öllämpchen auf dem Gestell, schloss alle Türen und die Nachtruhe trat ein.

Kapitel 5

Susanna erzählt.
Bericht eines Legionärs.
Hat Jeshua gelacht?

„Wer war die alte Frau aus der Familie Johannes des Täufers?", überfiel Salome gleich am frühen Morgen Rufus.

„Das war Elisabet", sagte er, „sie ist eine Nachgeborene aus der Sippe des letzten Propheten, einer Priesterfamilie. Einer ihrer Vorfahren war Sacharja, auch seine Frau hieß Elisabet. Leider waren sie kinderlos und dann – o Wunder – bekam Elisabet doch noch einen Sohn. Aber das soll sie dir besser selbst erzählen. Ich kann dich zu ihr bringen."

„Gerne!", rief Salome, „aber zuerst will ich heute zu Susanna. Ich bin so froh, dass sie offen und gesprächsbereit ist. Nach euren Schilderungen hatte ich Befürchtungen sie wäre vielleicht schwermütig und wollte überhaupt nicht mit mir reden. Aber es ist ganz anders. Sie sagte mir gestern sie würde regelrecht darauf brennen zu berichten." Rufus bestärkte sie: „Eure Reise und dass wir einen Beitrag zur neuen Schriftrolle geben können, das begeistert viele. So haben es mir gestern etliche gesagt und hoffen auf euren Besuch."

„Führst du uns zu Susanna?"

„Ja, ich bring euch hin und dann muss ich an meine Arbeit. Aber jetzt könnt ihr euch schon besser in der Stadt zurechtfinden."

Bald waren die Drei auf dem Weg zu Susanna und in einer der uralten verschlungenen Gassen erblickten sie plötzlich die winkende Hanna vor einer winzigen Tür. Rufus verabschiedete sich. Lukas und Salome beugten sich tief um durch die niedrige Tür zu kommen. Das Häuschen von Susanna bestand aus einem einzigen Raum. Sie saß in einer Ecke, oberhalb von ihr ließen einige schmale Maueröffnungen etwas Licht hindurch, das genau auf die kleine Frau fiel. Susanna fasste sofort Salomes Hand und ließ sie während des ganzen Gesprächs nicht los. Lukas hatte seine Wachstafeln und einen Griffel ausgepackt und war bereit das Gehörte aufzuschreiben.

„Was willst du wissen?", flüsterte Susanna, zu Salome aufblickend.

„Bitte, sag mir zuerst wie das Gebet entstanden ist, das Gebet vom Vater im Himmel. Ich habe es gestern das erste Mal gehört. Ist es wirklich von Jeshua?"

„Ja, das Gebet ist von ihm. Es war auf dem Weg nach Jerusalem, nahe bei Betanien und einer der Jünger wollte wissen wie wir beten sollen. Jeshua ist immer weggegangen, er hat immer allein gebetet, nie in der Synagoge, meistens auf einem Berg. Und dann hat er uns dieses Gebet gelehrt."

Lukas war eifrig am Notieren. Salome hakte nach: „Warum hat Jeshua selten in der Synagoge gebetet und nie mit seinen Jüngern? Aus welchem Grund?"
Susanna schwieg eine Weile und meinte dann: „Das hat uns oft erstaunt, weil die anderen Rabbinen stets regelmäßig mit ihren Schülern beteten. Aber Jeshua war kein Rabbi wie die anderen."

„Sondern?"

„Du fragst eine einfache Frau, Salome. Er war so anders. Nie machte er Vorschriften, immer ließ er Freiheiten, nie verlangte er Gehorsam. Ganz im Gegenteil, viele gab es, die sich ihm mit Begeisterung anschlossen aber dann seine Worte zu radikal, für übertrieben hielten und weggingen. Einmal sagte er: *Wollt auch ihr gehen?* Wer sich von ihm trennen wollte, der konnte das sofort tun. Die richtigen Rabbinen, verzeih, ich sage die richtigen, weil Jeshua nicht zu ihnen gehörte, er wollte keinen Titel, keine Verehrung. Also die richtigen Rabbinen haben um ihre Schüler gekämpft und ließen sie nicht einfach wieder laufen. Jeshua nicht. Er war … er war … er war einer von uns, aus dem Am – Haarez, aus dem Volk. Er lebte arm, besaß nichts, hatte keine Macht, oft kein Essen. Einmal hörte ich wie ein Pharisäer abfällig über ihn sagte: Er ist nicht einmal ein Dorfrabbi, er ist nur ein Geschichtenerzähler. Stimmt, er betete nicht einmal mit uns. Er sagte nur: *Folgt mir nach, nehmt euer Kreuz auf euch und folgt mir nach.* Das war alles. Aber Maria Magdalena, sie war die klügste von uns allen, sie sagte einmal:

Jeshua trennt nicht zwischen Welt und dem Ewigen, für ihn ist alles heilig und sein ganzes Leben ist ein Gebet. – Er lebte es einfach vor, wie man Gott und den Menschen begegnen soll. Das sahen wir täglich."

„Mhm, das Gebet mit dem Vater im Himmel kennen wir Juden doch auch. Als Bittgebet, aber es ist viel länger. Außerdem wird der Ewige nicht Vater genannt, sondern König, Herr, Allmächtiger."

„Stimmt", lachte Susanna, „aber Jeshua hat ganz anders gesprochen als die gebildeten Rabbinen: keine langen wohlgesetzten Reden, keine komplizierten Worte, alles kurz aber alles traf immer wie ein Schlag ins Herz. Und außerdem: Fast alle von uns waren ungebildet. Wie hätten wir lange Texte behalten können? Unsere Köpfe waren zu schwach, zu ungeübt. Jeshua war für die Armen, die Kleinen, die Kranken und Gepeinigten gekommen und so sprach er, dass wir es verstehen konnten. Er sprach nicht zu den Gelehrten und Klugen, obwohl diese ihm gerne zuhörten und oft sagten: Woher kann er so sprechen? Er predigt mit Vollmacht. Sie waren neidisch. Außerdem", sie stockte kurz, „außerdem, also das meine ich – aber ich bin nicht klug … also Jeshua hat oft wiederholt, nicht dieselbe Geschichte aber den wichtigen Gedanken in einer Geschichte. So konnten wir seine Botschaft besser begreifen."

„Hast du ein Beispiel? Eine wichtige Geschichte mit ähnlichen anderen Erzählungen?"

„Ja! Die Geschichte, die ich dir jetzt erzähle ist meine Lieblingsgeschichte weil sie von Vergebung handelt und dass wir uns vor Gott nicht fürchten müssen. Also: ein Mann hatte zwei Söhne. Der jüngere von ihm sagte zum Vater: Vater, gib mir mein Erbe …"

Als Susanna endete, rief Salome begeistert aus: „Diese Geschichte kommt in die Mitte unseres Evangeliums. Sie soll der Höhepunkt sein, so wie in der Schrift aus Rom das Messiasbekenntnis des Simon Petrus in der Mitte steht. Wie einfach, wie tief und von jedem zu begreifen. Und der Vater! Ja, so hat Jeshua von dem Höchsten gesprochen, seinem Abba, wie er ihn nannte. Der Ewige als Vater, als einer der nicht richtet, nicht straft sondern dem Sünder entgegen kommt, ihn aufhebt, tröstet, sogar ein Fest für ihn ausrichtet. Und wie tief ist der Sohn gefallen: er muss die Schweine hüten, also war er bei den Gojim und er gierte sogar nach dem Fressen der Schweine. Tiefer kann man nicht fallen."

„Aber der Erstgeborene, hat er nicht auch Recht als er sich beim Vater beschwert: Nie hast du ein Fest für mich ausgerichtet?", gab Lukas zu bedenken.

„Ach wie kleinlich, wie dumm und neidisch", rief Salome heftig, „warum freut er sich nicht, dass sein Bruder wieder heimgekehrt ist? Wird dieser sich nicht furchtbar schämen für sein dummes Leben, seine Schande? Ist das nicht Strafe genug? ... Ich weiß, die Frommen, die Gesetzesgerechten, sie fühlen sich betrogen weil sie die Tora genau befolgen, weil sie sich bezähmen, aber ihren Glauben freudlos leben. Wer im Haus des Vaters lebt, muss er nicht frei, leicht und immer froh sein? Ist es nicht ein Geschenk, ein Vorzug wenn man nicht in Sünde fällt? Nein, ich denke: wer auf den verlorenen Sohn eifersüchtig ist, ist nur ein Dummkopf."

Lukas hatte seiner Schwester konzentriert zugehört, dann meinte er lachend: „Rabbi Salome, du hast mal wieder recht. Das kleinliche Denken, das neidische Aufrechnen, das vergiftet die Welt."

Aber Salome hatte ihm gar nicht zugehört, sie wandte sich eifrig an Susanna: „Du sagst, dass Jeshua oft denselben Gedanken in verschiedene Geschichten gekleidet hat. Auch hier?"

„Oh ja", war die Antwort, „vor dieser großen Geschichte erzählte Jeshua von einem Hirten, der ein Schaf verloren hatte. Weißt du, solche Geschichten haben wie behalten. Hätte Jeshua gesagt: Tut so und nicht so, macht dies und nicht das ... wir hätten es sofort vergessen. Aber die Geschichten, die sind fest in unseren Köpfen geblieben."

„Erzähle weiter, was war mit dem Schaf?"

Und Susanna erzählte weiter. Die Zeit eilte dahin, es war bereits am Spätnachmittag als Lukas erklärte er habe keine Tafeln mehr für Notizen und langsam schwirre ihm der Kopf. Es sei Zeit Schluss zu machen.

„Gut", lenkte Salome ein, „aber noch eine Frage an dich Susanna: Das Reich Gottes – Was ist es? Wann kommt es? Jeshua hat doch immer davon gesprochen aber jetzt sind seit seinem Tod und Auferweckung schon 50 Jahre vergangen, warum kommt das Reich nicht? Was denkst du?"

Susanna schwieg eine Weile, schaute zu den Fensterschlitzen hoch, ins einfallende helle Licht und antwortete langsam und nachdenklich: „Du sprichst etwas sehr Wichtiges aus, Salome. Ja, wir alle warteten nach Jeshuas Auferweckung auf das Ende, das Ende dieser Welt und das Anbrechen des Gottesreiches. Aber nichts geschah. Es bildete sich eine Gemeinschaft mit dem Herrenbruder Jakov, dem Bruder von Jeshua, der eines Tages nach Jerusalem kam und bekannte, dass er eine Umkehr erlebt habe, er sei jetzt ein Gläubiger. Aber … es wurde alles ganz anders. Jakov war sehr dem Gesetz und der Tradition verpflichtet. Sicher, er war ein gerechter Mann, aber hatte er Jeshua auf seinen Wanderungen erlebt? Nein, er hatte ihn bekämpft, er hielt ihn sogar für verrückt. Aber weil er der Blutsverwandte des Herrn war stieg er auf, wurde Gemeindeleiter … Ja und damit änderte sich alles, ich meine für uns Frauen."

„Was meinst du damit?"

Susanna seufzte: „Die alte Ordnung kam wieder zurück. Die Männer bestimmten und die Frauen hatten zu gehorchen. Aber waren wir Frauen nicht die Zeuginnen? Standen wir nicht in der Nähe des Kreuzes, gingen am frühen Morgen zum Grab? Ist nicht der Herr Maria aus Magdala erschienen, noch vor den Zwölfen? Wo waren die? Maria aus Magdala … mit ihr stritten die Männer gern. Aber sie war furchtlos und gebildet, sie konnte sehr treffend reden, sie war Jeshuas beste Schülerin. Sie konnte auch eine Antwort geben warum das Reich Gottes ausblieb. Die Prophezeiung vom Untergang Jerusalems hatte sich erfüllt aber das Weltende war nicht zu sehen. Maria Magdala sagte: Auch Jeshua hat erst langsam, sehr langsam begriffen was sein Auftrag ist und wer er ist. Da gab es die lange Zeit in Nazaret, dann, nach der Taufe am Jordan ging er seinen Weg aber er hat doch noch in Getsemani Blut geschwitzt, wollte nicht sterben. Er wusste nicht alles, konnte nicht alles genau wissen. Erst als Auferweckter, in einem anderen Leben … da sagte der Herr: *Geht zu allen Völkern und verkündet ihnen die Frohe Botschaft, bis der Beistand kommt, der euch stärken wird.* – Vielleicht muss dies zuerst geschehen bis das Reich Gottes kommt? Also ich wiederhole nur was Maria Magdala uns erklärte, aber es hat mich überzeugt. Solange sie da war, hatten wir Frauen auch noch einen Stand, dann aber … als sie wegging, hatten wir Frauen nichts mehr zu sagen … bis … ja, bis dieser Jude aus Antiochia kam."

„Paulus?"

„Ja, Paulus, er war ganz anders. Er hat mich richtig erschreckt mit seinem Zorn und Eifer."

„Jetzt ist Schluss!", befand Lukas, der immer dann eingriff wenn der Name Paulus fiel.

Salome lenkte ein: „Warte, noch eine wichtige Frage: Auch in Galiläa haben wir gehört, dass Maria aus Magdala und wohl auch die anderen Frauen Jeshua am besten verstanden. Aber warum hat er dann Simon Petrus erwählt? Warum hat er ihn unter den Zwölfen hervorgehoben? Wäre da nicht die Magdalenerin die bessere Wahl gewesen ... obwohl als Frau ..."

„Salome, du bist so viel klüger als ich, diese Frage kannst du doch selbst beantworten. Eine Frau hätte niemand ernst genommen, und wenn sie noch so klug geredet hätte, niemand wäre ihr gefolgt, nicht einmal die anderen Frauen. Ja, so sind wir leider: wir verachten unser eigenes Geschlecht und wider besseres Wissen ziehen wir immer die Männer vor. Das war nicht möglich, aber ich denke: der eigentliche Grund war, dass sich viele mit Petros vergleichen konnten. Jeshua hat ihm auch einen griechischen Namen gegeben: Petros, der Fels ... naja, ein Fels war er eigentlich nicht. Aber Jeshua wird sich schon etwas dabei gedacht haben, denn ein Name ist wie ein Auftrag und später ... nachdem der Paraklet kam ... also da wurde Simon wirklich Petros, der Fels. Er war aufbrausend, ließ oft seinen Gefühlen freien Lauf, er konnte sich unter den anderen Jüngern behaupten, er war ... er war.. wie soll ich sagen? Er war normal, nicht so wie Maria aus Magdala, sie stach immer und überall heraus, erregte leicht Neid und Ablehnung. Die Leute wären ihr nicht nachgefolgt."

„Susanna, wie recht du hast! Natürlich, diese Frage hätte ich mir selbst beantworten können. – Doch eine Frage musst du mir noch beantworten: Was ist das Reich Gottes? Was verstehst du darunter?"

Susanna atmete tief durch: „Eine wichtige Frage, ich verstehe, du musst das fragen. Für mich ist das Reich Gottes etwas ganz Einfaches, etwas Alltägliches. Jeshua hat es uns so erklärt: *Wem ist das Reich Gottes gleich, womit soll ich es vergleichen? Es gleicht einem Senfkorn, das einer nahm und in seinen Garten säte; da wuchs es auf und wurde zu einem großen Baum, und die Vögel des Himmels wohnten in seinen Zweigen ... Womit soll ich das Reich Gottes vergleichen? Es gleicht einem Sauerteig, den eine Frau nahm und in drei Maß Weizenmehl wirkte, bis er ganz durchsäuert war.*" Das ist mein Reich Gottes: ein Senfkorn und der Sauerteig. Ein wundervolles Bild, eines das ich verstehen kann, eines aus der Hausarbeit der Frauen. Und das kann jeder machen, jeder, man muss nur anfangen. Gerade so hat Jeshua gerne zu uns geredet, in ganz einfachen Beispielen und dann wurden wir stark und mutig und dachten: Oh, wenn das so ist … das kann ich auch!"

Voll mit Eindrücken und Gedanken verließen die Geschwister die kleine Behausung. Salome blieb am Ende der Gasse stehen, holte tief Luft: „Ich muss das alles auf mich wirken lassen. Ich kann jetzt nicht zurück ins Handelshaus. Können wir uns irgendwo hinsetzen?"

Sie suchten ein unauffälliges Plätzchen und fanden dies schließlich am Fuß der riesigen zerstörten Tempeltreppe. „Überall Zerstörung", murmelte Lukas, „es ist entsetzlich. Das Gespräch mit Silva gestern Abend geht mir auch ständig durch den Kopf. Dieses sinnlose Abschlachten von Menschen, die Zerstörung Jerusalems. Manchmal denke ich: sind wir Menschen nicht alle bösartige Tiere? Nein, nicht Tiere … vielleicht Dämonen? Und dazwischen Jeshua, der von Vergebung, Barmherzigkeit und Reich Gottes sprach. Ehrlich, Salome: ist das nicht ein Irrtum, hat sich Jeshua geirrt?"

Salome schüttelte heftig den Kopf: „Nein, Jeshua hat uns in seinem Leben gezeigt wie wir leben sollen. Würden wir uns auch nur halb danach ausrichten dann gäbe es dieses Leid nicht. Vergiss nicht das Gute. Wieviel Güte, Hilfsbereitschaft, Uneigennützigkeit haben wir auf unseren Reisen erfahren. Überwiegt nicht das Gute in unserem Leben? Aber wir nehmen es als ganz selbstverständlich, was es nicht ist. Aber erzähle von Silva, erzählen hilft."

„Eigentlich müsste man das alles auch aufschreiben", begann Lukas, „wenn ich etwas aufgeschrieben habe, dann geht es mir besser, dann kann ich mich von manchen schrecklichen Bildern befreien. Man müsste diesen ganzen Krieg aufschreiben. Silva hat ihn von Anfang an erlebt, bis zum schrecklichen Ende."

Salome klopfte dem Bruder auf den Rücken: „Sprich!"

Und Lukas begann: „Silva ist Berufslegionär und war von Anfang an dabei, damals als der Aufstand in Galiläa losging. Vespasian sollte ihn niederschlagen. Er war Oberbefehlshaber, hatte 20 Jahre zuvor Britannien erobert. Seinen Sohn Titus schickte er nach Alexandria um dort die 15. Legion zu holen."

„Wie groß ist eine Legion?"

„50.000 Soldaten. Es waren mehrere Legionen die zusätzlich in Ptolemais landeten und dann durch Galiläa zogen. Alle Städte, die sich nicht unterwarfen wurden niedergebrannt, die Bewohner getötet oder in die Sklaverei verschleppt. Sepphoris hatte sich noch rechtzeitig auf die römische Seite geschlagen und wurde verschont. Mit ihrer Kriegstechnik bauten die Römer ganze Mauern um die Städte um diese auszuhungern, führten Rampen auf hohe Stadtmauern und hatten schreckliche Belagerungsmaschinen. Siehst du da unten die zwei großen Steinkugeln?", Lukas deutete auf zwei beschädigte Steinkugeln nicht weit von ihnen, „solche Kugeln schossen sie auf die Mauern und auch in die Städte hinein. Das konnte niemand abwehren. Sie kämpften mit riesigen Belagerungstürmen auf denen Bogenschützen standen. Die wurden bis an die Stadtmauern herangerollt und die Bogenschützen schossen die Verteidiger ab, die wie Fliegen von den Mauern fielen. – Plötzlich starb Kaiser Nero und in Rom brachen Unruhen aus. Vespasian kehrte zurück und übergab seinem Sohn Titus die Kriegsführung. Dann ging es auf Jerusalem zu, die Bergstadt mit hohen Mauern und Türmen. Aber Titus schreckte nicht zurück. Auf dem Skopusberg richtete er das Hauptlager ein. Dort befand sich die 1o. Legion, zu der Silva gehörte. Die Tempelplattform war von Zeloten besetzt, fanatischen Kämpfern, die glaubten, dass der Ewige eingreifen und ein Messias sie retten würde. Aber die Zeloten waren unter sich zerstritten, bekriegten sich. Alle Sadduzäer hatten sie vertrieben denn diese waren Kollaborateure, hielten immer zu den Römern. Titus ließ das ganze Gelände vor der Stadt planieren, alle Vertiefungen wurden zugeschüttet, alle Bäume abgeschlagen. Zwei Lager wurden in der Nähe der Mauern errichtet. Die Stadt hatte ungefähr 20.000 Verteidiger, aber keine Berufssoldaten. Das war der größte Nachteil, denn die Legionäre waren kampferprobte Männer, alle müssen sich für 20 Jahre zum Kriegsdienst verpflichten. Obwohl die Stadtmauern gewaltig sind in Jerusalem, befahl Titus zur Tempelplattform hoch eine Rampe zu bauen. Da soll es einen Juden gegeben haben, der zu den Römern übergelaufen war und er sollte mit den Juden verhandeln sich zu ergeben. Aber die beschimpften ihn nur von den Mauern herab, bewarfen ihn mit Steinen und ergaben sich nicht. Nirgends sei im Imperium ein solcher erbitterter Widerstand geleistet worden wie in Judäa. Obwohl die Lage aussichtslos war glaubten die Juden immer noch, dass der Herr sie retten würde. Keiner kam mehr aus der Stadt, keiner. Doch die Hungersnot wurde immer schlimmer. Nachts versuchten die Ärmsten die Stadt zu verlassen um nach Nahrung zu suchen. Alle wurden gefangengenommen, gegeißelt und gekreuzigt. Manchmal hunderte an einem Tag. Aber die Juden gaben nicht auf. Nachdem die Rampe zur Tempelplattform hochgebaut worden war, schafften sie es, die hölzernen Pfeiler anzuzünden und die Rampe stürzte zusammen. Aber auch Titus gab nicht auf. Wieder wurde eine Rampe gebaut obwohl es kaum noch Holz gab. In drei Wochen sei sie bereits fertig gewesen. Ein Trupp Legionäre, die Schilder über die Köpfe haltend, rückte die Rampe hoch. Diese Formation nennen die Römer die Schildkröte. Es folgten Rammböcke und Katapulte. Später erstiegen Soldaten die Mauer, ein Trompeter gab ein Signal. Die Zeloten wichen zurück und die Römer begannen die riesige Kaserne Antonia zu schleifen. So entstand eine Straße hoch auf die Tempelplattform, dass die Reiterei eindringen konnte. Im Zweikampf waren die Zeloten den Römern nicht gewachsen. Silva sagte: Titus wusste, dass erst ein Ende mit der Zerstörung des Tempels möglich war. Und so legten sie Feuer in den Höfen und Säulenhallen. Die ganze Nacht brannte es. Dann auch der Tempel, das war das Ende. Später drangen Titus und seine Generäle in das Allerheiligste vor. Aber sie fanden alles leer. Die letzten, vor Hunger fast wahnsinnig gewordenen Juden hatten sich auf das Dach der Basilika geflüchtet. Die Römer zündeten das Gebäude an. Dann, als alles erledigt war, opferten sie in der Tempelruine einen Ochsen, ein Schaf und ein Schwein. Silva war bis zum Schluss dabei."

Salome hatte die Hände vor ihr Gesicht geschlagen. Als Lukas schwieg schaute sie auf und meinte: „Und wie kommt ein solcher Mann in die Mahlgemeinschaft?"

„Das hab' ich ihn auch gefragt. Silva ist nicht wirklich ein Jünger des Herrn, er irrt herum, wie so viele in dieser Zeit, wie auch Mattitjahu … Also er kann es selbst nicht so richtig begreifen warum er zu den Mahlfeiern kommt. Er ist ein einfacher Mann, ohne Bildung. Er sagte: Ich bin vom Töten satt, ich habe im Blut gewatet, ich habe mit dem Schwert gewütet aber dann … dann kamen nachts immer mehr die Dämonen, die Erschlagenen, die Schreienden, die gemordeten Kinder. Er fände nur Ruhe in der Mahlgemeinschaft, dort würde man ihn dulden. Er kommt immer mit einem Kameraden und beide wollen sich taufen lassen. Aber man würde ihn auch fürchten, kaum jemand spricht mit ihm. Ich war einer der wenigen."

„Und alle anderen wissen davon?"

„Sicher, klar wissen sie es … sie schicken ihn nicht weg, das versteht Silva nicht. Und einmal hat er gefragt und da habe ihm Rufus gesagt: Unser Herr hätte dich auch nicht weggejagt, deshalb tun wir es auch nicht."

Salome lachte kurz auf: „Ich stelle mir gerade Silva in der Mahlgemeinschaft in Antiochia vor, oder Mattitjahu, ein geborener Sadduzäer, oder eine Hanna, die nichts hat und ein Leben lang herumgestoßen wurde … Unmöglich. Vielleicht würde man ihnen Geld geben und sie in die Unterstadt zu den anderen Mahlgemeinschaften verweisen … Ach, Lukas … warum enden gute Gedanken, gute Gemeinschaften oft so kläglich, so stur und warum sind die Menschen meistens mit sich selbst und ihrem kleinen Leben beschäftigt?"

Lukas blieb wie meistens gelassen, „sagte nicht einmal der Herr: *Die einen säen und die andern ernten?* Wir säen …"

Diese Nacht schlief Salome schlecht, sie schreckte immer wieder auf, fiel kurz in den Schlaf, der jedoch oberflächlich blieb. Zum Morgenmahl erschien sie mit dunklen Ringen unter den Augen.

„Willst du nicht einen Tag ruhen, einmal nicht an unsere Arbeit denken?", fragte Lukas besorgt. Heftig verneinte sie: „Nein, es würde doch nichts ändern, wir müssen unsere Arbeit machen und es gibt noch so viel zu tun. Schließlich müssen wir noch nach Betanien und Kleopas, den Eremiten aufsuchen … Und dann noch das Schlimmste … schloss sie leise."

Lukas ergänzte: „Prozess und Kreuzigung. Ich habe mich schon die ganze Zeit gefragt warum du diese Themen meidest."

Salome lachte bitter auf: „Denk mal an unser gestriges Gespräch. Das war schon furchtbar genug und dann der Prozess, Geißelung, Golgota … ob Susanna dabei war? Wohl hat sie es aus der Ferne beobachtet. Nein Lukas, ich muss langsam aber stetig vorgehen. Zuerst alles andere erfragen und abschließen. Dann hoffe ich, dass Mattitjahu uns nach Betanien und in die Wüste führt. Und danach, danach wenn wir nach Jerusalem zurückkommen … .Ja, dann muss es sein. Aber jetzt habe ich noch nicht die Kraft dazu. Ich stelle mal fest, dass mein Leben außerordentlich privilegiert und glücklich verlaufen ist. Heute Nacht habe ich deine Zweifel verstanden. Wie kann Gott das alles zulassen? Er hat auch die Zeloten am Tempel nicht gerettet und trotzdem glauben die Menschen immer noch … Jeshua, hatte er eine Antwort? Kannte er seinen Weg?"

„Du willst den Ewigen verstehen, du haderst mit ihm. Aber wir können ihn nicht begreifen. Wir haben Jeshua, er war hier, er hat wie wir gelebt …"

Diskutierend verschwanden die beiden in den engen Altstadtgassen, immer weiter auf dem Weg zu Susanna ...

Am nächsten Morgen wartete Susanna schon auf die Geschwister. Sie war guten Mutes, umso mehr fiel ihr die nachdenkliche und verstörte Salome auf.

„Was ist mit dir?", fragte sie direkt.

„Kennst du Silva?"

„Oh ja, natürlich, er kommt oft zu unserem Brotbrechen."

„Er hat Menschen getötet, nein, abgeschlachtet, er hat auf dem Tempelberg gewütet."

„Ich weiß."

„Und du hältst das aus – ich meine diesen Menschen?"

Die kleine Susanna fasste Salomes große Hand: „Ich bin nicht sein Richter, Gott wird ihn richten und wenn Silva bereut, dann kann er auf Barmherzigkeit hoffen."

Salome schwieg, es arbeitete in ihr.

Susanna drückte ihre Hand: „Salome, denk an die Geschichte vom barmherzigen Vater ..."

Salome seufzte auf: „Schwer, schwer anzunehmen."

Susanna lächelte: „Siehst du, das ist der Vorteil von Dummheit. Ich bin ungebildet und nie habe ich erwartet alles verstehen zu können. Auch Jeshua erzählte Geschichten, die schwer zu verstehen waren, die merkwürdig waren, sogar ... wie soll ich sagen: anstößig waren."

Salome war ganz Ohr: „Erzähle!"

Susanna sammelte sich und begann: „*In einer Stadt lebte ein Richter, der weder Gott fürchtete noch sich vor einem Menschen scheute. Nun war in jener*

Stadt eine Witwe, die kam zu ihm und bat: Schaffe mir Recht gegen meinen Widersacher! Eine Zeitlang wollte er nicht; dann aber sagte er sich: wenn ich auch Gott nicht fürchte und mich vor keinem Menschen scheue, so will ich dieser Witwe ihr Recht verschaffen, weil sie mich bedrängt – sonst kommt sie in einem fort und schlägt mir noch ins Gesicht! Und Jeshua erklärte diese Erzählung, dass Gott uns auch Recht verschaffen werde. Ja, ich weiß, seine Gerechtigkeit ist eine andere, vieles verstehen wir nicht. Aber ich habe in meinem Leben gesehen: Oft kommt diese Gerechtigkeit nach vielen Jahren und von ganz unerwarteter Seite. Manchmal wohl auch erst in einem neuen Leben, wie in der Erzählung vom reichen Mann und armen Lazarus. Jedenfalls stieß diese Geschichte mit dem Richter und der Witwe bei vielen auf Kopfschütteln und Empörung. Aber wir Frauen haben gelacht, als wir sie hörten. Eine Witwe macht einem bestechlichen Richter Angst, er fürchtet, dass sie ihn in der Öffentlichkeit ins Gesicht schlägt. Wir Frauen wussten wie hart das Leben der Witwen ist, besonders wenn sie keinen Sohn oder Bruder haben. Auch die von Männern verstoßenen Frauen gelten als Witwen und sind allen ausgeliefert, sie können nicht einmal allein vor Gericht auftreten. Viele verkaufen sich selbst um zu überleben. Dafür werden sie von den anderen verachtet."

„Ich verstehe", sagte Salome nachdenklich: „Da der mächtige Mann, der korrupte Richter, vor dem sich alle fürchten und dort die machtlose Frau, sogar noch eine Witwe. Man stelle sich vor wie sie den Richter ohrfeigt … das … das ist nicht nur seltsam, das ist … lustig."

„Genau", lachte Susanna, „wir Frauen haben damals laut aufgelacht aber den Jüngern hat diese Geschichte gar nicht gefallen. Jeshua hat gerne so versteckt lustig erzählt."

„Hat Jeshua gelacht?"

„Natürlich! Das war auch so ein Ärgernis, weil die Gesetzeslehrer, Pharisäer und besonders die Sadduzäer nie gelacht haben."

„Kann ich mir denken. Die Gesetzeslehrer sagen: nur dumme Menschen lachen, Menschen, die sich nicht beherrschen können. Ein Weisheitslehrer lacht nicht! Das sagen auch die Griechen."

„Siehst du! Jeshua war eben anders, er hat gelacht, wie wir. Er war einer von uns."

„Mit wem hat er gelacht?"

„Na, mit den Kindern, aber auch mit uns, mit alten Leuten, manchmal auch über uns als Gemeinschaft. Da war auch vieles lustig, besonders wenn Simon Petrus und Maria aus Magdala aneinander gerieten."

Kapitel 6

Die Jüngerinnen.
Wie ein Evangelium schreiben?
Eine Entdeckung

Salome überlegte: „Sag mal, wer war Johanna, die Frau des Chuza?"

Susanna seufzte tief auf und ihre Stimme war leicht zittrig als sie antwortete: „Johanna war meine beste Freundin. Ich war die Jüngste. Johanna war um drei oder vier Jahre älter als ich. Wir waren immer zusammen. Die Zeit mit ihr und Jeshua in Galiläa war die schönste Zeit meines Lebens."

Jetzt war Salome richtig neugierig geworden: „Wer war Chuza? Sehr merkwürdig, dass ein Mann seiner Frau erlaubt mit einem Wanderprediger herumzuziehen. Das muss doch viel Gerede gegeben haben."

Auf Susannas Gesicht erschien ein Strahlen: „Chuza, ja, der war ganz anders als die meisten Männer: lustig, hatte viele Ideen, gesellig – er lud Jeshua und uns alle in sein Haus in Kafarnaum ein, er liebte die offenen Mahlgemeinschaften, er selbst war kein Jude. Er war einer der viel nachdachte, neue Gedanken begierig aufnahm. Wenn er nicht Beamter bei Herodes Antipas gewesen wäre, sicher hätte er sich Jeshua angeschlossen. Deshalb musste Johanna mitwandern und ihm alles erzählen … ja, so einen wie Chuza, so einen hätte ich auch geheiratet."

„Das wollte ich dich schon fragen: warum bist du nicht verheiratet und warum bist du vor deiner Familie weggelaufen. Was war der Grund?"

„Der Grund war wie oft: ich sollte einen alten Mann heiraten. Wirklich, er war sogar älter als mein leiblicher Vater. Es war schrecklich. Ich hatte Angst, ich ekelte mich und dachte sogar daran mich selbst zu töten. Die Frauen in der Familie bedauerten mich aber keine half mir, im Gegenteil: sie ermahnten mich ich solle mich fügen."

„Und was hast du gemacht?"

Plötzlich kam in Susannas Stimme eine unterdrückte Wut: „Ich bin abgehauen, nachts, heimlich. Mit einem Bündel habe ich mich aus dem Haus geschlichen und bin so weit gelaufen wie ich konnte. Als es Tag wurde hab' ich mich versteckt. Nachts bin ich immer weitergewandert, zum See Kinneret. Es war Vollmond und hell genug. Vorher hatte ich bei unseren Sklaven in Caesarea genau die Strecke erfragt. So kam ich langsam, nach vier Tagen in Magdala an. Dort hörte ich von Jeshua und dass auch Frauen ihm nachfolgen würden. Von Maria aus Magdala habe ich dort auch gehört und da dachte ich: die kann mir vielleicht helfen. In Kafarnaum, am See, da traf ich alle und Maria aus Magdala nahm mich gleich auf. Sie beschützte mich."

„Wie war sie?"

Susanna überlegte lange und antwortete nach einer ganzen Weile: „Sie war ganz ähnlich wie du. Sie war stark wie ein Mann und ihre Worte waren gefürchtet, denn sie konnte sehr treffend und klug reden. Sie war Witwe, hatte alle ihre Kinder verloren und sie war wohlhabend. Immer unterstützte sie uns alle. Bei den Jüngerinnen fühlte ich mich sicher, die Gemeinschaft wurde meine neue Familie. Maria aus Magdala … sie war völlig furchtlos. Jeshua hat sie sehr gemocht, sie ihn auch. Sie verstanden sich gut. Ich glaube sie war die einzige von uns, die ihn verstanden hat und die wusste, dass sein Leben nicht so verlaufen würde, wie bei allen anderen … ich meine mit heiraten und Familie und so … Sie hat wohl geahnt, dass er … dass er gesandt war … ich meine: damals war uns das allen nicht so klar, erst viel später, in Jerusalem … aber sie wusste es immer. So empfinde ich das heute. Sie wusste es ohne Worte."

„Die alte Frau in Caesarea sagte mir, dass es mehrere Versuche gegeben habe dich in die Familie zurückzuholen."

„Oh ja, das war schlimm", bestätigte Susanna, „meine Brüder und Onkelsöhne verfolgten mich eine ganze Weile. Es war besonders Maria aus Magdala, die ihnen entgegentrat, furchtlos und sehr streng. Da waren die Männer so verwirrt, dass sie von mir abließen."

„Dann gab es noch eine Frau mit dem Namen Maria. Ihre Söhne waren wohl Jeshua gefolgt."

„Ja, Maria Salome, die Mutter des Jakobus und Johannes, die Zebedäussöhne. Sie war sehr ehrgeizig und wollte, dass ihre Söhne im kommenden Reich Gottes zur Rechten und zur Linken von Jeshua sitzen. Sie hatte merkwürdige Vorstellungen und ihre Gedanken kreisten immer um die Söhne. Aber sie stand auch mit uns später beim Kreuz und ging mit uns ans Grab. Und es gab noch Maria Kleopas, auch sie war am Grab dabei. Wir waren auch eine sehr unterschiedliche Gruppe, ähnlich wie die Zwölf. Aber etliche der Frauen hatten Geld, meistens Witwen, besonders Maria aus Magdala war wohlhabend und hat immer dafür gesorgt, dass wie genug zu essen hatten. Das hat den Jüngern gar nicht gefallen, denn sie waren abhängig von ihr und den anderen Frauen. Außerdem gab sie Widerrede, konnte kluge Fragen stellen oder auch Fragen beantworten. Es gab noch weitere Frauen, die mit uns zogen, aber viele nur soweit es möglich war, dass sie für ihre Kinder und Männer sorgen konnten. Manche blieben nur Tage und mussten wieder zurück. Maria aus Magdala, Maria Kleopas, Maria Salome und ich waren aber bis zum Schluss dabei. Doch in Jerusalem bin nur ich geblieben."

Salome nickte zufrieden. „Gut, gehen wir zurück zu den Worten von Jeshua. Was willst du mir noch erzählen?"

„Es gibt noch so viele Geschichten … wo soll ich anfangen? Ach, da gibt es noch eine Geschichte, die Jeshua gleich nach dem Richter mit der Witwe erzählte … warte … ja, so war es: *Zwei Menschen gingen zum Tempel hinaus um zu beten, der eine ein Pharisäer, der andere ein Zöllner. Der Pharisäer stellte sich hin und betete im Stillen: O Gott, ich danke dir, dass ich nicht wie die anderen Menschen bin: wie Räuber, Betrüger, Ehebrecher – oder auch wie dieser Zöllner; ich faste zweimal in der Woche und gebe den Zehnten von allem, was ich einnehme. – Der Zöllner aber stand von ferne und wagte nicht einmal seine Augen zum Himmel zu erheben, sondern schlug an seine Brust und sagte: O Gott, sei mir Sünder gnädig! – Ich sage euch, dieser ging gerechtfertigt nach Hause – jener nicht. Denn jeder, der sich selbst erhöht, wird erniedrigt; und wer sich selbst erniedrigt, wird erhöht werden.*

„Wie kurz und wie klar", wunderte sich Salome, „das versteht jeder."

„Genau, das versteht jeder, auch einfache Leute. Aber die Schriftgelehrten und Pharisäer haben sich über diese Geschichte sehr geärgert. Obwohl: sie war doch richtig? Maria aus Magdala hat es uns erklärt: Der Pharisäer mit seiner genauen Erfüllung des Gesetzes glaubt einen Anspruch an Gott zu haben: Ich halte deine Gebote, also musst du mich belohnen, so eine Art Handel. Der andere aber, der Sünder und Zöllner weiß, dass er betrügt und das Gesetz missachtet, dass er von den eigenen Leuten zu viel Steuern einnimmt und das Geld in die eigene Tasche steckt. Er weiß, dass er schuldig ist und vielleicht braucht er auch das Geld für unversorgte und kranke Verwandte, also unterschlägt nicht aus Raffgier sondern auch aus Not. Aber er verteidigt sich nicht, bekennt sich als Sünder und er rechtet auch nicht mit dem Ewigen, er hofft auf Gnade. Und so müssen wir alle vor Gott stehen, wir alle sind auf seine Barmherzigkeit angewiesen, – sagte Maria aus Magdala."

„Ich verstehe, sie muss wirklich eine kluge Frau gewesen sein. Nicht alle Pharisäer waren hochmütig oder neidisch. Das haben wir in Galiläa erfahren, da gab es einen alten Pharisäer, er kannte dich auch, er beobachtete als junger Mann Jeshua. Sein Name ist Hesekiel."

„Hesekiel?, klar kenne ich den, er war auch sehr jung, so jung wie ich. Wie ich die Jüngste unter den Jüngerinnen, war er der Jüngste in der Pharisäergruppe. Sein Vater und Onkel waren dabei. Gesprochen haben wir nie miteinander aber Hesekiel hat uns immer mit großen Augen beobachtet. Ich glaube, dass ihm die Reden von Jeshua gut gefallen haben, aber er konnte nichts sagen."

„Er ist ein Anhänger von Jeshua geworden und hat uns viel berichtet. Er folgte ihm bis Jerusalem, bis zu der Geschichte mit der Ehebrecherin, die gesteinigt werden sollte."

„Stimmt, stimmt!, das war dann zu viel und die Pharisäer gingen zurück nach Galiläa. Ach, wie freut es mich, dass er Jeshua nachfolgt. Galiläa … ein Land wie im Paradies. Aber ich kann mich nicht mehr von Jerusalem trennen."

Am Spätnachmittag kehrten Lukas und Salome ins Handelshaus Simon zurück. Sie wollten ihre Erlebnisse und Geschichten ordnen. Salome begann sich Gedanken zu machen wie sie ihre Schrift, ihr Evangelium gestalten könne. Die römische Schriftrolle hatte eine sehr gute, klare Ordnung. Für den Verfasser war Jeshua der Messias, deshalb ist das immer größere Sichtbarwerden des Jeshua als Messias sein Hauptthema. Höhepunkt ist das Messiasbekenntnis des Petrus in Caesarea Philippi. Und der wichtigste Text ist die Leidensgeschichte. Vielleicht gab es sie schon und wurde in die gesamte Schrift eingearbeitet? Alle Reden, alle Taten des

Nazareners schienen darauf hin zu laufen. Durchweg im Evangelium sind Frauen an wichtigen Stellen zu finden:

· die Heilung der Schwiegermutter des Petrus, eine der ersten Heilungen.
· … diese Geschichte mit der Syrophönizierin, die ein krankes Kind hat und Jeshua bedrängt das Kind zu heilen … eigentlich sollte ich diese Erzählung auch mitaufnehmen. Susanna hat sie bestätigt. Aber es stört mich, dass die paganen Völker mit Hündlein verglichen werden, die von den Brotkrumen der Kinder Israels leben. Nein, das ist zu scharf, ich kann das in meinem Evangelium für die Heiden nicht aufnehmen. Das wäre zu kränkend.
· die Heilung der blutflüssigen Frau – es gab für Jeshua keine Unreinheit, Frauen waren für ihn gleichwertig mit Männern.
· Die Frage der Ehescheidung und Verbot. Frauen sind kein Besitz sondern Menschen, die man nicht benutzen und wegwerfen kann.
· das Opfer der Witwe, das schwerer wiegt als das Opfer der Reichen.
· die Frau, die Jeshua salbte, ihn als Messias, den Gesalbten erkannte und mit dieser Handlung seinen Tod vorausahnte.
· nur die Frauen blieben treu in der Leidensgeschichte und standen beim Kreuz.
· Frauen erfahren von einem Engel über die Auferweckung. Frauen gehen mit der Botschaft des Evangeliums weg vom Grab.

Hat vielleicht doch eine Frau diesen Text verfasst? Warum nicht? Oder mitgeschrieben? Ich weiß, dass ich ein Evangelium schreiben kann, bin ich die Einzige? Ich will für die kritischen Griechen schreiben. Sie haben genug vom Mythos und Jeshua war kein Mythos, er war ein Mensch, der wirklich hier lebte in noch greifbarer Zeit, noch nicht so lange her, geboren in der Regierungszeit des Kaisers Augustus. Herodes Antipas hat ihn gekannt … mein Evangelium soll konkret sein, ich will beweisen, dass die Heilsgeschichte in die Weltgeschichte eingebettet ist. Vielleicht ordne ich alles auf Wegen? Irgendwie muss ich eine Struktur finden. Ein langer, langer Weg von Galiläa nach Jerusalem? … Auf diesem Weg ordne ich alle Geschichten und Reden an? Ja, Weg, Reise, sind gut. Ist nicht auch unser Leben eine Reise? Und ich schreibe: Heute, Jetzt! Die Nachfolge beginnt sofort. Ich sehe drei Erzählblöcke: Kindheit in Nazaret, dann seine Wanderungen und zum Schluss Kreuzigung und Auferstehung … Jerusalem zu werden die Beispiele und Gleichnisse des Herrn immer düsterer.– Ja, das gefällt mir. Das hat eine gute Ordnung. Und meine Themen sind: Armut vor Gott, Tischgemeinschaft, Barmherzigkeit und Vergebung. Genau! Die vielen Gastmähler, die Tischgemeinschaft ist wichtig … Ich will mit den

Worten malen, ich will anschaulich, schön und ergreifend schreiben. Bis Johannes den Täufer galten die Gesetze und die Propheten, danach kam das Reich Gottes, *melkut Jahwe*! ... Aber es war so ganz anders, ohne berühmte und mächtige Leute ... Jeshua hatte nie Kontakt mit den Reichen und Mächtigen, immer nur mit den ganz kleinen Leuten ... Übernehme ich alles aus der römischen Schrift? Mhm ... ich muss nicht alles übernehmen, schließlich ist es schon einmal geschrieben. Also die Erzählung wie Jeshuas Mutter Maria mit den Brüdern ankommt und ihn mitnehmen will nach Hause weil er verrückt ist, also die übernehme ich nicht. Überhaupt dieser schreckliche Konflikt mit der Familie, das ist verstörend und wird Hörer abschrecken. Ich werde das nicht verschweigen aber abmildern. Und dann bekommen natürlich die Frauen genügend Raum und Beachtung, besonders auch Maria, die Mutter des Herrn .... Und den Seewandel? Die Heilung des Tauben mit Speichel? Sowas hat Kaiser Vespasian gemacht ... das kommt mir so heidnisch vor ... Dann ist mir wichtig Jeshua im Gebet darzustellen. Er betete stets allein, abseits von seiner Gefolgschaft. Auch das war ganz neu: nie betete er mit den anderen, so erzählt es Susanna. Warum? Nur auf Bitten der Jünger gab er ihnen dieses Vater-Gebet. Ich denke: sein Gebet war nicht ein Nachsprechen von heiligen Texten. Sein Gebet war ein Gespräch mit seinem Abba. So sollen wir beten: immer im Kontakt, im Austausch mit dem Ewigen, täglich, in allen Situationen und nicht nur in der Synagoge oder in den Mahlgemeinschaften.

Seltsam: Die Worte des Wanderpredigers, die ich in meiner Jugend gehört habe, die fehlen in der Schriftrolle. *Selig sind die Menschen* ... und viele andere Aussagen, sie fehlen. Warum? Hat sie der Schreiber nicht gekannt? Gut möglich. Also die Worte des Wanderpredigers werde ich in mein Evangelium auf jeden Fall einarbeiten ... Jeshua hat gelacht, das ist wunderbar. Aber die Gelehrten werden das nicht wunderbar finden, ich kenne sie. Lachen ist Torheit des ungebildeten Volkes. So denken sie, leider. Die griechischen Weisheitslehrer lachten auch nicht! Halt! Da gab es Sokrates, der hatte auch so merkwürdige Methoden ... eigentlich ähnlich wie Jeshua. Und er lebte auch bedürfnislos, brachte die Menschen durch Nachfragen zum Denken, hatte einen engen Schülerkreis. Und lachen konnte der auch, sogar über sich selbst und seine Frau Xanthippe ... Seltsam, dass ich an ihn denke. Auch er musste sterben, den Giftbecher trinken weil er die Wahrheit sagte und sich nicht den Mächtigen beugte ... eine seltsame Parallele zu Jeshua ... kann man so sehen. Er war wie er ein einzigartiger Mensch und ließ sich nicht vereinnahmen ... Aber das Lachen ist zu gefährlich. Also das muss ich weglassen, damit mein Evangelium ernst genommen wird. Aber ich kann einige Geschichten so schreiben, dass die lustige Seite klar herauskommt und auch der Witz, mit dem Jeshua erzählt hat.

Salomes Gedanken umkreisen weiter ihr geplantes Werk ... die Geschichte folgt einem göttlichen Plan, alles ist unter dem Willen Gottes, er greift ein in unsere Welt ... die Geschichte von Jeshua ist Heilsgeschichte, eingebettet in die Geschichte des Römischen Imperiums ... der Ewige wirkt im Unscheinbaren, im Verborgenen. Das große Ende dieser Welt bleibt aus.. aber liegt es vielleicht daran, dass der Paraklet, der Heilige Geist Gottes kam? Viele Menschen wissen noch nichts von Jeshua ... muss nicht zuerst allen Menschen in der ganzen Oikumene das Evangelium verkündet werden?... Unbedingt brauche ich Lukas Schriftkenntnisse der Tora, der Propheten und der anderen Schriften. Obwohl er immer abwinkt, weil er sich fast alles im Selbststudium beigebracht hat. Ich will zeigen, dass Jeshua schon in den alten Schriften angekündigt wurde. Der Schreiber der römischen Schrift hatte gute Kenntnisse aus der Tora, den Propheten und den Psalmen ... da brauche ich Hilfe, ich habe nur ein oberflächliches Wissen. Bin ich Jüdin? Bin ich Griechin? Ich kann es nicht sagen, es ist mir auch nicht wichtig. Ich bin eine Christianoi, das weiß ich. Außerdem – der Gedanke kommt mir gerade: Aaron ben Salomo in Antiochia, der kann uns helfen! Er ist im jüdischen Glauben, in unseren Traditionen aufgewachsen und schriftkundig. Aaron ... natürlich!

Aber der Umfang ... das wird alles zu viel wenn ich noch über die Gemeindegründung in Jerusalem schreibe, Jakov den Herrenbruder und vor allem Paulus! Aber man kann doch das alles nicht einfach weglassen?

Als hätte Lukas ihre Gedanken gelesen begann er genau mit diesen Überlegungen: „Salome, ich weiß wie wichtig für dich Paulus ist, Paulus, der Völkerapostel, wie er jetzt schon genannt wird. Aber ich sage dir: es wird zu viel, du musst den Text mit der Auferweckung und den Begegnungen mit dem auferstandenen Herrn beenden. Wir können diesen Berichten über Paulus unmöglich auch noch nachgehen. Hast du darüber nachgedacht?"

Salome nickte: „Gerade jetzt, in diesem Moment. Aber es ist doch auch sehr wichtig! Die erste Gemeinde des Brotbrechens in Jerusalem, die Bekehrung des Herrenbruders Jakov, die Herabkunft des Geistes, die Taten der Apostel, des Petrus, die Reisen?"

„Sicher. Aber denke daran, dass dies alles zusammen die Zuhörer überfordern würde. Das ist ein eigenes Thema."

„Ein eigenes Thema? Du hast recht! Natürlich! Wir schreiben unsere Frohe Botschaft, unser Evangelium und dann, in einer zweiten Schriftrolle schreibe ich über die Zeit nach Jeshuas Tod und Auferweckung. Ich nenne diese Schrift … mhm … ich nenne sie: *Die Taten der Apostel*!"

„Salome! Aber nicht noch eine Reise! Bedenke unser Alter!"

„Nein, nein, keine Reise. Das können wir alles zu Hause sammeln und ordnen. Hier in Palästina war Paulus nur kurz. In Antiochia, da gibt es noch Zeugen über Paulus. Denk an Aaron. Dich aber bitte ich alles aufzuschreiben, was uns hier über die Apostel und ihre Taten berichtet wird."

„Salome … mit dir gibt es keine Ruhe …"

Sie lachte und gab dem Bruder einen kleinen freundschaftlichen Stoß. Die nächsten Tage wurde geordnet, geschrieben und viel diskutiert.

Immer wieder nahm Salome Alexanders Blätter in die Hand und studierte die Geburtsgeschichte. Sie biss sich regelrecht in dem Text fest und längst hatte sei alles in ihrem geübten Gedächtnis abgespeichert. Nun begann sie mit dem Gelernten zu spielen. Sie stellte sich eine Bildfolge vor, die immer wieder an ihrem geistigen Auge vorbeizog … und dann, nach vielen Wiederholungen, Umstellungen, erkannte sie mit einem Schlag: die beiden Namen am Anfang der Erzählung und am Ende sind die kunstvollen Eckpfosten: Kaiser Augustus, der mächtigste Mann des Imperiums, der das Reich einte und die Pax Romana ausrief, den 40-jährigen Frieden. Und am Ende die Beschneidung und Namensgebung des neugeborenen Kindes: Jesus, der verheißene Messias und Retter, Sohn des Allerhöchsten. Sie stehen sich gegenüber, zwischen ihnen spielt sich die Menschheitsgeschichte ab! Die Nennung des Kaisernamens ist auch wie ein Anker in der Erzählung: Was nun berichtet wird ist kein Mythos, keine der bunten Göttergeschichten, sondern Wirklichkeit. Der Text dazwischen hat einen szenischen Aufbau mit drei Teilen, wobei der mittlere Teil der wichtigste ist. Salome analysierte:

1. Szene: Die Steuerschätzung. Alexander meinte, dass sie nicht richtig angegeben ist … später … erst einmal weiter: die Szene ist völlig säkular,

keine fromme Sprache, nur äußere Abläufe, keine Innenwelt, keine Gefühle. Alles rein äußerliches Geschehen, und: keiner spricht.

2. Szene: Die Verkündigung. Das völlige Gegenteil von Szene eins. Alles transzendent. Ein Engel spricht. Gefühle, Furcht bei den Hirten, Freude und Lob. Der Chor der Engel erscheint. Hier dominiert das gesprochene Wort.

3. Szene: Abschluss bis Beschneidung und Namensgebung. Wieder redet keiner, wie im 1. Teil. Aber Teil 1 und Teil 2, die Welt und das göttliche Erscheinen, werden zusammengeführt …

Ja, das ist sehr schlau geschrieben, kein Zufall, sondern mit Überlegung gestaltet … Salome lehnte sich in ihrem Sessel zurück und schaute zufrieden auf die Blätter. Die Jahreszeit war fortgeschritten, der Spätsommer zu Ende und die Regenzeit hatte begonnen. Seit Stunden schon plätscherte der Regen auf die Häuser, der Himmel war wolkenverhangen. Nur noch mit Anstrengung konnte Salome die Schrift entziffern.

Alexander trat mit einem Gestell ein, an dem mehrere brennende Öllämpchen befestigt waren. „Ihr seid das Licht der Welt", meinte er scherzhaft und stellte die Lichtquelle auf den Tisch. … „Aah … du beschäftigst dich mit der Geburtserzählung?".

Salome reichte ihm die Blätter und berichtete von ihren Entdeckungen. „Das ist eine große Überraschung", murmelte Alexander, „das hätte ich nicht vermutet, ich habe auf die Schrift wenig gegeben. Aber was du herausgefunden hast, das stimmt. Geht deine Erforschung noch weiter?" Salome hatte sich bereits wieder in die Blätter vertieft, verglich, überprüfte und lachte leise auf: „Jede Szene ist in sich nochmals unterteilt und zwar jeweils in drei Teile, wobei der mittlere Teil immer der Höhepunkt ist. Somit sind die Höhepunkte:

1. So zog Josef, der aus dem Haus und Geschlecht Davids stammte, von Galiläa, aus der Stadt Nazaret nach Judäa, hinauf in die Davidstadt, die den Namen Betlehem hat.

2. Fürchtet euch nicht, denn ich verkünde euch eine große Freude, die allem Volk zuteil werden soll: heute ist euch in der Davidstadt der Retter geboren, er ist der Messias, der Herr."

Mit Nachdruck betonte Salome: „Das ist die Mitte von der Mitte, der absolute Höhepunkt der Geschichte.

3. Alle, die davon hörten, waren voll Staunen über die Dinge, die ihnen die Hirten erzählten. Maria behielt alle diese Geschehnisse und erwog sie in ihrem Herzen.

Also: 3 Szenen mit 3 Höhepunkten. 9 Unterabschnitte, die auch noch einmal in je 3 kleinste Bausteine zerfallen, das sind 27 kleine Teile. Die Mitte bildet ganz genau der 14. Teil, die eigentliche Botschaft: *Euch ist heute der Retter geboren ...*"

„Beeindruckend", sagte Alexander nachdenklich, „das hätte ich nicht gedacht. Dieses Spiel mit Zahlen und dieser strenge Aufbau, das ist eine alte Tradition bei uns Juden so zu schreiben, hätte mir auch auffallen können ... da fällt mir ein: Die Buchstaben in unserem hebräischen Alfabet sind auch Zahlen: 1 = Alef, 2 = Bet, 3 = Gimmel, 4 = Dalet, 5 = He, 6 = Waf. Dreimal wird der Name David erwähnt. Hat das eine Bedeutung?", er stockte und beantwortete dann die eigene Frage: „Sicher! David wird Dalet-Waf-Dalet geschrieben. D = 4, W = 6, also entspricht dies der Zahl 14, die heilige Zahl. 14 = 2 x 7, das sind die Farben des Regenbogens, die 7 Planeten, die 7 Töne, die 7-Tage-Woche."

„Ja", Salome war ganz im Entdeckungseifer, „und weiter: der Engel verkündet nur den Hirten, den von der Gesellschaft Verachteten und Unreinen, nicht den Mächtigen. Das bedeutet: Augustus ist nicht wichtig, er ist eine Nebenfigur im Plan Gottes. Er muss Gott dienen, genauso der Statthalter Quirinius. Eine geschickt versteckte Botschaft."

Alexander schaute erstaunt auf: „Augustus war der Herrscher der Welt, kein unbedeutender Kaiser, nein, der erste und vielleicht wichtigste Kaiser des Imperiums. Er wurde von Julius Cäsar erzogen und adoptiert, weil seine Talente schon früh auffielen. Mit 19 Jahren war er bereits Konsul, mit 22 Mitglied im Triumvirat. Damals war das römische Reich in zwei Teile geteilt: Im Westen herrschte Augustus, im Osten Marc Antonius, der von Augustus besiegt wurde. Augustus-Octavian wurde alleiniger Herrscher. Er eroberte Ägypten, ihm fiel der Schatz der Ptolemäer zu. Er konnte das Reich stabilisieren, endlich die Soldaten bezahlen, den 30-jährigen Bürgerkrieg beenden und er verfügte Schuldenerlässe. Augustus war ein Friedensbringer, er regierte 40 Jahre. Im ganzen Reich herrschte Wohlstand, Stabilität und Friede, die Pax Romana. Deshalb wurde Octavian auch Soter-Retter genannt ... wie wir Jeshua nennen." Alexander versank in seine Gedanken.

„Sprich weiter", forderte ihn Salome auf, „da ist vieles neu für mich."

Alexander grübelte weiter: „Zweifellos war Augustus ein guter Kaiser, obwohl er in seiner Jugend auch skrupellos und blutig die Macht an sich riss. Er ließ in Rom den Tempel des Kriegsgottes Janus schließen und erhob die Friedensgöttin Pax mit eigenen Tempeln und Priesterschaft. Er war weitblickend, er wusste, dass Gerechtigkeit die Grundlage des Friedens ist. Deshalb ließ er für die einfachen Leute in Rom Häuser bauen. Seine Finanz- und Steuerpolitik war streng, er erfasste alle Einwohner des Imperiums. Auch befahl er eine Reichsreform. Alle Einwohner sollten gezählt werden, Steuerlisten wurden eingeführt, das riesige Reich vollkommen neu durchorganisiert. Das war die mächtigste Tat des mächtigsten Mannes der Welt."

„Aber", warf Salome ein, „das hört sich alles sehr gut an, jedoch war die Steuerzählung für die kleinen Leute schrecklich. Der Zensus zog Ausbeutung und Unterdrückung mit sich. Folter und Prügel waren auch Mittel die Steuer einzuziehen. Mehr Steuer hieß auch: mehr Ausplünderung. Mag sein, dass Augustus Dekrete das Reich geordnet haben, aber die Masse der Menschen bekam noch mehr aufgebürdet. Ich weiß wovon ich rede, denn als ich noch jung war und auf unserem Landgut arbeitete, war nichts so gefürchtet wie die Steuererhebung."

„Du hast Recht mit deinen Worten", gab Alexander zu, „ja, es gibt immer zwei Sichtweisen: oben und unten. Das wusste auch der Schreiber des Textes und er hatte den kühnen Plan den mächtigsten Herrscher der Welt ist mit seinem Zensus, seinen Gesetzen nur der Anlass, dass ein einfacher Mann mit seiner schwangeren Frau nach Betlehem wandert, damit dort der verheißene Retter geboren wird, in der Davidstadt, wie die Schrift vorhersagt. – Und was ich noch zum Zensus sagen wollte. Diese Zählung fand unter Quirinius wahrscheinlich später statt. Aber so ganz sicher bin ich auch nicht, denn ich konnte nicht herausfinden wann Publius Sulpicius Quirinus Statthalter war, da gibt es verschiedene Auskünfte."

„Jedenfalls werde ich diese Schrift genauso ohne Änderungen in mein Evangelium aufnehmen", entschied Salome, „jede Veränderung würde den kunstvollen Aufbau zerstören. Ich danke dir, dass du mir die Blätter gegeben hast ... Da kommt mir ein Gedanke: diese Frau, diese Elisabet, die neulich bei der Mahlfeier gesprochen hat, die Nachfahrin Johannes des Täufers, sie sollte ich besuchen und mir ihre Erinnerungen erzählen lassen.

Susanna hat mich darauf hingewiesen, dass Jeshua oft wiederholt hat, zwei ähnliche Geschichten nacheinander erzählte. So will ich schreiben, denn meine Schrift ist für die Nicht-Juden bestimmt. Und vielleicht passen die Erinnerungen der Elisabet zu dieser Geburtsgeschichte? Vielleicht eine Art Doppelgeschichte oder auch eine Vorform mit der Geburt des Täufers und dann die Geburt von Jeshua?"

Alexander schaute sie prüfend an. „Salome, mal in Freundschaft und Offenheit gesagt: Ich habe keinen Zweifel, dass du ein wunderbares neues Evangelium schreiben wirst. Aber du bist eine Frau und ich glaube nicht, dass man dich ernst nehmen wird. Leider ist durch dein Geschlecht die ganze Schrift bereits entwertet. Verzeih mir, wenn ich das so direkt sage." Salome schaute ihn fest an: „Da stimme ich dir voll und ganz zu und ich habe dies auch von Anfang an bedacht. Sobald ich die Schrift nach Rom, zu Theophilus sende, werde ich Lukas an den Verfasser nennen, was auch nicht falsch ist. Ohne ihn hätte ich nicht schreiben können und er ist mehr als nur Schreiber. Seine Gedanken haben Einfluss gehabt."

„Aber kränkt es dich nicht, wenn du überhaupt nicht erwähnt wirst?"

„Nein", war die kühle Antwort, „es war in Antiochia ein offenes Geheimnis, dass ich in den letzten Jahren unserer Ehe für Apollos die Plädoyes geschrieben haben, auch andere Texte. Apollos hat dies sogar offiziell bekannt. Trotzdem hat man mich stets übergangen, immer mit Apollos verhandelt. Sollte ich mich darüber ärgern? Über diese Dummköpfe, die einer Frau keinen Verstand zutrauen? Nein, da bin ich zu stolz um mich mit solchen Menschen anzulegen. Wir waren erfolgreich, und das war mir Anerkennung genug. Ich hoffe, es gelingt genauso mit unserem Evangelium. Mir geht es um die Frohe Botschaft, nicht um Ruhm."

„Ich bewundere deine Geisteskraft, deinen Mut und deine großartigen Entwürfe", rief Alexander aus, „du bleibst nicht in Kleinigkeiten hängen. Vielleicht ist dies mein Fehler, wenn ich mich mit manchen Geschichten von Jeshua so schwer tue. Wahrlich, da gibt es merkwürdige, verstörende und widersprüchliche Überlieferungen."

„Widersprüchliche Geschichten? Erzähle!"

Kapitel 7

Schwierige Texte.
Die Reise nach Betanien

Alexander räusperte sich und begann:

„Er trug dem Volk folgendes Gleichnis vor: Ein Mann legte einen Weinberg an und verpachtete ihn an Bauern. Dann ging er für eine gewisse Zeit außer Landes. Zu gegebener Zeit sandte er einen Knecht zu den Bauern, damit sie ihm seinen Anteil aus den Erträgen des Weinbergs abgäben. Die Bauern aber prügelten ihn und schickten ihn mit leeren Händen davon. Darauf sandte er einen anderen Knecht. Aber auch den verprügelten sie, beschimpften ihn und schickten ihn mit leeren Händen davon. Noch einmal sandte er einen dritten; aber auch diesen schlugen sie wund und warfen ihn hinaus. Da sprach der Herr des Weinbergs: Was soll ich nun tun? Ich will meinen lieben Sohn senden: vor diesem werden sie wohl Achtung haben. Als die Bauern ihn sahen, überlegten sie miteinander und sagten: das ist der Erbe! Wir wollen ihn umbringen, dann wird das Erbgut uns gehören. Und sie warfen ihn zum Weinberg hinaus und töteten ihn. Was wird nun der Herr des Weinbergs mit ihnen tun? Er wird kommen und diese Bauern vernichten – den Weinberg aber wird er an andere geben. Als sie dies hörten, riefen sie: Das sei ferne! Er aber blickte sie an und sprach: Was bedeutet denn jenes Wort, das geschrieben steht: Der Stein, den die Erbauer verwarfen, er ist zum Eckstein geworden? Ein jeder, der auf diesen Stein fällt, wird zerschellen – und auf wen er fällt, den wird er zermalmen. Da hätten die Schriftgelehrten und Hohepriester am liebsten sich noch zur selben Stunde seiner bemächtigt: doch fürchteten sie das Volk. Sie hatten nämlich erkannt, dass er mit diesem Gleichnis sie im Auge hatte."

Während Alexander langsam und sehr konzentriert den Text vortrug, schrieb Salome mit.

„Diese Erzählung kenne ich", ergänzte sie Alexanders Rede, „du hast sehr genau und überlegt gesprochen und deine Worte stimmen mit den Worten der römischen Schrift überein. Aber was ist daran so unverständlich und widersprüchlich?"

„Nun", Alexander wurde verlegen, „ist es nicht ein Text gegen uns, die Juden, das auserwählte Volk des Ewigen, das sich dem Messias verschlossen hat, das auch weiterhin auf seiner Ablehnung von Jeshua besteht? Steht nicht beim Propheten Jesaja ein ähnliches Gleichnis? Paulus soll sich auch immer mehr gegen das eigene Volk gewandt haben, er war verbittert weil alle Missionsversuche abgelehnt wurden. Haben wir uns nicht schon getrennt in Synagoge und Mahlgemeinschaft? Hat nicht das Gericht Gottes uns als Volk Israel getroffen? Judäa unter Fremdherrschaft, der Tempel zerstört, die Priesterschaft verjagt? Nur noch einige Pharisäer haben überlebt."

„Es ist eine Verurteilung, stimmt", ergänzte Salome, „aber du bist ungenau, ja falsch in deinen Argumenten. Die letzten Worte sind doch … warte einmal …" Sie schaute auf ihr Aufzeichnungen und zitierte: *Da hätten die Schriftgelehrten und Hohepriester am liebsten sich noch zur selben Stunde seiner bemächtigt; doch fürchteten sie das Volk. Sie hatten nämlich erkannt, dass er mit diesem Gleichnis sie im Auge hatte.* – Also bedeutet: zwischen dem Volk und den Autoritäten war ein Bruch. Das Volk glaubte Jeshua, die Schriftgelehrten und Hohepriester nicht, sie wollten ihn mundtot machen oder noch Schlimmeres; aber sie fürchteten das Volk. Und dieser letzte Satz beweist doch, dass Jeshua allein sie verurteilte, nicht das jüdische Volk. Woher hast du diesen Text?"

Alexander schien richtig erleichtert: „Du bist wirklich sehr scharfsinnig. Natürlich hast du recht, aber ich spüre immer mehr wie ich in diese Spaltung hineingezogen werde und mich von meiner jüdischen Herkunft trenne. Aber das wäre ein Verrat und Lüge. Stimmt: das Volk stand immer zu Jeshua. Es waren einzelne, die ihre Macht mit seinem Auftreten schwinden sahen. Die Erzählung … ich habe sie aus Rom mitgebracht, aus unserer damaligen Gemeinschaft. Dort wurde sie so erzählt und ein alter Jude aus Judäa hat sie wortgleich immer so vorgetragen und wir haben sie übernommen. Ich habe aber immer mehr Angst wegen des Hasses auf die nicht-Jeshua-gläubigen Juden. Das hat der Herr doch nicht gewollt."

„Nein, das hat er nicht gewollt aber er wusste, dass sein Auftreten und seine Reich-Gottes-Verkündigung zur Spaltung und Schlimmerem führen würde."

Alexander bestätigte: „Oh ja, der alte Jude in Rom, er hatte so merkwürdige schwierige Erinnerungen an Jeshua. Er zitierte einmal: *Feuer auf die Erde zu werfen bin ich gekommen, und wie wünschte ich, dass es schon brenne. Meint ihr, ich sei gekommen Frieden auf die Erde zu bringen? Nein, ich sage euch: Scheidung! Denn von nun an werden fünf in einem Haus gegen einander stehen: drei gegen zwei und zwei gegen drei. Vater gegen Sohn und Sohn gegen Vater ...*

Aber da gibt es noch eine andere Geschichte, die mich nicht loslässt obwohl ich sagen muss: in der ganzen Kürze ist sie so verwickelt und vielseitig und obendrein eine Gaunergeschichte, wobei der Gauner von Jeshua auch noch lobend hervorgehoben wird! Also irgendwie ist sie auch zum Lachen und doch ärgerlich. Ich bin immer hin- und hergerissen wenn ich darüber nachdenke oder sie erzähle."
„Das klingt spannend, erzähle!"

Und Alexander begann: „Ein reicher Mann hatte einen Verwalter, der bei ihm verdächtigt wurde, dass er sein Gut verschleudere. Da rief er ihn zu sich und sprach zu ihm: Was muss ich da von dir hören? Gib Rechenschaft von deiner Verwaltung, du kannst nicht mehr mein Verwalter sein! – Der Verwalter überlegte im Stillen: Was soll ich nun tun, da mir mein Herr die Verwaltung nimmt? Mit der Hacke arbeiten kann ich nicht, zu betteln schäme ich mich – ich weiß was ich tun werde, damit mich die Leute bei sich zu Hause aufnehmen, wenn ich von der Verwaltung abgesetzt bin. Er bestellte die Schuldner seines Herrn einzeln zu sich und sagte zum ersten: Wieviel schuldest du meinem Herrn? Jener erwiderte: Hundert Fass Öl. Da sprach er zu ihm: Da nimm deinen Schuldschein, setze dich schnell hin und schreibe fünfzig! – Dann sprach er zu einem anderen: Und du, wieviel bist du schuldig? Dieser sagte: Hundert Malter Weizen. Er sprach zu ihm: Da nimm deinen Schein und schreibe achtzig! – Der Herr lobte den untauglichen Verwalter, dass er klug gehandelt hatte: denn die Kinder dieser Welt sind im Umgang mit ihresgleichen klüger als die Kinder des Lichts. Auch ich sage euch. Macht euch Freunde mit dem unnützen Mammon, damit man euch, wenn es damit zu Ende geht, in die ewigen Zelte aufnehme. Wer im Kleinsten zuverlässig ist, ist es auch im Großen; und wer im Kleinsten nichts taugt, taugt auch im Großen nicht. Wenn ihr also mit dem unnützen Mammon nicht zuverlässig umgeht, wer wird euch das wahre Gut anvertrauen? Und seid ihr mit Fremdem nicht zuverlässig umgegangen, wer möchte euch das Eigene überlassen?"

Salome musste laut lachen, sie konnte sich eine ganze Weile nicht beruhigen. Alexander war verwirrt: „Du lachst, aber ich bin immer verärgert wenn ich darüber nachdenke. Schließlich bin ich Kaufmann und ein solcher Verwalter ist der Ruin des Geschäftes. Und Jeshua lobt ihn auch noch!"

Salome lachte noch immer: „Kennst du die Geschichte von dem ungerechten Richter und der Witwe?"

„Ja", gab Alexander zu, „genauso unverständlich."

„Gar nicht", widersprach ihm Salome, „du bist Kaufmann, in deiner Welt muss alles korrekt ablaufen. Ich schreibe und erzähle und da lernt man schnell: will man Zuhörer haben, muss man kurz, knapp und etwas provokant erzählen. Dann hören die Menschen zu, dann behalten sie sich die Geschichten und denken auch darüber nach. Eine Geschichte, die zu glatt, zu harmlos ist, wird vergessen. Eine gute Geschichte braucht einen Haken, muss ein bisschen wehtun ..."

„Das stimmt", Alexander war überrascht, „genauso ist es! Und was wollte Jeshua damit sagen?"

„Jeshua rügt den Verwalter, weil er nicht verantwortungsvoll mit dem Besitz seines Herrn umgeht – das ist das eine. Und es stimmt, wenn er sagt: Wer im Kleinen unzuverlässig ist, ist es auch im Großen. Jeder verrät sich in den kleinen Dingen des Alltags. Zum anderen lobt er den Verwalter, das klingt widersprüchlich, aber es zeigt wie sehr Jeshua den Alltag der Menschen kannte und von dieser Erkenntnis aus predigte, das war seine Basis, nicht das abstrakte Gesetz. Man darf die Geschichte nicht so oberflächlich oder als brave Belehrung verstehen. Hier ist nicht gemeint: Betrügt, schwindelt, fälscht. Hier weist uns Jeshua daraufhin: sei klug, bedenke das Ende, sei entschlossen dein Leben zu retten, geh auf's Ganze, sieh dein ganzes Leben! Seid klar und mutig in der Entscheidung für Gott, wie der betrügerische Verwalter, aber lebt nicht so wie er, seid vertrauenswürdig auch im Kleinsten, doch ohne Furcht wenn es um euer Leben geht. – Natürlich haben die Frommen daran Anstoß genommen. Aber hat man ihre Erzählungen, ihre langschweifigen Belehrungen behalten? Nein, aber die Geschichten von Jeshua, die bleiben im Kopf, weil sie aus dem Leben sind. Weißt du, Lukas und ich waren in Nazaret und dort haben wie erfahren wie Jeshua lange Zeit völlig unauffällig lebte. Er arbeitete als Bauhandwerker in den Städten und hat oft den Menschen zugehört, sie erzählen lassen. Das ging so über viele Jahre. Dann, als er schon im reifen Mannesalter war, ist er nach der Taufe im Jordan als Prediger aufgetreten. Aber was für ein Prediger! Keiner der in einer unverständlichen, komplizierten und erhabenen Sprache redete, sondern Beispiele aus dem Leben der Menschen nahm, mit Provokation und Witz aufrüttelte. Viele sagten: er lehrte mit Vollmacht! Sie meinten damit: er traf sie ins Herz, er redete aus ihrem Alltag und ich bin sicher: diese Geschichte hat ihm jemand erzählt und er hat sie geschickt eingesetzt. – Du hast noch eine Erzählung?"

„Oh ja, diese Geschichte, sehr kurz, ist vielleicht die ärgerlichste, denn sie ist auch noch ungerecht. Also: *Wer von euch, der einen Knecht zum Pflügen oder zum Hüten hat, wird ihm, wenn er vom Felde heimkehrt, sagen: Komm jetzt sogleich und setze dich zu Tisch? Wird er nicht vielmehr zu ihm sagen: Richte mir etwas zum Essen her, gürte dich und warte mir auf, dass ich esse und trinke – dann kannst auch du dich zum Mahl setzen. Und bedankt er sich auch noch eigens, wenn jener das Befohlene tut? So sagt auch ihr, wenn ihr alles getan, was euch aufgetragen ist: Wir sind armselige Knechte; wir haben nur getan, was wir schuldig waren.* – Was sagst du dazu?"

Salome hatte angespannt zugehört und atmete tief durch: „Das ist wirklich hart, da muss ich auch darüber nachdenken. Denn Jeshua war selbst einer, der diente, der sich als Diener sah. Ich sage mal: auch hier wieder eine radikale Zuspitzung, ja Übertreibung. Der Sinn? Vielleicht so: Alles ist geschenkt, dein Leben, deine Arbeit, dein Platz. Du kannst nichts einfordern, du bist einer, der auf Gnade angewiesen ist. Sehr hart – aber ist es nicht auch wahr? Es kränkt uns weil wir meinen alles sei unsere eigene Leistung ..." und Salome begann aufzuschreiben.

Die nächsten Tage widmeten sich die Geschwister dem Diktieren der römischen Schriftrolle. Sie konzentrierten sich völlig auf diese Tätigkeit und Salome wollte diese Verpflichtung jetzt abschließen. Es war eine kleine Reise nach Betanien geplant um dort neue Zeugen zu hören. Zuvor wollte sie diese Arbeit beenden. Nach drei Tagen war es auch soweit. Sie las konzentriert Korrektur als Rufus eintrat, ihr ein Zeichen gab sich nicht stören zu lassen, sich auf einem Sessel niederließ und wartete.

Dann war Salome fertig. Sie rieb sich die Augen und die Nasenwurzel, blickte lächelnd auf und schaute erwartungsvoll auf ihren Besucher.

„Du hast deine Augen ziemlich überanstrengt", begann Rufus, „du solltest dich jetzt zur Ruhe legen. Morgen wollt ihr nach Betanien aufbrechen. Der Weg ist nicht weit aber anstrengend und wenn es regnet wird es schwierig. Auf der Strecke gibt es kaum Möglichkeiten Schutz zu finden. Also: Maß und Mitte. Ich weiß, Geduld ist nicht deine Tugend aber Vernunft schon."

Salome nickte, Rufus löschte die Öllämpchen und wünschte ihr eine erholsame Nachtruhe.

Auf nach Betanien!

Salome freute sich die Stadt zu verlassen, über den Ölberg zu wandern, dort sollte ohne Übergang die judäische Wüste beginnen. Nach Betanien, zu Kleopas in die Wüste und hartnäckig wie sie war, hatte sie bereits beschlossen am Jordan entlang zu wandern, zum Salzsee. Da wurde immer wieder von einer religiösen Gruppe erzählt, die vor dem Krieg im Protest zum Tempel stand. Hatte Jeshua diese Gemeinschaft gekannt? Hatte er mit diesen Menschen im Austausch gestanden?

Der Sommer war längst vorbei. Kühl wurde es in der hochgelegenen Bergstadt und es regnete öfter. Die Winterzeit, die Regenzeit war angebrochen, aber Salome war entschlossen alle Pläne durchzuführen, alle Kontakte aufzusuchen. Eine dritte Reise war in vielerlei Hinsicht unwahrscheinlich. Vielleicht drohten weitere Aufstände? Immer wieder tauchte dieses Gerücht auf.

So trafen sich Lukas, Salome und Mattitjahu vor dem Handelshaus. Mattitjahu hatte drei kräftige Esel besorgt, die Satteltaschen waren gefüllt, die Reisekleidung einigermaßen wetterfest. Er legte ein wollenes Tuch Salome um die Schultern und lächelte den Geschwistern zu: „Ich freue mich auf unsere kleine Reise und die Gespräche." – Herzlich verabschiedeten sie sich von Rufus, Alexander und vielen inzwischen liebgewordenen Menschen.

Zunächst ging es steil hinunter ins Kidrontal, dann genauso steil hinauf auf den Ölberg. Dieser machte seinem Namen alle Ehre, überall standen die riesigen und uralten Ölbäume, bizarr gewachsen, mit einem Dach aus silbrig – grünen Blättern. Je höher sie stiegen – und sie durften ihre Esel nicht überfordern, führten die Tiere am Zaum, umso ehrfurchtgebietender erschienen ihnen die Bäume. Mattitjahu deutete auf ein besonders großes Exemplar mit weitausladender Krone und erklärte: „So ein Ölbaum kann tausend Jahre alt werden und trägt jedes Jahr Frucht. Er ist genügsam, kommt mit wenig Wasser aus und ich kenne Bäume, die in einer Feuersbrunst zerstört wurden und danach tatsächlich wieder Blätter trieben."

Sehr langsam bewegte sich die kleine Karawane auf den Bergrücken zu und als sie oben aufatmend stehen blieben, stieß Salome einen Schrei der Überraschung aus: „Jerusalem!", rief sie begeistert und deutete auf die Zionsstadt, die getrennt vom Kidrontal auf einem Felsmassiv genau gegenüber lag. „Bitte, wir müssen hier rasten, diesen Anblick will ich tief in meine Seele aufnehmen und werde ihn nie vergessen."

So breiteten sie unter einem Ölbaum ihre Reitteppiche aus, setzten sich und schauten stumm und hingerissen auf die Heilige Stadt. Mattitjahu hatte von seinem Esel einen mit Wasser gefüllten Ziegenbalg genommen und reichte diesen den Geschwistern. Der Himmel war bewölkt aber unmittelbarer Regen drohte ihnen nicht.

„Von hier oben kann man die zerstörte Tempelplattform völlig überblicken", stellte Lukas fest, „beeindruckend. Ich versuche mir vorzustellen wie es vor der Zerstörung war, es muss ein wunderschöner Anblick gewesen sein.– Mattitjahu, erzähle uns etwas."

Mattitjahu strich sich über den schwarzen Bart: „Ihr fragt jemanden, der auch nur den zerstörten Zustand kennt, vergesst nicht, dass ich in Alexandria aufgewachsen bin. Die Erinnerungen meiner Kindheit sind verschwommen. Ich gestehe auch, dass mir der ganze Tempelkult inzwischen fragwürdig vorkommt. Ich kann den Untergang des Priesteradels und des Tempels nicht bedauern. Auch wenn ich es selten so direkt sage: mein Onkel Eljakim, Sadduzäer, ahnt das und nimmt mich immer mit Misstrauen auf. Für euch aber ist er ein wertvoller Zeitzeuge, denn er hat als Halbwüchsiger den Prozess des Nazareners erlebt. Aber ich sage euch gleich: wenn das Gespräch zustande kommt dann wird es für euch sehr belastend sein. Eljakim ist … wie soll ich sagen: er ist einfach unbelehrbar, selbst nach dem totalen Untergang. Früher, als ich jung war, habe ich mich mit ihm fast gestritten. Er mag mich nicht, auch wenn ich sein letzter Verwandter bin. Für ihn bin ich anmaßend, frech und verführt. Heute bin ich älter und etwas klüger und habe gelernt zuzuhören, denn er ist ein hervorragender Zeitzeuge. Für euch so wichtig wie Susanna. – Und noch etwas, tut mir leid: Salome, du kannst bei diesem Gespräch nicht dabei sein, er spricht nicht mit Frauen, also ihr solltet euch vorher genau überlegen, was Lukas erfragen kann."

Salome nickte, „das ist mir klar … bestimmt preist er jeden Morgen den Herrn, dass er nicht als Frau geboren wurde. Hauptsache er redet, ich bin nicht wichtig."

„Moment mal", meldete sich Lukas zu Wort, „ich bin da auch ein Problem. Für einen rituell reinen und strikt nach der Tora lebenden Sadduzäer kann ein Hinkender kein Gesprächspartner sein. Darauf möchte ich dich, Mattitjahu, vorsorglich aufmerksam machen."

Mattitjahu wirkte erschrocken und ließ den Kopf hängen, „stimmt!", meinte er resigniert, „daran habe ich gar nicht gedacht."

„Kein Problem", lachte Salome spöttisch, „du machst deinem Onkel klar, dass Lukas ein bedeutender Mann und ein enger Freund von Aaron ben Salomo ist. Ich nehme mal an, dass dein Großonkel nicht in Armut lebt, ich kenne diese Leute aus Antiochia. Wohlstand ist alles, ihre Privilegien werden sie nie hinterfragen. Von daher wird er es sich gut überlegen Lukas nicht zu empfangen oder ihn abfällig zu behandeln. Da kann man auch mal mit einem Hinkenden reden. Geld geht immer vor Gesetz. Schade, dass ich mich raushalten muss. Vor allem ist es wichtig Mattitjahu, dass du überlegen, arrogant und fordernd auftrittst. Dann wird dich dein Onkel akzeptieren."

Mattitjahu zog die Augenbrauen hoch, „alle Achtung! Du bist eine gute Menschenkennerin, sehr klarblickend und nüchtern. Danke, ich werde deinen Rat umsetzen."

Lukas hatte eine Tafel hervorgeholt und skizzierte mit einfachen Strichen die vor ihnen liegende Stadt. Salome stand auf und suchte unter den Ölbäumen kleine Holzstücke, skurril gewachsene, dicke, kurze und lange. „Was machst du damit?", fragte Mattitjahu.

„Ach, ich nehme sie mit nach Antiochia und dort lasse ich sie etwas bearbeiten, abschleifen, polieren und es werden lebendige Erinnerungen an diese Tage sein."

Mattitjahu war aufgestanden, er konnte sich vom Anblick Jerusalems nur schwer trennen. Seine hochgewachsene Gestalt, das schöne regelmäßige Gesicht, die vollen schwarzen Haare, der Bart, die großen dunklen Augen, eine ruhige vornehme Körperhaltung und vornehme Sprache: wirklich ein schöner Mann, dachte Salome und scherzhaft rief sie ihm zu: „Mattitjahu, wie dich, so stelle ich mir den König von Zion vor."

Über Mattitjahus Gesicht ging ein Zucken und er antwortete sehr ruhig aber bedrückt: „auch du verwendest dieses Bild. Du musst wissen: das ist mein Spitzname im Handelshaus Simon. Dabei stimmt es nicht. Bin ich Jude? Bin ich Grieche? Ich lebe im Umfeld der Mahlgemeinschaften, aber auch zu euch gehöre ich nicht richtig. Ich bin ein Mann zwischen den Welten, zwischen Griechen, Juden und den Christianoi. Wer bin ich? Irgendwie habe ich mich selbst verloren."

„Könnte man nicht einfach friedlich nebeneinander leben und jeder hält seine Gesetze und Traditionen, spricht seine Gebete und lässt die anderen in Ruhe leben, hält sich nicht für etwas Besseres?", warf Lukas ein, während er aufstand. Dann gab er sich selbst mit einer wegwerfenden Handbewegung die Antwort: „Ist nur der Gedanke eines unbedeutenden Mannes."

Mattitjahu deutete auf den grauen Himmel: „Lasst uns weiterziehen, noch ist es trocken. Wir sollten schnell nach Betanien kommen bevor uns der nächste Regenschauer überrascht."

Die Drei ritten nun eine kleine Weile auf dem Bergrücken entlang, bis sich plötzlich die Sicht änderte und sie in eine weite, hügelige, baumlose und mit Steinen übersäte Landschaft blickten: die Wüste Judäa.

„Verlieren wir keine Zeit", rief Mattitjahu den beiden zu, gab seinem Esel einen leichten Stockschlag und begann vorsichtig den Abstieg. Die Reisenden bewegten sich langsam, denn sie wollten Stürze oder Verletzungen der Tiere vermeiden. Dann sahen sie in nicht allzu weiter Ferne die erdfarbenen Häuser einer Kleinstadt. Betanien lag vor ihnen.

Kapitel 8

In Rahels Haus.
Besuch beim Sadduzäer Eljakim

Sie hatten den Ölberg hinter sich, die Ebene erreicht und näherten sich langsam der kleinen Stadt, die von einer Stadtmauer umgeben war. Plötzlich hielt Mattitjahu, der voran ritt, seinen Esel an: „Bevor wir zu unserer Unterkunft reiten möchte ich euch auf etwas aufmerksam machen: ihr werdet bei Rahel wohnen, sie war Nachbarin von Maria und Marta. Damals als Jeshua sie besuchte, war sie eine junge Frau. Später hat ihr Mann das Haus der verstorbenen Schwestern erworben und nun wohnt Rahel mit Tochter und deren Familie darin. Sie tritt sehr freundlich auf, aber Vorsicht! Rahel ist sehr neugierig, sie sammelt gerne Negatives aus ihrer Umgebung, hetzt auch gegen Nachbarn. Wenn es Ärger gibt oder ihrer Familie Schaden droht, wechselt sie schnell ihre Position oder verstummt."

„Ich verstehe", lachte Salome, „sie sorgt für eine negative Atmosphäre und erfreut sich am Streit. Diese Leute gibt es überall. Und sei beruhigt: ich bin die beste Geschichtenerzählerin der Provinz Syria und werde ihre gierigen Ohren schon füttern. Hauptsache sie berichtet uns von Marta, Maria und Jeshua und was sie damals erlebt hat. Sonst noch etwas zu beachten?"

Mattitjahu schien erleichtert, „gut, dass du so gelassen damit umgehst. Da gibt es noch eine Nachbarin, Lea, die ist ebenfalls neugierig und die beiden hängen seit ihrer Jugend zusammen. Lea kennt Rahel, sie weiß genau, dass sie schlecht über sie redet aber es scheint sie nicht wirklich zu stören. Wichtig allein ist in diesen ewig gleichen Lebensabläufen Neues zu erfahren, sich aufzuregen und wichtig zu machen. Also auch Vorsicht mit dem was sie erzählen. Da muss man Abstriche machen."

„Lea und Rahel?", fragte Lukas erstaunt.

„Genau, wie die Labanstöchter. Passt auf, dass euch nicht das Wort im Mund herumgedreht wird, seid vorsichtig was ihr erzählt."

„Es wird mir ein Vergnügen sein", erwiderte Salome spitz und trieb die Eselin voran.

Betanien war eine kleine Stadt, eher ein unauffälliger Ort mit landesüblichen Häusern, durch hochgezogene Mauern geschützt, die den Blick auf die Häuser verwehrten. Gerade ritten sie an einer solchen Umfassungsmauer vorbei, als Mattitjahu darauf deutete und sagte: „Hier wohnt mein Onkel Eljakim, hier werde ich übernachten."

Etwas abseits, im östlichen Viertel der Stadt bog Mattitjahu in eine breite Gasse ein und erreichte ein stattliches Haus, welches von einer hohen Mauer umgeben war. Die ganze Zeit wurden die Reisenden von einer lärmenden und bettelnden Kinderschar begleitet, Frauen standen in Gruppen tuschelnd abseits. Somit war ihre Ankunft gleich stadtbekannt. Eine Sklavin öffnete die einfache Tür in der Mauer und ließ die Fremden ein. Das also war das Haus von Maria und Marta, in dem Jeshua oft und gerne zu Gast weilte, denn hier traf er Freundinnen.

Aus der Haustüre trat ihnen eine Frau entgegen, die bereits das 70. Jahr überschritten hatte, sehr gepflegt, geschminkt und gut gekleidet. Offensichtlich verstand sie es sich geschickt zu präsentieren. Etwas überschwänglich begrüßte sie Mattitjahu, der seine Begleitung vorstellte: Lukas und Salome aus Antiochia. Dann wies er auf die Hausbesitzerin: „Rahel bat Jochanaan, unsere Gastgeberin." Auch auf die Geschwister trat Rahel betont herzlich zu, begrüßte sie mit einer dunklen, sehr weichen Stimme, die fast einschmeichelnd wirkte. Flink huschten ihre schwarzen Augen über die große Gestalt Salomes. Diese rief sich innerlich zur Disziplin auf und bemühte sich ohne Misstrauen Rahel gegenüber zu treten. Rahel wirkte durchaus ansprechend: ein gut geschnittenes Gesicht, volles Haar, das noch unter dem Schleier sichtbar wurde, wenn auch sorgfältig schwarz gefärbt, geschmackvolle Ohrgehänge und ein ebensolcher Halsschmuck, ein einfaches Kleid aus gutem Stoff, der leicht glänzte. Aus der Tür lugten zwei Kinder und eine junge Frau, die mit prüfendem spöttischen Blick, die Ankommenden musterte.

„Meine Tochter Naomi", wies Rahel auf sie hin. Es war ein schönes, sehr gepflegtes Haus, in das sie geführt wurden. Im kleinen Innenhof prangte eine Wasserstelle, Orangenbäume standen in Kübel und eine Palme ragte über das Hausdach. Zwei Sklaven eilten herbei um den Gästen die staubigen Füße zu waschen. Rahel führte sie weiter in einen Raum, der mit farbigen

Teppichen ausgelegt war, dazu farblich passende Polster, das Fenster war kunstvoll mit einem durchsichtigen hellblauen Vorhang halb verdeckt.

Nachdem sich alle gesetzt hatten, reichte Naomi Wasser in Krügen. Dann stürzte sich Rahel gleich auf Salome, Lukas beachtete sie nicht. Bevor sie zu Wort kam erhob sich Mattitjahu, er wolle gleich zu seinem Onkel und würde morgen am Vormittag wiederkommen.

Nun hatte Rahel freie Bahn und nahm sich gleich Salome vor: Woher sie käme? Ehemann? Kinder? Sie wolle eine Schriftrolle verfassen? Sie als Frau?

Rahels weiche Stimme umwaberte Salome wie eine Wolke. Doch wie immer blieb sie klar und nüchtern und stellte zunächst die Neugierde ihrer Gastgeberin zufrieden. Später musste sie auf Zweck und Ziel ihrer Reise kommen: Marta und Maria. Aber zunächst stellte sie zu Lukas Vergnügen ihre Fähigkeiten als beste Geschichtenerzählerin Antiochias unter Beweis und schmückte ihre Antiochener Zeit mit Tratsch und Klatsch aus, manches war auch einfach nur gut erfunden. Dann kam sie auf's eigentliche Thema zurück.

„Aach jaaa …", Rahel wäre lieber bei den Schilderungen von Antiochia geblieben, hätte gerne mehr erfahren von berühmten Männern, schönen Frauen, Intrigen und den vornehmen Familien. Leicht widerwillig wandte sie sich dem gewünschten Thema zu. Und nun verstand Salome wovor sie Mattitjahu gewarnt hatte.

Rahel legte los: „Also die beiden Schwestern: Marta war Witwe und Maria, die viel Jüngere hatte nicht die Absicht zu heiraten! Man stelle sich vor: eine junge Frau, die im Haus ihrer älteren wohlhabenden Schwester ein sorgloses Leben führt! Also das war immer ein Gespräch in der Stadt … niemand hat das für richtig empfunden. Und Maria habe die ältere Schwester weidlich ausgenutzt. Marta arbeitete und Maria unterhielt sich mit den Gästen … das wäre so die Hausordnung gewesen. Besonders mit diesem Rabbi Jeshua, da vergaß Maria alles wenn er hierher kam."

„Du hast ihn gesehen?", platzte Salome dazwischen.

„Sicher, ich war damals noch sehr jung, gerade verheiratet und habe in der Nachbarschaft gewohnt, erst später konnten wir das Haus der Schwestern erwerben. Natürlich war das immer ein Ereignis, wenn der Galiläer mit einigen Jüngern kam. Es waren auch Frauen dabei! Also das war schon … naja, ich will nichts sagen … aber so etwas macht doch ein frommer Rabbi nicht. Also ich muss sagen: Jeshua aus Nazaret", Rahel hob ihre Hand und kippte sie nach rechts und links, verzog das Gesicht, „einmal, ich war gerade hier im Haus, besuchte Marta, als er kam. Sofort stürzte sich Marta zur Feuerstelle begann ein Mahl für ihn zuzubereiten. Ich stand in der Küche und Marta arbeitete sich ab. Selbstverständlich habe ich ihr geholfen. Und was tat Maria? Sie saß zu Füßen des Meisters und lauschte seinen Reden, während ihre Schwester in der Küche schuftete. Ich war empört und habe das ganz deutlich Marta gesagt, wie ungehörig sich ihre Schwester benahm. Und dann endlich …", Rahel schlug die Hände aneinander und öffnete sie anklagend, „endlich ging sie hin und beschwerte sich beim Meister, *„Herr, kümmert es dich nicht, dass meine Schwester mich in der Bedienung allein lässt? Sag ihr doch, sie soll mit zur Hand gehn!*, Ja, das war deutlich und richtig, aber was sagte dieser Jeshua? *Marta, Marta, du machst dir Sorge und Unruhe um viele Dinge aber nur eines ist nötig. Maria hat den besten Teil erwählt, der ihr nicht genommen wird.* – Nun frage ich dich: sagt man so etwas? Die arme Marta, sie arbeitete sich krumm und keiner sah das oder dankte ihr."

„Vielleicht wollte Jeshua gar nicht bedient und bewirtet werden. Vielleicht wollte er nur mit den Schwestern sprechen."

Rahel schnappte regelrecht nach Luft: „Das macht man doch nicht! Wenn Gäste kommen müssen sie bewirtet werden. Wie sieht das aus? Was würden die Nachbarn sagen? – Selbstverständlich werde ich euch auch bewirten. Wo kommt man hin wenn man alle Regeln missachtet? – Aber so war er, dieser Rabbi Jeshua – also meine Meinung, tut mir leid wenn dir meine Worte nicht gefallen, denn du bist wohl eine Jüngerin, also meine Meinung ist: dieser Prophet aus Galiläa – wer kommt schon aus Galiläa – also ich fand ihn sehr merkwürdig. Einer der alles anders machen wollte und ständig die frommen Leute mit seinen Reden und seinem Verhalten ärgerte. Nun, er wurde auch gekreuzigt! Da kann man sehen wohin das führt!"

Anfangs wollte Salome ihren Redeschwall unterbrechen, dann aber dachte sie: lass sie reden, je weniger ich eingreife umso mehr wird sie erzählen.

Und Rahel plapperte weiter, dass diese Maria ganz ähnlich wie ihre Nachbarin Lea war, übrigens habe diese auch Jeshua erlebt, also Lea. Sie sei furchtbar bequem, man könne schon sagen faul und ihre Kinder hätten sie das ganze Leben lang versorgen müssen. Nun ja, inzwischen sei sie auch weit über 70 Jahre alt, aber im Vergleich zu ihr oder Marta, die stets ihren Pflichten treu nachgekommen sei, also in diesem Vergleich habe Lea ein geradezu luxuriöses Leben geführt. Sowas könne sie überhaupt nicht verstehen und wie der Ehemann das aushalte und die Kinder … Naja, so richtig gelungen und vorzeigbar seien die auch nicht. Lea …

Salome gelang es nun doch den Redestrom auf Rabbi Jeshua und die Schwestern zurück zu lenken. Ob sie sich noch an andere Begebenheiten erinnere?

Rahel stockte kurz und ein triumphierendes Lachen breitete sich auf ihrem Gesicht aus: Oh ja, da sei die Sache mit der Sünderin gewesen und das im Haus des Pharisäers Simon! Wo es so etwas gäbe! Einfach unglaublich und unschicklich … Die Tochter, welche die ganze Zeit schweigend aber im Verhalten zustimmend dabeigesessen hatte, erhob sich nachdem das Kindergeschrei lauter wurde und verschwand.

Rahel war aus ihren Erinnerungen herausgerissen, brach abrupt ab. Nun, das alles werde sie morgen weiter erzählen, jetzt müsse sie sich um die Hausarbeit und das Mahl für den Abend kümmern. Salome bot an selbstverständlich mitzuhelfen, doch Rahel lehnte energisch ab: Nein, nein! Sie sei Gastgeberin und Salome und Lukas die Gäste, und Gastfreundschaft sei schließlich heilig. Außerdem habe sie eine Abmachung mit dem Handelshaus Simon … Sie wolle den beiden jetzt ihre Schlafräume zeigen. Dabei erhob sie sich und Lukas und Salome folgten ihr in den rückwärtigen Teil des Hauses. Der Abend verlief weiter in dieser Art des Gesprächs, das keines war. Rahel monologisierte, die Geschwister hörten zu. Kurz vor der Nachtruhe waren sie vollkommen über das Leben in Betanien in Kenntnis gesetzt: Wer mit wem und wer mit wem nicht und warum. Zu allem hatte Rahel ausgiebige Kommentare und Bewertungen.

Am nächsten Morgen kam wie verabredet Mattitjahu, er brachte eine gute Nachricht: sein Großonkel Eljakim sei erstaunlicherweise gesprächsbereit und selbstverständlich empfange er einen guten Freund von Aaron ben Salomo, den er als zuverlässigen Geschäftspartner schätzen gelernt hatte. – Der ironische Unterton Mattitjahus war unüberhörbar und belustigte die Geschwister.

Nun musste Salome den Tag mit Rahel verbringen. Sie versuchte sich in Geduld zu fassen, was ihr wie immer schwerfiel und sie stellte sich auf weitere Monologe ihrer Gastgeberin ein: Wichtig war herauszufinden wer *Simon der Pharisäer* war, wo dieser Mann doch in der römischen Schriftrolle als *Simon der Aussätzige* bezeichnet wurde. Allerdings hatte sie sich immer über diese Bezeichnung gewundert. Ein Aussätziger, der Gäste empfing? Vielleicht ein Geheilter? Jedenfalls musste es ihr gelingen Rahels Redestrom auf diese Person zu lenken und dann würde sie nur noch zuhören.

Umgeben von Kindern, streunenden Hunden und einigen Bettlern waren Mattitjahu und Lukas auf dem Weg zum Sadduzäer Eljakim. Mattitjahu versuchte vorsichtig den Freund auf ein schwieriges Gespräch vorzubereiten: „Denk´ bitte nicht, dass es bei meinem Onkel Verständnis oder Nachdenklichkeit über Jesus aus Nazaret geben könnte. Ganz im Gegenteil. Da schlägt dir manchmal blanker Hass entgegen. Er hält ihn für einen der Schuldigen am Untergang des Tempels und der Zerstörung Jerusalems. Am besten ist einfach nur zuhören und fragen, keine Gegenrede! Dann erfährst du am meisten."

„Ist mir schon klar", brummte Lukas, „mir geht es einfach nur darum noch Zeitzeugen kennen zu lernen. Und wie du gesagt hast kannte dein Onkel Jeshua noch und sah ihn mit eigenen Augen. Außerdem kann er mir vielleicht eine Antwort geben warum dieser Dorfrabbi, wie die Gelehrten ihn nannten, eine solche Wut auf sich gezogen hat."

Sie traten durch die hohe Umfassungsmauer ein und sogleich stürzten sich zwei Sklaven auf sie, wollten ihnen die Füße waschen, was Mattitjahu abwehrte. Er winkte dem Freund ihm zu folgen. Und der staunte nicht schlecht welches prächtige Haus sich hinter der unscheinbaren Lehmmauer verbarg. Lukas hatte ein jüdisches Haus erwartet. Aber davon keine Spur. Es handelte sich um eine römische Anlage mit Innenhof und einem sprudelnden Wasser, überall Palmen, römische Säulen, bemalte Wände mit exotischen Pflanzen und komplizierten Ornamenten. Überall standen kostbare Sitzmöbel mit Polster, Ruhebänke, Obstschalen und etliche Sklaven und Sklavinnen huschten durch die Säulenreihen. Von irgendwoher klangen Harfentöne und Gesang. Wo bin ich?, dachte Lukas verwirrt. Ich denke dies ist das Haus eines torafrommen Juden?

Da trat ihnen der Hausherr entgegen, Eljakim. Ein mittelgroßer Mann, gekleidet in den Gelehrtengewändern der Schriftkundigen. Auf dem Haupt trug er eine Kopfbedeckung mit Schleier, die ihn größer aussehen ließ. Sehr weite und kostbare Gewänder, darüber ein edler Gebetsschal. Aber in diesen Kleidern verbarg sich ein Mann, der absolut durchschnittlich, ja unscheinbar wirkte. Sein langes, sehr steifes Gesicht zeigte keinerlei Regung als er die Eintretenden mit einer monotonen Stimme begrüßte. Der spärliche Bartwuchs bestand aus wenigen einzelnen Haaren, die Kinn und Hals sichtbar machten. Der Mund war am merkwürdigsten: sehr klein, lippenlos und Eljakim beherrschte die Kunst ihn beim Sprechen kaum zu bewegen. – Sie betraten ein völlig römisch ausgestaltetes Zimmer mit herrlichen Dekormalereien mit Blüten und Vögel, aber ohne Menschendarstellungen wie sie bei den Römern üblich waren. Keine Teppiche, keine Sitzpolster, dafür ein spiegelblanker Marmorfußboden, breite römische Sessel, eine Liege und ein Schreibtisch. Dahinter setzte sich Eljakim und bot den Gästen Sessel an. Er hatte somit auch gleich Distanz geschaffen und den wuchtigen, mit Gold verzierten Schreibtisch wie eine Barriere eingesetzt.

„Mein Großneffe hat mir von dir berichtet und da ich in der Schuld des Aaron ben Salomo aus Antiochia stehe, folge ich seinem Wunsch und werde deine Fragen beantworten", dabei hob er mit lässiger Hand einen Brief hoch.

„Aaron hat geschrieben, hat unsere Ankunft angekündigt?", Lukas war völlig überrascht.

„Sicher", kam die kühle Antwort, „und wie gesagt: ich stehe in Aarons Schuld und werde ihm nie etwas abschlagen, auch wenn mir dieses Begehren fremd … um nicht zu sagen unangenehm ist. Ich möchte dich gleich darauf hinweisen, dass ich Jeshua aus Nazaret für einen Betrüger, Lügner und Scharlatan halte. Der Tod am Kreuz war gerechtfertigt. So steht es in der Tora: Jeder der am Holz hängt ist vom Ewigen verflucht."

Lukas atmete durch. Die Positionen waren geklärt, gut so. War es nicht ein Vorteil, dass er hier einen Augenzeugen befragen konnte der nicht schwärmerisch oder schönfärberisch von Jeshua sprach, ihn sogar negativ sah? Lukas empfand dies unbedingt als Vorteil. Und so begann er zu fragen, immer wieder mit Blick auf seine Wachstafel, denn er hatte sich gut vorbereitet. Zunächst beschloss er auf ungefährlichem Gebiet seine Fragen zu stellen: Tempel, Tempeldienst. Priesterklasse, die Hohenpriester … In Eljakims Augen kam etwas Glanz, während seine Stimme weiter monoton und arrogant blieb.

„Der Tempel in Jerusalem war zuerst die Stätte des Ewigen, das Haus des Herrn. Hier thronte er über sein auserwähltes Volk, hier war er präsent, gegenwärtig, der heiligste Ort in Israel. – Des weiteren war der Tempel die Heimstätte meiner Familie, über viele Generationen hinweg. Wir stellten fünfmal den Hohepriester und alle männlichen Mitglieder waren im Sanhedrin. Die Opferfeiern, der Dienst im Vorhof, am großen Opferaltar, es war unser angestammter Platz und ich war der letzte Priester, der dort den heiligen Dienst verrichten durfte. Du machst dir kein Bild davon wie es war wenn die Trompeten erschallten, die Gesänge weit über den Tempelberg zu hören waren, der edle Duft des Weihrauchs uns umgab, die ganzen heiligen Zeremonien. Vorgezeichnet war mein Leben an diesem Ort dem Allerhöchsten zu dienen. – Aber Israel fiel ab vom Glauben an Adonai, befolgte nicht mehr die Tora, vermischte sich mit ungläubigen Völkern. Schändlich war es, dass Unbeschnittene uns unterworfen hatten. Doch ohne die Römer wären wir schon früher zerfallen, ich sage es mit Grimm: die Zeit nach dem Exil, nachdem Samaria und auch Galiläa vom wahren Glauben abgefallen sind, nur noch Judäa bestand, diese Zeit war schon das Ende, der Untergang nicht mehr abwendbar."

„Sieh es mir nach, ehrwürdiger Eljakim", versuchte Lukas seine Fragen in geordnete Bahnen zu lenken, „als Diasporajude sind mir leider Tempel und Kult fremd, auch sah ich nie die Heilige Stadt vor der Zerstörung. Meine Fragen mögen töricht sein, doch sind sie notwendig um mein Unwissen auszulöschen. Daher: darf ich dich bitten mir zunächst den Tempel und die ganzen Baulichkeiten zu beschreiben?"

Eljakim schloss kurz die Augen, faltete die Hände und begann in dieser leidenschaftslosen Art zu reden: „Wie du – hoffe ich – weißt, war dieser Tempel der zweite Tempel nach dem salomonischen. Doch muss der Wiederaufbau unter Esra und Nehemia recht bescheiden gewesen sein, kein Vergleich zum Ursprungsbau. Herodes der Große, zwar kein gebürtiger Jude, doch von den Römern als Landesherr und König eingesetzt – also Herodes vergrößerte den zweiten Tempel. Ich muss sagen: seine Bauten, die er errichten ließ waren von erlesener Schönheit. Er baute viel, Caesarea hat er in einer Schönheit aufgebaut, dass selbst die Römer ihre Bewunderung nicht versagen konnten. Jerusalem bekam ein Theater und Hippodrom, nun ja, aber auch die Erweiterung und Ausschmückung des Tempels, neue Zugänge auf den Berg, weitläufige Säulenhallen, herrlichen Bauschmuck. Doch zunächst erweiterte er das ganze Areal so gewaltig, dass eine imposante Fläche entstand. Die ganzen Bauarbeiten dauerten bis kurz vor Beginn des Krieges. Herodes war Idumäer, aber sein Tempelbau war ein Meisterwerk. Alles plante er mit uns Sadduzäern und wir hatten uneingeschränktes Gestaltungsrecht. Leider ist alles verschwunden, heute nur noch ein Schutt- und Ascheberg. – Zunächst ließ Herodes einen riesigen Vorhof der Heiden anlegen. Hierher konnten alle Völker kommen und die Größe Israels bewundern. Stets herrschte dort reges Treiben: Opfertiere wurden verkauft, Weihrauch, Andenken, Gebetsschals und vieles andere. Wichtig waren die vielen Geldwechsler ohne die der Tempeldienst nicht denkbar war. – Dann gab es eine leicht erhöhte Plattform mit Treppe, sie führte zum eigentlichen Heiligtum, das nur den Juden vorbehalten war. Warnschilder mit Hinweisen verhinderten, dass sich Ungläubige näherten. Es folgte der Vorhof der Frauen mit Opferstöcken und einem Tor, das in den Priesterhof führte. Dieser war den Sadduzäern vorbehalten. Dort stand ein riesiger Brandopferaltar auf einem Podest mit einem Umgang für die opfernden Priester. An den Ecken des Altars waren vier Hörner angebracht und eine Blutrinne sorgte dafür, dass das Tierblut geordnet abfloss. Hier fanden die großen Tieropfer statt. Ebenso befand sich hier das eherne Meer, ein riesiges Wasserbecken, wie es König Salomo im ersten Tempel verfügt hatte. Dann ragte das Heiligste auf, der höchste Bau der Tempelanlage. Dort befanden sich die zwölf Schaubrote, der Siebenarmige Leuchter und der Rauchopferaltar." – Eljakim schwieg.

„Darf ich fragen: Was war das Allerheiligste?"

Eljakim schwieg eine ganze Weile und antwortete dann mit unwilligem Unterton: „Das Allerheiligste war der letzte Raum. Hier stand die Bundeslade mit den Toraschriften, die in Babylon verloren gingen. Zwei Seraphim beugten sich über die Lade, sie muss erhaben gewesen sein. Über ihnen war die Wohnstatt des Ewigen. Dies war der Ort auf Erden, an welchem Adonai für sein Volk Israel anwesend war. Der Raum war aber zu unserer Zeit leer, nur eine Steinfliese die aus dem Boden leicht herausragte, erinnerte an den Verlust. Nur einmal im Jahr, am Versöhnungstag betrat der Hohepriester das Allerheiligste."

Bewusst wartete Lukas eine Weile bis er die nächsten Fragen stellte: „Darf ich fragen ob es noch weitere Mitglieder deiner Familie gibt und ob sie hier in Betanien wohnen?"

„Nein", war die Antwort, „als die Römer Jerusalem erreichten, flohen fast alle nach Alexandria. Ich blieb unbehelligt weil ich zufällig in Caesarea weilte. Unser Haus in Jerusalem wurde zerstört. Dieses Haus blieb mir erhalten. Ich habe Jerusalem auch nie wieder besucht, es ist für mich zu gefährlich, auch erschüttert mich der jetzige Zustand zutiefst. Es ist ein großes Unglück den Untergang des eigenen Volkes zu erleben."

„Und die Römer ... ich meine...sie waren doch die Zerstörer, die Besatzer. Gibt es keinen Willen nochmals gegen sie zu kämpfen?"

Eljakim machte eine wegwerfende Bewegung: „Wozu? Der Allmächtige hat sich von uns abgewandt, er hat uns zu Recht verworfen."

„Zu Recht?"

„Ja, zu Recht", beharrte Eljakim, „wir wurden gewogen und zu leicht befunden. Wir haben die Gebote der Tora nicht gehalten, wir haben uns mit fremden Völkern vermischt, wir haben Aberglauben zugelassen: keine Beschneidung, keine Reinheitsgebote! Dafür Mahlgemeinschaften und Auferstehung. Wer hielt noch den Sabbat? Und da war Jeshua einer, der wie viele schuldig wurde, so dass sich das Fundament unseres Glaubens auflöste."

„Also empfindest du die Römer nicht als Feinde?", staunte Lukas.

„Nein! Wir lebten nicht schlecht unter den Römern, besaßen weitgehende Privilegien und Gemeinschaftsrechte, freie Kultausübung, eigene Gemeindeorganisation, Vermögensverwaltung und eine eingeschränkte Gerichtsbarkeit waren erlaubt. Wir waren die oberste Gerichtsbehörde in Israel und stellten die Jüdische Regierung. Natürlich alles unter Duldung und in Absprache mit den Römern. Diese setzten auch den Hohepriester ein oder ab. Kajaphas war damals Hohepriester, ein sehr erfahrener Mann. Sogar vom Militärdienst waren wir meistens befreit – wegen des Sabbat. Nur die Steuer – nun ja, die ist für manche sehr schwer aufzubringen. Jedoch gilt: Israel hat viel schlimmere Fremdherrschaft erlebt."

„Aber die Steuereintreibung ist grausam und das Volk wird misshandelt, ausgeplündert, in die Sklaverei verschleppt wenn es nicht zahlen kann". Lukas war über sich selbst erschrocken, dass er diesen Widerspruch wagte.

„Das Volk, das Volk", Eljakim winkte ab, „das Volk war selbst schuld, weil es die Gesetze nicht hielt. Die Tora wurde nicht befolgt und so zogen sie das Unheil auf uns herab. Überall Irrlehrer, überall Lügenpropheten, Messiase, auch Jeshua war einer von ihnen. Wenn das Volk zerstritten war in hunderte Gruppen, die sich bekämpften und uns die eingesetzte Hierarchie missachtete, ja wie sollten wir da bestehen?"

Während dieser Anklage schweiften Lukas Augen über die herrlich bemalten Wände und das kostbare Mobiliar. Hier redete einer, der zu den höchsten Repräsentanten seines Volkes gehörte, wie ein Römer lebte, sein Volk verachtete und sich selbst überhaupt nicht infrage stellte. Wie das? Lukas Gedanken entfernten sich, er hörte das Geräusch des Sprechens aber er hörte nicht zu … dann schreckte er auf. Was hatte der Mensch gerade gesagt?.... „meine Familie war bestimmt zum Dienst im Tempel. Von Generation zu Generation haben wir unser Amt ausgeübt, denn wir sind vom Stamm Levi, vom Ewigen selbst erwählt, damals, zu Zeiten des Mose …"
Aha, er war qua Geburt von aller Schuld befreit, denn er war auserwählt und damit nicht verantwortlich. Zorn flammte in Lukas auf, den er sofort unterdrückte und sich ermahnte: bleib ruhig, sei nur ein Ohr und verspiele nicht diese Gelegenheit durch unbedachte Äußerungen. Er sammelte sich mühsam und brachte Eljakim wieder zum Thema zurück. „Kannst du mir bitte einmal die verschiedenen Gruppen darstellen: Zeloten, Sicarier, Pharisäer, Essener … was wollten sie? Warum haben sich manche so befehdet?"

Eljakim hatte zwar äußerlich Ruhe bewahrt aber innerlich war der aufgewühlt. So stand er auf, schritt auf und ab, begann sogar zu gestikulieren.

Kapitel 9

Der Geschichtenerzähler Jeshua. Rahel und Lea streiten

„Die Pharisäer, nehmen wir diese zuerst. Natürlich entstanden sie in Galiläa. Wo sonst? Dieser Jeshua stand den Pharisäern nah und einige hielten sogar zu ihm. Wir hatten endlose Debatten im Sanhedrin. Aus Galiläa kam doch jegliche Unruhe, jede Ketzerei und jede Dummheit. Die Pharisäer waren Leute aus dem Volk. Handwerker, Kaufleute … selbsternannte Schriftkundige …", mit einer wütenden Drehung wandte er sich Lukas zu: „Euer Jeshua gehörte auch zu ihnen. Ein Halbgelehrter, Schwätzer, ein Geschichtenerzähler aus kleinen Verhältnissen. Doch den Pharisäern und auch ihm lief das Volk nach. Man hätte ihn den Pharisäern zurechnen können, doch er bedachte diese mit Schimpfreden und schrecklichen Vergleichen. Wäre er in seinem Dorf Nazaret geblieben, da hätte sich alles anders entwickelt. Aber nein: Jeshua brach mit allen Traditionen und er war so vermessen seine Worte an das ganze Volk Israel zu richten, an Alle! Nicht nur an seine Leute in seinem Dorf. Das machte kein Pharisäer: herumwandern und überall seine Lehren verbreiten. – Die Tora als das einzige Gesetz? Pah, nein! Sie zogen alle möglichen anderen Schriften zurate und hatten sich selbst bevollmächtigt. Sie waren nicht durch ihre Geburt eingesetzt, nicht vorherbestimmt vom Ewigen. Allein darin liegt schon die Häresie. Und wie gingen sie mit den heiligen Schriften um? Man müsse sie auslegen, darüber diskutieren. Das heilige Wort ist unteilbar, kann von Menschen nicht angetastet werden. So wie es überliefert ist: Wort für Wort ist es ewig!"

Dramatisch klopfte er mit den Fingern auf den Schreibtisch. Dann fuhr er fort: „Wenn einmal diese Tür geöffnet wird dann gibt es kein Halten. Wie es weiterging mit dieser Beliebigkeit zeigt die Lehre des Jeshua und auch sein Ende. Obwohl er ihnen sehr nah stand, so sehe ich das, also trotzdem ging er unglaublich scharf gegen die Pharisäer vor. Dieser Heiler und Sündenvergeber hat Unglaubliches über sie gesagt: *sie seien wie Becher, außen sauber und rein, innen nur Raub und Bosheit*. Weherufe stieß er gegen sie aus, *den Zehnten von Minze und Raute würden sie rechnen aber*

Recht und Liebe zum Allmächtigen missachten. Sie würden immer die ers-
ten Plätze in der Synagoge beanspruchen und sich auf dem Markt darstel-
len. Wo blieben da Liebe und Demut, die er sonst predigte? Aber am
schlimmsten war, dass er Sünden vergab! Er vergab Sünden! Nur der Ewige kann Sünden vergeben, nicht wir Menschen. Aber der Galiläer vergab
vielen die Sünden bevor er sie heilte. Ist das nicht Gotteslästerung? Ich
kommentiere das nicht weiter, nur so viel: das alles sind Hinweise, dass
hier der Umsturz geplant war, die Umdrehung aller Verhältnisse. Jeshua
hatte auch vor den Pharisäern keine Achtung. Einmal sagte er*: Ihr bürdet*
den Menschen unerträgliche Lasten auf, ihr selbst aber rührt mit keinem
Finger an diesen Lasten! Unerträglich … Nun, noch konnten wir im Sanhedrin alles steuern, denn wir Sadduzäer hatten eine Zweidrittel-Mehrheit
und die Pharisäer waren wegen Jeshua untereinander zerstritten. Ich
habe auch einige Älteste im Verdacht, dass sie seine Anhänger waren. Zuerst Josef von Arimatäa, er stellte auch sein Grab zur Verfügung. Und ich
weiß auch, dass Jeshua in der Nacht heimlich Besuche bekam. Am hellen
Tag wollten sie sich nicht zu ihm bekennen aber im Schutz der Nacht
nahmen sie seine wirren Lehren begierig auf."

Eljakim nahm seine Wanderung wieder auf, „nun die Essener, eine vom
Tempel abgefallene Sekte, die uns, die Hierarchie bekämpfte, verleumdete
und einen eigenen Kultus begründete. Gut, die Reinheitsgebote hielten sie
genau ein aber auch sie neigten heidnischen Glaubensvorstellungen zu:
eine Endzeit, Kinder des Lichts und Kinder der Finsternis, ein Gerichtstag
mit Vergeltung erwarteten sie. Die Söhne der Finsternis müssten gehasst
werden. Kindereien! Der Ewige hat diese Welt erschaffen, uns die Tora gegeben damit wir rituell rein leben und alle Gebote halten. Von Auferstehung und ewigem Leben steht nichts in der Tora. Wir sind verpflichtet
Kinder zu zeugen und in diesen leben wir weiter. Das Unheil, das entstanden ist, haben wir selbst durch Nichtbeachtung der Tora auf uns gezogen.
Es gibt kein Eingreifen des Ewigen. Diese Essener haben den Götzenglau-
ben eingemischt: Gott und Satan, und ihr oberster Priester nannte sich
Lehrer der Gerechtigkeit."

„Kannte Jeshua die Essener, hatte er mit ihnen Kontakt?", warf Lukas
schnell in eine Atempause ein.

„Der Geschichtenerzähler? Auf keinen Fall, denn es gab ein sehr vernünf-
tiges Gesetz bei der Sekte: *Toren, Verrückte, Hinkende, Einfältige, Irre, Blin-*
de, Lahme, Taube und Unmündige: keiner von ihnen darf in die Gemein-

schaft aufgenommen werden. Denn: Heilige Engel sind in ihrer Mitte. Nun, ich gebe zu, dass sie hier nicht irrten. Und um den Nazarener schwirrten genau diese Leute. Nein, nein, er hatte nichts mit ihnen zu tun."

Lukas blieb völlig ungerührt als auch er sich als Hinkender in diese Reihe gestellt sah. Er dachte nur: Genau deshalb folge ich Jeshua. Aber aufregen konnte er sich darüber nicht, zu viel Abfälliges über sein Hinken hatte er schon hören müssen und es berührte ihn nicht mehr.

„Wo lebten diese Essener?"

Eljakim antwortete betont gelangweilt: „Es gab wohl eine große Ansiedlung, nicht weit von hier am großen Salzsee, sie wird Qumran genannt. Einige sagen aber, dass dort nicht die Essener lebten sondern eine andere Sekte. In Jerusalem gab es auch eine Gemeinschaft. Aber wer kennt sich mit diesen ganzen wirren Gruppen aus? Angeblich lebten sie in Qumran und flohen als die römischen Legionen eintrafen. Seither sind sie verschollen, verschwunden. Auch wir Sadduzäer sind verschwunden denn ohne Tempel und Opfer ist unser Leben sinnlos."

„Was geschah mit den Pharisäern?", entfuhr es Lukas unbedachterweise. Eljakim blieb stehen und warf einen stechenden Blick auf den Fragenden: „Warum fragst du? Es gibt noch welche, vereinzelt, mehr in Galiläa, am See Kinneret, dorthin sind etliche geflohen. Mag sein, dass sie die einzigen sind, die überlebten. Aber sie sind völlig bedeutungslos."

„Glaubst du dass die Zeloten und Sikarier endgültig besiegt sind?"

Eljakim zuckte gleichgültig mit den Schultern: „Von diesen Wirrköpfen, die glauben mit Gewalt das Reich Davids wieder erzwingen zu können, gibt es noch genug. Durchaus möglich, dass sie noch nicht genug haben und noch einmal einen Aufstand wagen. Besonders die Sicarier – Hitzköpfe ohne Verstand. Sie mischen sich unter die Fremden und dann erstechen sie die Feinde hinterrücks. Dieser Judas aus Iskariot, das war auch so einer."

„Judas Iskariot?, du kanntest ihn?"

Eljakim verzog angewidert das Gesicht. „Ja, ich kannte ihn. Er kam kurz vor dem Pessach zu uns und bot sich an seinen Messias zu verraten. Er wisse eine günstige Gelegenheit. Wir griffen zu, denn Jeshua musste weg, er wurde immer gefährlicher, besonders als er im Tempel die Händlertische umstieß und alle verjagte. Jetzt war er selbst nach Jerusalem gekommen und im Gedränge der Wallfahrt war er leicht zu greifen. Eine bessere Gelegenheit gab es nicht noch einmal. So konnten wir ihn geräuschlos und unauffällig verhaften. Getsemani … wenn ich mich recht erinnere … Ja, der Dummkopf wollte seinen Meister mit der Gefangennahme zum Handeln zwingen. Er sollte endlich losschlagen und das Reich Gottes verwirklichen. Judas glaubte an ein Wiedererstehen des Reiches von König David. Unsinn, Jeshua war kein politischer Aufrührer, er war ein gefährlicher Schwärmer. Aber er konnte nur als politischer Aufrührer verhaftet und hingerichtet werden, was wir glaubten war den Römern gleichgültig. Die Kapitalgerichtsbarkeit lag bei den Römern, nicht bei uns, nicht beim Sanhedrin."

„Judas Iskariot war ein Verräter", entgegnete Lukas ingrimmig.

Eljakim winkte ab: „Verräter! Nein, nur ein Dummkopf, einer der sich von anderen einspannen ließ. Er hat dann seine Tat gleich bereut und sich erhängt … erbärmlich."

„Du hast Jeshua selbst gesehen und gehört, ihn erlebt?"

„Oh ja", war die wütende Antwort, „damals war ich noch ein halber Knabe aber in allen Gesetzen unseres Glaubens bewandert und ich kannte bereits die Tora auswendig. Als Jeshua hierherkam, da sind wir ihm oft gefolgt, meine älteren Brüder und zwei Onkel. Wir haben ihn scharf beobachtet und manchmal auch in eine Falle gelockt. Aber er war nicht dumm, er war sogar schlau und deshalb auch gefährlich."

„Eine Falle? Wie?"

„Mein Onkel, der sich über den Auferweckungsglauben empörte, hatte sich eine völlig alberne Geschichte ausgedacht: Ein Mann starb kinderlos und seine Witwe ging die Leviratsehe ein, dann starb dieser Bruder, wieder kinderlos, dann heiratete sie den nächsten, dieser starb auch und immer so fort. Insgesamt hatte sie sieben Männer gehabt. Am Schluss starb auch die Frau. Nun die Frage meines Onkels: *Wem gehört die Frau bei der Auferstehung?*"

Lukas lachte unterdrückt: „Ich kenne die Geschichte und Jeshuas Antwort: *Die Kinder dieser Welt freien und lassen sich freien; die aber gewür-*

digt werden, jener anderen Welt und der Auferstehung der Toten teilhaft zu werden, freien nicht mehr, noch werden sie gefreit. Sie können auch nicht mehr sterben, denn sie sind gleich den Engeln, sie sind Kinder Gottes, weil sie Kinder der Auferstehung sind.– Gibt es noch eine andere Erinnerung von dir an Jeshua?"

„Und ob!", die unnahbare Haltung des Sadduzäers begann zu bröckeln, „sein Ruf war ihm ja vorausgeeilt: der große Heiler! Der wunderbare Geschichtenerzähler! Welcher Aufruhr, als er in Jerusalem auf einer Eselin einzog. Ein groteskes Bild! Hunderte, vielleicht tausend Menschen bejubelten ihn. Er war gefährlich geworden, zu bekannt, viele Galiläer waren wegen des Pessach in der Stadt und erwarteten nun das Reich Gottes ... oder was auch immer. Also ich gebe zu: als junger Mensch war ich neugierig und bin mit einem gleichaltrigen Sohn meines Onkels ihm entgegen gezogen, damals, als er auf dem Weg nach Jerusalem war. Denn schon hatte uns seine Lehre erreicht: Der Ewige belohnt nicht die toratreuen Juden mit einem langen Leben und einer großen Nachkommenschaft, mit Ansehen, Wohlergehen und Reichtum. Nein, der Allmächtige wandte sich nach Jeshuas Lehre den Nichtsnutzen zu, den Armen, den Kranken, deren Krankheit wohl Strafe war, und vor allem den Sündern! Wer reich, gesund und auch noch wohltätig war, der war nicht seines Heils gewiss, nein, er musste sich als unvollkommen und schuldig empfinden. Und das alles von einem der Ehe und Familie verschmähte! Dann sprach er sogar eine Ehebrecherin frei! Immer wieder stellte er sich über das Gesetz! Nun ja, als er einfach verhaftet wurde, in Getsemani, gefesselt und abgeführt, da war schon der ganze Zauber verflogen. Wo war der Schutz des Ewigen? Warum wurde er wie ein Verbrecher abgeführt? Für viele der Beweis, dass er doch nur ein Schwätzer und Betrüger war."

Eljakim rang sichtbar mit seiner Haltung, fasste sich wieder und fuhr fort: „Da war ein Mann, er fragte *Jeshua: Meister, was muss ich tun um das ewige Leben zu erben? Jeshua erinnerte ihn an die Gebote, da sprach jener: dies alles habe ich von meiner Jugend an beachtet. Da sagte Jeshua zu ihm: Eines fehlt dir noch: verkaufe alles was du hast und verteile es an die Armen und du wirst einen Schatz im Himmel haben – dann komm und folge mir nach. – Da wurde der Mann sehr traurig, denn er war sehr reich* ... Ich frage dich: Ist das nicht ungeheuerlich? Ist das nicht eine Verhöhnung unserer Gesetze? Hier war einer der alles umstürzen wollte, alle Bindungen auflösen, die Tora völlig neu auslegen, die Hierarchie missachten und den Ewigen beleidigen."

„Was meinst du mit beleidigen?", unterbrach ihn Lukas schnell, der alle Mühe hatte ihm mit seinen Notizen zu folgen.

Nun hatte Eljakim endgültig seine Beherrschung verloren. Er zischte: „Dieser Mensch erfrechte sich den Ewigen *Abba* zu nennen, den Ewigen in seiner Hoheit und Unnahbarkeit zerrte er auf seine schmutzige Ebene. Und noch schlimmer. Er lehrte seine Jünger es ihm gleich zu tun, sie beteten *Unser Vater* ... Wer war er? Nicht einmal ein Dorfrabbi, einer, der in seinem elenden Heimatdorf auch nicht geachtet wurde, ein Wanderprediger, einer, der nicht einmal in der Synagoge lehrte, dessen Schüler eine Schar von Tölpeln war, von Ungebildeten, die ihn nicht verstanden. Er las mit ihnen nicht einmal in der Tora! Er betete nicht gemeinsam mit ihnen! Er trennte sie von ihren Familien und füllte ihre leeren Köpfe mit Dummheiten. Nie sprach er vom Volk Israel, nie von unserem Bund am Sinai. Stets redete er jeden einzeln an, nie das Volk, immer sagte er Du! Und dann ... jeder jüdische Mann war verpflichtet dreimal im Jahr zur Wallfahrt nach Jerusalem zu pilgern. Gut, nicht jeder konnte dreimal kommen. Aber Jeshua hat sich an diese Vorschriften überhaupt nicht gehalten. Er opferte auch nie im Tempel. Nach dem Gesetz hätte er zwei Opfer darbringen müssen. Ein Brandopfer, also ein Rind oder Schaf, und ein Mahlopfer. Aber er hat es nie gemacht! – Obendrein duldete er Frauen in seiner Umgebung. Nicht zur Bedienung! Nein, als Jüngerinnen! Er ... er ... war nur ein öffentlicher Geschichtenerzähler, mehr nicht!" – Eljakims Stimme hatte sich bedrohlich erhoben, er war immer lauter geworden.

„Aber entschuldige hochverehrter Meister wenn ich so töricht frage ...", meldete sich Lukas, „wenn Jeshua so unbedeutend war, warum bist du so aufgebracht?"

Ohne Überlegung platzte es aus dem alten Sadduzäer heraus, „we
il er mit Vollmacht sprach."

Mühsam verkniff sich Lukas ein Grinsen und er musste noch ergänzen: „Ja, das habe ich auch gehört. Und außerdem: er konnte Menschen von ihren Gebrechen und Krankheiten heilen. Das möchte ich dich fragen: Konnten die Sadduzäer oder vielleicht der Hohepriester heilen?"
„Nein!", war die wütende Antwort.

Mattitjahu räusperte sich, die Diskussion hatte einen gefährlichen Höhepunkt erreicht und er konnte den Onkel nicht besänftigen aber seinen

Zorn auf eine andere Person lenken: auf Paulus aus Tarsus. Sofort sprang die Wut des Alten darauf an.

„Paulus, Paulus, der Pharisäer, der Verräter und Vollender der Irrlehre des Nazareners. Oh ja, dieser war noch schlimmer als sein Herr und Messias. Ich habe ihn erlebt, hier in Jerusalem, als es zum Streit kam zwischen der Gemeinde des Jeshua, die von seinem Bruder Jakov geleitet wurde, zum Streit zwischen Petrus, Jakov und Paulus. Vielleicht hätte alles mit Jakov doch noch ein gutes Ende genommen. Er war ganz der Lehre und Tradition unserer Väter verhaftet, beachtete die Reinheits- und Speisegebote, das Fasten, die Beschneidung und den Tempelgang. Aber dann kam Paulus aus Antiochia und behauptete kühn, dass Jeshua ihm erschienen sei und ihn zum Apostel berufen habe, zum Völkerapostel. Die so genannte Frohe Botschaft sollte nun nicht nur den Juden, sondern auch den Heidenvölkern verkündet werden. Und das bedeutete: Mahlgemeinschaft mit Heiden, Aufhebung der Essensverbote, keine Beschneidung, alles war erlaubt! Dieser Paulus schaffte es wirklich auch die Jerusalemer Gemeinde hinter sich zu versammeln und damit hatten sich alle endgültig vom Glauben unserer Väter getrennt. Wie ich gehört habe, hat diese Schande von Juda auch die Zerstörung der Stadt und des Tempels überlebt. Es soll weiterhin eine Gemeinschaft von ihnen in den Trümmern Jerusalems existieren."

Mattitjahu suchte nun einen Ausgang und ein Ende. Er befand, dass alles erfragt worden sei. Mit einem Seitenblick vergewisserte er sich bei Lukas, der unauffällig nickte. Sie bedankten sich, wünschten Eljakim Segen und Gesundheit und schneller als gedacht konnten sie die beklemmende Atmosphäre des vornehmen Hauses verlassen.

Vor dem Tor, vor der Mauer schüttelte sich Lukas leicht als müsse er etwas abwerfen.

„Sag einmal, Mattitjahu, was glaubt dein Onkel geschieht nach dem Tod? Überhaupt kein Weiterleben?"

„Manche der Sadduzäer glaubten an eine Art Totenreich, ein trostloses Dasein an einem Ort, den sie Scheol nannten. Aber mein Onkel? Ich habe nie gewagt ihn danach zu befragen. Alles was mit Leben nach dem Tod zu tun hat, da reagiert er geradezu panisch."
Ein feiner aber andauernder Regen fiel vom grauen Himmel, die Straßen waren leer, alle hatten sich in ihre Häuser verkrochen. Lukas und Mattit-

jahu zogen sich ihre Obergewänder über die Köpfe und eilten zum Haus von Rahel. Dort wartete man schon auf sie. Eine Tür öffnete sich, die Freunde schlüpften hindurch. Sklaven stürzten auf sie und reichten trockene Tücher. Und Rahel war ganz besorgt: Ob alles gut gegangen wäre? Ach, sie habe sich so erfreulich mit Salome unterhalten.

Salome kam ihnen entgegen, sie wirkte leicht gequält und war offensichtlich froh, dass sich Rahels Neugierde nun auf den Bruder richtete. Mattitjahu nutzte die Situation und verabschiedete sich. Morgen wollten sie weiterreisen, Richtung Jericho und an den Jordan.

Rahels Neugierde war so gesteigert, dass sie alle Regeln missachtete und Lukas geradezu nötigte einzutreten und zu berichten. Noch ganz benommen von dem was Eljakim berichtet hatte, nahm Lukas auf einem Polster Platz, genau gegenüber von einer älteren Frau, klein, recht rund, mit gemütlicher Ausstrahlung und aufmerksamen Äuglein.

„Meine Nachbarin Lea", stellte Rahel sie vor, „sie kannte auch Marta und Maria sehr gut, sie wohnte gegenüber und ich dachte: sie kann einiges berichten, von damals, als Jeshua da war … es ist zwar nach jüdischer Tradition nicht üblich, dass Männer und Frauen zusammensitzen aber ich breche diese Tradition, muss sie brechen, denn es geht um eure Nachforschungen über den Propheten aus Galiläa und ich habe Rufus ben Simon versprochen alles dafür zu tun. Gerade erinnerten wir uns gemeinsam an eine peinliche Begebenheit. Aber Lea hat ganz andere Erinnerungen als ich. Nun, Salome meinte, dass jede von uns erzählen soll, woran sie sich erinnert. Also, also da möchte ich doch gleich beginnen: Also ich muss vorher sagen, dass ich nicht dabei war aber natürlich wurde mir alles bis ins Letzte erzählt, denn die Ehefrau von Simon dem Pharisäer, sie gehörte zu meinen besten Freundinnen. Und in ihrem Haus ist diese unglaubliche Geschichte geschehen: da war dieser Jeshua doch tatsächlich bei Simon zu Gast und sie lagen zu Tisch. Durch unsere Stadt zogen manchmal Frauen, Sünderinnen, ihr wisst schon was ich meine. Sie blieben nicht hier, hier gab es nichts zu verdienen, sie waren immer auf dem Weg nach Jerusalem. Also es muss eine solches Weib gewesen sein, das davon hörte, dass Jeshua in diesem Hause sei. Sie schlich sich einfach hinein, unglaublich! Meine Freundin hatte sie auch nicht bemerkt, erst als sie mit einem Alabastergefäß weinend in den Speiseraum trat und begann Jeshuas Füße mit ihren Tränen zu benetzen und … also ich erschauere immer noch … also sie band ihre langen Haare auf und trocknete mit diesen die

Füße des Galiläers. Dann salbte sie die Füße mit Balsam. Ist das nicht ungeheuerlich? Nein, nein ... es war einfach unanständig. Einem fremden Mann sich mit offenen Haaren zu zeigen und seine Füße zu berühren! Nun ja, was soll man von so einer Frau auch halten, sie hatte einfach keine Scham. Aber genauso schlimm war das Verhalten des Jeshua. Er wandte sich nicht mit Abscheu ab, er verbot nicht ihr Tun, nein, er wandte sich an seinen Gastgeber, also an den Ehemann meiner Freundin Abigail. Sie hat das alles beobachtet und mir ganz genauso erzählt", betonte sie mit Nachdruck und strafendem Blick auf Lea, die sie gemütlich anlächelte.

„Also ...", fuhr sie fort ... „dieser Jeshua sagte nichts zur Sünderin, sondern er wandte sich an Simon. So einfach ohne Zusammenhang *redete er von einem Gläubiger der zwei Schuldner hatte, der eine war ihm 500 Denare schuldig, der andere 50 Denare. Aber beide konnten nicht zahlen, da schenkte er beiden die Schuld. Welcher von den beiden würde ihn mehr lieben? Und da gab Simon zur Antwort: Ich denke der, dem er das meiste geschenkt hat. – Und Jeshua sagte: Du hast richtig geurteilt. Und dann wandte er sich an diese ... diese ... Frau und sagte zu Simon: Siehst du diese Frau? Ich kam in dein Haus – du hast mir kein Wasser für die Füße gegeben, sie aber hat meine Füße benetzt und mit ihren Haaren getrocknet. Einen Kuss hast du mir nicht gegeben – sie aber hört seit ihrem Kommen nicht auf meine Füße zu küssen. Mein Haupt hast du nicht mit Öl gesalbt – dafür hat sie meine Füße mit Balsam gesalbt. Darum sage ich dir, sind ihre vielen Sünden vergeben, weil sie viel geliebt hat. Wem wenig erlassen ist, der liebt auch wenig. Dann sprach er zu ihr: Deine Sünden sind dir vergeben.* Nun, immer wenn ich das erzähle, rege ich mich furchtbar auf. Sollen diese Worte bedeuten, dass wir uns alle in Sünde begeben sollen?" – Sie griff sich dramatisch ans Herz und schüttelte den Kopf.

Lukas hatte sich auf einer Wachstafel Notizen gemacht, während Lea sofort anschloss: „Nein, nein, das war anders. Auch ich war nicht dabei aber die Sklavin Michal, die ich gut kannte, sie hatte das alles beobachtet und immer wieder erzählt. Schließlich sprach die ganze Stadt davon. Es herrschte überall Empörung und Entsetzen. Also zuerst: diese Frau, wer war sie? Sie war unbekannt, niemand hatte sie davor gesehen. Sie kam einfach in das Speisegemach, unbemerkt war sie ins Haus gelangt, da alle heimlich hinter der Tür standen und diesen Jeshua beobachteten. Also diese Frau, sie muss jung gewesen sein, sie trat von hinten an den Meister heran und sie trug ein Alabastergefäß mit Nardensalbe! Nardensalbe! Nicht Balsam. Wisst ihr wie teuer das ist? Ein ganzes Vermögen. Also sie zerbrach das Gefäß und schüttete die Salbe auf das Haupt Jeshuas, nicht auf die Füße! Also wenn man hätte diese Salbe verkaufen können für über 300 Denare und meinetwegen das Geld den Armen geben. Dieser Jeshua war doch immer für die Armen! Aber er tadelte sie nicht, nein. Obwohl die anderen Gäste sich entrüsteten. Er sagte: *Lasst sie! Was beschwert ihr sie? Ein gutes Werk hat sie an mir getan. Allzeit habt ihr Bettler bei euch, und wann immer ihr wollt, könnt ihr ihnen wohltun, mich aber habt ihr nicht allezeit. Sie hat vorweggenommen meinen Leib zu salben zum Begräbnis. Bei Gott, deshalb sage ich euch: wo immer die Heilsbotschaft verkündet wird in der ganzen Welt, da wird auch, was sie getan, erzählt werden zum Gedächtnis an sie.* – So genau hat Michal immer mit denselben Worten die Begebenheit erzählt und nun frage ich euch: Kann eine Sklavin diese Worte erfinden? Nein, sie hat diese nur treulich wiederholt. Und außerdem: Gleich darauf ist der Rabbi Jeshua nach Jerusalem gezogen und erlitt dort den Tod. Woher hätte Michal das wissen können?"

Rahel holte bereits tief Luft um ihre Version zu verteidigen, als Salome die Diskussion in eine ganz andere Richtung lenkte: „Der Pharisäer hieß doch Simon? Simon der Aussätzige?"

„Der Aussätzige?", schrien beide Frauen auf, „nein, wie kommst du darauf?", plapperte die zungenfertige Rahel gleich weiter, „ein Aussätziger wäre doch völlig unmöglich gewesen. Nein, nein, Simon war ein ehrbarer, geachteter Pharisäer und niemals aussätzig."

Salome ließ es darauf beruhen und fragte auch nicht weiter nach weil sie Bedenken hatte, dass die Erzählung dann bis zur Unkenntlichkeit ausgeschmückt würde. Die beiden hatten auch so Gesprächsstoff genug und schilderten ausgiebig wer damals in Betanien für Tratsch und Klatsch sorgte. Dann verabschiedete sich Lea, sie müsse sich noch um das Nachtmahl kümmern. Kaum war sie aus der Tür hinaus, fiel Rahel über sie her: „Mahl zubereiten! Da muss ich lachen. Die Arbeit wird von ganz anderen erledigt, sogar der Ehemann übernimmt ihre Pflichten und sie hockt viel lieber vor dem Haus, schnappt jede neue Geschichte auf. Der arme Mann … Naja, er ist einfach zu gutmütig und Lea hat ein schönes Leben."

Salome schloss die Augen, beherrschte sich und versuchte die weiche Stimme mit ihren Hetzreden einfach auszublenden. Das war ein harter Tag und sie war froh morgen wieder auf dem Esel zu sitzen. Lukas verbiss sich ein Lachen und tat so als wäre er völlig in seine Aufzeichnungen vertieft. – Es gelang ihnen die Flucht, indem Salome starke Kopfschmerzen vortäuschte und Lukas seine Chronistenpflichten anführte. So konnten sie sich in ihre Schlafräume zurückziehen.

Als sie den Innenhof durchschritten fragte Salome den Bruder leise: „Und? Hat sich dein Besuch gelohnt? Hast du Neues erfahren?"

„Und ob", meinte Lukas zufrieden, klopfte auf seine Tasche, „meine Wachstafeln sind voll beschriftet. Ich bräuchte eine Gelegenheit sie auf Papyrus aufzuschreiben. Morgen wollen wir weiterziehen. Hier habe ich keine Ruhe. Morgen kommt Mattitjahu, dann verlassen wir Betanien und sehen weiter."

„Gut so, bin einverstanden", flüsterte Salome, „erzähle mir morgen von Eljakim. Hier haben die Wände Ohren und ich möchte nicht, dass neuer Tratsch entsteht und Mattitjahu oder Rufus später in Schwierigkeiten kommen. Ziehen wir uns erstmal zurück. Die Geschichte von Lea kann ich auch auf meiner Wachstafel aufschreiben."

Kapitel 10

Durch die Wüste zum Salzsee. Der Eremit Kleopas erzählt sein Leben

Der nächste Tag war ein milder Wintertag ohne Wolken, ohne Regen, genau richtig zum Weiterwandern. Mattitjahu war zeitig da und mit vielen guten Wünschen und Abschiedsworten konnten sie sich von Rahel trennen. Mattitjahu gab den Geschwistern durch eine Geste zu verstehen, dass alles erledigt sei und so zogen die drei mit erleichterten Gefühlen zum Städtchen hinaus. Vor dem Tor gab es etliche Marktstände an welchen Salome Brot, Fisch, Oliven und Trauben erstand. Auch die bettelnde Kinderschar wurde bedacht. – Die Freunde hatten Redebedarf und suchten einen ruhigen Ort um ihre Erlebnisse auszutauschen. Nachdem sie Betanien weit hinter sich gelassen hatten, sahen sie auf einem der vielen steinigen Hügel einen großen Ölbaum. Dort hielten sie Rast und fanden Gelegenheit zum Reden.

„Was willst du mit den beiden unterschiedlichen Schilderungen von der Frau mit dem Salbgefäß machen?", erkundigte sich Lukas gespannt bei seiner Schwester. Diese teilte gerade einige Datteln aus und meinte gelassen: „Also die Schilderung von Lea kennen wir aus der römischen Schrift. Aber wer weiß? Jeshua war oft in Betanien, vielleicht sind es auch zwei unterschiedliche Begebenheiten? Einmal wird auf den frühen Tod Jeshuas und auf ihn als Messias hingewiesen, in Rahels Geschichte auf die Sündenvergebung. Vielleicht gab es zwei Frauen, zwei Begebenheiten? Manchmal verwischen sich die Erinnerungen oder man formt sie durch ständiges Nacherzählen völlig um. Also ich werde Rahels Darstellung übernehmen und sie an einer anderen Stelle platzieren, nicht kurz vor der Leidensgeschichte. Sündenvergebung ist ein wichtiges Thema bei Jeshua. Deshalb werde ich die Geschichte am Anfang seines Wirkens einordnen. Und provokant ist seine Aussage *... wer viel geliebt hat, dem wird auch viel vergeben werden.* Der Zusammenhang von Liebe und Sünde ist schon gewagt. Wollte er sagen, dass Sünde mit Liebe zugedeckt werden kann? Natürlich muss das die Frommen empört haben. Aber Jeshua stellt die Liebe über alles."

„Und was ist mit *Simon dem Aussätzigen*?"

Salome meinte nachdenklich: „Stimmt schon, was soll ein Aussätziger in diesem Zusammenhang? Vielleicht ein Schreibfehler? Ein Missverständnis? Vielleicht aber einer, der vom Aussatz geheilt wurde? Darüber muss ich eine Weile nachdenken, vielleicht kann uns Aaron helfen wenn wir in Antiochia zurück sind. Übrigens: bei der Geburtsgeschichte, die ich immer mehr bewundere, da stört mich nicht die falsche Datierung des Zensus unter Quirinius sondern: Warum sollte die hochschwangere Maria auf einem Esel die beschwerliche Reise von Nazaret über das judäische Gebirge unternehmen? Warum musste Maria mitreisen? Hätte es nicht genügt wenn Josef allein nach Betlehem gewandert wäre?"

„Das kann ich dir beantworten", kam schnell Lukas Entgegnung, „es waren die Besitzverhältnisse. Damit habe ich mich lange auseinander gesetzt weil es auch hin und wieder auf unserem Landgut diese Problematik gab. Josef und Maria wohnten in Nazaret aber sie kamen ursprünglich aus Betlehem, wie bezeugt wurde und vermutlich hatten sie dort Grundbesitz, der versteuert werden musste, denn Betlehem liegt in Judäa und war bereits ins Imperium eingegliedert. Wahrscheinlich hatte Maria aus ihrer Familie auch Grundbesitz und musste sich deshalb dort registrieren lassen. So weiß ich es von anderen Ehepaaren, die auch wegen des Zensus an ihren Herkunftsort reisen mussten. Josef ben Heli kann nicht zu den Armen gehört haben, wahrscheinlich war er ein Kleinunternehmer wie auch Petrus und Andreas in Kafarnaum. Vielleicht hatte er Taglöhner eingestellt. Mit fünf Söhnen war er jedenfalls wirtschaftlich nicht schwach. Gebaut wurde ständig und überall, also hatte er bestimmt genügend Einnahmen."

„Danke, mein Lieber, das überzeugt mich. Und nun berichte mir von Eljakim, ich brenne darauf von eurem gestrigen Gespräch zu erfahren."

Und Lukas erzählte ausführlich, immer wieder von den Fragen seiner Schwester unterbrochen. Mattitjahu war erstaunt wie sachlich und ohne Empörung sich die beiden austauschten. In ihm rumorte es seit gestern gewaltig. Waren früher der Onkel, der Vater und alle älteren Männer in seiner Familie unbestrittene Autoritäten gewesen, so stellte er nun mit einer gewissen Fassungslosigkeit fest, dass davon fast nichts mehr übriggeblieben war. Er hatte sich dieser Welt, der Herkunft aus dem Priesteradel, völlig entfremdet und stellte mit Verwunderung fest keinerlei Bedauern zu empfinden, dass diese Welt untergegangen war. Tunlichst hatte Eljakim verschwiegen wie Herodes der Große bei seinem Machtantritt die alten Priesterfamilien beseitigen ließ und unbedeutende Geschlechter, auch seine Sippe, ins Amt des Hohepriesters brachte. Jetzt erfüllte ihn geradezu Dankbarkeit nicht mehr in diese strenge Ordnung eingebunden zu sein, nicht den vorgeschriebenen Weg als Tempelpriester gehen zu müssen. Allein das ständige Schlachten der Lämmer, der vielen Tiere, an Festtagen waren es tausende, die auf dem großen Altar geopfert wurden. Es schüttelte ihn bei diesem Gedanken Tiere zu töten, seine Hände ständig in Blut zu tauchen. Zum Laubhüttenfest wurden 70 Stiere geschlachtet, es kam ihm jetzt wie ein Blutrausch vor. Bei Eljakims Erzählungen wurden Kindheitserinnerungen wach: der Blutgeruch über dem Tempel, besonders an den hohen Festtagen, dieser merkwürdig dumpfe Geruch, der vom Weihrauch überlagert wurde, die mit Blut bespritzten kostbaren Gewänder der Männer, die Blutrinne am großen Opferaltar. Der Tempel war auch ein Schlachthaus, gestand er sich ein. Töten und Töten und immerzu Töten. Zur Sühne, zur Vergebung, damit der Ewige gnädig gesinnt sei? Braucht Gott das Blut von Tieren? Wenn wir Juden uns in vielem von anderen, paganen Völkern unterscheiden: aber wir opfern wie diese, wir vergießen – nein: wir vergossen – ständig Blut. Und was sagten die Propheten? Er hatte sich nicht nur mit der Tora beschäftigt sondern auch gerne und viel mit den Propheten.

Amos: *Eure Brandopfer sind mir zuwider.*

Hosea: *Schlachtopfer lieben sie, sie opfern Fleisch, essen davon. Jahwe hat keinen Gefallen daran.*

Jesaja: *Was soll ich mit den vielen Schlachtopfern?, spricht Jahwe. Eure Hände sind voller Blut.*

Aber die Schriften der Propheten galten nichts bei den Sadduzäern. Sie stützten sich allein auf die Tora, die das Alltagsleben bis ins Kleinste regelte, ja erstickte. Mattitjahu war froh diesen Zwängen, dieser heiligen Ordnung entronnen zu sein. Brauchte der Ewige diese ganze Gesetzeswut? Die sich ständig aufspaltenden Gesetze führten zu einer übertriebenen Selbstbeschäftigung und Selbstbeobachtung. Wurden wir nicht Gefangene des Gesetzes? Hatte nicht Jeshua Recht wenn er zwar die Tora achtete aber diese entsetzlich kleinteilige, das Leben behindernde Auslegung verurteilte? War es wirklich wichtig zu überlegen ob ein Ei, das am Sabbat gelegt wurde auch am Sabbat verspeist werden durfte? War das wichtig für Gott? Jeshua sagte: Nein, Gott ist wie ein gütiger Vater. Aber dieser Vater ließ ihn am Kreuz schmählich sterben … Sadduzäer bin ich nicht mehr, doch wie soll ich jetzt leben? Ich bin doch Jude? … Versunken in seine eigene Gedankenwelt hatte er das Gespräch der Geschwister nicht mitgehört.

Salome riss ihn aus diesen schweren Betrachtungen: „Wie geht es weiter? Wohin wandern wir jetzt?"

Mattitjahu tauschte mit Lukas einen kurzen Blick und atmete durch: „Also ich denke: wir wandern bis Jericho. Dort war auch Jeshua und es gibt bestimmt noch Menschen, die sich an ihn erinnern. Ich kenne ein Haus von Freunden wo du gut unterkommen kannst, Salome. Lukas und ich werden dann weiter in die Wüste wandern, zu einem Ort am großen Salzsee. Dort lebt Kleopas in einer Höhle. Einmal habe ich ihn besucht, aber ich bin unsicher mich in dieser schrecklichen Landschaft zurechtzufinden. Es wird wohl eine Weile dauern und ich brauche die Hilfe von Beduinen, die sich auskennen. Ob Kleopas überhaupt noch lebt?"

Salome hatte ihm mit steigendem Zorn zugehört und schnitt ihm jede weitere Erklärung ab: „So also habt ihr euch das vorgestellt: ihr reist ohne mich weiter, lasst die alte Salome in einem langweiligen Haus sitzen und wollt allein mit Kleopas reden?! Kommt überhaupt nicht in Frage! Kleopas ist auch noch Augenzeuge und er hat den Herrn sogar als Auferstandener gesehen und gesprochen. Das Erlebnis in Emmaus! Glaubt ihr das lasse ich mir entgehen?", sie hatte sich fast in Wut geredet.

„Nein, das glaube ich nicht", meinte Lukas lakonisch, „aber Mattitjahu war davon nicht abzubringen."

„Pah!", schleuderte Salome heraus und warf wütende Blicke auf Mattitjahu. Sie war immer noch eine schöne Frau, auch im Alter, und jetzt schien sie um Jahre verjüngt. Mattitjahu war hingerissen und dachte: schade, dass sie so viel älter ist. So eine Frau wäre die richtige für mich. Nicht nur äußere Schönheit sondern auch Verstand, Klugheit, Herz und Leidenschaft. Er spielte den Zerknirschten und versprach die Reise zu Kleopas natürlich mit ihr fortzusetzen.

Ob es noch weit sei bis zum Salzsee?, wollte sie wissen.

„Nein", antwortete er, „Judäa ist klein. Wir können es heute noch gut schaffen, wenn wir nicht zu lange rasten. Aber ich bin nicht sicher ob ich die Höhle von Kleopas finden werde."

„Das ist doch kein Problem", meinte sie, stand auf und deutete auf das gro-ße schwarze Nomadenzelt, das auf einem entfernten Hügel aufgebaut war: „Du gehst dahin und sicher kennen die Nomaden sich aus und können uns einen Knaben ausleihen. Er soll auch seinen Lohn erhalten und uns zum Einsiedler bringen." Auffordernd und mit blitzenden Augen schaute sie auf Mattitjahu hinab. Der musste unwillkürlich lachen, erhob sich, klopfte Lukas auf die Schulter und machte sich unverzüglich auf den Weg zum Zelt.

„Salome", seufzte Lukas, „also manchmal frage ich mich wie das Apollos mit dir ausgehalten hat."

„Apollos hat mich ernst genommen, ganz anders als die anderen Männer, die bestens ein hirnloses Schaustück oder eine Kindergebärerin in mir sahen."

„Salome!"

„Was Salome?! Das ist die Wahrheit und ohne mich hättet ihr beide diese Reise nie unternommen und die Schriftrolle würde nie geschrieben … Männer!", schnaubte sie.

Lukas verstummte. Nach gar nicht so langer Zeit sahen sie Mattitjahu mit einem Knaben zurückkommen.

„Na also", war Salomes Kommentar.

Der Knabe schien recht aufgeweckt, gar nicht scheu vor den Fremden und fand es auch nicht verwunderlich, dass Salome selbstbewusst auftrat. Im Gegensatz zur sesshaften Bevölkerung hatten die Nomadenfrauen sehr viel mehr Freiheiten und bestimmten in der Sippe mit. Sie verstanden sich aufs Handeln, Rechnen und trugen auch das Familienvermögen in Form von überreichem Silberschmuck auf ihren reichgestickten Kleidern. So setzten sie nun zu viert ihre Reise fort. Die Landschaft veränderte sich

zusehends. Grau, Braun und Schwarz schien alles. Eine Steinwüste breitete sich aus, nicht flach, sondern in kleinen Hügeln, die sich wie Wellen
durch die Landschaft zogen. Man konnte an ein in Sand und Steinen er-
starrtes Meer denken. Wohin gingen sie? Es war gefährlich in einer der
Bodenwellen die Orientierung zu verlieren, die Landschaft wirkte völlig
gleichförmig, das Auge fand nirgends Halt. Woran orientierte sich der No-
madenjunge? Dieser aber schritt fest und sicher voran, zögerte nie und
dann, auf einer Hügelkuppe, deutete er ins weite Land. Vor ihnen lag weit
ausgebreitet der Salzsee. Auf der judäischen Seite erhoben sich hohe Felsen mit Höhlen. Kein Mensch, kein Tier, kein Leben. Dann begann der Abstieg hinunter zum See. Die Sonne strahlte von einem wolkenlosen herrlich blauen Himmel. Die Reisenden fühlten Beklemmung in dieser
unwirtlichen Landschaft, die nicht von dieser Welt zu sein schien. In Salomes Gedächtnis tauchten plötzlich die Bilder von Galiläa auf: überall
wucherndes Grün, ein Meer von Blumen, die sich im Wind wiegten. Hier
aber ... woran erinnerte sie diese Steinwüste? Sie grübelte eine Weile und
dann wusste sie es: in sternklaren Nächten, wenn der Vollmond deutlich
zu sehen war und seltsam nah wirkte, in solchen Nächten konnte man die
Landschaft auf dem Mond sehen: Berge, Gebirge und Krater, große Wüsten-
flächen. Genauso wirkte auf sie diese bizarre Gegend am Salzsee, ein
Wasser ohne Fische, ohne Leben. Nun waren sie unten angekommen und
Mattitjahu verhandelte mit dem Jungen. Er deutete auf eine riesige Fels-
formation mit vielen Öffnungen. Es waren natürliche Höhlen, die wie tote
Augen auf die Reisenden nieder blickten.

Mattitjahu bestand auf einer Rast und Erholung. Obwohl Winterzeit war
hier nichts davon zu spüren. Seit dem Abstieg vom Ölberg, jetzt in eine tiefe
Ebene, hatte sich das Klima stark verändert. Die Luft war heiß, flirrte sogar.
Im Hochsommer musste es hier unerträglich sein. Alle fühlten wie die Mün-
der austrockneten, die Zungen am Gaumen klebten. Wie gut war es, dass sie
immer auf prall gefüllte Ziegenbälge geachtet hatten. Das Wasser war nun
kostbar geworden, es musste sorgfältig eingeteilt werden. Unter einem über-
hängenden Felsen ließen sie sich nieder. Mattitjahu bestand darauf, dass
sich Lukas und Salome hinlegten und schnell fielen die beiden in einen tiefen traumlosen Schlaf. Die ungewohnte Gegend, die heiße trockene Luft
hatten sie mehr erschöpft als sie dachten. Mattitjahu musste sie wecken.
Die Sonne stand tiefer, die Schatten waren länger geworden.

Der Beduinenjunge übernahm wieder die Führung. So gelangten sie an
den Fuß eines mächtigen Felsens, auf dem eine in den Stein gehauene

Treppe emporführte. Während der Junge mit den Eseln unten blieb, machten die drei sich auf den Aufstieg. Mattitjahu ging voran, dann folgte Salome, zum Schluss Lukas. Sie bewegten sich vorsichtig, manchmal auf allen Vieren, kletterten langsam Stufe um Stufe höher. Dann hatten sie eine recht große Plattform erreicht und vor ihnen öffnete sich das Dunkel einer Höhle. Mattitjahu bedeutete den beiden zu warten und verschwand.

Lukas und Salome schauten nun hinab auf den Salzsee, auf merkwürdige Formationen, die das Salz geschaffen hatte, auf die Salzschollen, die träge darauf hintrieben, ein Dunstschleier lag über allem. Am gegenseitigen Ufer bewegte sich langsam eine Karawane. Dromedare waren gut zu erkennen, ab und zu blitzte etwas Rot und Gold von den Kleidern der Nomadenfrauen. Sie kamen wohl aus dem entfernten Arabien und transportierten Handelsware, die sie nach Jericho brachten. Es war völlig still, kein Laut, kein Vogelschrei, nichts. Die Geschwister glaubten sich bereits in einer anderen Welt. Wie lange sie so hockten, schauten und schwiegen … sie hatten das Gefühl für die Zeit verloren.

Dann schreckte sie ein Geräusch auf: Mattitjahu stand wieder vor ihnen, er lächelte, wies auf die Höhle und sagte freundlich: „Kleopas wartet auf euch." Beim Eintreten ins Höhlendunkel versagten die Augen zunächst ihren Dienst. Die Drei blieben stehen, warteten bis die Augen sich angepasst hatten und folgten Mattitjahu sehr langsam. Nun sahen sie: in der Mitte der hohen und recht weiten Höhle saß ein alter Mann auf einem verschlissenen Webteppich. Er saß völlig unbewegt, wie eine Statue. Die ganze Gestalt war in ein helles Tuch gehüllt. Beim Näherkommen erkannten die Eintretenden ein unglaublich strahlendes, fast entrücktes Gesicht mit offenen, sehr wachen Augen. Und diese Augen waren nicht dunkel wie bei den allermeisten Menschen in Palästina, nein, sie hatten ein ungewöhnlich tiefes Blau, doch schauten sie merkwürdig an den Besuchern vorbei, orientierten sich erst, als Mattitjahu sie vorstellte: „Lieber Kleopas, hier sind Salome und Lukas aus Antiochia." Dann wandte er sich an die beiden: „Kommt näher, setzt euch und berührt seine Hände denn Kleopas ist fast blind, er kann nur noch schemenhaft die Umrisse von Menschen erkennen."

Salome überwand sofort jede Scheu, berührte mit ihren Händen die breiten Hände des Eremiten, drückte sie kräftig und stellte sich vor. Lukas tat das gleiche und auch hier ereignete sich das Wunder der verwandten Seelen, der Gleichklang, den Salome bei ihrer ersten Begegnung mit Susanna gespürt hatte: sie waren eines Sinnes, es war wieder dieses merkwürdige Wiedersehen, ja Wiedererkennen, das jenseits des menschlichen Verstehens liegt.

Kleopas hatte eine auffallend helle Haut, einen kurzen struppigen Bart und auch sein Haupthaar stand wie eine weiße Bürste vom Kopf ab. Er war eindeutig kein Orientale. Vielleicht ein Grieche? Oder sogar ein Nordländer, einer aus weit entfernten Ländern, die kalt, rau, nebelig und sonnenlos waren? Über sein Gesicht ging ein Leuchten und sein Willkommen war herzlich, unverstellt und ohne Vorbehalt.

„Jubilate! Welche Freude, dass ich euch empfangen darf", begann er in einem gepflegten Koine-Griechisch, „welche Fügung und Ehre, dass ich mitwirken kann an einer neuen Schriftrolle welche das Leben und Leiden unseres Herrn in die Welt der Heiden tragen wird." – Wie immer schwieg Lukas und wusste: seine Schwester würde die richtigen Worte finden, den passenden Anfang für ein fruchtbares Gespräch. Und Salome entgegnete auch gleich: „Lieber Kleopas, du weißt nicht welche Freude es für uns ist, dich noch lebend anzutreffen, denn die Menschen, welche Jesus mit eigenen Augen sahen, werden immer weniger aber gerade auf sie sind wir angewiesen, sie können noch zuverlässig und aus eigener Anschauung von unserem Herrn berichten. – Doch verzeih meine Neugierde: du wirkst nicht wie ein Jude, ja nicht einmal wie ein Grieche oder Römer. Woher kommst du? Was ist deine Herkunft?"

Kleopas lachte breit und offensichtlich freute ihn die Unmittelbarkeit und Direktheit Salomes.

„Richtig, dass du mich gleich nach meiner Herkunft fragst, denn mein Weg zu Jeshua war ganz anders als die Wege der anderen Jünger. Meine Eltern und Vorfahren kommen aus den Nordländern, den waldreichen kalten und wilden Gegenden nördlich von Rom, jenseits des großes Gebirges. Mein Vater, er kam aus einem mächtigen Stammeshaus dort, mein Vater wurde von den Römern als Heranwachsender verschleppt und in Rom aufgezogen. Man wollte aus den wilden Söhnen Germaniens treue Gefolgsleute des Imperiums machen. Und mein Vater erwarb auch alle Kenntnisse und Künste der Römer, aber im Herzen blieb er seiner alten Heimat treu. So wählte er auch keine Römerin zur Ehefrau sondern eine junge, ebenfalls verschleppte Sklavin aus den germanischen Wäldern. Dies wird dir mein Aussehen erklären. Gerne wäre mein Vater wieder in die Heimat zurückgekehrt, denn tief im Herzen lehnte er die Macht Roms, diese ständig kriegslüsterne Hydra ab. Er war ein friedvoller Mensch, wenn er auch Arminius bewunderte, ebenfalls ein Sohn aus dem Norden, der in Rom ausgebildet wurde dann aber zurückkehrte, die Stämme seines Volkes versammelte und dem römischen Feldherrn Varus in den Wäldern eine vernichtende Niederlage beibrachte. Das erste Mal wurde ein römisches Heer von Barbaren geschlagen, sogar ausgelöscht. Publius Quinctilius Varus führte drei Legionen in den Untergang und stürzte sich noch auf dem Schlachtfeld selbst in sein Schwert. – Mein Vater arbeitete in seiner Verwaltung, er war römischer Beamter und Varus war kaiserlicher Statthalter in Syria, damals vor 80 Jahren ... Warum ich das so ausführlich erzähle? Varus und seine Geschichte stehen für mich für die Welt, für Rom, für Macht und Gewalt. Und ich fühlte mich als junger Mensch davon abgestoßen, wie mein Vater. Aber es war unsere Zeit, wir lebten nicht schlecht in römischen Diensten, viel besser als die meisten. Mein Vater zögerte, aber er fügte sich doch in sein Schicksal. Ich aber schwankte, ich wollte nicht so leben wie mein Vater, obwohl ich ihn liebte und verehrte. Ich suchte ... ich suchte ... aber was? Wie konnte ich der Gewalt entgehen? Da kam mir eine Gabe zu Hilfe, ein Talent, das ich von keinem geerbt hatte, das mir einfach zugefallen war: es war für mich leicht fremde Sprachen zu lernen und schon früh, schon in meiner Knabenzeit musste ich übersetzen. Mit der Zeit erkannte ich: diese Gabe wird dich retten! Vor dem Militärdienst, vor der Entscheidung Partei ergreifen zu müssen, vor der Verpflichtung ein ungeliebtes oder verhasstes Amt ertragen zu müssen. – Ich begann gezielt Sprachen zu lernen: mit Griechisch bin ich aufgewachsen, die nächste Sprache war Latein, dann Hebräisch, Aramäisch und auch Persisch. Viele suchten meine Dienste, weil sie nur einen Übersetzer wollten und nicht zwei oder drei."

„Du kannst Hebräisch? Sprechen und schreiben?", unterbrach ihn Salome.

„Nun, die gesprochene Sprache ist fast verschwunden aber ich beherrsche die Schriftsprache, kann sie sicher vom Aramäischen trennen. Von einem berühmten Rabbi in Alexandria ließ ich mich unterrichten. Zeitweise habe ich auch Schriftstücke übertragen. So hatte ich eine wunderbare Nische gefunden, eine Stellung, die mich zum Zuschauer machte, nicht zum Täter: Mein Leben bestand aus Worte austauschen, nicht selbst entscheiden, nicht selbst Gedanken äußern oder sich mit anderen Menschen streiten müssen."

„Mhm, ist das so verwerflich? Ist das nicht ein wichtiger Dienst? Warum klagst du dich an?", versuchte Salome ihn zu verteidigen.

„Durchaus kann man dies so sehen", gab der Alte zu, „aber im tiefsten Innern wusste ich: du machst dir mit dieser Gabe ein bequemes Leben, du legst dich nicht fest, du bist nur ein Wanderer zwischen den Welten. Diese Haltung übertrug sich auf mein ganzes Leben. Ich versäumte es eine Frau zu suchen, Kinder zu zeugen. Ich war weit gereist und bekam ständig neue Aufträge. So sah ich viele Länder rund um das Mare Nostrum und wurde langsam, mit dem Älterwerden auch ruhiger."

Kleopas schwieg, hing seinen Gedanken nach und die ungeduldige Salome wagte nicht ihn weiter zu fragen.

Kapitel 11

Letzte Tage in Jerusalem.
Wie sie Kleopas erlebt hat

Nach einer ganzen Weile setzte er seinen Lebensbericht fort. „Eines Tages war ich im Auftrag der römischen Verwaltungsbehörde in Jericho. Dort gab es Streitereien zwischen Sadduzäern, Römern und dem jüdischen Zolleinnehmer. Ich sollte in Gesprächen zunächst herausfinden was die Ursache des Zwistes war. Wie so oft: der Streit hatte sich verfestigt, verselbständigt und keiner wusste mehr mit Sicherheit wie das Ganze begonnen hatte. Zachäus hieß der Zolleinnehmer, der von den anderen beiden Seiten beschuldigt wurde im Übermaß Zoll zu erpressen und sich damit zu bereichern. Es begann ein Hin und Her, tagelang, dann plötzlich erschien Zachäus vor der Curia, der Stadtverwaltung. Sein Verhalten war ganz anders als vorher, nicht mehr rechthaberisch, geradezu frech und wütend war er gewesen. Nun schien er ein völlig anderer Mann geworden zu sein, sehr ernst, ruhig, ja ein Mensch mit Reue. Immer noch sehe ich ihn vor mir: ein kleiner Mann mit einem dunklen Lockenkopf, schwarzen flinken Augen und immer vornehm und teuer gekleidet. An diesem Tag trug er aber nur ein sehr einfaches Gewand. Er erschien zur Schiedsstelle mit einem Sklaven, legte zehn Geldbeutel auf den Tisch und sagte nur: *Ich habe schlecht gehandelt, das Volk beraubt und ich gebe hiermit die Hälfte meines Besitzes zurück.* Sprach's, drehte sich um und ging. Alle stürzten sich auf die Beutel und banden sie auf: Tatsächlich alle waren vollgefüllt mit Denaren. Was war geschehen? Ein Geschrei, ein Durcheinander, die Römer verstanden nichts und beauftragten mich herauszufinden was die Ursache für diese Verwandlung war. Zachäus war nicht aufzufinden, so sehr ich auch suchte. Aber in der Stadt herrschte helle Aufregung: ein Heiler war angekommen, ein großer Rabbi oder vielleicht mehr? Vielleicht sogar der Messias? Nun, die Juden sind ein religionstrunkenes Volk und in religiösen Dingen schnell überhitzt, aber ich musste der Sache nachgehen und da fand ich den Mann wie er vor der Synagoge predigte. Es war Jeshua aus Nazaret. Viele Menschen standen um ihn herum, Männer und Frauen. Er war umgeben von seinen Jüngern und die Leute in Jericho tuschelten: er hat auch Jüngerinnen! Er habe Zachäus bekehrt. Er sei sogar in seinem

Haus eingeladen gewesen, bei einem Zöllner und Sünder! Der war auf einen Baum gestiegen um ihn zu sehen und Jeshua habe ihn heruntergerufen. Zachäus aber war so erschüttert, dass Jeshua bei ihm zu Gast war, dass er die Hälfte seines Besitzes zurückgab. Jeshua habe gesagt: *Heute ist diesem Haus Heil widerfahren. Denn er ist auch ein Sohn Abrahams. Der Menschensohn ist gekommen das Verlorene zu suchen und zu retten.* – Und jetzt war dieser berühmte Jeshua in der Stadt und predigte. Ich blieb stehen und wollte wissen welche Macht dieser Mensch hatte, dass ein geldgieriger Oberzöllner, der schon tagelang vergeblich von uns vernommen wurde, dass dieser Mensch in kürzester Zeit eine solche Wandlung erfahren hatte. Und ich lauschte seiner Rede …"

Kleophas schwieg, versank wieder in seine Gedanken und berichtete dann von den Worten des Wanderpredigers: „Es war eine merkwürdige Parabel von einem Edelgeborenen, der wegritt und seinen Untergebenen befahl für ihn die Geschäfte zu machen. Als er zurückkam, wollte er den Gewinn von diesen Geschäften sehen und rief die Untergebenen zusammen. Sie sollten Rechenschaft ablegen …"

Die Geschichte war völlig neu für Salome und Lukas, ebenso die Erzählung mit Zachäus. Lukas notierte eifrig. Auch hier war der Herr, der belohnen und strafen kann in einem merkwürdigen Zwielicht geschildert. Wer war damit gemeint? Der Ewige? Oder nur ein schlauer Herrscher? Die Parabel war komplex, vielschichtig, verwirrend. Und doch: sie wurde zum einschneidenden Erlebnis für Kleopas … Wieder schwieg er lange und bekannte schließlich: „Diese Rede erschütterte mich in den Tiefen meiner Seele: ich erkannte mich, mich als derjenige mit dem einen Pfund, der nichts daraus gemacht hatte, der sicher und ängstlich sein Pfund verwaltete, sein Leben nicht einsetzte. Ja … was soll ich sagen? Ich kündigte meinen Dienst bei der römischen Verwaltung auf, wurde ein Jünger des Herrn und zog den Spott meiner ganzen Umgebung auf mich. Aber es traf mich nicht, es war mir gleichgültig. Ich hatte eine Antwort gefunden, ein Ziel und ließ alles andere hinter mir zurück."

„Da war doch auch die Heilung eines Blinden, in Jericho? So habe ich es in der römischen Schriftrolle gelesen", fragte ihn Salome eindringlich.

„Oh ja, das war bei Jeshuas Einzug in die Stadt. Ein Blinder schrie so lange nach ihm, als Sohn Davids, bis er sich erbarmte und ihn heilte. Deshalb war auch so viel Aufregung in der Stadt und Zachäus wollte den Wundermann sehen."

Längst war der Abend hereingebrochen und Mattitjahu wurde unruhig. Sie sollten sich auf den Rückweg machen. Dem widersprach Salome heftig. Nein, sie musste mindestens noch die Nacht und den folgenden Tag mit dem Einsiedler verbringen. Kleopas bestand ebenfalls darauf. Er war mit Wasservorräten und getrockneter Nahrung gut versorgt, denn die vorbeiziehenden Nomaden belieferten ihn zuverlässig mit dem Notwendigsten. Sie trugen ihm ihre Sorgen und Kümmernisse vor, er gab ihnen Rat, sein Gebet und den Segen.

„Und in welcher Sprache sprecht ihr?", wunderte sich Salome.

„Oh, das ist nicht schwierig gewesen ihre Sprache aus dem fernen Arabia zu lernen", meinte der Alte, und seitdem sein Augenlicht fast erloschen sei wären seine Ohren immer schärfer geworden. Sie seien Menschen, die an verschiedene Götter glaubten, besonders an zwei Göttinnen, und diese verehrten sie mit einem Halbmond und einem Stern. Es seien gute Menschen, die es ihm ermöglichten in der Einsamkeit zu leben.

Man einigte sich darauf, dass Mattitjahu zu dem Beduinenjungen hinunterstieg und die Geschwister bei Kleopas blieben. Morgen, vor der Mittagshitze wollten sie dann nach Jericho weiterziehen.

Lukas und Salome waren aufgewühlt, sie konnten nicht an Schlaf denken und bestürmten weiterhin Kleopas, der unerschütterlich und ruhig berichtete wie er ein Jünger des Herrn wurde und mit ihm hinaufzog nach Jerusalem. Nur einmal wurden Kleopas Erzählungen mit einem kleinen Mahl unterbrochen und fast die ganze Nacht hindurch lauschten die Geschwister seinen Erinnerungen.

Es war eine sternklare Nacht, sehr kühl, ja kalt als die unerbittliche Sonne verschwand und Kleopas zeigte Lukas in einer Ecke der Höhle einige Äste und Holzstücke, mit denen sie ein kleines Feuer entfachten. Die Sterne zogen auf, eine Unzahl von Himmelslichtern erglänzte am schwarzen Himmel und manchmal hörte und sah man auch vorüberziehende Karawanen, die oft die Kühle der Nacht bevorzugten. So entgingen sie der Tageshitze und folgten den Sternen, die ihnen sichere Wegweiser waren.

Kleopas hatte den Herrn nur kurze Zeit begleitet, er wusste nicht, dass Jeshuas Schicksal sich in wenigen Tagen in Jerusalem erfüllen sollte. Für die nahende Gefahr hatte er keinen Sinn. War Jeshua nicht ein großer

Rabbi? Ein Heiler und Mann Gottes? Der Messias? Die Tage bis zum nahenden Pessachfest vergingen wie in einem Rausch. Kleopas nahm alles mit offenem Geist, Herz und Sinnen auf.

„Da war der jubelnde, beglückende Einzug des Herrn auf einer Eselin in die Heilige Stadt. Wie die Menschen in ihrer Begeisterung Palmwedel abrissen, ihm Hosanna zuriefen, ihre Kleider vor ihm ausbreiteten und die Hoffnung aufstieg, dass nun endlich das Reich Gottes anbrechen würde. Scharen von Kindern rannten vor, neben und hinter ihm her und schrien *Hosanna dem Sohne Davids!* Doch Jeshua kannte keinen Jubel. Er sprach schreckliche Worte über die Heilige Stadt und noch mehr: Über das Ende dieser Zeit, das große Gericht. Seine Jünger und alle, die ihm jubelnd folgten, verstanden nicht: Hatte ihn nicht das Volk triumphal empfangen? Wurde ihm nicht zugerufen: *Gesegnet, der da kommt, der König im Namen des Herrn, im Himmel Friede und Herrlichkeit in der Höhe.*

Aber Jeshua weinte als er die Stadt sah. Er prophezeite ihre Eroberung und Zerstörung, dass kein Stein auf dem anderen bleiben werde, weil Jerusalem die Stunde der Gnade nicht erkannt hatte. Danach ging er in den Tempelvorhof und warf die Tische der Händler und Geldwechsler um. Warum tat er das? – Dann lehrte er täglich im Tempel. Aber die Feindschaft gegen ihn wuchs. Die Sadduzäer und Hohepriester belauerten ihn und suchten ihn zu vernichten. Doch sie fanden keinen Anklagepunkt und das Volk hing an ihm und hörte auf ihn. … das alles habe ich beobachtet aber in mir gab es nur die Frage nach dem Warum? Warum diese Feindschaft? Ich bin kein Jude und habe die Zusammenhänge erst später verstanden. Einer unter den Zwölf, ein gewisser Philippus, hat mir später alles erklärt. Da gab es eine Szene, ganz klar von den Tempelpriestern herbeigeführt, das sah auch ich, dass sie eine Falle war. Einer der Sadduzäer fragte ihn: Ist es erlaubt dem Kaiser Steuer zu zahlen? Den kurzen Wortwechsel der dann folgte habe ich nicht verstanden. Wo war die Provokation? Später, später als ich mit Philippus befreundet war, klärte er mich auf: Sie fragten Jeshua ob es erlaubt ist dem Kaiser Steuer zu zahlen, das war eine versteckte Frage nach der Gesetzestreue des Jeshua. Sie wollten ihn provozieren, zu einem unbedachten Wort hinreißen. Alle wussten: es ist unumgänglich die römische Steuer zu zahlen. Keiner wusste das besser als ich. Wie oft war ich bei Steuerstreitigkeiten als Übersetzer dabei. Es gab Kopfsteuer, Grundsteuer, Maut und elf andere Abgaben und Zölle. Das ist bis heute die Grundlage zur wirtschaftlichen Ausplünderung des Landes. Der römische Steuerbeamte kam und alles geriet in Aufruhr. Die Äcker wurden genau vermessen, jeder Weinstock und jeder Obstbaum wurde gezählt, jedes Stück Vieh registriert und die Kopfzahl der Familienmitglieder. Alles wurde genau notiert. Oft habe ich gesehen wie Menschen in Dörfern und Städten zusammengetrieben wurden, alle Plätze waren überfüllt, denn jedermann musste mit der ganzen Familie, mit allen Verwandten erscheinen. Viele wurden mit Folter und Stockschlägen verhört und Söhne gegen ihre Väter ausgespielt, Frauen gegen ihre Ehemänner. Man folterte so lange bis die Menschen aussagten, weil sie die Schmerzen nicht mehr aushalten konnten und Angaben machten, die nicht stimmten. Es gab keine Rücksicht auf Alte oder Kranke. So war die Praxis und so ist es noch immer. Das ist keine rechtmäßige Steuer sondern ein Tribut ... So, und nun kam einer und stellte in der Öffentlichkeit Jeshua die Fangfrage: ist es den Juden erlaubt dem Kaiser Steuer zu zahlen? Oder nicht? Man wollte eine negative Antwort aus ihm herauslocken, das wäre ein Grund für seine Verhaftung gewesen. Der Streit um die römischen Münzen ums Geld war endlos und Pontius Pilatus verstand es, die Juden immer wieder aufs Neue zu provozieren. So ließ er extra Münzen mit dem Kaiserbild prägen. Das war gegen das zweite Gebot. Und nun glaubten sie ihn in der Falle zu haben, denn wenn er mit Ja antwortete, so war er für das Volk entzaubert, ein Verräter, sagte er Nein, so galt er den Römern als Rebell und wurde angeklagt. Und was machte Jeshua? Er sagte: Zeigt mir einen Denar! Das war ein Tiberius – Denar. Er zeigte die Vergottung des Kaisers. Sein nacktes Brustbild mit Lorbeerkranz, der seine göttliche Würde betonte und auf der Rückseite stand geschrieben. *Pontifex maximus*. Für die frommen Juden war dieser der Hohepriester der Götzendiener. Ganz fromme Juden empfanden es bereits als Sünde eine solche Münze nur zu berühren. Aber Jeshua war nicht unsicher, er durchschaute sie und fragte voll Spott: *Wessen Bildnis und Aufschrift ist dies?* Er sagte *Bildnis*, wie es im zweiten Gebot steht. Die ganze Münze war für einen torafrommen Juden eine einzige Gotteslästerung. *Des Kaisers*, war die Antwort der Umstehenden. Und Jeshua antwortete: *So gebt dem Kaiser zurück was des Kaisers ist – und Gott, was Gottes ist. ... Das gebt zurück* wurde von den Juden verstanden als: gebt ihm sein verfluchtes Silber zurück, verweigert euch diesem Kaiser, reinigt euch von diesem Sündengeld. So verstanden die Juden seine Antwort, aber die römischen Legionäre welche die Szene mit Aufmerksamkeit verfolgt hatten, fanden diese Rede unverfänglich, sogar loyal. Jeshua hatte geschickt die Falle vermieden und doch zu verstehen gegeben: Ihr sollt Gott gehorchen und nicht dem Kaiser."

Salome sagte nachdenklich: „Jeshua suchte die Auseinandersetzung, er muss gewusst haben, dass sein Leben gefährdet war, ihm der Tod drohte. Und nun begreife ich welch doppeltes Spiel die Sadduzäer spielten: liberal, in Kollaboration mit den Römern nach außen und unnachgiebig in aller Gesetzeshärte zum eigenen Volk nach innen. Dabei achteten sie stets darauf, dass ihre Privilegien und ihr Wohlstand unangetastet blieben. Jetzt kann ich noch viel besser Jeshuas Angriffe auf alle diese Gesetzesfrommen und Autoritäten verstehen."

„Die Sadduzäer und Hohepriester sind alle völlig verschwunden, mit ihnen der Tempel und die Opfer", ergänzte Kleopas.

„Ich kann es nicht bedauern, ganz im Gegenteil, ich bin regelrecht erleichtert, dass diese Priesteradel nicht mehr da ist", machte sich Salome Luft, „du sagst: Jeshua hat auch über Jerusalem geweint und auch das Ende der Zeiten angekündigt?"

„Das waren erschreckende Worte", sagte Kleopas nachdenklich, „der Untergang Jerusalems, die Zerstörung des Tempels sind eingetreten aber das Ende der Zeit? Ein Volk soll sich gegen das andere erheben und ein Reich gegen das andere. Hungersnöte sollen kommen und Erdbeben, Seuchen, Schrecknisse und große Zeichen werden am Himmel sein. Er sprach auch von Verfolgungen für alle, die an ihn glauben und schreckliche Zerwürfnisse und Spaltungen in den Familien. Es war eine sehr düstere Rede."

Lange noch blieb Kleopas bei diesen Endzeitreden und Lukas versuchte alles auf seinen Tafeln festzuhalten.

„Wann soll das sein?", in Salomes Frage klang leichter Zweifel auf.

„Wann … niemand weiß es", antwortete der Alte, „aber seither scheint mir als habe Jeshua die Zeit zum Rollen gebracht. Bis zu seinem Auftreten schien alles … wie soll ich sagen … also alles in einem Kreislauf. Die Menschen wuchsen in ihrer Tradition auf, heirateten, zeugten Kinder, arbeiteten und wurden alt, starben und ihre Kinder taten das Gleiche. Aber jetzt: alles war aus den Fugen, nicht nur durch die römische Besatzung und die vielen Aufstände, zum Schluss der Krieg … nein, es war auch die Lehre Jeshuas. Sie führte hinaus, in eine Weite … weit über das Judentum hinaus. Sie stellte die Ordnungen des Volkes infrage, die Familie, das sture Befolgen des Gesetzes, den Tempel mit seinem ganzen Kult. Aber ob er es selbst wusste? Sein Leben und sein Auftreten im Volk waren kurz. Und warum fühlten sich Menschen aus anderen Ländern, anderen Religionen angesprochen? Aufgerufen? Da war mehr ... das haben viele gefühlt, da waren alle gemeint, die ganze Menschheit."

„Wozu dann die Tora? Das jahrhundertelange Befolgen des Gesetzes? Das Leben nach einer Schrift, die Tradition, Opfer im Tempel? War das alles nicht genug oder sogar falsch gewesen?" Nie hätte Salome diese Frage einem torfrommen Juden gestellt aber war Kleopas nicht einer, der frei und ohne das jüdische Gesetz auf das Leben Jeshuas blickte?

Kleopas schwieg längere Zeit. Dann sagte er langsam: „Gott gab den Menschen eine Schrift, aber sie verstanden diese nicht. Dann sandte er seinen Sohn ..." Schwer wogen diese Worte ... Lukas fasste sich als erster, ergänzte: „Und die Menschen töteten diesen Sohn. So hat es Jeshua doch selbst in der Geschichte von den bösen Weinbergpächtern geschildert. Ich nehme an, dass du diese Erzählung kennst. Und so frage ich dich weiter: warum musste Jeshua so schrecklich sterben? Was hatte das für einen Sinn?"

„Du triffst in die Mitte meiner Gedanken und Betrachtungen", bestätigte Kleophas, „deshalb denke ich: das Ende dieser Welt, dieser Zeit, ist noch nicht gekommen. Wir müssen eine Antwort auf diese Frage finden. Eine Antwort, die wirklich alles verändern kann, die ein Reich Gottes wirklich möglich macht. Wisst ihr: anfangs war ich skeptisch was die Schriftrolle betrifft, die Jeshuas Leben späteren Generationen lebendig erhalten soll. Aber inzwischen habe ich verstanden: es geht weiter, das große Ende ist nicht nah. Auch hat Jeshua uns aufgetragen die Frohe Botschaft allen Völkern zu verkünden. Wie soll das ohne Schrift geschehen? Wie soll ohne Aufzeichnungen das Wort in fremde Länder getragen werden? Es braucht Übersetzungen in fremde Sprachen. Wie soll Menschen aus meinem Herkunftsland diese Botschaft erreichen? Die Zeit ist mit Jeshua in Fluss gekommen, es geht weiter und weiter ..."

„Du sprichst mir aus der Seele", pflichtete ihm Salome bei, „so ähnliche Gedanken bewegen mich auch. Aber wenn ich auch nicht so sprachenkundig bin wie du, weiß ich doch von den Gefahren einer Übersetzung in andere Sprachen. Wie können Menschen aus den Nordländern, die ganz anders leben, statt Wüsten Wälder kennen, wo Schnee fällt und es oft regnet, wie sollen diese Menschen das Leben und die Botschaft Jeshuas verstehen?, muss es nicht viele Missverständnisse geben?"

„So ist es. Und es geht nicht nur um Worte die unübersetzbar sind. Wir kennen die Beispiele aus dem Aramäischen wenn es in die griechische Sprache übertragen wird. Es geht um den Geist einer Sprache. Die Juden sprechen in Bildern, in Geschichten, in Symbolen und doch verstehen sie was gemeint ist. Die Griechen aber sprechen ganz anders. Trocken, nüchtern ... wie soll ich sagen? Abstrakt. Wie kann man Jeshuas Lehre in dieser Denkweise verständlich machen? Und dann noch weiter entfernte Sprachen. Salome, in welcher Sprache willst du dein Evangelium schreiben? Aramäisch verstehen nur die Juden, die in Auflösung sind. Sie werden von den Römern systematisch aus dem Land vertrieben."

„Ich schreibe natürlich griechisch", erwiderte Salome fest, „griechisch wird von allen Völkern um das Mare Nostrum verstanden. Ich schreibe nicht für Juden, sondern für die paganen Völker damit die Botschaft weitergeht. Und die Gefahren die du schilderst kenne ich. Manchmal habe ich Angst, so wie jetzt aber dann wieder weiß ich: ich bin doch nur ein Werkzeug, mehr nicht. Ich vertraue auf den Paraklet."

„Der Paraklet ... der Helfer und Tröster ...", sagte Kleopas nachdenklich. „Danke, du hast mir eine Lehre erteilt. Ja, nicht wir bestimmen, nicht wir lenken die Herzen und Gedanken der Völker, es ist der Geist Gottes."

„Zurück zu deinen Erinnerungen", ermahnte der immer sachorientierte Lukas, „wie geht deine Geschichte mit Jeshua weiter?"

Kleopas besann sich, rief seine Erinnerungen wieder auf: „Es waren ungeheuer bewegte Tage, damals in Jerusalem, kurz vor dem Pessachfest. Wenn ich zurückdenke war es wie ein Rausch, wie ein Fallen in einen Abgrund. Ich gehörte nicht zum engen Jüngerkreis, nicht zu den Zwölfen, die Jeshua schon in Galiläa um sich gesammelt hatte."

„Warum waren es zwölf?", unterbrach ihn Salome.

„Nun, ganz einfach: es war eine prophetische Zeichenhandlung, so habe ich von den Pharisäern gelernt. Jeshua wollte die zwölf Stämme Israels einen, die Söhne Jakovs. Er wollte ein neues, ein geistiges, kein irdisches Königreich errichten. Kein Reich Davids oder Salomos, nein, ein Reich der Gerechtigkeit, Gottesliebe und des Friedens. Und dies ist nicht möglich in den Ränken und im Machtstreben der Könige, dies beginnt im Herzen eines jeden einzelnen Menschen. Deshalb sagte er in seinen Reden auch immer Du!, Nie sprach er von Juden, vom Volk Israel, seine Rede sprach alle an, sie betraf alle Menschen, auch über das jüdische Volk hinaus. Und so fühlte auch ich mich eingeladen und gemeint. – Die Zwölf waren einfache Männer, ich habe sie aus der Distanz beobachtet. Mindestens die Hälfte von ihnen waren Hitzköpfe, Träumer, Kämpfer für ihr unterdrücktes Volk. Sie hatten kaum Wissen, sie verstanden ihren Meister oft gar nicht. Ja, es war sehr merkwürdig, dass Jeshua sich vorwiegend mit Armen und Ungebildeten umgab, dass er gerade diese kleinen Leute in seine Nachfolge berief. Waren sie damit nicht überfordert? Später habe ich verstanden: viele Menschen leben gleichzeitig, aber nicht in der gleichen Zeit. Das ist auch unabhängig von Wissen und Erziehung. Wie viele Gebildete habe ich erlebt, die auf dem Gelernten wie auf einem Sack Geld saßen und nichts begriffen. Dagegen immer wieder sehr einfache Menschen, ohne Bildung, aber sie waren imstande über ihre Zeit, ihre Traditionen hinauszudenken. Es ist ein Geheimnis warum das so ist. Und die Zwölf, die zum engsten Kreis gehörten, auch die Frauen, ja, die konnten nach den ungeheuerlichen Geschehnissen in Jerusalem plötzlich über ihre Zeit, ihr kleines Leben hinausdenken ..."

„Zurück nach Jerusalem", ermahnte wieder Lukas.

Kleopas fuhr fort: „Wir taumelten dem Ende entgegen aber kaum einer hatte ein Gefühl dafür, schon gar keinen klaren Blick. Doch es braute sich etwas zusammen. Im Nachhinein erscheint mir alles sonnenklar was damals verborgen war. Nur hier, in Jerusalem, in den Aufregungen und der aufgeheizten Stimmung vor dem Pessach, nur hier war es möglich, dass man Jeshua verhaften und töten konnte. Endlich. Und so schlugen die Schriftgelehrten und Sadduzäer zu, denn er bedrohte ihre Existenz, ihre Sicherheit und ihren Wohlstand. Vor allem ihre Macht über das unwissende Volk. Jeshua musste weg. Aber wie? Er musste vor ein römisches Gericht gebracht werden, aber wie sollte die Anklage lauten? Er konnte nur als Aufrührer, als Empörer gegen die Römer verurteilt werden. Aber er gab keinen Anlass, das zeigte die Begebenheit mit der Steuermünze. Jeshuas Gedanken, sein Reich waren nicht von dieser Welt. Und er selbst war kein Träumer, keiner der arglos in eine Falle tappte, das hat er mit seiner Antwort nach der Steuermünze eindrucksvoll bewiesen. Er lieferte sich selbst nicht aus, ich denke auch: er wollte nicht in den Tod gehen, er hat damit gerungen bis zum Schluss."

„Getsemani", sagte Salome, „warst du in Getsemani dabei?"

„Nein, ich war nicht dort. Aber ich habe den Verrat des Petrus im Hof des Hohepriesters erlebt. Doch zuvor noch das wichtigste Erlebnis. Es war das letzte Mal, dass ich Jeshua erlebte, es war auf dem Zion, kurz bevor er nach Getsemani ging. Er hatte uns zu seinem Mahl eingeladen, zum Mahl für alle, die offene Gemeinschaft des Brotbrechens. Da war ich dabei und auch die Zwölf, die Frauen und andere. Ja, das war für mich sein eigentliches Vermächtnis. Das Gemeinschaftsmahl mit allen Menschen muss für ihn das Zentrum gewesen sein, das Zentrum seiner Reich-Gottes-Lehre. Und gibt es ein schöneres Bild als mit allen Menschen in Frieden und Eintracht bei einem Mahl zusammen zu sitzen?"

Salome und Lukas schauten sich verwirrt an: „Kleopas, das ist in der römischen Schriftrolle ganz anders berichtet. Danach fand das letzte Mahl in Jerusalem statt, in einem großen Speisesaal mit vielen Sitzpolstern, und es waren nur die Zwölf dabei," rief Salome aufgeregt.

„Nein, so war es nicht", beharrte Kleopas, „ich war dabei und es war sicher das letzte Gemeinschaftsmahl denn danach ging Jeshua mit den Zwölf in den Garten Getsemani, ich blieb auf dem Zionsberg, aber von einer großen Unruhe geplagt, so dass ich in der Nacht aufstand und zurück zu Getsemani ging. Da kam mir der Verhaftungstrupp mit Jeshua entgegen."

„Aber, aber ...", Salome konnte sich nicht beruhigen, „dann ist das falsch was in der römischen Schrift geschrieben steht?"

Kleopas blieb sehr ruhig: „Nein, es ist nicht falsch. Mag der Schreiber, der selbst nicht dabei war eine andere Überlieferung gehört haben oder.. so denke ich ... er hat aufgeschrieben wie in seiner römischen Gemeinschaft die Erinnerung an Jeshua gefeiert wurde. Er schrieb sein Evangelium für seine Gemeinde, nicht als persönliche Erinnerung. Die Schrift sollte die Gemeinschaft stärken, ein Bild schaffen, eine neue Tradition begründen. Und auch du musst für die Menschen deiner Gemeinschaft schreiben, ganz konkret. Sie müssen die Botschaft annehmen und weitertragen."

„Aber warum wurde nicht das Mahl mit allen Menschen überliefert?"

„Salome, muss ich dir das erklären? Du bist eine so kluge Frau ... das Gemeinschaftsmahl des Jeshua mit allen Menschen, gerade mit den Ausgestoßenen und Verachteten ist für kaum einen Menschen umsetzbar. Wer will schon mit diesen Menschen an einem Tisch sitzen? Die Mahlgemeinschaften sind jetzt schon homogen geworden. Gleiche treffen Gleiche. Juden meiden die Griechen, das war bereits die erste Spaltung. Es ist ein Auftrag Jeshuas für die Zukunft, für die Zeiten nach uns und schwer, sehr schwer zu leben ..."

In Salomes Seele schien ein schwerer Stein zu fallen: Wie Recht der Eremit hatte. War es nicht genauso in Antiochia? Hatte sie sich nicht darüber erbost ... aber es wurden ja Spenden gesammelt ... und Sixtus? Hatte er nicht das Gespräch abgebrochen als sie die Mahlgemeinschaft erwähnte? Mit allen Menschen, mit allen? Nein danke ...

„Dann erzähle wie es damals war, damals, beim letzten gemeinsamen Mahl."

Und Kleopas erzählte. Er schloss: „Susanna in Jerusalem, ihr kennt sie ja, sie war auch dabei, lasst euch von ihr noch einmal alles erzählen."

„Weiter, was hast du im Hof des Hohepriesters erlebt?", mahnte Lukas.

„Ich schlich hinter dem Verhaftungstrupp her, es ging in die Oberstadt, in den Palast des Hohepriesters Kajaphas. Dort belauschte ich seine Diener, hörte das Geschwätz der Mägde und ich wurde Zeuge des Verrats, der Verleugnung des Petrus: Ich kenne diesen Menschen nicht ... Es war ein Absturz sondergleichen. Danach war mir klar: es würde zum Äußersten kommen, zur Verurteilung und Kreuzigung. Jeder, der sich zu Jeshua bekannte, musste auch um sein Leben fürchten. Es griff mir mit Eiseskälte in die Seele."

„Was hast du getan?", Salome blieb dran, fragte mitleidslos weiter.

Die Antwort kam mit einer gebrochenen Stimme. „Ich floh, ich verriet ebenso den Herrn. Nach dem Verrat des Petrus rannte ich davon. Wen würden die Römer noch greifen? Auch kreuzigen? Täglich wurden vor der Stadtmauer neue Kreuze aufgerichtet. Hatte nicht das Imperium beim Sklavenaufstand des Spartakus 7.000 Kreuze auf der Via Appia errichtet und alle Gefolgsleute gekreuzigt? Sie würden es hier genauso machen. Pilatus verhängte in seinen Prozessen dauernd den Kreuzigungstod. Ja, ich floh am nächsten Tag. Wie ich später hörte sind alle geflohen, alle zwölf. Nur die Frauen sind geblieben, folgten ihm auf dem Weg nach Golgota und haben auch in der Ferne die Kreuzigung miterlebt. Schande über uns Männer."

„Wohin bist du geflohen?", fragte Salome hartnäckig weiter.

„Zunächst suchte ich einen Freund auf, der auch ein Anhänger Jeshuas war, ein Mann namens Benjamin, ein Jude. Auch ihn überfiel die Angst, denn wir waren als Anhänger Jeshuas gesehen worden. Überall standen wir dabei wenn er öffentlich redete. Wir verließen die Stadt und versteckten uns in den judäischen Bergen. All das lastet wie ein Felsbrocken auf mir, aber es ist geschehen und ich muss mit meinem Versagen leben."
„Und wie ging es weiter?"

Kleopas erhob sich mühsam: „Lasst uns den Rest der Nacht ruhen, meine Seele ist erschüttert. Noch nie habe ich so offen über mein damaliges feiges Verhalten gesprochen. Am Morgen werde ich euch dann alles weitere berichten."

Es war ein vernünftiger Vorschlag, die aufgewühlten Gemüter zu beruhigen, die Gedanken zu ordnen. So suchten sich Salome und Lukas einen Platz in der Höhle, legten sich auf Schaffelle und hüllten sich in ihre Reisemäntel. Der Schlaf überfiel sie schnell, erst jetzt überwältigte sie die Erschöpfung.

Kapitel 12

Die Begegnung in Emmaus.
Abschied von Kleopas.
In der Karawanserei von Jericho

Kleopas war schon längere Zeit wach. Er saß am Höhleneingang, betete und war tief in sich versunken. Salome setzte sich neben ihn, so schwiegen sie lange gemeinsam bis Lukas dazu kam. Er reichte ihnen Wasser aus einem Tonkrug. Dann berührte Salome vorsichtig den Alten: „Deine Geschichte! Wie ging es weiter? Dein Erlebnis mit dem Auferstandenen in Emmaus."

Kleopas richtete sich auf und knüpfte an der nächtlichen Erzählung an: „Wir haben uns verkrochen, Benjamin und ich. Dann aber, am dritten Tag wagten wir uns doch nach Jerusalem – aber nicht für lange. Wir wollten einiges von Wert mitnehmen, den Trubel der Wallfahrer nutzen um unseren Rückzug unauffällig zu bewerkstelligen und dann nichts wie weg, Richtung Meer. Von dort aus wollte ich nach Alexandria reisen, eine Stadt in welcher Religionen besser nebeneinander existieren. Sicher würde ich dort Arbeit finden. Also schlichen wir am frühen Morgen nach Jerusalem zurück, zu Benjamins Unterkunft auf den Zionsberg. Und da lief, nein sprang uns eine der Jüngerinnen des Jeshua entgegen, es war die jüngste, Susanna. Sie war völlig aufgelöst, wie von Sinnen, sie umfing uns und rief: Er ist auferstanden, das Grab ist leer! Dann erzählte sie uns atemlos von einem leeren Grab, in dem Jeshua gelegen habe und Engel hätten ihnen gesagt, dass der Herr auferstanden sei. Sie rannte weiter, lachte und rief immer wieder: Er ist auferstanden! … Wir beide waren völlig verwirrt und glaubten ihr kein Wort. Sie musste verrückt geworden sein, nach all den Schrecken die sie gesehen hatte und ihr Geist konnte das nicht verarbeiten. Es wurde uns unheimlich und so machten wir uns gleich wieder auf den Weg zurück über das jüdische Gebirge. Unser Ziel war Emmaus. Dort wollten wir übernachten und am nächsten Tag nach Joppe wandern, nach einem Schiff suchen.

Wir redeten den ganzen Weg über laut und leidenschaftlich über das Ende des Galiläers. Musste es so kommen? Ja, wir stritten uns beinahe. Warum musste ein großer Lehrer und guter Mensch auf den so viele ihre Hoffnung gesetzt hatten, warum musste er sterben? War er nicht der Messias, vom Höchsten gesandt? ... So bemerkten wir zunächst nicht, dass ein Wanderer vor uns auf unserem Weg erschien. Er ging langsamer als wir, gemächlich, mit einem langen Wanderstab, so dass wir ihn schnell einholten. Er musste eine ganze Weile bereits unsere Reden gehört haben und fragte uns warum wir so traurig wären. Da sagte ich zu ihm: *Bist du der einzige Fremdling in Jerusalem, der nicht weiß was dort in diesen Tagen geschehen ist?* Er antwortete: *Was denn?* Wir erzählten ihm nun von Jeshua aus Nazaret, einem prophetischen Mann, mächtig in Tat und Wort vor Gott und allem Volk und wie ihn seine Gegner ans Kreuz gebracht hatten ... Auch erzählten wir davon, dass Frauen behaupteten er sei auferweckt worden, auferweckt aus dem Tod! Sein Grab sei leer, das habe ihnen ein Engel verkündet. – Und nun sprach der Fremde: *Oh, ihr Unverständigen ...* er erklärte uns alles, er nahm einen Schleier von unseren Augen, so dass wir erkannten, dass Jeshua dies alles erleiden musste, damit die Schrift erfüllt werde und dass sein Tod, sein Untergang nicht endgültig war, dass er wirklich auferweckt wurde ... Wir waren begierig weiter zu hören, unsere Herzen wurden auf einmal wieder froh, leicht und hell. Jeshua lebte? Zaghaft klammerten wir uns an diese Hoffnung. – Als wir Emmaus erreicht hatten wollte er weitergehen, aber wir baten ihn dringend bei uns zu bleiben: und sagten: *Bleibe bei uns, denn es wird Abend werden, und der Tag hat sich schon geneigt ...* In einem einfachen Haus fanden wir Herberge und setzten uns am Abend zusammen um gemeinsam das Brot zu brechen. Der Fremde nahm das Brot, sprach den Psalm, brach das Brot und reichte es uns ... da öffneten sich unsere Augen und wir erkannten: es ist der Herr! Er aber war verschwunden ...

Es gibt keine menschlichen Worte für dieses Geschehen ... es war ... es war ... es war, wie soll ich es euch erklären ... es war der Einbruch aus einer anderen Welt. Was nun geschah war taghell und außerhalb unserer Zeit. Wir erkannten plötzlich alles in einer neuen Ordnung, in einem sehr hellen Licht. Jubilate! Sofort eilten wir zurück nach Jerusalem, wir rannten fast die ganze Strecke, stürmten ins Haus der Apostel und fanden sie versammelt. Auch sie sagten: *Wirklich, auferweckt ist der Herr und hat sich dem Simon gezeigt ...* Und wir berichteten von unserem Weg nach Emmaus und wie wir ihn am Brotbrechen erkannten. Während wir noch vor Aufregung durcheinander redeten, trat der Auferstandene wieder in unsere

Mitte und sagte: Friede mit euch! Die Apostel waren entsetzt und glaubten einen Geist zu sehen. Aber der Herr sprach: *Was seid ihr verwirrt und warum habt ihr in euren Herzen Bedenken? Seht meine Hände und Füße.* Sie waren von den Kreuzesnägeln durchbohrt. Aber immer noch weigerte sich bei vielen der Geist ihn als lebendig zu erkennen. Da sagte er: *Habt ihr etwas zu essen?* Man gab ihm ein Stück eines gebratenen Fischs und eine kleine Honigwabe. Da nahm er es und aß es. Dann sagte er zu uns allen: Dies alles musste geschehen damit die Schrift, das Gesetz des Mose, die Propheten und die Psalmen erfüllt werden und er erklärte uns alles: Leiden und Sterben des Messias, die Auferweckung von den Toten am dritten Tag und ihr sollt in meinem Namen verkündigen: *Umkehr, Vergebung der Sünden, die Botschaft für alle Völker. Ihr aber bleibt in Jerusalem, bis der Paraklet kommt, die Kraft aus der Höhe …*

Er führte uns hinaus nach Betanien, zum Ölberg und während er den Lobpsalm sprach, schied er von uns und entschwand unseren Blicken. Wir aber blieben ohne Trauer, nein mit Freude und Mut im Herzen zurück." Kleopas schwieg, er schaute lange zur Sonne, bis seine fast blinden Augen blinzelten.

Salome war die erste, die sich fasste: „Das … das … ist ohne Worte. Als der Herr euch in Emmaus erschien bis zur Aufnahme in den Himmel, das ist wie … wie … wie ein Blitz. Ich habe keinen andern Vergleich … es scheint mir … wie soll ich sagen … außerhalb der Zeit gewesen sein."

Auf Kleopas Gesicht malte sich Freude und Bewunderung: „So war es, du hast es genau erkannt: außerhalb unserer Zeit. Alles geschah auf einmal, nicht nacheinander, nein alles im gleichen Moment. Ich weiß, das gibt es nicht aber ich habe es so erlebt und die anderen auch. Die Zeit war nicht mehr und bei Gott gibt es keine Zeit, so fühlten wir uns. Es war wie ein Blick in eine neue Welt und seither sehne ich mich nach dieser Welt, der ich täglich näher komme."

Die Drei schauten lange unverwandt in die Ferne, auf den spiegelglatten glänzenden Salzsee, der von einem zarten Dunstschleier überlagert war, auf die unendlich scheinende Wüstenlandschaft, die Weite des Himmels und die aufsteigende Morgensonne.

In diese Stille hinein sagte Salome: „*Paulus sagt: Wenn es keine Auferstehung der Toten gibt, ist auch Christus nicht auferweckt worden. Ist aber*

Christus nicht auferweckt worden, dann ist unsere Verkündigung leer und euer Glaube sinnlos."

Kleopas antwortete: „So ist es, aber den Glauben kann man nicht vollständig lehren, man muss ihn erfahren. Jeder von uns, dem der Auferstandene begegnete, wusste was er tun sollte, bis zum Tod."

Da zerriss ein Pfiff die magische Atmosphäre und ein Ruf war zu hören: „Salome, Lukas ... kommt herunter, wir müssen weiter. Heute noch müssen wir Jericho erreichen."

Alle Drei schreckten auf, fielen zurück ins Hier und Jetzt, in eine Welt, die Pflichten, Forderungen, Leiden und Freuden für sie bereithielt. Kleopas stand zuerst auf, die Geschwister folgten benommen. Sie umarmten sich schweigend, keiner sagte ein Wort des Abschieds. Alle empfanden es wäre unpassend, störend gewesen. So schieden sie voneinander und machten sich vorsichtig an den Abstieg. Rückwärts und sehr langsam bewältigten sie die steilen Stufen. Dabei mussten sie sich völlig konzentrieren und ganz der Gegenwart widmen. Dies half ihnen wieder in den Alltag zurück zu finden.

Mattitjahu stand mit dem Beduinenjungen und den Eseln wartend am Fuß des Felsens. Sie nickten sich zu und Mattitjahu übernahm wieder die Führung. „Lasst uns gleich weiterziehen, dass wir noch vor der Mittagshitze das Jordantal erreichen, denn die Hitze ist schrecklich. Alles verkriecht sich dann und wir müssten noch eine Nacht in der Wüste bleiben." So zogen sie weiter, an der Felsenwand mit den vielen Höhlen vorbei, auf einem Felsenplateau sahen sie die Reste einer verlassenen, zerstörten Siedlung, eine recht große Anlage.

„Das ist vermutlich eine Essenersiedlung", erläuterte Matttjahu, „die Leute hier nennen sie Qumran". Lukas erinnerte sich an das Gespräch mit Eljakim. Mattitjahu fuhr fort: „Die Essener, Erzfeinde der Sadduzäer, versuchten wie viele andere Gruppen den jüdischen Glauben neu zu beleben. Auch sie sind verschwunden, vertrieben, ausgelöscht. Wir wissen nichts Genaues über diese Bewegung, es gab so viele vor dem Krieg. Sie hatten eine eigene Gemeinschaftsordnung und Regeln, aber auch viele Schriftrollen der Propheten wurden von ihnen abgeschrieben. Alles verbrannt, verloren ... Kommt, da ist eine Zisterne. Wir wollen frisches Wasser nachfüllen."

Es dauerte eine Weile bis sie das Wasser aus der Tiefe holten und Salome nutzte die Gelegenheit Mattitjahu zu befragen: „Wo ist der Felsen von Masada? Er muss doch hier in der Nähe sein. Dort haben die Zeloten den Römern bis zum Schluss, sogar noch nach der Zerstörung des Tempels Widerstand geleistet." Mattitjahu hob einen schweren kalfaterten Eimer mit Wasser aus der Zisterne und erklärte: „Masada liegt weiter im Süden. Wir müssten am Salzsee entlang wandern und dort, fast am Ende, befindet sich der Felsen. Die Römer besiegten die Aufständischen mithilfe einer Rampe, die sie bis an das Plateau des Felsens hoch bauten, eine bauliche Meisterleistung. Aber die Zeloten hatten sich und ihre Familien getötet. Nur zwei Frauen und einige Kinder sollen überlebt haben. Eine furchtbare Begebenheit. Es war zwei Jahre nach der Eroberung Jerusalems. Aber es ist lebensgefährlich für uns dorthin zu wandern. Die Hitze würde uns töten. Nur die Nomaden kennen eine Wasserstelle, die sie aber geheim halten. Und auch sie wandern nur nachts, wenn die Sonne nicht mehr brennt."

Salome hatte sich Hoffnungen gemacht zu diesem Ort des Schreckens zu kommen. Aber sie sah nach Mattitjahus Schilderungen ein, dass dies unverantwortlich und eine Dummheit wäre. – Mit einem Abschiedsblick auf das Felsenmassiv schloss sie diesen Teil der Reise ab, wenn sich auch ihre Gedanken nur schwer von Kleopas lösen konnten. Nun ging es weiter Richtung Norden, Jericho zu.

Palästina ist das Land der Gegensätze, nein, das wäre zu schwach ausgedrückt: es ist das Land der bizarren Gegensätze. Unmittelbar hinter dieser Todeszone befand sich eine blühende, lebendige Stadt, nahe am Jordan. Jericho ist ein Umschlagplatz für viele Händler, Karawanen und Reisende, die hinauf wollten nach Jerusalem oder weiter am Jordan entlang Richtung Damaskus ziehen. Der kürzeste Weg nach Jerusalem führt durch eine tiefe Schlucht, welche die beiden Städte verbindet. Der Wadi Qelt war gefährlich, oft lauerten dort Räuberbanden, die unter den Reisenden leichte Beute machten. Genau diese Strecke hatte auch der landeskundige Jeshua in seiner Erzählung vom barmherzigen Samaritaner erwähnt. Allein deshalb war Salome fest entschlossen durch die gefährliche Schlucht zu wandern. Aber wie? Sie musste zuerst eine vernünftige Lösung präsentieren, dann wurden die Männer zustimmen. Und die Lösung konnte nur eine große Karawane sein, die imstande war sich selbst zu verteidigen. Beduinen waren ortskundig und auch verteidigungsfähig. Also machte sich Salome auf ihrer Eselin unauffällig an den Beduinenjungen heran und begann ihn in ein Gespräch zu verwickeln …

Plötzlich überholte sie Mattitjahu: „Wollen wir noch kurz an den Jordan?"
„Oh ja, unbedingt!" Salome wurde aus ganz anderen Gedanken herausgerissen, war aber sofort ganz Ohr.

„Jetzt, in der Winterzeit ist er etwas breiter und hat mehr Wasser aber er ist kein richtiger Fluss. Man kann an den meisten Stellen hinüberwaten Im Sommer ist er oft nur ein Rinnsal, also sei nicht enttäuscht."

Die Strecke führte merklich abwärts und hinter einem dichten Schilfbestand sahen die Reisenden dann auf das Wasser, in dem Jeshua vom Täufer getauft wurde. Träg, grau und unscheinbar bewegte sich der kleine Fluss dem Salzsee zu. „Die Stelle, an welcher Johannes der Täufer taufte, muss weiter nördlich gewesen sein und am anderen Flussufer?", erkundigte sich Salome bei Mattitjahu.

„So ist es. Man kann sie von hier aus nicht sehen, aber sie scheint auch unbedeutend. Und hinter uns", er drehte sich um, „hier auf einem Ausläufer des judäischen Gebirges, da soll der Berg der Versuchung sein. Dorthin zog sich Jeshua nach seiner Taufe zurück. Doch nun, auf nach Jericho!"

„Mein Lieber," hielt ihn Salome auf, „wie wäre es mit einem erfrischenden Bad? Ich würde gerne den Staub aus meinen Haaren waschen und mich erfrischen. Bevor wir nach Jericho kommen wäre etwas mehr Reinlichkeit angesagt." Die Männer lachten und ließen Salome den Vortritt am Ufer. Dann reinigten auch sie sich vom Staub der vergangenen Tage.

Jericho ist eine Oase in unwirtlicher Gegend. Palmenstadt wird sie auch genannt – zu Recht. Trotz der Winterzeit war es warm, im Laufe des Tages heizte die Sonne weiter auf. Ein bunter Markt empfing die Reisenden. Es gab Säcke mit edlen Gewürzen, es roch nach Rosen und auch nach Kümmel – ein merkwürdiges Gemisch und überall wurden Datteln angeboten. Jericho war seit altersher eine Handelsstadt. Pech und Salz, zwei seltene und wertvolle Produkte vom Salzsee wurden hier verkauft. Überall Karawanen mit den hochbeinigen geschmückten Dromedaren, voll bepackt mit Waren.

Salome bedeutete dem Jungen sie zur Karawanserei zu führen. Etwas am Rande der Stadt lag das große Lehmgebäude, umgeben von einer Mauer, eine viereckige Anlage mit großen Lagerhallen. Der Innenhof von Arkaden umgeben, die Gebäude mehrstöckig. Es waren zwei Karawanen angekommen und ein Gewirr von Menschen, Dromedaren, Eseln, Pferden und riesigen Warenballen bildete ein unübersehbares Durcheinander.

„Es ist unmöglich hier zu übernachten", rief Mattitjahu Salome zu, die zielstrebig den Verwaltungsraum in der großen Anlage suchte. „Wir sind einfache Reisende und haben keine Waren." Salome drehte sich freundlich zu ihm um, legte ihren Finger auf die Lippen und folgte dem Jungen, der ihr winkte. Lukas und Mattitjahu wurden durch einziehende Dromedare von ihr getrennt. Lukas winkte ab und bedeutete Mattitjahu: Lass sie machen, sie weiß schon was sie tut.

Mit festem Schritt betrat Salome den Verwaltungsraum, voraus der Beduinenjunge. Es herrschte eine chaotische Situation, mehrere Männer schrien durcheinander, hoben Papyrusblätter in die Höhe, deuteten darauf, diskutierten, schüttelten die Köpfe, warfen die Arme hoch … Salome hob eines der heruntergefallenen Blätter vom Boden auf. Es war in lateinischer Sprache beschrieben. Ein kleiner glatzköpfiger Mann mit einer Kippa schien der Mittelpunkt des Streites zu sein. Er schrie am lautesten, drehte das Blatt nach allen Seiten, schlug empört darauf und das ganze Getöse übertönte er mit einer unglaublich durchdringenden Stimme. „Wer soll diesen Unsinn lesen? Bin ich Römer? Bin ich einer der lateinischen Klugscheißer und Halsabschneider? Geld wollen sie, was sonst?!" Weiter ging das Geschrei, jeder versuchte den anderen zu übertönen. Salome schaute sich um und fand auf dem Tisch eine Schale aus Messing und einen Stößel. Sie nahm die Schale und schlug mit dem Stößel einige Male darauf. Alles erstarrte, alle drehten sich zu ihr um und auf allen Gesichtern war ungläubiges Staunen zu sehen. Und in diese Stille hinein sagte Salome laut und deutlich: „Ich kann das lesen!", dabei hob sie das beschriebene Blatt weit über ihren Kopf und wirkte wie eine gebieterische Göttin.

„Du?", der kleine Wilde fand zuerst seine Sprache wieder: „Du? Frauen können nicht lesen und das ist Latein." – Die Antwort kam sofort: „Magistra sum Salome ab Antiochiae linguam latinam loqui possum."

Während sie sprach klappte dem Kleinen immer mehr die Kinnlade herunter, bis er mit offenem Mund da stand. Dann, als hätte ihn der Blitz getroffen, wandte er sich den anderen Streithähnen zu und schrie: „Auf, sammelt die Blätter, sie muss vorlesen!" Dann näherte er sich ehrerbietig mit Verbeugung Salome, rückte einen Sessel zurecht, bat sie mit großer Geste Platz zu nehmen und drückte ihr die aufgesammelten Blätter in die Hand.

Salome ordnete diese sehr ruhig und begann mit der Übersetzung ins Griechische. Es gab viele Ah's und Oh's und gespannte Aufmerksamkeit. Es ging um Waren, die angeblich in der Karawanserei lagerten und nicht ausgeliefert worden waren. Der Kleine schlug sich mit der flachen Hand an den Kopf und befahl seinen Untergebenen in einer Lagerhalle nachzuschauen.

„Keine Steuern? Keine Abgaben?", fragte er noch völlig aufgelöst die majestätisch dasitzende Salome. Die verneinte, nein, es ging um Waren, die nicht ausgeliefert wurden und sich wohl noch hier befinden würden. Erleichterung überall.

Nun überschlug sich der Lagerverwalter regelrecht: Wie er sich dankbar erweisen könne? Er habe nicht gewusst, dass Frauen aus Antiochia derartig klug seien. Und so war schnell geregelt wo die Drei heute ihr Nachtlager finden würden und Salome konnte in aller Ruhe Kontakte zu einer Karawane knüpfen, die durch den Wadi Qelt nach Jerusalem wollte.

Nun fehlten Mattitjahu und Lukas die Worte: „Du willst durch den Wadi Qelt?", Mattitjahu war fassungslos.

„Ja, das ist der kürzeste Weg und wenn uns eine Karawane mitnimmt, dann müssen wir keine Angst vor Überfällen haben", war die ruhige Antwort.

„Meinst du, dass uns eine Karawane mitnimmt?", Mattitjahu zweifelte.
„Ja, ich habe schon mal Erkundigungen über unseren Beduinenjungen eingezogen. Seine Familie kommt heute Abend hierher und sie werden sich einer Karawane nach Jerusalem anschließen."

„Salome, das sind Nomaden, die verachten und misstrauen uns, die werden uns nicht mitnehmen!"

„Das werden wir sehen", war die Antwort, „ich denke schon, dass sie uns mitnehmen, lass mich einfach nur machen."

Der Beduinenjunge hatte inzwischen gefüllte Teigtaschen mit gebratenem Fleisch, Zwiebeln und Gemüse besorgt. Salome lächelte ihm zu, er nahm seinen Lohn in Empfang, dankte und verschwand zu seiner Familie, die gerade im Tor der Karawanserei eintraf. –

Die Drei wurden recht komfortabel im ersten Stock des Hauptgebäudes untergebracht und Salome zog sich zurück, schlief erst einmal tief und fest. Dann senkte sich die Nacht herab. Es wurde kühl und im Innenhof entzündeten die Männer ein Feuer, um welches sich alle niederließen. Auch die Beduinenfrauen nahmen Platz. Salome kämmte sich sorgfältig das Haar und zauberte – woher? – einen safrangelben Umhang herbei, bestickt mit Glitzersteinen und buntem Garn. Sie hatte sich sogar geschminkt und sah einfach königlich aus.

„Was hast du vor?", Lukas war leicht unruhig.

„Ich werde mal ausprobieren ob ich mit unseren gesammelten Geschichten von Jeshua die Menschen erreiche", war die Antwort, „am besten ihr schaut von hier oben zu."

Mattitjahu ächzte leicht. Wollte sie tatsächlich in diesen Kreis unberechenbarer Menschen treten? Aber Salome war bereits auf dem Weg in den Innenhof. Sicher und ruhig näherte sie sich den Beduinen und die Frauen winkten sie zu sich. Sie setzte sich und Lukas und Mattitjahu konnten aus dem Fenster beobachten wie sie Fragen beantwortete. Dann wurde es sehr still und die Freunde hörten wie sie begann zu erzählen: *„Ein Mann ging von Jerusalem nach Jericho hinab und fiel unter die Räuber ...* Der Abend wurde lang, sehr lang.

Als Salome endlich nach oben kam umarmte sie Lukas wortlos und drückte sie heftig. Sie lächelte: „Du weißt doch, ich bin die beste Geschichtenerzählerin von Antiochia. Und morgen dürfen wir uns der Karawane anschließen, bis Jerusalem."

Aufbruchstimmung am Morgen. Das Gewirr von Menschen, Tieren und Waren ordnete sich langsam. Als Salome den Innenhof betrat wurde ihr von den Männern lebhaft zugewunken: sie solle zu ihnen kommen. Sie bahnte sich einen Weg durch das Getümmel, bis sie vor einem Dromedar stand. Der Karawanenführer winkte ihr zu, bestieg langsam das Dromedar, zeigte ihr genau wie man sitzen, den Oberkörper richtig bewegen musste, wenn das Tier aufstand. Dann machte er den Sattel frei und lud Salome ein aufzusteigen. Ohne Zögern folgte sie seiner Aufforderung und als sich das Dromedar erhob, klatschen viele in die Hände und die Frauen stießen schrille Töne der Zustimmung aus. Die Karawane formierte sich, setzte sich langsam in Bewegung. Salome genoss den Blick aus der Höhe.

Wie viel man von dort oben sah. Wie herrlich war doch das Leben, wie beglückend, dass diese Menschen sie annahmen und sogar ehrten. Wären die Römer nicht hier … .die Römer sind eine entsetzliche Macht, sie zermalmen das Land und es war unvorstellbar ob und wann sie einmal Palästina verlassen würden. Und doch, grübelte Salome weiter: die gewaltigsten Reiche waren untergegangen: die Assyrer, Babylonier, selbst das uralte Ägypten, die Pharaonen gab es nicht mehr. Wie sind diese Reiche verschwunden? Meistens kam die Zerstörung aus der Mitte heraus, nicht von außen. Irgendwann stellten die Bürger, die Nachdenklichen, die Jungen und die Suchenden die eigene Kultur infrage. Der Zerfallsprozess begann langsam, konnte sich über Jahrhunderte hinziehen, aber er war unumkehrbar. Konnte nicht auch die Lehre des Jeshua das Imperium verändern, umwandeln? Warum folgten die unterschiedlichsten Menschen diesem Wanderprediger, der im griechischen Kulturraum bereits als Gottheit verehrt wurde? Seine Worte, sein Reich Gottes galt nicht nur den Juden, nein, auch den Völkern um das Mare Nostrum und vielleicht noch weiter? Waren nicht jetzt schon seine Anhänger mehrheitlich aus der paganen Welt? Seine Lehre, nein, eine richtige festgeschriebene Lehre gab es nicht … sein Leben, sein Beispiel, sind sie nicht universal? Warum hat er sich von seiner Familie, seiner Blutsverwandtschaft losgesagt, blieb selbst ohne Frau und Kinder? Die Menschen, die ganze Menschheit als Familie?....Nachdenklich schaute Salome von ihrem erhöhten Sitz auf das bunte Menschengewusel in Jericho. Die Schriftrolle, sie musste gut überlegt werden, einen sinnvollen Aufbau haben, sie musste die paganen Völker erreichen. Sie sollten erreicht werden und das Evangelium weitertragen.

Kapitel 13

Eine gewagte Erzählung.
Wieder auf dem Zionsberg

Die Karawane verließ langsam die Stadt und näherte sich einer langen, steil aufsteigenden Schlucht, dem Wadi Qelt, ein geradezu berüchtigter Weg hinauf nach Jerusalem. Ein Bach hatte sich tief in den Felsen eingegraben und diese Schlucht geschaffen. Noch sah man üppiges Grün, Palmen, auch Papyrusstauden im engen Tal, dann kam die Steigung, sie befanden sich wieder im judäischen Gebirge. Salome bewunderte die Kunst der Männer wie sie die vollbepackten Tiere und Menschen durch die Schlucht führten. Die meisten liefen neben ihren Tieren. Nur Frauen mit Säuglingen und wenige Alte saßen auf Eseln. Auch Lukas und Mattitjahu führten ihre Esel. Die trittsicheren Packtiere kannten das unwegsame Gelände. Schweigen hatte sich ausgebreitet, das Geschrei und der Lärm Jerichos lag hinter ihnen, nur die Rufe der Anführer waren zu hören. Salome versank weiter in Gedanken. Nun begann der schwierigste Teil ihrer Nachforschungen: Gefangennahme, Prozess, Tod, Grablegung und Auferweckung. Dafür musste sie Zeugen finden, Menschen, die zumindest noch glaubwürdige Erzählungen in ihrem Gedächtnis aufbewahrt hatten. Was würde Susanna zum letzten Abendmahl sagen? Würde sie das Gleiche berichten wie Kleopas? Hatte Kleopas mit seiner Erklärung recht? Oder war sie doch nicht dabei, waren es doch nur die zwölf Apostel gewesen? – Die vielen Mahlgemeinschaften, in der römischen Schrift waren viele geschildert: mit Levi, dem Zöllner in Kafarnaum, mit dem Pharisäer Simon, die beiden großen Brotvermehrungen, das Brotbrechen in Emmaus. Noch bei seinem letzten Mahl sprach Jeshua von einem Mahl in einer anderen, einer neuen Welt ... dem Reich Gottes ... waren diese offenen Mahlgemeinschaften nicht sein Bild vom Reich Gottes?

Die Hitze war verschwunden, es wurde merklich kühler je höher sie stiegen. Wie würde es in Jerusalem sein? Rufus erzählte, dass es an kalten Wintertagen manchmal Schneefall gäbe. Schnee ... noch nie hatte Salome dieses Naturwunder erlebt aber oft davon gehört. Jedenfalls mussten sie sich warme Kleidung verschaffen. Palästina, so klein und doch voller Gegensätze ... Plötzlich befahl das Sippenoberhaupt Tariq, ein Mann in mittlerem Alter, ein Mann wie ein Baum, groß, stark und fast etwas furchteinflößend einen Halt. Die Schlucht war an der Stelle leicht erweitert, die Tiere konnten aus dem Bach trinken. Bereits hatte die Sonne den Zenit überschritten und es galt die Zeit klug einzuteilen, dazu gehörte auch eine Rast um den kräftezehrenden Aufstieg erträglich zu machen. Man versammelte sich in einem Kreis, die Frauen packten Brottaschen aus, die Ziegenbälge wurden am Bach mit frischem Wasser gefüllt.

Nachdenklich ruhten die schwarzen Augen des Sippenoberhaupts auf Salome. Tariq hatte gestern schweigend ihren Erzählungen vom Gottgesandten Jeshua, dem Heiler und Menschenfreund, zugehört. Jetzt richtete er unvermittelt das Wort an sie: „Salome, erzähle uns noch eine Geschichte von Jeshua!"

Salome war leicht überrumpelt. Sie hatte gestern Erzählungen ausgewählt, die für Menschen der Wüstengesetze und Traditionen nicht anstößig waren: Gastfreundschaft, Barmherzigkeit und die Zuwendung Jeshuas zu den Kindern, Armen und Schwachen … Sie überlegte schnell: sollte sie jetzt provozieren? Eine Begebenheit auswählen, die auf Unverständnis, auf Ablehnung stoßen konnte? Oder wäre es nicht klüger eine passende Geschichte zu wählen? Aber immer wenn Salome an dieser Wegkreuzung der Gedanken und Entscheidungen stand, wählte sie den riskanten Weg. Und so begann sie damit wie Jeshua in der Säulenvorhalle des Tempels lehrte, als Schriftgelehrte und Pharisäer eine Frau herbeibrachten, die beim Ehebruch ertappt worden war … Totale Stille, eine geradezu körperlich spürbare Aufmerksamkeit begleiteten ihre gut gesetzten Worte. Mattitjahu hielt den Atem an, schaute besorgt in die Gesichter der Zuhörer. Diese Erzählung war wirklich sehr gewagt. Was würde geschehen? Zorn, Empörung oder vielleicht sogar Gewalt? Doch wurden seine Bedenken und Zweifel von der Bewunderung für die Erzählerin überlagert: diese Frau war wirklich kühn! Und sie verstand zu erzählen. Jeder hatte die dramatische Szene vor Augen.

Als Salome zu Ende kam zerbrach Tariq einen Stock, mit dem er die ganze Zeit gespielt hatte. Er saß eine ganze Weile unbewegt, sagte kein Wort. Als Sippenführer besaß er die Macht zu verurteilen oder zuzustimmen. Alle andern mussten ihm folgen. Und alle anderen schauten auf ihn. Wortlos erhob er sich, ging zu den Tieren. Es war das Zeichen für den Aufbruch. Salome zögerte: wie sollte sie sein Verhalten verstehen? Sie blieb einfach sitzen und wartete, ebenso Lukas und Mattitjahu. Tariq war mit ihrem Dromedar beschäftigt, als er sich plötzlich umdrehte und ihr bedeutete aufzusteigen. Alle standen in großer Anspannung und schweigend dabei. Salome aber bestieg ihr Reittier als wäre nichts gewesen. Die Karawane formierte sich und die Reise ging weiter.

In ihrem Kopf schwirrten die Gedanken durcheinander: wie sollte sie das Verhalten von Tariq deuten? Sie kam zu dem Schluss: er war selbst betroffen. Er musste eine solche Szene in der eigenen Sippe erlebt haben. Sie wollte es herausfinden und da die Frauen mit kleinen Kindern sie auf Esel und Pferden immer überholten, fasste sie sich ein Herz und sprach eine ältere Frau an, bat sie um eine Erklärung für Tariqs Verhalten. Diese richtete einen scharfen Blick auf die erhöhte Reiterin und sagte kurz: „Du hast genau in eine Wunde gestochen. Eine seiner Frauen, sie war sehr jung, hatte sich mit einem anderen Mann eingelassen. Sie wurde verurteilt." „Und?", fragte Salome in ihrer direkten Art.

Die Alte erwiderte kurz: „Er warf den ersten Stein." Dann gab sie dem Esel mit einem Stöckchen einen leichten Schlag und ritt an ihr vorbei.

Langsam öffnete sich die Schlucht, wurde breiter und Mensch und Tier atmeten auf als die Berghöhe erreicht war. Sie hatten den Wadi Qelt hinter sich. Vor ihnen lag Jerusalem, die zerstörte Stadtmauer, Kreuze, herumstreunende Hunde, Wanderer, die den Weg zur Schlucht Richtung Jericho einschlugen.

Die Freunde nahmen an, dass sie sich nun von der Karawane trennen würden. Tariq gab ein Zeichen zum Halt und befahl zu warten. Dann sagte er an Mattitjahu und Lukas gerichtet: „Führt mich zu eurem Haus", griff das Halfter von Salomes Dromedar und so zogen sie durch die zerstörte Stadtmauer ein. Natürlich erregten sie Aufsehen. Viele Leute blieben stehen, gafften, lachten. Salome aber wirkte keineswegs verunsichert sondern saß auf ihrem Dromedar als sei sie die Königin von Saba selbst. Mattitjahu führte durch die Oberstadt, durchquerte das Tyropoeontal, hinunter in die engen Gassen der Altstadt. Als sie am Handelshaus Simon ihr Ziel erreicht hatten, ließ Tariq das Dromedar lagern, so dass Salome absteigen konnte. Er wollte gleich aufsteigen, doch sie rief ihm zu: „Tariq, warte." Er bleib stehen, beide waren fast gleichgroß und sahen sich fest in die Augen. Salome verabschiedete sich, dankte ihm und schloss: „Der Friede Gottes sei mit dir." Tariq murmelte: „Für mich gibt es keinen Frieden mehr." – „Doch", sagte Salome mit fester Stimme, „doch, denk an den barmherzigen Vater, er geht dir entgegen." – Der große Nomade war sichtlich getroffen, er verbeugte sich, legte die Hand auf sein Herz, bestieg das Dromedar, das sich auf Zuruf aufrichtete und verschwand im Häusergewirr.

Rufe des Erstaunens, Fragen, Glückwünsche, alles prasselte auf Salome ein. Doch diese blieb sehr ruhig und wandte sich Rufus und Alexander zu, die sie in ihre Mitte nahmen und mit den Ankömmlingen im Haus verschwanden.

Es war kühl geworden, in den Nächten richtig kalt, sogar frostig. Rufus hatte für die Geschwister wärmere Kleidung und Decken bereitgelegt. Im großen Verwaltungsraum prasselte im Kamin ein Feuer. Am Abend versammelten sich die drei Reisenden mit den Brüdern und Alexander spendete einen wunderbar vollmundigen roten Wein.

„Erzählt uns", forderte sie Rufus auf, erhob sein Glas und sprach einen Glückwunsch über die gelungene Reise aus. Alle Augen richteten sich auf Salome, sie strahlte und ließ die Erlebnisse in ihrer bildhaften, reichen und auch witzigen Sprache auferstehen. Sie konnte nicht nur gut erzählen, sie konnte auch Menschen imitieren, sie spielerisch darstellen und die Zuhörer zum Lachen bringen. Von Kleopas war sie sehr beeindruckt, sie bedauerte es sehr, dass er nicht hier auf dem Zionsberg lebte und sie ihn wohl nicht wiedersehen würde. „Was hat er nach der Begegnung mit dem Auferstandenen noch getan? Wo hat er gelebt? Seit wann lebt er als Eremit?" Rufus konnte die Frage beantworten: „Er begleitete nach Jeshuas Auferweckung lange Jahre den Apostel Philippus. Dieser war griechischer Herkunft und wollte unter den barbarischen Völkern, nördlich des Mare Nostrum, an einem anderen Meer, welches das Schwarze genannt wird, die Frohe Botschaft verkünden. Dann kam Kleopas als alter Mann zurück. Mir sagte er einmal: ich habe so viel gesehen, so viel erlebt, ich will die letzten Jahre meines Daseins im Gebet und in der Anschauung Gottes verbringen. Seine Augen waren schlecht geworden, er hatte Mühe sich allein in fremder Umgebung zurecht zu finden. Und so entschloss er sich für ein Leben in der Höhle am Salzsee. Sehr schnell pilgerten die Menschen zu ihm, fragten um Rat um den richtigen Weg im Leben. Anfangs schaute ich noch nach ihm aber bald war das nicht mehr notwendig. Die Nomaden nahmen sich seiner an und versorgten ihn mit Nahrung und Wasser. Er lebt in Frieden mit sich und in der Erwartung des neuen Lebens. Und ich freue mich, dass ihr ihn wohlbehalten angetroffen habt." Ausführlich musste Salome von ihren Erlebnissen mit den Nomaden erzählen und ihr seltsamer Abschied vom Sippenoberhaupt Tariq.

Spät trennten sie sich. Rufus rief ihnen nach: „Ich muss dir einen Gedanken mitgeben Salome, eine, nein drei Erzählungen über Jeshua, die zusammengehören. Aber die nächsten Tage wenn ihr ausgeruht und frisch seid, dann mehr davon."

Salome und Lukas gingen zu ihren Schlafräumen und nachdenklich meinte sie zu ihrem Bruder: „Eines weiß ich schon jetzt, mein Lieber. Diese Menschen und die Gespräche werden mir später sehr fehlen."

Am nächsten Abend versammelte sich die Gemeinschaft des Brotbrechens und es waren noch mehr Menschen gekommen, auch Silva mit einem anderen Legionär. Salome überwand sich und sprach ihn wegen Prozess und Kreuzigung an. Susanna freute sich von Herzen, dass Salome wieder da war. Auch sie hatte noch berichtenswerte Erinnerungen und Salome versprach ihr in den nächsten Tagen einen Besuch. Die Mahlgemeinschaft genossen die Geschwister und Salome zog immer wieder einen Vergleich zu ihrer ehemaligen Gemeinschaft in Antiochia. Was war da geschehen? Warum bildete dieser Kreis nicht mehr die Mahlgemeinschaft von Jeshua ab? Hier duldete man sogar Mörder und Gewalttäter wie die römischen Soldaten und sehr arme Menschen saßen neben wohlhabenden, Juden neben Griechen, Hochgeborene wie die Abkömmlinge der Sadduzäer neben Sklaven, Gebrechliche neben solchen in Jugendfrische und Kraft. – Aber in Antiochia? Man war nun unter sich, unter seinesgleichen, keine Vielfalt sondern Bräsigkeit und Sattheit hatten sich breit gemacht und so schrumpfte die Gemeinschaft unaufhaltsam … Nein, selbstverständlich war man nicht ablehnend zu Armen, Ausgestoßenen oder auch Sündern. Aber das Ausdünnen der vielfältigen Reich-Gottes-Gemeinschaft in eine Schicht der Gleichen, Gebildeten und Abgesicherten war wie eine Verdrehung der Reich-Gottes-Idee. Wie sollten sich dort Arme und Ausgeschlossene angezogen fühlen? Sie mussten sich als arme Tröpfe, als Bittsteller und Hilfsbedürftige vorkommen. Nein, das war nicht das was Jeshua vorgelebt hatte. Er lehrte nicht Almosen verteilen sondern Teilhabe aller Ausgesonderten und Verachteten, mehr noch: er stellte sie in die Mitte seines Tuns, gegen alle Angriffe und gegen allen Spott der Frommen.

Kapitel 14

Das große Gastmahl

Rufus wollte noch eine wichtige Geschichte erzählen. Welche? Salome war neugierig. So trafen sie sich am nächsten Tag in einem abgelegenen, ruhigen Raum des Handelshauses.

Rufus betonte, dass er den Text immer wieder und wieder von einem alten Juden in Rom gehört habe, dieser war noch Augenzeuge gewesen und erzählte seine Erinnerungen wortgetreu und ohne Abwandlungen.

Erwartungsvoll blickte Salome auf den Freund, der aufgeregt schien. Lukas hatte seine Wachstafeln neu beschichtet und war ganz Ohr.

Der Erzähler schloss die Augen, konzentrierte sich und begann von einem Tag im Leben des Jeshua zu erzählen. – Er war im Haus eines führenden Pharisäers am Sabbat eingeladen um dort zu speisen. Alle beobachteten ihn genau. Da trat ein Mann mit Wassersucht ein. Jeshua fragte die Schriftgelehrten und Pharisäer ob es erlaubt sei am Sabbat zu heilen? Alle schwiegen. Da berührte er den Mann, heilte und entließ ihn. Dann beantwortete er seine Frage selbst, denn es war nach dem Gesetz möglich: wenn ein Mensch oder Tier am Sabbat in den Brunnen fiel, durfte er herausgeholt werden und somit war die Heilung erlaubt. Wieder schwiegen alle.

Rufus machte eine Pause und bedeutete mit einer Geste: erster Teil und fuhr fort: „Nun trug Jeshua den geladenen Gästen ein Gleichnis vor, denn er hatte bemerkt wie alle die ersten Plätze anstrebten. Er erzählte von einer Hochzeitsfeier und dass man sich dort nicht auf den ersten Platz setzen soll, denn es könnte ein Vornehmer kommen und sagen: Geh weg von diesem Platz! Das wäre beschämend und man müsste den Platz aufgeben. Besser wäre es, sich auf den letzten Platz zu setzen. Dann könne der Gastgeber kommen und sagen: Freund, rücke höher hinauf! Und so könne der Geladene einen besseren Platz einnehmen. Jeshua schloss die Erzählung mit den Worten: *Jeder, der sich selbst erhöht wird erniedrigt, und wer sich selbst erniedrigt wird erhöht werden.*" Mit einer Geste bedeutete er wieder: zweiter Teil.

Rufus schwieg eine kurze Zeit und begann wieder: „*Dann wandte er sich an den Gastgeber, den berühmten Pharisäer, und sagte zu ihm: Wenn du ein Gastmahl zu Mittag oder Abend geben willst, so lade nicht deine Freunde oder deine Geschwister oder Verwandten oder reiche Nachbarn ein – sie würden ja nur dich wieder einladen, und es würde dir Gleiches mit Gleichem vergolten; sondern wenn du ein Gastmahl geben willst, so lade Arme, Krüppel, Lahme und Blinde ein. Selig wirst du sein, weil sie es dir nicht vergelten können – es wird dir aber vergolten werden bei der Auferstehung der Gerechten. – Als einer der Tischgenossen dies hörte, sagte er zu ihm: Selig, wer im Reiche Gottes zu Tisch sitzen darf!*

Er erwiderte ihm: Jemand veranstaltete ein großes Festmahl und lud viele dazu ein. Als es Zeit zum Mahl war, schickte er seinen Knecht, die Geladenen zu erinnern: Kommt, es steht bereit. Da fingen auf einmal alle an, sich zu entschuldigen. Der erste ließ ihm sagen: Ich habe ein Landgut gekauft und muss unbedingt hingehen, es in Augenschein nehmen. Halte mich bitte für entschuldigt! Ein anderer sprach: Ich habe fünf Paar Ochsen gekauft und muss gehen, sie zu erproben. Halte mich für entschuldigt! Ein dritter sprach: Ich habe mich verheiratet und kann deshalb nicht kommen. – Der Knecht kam zurück und bestellte dies seinem Herrn. Da wurde der Hausherr zornig und sprach zu seinen Knechten: Geh schnell hinaus auf die Straßen und Gassen der Stadt und bringt die Armen und Krüppel, die Blinden und Lahmen hier herein! Der Knecht tat es und meldete: Herr, dein Befehl ist ausgeführt, aber es ist noch Platz. – Da sprach der Herr zum Knecht: Geh hinaus an die Landstraßen und Zäune und nötige die Leute hereinzukommen, damit mein Haus gefüllt wird. – Ich sage euch aber, keiner von denen, die geladen waren, wird von meinem Mahl kosten."

Schweigen. Salome stieß einen kleinen Schrei der Verwunderung aus: „... keiner von denen, die geladen waren, wird von meinem Mahl kosten ... das ist hart. So hat es der alte Jude erzählt?"

„Ja,", sagte Rufus klar und kurz, „und genauso unverständlich ist vielen, dass die Menschen an den Landstraßen und Zäunen genötigt, also gezwungen werden einzutreten. Kann man Gäste zwingen? Was ist das für eine Einladung, die mit Zwang durchgeführt wird?"

„Jaaa ...", Salome war tief konzentriert, „da ist wieder diese Kompromisslosigkeit, dieses entweder – oder, es scheint im Gegensatz zu Jeshuas Leben zu stehen, er hat niemanden gezwungen … aber dieser Gastgeber ist nicht positiv zu sehen. Er ist eigensüchtig, er denkt an sich, er ist gekränkt und eitel, es geht ihm nicht um die Gäste. Er will von den Reichen und Mächtigen anerkannt werden, dazu missbraucht er das Gastmahl. Der Gastgeber ist eine Negativ-Figur. Wenn man den Gastgeber mit dem Ewigen gleichsetzt kommt das ganze Gleichnis in Schieflage, schlimmer: es rechtfertigt Gewalt mit dem Begriff nötigen. Jeshua hat nie jemanden genötigt, er lud ein und man konnte ungestraft die Einladung ausschlagen. Der Gastgeber ist negativ, man kann Gäste nicht zwingen. Er passt zum ungerechten Richter im Gleichnis mit der Witwe und auch zum betrügerischen Verwalter. Jeshua nimmt eine Negativ-Figur, er übertreibt, er überspitzt die Situation um zu sagen: diese Einladung ist die wichtigste Einladung in deinem Leben, du kannst sie nicht verpassen, sonst kommt die Einladung nie wieder … Ich glaube: das Gleichnis spielt auf zwei Ebenen. Auf der Alltagsebene wenn wir Bekannte und Freunde einladen und dann auf einer geistigen Ebene: das messianische Endzeitmahl. Jeshua hat das nicht getrennt, beide Zeiten sind ineinander verschränkt oder besser gesagt: Hinter der Alltagsgeschichte steht das himmlische Endzeitmahl, aber das Reich Gottes beginnt schon hier und jetzt. Hier musst du die Einladung annehmen, auch wenn du sie im Moment vielleicht nicht verstehst. Die Zeit drängt … deshalb das harte Wort nötigen – es gibt kein Zurück im Leben. Verpasst du die Einladung dann bist du draußen … draußen in eigener Entscheidung."

„Muss ich darüber nachdenken," sagte Rufus nachdenklich, „aber es geht noch weiter mit den harten Worten, denn Jeshua sagte noch ein schreckliches Wort zu Familie und Jüngerschaft: *Wenn jemand zu mir kommt und nicht Vater und Mutter, Weib und Kind, Brüder und Schwestern, ja selbst sein eigenes Leben hasst, so kann er nicht mein Jünger sein. Wer nicht sein Kreuz trägt und mir nachfolgt, kann nicht mein Jünger sein."*

„Hasst?", Lukas ließ seinen Griffel vor Schreck fallen, „er sagte wirklich: hasst?"

„Ja, er sagte: hasst."

„Vielleicht sollte man übersetzen: hintenansetzen?", gab Salome zu überlegen.

„Das kann ich nicht beurteilen", meinte Rufus, „aber mein Gewährsmann sagte immer hasst und hat dafür auch stets Empörung erzeugt, wie jetzt auch. Wenn ich sagen darf: Es sind unerbittliche, sehr harte Worte die Jeshua hier benutzt. Die Pharisäer widersprechen ihm auch nicht, mit keinem Wort, sie müssen auch erschrocken gewesen sein. Und dann dieser Schluss mit der Aufforderung für die Nachfolge. Wer kann das erfüllen? – Aber es heißt weiter, dass ihm viele Menschen folgten, keiner ist weggelaufen. Sehr seltsam finde ich das weitgehende Schweigen der Menschen, die dabei waren. Waren sie alle entsetzt? Vielleicht auch distanziert? Vermutlich ja."

Ungewohnt leidenschaftlich meldete sich plötzlich Lukas zu Wort: „Gerade habe ich an Nazaret gedacht und daran, was uns seine Verwandtschaft und Rebecca erzählte. Es muss für Jeshua schwer gewesen sein so lange in seinem Heimatdorf zu bleiben, gequält von einem inneren Wissen, dass er einen besonderen Auftrag habe, ohne diesen richtig zu erfassen und dann die Feindschaft der engsten Verwandten, die ständigen Vorwürfe: keine Heirat, keine Familiengründung! Was sollen die Leute denken? Immer ging es nur darum. Im Rückblick gesehen vermute ich mal, dass ihn dies schwer belastet hat, dass er regelrecht vor der Familie geflohen ist. Hat ihn einer gefragt warum er so anders lebt? Hat sich einer für seine Gedanken, für seine Zweifel, für seinen Glauben interessiert? Nein! Heirate und lebe wie wir, bleib unter der familiären Kontrolle, reihe dich ein, das wurde ständig an ihn herangetragen … dann ist alles gut. Da wundert es mich nicht, dass er im Zusammenhang mit der Nachfolge das Wort hasst verwendet. Er hätte sich schließlich auch fügen können, aufgeben und den Auftrag von seinem Abba verleugnen können. Dem hat er widerstanden. Da muss man sich nicht wundern wenn er so starke Worte verwendet."

Sowohl Rufus als auch Salome stießen Rufe der Überraschung und der Zustimmung aus: „Das ist eine gute Erklärung, Lukas", lobte Salome den Bruder, „natürlich, so muss es gewesen sein."

Rufus fuhr fort: „Jeshua erzählte noch zwei Gleichnisse mit dem Bau eines Turms und eines Kriegszugs, auch sehr ungewohnte, sehr strenge Worte. Zum Schluss wiederholte er noch einmal: *So kann keiner von euch mein Jünger sein, der sich nicht von allem löst, was er besitzt. Gut ist das Salz – aber ist auch das Salz schal geworden, womit soll man dann salzen? Weder für die Erde noch für den Dünger taugt es. Man wirft es weg. Wer Ohren hat zu hören, der höre!"*

„Ende?", fragte Salome hoffnungsvoll.

„Ja, Ende", war Rufus Antwort.

„Darüber muss man reden", war Lukas Kommentar und er legte seine Tafeln auf die Seite.

„Das ist die radikalste Rede die ich von Jeshua kenne", sagte Salome langsam, „kein Wunder, dass seine Zuhörer sprachlos waren. Aber ich verstehe: hier geht es nicht nur um eine protzige Einladung eines selbstverliebten Reichen, hier geht es auch um das messianische Endzeitmahl, hier geht es um das ewige Leben. – Dieser Text ist würdig in der Mitte meines Evangeliums zu stehen ... vielleicht mit dem Gleichnis vom Barmherzigen Vater. Die beiden Gleichnisse scheinen sehr unterschiedlich, ja widersprüchlich zu sein ... aber ich verstehe, dass sie sich ergänzen, dass wir zwar auf die Barmherzigkeit Gottes angewiesen sind aber doch eigene Verantwortung haben. Da gibt es keinen Kompromiss, kein Abschwächen. Entweder – oder. Es gibt eine Parallele zu den Weinbergpächtern. Lukas, erinnerst du dich? Auch für die gibt es keine weitere Einladung. Aber das bezieht sich auf einige wenige Menschen, nicht auf das Volk der Juden, nein. Das hätte Jeshua niemals gesagt, denn das Volk stand immer auf seiner Seite. Im Gastmahl geht es ums Ganze, um die Entscheidung für das Reich Gottes, um Auferstehung und Leben. Jeder wählt selbst, keiner wird ausgeladen, jeder bestimmt sein Schicksal allein. Die Zeit aber kann man nicht zurückdrehen. Die Zeit ist im Fluss ... das sagte auch Kleopas, dass mit Jeshua die Zeit ins Laufen gekommen ist ... das hat er hellsichtig erkannt ... – Jeshua hat in dieser Geschichte alles bis ins Letzte zugespitzt, fast übertrieben. Es gibt an die ersten Gäste zwei Einladungen, eine Ankündigung und dann die richtige Einladung. Hätten es die Eingeladenen ernst gemeint dann hätten sie sich gleich entschuldigen können. Aber so ließen sie es darauf ankommen und brüskierten extra den Gastgeber. Und diese Ausreden, dass sie nicht kommen können, sind einfach unglaubwürdig. Das sind doch alles Unternehmungen, die man lange vorher plant. Ein Stück Land kaufen, fünf Paar Ochsen, das sind zehn Ochsen, die im Joch gehen sollen, eine Hochzeit, die mehrere Tage dauert. Bedeutet: Die Eingeladenen wussten, dass sie nicht kommen wollen und haben diese Ereignisse als Ausrede benutzt, weil sie keine Lust hatten der Einladung zu folgen. All das muss der Gastgeber erkannt haben. Doch die Einladung ist nicht ehrlich, sie kommt nicht von Herzen. Da will sich einer nur selbst darstellen. Jeshua sagt: du sollst nicht deinesgleichen einladen, du sollst die Armen, die Benachteiligten, die Kranken einladen. Sie können es dir nicht vergelten. Du sollst dich nicht ärgern, wenn die Reichen und Satten nicht kommen. Es ist dein Fehler, dass du sie eingeladen hast. Der Gastgeber ist kein Vorbild, er ist nicht positiv zu sehen, er lädt ein zu seiner eigenen Ehre und ist beleidigt wenn der Einladung nicht gefolgt wird. Er praktiziert das Armenrecht der Tora nur halbherzig, er ist ein Knauser und wendet sich den Armen nur aus Ärger zu. In Jeshuas Gleichnissen gibt es oft unmoralische Personen. Der barmherzige Vater, er ist der Abba, des Jeshua, aber dieser Gastgeber nicht. Der Herr hält uns den Spiegel vor, wie wir eigennützig und kleinlich handeln und Gutes tun, nicht um des Guten willen, sondern weil wir uns selbst darstellen wollen, dann gekränkt sind wenn keiner kommt und dann erst aus Trotz die Armen und Ausgegrenzten einladen, nicht aus Liebe. Das ist die Alltagsebene.

Und dann geht die Geschichte weiter mit zwei weiteren Einladungen, wie am Anfang: zuerst werden gezielt die Armen, Kranken, ungerecht Behandelten eingeladen und dann ist noch Platz und es werden von draußen, von den Landstraßen und vor den Mauern alle möglichen und unmöglichen Leute geholt. Das heißt: Alle sollen kommen, nicht nur das Volk des Bundes, nicht nur die Juden. Dies ist die Ebene des messianischen Endzeitmahls. Natürlich spiegelt sich in der Geschichte auch Jeshuas Enttäuschung über seine Familie, sein Volk wider, die ihn nicht erkannten, die ihm nicht nachfolgten, die seine Worte nicht glaubten. Und dann kommt das ... das dicke Ende, sag ich mal, dass die Gäste, die sich um die Einladung gedrückt haben, dass sie nicht noch einmal eingeladen werden. Denn die Zeit läuft, das große Mahl ist im Gange, sie haben sich selbst ausgeschlossen. Das erinnert mich auch an das Gleichnis vom reichen Mann und armen Lazarus, da hilft es auch nicht mehr den Lebenden das Scheitern des Reichen zu zeigen. Sie wissen alles: sie haben die Tora und befolgen sie doch nicht. Sie grenzen sich selbst aus, auch weil sie stolz sind. Die Hölle im Gleichnis vom Armem Lazarus und dem Reichen? Da habe ich Probleme mir einen solchen Ort vorzustellen, Jeshua benutzt ein sehr drastisches Bild für einfache Menschen, eines das aufrüttelt. Einer meiner Philosophielehrer in Antiochia sagte mir einmal: *Die Hölle? So wie sie sich das einfache Volk vorstellt, so gibt es sie nicht. Die Hölle ist eine eigene Entscheidung für Gottesferne, die Hölle wird von innen zugehalten.* Auf das Gastmahlgleichnis übertragen: würde der Gastgeber die zuerst Eingeladenen draußen stehen lassen, wenn sie reuig kämen? Auf der Ebene des messianischen Gastmahls kann ich mir das nicht denken. Das widerspräche dem barmherzigen Vater, der dem reuigen Sohn entgegenkommt. Deshalb müssen diese beiden Gleichnisse ins Zentrum meines Evangeliums. ... Ja, das Gastmahl, die vielen Gastmähler ... sie sollen mein Evangelium durchziehen. Sie sind das Bild vom Reich Gottes. Schon in dieser Welt aber auch der kommenden. Ist es nicht das, was wir alle ersehnen? Mit allen Menschen friedlich und in Achtung an einem Tisch zu sitzen, gemeinsam ein Mahl genießen?"

„Die schlüssigste Deutung, die ich je gehört habe", murmelte Rufus, „aber was soll das mit der Familie hassen? Das ist doch – auch wenn ich Lukas Erklärung richtig finde, – das ist doch abschreckend."

„Stimmt. Das ist abschreckend ... aber seltsamerweise hat es niemanden abgeschreckt. Im Gegenteil. Es heißt, dass ihm viele weiter folgten. Also müssen es die Menschen nicht als bedrohlich empfunden haben, sie haben den Kern der Botschaft verstanden. Nein, es ist wieder diese Unbedingtheit ... *wer die Hand an den Pflug legt für das Reich Gottes, darf sich nicht umdrehen* ... Die Menschen haben das begriffen und sie haben verstanden: Jeshua meint MICH, er sagt nicht alle Juden oder alle Männer, oder alle Gesetzesgläubigen. Nein, das Reich Gottes gilt für alle, für alle Menschen und er erreicht sie, indem er immer wieder DU sagt. Jeder muss für sich allein entscheiden. Er ist direkt, radikal und nicht allgemein. Nein, ich werde da nichts abschwächen, das bleibt genauso, genauso kommt es in mein Evangelium! Ich denke, dass Jeshua anfangs wirklich glaubte nur für das Volk Israel gesandt zu sein, dann aber erkannte er, dass er den jüdischen Glauben für alle Menschen öffnen sollte. Sehr langsam und vielleicht erst in Jerusalem wurde ihm klar, dass seine Botschaft allen galt. Und das spiegelt sich im Gleichnis vom Großen Gastmahl wider. Er befreite die Menschen von einem engen Denken: die Heilung des Wassersüchtigen an einem Sabbat. Hätte er nicht am nächsten Tag heilen können? Schließlich war der Kranke nicht in Lebensgefahr. Bewusst hat Jeshua aber am Sabbat geheilt: Der Mensch steht über dem Sabbat, die Liebe steht über dem Gesetz. Er geht über die Tora hinaus, über die Frommen und die Gesetzestreuen, er will alle Menschen erreichen." Salome hatte sich in Eifer geredet, dann aber brach sie plötzlich ab und schwieg, versank in ihre Gedanken.

Lukas führte ihre Überlegungen weiter: „Die Familie ... ehrlich gesagt habe ich meistens unter meiner Familie gelitten, sowohl als Kind mit meinem Hinken als auch später, als ich selbst eine Familie gründete, eine Ehe bin ich eingegangen weil man nun mal heiraten musste. Aber ist das eine

Familie? Kinder, die mir aus dem Weg gehen, die mir fremd sind, nicht nach Erkenntnis streben, nur nach mehr Geld, mehr Besitz. Ich will meine persönliche Erfahrung nicht verallgemeinern aber ich denke: Wenn wir alle über die Blutsverwandtschaft hinausdenken würden, nicht nur um die Familie kreisen, und alle Menschen als unsere Nächsten, wie im Gleichnis vom barmherzigen Samaritaner erkennen und so handeln würden, dann ... dann müsste sich wirklich das Reich Gottes auf Erden verwirklichen. Vielleicht ist das *mit hassen* gemeint? Jeshua provoziert in seiner Sprache damit wir aufwachen und zu Ende denken. Ein Traum, eine Utopie ... aber ich meine: Nur so können Friede und Gerechtigkeit einkehren. Jeder muss in seinem Lebenskreis damit anfangen. Ich weiß was ihr sagen wollt: da gibt es die Habgierigen, die Stolzen, Neidischen und Kriegslüsternen, sie werden nicht mitmachen, sie werden alles zerschlagen und es verhindern. Aber vielleicht würden sich einige von denen von der Gewalt abwenden wenn sie das positive Beispiel sehen? Einfach mal anfangen, nicht sagen: Die da oben, die Reichen und Mächtigen ... ich, ich bin nur ein kleiner Mann, ich kann doch gar nichts tun, bedeutet auch: ich bin schuldlos. Damit wird doch die Gewalt immer und immer wieder zugelassen und kann sich verbreiten. Ganz klein und täglich neu anfangen? Würden wir nicht die Machtgierigen isolieren, schwach machen? Wären wir damit nicht unbestechlich, nicht käuflich und stark? Wenn wir begreifen würden, dass es auf uns persönlich ankommt, nicht nur auf die, die Macht haben? Vielleicht würden uns andere folgen ... ist nur so der Gedanke eines unbedeutenden Mannes ..."

Salome lächelte über diesen Lieblingsspruch ihres Bruders, den sie immer wieder gehört hatte.

Lukas grübelte weiter: „Das Gastmahl ... steht nicht beim Propheten Jesaja geschrieben: *Jahwe Zebaoth wird allen Völkern ein fettes Mahl bereiten auf diesem Berg, ein Mahl von abgelegenen Weinen, von fetten Speisen mit Hefewein... Er vernichtet den Tod auf immer und der Herr Jahwe wischt ab die Tränen von jedem Angesicht ...* Wenn wir auch ein Bilderverbot haben, aber die jüdischen Schriften erzählen auch in starken Bildern, in Gleichnissen. Jeshua hat diese Tradition aufgenommen und ich denke: nur so konnte seine Botschaft universal, zeitlos werden. Die Gleichnisse und seine Bildrede werden auch in späteren Generationen noch verstanden werden."

Rufus zitierte: „*Es gibt nicht länger Juden oder Griechen, es gibt nicht mehr Sklaven und Freie, es gibt nicht mehr Mann und Frau, denn ihr seid alle eins in Christus ...* Paulus", schloss er sehr ruhig.

„Das ist die Fortsetzung des großen Gastmahls", ergänzte Salome, „Paulus hat es mit diesen Worten weitergeführt."

„Darf man das? Darf man das Wort des Herrn weiterführen?", wandte Rufus zweifelnd ein.

„Ja, das dürfen wir nicht nur, das sollen wir auch", trumpfte Salome auf, „Kleopas mit seinem Zeitbegriff, der ins Rollen kam, der Gedanke hilft mir ... er verschafft Klarheit. Es geht weiter ... die Frohe Botschaft wird die Welt verändern, auch unsere Schrift wird dazu beitragen, auch die Praxis unserer Gemeinschaften, wie wir das Brotbrechen feiern ... wir gestalten mit. Ich werde meine Erfahrungen, meine Erlebnisse einbringen, die unterschiedlichen Mahlgemeinschaften in Antiochia, in Kafarnaum und hier in Jerusalem. Das ist Nachfolge, wir können Jeshua nicht imitieren, aber wir können in seinem Geist unser Leben gestalten, furchtlos und in der großen Hoffnung auf das Gastmahl im Reich Gottes, so unvollkommen unsere Versuche hier in dieser Welt sein werden."

Rufus nickte und sagte leise: „Ich danke euch, ihr habt eine neue Tür aufgestoßen."

In dieser Nacht wurde es merklich kühler, fast kalt und Salome wickelte sich fest in ihre wollenen Decken ein, während die Bilder vom großen Gastmahl an ihrem Geist vorbeizogen.

Kapitel 15

Der Einzug in Jerusalem.
Die letzte Mahlgemeinschaft.
Getsemani

Hanna schürte das kleine Feuer in Susannas armseliger Behausung auf, legte ein wollenes Tuch über die Schultern der alten Frau, während die Geschwister weiter ihren Erinnerungen lauschten.

Susanna verbarg ihr Gesicht in den kleinen Greisinnenhänden, sie sammelte sich und begann: „Ich muss zurück, zurück zu unserer Ankunft in Jerusalem. Tagelang waren wir durch das Jordantal gewandert, dann über Betfage und Betanien hoch auf den Ölberg. Viele Menschen waren unterwegs, sie strebten von allen Seiten der heiligen Stadt zu. Es waren die Tage vor dem Pessachfest, das freudigste Fest in unserem Glauben, es dauerte eine Woche. Die Menschen sangen, jubelten, freuten sich auf das Pessachlamm auf die Feier im Kreis ihrer Lieben … Aber mit Jeshua war eine Veränderung eingetreten. Er wurde sehr still, sehr in sich gekehrt und ich sehe noch die scharfe Falte zwischen seinen Augenbrauen. Er wirkte bedrückt und sein ernstes Wesen übertrug sich auch auf die anderen. Einige Jünger aus dem Zwölferkreis waren oft sehr lauthals und großmäulig, verzeiht, aber ein anderes Wort fällt mir dazu nicht ein … Warum wirkte der Herr so ernst und bedrückt? Zogen wir nicht zum größten Fest hinauf, wollten wir nicht Pessach, der Befreiung aus Ägypten gedenken? – So näherten wir uns auf dem steilen Bergpfad Jerusalem. Nie vergesse ich meinen ersten Blick auf die Heilige Stadt. Damals war noch alles unzerstört, eine starke Stadtmauer mit vielen massiven Türmen und sieben Tore umgaben sie wie ein fester Gürtel. Über dem Häusergewirr thronte der Tempel, blitzte in Weiß und Gold. Wir fühlten uns wie in einer neuen Welt. Gebannt standen wir lange Zeit auf dem Ölberg und schauten hinüber auf die Stadt Davids. – Jeshua hatte zwei Jünger mit dem Auftrag vorausgeschickt: *Geht in den gegenüberliegenden Flecken, dort werdet ihr beim Eingang ein Füllen angebunden finden. Bindet es los und bringt es. Und wenn euch jemand fragt warum ihr es losbindet, so sagt: Der Herr braucht es!* So geschah es und sie führten den

Esel zu Jeshua, warfen ihre Kleider über und ließen ihn aufsteigen. Während er dahinzog, breiteten sie ihre Mäntel auf den Weg zu seinen Füßen.

Und die Kinder! Viele, viele Kinder liefen zusammen, sie riefen, nein schrien mit ihren hellen Stimmen immer wieder nach Jeshua und sie liefen hin und her, lachten und sprangen. Es war pure Freude. Auch die Jünger und wir Frauen begannen freudig und mit lauten Stimmen Gott zu loben und riefen:

„Gesegnet der da kommt, der König, im Namen des Herrn.

Im Himmel Friede, Hosanna in der Höhe!"

Susanna brach ihre Erinnerungen ab und meinte: „Kleopas hat euch schon davon erzählt, ich wiederhole alles ..."

„Nein, nein", wehrte Salome ab, „Kleopas kannte Jeshua erst ein paar Tage, aber du kanntest ihn schon lange, seit Galiläa, du musst erzählen."

„Gut", flüsterte Susanna ... „so ritt der Herr durch die Goldene Pforte ein. Plötzlich erfasste uns eine unbändige Freude, sogar Gewissheit: Jeshua ist der verheißene Messias, es beginnt nun die Gottesherrschaft! Immer mehr Menschen versammelten sich, rissen Palmzweige ab und jubelten ihm zu. Aus dem Volk heraus protestierten die Pharisäer, er solle diese Zurufe verbieten. Seine Antwort war: *Ich sage euch: wollten die schweigen, würden die Steine schreien!* ... Und dann weinte der Herr über die Stadt, er weinte und prophezeite ihren Untergang, ihre Zerstörung weil sie ihn nicht erkannte ... Wir waren erschüttert, es war doch jetzt alles gut? Alles würde sich zum Guten wenden. Jubelten die Menschen ihm nicht zu? Brachten sie nicht seine Gegner zum Verstummen? – Aber es kam noch schlimmer. Er ging in den Tempelvorhof, vertrieb dort die Händler und Geldwechsler, warf ihre Tische um und rief, *dass sie aus dem Gebetshaus eine Räuberhöhle gemacht hätten.* – Dann erzählte er das Weinberggleichnis, wo die Pächter den Erben töten ... Die Hohepriester und Schriftgelehrten hätten ihn am liebsten schon in dieser Stunde gefangengesetzt, doch fürchteten sie das Volk. Sie hatten nämlich erkannt, dass er dieses Gleichnis auf sie hingesprochen hatte."

„Damit die Schrift erfüllt werde, heißt es oft ... jedenfalls hat er mit dieser Zeichenhandlung die Sadduzäer, Hohepriester und Schriftgelehrten gegen sich aufgebracht und was ich auch überlegt habe: Jeshua kommt nach

Judäa, in den Machtbereich des Imperiums. Er hat sich mit seiner Endzeit-Erwartung und Reich-Gottes-Lehre selbst unter Druck gesetzt"... Lukas räusperte sich und führte aus: „Aber nochmal zum Tempel, der Tempel – nun er ist vergangen – aber er war das Zentrum des Landes. Nicht nur das Zentrum des Kultus sondern auch ein weltliches Machtzentrum. Hier lagerten Steuern, Spenden, Zinsen, Gelder aus Vermietungen und Verkäufen. Am Tempel verdiente ganz Jerusalem und darüber hinaus alle im Land. Vielen garantierte er den Lebensunterhalt durch feste Arbeitsplätze mit festen Einnahmen. Zuerst natürlich die Sadduzäer, die Tempelpriester, auch die Leviten, die Tempeldiener, die Musiker, Sänger und Wächter. Ich habe mal nachgerechnet: es müssen ganzjährig 7.000 Priester und 10.000 Leviten dort gelebt haben. Am Opferbetrieb verdienten die Viehzüchter und Viehhändler. Tausende Handwerker und Bauleute lebten von der Instandhaltung des Baus, dazu noch Andenkenverkäufer, Weihrauchhändler und viele andere. Nicht zu vergessen: alle, die dort arbeiteten oder bei den großen Wallfahrtsfesten da waren, alle wollten essen und trinken. An den großen Wallfahrtsfesten wurde das Dreifache an Essen und Trinken gebraucht wie sonst. Auch den kleinen Leuten ermöglichte der Tempel den Lebensunterhalt: Sklaven, Tagelöhner, Kranke und Bettler und auch Schwindler und Faulenzer lebten gut im Umfeld der heiligen Stätte. Allein in den Jahren, in denen Herodes der Große den Tempel erbauen ließ, war er eine Lebensgrundlage für Tausende. Für Zeichner und Bauleute, für Transportarbeiter, welche das Baumaterial anlieferten, all das musste über Jahre geregelt werden und versprach sichere Einnahmen. Nicht zu vergessen die Weber, Schneider für die liturgischen Gewänder und auch Wirte ... Wenn also Jeshua sagte, dass dieser Tempel und die ganze Stadt zerstört würde und er den Tempel in drei Tagen wieder aufbauen könne, dann war das wie eine Gotteslästerung. Allein Kritik am Tempel war schon ein Grund zur Verhaftung. Alle fühlten sich bedroht als er die Händler aus dem Vorhof vertrieb, alle. Damit beraubte er sie ihrer Lebensgrundlage und traf sie ins Herz ihres Glaubens. Das war die Grundlage für Anklage und Prozess. Für die Römer war es die Aufforderung zum Aufruhr, denn sie hielten ihre schützende Hand über den Tempelbetrieb und hatten den Juden viele Freiheiten zugestanden, aus Glaubensfragen hielten sie sich sowieso raus. Wichtig waren die dauernd fließenden Steuereinnahmen und diese waren mit Jeshuas Rede gefährdet."

„Du hast recht, Lukas", flüsterte Susanna, „ich hatte das alles schon vergessen. Aber so war es. Viele fühlten sich durch Jeshua bedroht, wandten sich von ihm ab ... Doch er hatte keine Furcht, er lehrte täglich in den Säulenvorhallen des Tempels. – Ich erinnere jetzt an die nächsten Ereignisse.

Die Frage nach der Vollmacht, die Freisprechung der Ehebrecherin, das Gleichnis von den verbrecherischen Weinbergpächtern, die Steuerfrage und diese freche Falle, wo es um die Auferstehung geht. Ihr wisst: eine Witwe hatte nacheinander die Brüder ihres verstorbenen Mannes geheiratet ... eine schandbare Geschichte. Aber Jeshua milderte nichts ab, er sprach scharf, er forderte die Tempelpriester heraus und warnte das Volk vor den heuchlerischen Schriftgelehrten in wallenden Gewändern, die immer und überall die besten Plätze für sich in Anspruch nahmen ... Unter den Jüngern breitete sich Furcht aus, doch wagte keiner ihm zu widersprechen. War diese Rede im Angesicht der Mächtigen nicht tollkühn, forderte sie nicht ihre Macht heraus? Warum diese schrecklichen Worte? Wir wurden unruhig, wir begannen uns zu fürchten.– Nur eine blieb völlig ruhig: Maria aus Magdala. Sie wurde sehr ernst, doch keineswegs ängstlich oder verwirrt. Sie sagte: Das muss so sein, alles geht nach Gottes Willen. Die Apostel, die meistens im Widerstreit mit ihr standen, schüttelten nur die Köpfe als sie es ablehnte auf den Herrn mäßigend einzuwirken. – Dann verkündete der Herr die schrecklichen Ereignisse über das Ende dieser Zeit. Er selbst werde auf einer Wolke als Endzeitrichter kommen ... Wir waren wie eine verschreckte Herde, die Schutz suchte und keinen fand."

Susanna stockte, schwieg eine Weile und fuhr fort: „Doch es wurde immer deutlicher, dass die Ereignisse in Jerusalem einem Ende zutrieben und ohne es auszusprechen ahnten wir: es würde ein schreckliches Ende sein. Einige aus dem Zwölferkreis aber hofften wohl, dass Jeshua zum großen Kampf gegen die Römer aufrufen würde. Es waren viele Zeloten in der Stadt, die ihm begeistert zuhörten aber seine Worte falsch verstanden. Und einer der Zwölf, der einzige Judäer, Judas Iskariot, er wollte diesen Kampf erzwingen und das Reich Gottes mit Gewalt herbeiführen. Die Gemeinschaft von den Zwölfen mit der Frauengruppe zerfiel in diesen Tagen. Die Männer glaubten, dass nun ein gewaltiger Umschwung bevorstünde aber wir Frauen ahnten, dass Jeshua dem Tod entgegenging. – In der Zionsstadt hatten wir noch Unterschlupf gefunden, trotz der vielen Wallfahrer in der Stadt. Meine Freundin Johanna war uns nicht nach Jerusalem gefolgt. Ich lebte mit drei anderen Frauen hier in diesem winzigen Raum: Maria Salome, Maria Kleopas und eine andere Johanna. Maria aus Magdala war mit zwei weiteren Frauen nicht weit von hier untergebracht."

„Und wo hat Jeshua mit den Zwölfen das letzte Abendmahl gefeiert?", drängte Salome Susanna zum Weitererzählen und war in großer innerlicher Spannung ob sie Kleopas Darstellung bestätigen würde.

Susanna schüttelte den Kopf: „Liebe Salome, ich muss dir leider sagen, dass es nicht so geschehen ist wie es in der römischen Schriftrolle steht. Manches war anders, was dort geschildert ist. Gut, der Schreiber war kein Augenzeuge mehr. Und besonders dieses letzte Mahl hat Jeshua nicht allein mit den Zwölfen gefeiert, sondern mit uns allen."

„Mit allen?", begierig lauschte Salome den Worten Susannas. Würde sie Kleopas bestätigen oder noch etwas ganz anderes erzählen?
„Dann stimmt es nicht, was in der Schrift geschrieben steht: dass der Herr die Jünger ausschickte einen Platz in Jerusalem zu finden, einen Speisesaal in einem Obergemach, ausgestattet mit Polstern?"

„Doch, diesen Raum gab es, wir planten darin das Pessachmahl zu feiern. Aber dann ... wir waren so viele, dass unmöglich alle kommen konnten und so fanden wir Platz in der Zionsstadt, auf dem Dach eines größeren Hauses. Es war das Haus eines frommen Juden, der heimlich Jeshua anhing. Kleopas und sein Freund waren auch dabei. Es war das erste Mal, dass er eine Mahlfeier erlebte und deshalb hat er den Herrn auch in Emmaus beim Brotbrechen erkannt. – Alle waren wir dabei, nicht nur die Zwölf, wie es in der Schriftrolle geschrieben ist. Verzeih, aber ich muss die Wahrheit sagen, ich war dabei. Warum sollte auch Jeshua alle anderen Jünger und uns Frauen ausschließen? Hat er jemals Menschen von seinem Tisch ausgeschlossen, gesagt: du gehörst nicht dazu, bleib weg? Nein, niemals hat er das getan. Er hat sich mit allen, auch mit den Unwürdigen und Ausgestoßenen an einen Tisch gesetzt. Seine Mahlgemeinschaften waren stets offen, auch für die, die ihn bezweifelten oder sogar für einen Betrüger hielten. Dieses letzte Mahl hat er mit uns allen gefeiert und es war ... es war ... wie soll ich sagen ... so als wären wir schon im Reich Gottes, im Melkut Jahwe."

„Aber warum ist es dann in der Schriftrolle ganz anders geschrieben? Die Zwölf waren doch sein engster Kreis, die Vertreter Israels, eine Erinnerung an die zwölf Stämme."

„Ja, so wird es von denen erzählt die nicht dabei waren. Ich konnte es lange nicht verstehen warum. Aber heute denke ich: Die Menschen wollten das Gewohnte hören: zwölf Männer, zwölf Israeliten, die Vertreter des Bundesvolks und nicht diese große Tischgemeinschaft mit Frauen und Unbekannten, mit Sündern und Zweiflern, mit Verachteten und Ausgestoßenen. Maria von Magdala sagte später einmal: das letzte Gemeinschaftsmahl sollte ein Vermächtnis sein, eine Übergabe an uns alle. Wir aber haben es nicht verstanden, damals nicht und heute auch nicht wirklich. – Jeshuas offene Tischgesellschaft ist schwer zu verwirklichen, zu schwer für die meisten. Auch bei uns gibt es Auseinandersetzungen: Wer darf kommen, wer nicht? Manche blieben weg als die Legionäre kamen, als Silva mit seinem Kameraden sich uns anschloss. Aber Jeshua hat nie einen ausgeschlossen. – Da waren die Zwölf und Petrus, er war sicher derjenige, der am besten Jeshuas Auftrag verstand – nun ja, zumindest manchmal. Er war von ihnen der Erste, so sahen ihn auch die anderen. Aber noch in derselben Nacht ist er umgefallen und hat Jeshua im Hof des Hohepriesters verleugnet. Wo waren die Zwölf beim Prozess, beim Gang nach Golgotha? Bei der Kreuzigung? Weggelaufen sind sie, nur wir Frauen waren dabei. Und wer ging zum Grab? Wieder nur wir Frauen und als wir ihnen die Auferweckung verkündeten haben sie uns nicht geglaubt, uns ausgelacht, es wäre Weibergeschwätz … so war das. Warum sollte sich Jeshua überhaupt nur auf sie verlassen? Warum nicht auch auf uns? – Ach, Salome, du weißt doch wie die Männer sind: immer vornedran wenn es um Macht und Ehre geht. Und dann als sich der Glaube an den Auferstandenen in der Stadt wie ein Lauffeuer verbreitet hat, da waren sie plötzlich auch vorsichtig dabei. Aber nur vorsichtig, sie trauten sich nicht aus dem Haus heraus und zweifelten sogar noch als der Herr in ihrer Mitte erschien. Erst als der Paraklet kam, die Feuerzungen auf sie niederregneten, da wurden sie mutig, gingen zum Tempel und bekannten den Herrn. Und dann wurden sie gleich Gemeindeleiter: Petrus, Johannes und der neu hinzugekommene Herrenbruder Jakov. Da waren sie wieder vornedran. Nein, es war wie immer: Wo Not, Elend, Untergang und Hoffnungslosigkeit sind, da harren die Frauen aus. Sobald sich aber das Blatt wendet, sind die Männer wieder da und verweisen die Frauen auf die hinteren Plätze. Warum nur erdulden wir das immer und immer wieder?"

Salome hatte mit großer Anspannung zugehört und obwohl sie Susanna im Tiefsten Recht gab, versuchte sie doch eine Ehrenrettung der Zwölf: „Aber Petrus soll doch später den Märtyrertod gestorben sein und Jakov wurde gesteinigt. Bist du nicht ungerecht? Sicher, Petrus war wohl auch naiv. Da gibt es eine Stelle in der römischen Schriftrolle, wo Jeshua sich zum Beten an einen einsamen Ort zurückzieht und Simon Petrus sucht ihn, findet ihn und sagt vorwurfsvoll: Alle suchen dich! Er hat sich doch auch verantwortlich gefühlt, ich meine für die Armen und Kranken, für die Ausgestoßenen. Und Jeshua hat ihm vertraut, er gab ihm den Namen Petrus, der Fels. Trotz seines Versagens hat er auf ihn gebaut."

„Ja, sicher," ... Susanna winkte schwach ab ... „Jeshua wählte einen Mann, der versagt hatte, das war klug, denn alle hatten versagt und waren doch berufen ... aber ich frage trotzdem: als es um den Prozess und das Todesurteil ging, wo war er? Wo waren die Zwölf?"

„Weißt du es?"

„Nathanael, der auch Bartholomäus genannt wurde, er hat mir von Getsemani berichtet und wie sie alle geflohen sind. – Aber du wolltest doch vom letzten gemeinsamen Mahl hören?"

„Oh ja, erzähle bitte ... war es ein Pessachmahl?"

Susanna breitete etwas hilflos die Arme auseinander: „Ja und nein. Es war am Sederabend, so ist meine Erinnerung. Wir hatten ein kleines Lamm, aber Jeshua beachtete es gar nicht, keine Bitterkräuter und kein Mazzot. Nur Brot, einige Oliven, Pinienkerne und Wein. Und ich muss dich enttäuschen: wir alle waren uns der Bedeutung dieses Abends nicht bewusst. Wir ahnten nicht, dass Jeshua ein letztes Mal bei uns war. Sicher, es gab diese unsichere Stimmung, diese Furcht vor dem Kommenden, die schlimmen Prophezeiungen und der furchtbare Ernst, den der Herr befallen hatte. Doch es war ein herrlicher Frühlingsabend, eine laue Luft, überall kam das Grün hervor, wir waren alle zusammen, in Gemeinschaft. Die Düsternis verschwand. Wir saßen auf einem großen Flachdach auf dem Zionsberg, uns zu Füßen die heilige Stadt. Wir fühlten uns sicher, frei und leicht. Dann aber, nach dem einfachen Essen sagte Jeshua: *Mit ganzem Herzen habe ich mich danach gesehnt mit euch Pessach zu feiern, ehe ich leide. Denn es ist mein letztes Pessach, bis die Erfüllung im Reich Gottes gekommen ist* ... Was dann geschah, stimmt mit der römischen Schrift überein aber es war doch anders. Nicht so feierlich, keine schweren Worte, dafür sehr warmherzig und innig. – Doch wir alle hatten die Bedeutung der Stunde nicht erfasst. Jeshua nahm Brot, *bezeichnete es als seinen Leib, sein ganzes* Leben und sein Ich und fügte hinzu, dass dieser Leib hingegeben wird und wir immer so sein Gedächtnis feiern sollten. Genauso nahm er den Kelch mit Wein, dieser soll ein *neuer Bund sein in seinem Blut, das für uns vergossen würde.* Hier hätten wir aufmerksamer sein sollen aber wir dachten nicht wirklich über diese seltsamen Worte nach. Sie klangen uns so wie: später, wenn ich gestorben bin, dann denkt an mich und dieses Mahl. Wir verdrängten in dieser frohen Stunde die düsteren Ahnungen, wir wollten sie nicht wahrhaben. – Doch ich kann nicht für alle sprechen. Ich dachte nicht an seinen baldigen Tod und schon gar nicht an einen Kreuzestod. Maria von Magdala sah tiefer. Später erklärte sie uns einmal: Ich habe die Nähe des Todes gespürt. Auch sie war sehr ernst geworden. – Dann schlossen wir das Mahl mit dem Singen der Hallelpsalmen ab. – Weiter sprach Jeshua von einem Verrat und einem Verräter. Plötzlich war da ein Hauch Angst, eine Finsternis. Die Männer wurden aufgeregt und fragten hin und her wer der Verräter sei? Und daraus entstand ein völlig unsinniger Streit wer wohl der Größte unter ihnen sei … Salome, wir waren alle dumm und vielleicht wollten wir die drohende Gefahr an diesem Abend nicht erkennen, so erklärte es später Maria aus Magdala. Aber die Männer stritten jetzt um den höchsten Rang! Jeshua griff ein und sagte noch: Wer der Größte sein will, der soll dienen. Ich wiederhole dies in meinen Worten. Und Jeshua versprach allen, die mit ihm in Prüfungen ausgeharrt hatten, das Reich Gottes und dass wir an seinem Tisch sitzen und essen und trinken würden. Plötzlich wandte er sich an Simon Petrus und prophezeite ihm der Satan würde ihn versuchen und er, Simon, würde ihn verraten. Aber später, wenn er den Glauben wieder gefunden habe, solle er zurückkehren und die anderen stärken.– Simon Petrus aber, großes Mundwerk wie immer, stritt alles ab und versicherte dem Herrn, dass er mit ihm in den Tod gehen würde … Jeshua erwiderte: Heute Nacht noch, bevor der Hahn kräht, wirst du mich dreimal verleugnen. – Da wurde es richtig eisig um uns herum. Heute Nacht? Was würde da geschehen? Heute verstehe ich nicht warum wir alle geschwiegen haben und nicht fragten. Und dann gab es noch einen unsinnigen Streit über zwei Schwerter. Langsam fühlten die Männer die Bedrohung und meinten in den Kampf ziehen zu müssen. Aber Jeshua wollte nur sagen: Jetzt ist eine Schwertzeit angebrochen. Er hat nie zur Gewalt aufgerufen, nein. Er wollte nur sagen: Was jetzt kommt ist die Macht des Bösen. – Bedrückt beschlossen wir unser Gemeinschaftsmahl und stiegen hinunter ins Kidrontal. An Pessach ist immer Vollmond. Das Mondlicht erleuchtete den steilen Weg. Dort gingen wir an den Felsgräbern vorbei, am steinernen Grab des Sacharja. Tagsüber war hier immer viel los. Bauern und Hirten kamen zum Tempel um ihre Waren zu verkaufen. Jetzt aber war alles einsam, sehr still und keiner von uns sagte ein Wort. Wir Frauen stiegen den Tempelberg hoch zum Wassertor zu unseren Unterkünften. Jeshua ging mit den Zwölf und einigen Jüngern zum Garten Getsemani. Dort gab es eine kühle Höhle zum Schlafen und dort ereigneten sich Verrat und Gefangennahme."

Hanna reichte ihr einen Krug mit frischem Wasser und nach dieser Stärkung fuhr Susanna fort: „Nathanael erzählte, dass sie schrecklich müde waren und gleich eingeschlafen sind, während Jeshua wachte und betete. Das hat ihn lange bedrückt und er hat sich dafür geschämt."

„Sie haben geschlafen? Wirklich?", Salome war entsetzt.

Es klopfte heftig an die Tür und Hanna eilte um zu schauen wer da sei. Da standen zwei Mägde mit wollenen Decken auf den Armen. Alexander hatte sie geschickt um Susanna und Hanna ins Handelshaus zu holen. Es sei gefährlich frostig geworden und Schneefall zu befürchten. Die Unterkunft der beiden Frauen könne sie vor der Kälte nicht mehr schützen, sie sollten mitkommen. Leicht widerstrebend aber dann doch gehorsam stimmte Susanna zu. Hanna war erleichtert: Wie sollte eine so alte und schwache Frau wie Hanna Kälte und vielleicht ein Fieber überstehen?

Der Himmel war grau, merkwürdig bleiern, als sie das Haus verließen. Hanna deutete nach oben: „Es sieht nach Schnee aus, bereits zweimal habe ich Schnee in Jerusalem erlebt. Ja, es ist besser wenn wir die nächsten Tage bei Alexander und Rufus verbringen."

Kapitel 16

Gefangennahme und Verrat des Petrus. Zwei Gespräche. Schnee in Jerusalem

Alexander und Rufus standen bereits unter der Tür und führten die kleine Gruppe in den hinteren Teil des Verwaltungsraumes zum großen Kamin, in dem ein starkes Feuer prasselte. Erst jetzt, als alle um den Kamin saßen, fühlten sie wie die Kälte aus den Gliedern verschwand und sich wohlige Wärme einstellte.

„Lass uns zunächst noch über das letzte Gemeinschaftsmahl sprechen. Welcher Tag war das? Der Vorabend zu Pessach? Oder schon Pessach? Ich bin verwirrt", führte Salome das Gespräch weiter.

„Es war kein Pessachmahl und es war doch ein Pessach", meldete sich eine bekannte Stimme aus dem Hintergrund. Mattitjahu hatten zugehört: „der Schreiber der römischen Schriftrolle wollte die Ereignisse zeitgleich mit dem jüdischen Pessach stattfinden lassen, Jeshua starb an Pessach. Ich muss sagen, dass ich da so meine Zweifel habe. Der Rüsttag, der Tag vorher, das ist gut möglich. Aber an Pessach? Da musste alles erledigt sein. Dann folgte der Sabbat. In welchem Jahr war das? Unklar. Damals wurde mit zwei Kalender gearbeitet: dem traditionellen Mondkalender und dem Sonnenkalender der Essener. Manche sagen, dass Jeshua sich nach dem Sonnenkalender gerichtet habe. Auch soll es in Jerusalem ein Essener-Viertel gegeben haben und dort wäre der Abendmahlsaal gewesen. Jeshua und die Essener? Das passt überhaupt nicht zusammen. Sie forderten zum Feindeshass auf, lehnten Menschen mit Gebrechen ab, Jeshua tat das Gegenteil. Nein, ich glaube Susanna, schließlich ist sie auch noch Augenzeugin. Jedenfalls gab es damals diese beiden Kalender und daher auch Widersprüche zum Prozessablauf. Aber wie auch immer: Der Schreiber der Römischen Schrift wollte das letzte Mahl und den Tod Jeshuas mit dem Pessach, mit dem Auszug aus Ägypten, unsere Befreiung aus dem Sklavenjoch, verknüpfen. Er hat Pessach umgedeutet. So habe ich mir das alles erklärt."

„Damit hat er gezeigt: Jeshua ist das neue Pessachlamm, der alte Bund ist vorbei," rief Salome aufgeregt.

„Genauso muss er gedacht haben", Mattitjahu kam näher und nahm auch am Feuer Platz.

Lukas ergänzte: „Vielleicht ist das später alles nicht mehr so bedeutungsvoll, ich meine, wenn die Griechen weiter die Mehrheit in den Gemeinden bestimmen. Für sie wird es nicht wichtig sein ob Abendmahl und Pessach am selben Tag stattfanden. Aber ich finde es wichtig: Jeshua war gläubiger Jude und das müssen wir auch bezeugen. Das Pessach bindet ihn an sein Volk. Er wollte Israel die Frohe Botschaft bringen. Nun aber bekehrten sich die paganen Völker und viele Juden nahmen seine Botschaft vom Reich Gottes nicht an. Also ich meine wir schreiben auch, dass die letzte Mahlfeier mit dem Pessach zusammenfiel."

Salome war noch schwankend aber neigte doch Lukas Lösungsvorschlag zu. Sie wandte sich an Mattitjahu: „Ich bin erstaunt, dass du dich damit so stark beschäftigst. Du bist doch kein Christianoi, oder?"

Mattitjahu lächelte: „Das stimmt meine Liebe. Aber ich bin ein Sohn von Sadduzäern, die jedes Wort in der Tora umgedreht haben und sich mit den Rechtskundigen, den Schriftgelehrten im Sanhedrin ständig auseinandersetzen mussten. Das jüdische Gesetz ist scharf, sehr genau und Todesurteile waren selten. Man musste stichhaltige Gründe finden. Die Richter waren sich ihrer Verantwortung bewusst. Was ich sagen will: ich wurde von Jugend an erzogen allen Dingen auf den Grund zu gehen und das habe ich auch hier getan. Was mich nicht in Ruhe lässt sind die Mahlfeiern des Nazareners. Keine Absonderung, keine Verurteilung, alle Menschen annehmen, keine Essensverbote, alles ist rein, alles erlaubt. Das war neu und auch erschreckend. Keine Selbsterhöhung, keine Aussonderung von Schwachen. Dafür wurde Jeshua von einigen Autoritäten als *Fresser und Säufer* beschimpft. Er teilte die Welt nicht in unrein und heilig ein … das beschäftigt mich."

„Und was denkst du vom Verrat des Judas Iskariot?", wollte Salome weiter wissen.

„Verrat … er wollte Jeshua zwingen, ihn endlich zum Handeln bringen, ihn regelrecht erpressen. Er wollte ihn nicht ans Kreuz bringen. Und diese Aufregung unter den anderen? Bestimmt hatten sie auch mit diesem Gedanken gespielt", war die nachdenkliche Antwort.

„So sind die Männer", platzte Hanna los, „alles muss mit Gewalt gelöst werden. Und dann entsteht Leid und neues Unrecht und Blutvergießen."

„Du hast Recht", seufzte Salome, „aber wer erzieht die Knaben in den ersten Lebensjahren wenn Gemüt und Verstand noch formbar sind? Die Mütter, die Ammen und Frauen welche den Knaben lehren, dass sie etwas Besonders sind, dass sie stark, stolz und hart sein müssen, Krieger und Helden. Wir sind nicht unschuldig."

„Ich kann mich nicht so ausdrücken aber genau das ist es, was mich an Jeshua so angezogen hat", meldete sich wieder Susanna, welche die ganze Zeit dem Gespräch aufmerksam aber schweigend gefolgt war, „Jeshua war stark, aber Gewalt hat er abgelehnt, sogar lieber selbst erlitten als feige zu fliehen. Schließlich hätte er in Getsemani fliehen können, über den Ölberg, nach Betanien zu seinen Freunden oder er hätte sich in der Wüste verstecken können. Aber er hat es nicht getan. Doch: warum musste er so grausam sterben? Warum nur?"

„Darauf hat Paulus eine Antwort gegeben", meinte Salome leicht missmutig, „aber ich kann dieser nicht folgen … doch erzähle weiter von der Nacht in Getsemani."

„Getsemani, ich kann nur wiederholen was Nathanael mir berichtete …" nahm Susanna ihre Erinnerungen wieder auf, „sie gingen nach Getsemani, ein Garten mit Ölbäumen und auch Höhlen, dort wurde Öl gepresst, weil es in den Höhlen kühl war. Dort haben Jeshua und seine Jünger übernachtet. Er liebte die Stille, nachdem er den ganzen Tag in der Säulenvorhalle des Tempels von vielen Menschen umgeben war. Immer hat er sich allein zum Gebet zurückgezogen. So auch in dieser Nacht. Er sagte zu seinen Jüngern: Betet, damit ihr nicht in Versuchung fallt. Nathanael wusste sogar was er betete, er hat wohl gehört wie er sprach: *Vater, wenn du willst, lass diesen Kelch an mir vorübergehen. Doch nicht mein Wille geschehe, sondern der deine.* So erzählte Nathanael, dann sei er auch eingeschlafen und erst aufgewacht als Jeshua vor ihnen stand und traurig war, weil alle schliefen. Er habe schrecklich ausgesehen, denn sein Schweiß sei mit Blut vermischt gewesen, er habe aus Angst Blut geschwitzt. Während er noch mit ihnen redete, da kamen Soldaten der Tempelwache. Judas ging ihnen voraus, trat auf ihn zu und küsste ihn. Er aber sagte zu ihm: Judas, mit einem Kuss verrätst du mich? Da waren alle Jünger erschrocken und wollten mit dem Schwert dreinschlagen. In dem Getümmel hieb einer dem Knecht des Hohepriesters das Ohr ab. Jeshua sagte sehr ruhig: Lass es genug sein. Er berührte das Ohr und heilte es. Dann stellte er sich den Hauptleuten und Ältesten und sagte mit fester Stimme: Wie gegen einen Bandenführer seid ihr mit Schwertern und Knüppeln ausgezogen! Täglich lehrte ich im Tempel, da habt ihr nicht Hand an mich gelegt. Aber das ist eure Stunde und die Macht der Finsternis. Danach sind alle auseinander gerannt und geflohen, als Jeshua abgeführt und zum Haus des Hohepriesters gebracht wurde. Nathanael schämte sich furchtbar für sein feiges Verhalten denn er floh über den Ölberg weit weg von der Stadt und versteckte sich zwei Tage in Betanien. Er wusste was nun folgte aber er hatte nicht die Kraft dabei zu sein" ... Susanna schwieg. „Und wie weiter?", beharrte Salome.

„Weiter ... ich bin da unsicher, weil ich selbst schon festgestellt habe, dass es verschiedene Erinnerungen gibt", brachte Susanna mühsam heraus.

„Salome, siehst du nicht, dass Susanna völlig erschöpft ist? Lass sie jetzt in Ruhe. Die Erinnerungen quälen sie", ermahnte Lukas die Schwester.

„Nein, nein", Susanna richtete sich auf, „ich erzähle noch das was ich von Maria aus Magdala weiß, dann Schluss für heute. Am nächsten Tag war der Prozess und ab da kann ich selbst berichten."

„Maria aus Magdala?", Salome war verwirrt, „sie war dabei? Wusste sie von der Verhaftung?"

„Nein, sie war nicht im Garten Getsemani dabei aber sie ahnte Schlimmes. Und in der Nacht, wir anderen Frauen schliefen, ging sie zum Stadttor, dort wo der kürzeste Weg nach Getsemani war. Sie versteckte sich und sah wie Jeshua abgeführt wurde und dass alle geflohen waren. Aber dann, als die Tempelwache mit ihm zum Haus des Hohepriesters zog, da sah sie plötzlich wie Petrus im Abstand hinter ihnen her huschte ..."

„Feigling!", warf Hanna ein.

Salome gab ihr mit einer scharfen Handbewegung zu verstehen, dass sie schweigen solle. „Und wie weiter?"

„Jaaa … es war so wie es in der römischen Schriftrolle steht. Woher wusste der Schreiber das? Vielleicht hat es ihm Petrus selbst gesagt? … Also Maria von Magdala verhielt sich geschickt, so dass sie unauffällig mit Sklaven und Mägden in den Hof des Hauses kommen konnte. Sie tat so als wäre sie eine Magd. Ja, sie war sehr mutig, nie ängstlich und sie konnte sehr sicher auftreten. Da beobachtete sie Petrus, der kam mit, setzte sich ans Feuer und auch er tat so als ob er zum Gesinde des Hohepriesters gehöre. Im Feuerschein war sein Gesicht gut zu erkennen und eine Magd sah ihn scharf an, deutete auf ihn und sagte laut: *Auch dieser war bei ihm!* Er aber leugnete und rief: *Ich kenne ihn nicht, Frau!* Kurze Zeit später sah ihn ein anderer und sagte ebenfalls: *Auch du bist einer von ihnen!* Petrus antwortete wütend: *Mensch, ich bin es nicht!* Dann verging die Zeit und Petrus erkannte Maria von Magdala aber er sagte kein Wort zu ihr. Da trat ein drittes Mal ein Mann auf ihn zu und rief aus: *Ganz sicher, der war auch bei ihm – er ist ja auch ein Galiläer!* Ja, das konnte Petrus nicht verheimlichen, denn er sprach wie ein Galiläer … Aber Petrus log wieder: *Mensch, ich weiß nicht was du sagst!* Und auf der Stelle, während er redete, krähte der Hahn. Jeshua, der auf dem Hof stand, drehte sich um und blickte Petrus an. Da erinnerte dieser sich an die Voraussagung, dass er ihn dreimal verraten würde bevor der Hahn krähte. Da ist er hinausgegangen und hat bitterlich geweint."

„Schrecklich", murmelte Salome.

„Nun ist genug", griff Lukas wieder ein, „es ist schon spät. Wir sind alle erschöpft und von dem Gehörten mitgenommen. Ich spreche von mir selbst aber ich denke euch geht es ähnlich. Lasst uns alles noch einmal durchdenken, beten und dann schlafen. Morgen, wenn wir wieder bei Kräften sind, kann uns Susanna weitererzählen."

Alle stimmten zu, standen bedrückt auf und Rufus löschte das Feuer. Hanna zog den Vorhang vor dem kleinen Fenster zurück und rief völlig überrascht: „Es schneit, es schneit!" Alle eilten zur Tür, Rufus schloss sie nochmals auf und sie traten vorsichtig hinaus, vorsichtig in das zauberische Weiß, hielten die Arme hoch, öffneten die Hände, ließen den Schnee auf die erhitzten Gesichter fallen. Es war wie ein Trost, ein Geschenk des Himmels, ein Zeichen des Friedens. Die Spannung löste sich, die Augen glänzten, die Herzen und Köpfe wurden wieder frei.

Nach einem bleiernen und traumlosen Schlaf erwachte Salome spät, mit dem ersten schwachen Licht des anbrechenden Tages. Sie reinigte sich, zog die warmen Kleider von Rufus über und stieg auf das Flachdach. Überrascht blieb sie stehen: Jerusalem lag unter einer weißen Decke und der Schnee rieselte sanft über die zerstörte Stadt. Die sonst klare Sicht unter blauem Himmel war verschwunden. Fasziniert streckte Salome die Hände aus und bewunderte die darauf fallenden Schneeflocken. Schnee fällt lautlos … wunderte sie sich, das hat etwas Geheimnisvolles, etwas Unwirkliches. Die Bilder der Zerstörung waren abgemildert, durch den Schnee völlig verändert, alles schien verwandelt und sie empfand einen starken Trost. Lange stand sie so und konnte sich nicht entscheiden wieder ins Haus zurückzugehen obwohl die wollene Decke vom Schnee bereits stark durchnässt war. Das also war Schnee … immer wieder hatte sie in Antiochia von diesem Naturwunder gehört, wenn Reisende aus nördlichen Ländern davon berichteten.

„Guten Morgen!", rief eine vertraute Stimme. Mattitjahu stand hinter ihr, auf der anderen Seite des Flachdaches. „Ich glaube: dir zu Ehren schneit es, es ist selten aber immer ein wundervolles Ereignis. Besonders für die Kinder. Sie werden sich später mit Schneebällen bewerfen und auf Brettern ins Tal rutschen. Aber wir sollten nach unten gehen, dein Tuch ist nass und du musst aufpassen, dass du dir keine Erkältung holst."

Mattitjahu hatte mit einem kleinen Handbesen die Stufen freigefegt und so stiegen sie hinunter ins Erdgeschoss. Der große Kamin war von den Mägden bereits angefeuert und Mattitjahu befahl ihnen den morgendlichen Getreidebrei zu bringen, dazu ein warmes Getränk mit Kräutern und Gewürzen.

„Lass uns das Gespräch von gestern Abend fortsetzen", bat ihn Salome, „jetzt, wo noch alles ruhig ist, niemand da und du noch nicht von deinen Aufgaben besetzt bist."

„Dann frag einfach".

„Gut. Du hast als Sohn einer sadduzäischen Familie ein Wissen, das die meisten nicht haben. Es muss ein großes Wissen sein … aber dein Herz ist woanders: dein Herz ist halb bei Jeshua und er hat dieses Wissen, diese festgefügten Traditionen erschüttert, vielleicht zerstört. Du bist hin und her gerissen."

„Wie gut du mich erkennst", war die fast kühle Antwort.

„Zuerst", Salome räusperte sich, „zuerst schildere mir bitte das Pessachmahl wie es bei Juden gefeiert wird. Wir waren Diasporajuden, mit Griechen schon seit Generationen vermischt, die Gesetze und Feste wurden sehr reduziert, immer weniger praktiziert. Ich selbst fühle mich mehr als Griechin denn als Jüdin, und ich gestehe: auch ich sehe die Zukunft des Evangeliums im römisch-griechischen Raum, nicht mehr bei den Juden."
„Nun, den Sederabend kann ich dir gerne beschreiben", Mattitjahu stellte seine Schale beiseite, nahm einen Schluck des Kräutergetränks und begann: „Die ganze Familie, bei uns eine Großfamilie, versammelte sich am Abend vor dem Pessach an einem festlich geschmückten Tisch. Tagelang vorher waren die Frauen mit Putzen, Einkaufen und Speisen Zubereiten beschäftigt gewesen. Ein Platz am Tisch blieb frei, vor ihm stand auch ein Becher mit Wein, das sollte für den Propheten Elia sein, dessen Wiederkunft wir erwarteten. Dann begann das Mahl mit einem doppelten Lobspruch des Familienoberhauptes und der erste Becher Wein wurde getrunken. Der Vater tauchte dann die Grünkräuter, das sind Petersilie, Lattich, Sellerie und anderes in Salzwasser, aß davon und reichte dies jedem einzelnen am Tisch. Es sollte eine symbolische Handlung sein für die Bitternis des Exils in Ägypten. Das Pessachlamm wurde aufgetragen. Es durfte nur ein Jahr alt sein, männlich, fehlerlos und unzerteilt. Der zweite Becher wurde eingeschenkt und herumgereicht. Nun fragte der Jüngste in der Familie, ein Knabe: Was feiern wir in dieser Nacht? Warum gibt es Mazzot? Ungesäuertes Brot? Warum das Eintunken der Kräuter?"

„Ja, warum Mazzot?", unterbrach ihn Salome schnell, „das habe ich mich als Kind auch immer gefragt."

„Mazzot ist schnell gebacken, ungesäuertes Brot, das nicht gären muss. Es soll an die Schnelligkeit des Aufbruchs aus Ägypten erinnern", war die Antwort, „dann las der Hausvater aus der Tora vor, wie damals die Plagen über den Pharao verhängt wurden und die Juden endlich aus Ägypten ausgezogen sind. – Darauf folgte die Hauptmahlzeit. War diese zu Ende, reinigten alle rituell ihre Hände, der Hausvater nahm das ungesäuerte Brot, sprach den doppelten Lobspruch, brach von dem Mazzot Stücke ab und reichte es allen. – Während der Mahlzeit unterhielten wir uns, lachten, scherzten, manchmal wurde auch gesungen. Wir Kinder sollten lernen wie froh uns alle die Befreiung und der Auszug gemacht hat. Später wurde der dritte Becher Wein getrunken, der Segensbecher, das Dankgebet gesprochen und die Feier mit einem vierten Becher abgeschlossen. So wurde Pessach bei uns gefeiert", schloss Mattitjahu.

„Das muss mehrere Stunden gedauert haben", sagte Salome nachdenklich. „Der Abendmahlsbericht aus der römischen Schrift erwähnt das Pessachlamm, aber weiter nichts davon. Bei Jeshuas letzten Mahl hatte es keine Bedeutung, nur Brot und Wein waren wichtig. Nur dies brauchte er für sein Gedächtnismahl, das er als Fortführung den Jüngern und Jüngerinnen auftrug. Warum diese Reduktion? Was geschah mit dem Lamm? Diese ganze Überlieferung verwirrt mich."

„Dieser Tage las ich in der römischen Schrift", begann Mattitjahu, „und es gibt da eine Handlung, einen Spruch des Jeshua, der uns unbegreiflich ist. Er sagt: das ist mein Blut des Bundes, das für viele vergossen wird. Er setzt also Wein und Blut gleich? Das ist ungeheuerlich für einen Juden und dass er ein torafester Jude war, daran zweifle ich nicht. Also muss er gewusst haben: Blutgenuss ist uns verboten. In der Tora steht geschrieben: *Die Seele allen Fleisches ist Blut.* Wir schächten die Tiere, das Fleisch soll kein Blut enthalten, so steht es im Gesetz. Hat Jeshua so gesprochen?"
„Da habe ich vielleicht eine Antwort für dich", erwiderte Salome, „in der griechisch-römischen Kultur ist Blutgenuss nicht verboten. In mancher der neuen Mysterien wird sogar Blut getrunken, als Lebenssaft, als Zeichen für ewiges Leben. Wer hat die römische Schrift verfasst? Es muss jemand gewesen sein der zwar Jude war und sich in der Tradition auskannte, auch noch aramäisch sprach, der aber in der griechischen Welt und Tradition lebte und bereits für die paganen, nicht-jüdischen Völker schrieb. Lukas meint sogar, dass diese Schilderung des letzten Abendmahls die Schilderung einer Mahlgemeinschaft aus der Gemeinde des Verfassers ist, also schon griechisches Denken einfloss. Das scheint mir eine gute Erklärung zu sein und auch ich schreibe für die Nicht-Juden, muss auf ihre Lebensweise Rücksicht nehmen, wenn sie mein Evangelium annehmen wollen. Auch in Antiochia haben wir vom vergossenen Blut für alle, gemeint waren auch die paganen Völker, gesprochen und von einem neuen Bund. Niemand hat daran Anstoß genommen. Aber vielleicht hat Jeshua auch bewusst diese Worte gewählt, er wollte einen neuen Anfang markieren, eine … eine Zeitenwende, der Beginn der Endzeit?"

„Mhm … durchaus möglich, denn wie ich erlebe, sind diese Worte in den Tischgemeinschaften der Christianoi sehr wichtig. In den heiligen Schriften gibt es keine Parallele dazu. Niemand hat das vorher gesagt: *Mein Leib, mein Blut …* Es sind ganz einmalige Worte, unvergleichliche, rätselhafte Worte und was ich an Jeshua so bewundere: er mag distanziert und enttäuscht gewesen sein von seinem Volk, aber er hat nie verleugnet, dass er ein Sohn Israels ist, er hat diese wichtigen Worte in die Tradition des Pessach eingebettet. Ganz sicher wollte er keine Trennung zwischen Juden und Christianoi, aber die Kleingeister in beiden Gruppen sind zur Zeit fleißig dabei, eine scharfe Trennung zu ziehen."

„Der Mann oder die Frau, wer auch immer die römische Schriftrolle verfasst hat, war schon lange fort aus Palästina, es muss so 30 Jahre nach Tod und Auferstehung von Jeshua gewesen sein als die Schrift entstand, eine ganze Generation später", ergänzte Salome seine Gedanken.

„Frau?", Mattitjahu war irritiert.

„Ja, Frau", lachte Salome, „für mich gibt es viele Stellen in der Schrift, die auf eine Frau hindeuten, lies einmal die Geschichte von der Heilung der blutflüssigen Frau. Weiß das ein Mann? Unrein! Weg damit! Viele Frauen sind im Text an exponierten Stellen geschildert und außerdem ist ständig vom Dienen die Rede. Tut mir leid, aber Dienen ist nun mal keine männliche Tugend. In Antiochia war ich nicht die einzig gebildete Frau. Es gab Witwen, die durch familiär günstige Umstände durchaus Freiheit über ihr Leben und Geld hatten, so wie ich. Vielleicht war es aber ein Ehepaar, welches die Schrift verfasste. So ähnlich wie es Lukas und ich jetzt tun."

„Aha, das sind ganz neue Gedanken für mich ... so habe ich das noch nie gesehen ... aber zurück zum Blut und zum Becher: das hat eine tiefere Bedeutung, ob sich der Verfasser darüber im Klaren war? Oder ob hier etwas geschah, dass der schreibende Mensch nicht wusste, das ... mhm ... das inspiriert war? Ihr Christianoi redet doch zunehmend vom Parakleten oder Heiligen Geist?"

Salome zögerte mit der Antwort: „Ich vermute es. Lass einmal hundert Jahre vorbeigehen. Was wird man dann von dem allem verstehen? Wie schnell haben sich die Dinge schon in unserer Lebenszeit geändert. Ist das Judentum, das schon über 1.000 Jahre besteht dann endgültig ausgelöscht? Oder vielleicht stark verändert? Es gibt nur noch die Pharisäer, die den Untergang Jerusalems überlebt haben. Können sie den jüdischen Glauben fortführen? Was wird man noch von diesen Riten und Traditionen verstehen? Der Tempel und die Tieropfer sind dahin und das Land ist bestimmt noch lange Zeit Teil des Römischen Imperiums. Ich meine: Jeshua hat so gelebt, gesprochen und gehandelt, dass er auch lange nach seinem Tod, auch von fremden Völkern verstanden werden kann. Ist nicht seine Botschaft, der Glaube an den einen Gott dabei in die heidnischen Völker einzudringen? Ohne dass diese sich beschneiden lassen müssen? Er hat das Judentum geöffnet ..."

„Aber er erwartete doch bald ein Ende? Ein Ende Jerusalems ist eingetreten aber er hat doch von einem Ende dieser Welt geredet, oder? Dieser Gedanke ist unjüdisch, meine Sadduzäerfamilie hat dies völlig abgelehnt. Das Leben verstanden wir als einen geheiligten Kreislauf."

„Ja, das stimmt", sagte Salome nachdenklich, ich muss wieder über Kleopas rätselhaftes Wort nachdenken: Jeshua hat die Zeit zum Rollen gebracht, den Kreislauf durchbrochen ... die Gewalt durchbrochen? Wir sind noch zu nahe an den Ereignissen, und deshalb können wir die Folgen nicht sehen. Wie hat das Jeshua erlebt? ... Aber weißt du: bei all unseren Nachforschungen bei der Zeugensuche ist mir eines klar geworden: Er wusste, fühlte im Innern dass er einen besonderen Auftrag hatte, aber lange kannte er diesen Auftrag nicht. Er zögerte ... deshalb das lange Abwarten in Nazaret, die Weigerung eine Frau zu nehmen, Kinder zu zeugen. Er wusste offensichtlich auch, dass er eines gewaltsamen Todes sterben würde, immer wieder wurde bezeugt, wie er davon sprach. Aber auch da war er nicht immer sicher, in Getsemani hat er noch gebetet, dass der Kelch an ihm vorbeigehen möge ... er hat aus Todesangst Blut geschwitzt. Bedeutet: Er war ein Mensch, nicht ein Gott, wie sich die Römer Götter in menschlicher Gestalt vorstellen. Diese wissen alles vorher, können ihre Gestalt verwandeln wenn ihnen Gefahr droht oder werden plötzlich entrückt. Nicht so Jeshua. Er war einer von uns, er litt wie wir, er fürchtete sich wie wir und er war auch einsam wie wir. Er muss furchtbar einsam gewesen sein, nicht nur im Prozess und am Kreuz, auch vorher. Diese Jünger, die ihn nicht verstanden, diese dummen Fragen und Wünsche. Er war ein sehr einsamer Mann, von seiner Familie verachtet und verstoßen, von Pharisäern, Sadduzäern beschimpft und auch bekämpft. Wo hat er Trost, Freundschaft und Liebe gefunden? In seinem Gebet bei seinem Abba, manchmal auch bei Pharisäern, die ihn heimlich bewunderten, das Gespräch mit ihm suchten, bei den Kindern, die ihm vertrauensvoll und freudig entgegenkamen, auch bei einigen seiner Jüngerinnen. Aber er muss schrecklich gelitten haben als er nach Jerusalem kam und ahnte, dass er hier den Tod finden würde. Er war wie wir und doch ... da war mehr ... er war mehr als ein Prophet."

„Da stimme ich dir zu, er war mehr denn er konnte aus einer Vollmacht heraus Menschen heilen, das konnten die anderen Autoritäten nicht. Er war bedingungslos für die Menschen da, ohne Einschränkung, immer erreichbar. Ich frage mich: wie kann man das aushalten? Sein einziger Freiraum war das abgeschiedene Gebet. Seine Vollmacht übertraf alles was die Menschen bis dahin gesehen hatten. Nie sagte er *Spruch des Herrn*, wie die Propheten. Wer war er? Und warum dieser Tod?"

„Du stellst die richtigen Fragen Mattitjahu und ich kann dir nur meine Antwort geben: Wer Jeshua begegnete, der begegnete Gott".

Mattitjahu wich erschrocken zurück: „Elohim? Dem Ewigen? Der Ewige als Mensch? Das geht zu weit, das ist griechisches Denken, nicht mehr jüdisch."

„So ist es", nickte Salome, „aber zurück zum letzten Mahl. Unser Gespräch hat mir geholfen zu begreifen warum es ein Pessach war und doch kein Pessach. Er hat diese ganzen Riten und symbolischen Gaben auf zwei reduziert: auf Brot und Wein. Die gibt es überall, in allen Völkern und bestimmt auch in der Zukunft."

„Brot und Wein", meinte Mattitjahu nachdenklich, „stimmt, das sind ewige Zeichen. Brot ist unser Hauptnahrungsmittel, ist alltäglich und Wein ist das Fest. Beides braucht der Mensch. Und in allen Kulturen ist das Gemeinschaftsmahl heilig. Bei uns Juden findet es in der Großfamilie statt. Jeshua hat es mit seinen Mahlfeiern für alle Menschen geöffnet.– Aber eine Frage bleibt: Warum dieser Tod? Ein Sühnetod, wie ihn Paulus predigte? Glaubst du das?"

„Lass uns später darüber diskutieren, später, wenn ich noch mehr über Prozess und Kreuzigung weiß ... wir müssen Schluss machen, die Arbeit beginnt".

Salome stand auf und tatsächlich war es unruhig und laut geworden. Die Tür öffnete sich, der Alltag begann.

Kapitel 17

Zweifel: das nächtliche Verhör

Abends fanden sich Salome und Lukas wieder am Kamin ein. Wie war es nach dem Verrat des Petrus im Haus des Hohepriesters weitergegangen? Susanna erzählte sehr unsicher, denn sie war keine Augenzeugin gewesen, konnte nur berichten was ihr andere erzählt hatten. Manche Erinnerungen widersprachen sich. Das erkannte sie selbst denn sie war oft befragt worden und hatte besonders von gelehrten Judäern Widerspruch erfahren. Auch die römische Schriftrolle verschaffte keine Klarheit. Ein Gerichtsprozess des Sanhedrin, mitten in der Nacht? Das hielten die meisten für unmöglich, aber so war es geschrieben. Daher waren die Geschwister erleichtert, als Mattitjahu auf sie zutrat und in aller Ruhe zwei Becher guten Rotweins einschenkte und ihnen reichte.

„Du kommst wie gerufen, Mattitjahu", begann die ungeduldige Salome, „wir sind verwirrt über diesen jüdischen Prozess in der Nacht, im Haus des Hohepriesters. Kannst du uns weiterhelfen?"

Über das schöne Gesicht von Mattitjahu glitt ein Lächeln, „Es freut mich, dass ihr euch so gründlich über die Ereignisse nachdenkt und unangenehmen Fragen oder Zweifel nicht einfach wegwischt, weil das Urteil schon feststeht."

„Welches Urteil?", Salome war verwirrt.

„Das Urteil über die Juden, die nach Meinung vieler allein schuld sind am Tod des Nazareners. Pilatus sei nur ihr Werkzeug gewesen, ja, sie hätten ihn gezwungen das Todesurteil auszusprechen."

„Wer sagt das?", Lukas war erschrocken.

„Die Christianoi, sie sagen es immer mehr. Ist es euch nicht auch schon aufgefallen, dass immer mehr die Juden zu den eigentlich Schuldigen werden?"

Schweigen. Dann meinte Lukas verblüfft: „Du sprichst etwas aus, das klar auf der Hand liegt und ich hatte oft ein gewisses Unbehagen, wenn über Prozess und Todesurteil von Jeshua gesprochen wurde …. Ja, es ist genauso wie du sagst: Die Römer werden entlastet und die Juden werden belastet. Warum? Wir wissen, dass es einzelne Feinde gab, nicht aber das Volk. Die Sadduzäer übertölpelten regelrecht Pontius Pilatus, alles musste sehr schnell gehen, bevor das Volk in Aufruhr geriet. So steht es auch in der römischen Schrift. Und warum jetzt die Schuldverschiebung auf alle Juden?"

„Weil sie den Erben, den Messias nicht erkannten, das Reich Gottes nicht annahmen, ihre Herzen verhärteten …", warf Salome gereizt ein, „das stimmt doch auch, oder? Ich hadere auch mit meinem Volk, ja. Und auch jetzt noch haben sie nicht begriffen. Ich werde für die Griechen schreiben."

Lukas hob erstaunt die Augenbrauen: „Das sind ganz die Argumente von Aaron ben Salomo. Ich bin sehr erstaunt Salome, dass du diese so vollständig übernommen hast. Sonst bist du doch immer skeptisch, wenn Meinungen einseitig vorgetragen werden."

„Die Ereignisse sprechen doch ganz dafür: Das zerstörte Jerusalem, das Auslöschen der Priester, kein Opfer mehr … ist das nicht Strafe für die Ablehnung des Gottgesandten und für den Kreuzestod von Jeshua?"

„Ist das nicht zu simpel?", entgegnete Mattitjahu, „es ist doch wie immer: DIE Juden, DIE Römer, DIE Sadduzäer … das gibt es nicht. Es sind immer einzelne. Hat nicht Jeshua seine Worte auch konsequent und immer an den einzelnen Menschen gerichtet? Hat er nicht immer DU gesagt? Die Mehrheit des jüdischen Volkes hat Jeshua geliebt, verehrt, ist ihm nachgelaufen …"

„Aber sie haben kreuzige, kreuzige ihn! geschrien", beharrte Salome, „ja, nicht alle, aber doch viele, oder?"

„Da gab es auch noch einen anderen Ruf", murmelte Mattitjahu.

„Einen anderen Ruf? Was meinst du?"

„Später, später … bleiben wir erst einmal bei der Schuldverschiebung. Übrigens: Ich erinnere euch mal: wir sind Juden, wenn vielleicht auch bereits griechisches Blut in euren Adern fließt, aber ihr seid dem jüdischen

Glauben angehangen, bis ihr von Jeshua gehört habt. Und hat er sein Jüdischsein abgelegt? Niemals, das kann keiner behaupten. Wir sollten nicht von DEN JUDEN reden, denn wir gehören dazu."

Schweigen. Dann meinte Salome kleinlaut: „Du hast Recht, ich werde vorsichtiger sein. Nun aber zur Schuld an Jeshuas Tod."

Mattitjahu stand auf, begann hin und her zu gehen um seine innere Erregung besser zu bezwingen ... „Nun, der Grund warum die Juden immer mehr die eigentlichen und alleinigen Schuldigen werden, ist ganz einfach. Vor den Juden müssen sich die Christianoi nicht fürchten. Schlimmstenfalls werden sie aus den Synagogen hinausgeworfen. Ganz anders aber vor dem Römischen Imperium: noch sind die neronischen Verfolgungen frisch im Gedächtnis. Furchtbare Gräuel sind geschehen: Gekreuzigte wurden angezündet, Nero benutzte sie als menschliche Fackeln und schob ihnen den Brand in Rom zu. Auch unter Domitian gibt es bereits wieder Verfolgungen der Christianoi. Ihr Glaube ist für den römischen Staat gefährlich. Neue Götter wären kein Problem. Aber dieser eine Gott? Das war bereits für die Juden gefährlich. Doch da gab es den Sanhedrin und dieser konnte auf das Volk mäßigend einwirken, hatte die jüdische Selbstverwaltung im Griff. Doch die Christianoi sind nicht hierarchisch organisiert, schwer greifbar. Überall entstehen diese Mahlgemeinschaften, tausende bereits im ganzen Imperium. Ihr Glaube scheut nicht vor dem Tod zurück, viele gehen freudig ins Martyrium. So sehen das die Römer, denn die Christianoi missionieren aktiv in den paganen Völkern und sie bringen mit ihren egalitären Mahlgemeinschaften das ganze Fundament des Reichs ins Wanken. Alle gleich? Keine Herren? Alle Diener? Ein Gott, den man nicht gegen andere Götter ausspielen kann? Der geschlechtslos, gesichtslos und allmächtig ist? Und der diesen Nazarener, diesen Jesus, den Christos, gesandt hat ein Gottesreich – vielleicht ein neues Imperium – zu errichten? Wie ein Flächenbrand verbreitet sich die neue Lehre und sie macht auch vor den römischen Adelsfamilien nicht Halt. Ich glaube die Zeit der großen Verfolgungen wird noch kommen und wird das römische Reich erschüttern."

„In diesem Licht habe ich die Ereignisse noch nie gesehen", murmelte Lukas bestürzt, „sprich weiter ..."

Mattitjahu war stehen geblieben und schaute ins Feuer: „Die Christianoi sehen das Schicksal der Juden vor sich, die ihren Glauben nicht aufgeben wollten und mit Tempel und Sanhedrin untergingen. So wollen sie nicht enden und sie sehen sich auch nicht mehr als Juden. Statt Beschneidung die Taufe, keine Essensverbote, keine Tora ... Paulus hat gründlich aufgeräumt und er war völlig verbittert über sein halsstarriges Volk, das sich nicht zu Jeshua bekehren wollte, jedenfalls nicht die Mehrheit. Öffnung zu den Heidenvölkern! Die meisten Neubekehrten kommen aus den Griechen, Römern, alle möglichen Völker und darin liegt die Rettung. Weg von den Juden, hin zu den Heiden! Ich kenne Christianoi, die tatsächlich glauben, dass sie das gesamte Imperium bekehren könnten und die Römer eines Tages alle getauft sind, Anhänger des Jeshua, nein ... des Jesus, des Christos, Sohn Gottes. Darauf zielen viele ..."

„Ich auch!", schoss Salome in ihrer direkten Art dazwischen, „genauso denke ich auch und für diese Völker, nicht für die Juden, will ich mein Evangelium schreiben."

„Salome! Das ist ... das ist ... das grenzt an Größenwahn ...", stotterte Lukas. „Lieber Lukas, auch du wirst dem Parakleten keine Vorschriften machen können. Der Geist Gottes weht wo er will".

„Also", lächelte Mattitjahu über den Zwist der Geschwister, „die Christianoi müssen sich an die Römer halten, auch wenn sie jetzt noch verfolgt werden. Aber sie brauchen eine Antwort wer die Schuld trägt am Tod Jeshuas. Und das sind die Juden."

„Du meinst: sie sind der Sündenbock?", fragte Lukas verzagt.

„Genau, genauso wird es kommen. Die Christianoi werden vergessen, dass auch Jeshua Jude war, sie werden ihn zum Christianoi machen. Den Anfang seht ihr im Evangelium aus Rom."

„Das mag jetzt noch ein Konflikt sein", wiegelte Salome etwas ab, „aber lieber Mattitjahu, auch wenn es dich schmerzt: sind die Juden nicht ein verschwindendes Volk? Sie haben kein Land, keinen Tempel mehr, die meisten haben Palästina verlassen, sie leben zerstreut in den Völkern und werden dort aufgehen. Viele haben bereits Hebräisch und Aramäisch vergessen".

„Der Ewige hat mit Israel einen Bund geschlossen und dieser Bund bleibt bestehen, er ist nicht aufgekündigt, das ist mein Glaube, meine Hoffnung."

„Mhm … verzeih, ich will dich nicht kränken … aber woran machst du diese Hoffnung fest? Das Herzstück des jüdischen Glaubens ist doch untergegangen: Tempelgottesdienste, Opfer, die Wallfahrten, die Sadduzäer, Hohepriester und Sanhedrin …", gab Salome zu bedenken.

„Noch gibt es die Tora, die Schriften der Propheten, die Synagogen und noch gibt es die Pharisäer, sie sind nicht untergegangen", war die ruhige Antwort.

„Die Pharisäer?? Ausgerechnet die??", platzte es aus Salome heraus.

„Ja, ausgerechnet die. Übrigens: waren sie nicht so etwas wie die Halbbrüder von Jeshua aus Nazaret? Lehren sie nicht vieles, was auch er lehrte?"
„Du willst Pharisäer werden?", brachte es Salome auf den Punkt.

„Ich überlege es mir …", aber zurück zu unserem Thema, „also: Die Schuldverschiebung auf die Juden als gesamtes Volk, nicht auf einzelne, die ist im Gange und es wird noch weitergehen. Paulus war leider der erste, der diese Richtung ganz klar eingeschlagen hat, das ist bezeugt … Nun, was mich in der Schilderung der römischen Schrift verärgert ist: So kann es niemals gewesen sein. Nie gab es einen nächtlichen Prozess im Haus des Hohepriesters. Prozesse in Privathäusern waren verboten, alle Prozesse mussten bei Tag und in der Quaderhalle des Tempels stattfinden. Wie sollten auch mitten in der Nacht alle 71 Angehörige des Sanhedrins, Sadduzäer, Schriftgelehrte, Älteste und einige Pharisäer zusammengerufen werden? Mitten in der Nacht? Unser Gesetz ist sehr genau und scharf und besonders wenn es um Kapitalverbrechen geht wie Gotteslästerung, wird das nicht heimlich in der Nacht abgewickelt. Nein, so kann es nicht gewesen sein. Auch verwehre ich mich dagegen, dass einige Mitglieder des Hohen Rates Jeshua geschlagen und angespien hätten. Das ist undenkbar. Ich will nicht abstreiten, dass es vielleicht die Knechte taten, draußen, als sie im Hof mit ihm standen und Petrus ihn verleugnet hat. – Weiter … Zeugen müssen getrennt angehört werden und es wird genau beachtet was sie sagen, ob ihre Aussagen übereinstimmen. Nach der römischen Schrift haben aber einige Zeugen Jeshua belastet und sie wurden nicht einzeln angehört. Außerdem: es gab überhaupt keine Entlastungszeugen, das ist nach der jüdischen Rechtsprechung verboten. Unser Recht ist auf Zeugen aufgebaut und diese Belastungszeugen waren unglaubhaft, wie in der römischen Schrift steht. Sicher, das Wort vom Tempel, den er einreißen und in drei Tagen wieder aufbauen wolle, war schon bekannt. Dann die Tempelaktion, in welcher Jeshua die Tische der Geldwechsler und Händler umwarf. Aber er selbst schwieg während des Verhörs. Nichts war wohl wirklich greifbar, die Zeugen unzuverlässig. Ich stimme zu, dass die Hierarchen Jeshua aus dem Weg räumen wollten, für immer. Aber das musste mit juristisch einwandfreien Mitteln geschehen. Es wäre sicher ein leichtes gewesen Zeugen zu kaufen, zu bestechen. Man hat es nicht getan. Es musste schnell geschehen, das ist sicher, denn die Mehrheit des Priesteradels wollte ihn loswerden, wollte ein Todesurteil, das Volk aber nicht. Es durfte zu keinem Aufruhr kommen. Aber es war früh abzusehen, dass ein Todesurteil nur durch Pontius Pilatus möglich war. Doch musste alles korrekt nach dem Gesetz ablaufen, sonst hätte es auch innerhalb des Sanhedrins zu viel Widerstand gegeben."

„Ich gebe zu bedenken, dass es durchaus heftige Ausbrüche gibt, wenn bei Juden Gotteslästerung festgestellt wird. Auch rituelle Handlungen. Damit hat sich Jeshua selbst das Todesurteil gesprochen … aber wir wissen das alles nicht wirklich. Keiner war dabei und Zeugen gibt es nicht mehr. Dann denkst du, dass alles, was in der Schriftrolle steht, so nicht geschehen ist? Dann stimmt das alles nicht?", fragte Lukas vorsichtig.

„Ganz sicher gab es ein Vorverhör im Haus des Kajaphas, des Hohepriesters, aber keinen Prozess. Er war übrigens ein sehr geschickter, korrupter und erfahrener Mann. 18 Jahre hielt er sich im Amt, so lange wie keiner. Er verstand es mit den Römern umzugehen. Es war keine ordentliche Gerichtsverhandlung. Die eigentliche jüdische Verhandlung wird am folgenden Tag, wahrscheinlich am frühen Morgen in der Quaderhalle des Tempels stattgefunden haben. Da mussten möglichst alle Mitglieder versammelt sein. Es gibt auch einen kurzen Hinweis in der römischen Schrift, dass es so war, aber keine näheren Ausführungen. Ich will jetzt den Sanhedrin und besonders die Sadduzäer nicht schuldlos sprechen, nein, aber ich will klar machen: Es waren nicht DIE Juden, es war nicht die Mehrheit, die Jeshua an Pontius Pilatus auslieferte, es waren einzelne, mächtige Sadduzäer. Und sie hassten den Galiläer, das weiß ich sicher, denn meinem Onkel Eljakim ist es einmal rausgerutscht, dass das Schlimmste an diesem Wanderprediger nicht seine Lehre gewesen sei, nein. Das Schlimmste war, dass er die Sadduzäer ignorierte. Mit den Pharisäern setzte er sich auseinander, ließ sich einladen, diskutierte heftig mit ihnen aber die Sadduzäer hat er einfach ignoriert. Und das ist das Schlimmste, viel schlimmer als Angriff."

„Es ist in der ganzen Prozessgeschichte nie die Rede von den Pharisäern ...", meinte Salome nachdenklich.

„Gut beobachtet", lobte Mattitjahu, „die Pharisäer hatten kaum Einfluss in Jerusalem, das war der Priesteradel. Die Pharisäer waren Landleute, aus Galiläa, sie standen Jeshua in ihrem Schriftverständnis, in der mündlichen Überlieferung sehr nah, gefährlich nah. Es gab im Sanhedrin Pharisäer, aber sie waren in der Minderheit. Erschwerend war ihre Herkunft aus dem Volk, dass sie Handwerksberufe ausübten, nicht im Abstand zu Am – Haarez lebten. Die Sadduzäer waren ein jahrhundertealter Priesteradel, in ihrem Verständnis qua Geburt zum priesterlichen Dienst bestimmt, standen weit über allen anderen. Dominiert wurde der Hohe Rat von Hohepriestern, das waren die Mächtigsten, aber nur 4-5 Männer, dann die Sadduzäer und Schriftgelehrten. Den Sadduzäern, die Jeshua loswerden wollten, war klar: eine religiöse Anklage galt vor den Römern nichts. Aber der Machtanspruch, den Jeshua erhob, der war gefährlich, und dahin musste man ihn bringen. Jeshua sollte nicht als Irrlehrer sondern als politischer Aufrührer verurteilt und getötet werden. Das war die einzige Möglichkeit ihn aus dem Weg zu räumen. Aber genau das war Jeshua nicht: er war kein politischer Aufrührer, sein Reich Gottes war nicht von dieser Welt, es ging nicht um weltliche Macht. Und auch die Römer hatten ein hochentwickeltes und ausgefeiltes Rechtssystem, wie wir Juden. Man musste präzise und stichhaltig argumentieren. Vorteil war, dass Pilatus die Juden hasste, er hat in seiner Amtszeit 6.000 Juden kreuzigen lassen. Außerdem war seine schlampige und chaotische Prozessführung bekannt, darauf konnte der Hohe Rat auch bauen. Hier spielten mächtige Männer ein altbekanntes Spiel, hier gab es auch Koalitionen, die keiner von außen richtig verstand. Verstehen können das nur Menschen, die ihre Macht nie abgeben wollen."

„Bitte erkläre uns Diasporajuden doch einmal, was die Juden hier im Land, und besonders die Sadduzäer unter dem Messias verstanden", unterbrach ihn Lukas.

„Gute Frage", seufzte Mattitjahu auf, „es ist ein bekanntes Phänomen, dass Menschen aus verschiedenen Kulturen einen Begriff verwenden und meinen, sich darüber verständigen zu können. Doch jeder versteht etwas anderes darunter. Der Meschiach ist im jüdischen Glauben ein vom Ewigen gesandter Mensch, einer in der Endzeit, der die Feinde der Juden besiegen wird und ein neues Friedensreich begründet. Er übt Waffengewalt aus um sein Reich zu errichten. So steht es beim Propheten Daniel geschrieben ... Es gibt aber auch noch andere Schriften, auch Psalmen, in denen dieser Meschiach angekündigt wird. Nur für die Sadduzäer hatte er keine Bedeutung: in der Tora steht nichts von einem Messias. Auch die Essener hatten einen Messiasglauben. Sie glaubten sogar an zwei Messiase, einen religiösen und einen militärischen. Seltsame Vorstellung ... Ganz sicher hat Jeshua sich aber so nicht verstanden. Er verbot auch seinen Jüngern ihn so zu nennen. Nie hat er einen Aufstand, Blutvergießen, gegen die Besatzungsmacht geplant oder gutgeheißen. Kajaphas hat wohl nach den gescheiterten Zeugenaussagen verstanden, dass er selbst eingreifen musste um den Nazarener zu überführen. Er stellte ganz einfach die Messiasfrage und da musste sich Jeshua bekennen, er sagte: *Ich bin es – und ihr werdet des Menschen Sohn zur Rechten der Allmacht sitzen und auf den Wolken des Himmels kommen sehen.* Das war Gotteslästerung und darauf stand Todesstrafe! Und vor allem: Dieser dreiste Wanderprediger bedrohte das Hohe Gericht! Er würde über sie richten! Das Messiasbekenntnis brachte den Hohepriester nicht auf, viele haben sich nach Jeshua auch als Messias bezeichnet, es gab sogar welche, die diesen Anspruch im belagerten Jerusalem erhoben, auch später folgten vielen Messiase – ich glaube aber, dass Jeshua der erste war. Jedenfalls wurde keiner deswegen angeklagt. Nein, es war nicht der Begriff Messias, der gotteslästerlich war, sondern dass Jeshua sich mit dem Menschensohn zur Rechten der Allmacht identifizierte ... Bedeutet: er sah sich auf einer Ebene mit dem Ewigen. Das war die Gotteslästerung! Er verstand sich als Endzeitrichter. Wie wir aber wissen, ist dies nicht eingetreten und damit war Jeshua auch nach Tod und Auferweckung als Betrüger entlarvt."

„Moment!", unterbrach ihn der schriftkundige Lukas, „Moment. Die Prophezeiung vom Untergang Jerusalems, der Zerstörung des Tempels und dem Untergang, die Zerstreuung des jüdischen Volkes sind eingetreten. Wer sagt, dass wir bereits in der Endzeit sind? Gut, es sind nun mehr als fünfzig Jahre seit dem Tod des Nazareners vergangen aber unser Leben ist weniger als ein Wimpernschlag ... was ist Zeit für uns? Ist Zeit beim Hochgelobten nicht etwas ganz anderes? Kleopas sagte sogar: Bei Adonai gibt es keine Zeit! Ein Satz, der mich umtreibt, nicht in Ruhe lässt. Aber es ist müßig darüber nachzudenken ... gäbe es eine Antwort, würden wir sie nicht verstehen."

„Vielleicht hast du Recht, Lukas. Ich will auch nicht einseitig Partei ergreifen, nur stört es mich zunehmend, dass von Jahr zu Jahr die Ereignisse immer mehr verdreht werden, immer mehr zu Lasten der Juden."

„Mattitjahu, du hast von dem einen Begriff und den verschiedenen Sichtweisen gesprochen. Was verstehen die Griechen, die Römer unter einem Messias?"

Die Antwort des gelehrten Sadduzäers kam schnell: „Sie verstehen darunter ein göttliches Wesen, einer mit göttlicher Macht. Das Wort Messias haben sie ins Griechische übersetzt: *Christos, der Gesalbte*. Aber dieser ist kein irdischer Herrscher, kein neuer König David. Er ist mehr … Der Name Jesus wird immer mehr von Christos verdrängt. Jeshua, der Jude verschwindet hinter dem göttlichen Christos. Für Griechen sind Götter in Menschengestalt nichts Neues. Gut, dieser Jeshua mit seinem Leben, dem Kreuzestod, seiner Lehre vom Reich Gottes schon … aber dass Gott Mensch werden kann, das zu denken ist für Griechen kein Problem. Für uns Juden ausgeschlossen. Gotteslästerung! Gott ist Einer, er hat keinen Sohn!"

„Aber die … äh … wir Juden sprechen doch auch davon, dass Menschen Söhne Gottes sein können … .wie ist das zu verstehen?", blieb Lukas bei dem Thema.

„Es ist natürlich stets von Söhnen und nie von Töchtern die Rede", warf Salome spitz ein.

Mattitjahu überhörte die Spitze und klärte auf: „Ja, das stimmt. Aber wir meinen nicht göttlicher Abkunft, mit göttlicher Macht ausgestattet, wir meinen: dieser Mensch lebt nach den Gesetzen der Tora, der Ewige hat Wohlgefallen an ihm."

„Gefährliche Sache!", brummte Lukas, „aber ich stelle fest: Kajaphas hat das Verhör sehr geschickt geleitet. Nach der jüdischen Prozessordnung konnte kein Vergehen festgestellt werden, weil die Zeugen sich widersprachen. Aber er blieb strikt beim Recht, formal kann man ihm nichts vorwerfen. Dann hat er die Messiasfrage aufgeworfen und so Jeshua diese Aussage entlockt, dass er zu *Rechten der Allmacht sitzen* würde … Somit musste er im Sanhedrin schuldig gesprochen werden. Aber sie selbst durften kein Todesurteil verhängen. Das hatten die Römer verboten."

Mattitjahu nickte: „Stimmt, außerdem hatte der Sanhedrin eine Scheu die Todesstrafe auszusprechen. Unsere Gesetze sind regelrecht human, gemessen an dem ständigen Blutrausch der Römer. Todesurteile wurden sehr selten verhängt. Einmal wurde in sieben Jahren ein Todesurteil ausgesprochen und das galt als eine Niederlage des Sanhedrin. Der Urteilsspruch durfte auch nicht am gleichen Tag vollzogen werden. Die Richter mussten eine Nacht darüber schlafen. Die Richter haben es sich nicht leicht gemacht, aber Jeshua lieferte ihnen alle Gründe für das Todesurteil."

„Soweit kann ich alles nachvollziehen, was du uns bisher erklärt hast, Mattitjahu", meldete sich Salome, „nur die Römer durften die Blutgerichtsbarkeit ausüben. Doch wie sollte das geschehen? Nach deinen Erklärungen gab es für Pilatus keine Gotteslästerung. Er hätte den Grund nicht einmal verstanden."

„So ist es. Und hier beginnt für mich die eigentliche Schuld von Kajaphas. Denn er wusste im Voraus, dass dieses Verhör so enden würde. Um den Nazarener loszuwerden brauchte er die Römer. Für die musste aber ein ganz neuer Grund gefunden werden ... Heute glaube ich: ohne die Erfahrung, die kalte Strategie des Hohepriesters wäre das alles nicht möglich gewesen, denn im Sanhedrin neigten manche Jeshua zu. Es war bekannt, dass einige ihn in der Nacht heimlich besuchten. Manche bekannten sich auch offen zu ihm, da war Josef von Arimatäa. Aber Kajaphas schaffte die meisten zu überzeugen und dann konnte er den nächsten Schritt zu den Römern tun. Kajaphas hatte eine langjährige Erfahrung, er wusste wie sie denken und wie er weiter verfahren musste. Und seine Strategie ging auf. Nachdem Jeshua vom Sanhedrin schuldig gesprochen war, ihm also keiner in den Rücken fallen konnte, wurde Jeshua gefesselt zurück in die Oberstadt gebracht, ein Zeichen seiner Vorverurteilung durch den Hohen Rat. Man brachte ihn zum Palast des Herodes, in dem Pontius Pilatus als Präfekt residierte. Und Pilatus hielt an diesem Tag Gericht. Das waren militärische Schnellverfahren über Zeloten, keine langwierigen Prozesse. So im Schnitt eine viertel Stunde dauerte ein Prozess und da sollte nun auch der Nazarener eingereiht werden. Kurzer Prozess, Kreuzigung und der Störer war beseitigt ... dachte Kajaphas ... aber genau damit brachte er die Zeit ins Rollen, zerstörte er den ewig gleichbleibenden Ablauf unserer Traditionen. Er löste etwas aus, das alles umstürzte. Wer aber konnte das damals sehen?"

„Wie lange war Kajaphas noch im Amt – nach der Kreuzigung?", hakte Salome nach.

„Er war noch 6–7 Jahre Hohepriester und trat im gleichen Jahr ab wie Pilatus, der nach Rom zurückberufen wurde. Er muss die Anfänge der Jeshua-Gemeinden noch miterlebt haben. Leider kann ich das auch nur aus Zeugnissen anderer rekonstruieren, denn ich lebte zu dieser Zeit in Alexandria und als ich nach Jerusalem zurückkam, war von meiner Familie nur noch Eljakim übrig. Dieser ist verbittert über das Ende des Tempels, er sieht die Schuld auch beim Nazarener. Leider ist er kein zuverlässiger Zeuge."

„Hast du dich von den Sadduzäern abgewandt?", fragte ungerührt Salome und ignorierte den strafenden Blick ihres Bruders.

„Ja, kann man so sagen: ich habe mich abgewandt. Ich sehe heute viele mehr die Schuld bei dem Priesteradel, bei ihrem luxuriösen Leben, bei ihrer Halsstarrigkeit, Machtbesessenheit und ihrer Unfähigkeit auf unsere Zeit zu reagieren. Sie sind für mich Hauptschuldige am Untergang der Stadt und des Tempels. Aber sicher wäre ich genauso geworden, wäre ich in Jerusalem geblieben. Es ist seltsam: Jetzt, wo ich mit euch diskutiere, verstehe ich, dass Jeshua mir den Weg zu den Pharisäern geöffnet hat. Sie formieren sich neu, sie suchen einen Weg in die Zukunft. Doch bin ich sehr froh über meine gründliche sadduzäische Ausbildung. Ich sag mal: ich habe Denken gelernt, den Dingen auf den Grund zu gehen und mich auch unbequemen Gedanken zu stellen, verschiedene Sichtweisen einzunehmen. Mein Weg lichtet sich langsam ..."

„Können wir dich auch später über den römischen Prozess befragen?"

„Ja, selbstverständlich. Aber hört zunächst Susanna zu, was sie zu berichten hat, denn sie war auf der Agora dabei als Pilatus über Jeshua das Urteil sprach. – Doch nun habt Nachsicht mit mir, ich muss noch ein wichtiges Dokument studieren. Morgen werde ich keine Zeit dafür haben." Mattitjahu erhob sich, grüßte, und verließ die beiden.

Eine Weile saßen die Geschwister schweigend beisammen, dann begann Lukas: „Alles was er sagte, deckt sich mit dem, was ich erfahren habe. Da gibt es einen noch jungen Mann, der zum Brotbrechen kommt. Er heißt David ben Annas und ist aus einer Levitenfamilie, seine Vorfahren waren alle Tempeldiener und deshalb ist die Erinnerung an den Tempelkult und die damalige Zeit bei ihm noch sehr lebendig. Einiges kann ich noch ergänzen. Was uns Mattitjahu verschwiegen hat – und dafür habe ich volles Verständnis: als Herodes der Große König über das Land wurde, hat er die alten vornehmen Sadduzäer-Geschlechter ausgewechselt. Er ließ sie ganz einfach töten und bestimmte Männer aus dem niedrigen Adel für das Amt des Hohepriesters, die Vorfahren von Mattitjahu. Außerdem spielte Geld dabei eine wesentliche Rolle, die Ämter wurden gekauft. Das alles kann Mattitjahu nicht gefallen haben, aber mir erklärt es vieles. So auch, dass die Hohepriester und Schriftgelehrten Jeshua lästerten, als er am Kreuz hing. Es waren Leute, die keine wirkliche Autorität und Achtung hatten, aber sie besaßen die Macht. Herodes hatte in ihnen willfährige Unterstützer, später auch die Römer ... .Dieses Vorverhör in der Nacht, David geht auch von einem Verhör, nicht von einem Prozess aus, also dieses Vorverhör wurde wohl vom innersten Zirkel des Sanhedrins, zehn – zwölf Männer, durchgeführt. Sie sollten klären ob man am nächsten Tag eine Vollversammlung in der Quaderhalle einberufen könne. Konnte ein Anklagegrund gefunden werden? Nach Davids Erinnerungen fassten sie bei Jeshuas Tempelaktion den Beschluss ihn festzunehmen und zu verhören. Judas Iskariot hat dann durch seinen Verrat die Festnahme bei Nacht wesentlich erleichtert. Es war alles gut geplant, wenn auch die Zeit drängte, aber der Zeitplan war gut ausgedacht und hat schließlich auch zur gewünschten Verurteilung durch Pilatus geführt. Hannas und Kajaphas waren die Strippenzieher. Wichtig war: Das Volk sollte möglichst nichts mitbekommen. Der Sanhedrin bestand aus drei Fraktionen: Hohepriester, das waren nur 5–6 Personen, aber die mächtigsten, natürlich Sadduzäer, dann die Schriftgelehrten, auch sadduzäisch ausgerichtet, einige Pharisäer und die Ältesten. Diese waren Laien, keine Priester. Die Mehrheit im Sanhedrin hatten aber die Sadduzäer. David sagte mir auch, dass er unsicher ist welches Recht galt: das sehr strenge sadduzäische oder das humanere der Pharisäer. Aber ich denke, dass sich bei den Mehrheitsverhältnissen im Hohen Rat diese Frage selbst beantwortet: es war das sadduzäische Recht. Vermutlich sei auch der Sanhedrin in den frühen Morgenstunden nicht vollzählig gewesen aber es reichten bei einer Anklage 23 Stimmen aus."

Salome holte tief Luft: „In meiner Schrift werde ich das Tempellogion, weglassen. Der Tempel ist vergangen, die paganen Völker können sich nichts darunter vorstellen. Doch die Messiasfrage werde ich hervorheben. ... Weißt du, was mir in den letzten Stunden klar geworden ist? Jeshua hat immer den Messiastitel abgelehnt, erst in Jerusalem, vor Kajaphas hat er sich bekannt. Er wollte nie in den Verdacht geraten einen weiteren Aufstand gegen die Römer zu inszenieren. Die Messiasfrage muss ihn im Tiefsten verunsichert haben, er hatte lange Zeit selbst keine Antwort darauf. – Dann, auf dem Weg nach Jerusalem muss er verstanden haben: Ja, ich bin der Messias, aber nicht der militärische Befreier, ich bin ein ganz anderer Messias, der leidende Gottesknecht des Jesaja. Nehme ich das auf mich? – Deshalb der Gebetskampf in Getsemani. – Die Zäsur in der Menschheitsgeschichte war viel einschneidender, viel größer, als wenn er ein Messias nach den Vorstellungen der Juden geworden wäre. Seine Sendung weist weit über seine Zeit, über sein Leben hinaus, doch wurde sie von den Zeitgenossen nicht verstanden. Und verstehen wir sie heute? Ich glaube nicht … Vieles wird sich erst im Laufe der kommenden Jahre und vielleicht auch Jahrhunderte enthüllen … jetzt beginnt das Reich Gottes, stimmt, aber ganz anders als wir Menschen es uns dachten … die Zeit ist ins Rollen gekommen."

„Das stimmt", sagte Lukas langsam … „auch Jeshua war einem Erkenntnisprozess unterworfen und erst kurz vor seinem Leiden hat er seinen Weg erkannt. Aber Hinweise darauf, dass er sich außerhalb der Propheten, außerhalb des üblichen Messiasverständnisses sah, gab es schon vorher: der Zweifel an Josefs Vaterschaft, Jeshua sei mehr als der Prophet Jona und mehr als König Salomo, er konnte Sünden vergeben, lehrte mit Vollmacht und er stellte sich auch bedenkenlos über die Tora, missachtete sie geradezu, indem er seine Schüler darin nicht unterwies … Die Griechen … die Griechen … haben sie doch Recht mit ihrem Gedanken, dass er von göttlicher Abkunft sei? Nicht nur ein Sohn Gottes im wohlgefälligen Sinn … sondern wirklich … der Ewige … selbst ?"

Kapitel 18

Der römische Prozess unter Pontius Pilatus. Kreuzigung auf Golgota und Grablegung

Der Schnee blieb liegen und am nächsten Tag war auch der bleigraue Himmel verschwunden. Strahlend glänzte die Sonne an einem blauen und wolkenlosen Firmament auf die schneebedeckte Stadt hinunter. Die Palmblätter neigten sich unter der schweren Last des Schnees, die Zypressen waren völlig in Weiß gehüllt und wirkten wie seltsame Kegel. Viele waren regelrecht verzaubert, ja ergriffen von diesem Naturschauspiel. Begeistert waren die Kinder, die überall auf alten Türen oder Brettern die Unterstadt hinunterrutschten, jauchzten, in den Schnee purzelten, Bälle formten und sich damit bewarfen. Die Altstadt war erfüllt von diesem fröhlichen Getöse und auch die Erwachsenen verwandelten sich, wurden locker, lachten und einige bewarfen sich auch mit diesen wunderbar glitzernden weißen Bällen.

In warme Kleidung gehüllt und mit festem Schuhwerk ausgestattet wanderten Salome und Lukas durch die Oberstadt, umringt von hartnäckigen Bettlern. Die Geschwister genossen die frische, wenn auch manchmal eisige Luft und näherten sich langsam der zerstörten Agora, dem großen Platz hinter dem ehemaligen Herodespalast. Dies war der Ort, an dem vor gut fünfzig Jahren das Todesurteil über den Nazarener gesprochen worden war. Bewegt standen sie in der Trümmerlandschaft und versuchten sich die Szene vorzustellen. Wo stand der Gerichtsstuhl des Pilatus? Die römischen Gerichtsstühle waren einfache, zusammenklappbare Sitze, transportabel, denn überall wurden Gerichtstage abgehalten.

Plötzlich stieß Salome einen kleinen Schrei aus. Sie bedeckte die Augen mit ihrer Hand und deutete auf zwei kleine Figuren, die sich mühsam aber stetig durch die Schneelandschaft kämpften. Die größere Gestalt stützte die kleinere zarte, die nur langsam vorwärts kam.

„Hanna und Susanna!", rief Salome verwundert aus, „sie sind uns gefolgt, tatsächlich." Beim Näherkommen erkannte man die beiden Frauen, auch sie waren in wollene Tücher eingehüllt.

„Susanna hat darauf bestanden euch zu folgen", schnaufte Hanna beim Näherkommen, „das ganze Jahr, beim schönsten Wetter kriege ich sie nicht aus dem Haus. Aber jetzt, in dieser Kälte und im Schnee, jetzt will sie raus und hat mich hierher beordert. Jetzt, da ich euch hier sehe, weiß ich auch warum."

Susanne wirkte munter, ihr Gesicht war von der Anstrengung gerötet, sie bewegte sich mühsam und sehr langsam, aber dann hatte sie die Geschwister erreicht.

„Salome", sagte sie schwer atmend, „unser Gespräch gestern hat mich die ganze Nacht bedrückt, weil ich nur weitergeben konnte, was mir andere sagten. Und auch vom Prozess des Pilatus habe ich nicht alles mitgekriegt und verstanden. Vor uns standen viele Männer und … ach, es war so furchtbar …"

Lukas der Praktiker, hatte inzwischen eine umgestürzte Säule vom Schnee gereinigt und legte seinen Umhang darauf: „Setz' dich erst einmal und kommt zu Atem, dann kannst du weitererzählen", forderte er Susanna in seiner nüchternen Art auf. Die beiden Frauen ließen sich nieder, während Lukas und Salome stehen blieben und auf das Ruinenfeld schauten.

Danach, nachdem sie sich erholt hatten, begann Susanna zu erzählen: „Es war Maria aus Magdala, die uns bei Sonnenaufgang aufscheuchte und hierher führte. Als wir hier auf der Agora standen, blickten wir uns gründlich um: keiner der Apostel und Jünger war zu sehen. Die Gerichtstage waren immer sehr früh, besonders in diesen Tagen, denn es begannen die Pessachfeiern und den streng gläubigen Juden war es verboten in die Häuser der Römer zu kommen, da hätten sie sich rituell verunreinigt. Deshalb verlagerte wohl Pontius Pilatus die Prozesse ins Freie, auf die Agora. Jeshua war nicht der einzige Angeklagte, es waren noch andere angeklagt und Pilatus stand unter Zeitdruck. Immer an den Wallfahrtsfesten kam er von Caesarea Maritima hierher nach Jerusalem um alles fest im

Griff zu haben. In der Stadt brodelte es von Menschen, hauptsächlich von Galiläern und die waren für ihre Aufstände bekannt. Auch Herodes Antipas soll da gewesen sein. Während Pilatus im protzigen Palast von Herodes dem Großen residierte, wohnte Antipas im alten Hasmonäerpalast. – Schnell sammelten sich Neugierige, viele Männer, vor der Gerichtsstätte. Sie drängten alle nach vorn und wir Frauen wurden immer mehr nach hinten abgedrängt. Nur die Magdalenerin, sie war recht groß, kräftig und mutig, sie stand noch vor uns und konnte alles hören. Ich muss euch wieder enttäuschen: Ja, ich war hier aber ich habe nicht viel gesehen und nur ab und zu einmal einen Satz gehört, meistens griechisch, was ich nicht gut verstehe. Maria aus Magdala sprach aber – wie Jeshua – recht gut griechisch. Es war ein Übersetzer da. Aber Jeshua hat Pilatus auch direkt geantwortet, ohne auf den Übersetzer zu achten. Eine Abordnung des Hohen Rates stand auch dabei, sie hatten wohl bereits Pilatus die Anklageschrift überreicht."

„Kajaphas war dabei?", unterbrach sie Salome.

„Nein, wo denkst du hin! Er hatte schon seine Helfershelfer, die so etwas erledigten. Kajaphas war schließlich der oberste Repräsentant des jüdischen Volkes. Und wer war Jeshua in seinen Augen? Ein verrückter Wanderprediger."

„Aber gefährlich war er schon?"

„Oh ja, war Jeshua für die Sadduzäer gefährlich, aber zugegeben hätten sie es nie. Wir waren furchtbar verängstigt und ich zitterte am ganzen Körper. Jetzt schon war ich aufgelöst und begann zu weinen und habe nicht alles mitbekommen, wie gesagt auch vieles nicht verstanden …"
„Erzähle einfach was du weißt", ermunterte sie Salome, während sich Lukas auf seinen Wachstafeln Notizen machte.

Susanna fuhr fort: „Dort, seht ihr die beiden eingestürzten Säulen? Dort stand der Richterstuhl. Man konnte Pilatus gut sehen aber schlecht verstehen. Maria von Magdala berichtete uns später wie die Sanhedristen ihre Anklage begründeten. Sie sagten: Jeshua hat das Volk aufgewiegelt und will es hindern dem Kaiser Steuer zu zahlen. Auch behauptet er, dass er der Messias-König sei. Sie sagten absichtlich König, denn was ein Messias ist, das hätte Pilatus nicht verstanden. Aber König bedeutete: Er will die Römer besiegen, er ist ein Aufrührer. Das verstand Pilatus. Außerdem war natürlich die Steuerfrage entscheidend. Pilatus wurde auch gleich aufmerksam, das konnte man sehen, als er König hörte … Also ich wiederhole nur was mir Maria aus Magdala berichtete. Wir hatten eine grässliche Angst aber weggelaufen wären wir nicht. Wenn man uns aber als Jüngerinnen erkannt hätte, dann hätte es für uns gefährlich werden können. Das ist alles schon passiert. War die Anklage Aufruhr dann hätte uns auch die Kreuzigung gedroht."

„Und keiner der Zwölf war da?", beharrte nochmals Salome.

„Nein, keiner", war Susannas feste Antwort, „und ganz sicher haben sie sich auch später geschämt aber sie konnten nichts anderes behaupten, denn wir waren dabei und haben alles gesehen. Einige sollen sogar bis nach Galiläa geflohen sein. – Ja, es war nicht einfach zwischen den Jüngern und den Jüngerinnen gewesen, aber nach diesem Tag, nach dem Prozess und dem Kreuzestod wurde es immer schwieriger. Später in der Gemeinde, kam es manchmal regelrecht zum Kampf zwischen Männer und Frauen. Besonders schlimm war es, dass wir auch die ersten am leeren Grab waren."

„Eine andere Geschichte", mahnte Lukas, „bitte, bleib erst einmal beim Prozess. Alles weitere kannst du uns später erzählen."

„Gut", Susanna sammelte sich wieder … „also Pontius Pilatus fragte Jeshua: Bist du der König der Juden? und Jeshua antwortete: Du sagst es."

„Moment mal," griff Salome sofort ein, „wie sagte er das? Mit welcher Betonung? Man kann den Satz ganz verschieden verstehen. Einmal als Feststellung aber auch als die Meinung von Pilatus."

„Das stimmt, liebe Salome. Aber du vergisst: ich wiederhole nur was uns Maria aus Magdala berichtete, gehört habe ich es selbst nicht. Dazu wurde noch in griechischer Sprache geredet."

„Stimmt, ich hatte es vergessen. Aber du hast Jeshua gesehen. Wie wirkte er? War er ängstlich? gebrochen?"

„Nein, überhaupt nicht. Er stand da mit erhobenem Haupt und seine Stimme klang ruhig und fest. Auch später, nach der Verurteilung, das furchtbare Geschehen danach … .er hat alles mit Würde auf sich genommen."

„Weiter ...", mahnte Lukas.

„Ja, weiter ... dann gab es ein kurzes Streitgespräch zwischen Pilatus und der Abordnung des Sanhedrin. Sie bestanden auf der Anklage, Pilatus aber zögerte ... Warum? Ich weiß es nicht. Ich glaube nicht, dass er Jeshua retten wollte, er hatte einen anderen Grund. Die Sadduzäer bestanden darauf: Er wiegelt das Volk auf, die Juden sollen keine Steuer bezahlen und er sei ein König. Mit seinen Lehren habe er jahrelang das Volk aufgewühlt, von Galiläa bis hierher. Da ist Pilatus hellhörig geworden und hat gefragt: Er ist ein Galiläer? Als dies bestätigt wurde, schickte er kurzerhand Jeshua zu Herodes Antipas in den Hasmonäerpalast, das war nicht weit weg. Es gab eine Unterbrechung und Jeshua wurde abgeführt. Nach kurzer Zeit wurde er wieder zurückgebracht – und sehr merkwürdig: er hatte ein kostbares grellrotes Gewand an. Ein Spottgewand soll es gewesen sein. Antipas soll ihn als König der Juden verhöhnt haben, weil er keine seiner Fragen beantwortete, er wollte doch immer ein Wunder von ihm sehen ... Aber das alles habe ich nicht selbst gehört und auch nicht gesehen weil immer mehr Männer sich vor uns drängten, schrien und herumfuchtelten. Das haben später einige Leute erzählt, die in der ersten Jerusalemer Gemeinde waren ... aber sie sind nun alle gestorben. Sie hofften, dass damit der Prozess abgebrochen würde, weil Herodes mit dieser Szene ausdrückte: er ist nur ein Spinner, ungefährlich und kein Zelot. Aber so kam es nicht ... die Sadduzäer ließen nicht locker. Und obwohl Pilatus wohl das gleiche dachte wie Herodes Antipas, ließ er ihn schließlich züchtigen, das war geißeln und dachte, dass es damit ein Ende hätte. Ja, einige erzählten, dass er Jeshua freigeben wollte. Später hieß es auch, dass es eine Fest-Amnestie gäbe und Pilatus verpflichtet war einen Gefangenen freizulassen. Das war ganz neu, niemand hatte davon gehört und auch in den späteren Jahren gab es keine Amnestie für einen Gefangenen. Und plötzlich schrien einige: Gib uns Barabbas frei! Wer war das? Er soll wegen Aufruhr und Mord in den Kerker geworfen worden sein, ein Zelot. Pilatus schien damit nicht einverstanden, es gab wieder Verhandlungen und dann der furchtbare Schrei: Kreuzige, *kreuzige ihn!* Die anderen schrien nach Barabbas. Es war ein furchtbares Durcheinander und wurde auch gefährlich. Maria Kleopas zerrte mich raus aus der Menge, an den Rand, denn einige Männer hatten angefangen sich zu verprügeln. Pilatus redete, aber wir verstanden ihn nicht, er war zu weit weg. Er soll weiter versucht haben Jeshua freizusprechen aber dann gab er nach und ließ Barabbas frei, Jeshua aber wurde verurteilt."

„Und dann wurde Barabbas vorgeführt und freigelassen?", versicherte sich Salome.

„N … Nein … dieser Barabbas erschien nie, auch später hat ihn keiner in Jerusalem gesehen."

„Und das Todesurteil? Pilatus muss es in lateinischer Sprache gesagt haben: *condemno ibis* in *crucem*."

„N … Nein, habe ich auch nicht gehört, aber gut möglich, dass es gesagt wurde. Es war so laut und gesehen hab' ich gar nichts mehr. Vor mir prügelten sich immer mehr Männer. Ich hörte nur: Kreuzige! oder diesen Ruf nach Barabbas."

„So steht es auch in der römischen Schriftrolle. Obwohl: ich konnte nirgends einen Hinweis finden, dass es eine Festamnestie gab. Auch nicht nach jüdischem Recht. – Eine seltsame Geschichte. Und du bestätigst sie auch?", warf Lukas ein.

„Ja, denn plötzlich schrien viele Leute um mich herum: Gib uns Barabbas frei! Andere schrien: *Kreuzige, kreuzige ihn!*"

„Wen?", unterbrach wieder Lukas, „wer sollte gekreuzigt werden? Jeshua oder dieser Barabbas?"

„Ich weiß es nicht", flüsterte die kleine alte Frau … „ich weiß es nicht und ich habe es versäumt Maria aus Magdala zu befragen, sie hätte euch wahrscheinlich die richtigen Antworten geben können. Die Ereignisse überschlugen sich nun … das Schlimmste kam noch und der Prozess trat ganz in den Hintergrund in meinen Erinnerungen."

„Golgota", murmelte Salome.

„Susanna, fasse dich und konzentriere dich auf den weiteren Fortgang des Prozesses. Was passierte dann? Wurde Jeshua gegeißelt, mit einer Dornenkrone gekrönt und als König der Juden verspottet?"

Susanna schüttelte den Kopf, „Nein, davon weiß ich nichts, das habe ich erst aus der römischen Schrift erfahren. Aber gut möglich, dass es geschehen ist. Der Tumult unter den Zuschauern wurde immer schlimmer und wir befürchteten, dass man uns auch verprügeln würde. Dann plötzlich, da setzt meine Erinnerung wieder ein: ein Soldat schrie ganz laut: Platz da, Platz für den König der Juden. Und dann … .ein Schreckensbild … Jeshua wankte heraus, blutüberströmt, auf dem Boden bildeten sich Blutlachen, auf dem Kopf trug er die Dornenkrone und er konnte sich kaum noch aufrecht halten. Sein Gesicht war fast nicht zu erkennen, so hatten ihn die Schläge entstellt. Die Soldaten peitschen auf ihn ein und zwangen ihn den Querbalken zum Kreuz zu tragen. Aber er war so schwach, er brach zusammen. Oh, die Römer, sie wissen wie man Menschen erniedrigt, peinigt und foltert. Die Soldaten versuchten Jeshua mit Geißelhieben anzutreiben, aber er blieb einfach liegen. Da hat einer einen kräftigen Mann aus der Menge gegriffen. Es war Simon von Kyrene, wie ich später erfuhr, ihn zwangen sie den Balken zu tragen. Noch sehe ich die beiden zitternden und weinenden Knaben, die sich an ihren Vater klammerten."

„Alexander und Rufus", sagte Salome leise.

Susanna hatte sich wieder gefangen, die Erinnerungsbilder waren wieder klar, quälend und deutlich. Sie fuhr fort: „Wir alle folgten weinend diesem grausamen Zug. Es ging sehr stockend voran, weil Jeshua schon so schwach war. Wir Frauen schrien immer lauter und weinten und da wandte er sich um und sagte mühsam: *Ihr Töchter Jerusalems, weint nicht über mich, sondern weint über euch und eure Kinder, denn es kommen schreckliche Tage auf euch zu.* Dann waren da noch zwei andere Verurteilte, die zur Hinrichtung hinausgeführt wurden."

„Was war ihr Verbrechen?", fragte Salome.

„Es waren Zeloten, Aufrührer. – Der Weg war schrecklich lang. Absichtlich führten die Soldaten die Verurteilten durch die Oberstadt, damit alle Juden sahen: So geht es denen, die sich gegen Rom empören. Alle sollten verstehen: wenn ihr nicht Steuern bezahlt, euch nicht dem römischen Kaiser unterwerft, dann geht es euch genauso. Inzwischen waren die Gassen und Straßen voll mit Menschen. Viele hatten Spaß an der Grausamkeit, andere waren erschüttert. Es dauerte schrecklich lange, bis wir endlich das Gartentor in der Stadtmauer erreicht hatten. Von da aus ging es auf einem Pfad zu einem verlassenen Steinbruch. Dort stand ein kleiner Felsen, er sah aus wie ein Schädel. Das war Golgota. – Es strömten immer mehr Menschen zusammen, die sehen wollten wie der rebellische Rabbi aus Galiläa gekreuzigt wurde. Zuerst wurden wir von der Schädelstätte abgedrängt. Wir stellten uns an der Stadtmauer auf, aber man durfte nicht weinen und klagen, das war streng verboten. Es kam vor, dass Leute, die sich nicht daran gehalten hatten, gleich mit gekreuzigt wurden. Aber spotten und lästern, das durfte man und es gab Menschen, die das gerne taten. Warum? Sie kannten Jeshua doch gar nicht. Aber sie konnten nun endlich ihrer Wut freien Lauf lassen. Wir Frauen, es waren Maria aus Magdala, die beiden anderen Maria Kleopas und Maria Salome, Johanna und ich ... wir hatten uns umklammert und weinten lautlos. Dann.", Susanna unterbrach sich, schaute kurze Zeit hoch in den blauen Himmel, in die herrlich milde Wintersonne. Sie fasste sich und berichtete weiter: „Die Soldaten machten sich einen Spaß den Judenkönig auf der Hinrichtungsstätte richtig zu platzieren. Sie kreuzigten ihn zwischen den beiden Zeloten, genau auf der Schädelstätte, erhöht, wie in einem Thronsaal. Vorher hatten sie durch Los seine Kleider unter sich verteilt. Das Volk stand stumm dabei und schaute zu. Aber es waren auch Ratsherren aus dem Hohen Rat dabei und einige höhnten: *Andere hat er gerettet – nun soll er sich selbst retten, wenn er der Messias ist!* Die Soldaten spotteten über ihn, sie reichten ihm mit einem Schwamm an einer Stange Essig und forderten ihn auf: Wenn du der König der Juden bist, so rette dich selbst! – Das konnten wir hören, denn die Männer schrien, waren furchtbar aufgebracht. Auch Jeshua sagte etwas ... aber das wurde mir erst später berichtet, selbst habe ich es nicht gehört."

„Was sagte er? Und wer hat es gehört? " setzte Salome sofort nach.

„Später, in der Jerusalemer Gemeinde wurde erzählt, dass Josef von Arimatäa, der auch nahe am Kreuz stand gehört habe, wie Jeshua rief: *Vater vergib ihnen, denn sie wissen nicht, was sie tun.*"

„Du kanntest Josef von Arimatäa?", fragte Salome atemlos.

„Oh ja, später habe ich sogar in seinem Haus gearbeitet, ich kannte ihn gut ..."

„Jetzt nicht!", mahnte der nüchterne Lukas, „bleib bei Golgota!"

Susanna hatte die Augen geschlossen und sich ganz auf ihre inneren Bilder konzentriert: „Da war noch ein Schild, das sie über dem Kreuz angebracht haben. Auf dem Schild war geschrieben: *Jesus von Nazaret – König der Juden*. Wir haben aus der Ferne gesehen wie auch die beiden Mitgekreuzigten, die Zeloten gesprochen haben und Josef von Arimatäa hat später erzählt, dass der eine ihn verflucht habe, der andere aber habe an Jeshua geglaubt. Wahrscheinlich kannte er ihn aus Galiläa. Er hat gesagt ... wie war das?" Sie dachte eine Weile nach und wiederholte dann langsam: *„Jeshua gedenke meiner, wenn du in dein Reich kommst. Und Jeshua hat ihm geantwortet: Heute noch wirst du mit mir im Paradies sein ...* so habe ich es oft von Josef aus Arimatäa gehört. Maria Salome, die Urenkelin von Josef, sie kommt auch oft zu den Mahlfeiern – also sie kennt diese Worte ganz genau und hat sie aufbewahrt."

„Und dann?"

„Ja, wie dann weiter? Ich war völlig am Ende vom stundenlangen Weinen. Ich konnte auch nicht immer zu den Kreuzen schauen, es war zu schrecklich. Aber ich sah, dass die Soldaten weg waren, immer wieder Leute unter dem Kreuz vorbeigingen und den Gekreuzigten verspotteten. Die Worte habe ich nicht verstanden, aber an den Stimmen konnte man erkennen, dass sie lästerten. Warum tun Menschen das? Warum haben sie Freude am Leiden anderer? Maria von Magdala ist dann näher zum Hügel gegangen und hat noch einiges mitbekommen. Man spottete darüber, dass Jeshua gesagt habe, er könne den Tempel einreißen und in drei Tagen wieder aufbauen."

„... In drei Tagen wieder aufbauen ...", wiederholte Salome langsam, „... das heißt, er wusste – oder ahnte, dass er nicht im Tod bleiben würde?"

„So vergingen die Stunden quälend langsam und ich ersehnte regelrecht den Tod für Jeshua, dass er endlich erlöst werde ... Er hat auch ein letztes Mal gesprochen und dann war es zu Ende. – Silva erzählte später, dass auch ein römischer Hauptmann Jeshuas Unschuld bekannt habe, er weiß es von anderen Soldaten. Später, nachdem ganz Jerusalem Kopf stand ... weil das Grab leer war ... später haben sich auch die Legionäre an diesen Galiläer erinnert. Für uns Frauen war nun alles aus. Jede Hoffnung begraben, alles nur ein Traum? Ich muss sagen: wir Frauen waren zerstört, glaubten an nichts mehr. Aber eine nicht! Maria aus Magdala war seltsam ruhig. Zwar rannen ihr auch die Tränen über das Gesicht, aber sie blieb merkwürdig ruhig und gefasst. Wir klammerten uns an sie ... sie musste wissen wie es nun weiterging. Sie verschwand auf einmal und kam nach einiger Zeit wieder, kurz vor Sonnenuntergang war sie wieder da und sagte in ihrer gewohnten bestimmten Art: Steht auf! Wir wollen den Herrn zu

Grabe tragen. – Sie war mit zwei Männern gekommen, mit Josef von Arimatäa und noch einem anderen Ratsherrn, oder war er ein Pharisäer? Sie nahmen den Leichnam vom Kreuz und trugen ihn zu einem Felsengrab. Das war eine Gruft, das Familiengrab des Josef. Er hatte es gerade neu errichten lassen. Dort hüllten wir den Leichnam in ein großes langes Tuch und legten ihn hinein. Ich sah nur zu und wollte doch etwas tun. Da pflückte ich viele wilde Blumen, die vor dem Grab wuchsen und streute sie auf das Leintuch. Die Männer verschlossen das Grab mit einem schweren Rollstein. Die Zeit drängte, bald war Sonnenuntergang und der Sabbat begann. Wir mussten verschwinden."

„Genug für heute!", entschied Lukas streng und bedeutete seiner Schwester nicht weiter zu fragen, „wir müssen das alles auf uns wirken lassen und in Ruhe bedenken."

„Aber, aber …", begann Salome.

„Salome!", ungewohnt scharf klang Lukas Stimme, „lassen wir Susanna jetzt in Ruhe. Sie musste das alles noch einmal durchleiden und wir wollen uns jetzt besser ins Handelshaus zurückziehen. Heute Abend ist wieder die Mahlgemeinschaft. Wie mir Rufus mitteilte werden auch Maria Salome und Silva da sein, auch Mattitjahu. Sie können uns sicher noch manche Erklärung geben."

Widerwillig fügte sich Salome. So gingen sie langsam und vorsichtig durch die verschneite Ruinenlandschaft der Oberstadt, an Palmen vorbei, die schneebedeckt kurios aussahen und manchmal rutschte die weiße Last auf die Spaziergänger, die erschrocken, auch lachend zur Seite sprangen. Dann stiegen sie hinunter ins Tyropoiontal, bis sie die inzwischen vertraute Gasse der Unterstadt erreichten. Lukas ging wie immer zuletzt, langsam, hinkend, auf einen langen Stab gestützt und in seinem Kopf schwirrten die Fragen durcheinander.

Kapitel 19

Viele Fragen, die Matittjahu beantworten kann

Nach dem einfachen Mittagsmahl zog sich Lukas zurück um seine Aufzeichnungen zu ordnen, während Salome unruhig durchs Haus wanderte. Sie hatte so viele Fragen, aber wer konnte sie beantworten? ... Mattitjahu – sagte eine innere Stimme. Doch dieser musste arbeiten und am Abend, bei der Mahlgemeinschaft war keine Ruhe für ihre bohrenden Fragen. Außerdem mussten Maria Salome und Silva befragt werden ... und überhaupt: es gab noch so viele Themen, die sie noch nicht bearbeitet hatten: diese Herabkunft des Parakleten, Feuerzungen sollen erschienen sein, dann die Entwicklung der Jerusalemer Gemeinde bis zur Zerstörung der Stadt, und vor allem: Jakov der Herrenbruder, der aus dem Nichts auftauchte und plötzlich ein glühender Anhänger seines Bruders Jeshua war. Natürlich wurde er gleich Oberhaupt der Gemeinde ... Lukas war dagegen, dass dies alles in ihr Evangelium aufgenommen werde, es sei viel zu viel. Man müsse mit der Auferweckung dir Schrift beenden ... .Gut, gut ... sicher war das vernünftig ... .Aber Salome war bereits entschlossen eine zweite Schrift anzufertigen: *Die Taten der Apostel!* So wollte sie die zweite Schriftrolle nennen.

Um ihre innere Unruhe zu bezwingen schritt sie die ganze Zeit durch den langen Flur des Obergemachs hin und her, völlig in ihre Pläne versunken und schreckte auf als sich eine Tür öffnete und Alexanders Kopf erschien: „Was ist mit dir? Warum bist du so unruhig?"

Salome fühlte wie ihr die Röte ins Gesicht schoss und einen Moment verlor sie ihre Schlagfertigkeit, berichtete umständlich und stockend von den Erlebnissen des Vormittags.

„Ich verstehe", nickte Alexander, „du hast Redebedarf. Aber ich fürchte, dass ich hierfür nicht geeignet bin. Wie kann ich dir helfen?"

Salome hatte sich wieder gefangen und meinte vorsichtig: „Mattitjahu wäre der Richtige. Er hat uns gestern Abend schon geholfen, mit seinem ganzen Wissen und seiner Klugheit. Aber ich kann ihn nicht ständig in Anspruch nehmen, schließlich muss er arbeiten."

Alexander lächelte, schloss die Tür hinter sich und sagte nur: „Komm!" Sie stiegen hinunter ins Erdgeschoss, gingen in die hinteren Lagerräume bis zu einer kleinen Tür. Da klopfte Alexander.

„Ja, bitte?", erklang es. Alexander öffnete die Tür und sie standen im Kontor Mattitjahus, der hinter seinem Schreibtisch erstaunt aufstand.
„Ich bringe dir eine ungeduldige Seele, Mattitjahu", sagte Alexander leicht scherzend, „bitte lege die Arbeit beiseite und widme dich Salomes Fragen. Ihre Schriftrolle ist wichtiger als unsere Geschäfte." Er hob leicht die Hand zum Gruß und verschwand.

Salome war es etwas peinlich, dass sie mal wieder in ihrer Ungeduld ein Gespräch erzwungen hatte. Doch schnell wischte sie den Gedanken weg. War es nicht das was sie wollte und vor allem dringend brauchte? – Mattitjahu holte einen römischen Stuhl, bedeutete ihr sich zu setzen, lächelte und meinte: Ich bin ganz Ohr. Frage!"

Nun berichtete sie von Susannas Schilderungen, vom Pilatusprozess und den furchtbaren Geschehnissen auf Golgota. Sie endete mit der Frage: „Wer war Pontius Pilatus? Kann es wirklich sein, dass es Sympathien für Jeshua hatte?"

Mattitjahu hatte wieder hinter seinem Schreibtisch Platz genommen. Er ließ die Schreibfeder fallen, mit welcher er die ganze Zeit unruhig gespielt hatte und begann: „Pontius Pilatus war Günstling und Anhänger des Sejan, des mächtigsten Mannes in Rom. So begann sein Aufstieg. Zehn Jahre war er Präfekt in Judäa, er lebte meistens in der damaligen Hauptstadt des Landes, in Cäsarea Maritima und kam nur an hohen Festtagen nach Jerusalem wenn tausende von Pilgern da waren und Aufruhr drohte. Dann war die Burg Antonia mit Legionären in zehnfacher Stärke besetzt um sofort jeden Aufstand niederzuschlagen. Im Römischen Reich galt Judäa als schwierige, aufrührerische Provinz. Und an den Festtagen kamen Zeloten und Sicarier, Dolchmänner, in die Stadt um die Bevölkerung aufzuhetzen. Dass Pilatus dieses Amt zehn Jahre ausübte, bewies seinen Machtinstinkt und seine Durchsetzungsfähigkeit. Die meisten anderen Statthalter hielten es nur zwei bis drei Jahre auf diesem heißen Stuhl aus. Pilatus galt unter den Römern als unbeugsam, eigenwillig, bestechlich und gewalttätig. Er hielt sich nicht immer an das römische Recht, war schon etliche Male am Kaiserhof verklagt worden. Zu viele Misshandlungen, Hinrichtungen ohne ordentliche Gerichtsverfahren, zu viele Grausamkeiten, dafür war er bekannt. Und um es gleich zu sagen: er hasste die Juden. Ich habe es einmal zusammengerechnet: in seiner Amtszeit hat er 6.000 Juden kreuzigen lassen. Der Wanderprediger Jeshua war nur einer unter vielen. Insgesamt hatte Pilatus fünf große Konflikte mit den Juden, den letzten mit den Samaritanern und dieser kostete ihn dann endgültig das Amt. Er musste zurück nach Rom. Dort hatte er auch viele Feinde."

„Erzähle!", rief Salome.

„Gleich beim Amtsantritt in Caesarea provozierte er die Juden, als er in der Nacht Bilder des Kaisers Tiberius nach Jerusalem bringen ließ und absichtlich die frommen Gefühle der Juden verletzte. Immer wieder hat Pilatus gerade das Bilderverbot missachtet. Die Sache endete in einem Aufstand, der fast zu einem Massengemetzel wurde. Als sich Pilatus weigerte die Bilder zu entfernen, belagerten die Juden sein Haus in Caesarea Maritima fünf Tage und fünf Nächte. Am sechsten Tag rief Pilatus alle vor sein Tribunal ins Theater. Dort gab er den Befehl die Juden zu umzingeln. In drei Runden umstanden die Römer die Empörer und Pilatus erklärte sie alle töten zu lassen, falls sie die Abbildungen des Kaisers nicht anerkennen würden. Zum Zeichen dass er es ernst meinte, ließ er die Legionäre das Schwert ziehen. Aber die Juden warfen sich alle auf die Erde und boten ihre Nacken dar, alle lieber bereit zu sterben als die Gesetze zu verletzen. Da gab Pilatus nach und befahl die Bilder aus Jerusalem zu entfernen. – Der Sanhedrin, der Hohe Rat, hatte übrigens mit den Römern in Sachen Glauben einen autonomen Status ausgehandelt und das Bilderverbot durchgesetzt. Kaiser und Senat in Rom hielten sich daran. – Später ging es um die Entweihung des Tempelschatzes. Pilatus wollte den Schatz beschlagnahmen um ein Aquädukt zu bauen. Damals war er in Jerusalem und befahl die Aufrührer zu erschlagen. Es kam zu einem Massaker. Daraufhin ließ er viele Galiläer ermorden. Wieder provozierte er die Juden, indem er in Jerusalem goldene Schilde weihen ließ, weniger um Kaiser Tiberius zu ehren als um das Volk zu beleidigen. Die Juden beschwerten sich in Rom und der Kaiser befahl die Schilde unverzüglich aus Jerusalem zu entfernen. Der letzte Zwischenfall, mit den Samaritanern, als es am Berg Garizim zu einem Blutbad kam, kostete Pilatus dann das Amt. Er musste nach Rom und sich dort rechtfertigen, kehrte nicht mehr zurück und Gerüchten zufolge soll er Selbstmord begangen haben … naja, daran glaube ich nicht. Dies sind Fakten aus dem Leben des Pontius Pilatus und zeigen klar was er für ein Mensch war."

„Also hatte er keinesfalls Sympathien für einen galiläischen Wanderprediger", bemerkte Salome.

„Auf keinen Fall. Aber die Episoden beweisen, dass die Juden imstande waren Pilatus unter Druck zu setzen und ihr Recht vor Rom zu erwirken. Bei allen Grausamkeiten des Imperiums: Sie haben ein ausgefeiltes Rechtssystem, wie auch das unsrige, und das gilt."

„Nach deinen Erzählungen wundert es mich nicht, dass einige Synhedristen Pilatus im Prozess gleich auf die Spur brachten: dieser Jeshua ist ein Aufrührer, er hält sich für den Messias-König und wenn du ihn nicht verurteilst, dann untergräbst du die Macht Roms. Das ließen sie gleich bei der Übergabe der Anklageschrift sehr geschickt durchscheinen."

„So ist es, das kann ich auch nicht ableugnen. Einzelne jüdische Hierarchen haben den Wanderprediger erfolgreich vor ein römisches Gericht gebracht und damit in den Tod geschickt. Darin waren sich die Sadduzäer, Schriftgelehrten und Römer einig: wer ihre unbeschränkte Macht und den damit garantierten Luxus gefährdete musste sofort weg, gleich, damit es nicht zum Volksaufstand kam. Allerdings wollte Pilatus nicht zum Werkzeug des Sanhedrins werden, und so zögerte er Jeshua zu verurteilen. Es musste schnell gehen, sehr schnell bevor das Volk, die vielen Wallfahrer aus Galiläa den Prozess mitbekamen, das war dem Hohen Rat klar. Was hatte Jeshua dem Volk getan? Er hatte eKranke geheilt, allen Brot gegeben, ihre Würde in den Gemeinschaftsmählern wiederhergestellt, ihnen Trost und Hoffnung mit der Rede vom Reich Gottes gespendet. Das alles aber interessierte Pilatus nicht. Seine militärischen Schnellverfahren an diesem Morgen waren so schlampig wie immer. Ein Jude mehr oder weniger am Kreuz? Wen scherte das? Es waren noch andere an diesem Morgen abzuurteilen, die Zeit drängte, alles musste wegen des Sabbat und des Pessach vor Sonnuntergang abgeschlossen sein. Keine Zeit, Fakten schaffen! Das verhinderte auch, dass sich die Hohepriester und Schriftgelehrten nach Rom wendeten, wo er schon einmal verklagt wurde. Dies alles hatten sie genau einkalkuliert. Das Schicksal von Jeshua war Pilatus gleichgültig. War er nicht doch ein Zelot? Egal …"

„Und hast du auch eine Erklärung für die Forderung Barabbas freizulassen? Gab es diese Festamnestie?"

Mattitjahu war sichtlich bewegt. Er begann wieder mit der Schreibfeder zu spielen, warf diese plötzlich weg, lehnte sich in den Stuhl zurück und blickte Salome scharf an: „Was bedeutet der Name Barabbas?"

Salome stockte, überlegte und sagte mit leisem Erstaunen, dann mit Entsetzen: „Bar Abbas heißt Sohn des Vaters."

„Und was fällt dir dazu ein?", beharrte Mattitjahu streng.

Salome zögerte, „Jeshua nannte den Ewigen oft Abba, Väterchen ... du meinst, dass das Volk Jeshua frei gebeten hat?"

„Ja! Das meine ich. Mit dieser Sache habe ich mich intensiv beschäftigt und bin sicher: Es gab keine Festamnestie, weder bei den Römern noch bei den Juden. Viel habe ich darüber geforscht, auch in alten Gesetzen nachgeschaut. Nie gab es eine Amnestie! Nicht vor Jeshuas Verurteilung und auch nicht danach. Aber alte Gemeindemitglieder von der ersten Jerusalemer Gemeinde wussten, dass dieser Barabbas mit Vornamen Jeshua hieß. Es soll auch Schriftzeugnisse darüber gegeben haben. Es liegt für mich auf der Hand, dass mit Barabbas Jeshua gemeint war. Wenn es Barabbas gegeben hätte, dann hätte er doch als Freigelassener sichtbar werden müssen, noch am Prozesstag. Aber niemand hat diesen Barabbas jemals gesehen. Er sei ein Aufrührer gewesen. Nun, so wurde Jeshua aus Nazaret auch bezeichnet. Und völlig unlogisch: warum hätte Pilatus einem erwiesenen Aufrührer und Räuber, einen lestes freilassen sollen, nachdem Herodes Antipas Jeshua mit einem Spottgewand zurückschickte, was bedeutete: er ist harmlos, ein Spinner! Und darüber sollte auch noch das Volk entscheiden? Pilatus hätte dem Volk die Entscheidung überlassen entweder einen gewalttätigen Aufrührer oder einen Verrückten freizulassen? Das stimmt doch vorn und hinten nicht. Nein, in dem ganzen Tumult, mit den Übersetzungsproblemen von griechisch in aramäisch, unter dem Zeitdruck und mit Pilatus chaotischer Prozessführung, dem Geschrei der Zuschauer – viele werden Jeshua aus Galiläa gekannt haben, da hat doch keiner mehr durchgeblickt. Keiner ... außer den Sanhedristen, die müssen es verstanden haben. Pilatus war das gleichgültig. Für ihn war es nur wichtig seinen Zeitplan einzuhalten damit rechtzeitig, vor Sabbatanbruch die Hinrichtungen ausgeführt wurden. Susanna hat mir einige Male er-

zählt wie aufgewühlt das alles war. In diesem Durcheinander, das wohl auch Pilatus über den Kopf wuchs, die Rufe nach Kreuzige ihn! und dazwischen die verzweifelten Barabbas – Rufe … Susanna erzählte doch auch, dass es zu Handgreiflichkeiten und mehr kam … Übrigens: Es können in dieser sehr frühen Morgenstunde nicht allzu viele Menschen auf der Agora gewesen sein. Das gehörte doch zum Plan der jüdischen Hierarchen. Unauffällig, ganz früh sollte der Störenfried verurteilt werden. Auf keinen Fall durfte das Volk davon erfahren. Später … ja, da war es egal … da war alles geschehen. Pilatus schloss die Sache mit der Geißelung ab, überantwortete ihn den Soldaten und weiter ging's mit dem nächsten Angeklagten. Der Plan ging auf. Leider muss ich zugeben, dass mein Stand, meine Leute für den Tod des Nazareners verantwortlich sind. Es bedrückt mich sehr, Onkel Eljakim nicht. Nun, insofern hat sich auch Jeshuas Prophezeiung erfüllt und Hoher Rat, die Hohenpriester und die Sadduzäer sind ausgelöscht. Aber das Volk war unschuldig, das Volk wurde betrogen."
„Und das Todesurteil?"

„Gut möglich, dass es sogar nach der Geißelung unterging, traue ich Pilatus zu. Noch ein Grund warum dieser ganze Prozess nach römischem Recht unhaltbar war. Aber die einzigen, die dagegen hätten klagen können, die Sadduzäer … ihnen war es gerade so recht."

Salome saß eine ganze Weile wie erschlagen und rührte sich nicht. Nach einer Weile raffte sie sich auf: „Bitte erzähle mir noch wie sich der Hohe Rat, der Sanhedrin zusammensetzte. Wie waren die Mehrheitsverhältnisse?"

Mattitjahu hatte sich wieder gefasst und gab sachlich Auskunft: „Der Hohe Rat bestand aus 71 Männern. Sie waren die oberste Verwaltungs- und Justizbehörde von uns Juden. Die Römer hatten uns eine recht große Autonomie gewährt und versuchten stets auf dem Verhandlungsweg alle Streitereien beizulegen. Das wussten die Sanhedristen, die auch erfolgreich in Rom gegen Pilatus vorgegangen waren. Eine Hand wäscht die andere – sie sorgten für Ruhe und Ordnung, dafür hatten sie freie Hand über die üppigen Steuergelder und Tempeleinnahmen. Da mischten sich die Römer nicht ein. Im Grunde waren die Sanhedristen mit der römischen Besatzung ganz zufrieden. Ihre Macht war gut gesichert, auch zum Volk hin. Sadduzäer war man qua Geburt, nicht durch Wahl oder Ausbildung. Nach mosaischem Gesetz wurden alle Männer aus dem Stamm Levi zum Opferspäter zum Tempeldienst bestellt. Sei es als Priester oder als Sänger, als

Levit oder in anderen Ämtern. Es war eine durch Jahrhunderte geschlossene Gesellschaft, die sich abgekapselt hatte und niemandem Rechenschaft geben musste – außer dem Ewigen. Auch ich wäre Priester geworden, wenn mein Vater mich nicht rechtzeitig nach Alexandria geschickt hätte. Heute bin ich sehr froh darüber, dass mein Leben eine ganz andere Wendung nahm. Ganz anders waren die volkstümlichen Pharisäer, die nicht im Tempel lebten, die auf dem Land, in den Dörfern ihr Amt neben einem Handwerksberuf ausübten, die sich um die kleinen Leute kümmerten, die Tora und die Schriften der Propheten, die Psalmen, volksnah auslegten und auch eine mündliche Überlieferung zuließen. All dies verachteten die Sadduzäer, vor allem den Glauben an ein Leben nach dem Tod, dem die Pharisäer anhingen. Jeshua war eigentlich einer von ihnen … Aber im Hohen Rat hatten die Pharisäer wenig zu sagen, sie waren nur eine Minderheit. Der Sanhedrin traf sich zu den großen Sitzungen in der Quaderhalle im Tempel. Dort nahmen die 71 Männer in einem Halbkreis Platz und besprachen alles was in ihrer Autonomie möglich war. Auch die Gerichtsverhandlungen fanden hier statt. Ob an diesem Morgen des Sabbat alle 71 da waren? das bezweifle ich. Aber es gab auch eine Regelung, dass man mit 23 Stimmen einen Beschluss fällen konnte. Mein Onkel Eljakim erzählte jedenfalls – er wusste es von seinem Vater –, dass Josef aus Arimatäa versuchte Jeshua zu schützen, auch andere von den Ältesten und einige Pharisäer schwankten oder hielten dagegen. Aber die Sadduzäer waren sich einig und gut vorbereitet. Kajaphas führte das Wort, Hannas, sein Schwiegervater und ehemaliger Hohepriester unterstützte ihn. Das war meine Sippe. Ja, übriggeblieben sind nur noch Eljakim und ich. Hannas hatte die Dynastie für das Amt des Hohepriesters begründet, damals als Herodes die Macht über das Amt hatte. Gut einhundert Jahre war es im Besitz meiner Familie. Alle fünf Söhne des Hannas waren nacheinander Hohepriester und dann Kajaphas, der Schwiegersohn. Man kann sagen, dass die Verurteilung des Jeshua sozusagen Familiensache war … Das Volk lehnte uns ab, denn es war üblich geworden das Amt zu kaufen, erst bei Herodes, später beim Präfekten, der uns einsetzte. Schandbar! Aber jetzt kann ich darüber reden … es ist alles Vergangenheit. – Es ging immer um die Macht, um das Amt des Hohepriesters und natürlich um unsere Privilegien. Da kam dieser Wanderrabbi und verführte das Volk. Sie stellten plötzlich Fragen, sie bezweifelten immer mehr unsere Autorität und unsere Lehre. Besonders dieser Aberglaube um die Auferweckung war gefährlich. Dann diese Praxis: offene Tischgemeinschaften unter Missachtung der Reinheitsgebote. Da war der Irrlehre Tür und Tor geöffnet. Das empfanden auch viele Pharisäer so, aber sie hatten nicht die Macht Jeshua zu beseitigen, die Macht hatten die Sadduzäer."

„Der Sanhedrin ...", ermahnte Salome leise.

„Verzeih, meine Gefühle haben mich mitgerissen. Die stärkste Fraktion waren die Sadduzäer mit den Hohepriestern, dann kamen die Schriftgelehrten, die sich langsam zu einer eigenen Gruppe entwickelten. Es waren ausgefuchste Rechtsgelehrte, unverzichtbar in Familien-, Erbschafts- und Besitzstreitigkeiten. Ihr Studium war lang und kompliziert, denn es mussten verschiedene Rechtsauslegungen beachtet werden. Erst im vierzigsten Lebensjahr war man anerkannter Schriftgelehrter. Als Schriftkundige hielten sie sowohl zu den Pharisäern als auch Sadduzäern. Dann kamen die Ältesten, einflussreiche wohlhabende Laien, Großgrundbesitzer und Kaufleute. Da neigten etliche den neuen Lehren der Pharisäer zu, dem Auferweckungsglauben und auch den Worten des Jeshua. Josef von Arimatäa gehörte dazu."

„Er hat Jeshuas Leichnam in seinem Familiengrab bestatten lassen?"

„Ja, er war bis zur Kreuzigung dabei und hat sein Grab zur Verfügung gestellt, hat geholfen den Hingerichteten vom Kreuz abzunehmen und ihn in ein Leinentuch eingehüllt, das er ganz neu gekauft hatte. Übrigens: Mit dieser Handlung – einen Toten berühren und begraben – war er nach unserem Gesetz eine Woche unrein und konnte weder am Sabbat noch am Pessachfest teilnehmen, musste sich absondern. Das zeigt vielleicht am besten wie sehr er Jeshua verehrt hat und an ihn glaubte. Das Grab ist inzwischen verschwunden, der Platz wurde vierzehn Jahre nach der Kreuzigung überbaut, dann im Krieg alles zerstört. Aber erhalten hat sich dieses Grabtuch, es ist im Besitz der Familie geblieben und erschreckend."
„Wieso?", Salome Neugierde war sofort wach.

„Nun, es ist sehr merkwürdig und unerklärlich: es zeigt sehr genau den Ganzkörperabdruck des Gekreuzigten. Es sind zwei Abdrücke. Die Familie behandelt das Tuch als großes Geheimnis. Vielleicht gelingt es dir aber es zu sehen, wenn du Maria Salome besuchst."

Salome kämpfte mit sich, dann aber rang sie sich durch und bat Mattitjahu: „Geißelung und Kreuzigung sind furchtbare Strafen – aber ich muss dich doch bitten mir beides noch einmal zu erklären, sicher weiß ich vieles nicht."

Mattitjahu nickte: „Die Geißelung gibt es auch nach jüdischem Recht, allerdings mit einer Begrenzung. Der Verurteilte bekommt maximal 39 Schläge, darf nicht zu Tode gegeißelt werden, was bei den Römern immer wieder geschieht. Und ich nehme an, dass Jeshuas Geißelung sehr brutal war, denn er war ein noch kräftiger junger Mann und konnte schon nicht mehr den Kreuzesbalken schleppen, verstarb am Kreuz nach wenigen Stunden. Das war ungewöhnlich. Ihm wurden auch nicht die Gebeine zerschlagen, er war schon tot als die Soldaten nach ihm schauten."

„Beine zerschlagen?"

„Wenn der Tod nicht eintreten will und die Qualen am Kreuz immer stärker werden, dann zerschlagen oft die Legionäre die Beine des Gekreuzigten. Dann sackt er zusammen, kann sich nicht mehr auf den kleinen Sitzpflock, der am Kreuzesstamm angebracht ist, aufstützen und hängt mit seinem ganzen Gewicht durch. Das ist dann der Erstickungstod. – Zur Geißelung: Der Mensch wird nackt an eine Geißelsäule gebunden oder auf den Boden geworfen. In die Lederpeitschen haben die Römer noch spitze Knochen oder Metallstückchen eingeflochten, die nach wenigen Schlägen die Haut aufreißen. Manchmal geißeln die Römer bis die Eingeweide bloß liegen und nicht wenige sind unter dieser Tortur bereits gestorben. – Die Kreuzigung ist so ein Spaß für viele Legionäre. Sie erfinden ganz unterschiedliche Kreuze und nageln die Verurteilten in verschiedenen Positionen fest, manchmal auch mit dem Kopf nach unten. Die Nägel werden in die Handwurzel eingeschlagen, damit das Gewicht des Körpers getragen werden kann. Dann beginnt das Hochziehen des Körpers um sich Erleichterung zu verschaffen, das kurze Sitzen auf dem Pflock und dann wieder das Zusammenfallen. Oft kugeln die Oberarme aus, eine zusätzliche Folter. Der Gekreuzigte hat fürchterliche Kopfschmerzen, Fieber und kann auch seine Notdurft nicht behalten. Alle werden nackt gekreuzigt, es ist die totale Entwürdigung, ein grausames Sterben über Stunden, manchmal sogar über zwei Tage. Jeshua wurde als der Judenkönig verspottet, mit Dornenkrone und Thronassistenten, den beiden Zeloten rechts und links von ihm. Es ist nach römischem Gesetz erlaubt, dass die Soldaten unter sich die Kleider des Hingerichteten aufteilen können, was auch bei Jeshua geschah. Alle leiden unter schrecklichem Durst und Atemnot. Manche Frauen aus Jerusalem bereiten aus Weihrauch und Myrrhe einen bitteren Trank, der mit einem Schwamm auf dem einem Stock dem Gepeinigten gereicht wird. Es ist eine Möglichkeit sich etwas zu betäuben. Aber Jeshua verweigerte das."

Mattitjahu schwieg und Salome hatte ihr Gesicht in den Händen verborgen. Dann fasste sie sich wieder: „Wer hat diese Teufelei erfunden?"

„Die Perser, heißt es. Sie waren die ersten die kreuzigten und von ihnen hat es der große Alexander aus Makedonien übernommen, später die Römer. Römische Bürger dürfen nicht gekreuzigt werden."

„Du hast doch sicher davon gehört, dass Paulus in Antiochia und wohl auch in seinen Briefen verkündet hat, dass der Kreuzestod Jeshuas ein Sühnetod war, eine Sühne für die Sünden der Menschen. Was sagst du dazu? Was denken die frommen Juden darüber?"

Mattitjahu war die Frage sichtlich unangenehm aber er beantwortete sie trotzdem: „Das ist ein Konstruktion, die für uns Juden ganz unmöglich ist und ich wundere mich, dass Paulus, er war ausgebildeter Pharisäer, dass er diese Antwort auf den Kreuzestod gab. Im jüdischen Glauben steht jeder selbstverantwortlich vor dem Ewigen, es gibt keine Stellvertretung. Ob bewusst oder unbewusst: Paulus hat auf das Sühneopfer der Tiere im Tempel Bezug genommen, da brach wohl bei ihm der Jude durch. So wurde der Kreuzestod nicht ein Tod in äußerster Schande und ein Scheitern, sondern eine Analogie zum Tempelkultus. Was ich aber nicht verstehe: das ist unvereinbar mit dem Gottesbezug des Jeshua, der in dem Ewigen einen gütigen Vater sah. Als im Gleichnis der verlorene Sohn nach Hause kommt, ist überhaupt nicht die Rede von Sühne oder Schuld. Der barmherzige Vater geht diesem Sohn sogar entgegen. – Ich kann die Frage nach dem Sinn des Kreuzestodes nicht beantworten, jedenfalls stimme ich Paulus nicht zu. Auch die Griechen ziehen den blutigen Opfergottesdienst in ihren Tempeln immer mehr in Zweifel. Das ist interessant, vielleicht ist einfach die Zeit gekommen mit den blutigen Opfern abzuschließen. Die gebildeten Griechen haben zunehmend eine abstrakte, nicht vermenschlichte Vorstellung von der Gottheit. Im Kosmos sucht man nach einem Urprinzip, das alles hervorgebracht hat. Aber das sind einzelne Vordenker. Die Masse des Volkes hängt noch immer dem bunten Götterhimmel an."

„Sag mal, du hast doch guten Kontakt zu den Pharisäern, auch zu solchen, die noch lebendige Zeugnisse von Jeshua haben. War Jeshua von der griechischen Philosophie oder auch den Mysterienreligionen beeinflusst? Schließlich hat er als Bauhandwerker in diesen Städten gearbeitet, er sprach griechisch und ich kann mir denken, dass er auch Kontakte hatte. Diese Frage kann ich den einfachen Galiläern und Judäern nicht stellen.

Aber die Frage beschäftigt mich seit Wochen."

„Die Frage ist berechtigt, ich habe sie mehrfach an Pharisäer aus Galiläa gestellt und alle verneinten das. Jeshua sei ganz klar im jüdischen Glauben verankert gewesen, aber er habe die Gewichte im Gesetz verschoben und habe sich über die Tora gestellt."

„Mhm ... darüber muss ich nachdenken ... ist das mit dem Titulus auf dem Kreuz üblich?"

„Ja, manche Verurteilte bekommen schon nach der Geißelung ein Holzstück umgehängt worauf ihr Verbrechen geschrieben ist. Bei Jeshua hat man in aramäischer und griechischer Sprache geschrieben: Jesus von Nazaret – König der Juden."

„Was weißt du über Golgota?"

„Golgota" ... Mattitjahu atmete tief durch ... „Golgota war ursprünglich ein Steinbruch für den Jerusalemer Kalkstein. Die Qualität des Gesteins war unterschiedlich, minderwertige Teile ließ man stehen. So kam es zu dem recht hohen Kalksteinfelsen im Gelände, der wie ein Schädel wirkte. Deshalb der Name: Golgota bedeutet Schädelstätte. Für die Römer war dies der perfekte Platz für Hinrichtungen, außerhalb der Stadt aber doch so nah, dass man von der Stadtmauer alles genau sehen konnte. Das war so beabsichtigt, dann konnten bei den großen Wallfahrtsfesten Zehntausende sehen wie man mit den Feinden Roms verfuhr. Der Ort war auch eine Art Müllplatz für allerlei Unrat. Aber nicht weit davon standen einige Büsche und Bäume und in einem Felsen die Gräber. Alles lag ziemlich nah beieinander. Später wurde alles überbaut, dann zerstört. Das ist der heutige Zustand."

„Danke, so hat es uns Rufus auch erklärt. Genug für heute. Aber ich danke dir für deine ehrlichen und klaren Worte. Jetzt muss ich allein sein und beten, beten, dass ich für die Schriftrolle die richtigen Worte finde." Sie streckte die Hände aus und erfasste mit herzlichem Druck Mattitjahus Hände, „kommst du heute Abend zur Mahlgemeinschaft?"

Mattitjahu schüttelte den Kopf: „Ich treffe mich mit Pharisäern. Immer mehr werde ich von ihnen angezogen. Anders als ihr Christianoi denke ich, dass der Abrahamsbund besteht. Von einem Ende hat der Nazarener auch nie gesprochen. Die Synagoge nimmt den Platz des Tempels ein und ich bin froh, dass dieses jahrhundertelange Schlachten ein Ende hat. Ich sehe ein kleines Licht für uns Juden, keinen Untergang … aber vielleicht haben wir den Untergang von Stadt und Tempel gebraucht … so wie damals das Exil in Babylon."

„Wie das?", Salome war verblüfft.

„Nun, wir fühlten uns auserwählt, als Elohims erwähltes Volk und schauten mit Verachtung auf die Heiden, auf die Gojim, die Götzenanbeter. Wir hielten sie für moralisch heruntergekommen. Aber waren wir besser?"

„Eine letzte Frage an dich: was ist für die Juden positiv an diesem Jeshua aus Nazaret, dem jetzt so viele folgen. Ist er nur ein verirrter Prophet, ein Abtrünniger vom Volk des Bundes. Hat er etwas Neues gelehrt?"

„Deine Fragen haben es in sich, Salome", murmelte der Freund, „ja, es gibt wirklich Positives in diesem neuen Glauben, das wird auch von den verbliebenen Pharisäern so gesehen."

„Und?", forderte ihn Salome heraus.

„Das Positive ist, dass der Nazarener den Glauben an einen einzigen Gott in die Welt getragen hat und jetzt schon erlischt der Götzenkult, wo auch immer die Christianoi ihren Glauben verkünden. Jeshua hat aber auch die Tora geachtet, die Gebote vom Sinai … und sie doch seinem Leben untergeordnet. Das können wir frommen Juden nicht akzeptieren. Aber auf seltsamen Wegen erobert nun unser Glaube, unser Gesetz das Imperium und vielleicht die ganze Welt?"

Kapitel 20

Im Haus des Josef von Arimatäa

Ein vielfältiges Stimmengewirr füllte einige Stunden später den großen Versammlungsraum im Erdgeschoss. Freudig begrüßten sich die Gemeindemitglieder. Einige waren trotz des Schnees von weither gekommen. Die meisten wärmten sich am großen Kamin auf als Salome den Raum betrat und mit scharfen Augen die Ankommenden musterte. Wo war Lukas? Doch sie hatte nicht Zeit ihn zu suchen, denn Hanna zupfte sie am Ärmel und flüsterte ihr ins Ohr: „Maria Salome ist da und erwartet, dass du sie heute Abend ansprichst. Soll ich dich zu ihr bringen?"

Maria Salome war eine junge Frau vielleicht zwanzig Jahre alt, eher von unscheinbarem Äußeren. Sie schien aus einem gebildeten Haus zu kommen. Ihre Worte waren gut gewählt, übrigens sprach sie vorwiegend griechisch, obwohl sie aramäisch gut verstand. Ging Hochmut von ihr aus? Nein, das konnte man nicht sagen. Aber mit ihrem ganzen Auftreten wurde deutlich: Sie kam aus einer anderen Schicht der Gesellschaft und war sich dessen auch bewusst. Ohne Zweifel gehörte sie zur Jerusalemer Oberschicht, die nach dem Krieg nur noch in Resten überlebt hatte. Das waren Salomes Beobachtungen, nachdem sie die junge Frau schon eine Weile beobachtet hatte und es würde schwierig sein, sie hier zu befragen. Zu viele Stimmen, zu viel Unruhe, zu viele Ohren. Unwillkürlich änderte sie auch ihre Sprache, als sie mit ihr ins Gespräch kam. Die junge Frau sagte sofort: „Hier ist der falsche Ort für ein Gespräch. Kannst du mich morgen in meinem Haus besuchen?" Erleichtert stimmte Salome zu und bedankte sich für die Einladung.

Lukas betrat mit Silva den Raum, alle waren da. Diesmal begrüßte Alexander alle Gäste und lud sie zum Gedächtnismahl.

Nach etlichen Stunden trennte sich die Mahlgemeinschaft. Salome hatte die Gelegenheit genutzt um mit Elisabet, der Nachfahrin Johannes des Täufers zu sprechen und während des Gesprächs tauchte bei ihr der Gedanke auf einen Lobpreis für Maria, die Mutter Jesu zu schreiben. Im Tiefsten war sie verwirrt, ja empört wie Jeshua seine Mutter behandelte. Musste diese schroffe Ablehnung sein? Auf keinen Fall würde sie die Erzählung aus der Schriftrolle übernehmen, wo Jeshua die anrückende Familie brüsk abweist. Auch die Szene, als Maria mit ihren Kindern kommt und Jeshua abholen will, denn er sei verrückt geworden … peinlich … nein, das passte nicht in ihr Evangelium. Sie wollte versöhnlicher schreiben. Schönmalerei, nannte das Lukas spöttisch. Ja, malen wollte sie, ergreifen, in fesselnden Bildern schreiben und so, dass die Menschen zuhören und nicht abgestoßen wären. Jeshuas Familienfeindlichkeit, sogar Hass, wie Rufus überlieferte … nein, das war nicht förderlich für die Christianoi. Schließlich war die Familie für die meisten Menschen die Mitte ihres Lebens, ihr Zuhause, da wurden sie angenommen, geliebt und gebraucht. … Oder auch nicht … hörte sie Lukas spöttischen Kommentar in ihrem Kopf. Gut, gut … sie hatte einen wirklichen Wandel in dieser Hinsicht erfahren, damals, als sie ein neues Leben in Antiochia begann. Ich will viele Menschen erreichen und nicht verärgern, versuchte sie einen Schlussstrich unter diese unangenehmen Betrachtungen zu setzen.

„Salome, wo bist du?", riss Lukas Stimme sie aus ihren Überlegungen. Er hatte sich lange mit Silva unterhalten und ihn zu Kreuzigungen befragt. Salome wehrte ab: „Verzeih, Lukas, aber ich hatte bereits ein Gespräch mit Mattitjahu über dieses furchtbare Thema und es wühlt mich auf. Wie lange noch wird es Kreuzigungen geben?"

„Solange, bis der römische Kaiser selbst ein Christianoi wird und die Kreuzigungen verbietet", war die sachliche Antwort. Salome winkte ab, worauf Lukas reagierte: „Du bist doch überzeugt davon, dass einmal das Imperium sich zum Christos bekehren wird, oder?"

Immer noch lag der Schnee auf der Stadt, die Kälte hielt an, trieb die Menschen in die Häuser zu den Feuerstellen, während die Ärmsten und Bettler in den Ruinen unterkrochen, in der Hoffnung, dass dieses ungewöhnliche Naturereignis bald vorbei sei.

Gut eingepackt und mit geglätteten Wachstafeln ausgerüstet machten sich die Geschwister nach dem Morgenmahl auf den Weg in die Oberstadt, zu Maria Salomes Haus. Rufus hatte ihnen einen Sklaven mitgegeben, der den Weg kannte. Die Straßen und Gassen waren ihnen vertrauter geworden. Zuerst den Zionshügel hinunter durch das Tyropoiontal, dann hinauf in die Oberstadt. Hier wurde zwischen den Ruinen wieder aufgebaut und es war klar erkennbar wer hier baute: wohlhabende Familien, jetzt auch viele Römer, die sich auf angenehmer Höhe eine protzige Stadtvilla leisten konnten. Das Haus von Maria Salome lag nicht weit entfernt vom ehemaligen Kajaphaspalast. Auch dieses Haus war im Wiederaufbau. Noch fehlte der Portikus aber die Stadtvilla war vollendet und ein vornehmer Sklave erwartete sie am Eingang.

Alles war neu hier, man roch noch den Mörtel, Verputz und die frischen Farben. An einer Wand im Eingangsbereich war ein halbfertiges römisches Gemälde zu sehen: schreitende Jungfrauen mit Musikinstrumenten, Blumen und Vögel. Das Atrium mit der kleinen Säulenhalle zeugte von Qualität und Stil. Kein Protz, keine Übertreibungen, alles dezent und edel. Maria Salome kam ihnen entgegen. Sie schien eine andere Person zu sein, trug ein Gewand aus edlem Stoff, mit einer wunderbar feingestickten Borte, einfach vom Edelsten. Dazu war die junge Frau sorgfältig geschminkt, trug Perlenohrringe und ein Perlenhalsband, die Haare in vielen Zöpfen, nach der neuesten Mode kunstvoll hochgetürmt. Ob die vielen Zöpfe echt sind?, musste Salome unwillkürlich denken. Wohl nicht – und warum hat sie sich so herausgeputzt? Wir sind doch nur einfache Reisende. Bevor sie sich näherkamen schoss plötzlich von Links ein noch junger, leicht fülliger Mann hinter einer Säule hervor, baute sich breitbeinig vor Maria Salome auf und stellte sich mit tönender Stimme den Besuchern als Marcellus Josephus, Bruder von Maria Salome, vor.

Aha ..., dachte Salome bat Natan: Da sind wir wieder – männliche Kontrolle, nichts von Jeshuas freiem Umgang mit Frauen. Hat er seine Jüngerinnen nach männlichen Vorgesetzten gefragt? Nie!

Marcellus Josephus ließ auch keinen Zweifel daran, dass er das Sagen hatte und bat die Gäste in einen großen, mit wundervollen Stoffen ausgelegten Raum, mit einer Liege, Polstern und in der Mitte knisterte in einem Kamin ein angenehmes Feuer. Dahin bat er die Geschwister und auch seine Schwester folgte ihm still, signalisierte mit ihrem Verhalten Unterordnung. Nun begann Marcellus etwas großspurig das Gespräch. Er sparte nicht damit seine Familie in ein günstiges Licht zu rücken und verwies ständig auf seinen Vorfahr Josef von Arimatäa, einen der ersten Jünger des Herrn. Er sagte übrigens nie Jeshua sondern sprach immer vom Herrn oder dem Christos. Lukas und Salome registrierten es verwundert. Marcellus ließ zunächst keine Gelegenheit zum Fragen, er erzählte breit und ausführlich von jenem Frühjahr im 17. Regierungsjahr des Kaisers Tiberius und von dem verhängnisvollen Freitag, dem 14. Nisan, dem Tag des Prozesses. Ein kurzer Blickwechsel zwischen Lukas und Salome machte wortlos klar: reden lassen, ausreden lassen, sicher erfahren wir auf diesem Weg mehr als mit voreiligen Fragen. Wie so viele unsichere Menschen hatte Marcellus ein starkes Verlangen nach Selbstdarstellung, den Fremden seine Bedeutung klar zu machen. Und so erzählte er: „Wir sind eine alteingesessene große Familie in Jerusalem. Unser Stammbaum ist sehr alt, er führt auf König Salomo zurück und immer", – er betonte noch einmal: „immer und ohne Unterbrechungen hat die Familie hier an diesem Ort gelebt. Selbst in der Zeit des Exils haben wir uns nicht nach Babylonien vertreiben lassen." Mit einer ausladenden Armbewegung wies er auf den prächtigen Raum: „Erst vor kurzem ist es uns gelungen unser Domizil wieder aufzubauen und ich freue mich euch als eine der ersten Gäste begrüßen zu dürfen. Es ist noch viel zu erledigen, aber ein Anfang ist wieder gemacht." Dann schnippte er leicht mit den Fingern, gab einem an einer Säule stehenden Sklaven ein Zeichen, dieser verschwand und kam nach kurzer Zeit mit einem Tablett und Getränken zurück, die er den Gästen servierte. Marcellus fuhr fort. „Nun, sicher wird Jerusalem wieder ganz anders erstehen, als hellenistische Polis – aber damit haben wir uns abgefunden. Für uns ist es nicht schwierig die neuen Gegebenheiten zu akzeptieren, da wir schon lange mit unserer jüdischen Tradition gebrochen haben. Das war keine einfache Entscheidung, aber heute steht die gesamte Großfamilie hinter diesem Bruch und der Annahme des Glaubens an Jesus den Christos. Ihm gehört die kommende Zeit, ihm und der hellenistisch-römischen Kultur. Wir haben uns voll integriert und es ist uns gelungen das römische Bürgerrecht zu erwerben. Das ist auch ein gewisser Schutz vor Verfolgung."

Salome brannten bereits Fragen auf der Seele aber fand keine Möglichkeit diesen Redeschwall zu unterbrechen.

„… gepriesen sei Josef, unser Ahnherr. Er war sehr frühzeitig ein Jünger des Herrn. Wie man mir sagte, ist sein Name in der römischen Schriftrolle verzeichnet? Stimmt das?"

Salome bejahte und sofort redete Marcellus weiter: „Und stimmt es auch, dass er dort als angesehener Ratsherr bezeichnet ist?"

Wieder bejahte Salome, während sich ihr Gesprächspartner offensichtlich zufrieden und stolz in seinem Sessel zurücklehnte. Nachlässig meinte er: „Selbstverständlich werde ich eine Abschrift anfertigen lassen. Das ist auch notwendig, denn wir wollen bald hier eine weitere Mahlgemeinschaft in unserem Haus gründen. Jetzt, da Jerusalem wieder neu besiedelt wird, müssen mehrere Häuser für den Glauben der Christianoi geöffnet werden, wenn man dies auch vorsichtig tun sollte. Unser Kultus ist vom Kaiser noch nicht akzeptiert, aber wir sind hier weit weg von Rom. – Im Handelshaus Simon ist es mir persönlich zu eng und auch, nun ja, ich will Rufus und Alexander nicht kränken … aber es fehlen doch Stil und Kultur für die Feier des Brotbrechens. Ich hoffe sehr, dass der Ewige eure Wege wieder nach Jerusalem lenkt, dann kann ich euch mit einer neuen Christianoi-Gemeinschaft empfangen."

Oh ja … dachte Salome und Bilder aus Antiochia tauchten in ihrem Gedächtnis auf … da weiß ich schon wohin das führt. Und warum sagt er ständig Ich? Sitzt nicht seine Schwester hier?

In Lukas hatte sich eine leichte Verzweiflung breitgemacht. War er hier um die Historie und den Ruhm der Familie Arimatäa aufzuschreiben? Seine Wachstafeln waren noch unberührt und Lukas schickte ein Stoßgebet zum Himmel, dass dieser Mensch auf irgendeine Weise verschwinden möge. Sie waren hier um Maria Salome zu befragen! Lukas Stoßgebet wurde erhört. Ein Sklave trat leise ein, näherte sich ehrerbietig dem Hausherrn und flüsterte ihm ins Ohr. Dieser schreckte leicht auf, erhob sich schnell und entschuldigte sich mit dringenden Geschäften. Dann wies er auf Maria Salome hin, welche das Gespräch fortsetzen könne, und verschwand.

Halleluja!, dachte Salome, holte tief Luft und versuchte eine arglose Miene aufzusetzen, was ihr mal wieder nicht gelang. Maria Salome hatte die ganze Zeit mit geradem Rücken und leicht verschüchtert auf der Liege gesessen. Der Wechsel zu ihr kam zu plötzlich, sie konnte erst einmal nichts sagen. Lukas erspürte die angespannte Situation und bat darum ob er seinen Platz wechseln und mehr im Licht sitzen könne, dann wäre das Aufschreiben für ihn leichter. Noch unsicher bejahte sie und irgendwie war dadurch der Bann gebrochen.

Salome setzte nun gezielt an und lenkte das Gespräch auf Josef von Arimatäa.

„Meinen Urgroßvater Josef habe ich leider nicht gekannt", begann die junge Frau, „er muss ein bedeutender Mann gewesen sein, damals in Jerusalem, schließlich war er sogar als Ratsherr Mitglied im Sanhedrin. Wisst ihr ...", man sah, wie sie plötzlich Mut fasste und lockerer wurde, „wisst ihr, es war eine ganz andere Zeit damals. Die Stadt unzerstört, der Tempel noch Mittelpunkt des jüdischen Glaubens. Die ganze Tempelliturgie muss sehr beeindruckend gewesen sein. Nur die alten Priesterfamilien hatte Herodes der Große beseitigt. Er brauchte Priester die von ihm und seiner Gunst abhängig waren, und so kam Mattitjahu ben Levkatans Sippe in die höchsten Positionen." Abschätzig erklärte sie weiter: „Doch das Volk nahm die Günstlinge des Idumäers nicht an. Auch die Hohepriester, die Herodes einsetzte, wurden nur mit Grimm ertragen. Es waren alles Leute, die sich kaufen ließen. Der alte sadduzäische Adel war getötet worden. Als dann die Römer Judäa in das Imperium eingliederten, waren sie diejenigen, die wichtige Ämter vergaben und den Hohepriester einsetzten. Das machte alles noch schlimmer und war das Ende des Tempels. Davon sind viele überzeugt, auch ich. Wohin führte das? In den Untergang. Es gibt heute weder Sadduzäer noch Tempel. Vielleicht hat mein Ahn Josef dies alles vorhergesehen. Er suchte nach einer neuen Auslegung der Tora, nach neuer Weisung und mündlicher Überlieferung. Diese konnte er in Jerusalem nicht mehr erwarten. So lernte er Jesus kennen."

„Und wie traf er Jeshua?", Salome blieb geradezu trotzig bei dem jüdischen Namen.

„Mein Urgroßvater war oft in Galiläa, in Sepphoris. Dort muss er von Jesus gehört haben und dort lernte er auch die Pharisäer kennen, die einen anderen Zugang zu den heiligen Schriften hatten, mit denen man auch diskutieren konnte. Ihm gefiel die volksnahe Lebensweise und die mündlichen Überlieferungen. Die Pharisäer ließen viele heilige Schriften zu, nicht nur die Tora. Aus ihnen schöpfte mein Urgroßvater Trost und Zuversicht, besonders weil dort die Ankunft eines Messias vorhergesagt wurde. Dieser Glaube, wie die Auferstehung, wurde von den Sadduzäern abgelehnt. Und Josef von Arimatäa glaubte an den Messias und hoffte auf die Auferstehung. Jaa ...", sie zögerte etwas und fuhr dann fort: „Das muss auch der Grund gewesen sein warum er immer öfter nach Galiläa reiste, anfangs zum Verdruss der Familie. Dann aber, als er immer mehr vom pharisäischen Glauben und von Jesus aus Nazaret erzählte, dachten auch andere in der Familie neu über ihren Glauben nach. Denn viele waren empört über den Missbrauch und Kauf der hohen Ämter, die schamlos untereinander verschoben wurden, geradeso wie die Zöllner das eigene Volk betrogen."

„Dann hat sich deine Familie schon damals vom Judentum getrennt?", hakte Salome nach.

„Jaa ... es muss wohl dann im Glauben an die Auferweckung des Herrn eine Entscheidung gegeben haben. Und noch vor der Zerstörung der Stadt waren alle getauft. So waren meine Großeltern und Eltern bereits Christianoi. Bevor Jerusalem belagert wurde, sind wir nach Tiberias umgezogen und erst vor sechs Jahren wieder zurückgekommen. Wir sind froh nicht mehr Juden zu sein, auch diese schrecklichen 613 Gesetze nicht mehr einhalten zu müssen. Wieviel Zwang und Enge muss das gewesen sein. Es geht auch nicht mit den Juden in den Mahlgemeinschaften. Sie bestehen auf koscherem Essen, wonach andere sich nicht richten wollen und was besonders schlimm ist: sie haben uns schon die Synagogen verboten. Es ist besser, wenn wir uns trennen. Die Juden sind schuld am Tod des Herrn. – Nein, ich bin sehr froh im neuen Glauben zu leben: keine Essensgebote, keine Reinheitsvorschriften und ich habe mehr Freiheiten in der Wahl des Ehemannes."

„Du wirst bald heiraten?", frage Salome neugierig.

Maria Salome stieg die Röte ins Gesicht; „Ja, ich soll bald heiraten aber es ist nicht einfach einen passenden Mann aus den Christianoi-Gemeinschaften zu finden ... ich meine, jemand, der auch zu meinem Stand und meiner Familie passt."

... und kein Hungerleider und armer Mensch ist ... vervollständigte Lukas in Gedanken diese Ausführungen.

„Man hat mir erzählt ...", Maria Salome wurde eifrig, „also man hat mir erzählt, dass ihr aus einer großen Gemeinschaft in Antiochia kommt. Da hätte ich eine Bitte: Können wir in Kontakt bleiben? Mein Bruder hat dort Geschäftspartner und ich könnte ihn im Sommer auf einer Reise begleiten. Wir wollen die antiochenische Gemeinde kennenlernen und ... ja und ... vielleicht finde ich dort den passenden Ehemann."

Bestimmt!, dachte Salome grimmig, ließ sich aber nichts anmerken und versprach Kontakte herzustellen.

„Kannst du mir noch über den letzten Tag im Leben des Herrn, über den Prozess bei Pontius Pilatus berichten und wie es zur Grablegung in eurem Familiengrab kam?"

Und Maria Salome erzählte bereitwillig: „Mein Urgroßvater Josef war auch an der morgendlichen Sitzung des Hohen Rates beteiligt, als über die Anklage abgestimmt wurde. Es muss schrecklich gewesen sein, denn fast alle waren gegen Jesus. Nein, nicht alle, viele waren auch gleichgültig. Aber die obersten Sadduzäer, besonders Kajaphas und seine Verwandten hatten beschlossen Jesus vor das römische Gericht zu bringen. Es war die Verwandtschaft von Mattitjahu ben Levkatan", betonte sie noch einmal spitz, „in einer erregten Diskussion brachten die Sadduzäer die meisten auf ihre Seite, andere schwiegen, stimmten dann aber im Sinn des Hohepriesters ab. Nur ganz wenige, darunter mein Urgroßvater versuchten den Herrn zu retten. Nach sadduzäischem Gesetz musste nicht der ganze Sanhedrin anwesend sein. Es genügte wenn 23 Mitglieder des Hohen Rates für schuldig stimmten."

„Wer war da noch? Kannst du noch einen Namen nennen?", unterbrach sie Salome.

„Warte, ja … da gab es noch einen, der mehr auf der pharisäischen Seite stand und, er besuchte sogar heimlich in der Nacht Jesus, wenn ihn keiner sah. Wie hieß er doch?…Nun ja, es hat nichts geholfen, sie unterlagen und Jesus wurde an Pontius Pilatus überstellt. Mein Urgroßvater litt schrecklich unter dem Prozess und er soll auch nur auf zudringliches Bitten hin darüber gesprochen haben. Doch er floh nicht wie diese Galiläer, diese Jünger und ihr Anführer, der Kephas. Weg waren sie, alle weg … Nur die Frauen, die Jüngerinnen waren noch da. Vor allem die eine, eine Frau aus Magdala, sie hieß Maria, sie hat meinen Urgroßvater sehr beeindruckt. Sie muss etwas Besonderes gewesen sein und sie hat sich auch nicht der Verzweiflung hingegeben als es zur Kreuzigung kam. Von meinem Urgroßvater ist überliefert, dass er sie als Apostelin bezeichnete. Jedenfalls hielt er mehr von ihr als von den Zwölf. Sie hat ihn auf Golgota angesprochen und ihn gebeten zu Pilatus zu gehen, eine Erlaubnis für eine Bestattung zu erwirken um den Leichnam vom Kreuz abzunehmen. Sie sei die ganze Zeit merkwürdig gefasst und stark gewesen, während die anderen Frauen laut schrien und klagten."

„Jeshua soll am Kreuz mit einem der mitgekreuzigten Zeloten gesprochen haben?", wollte Salome wissen.

„Ja, das wurde mir auch so erzählt. Mein Urgroßvater stand einigermaßen in der Nähe und hörte, wie der Verbrecher zu Jesus sagte: Jesus, gedenke meiner, wenn du in dein Reich kommst. Und Jesus habe ihm geantwortet. Wirklich, ich sage dir: heute noch wirst du mit mir im Paradies sein. Der andere Verbrecher aber lästerte den Herrn: Bist du nicht der Messias? So rette dich selbst und uns. Mein Urgroßvater war besonders beeindruckt, dass Jesus vom Paradies sprach, also vom Leben nach dem Tod. Darauf hoffte er fest."

„Hat Josef von Arimatäa auch Jeshuas letzten Satz am Kreuz gehört?"

„Es war schwierig ihn darüber zum Sprechen zu bringen, so haben es meine Eltern und Großeltern immer berichtet. Aber der letzte Ruf soll gewesen sein: Vater, in deine Hände lege ich meinen Geist. Nach diesen Worten verschied er. Und auch der römische Hauptmann, der dabeistand, habe Jeshua als einen Gerechten bezeichnet."

Salome schwieg längere Zeit, bis sie die junge Frau aufforderte. „Weiter ..." „Noch bevor der Sabbat anbrach ging mein Ahn zu Pontius Pilatus und erbat den Leichnam. Pilatus war erstaunt, dass Jeshua schon tot war und gestattete es. So nahm Josef mit zwei Sklaven den Leichnam vom Kreuz ab, auch ein anderer Ratsherr war dabei ... einer aus dem Sanhedrin ... dessen Name ich vergessen habe ... Die Frauen standen dabei, dann gingen sie alle zu unserem Familiengrab, das sich ganz in der Nähe befand, es war gerade erst fertiggestellt worden. Die Zeit drängte wohl und man konnte den Leichnam nicht mehr waschen und einbalsamieren, der Sabbat brach an. So legten sie den Toten in einem großen Leintuch ins Grab und verschlossen dies mit dem Rollstein. Alle machten sich schnell auf den Weg in ihre Häuser, die Dämmerung hatte bereits eingesetzt." – Maria Salome schwieg bewegt.

Auch Salome bat Natan war bewegt und konnte nicht weiter fragen. Dann begann die junge Frau wieder: „Am folgenden Tag war Sabbat, und alle hielten sich an das Gesetz, blieben zuhause. Dann brach der erste Tag in der Woche an. Es soll ein herrlicher Frühlingstag gewesen sein, so ist es in meiner Familie überliefert. Mein Urgroßvater war sehr bedrückt, denn er hatte so inständig auf basilea theou, das Reich Gottes, gehofft. Und nun? Alles schien zu Ende, eine große Hoffnung zerstoben. Vielleicht sogar noch schlimmer: war alles Trug gewesen? Alles ein Schein? Jedenfalls machte sich Josef um die Mittagszeit auf den Weg zum Grab. Was wollte er dort? Er war sich selbst nicht im Klaren darüber, aber es habe ihn mächtig dorthin gezogen, so hat er stets erzählt. – Und dann konnte er schon von weitem sehen: Der Stein war weggerollt! Er rannte die letzte Wegstrecke und als er ankam sah er: das Grab war leer, nur das große Leintuch lag da. Er stieg hinein in das Grab und schaute sich um. Es war tatsächlich leer. Was war geschehen? Hatte man den Leichnam entwendet? Plötzlich überfiel ihn Furcht. Wer hatte den Rollstein weggeschoben? Die Frauen wären viel zu schwach gewesen. – Er nahm das Tuch, versteckte es unter seinen Kleidern und ging schnell zurück in sein Haus. Dort erwartete ihn bereits die Familie in heller Aufregung: Maria von Magdala war da gewesen und habe gesagt: Jesus von Nazaret lebt, er ist vom Tod erweckt worden. Sie habe ihn selbst gesehen ... Dann überschlugen sich die Ereignisse. In der ganzen Stadt verbreitete sich die Botschaft: Jesus – oder wie man früher sagte Jeshua, ist von den Toten auferstanden. Viele wollten ihn gesehen haben. Es brach eine Begeisterung und Freude aus, aber auch große Verwirrung.- Plötzlich waren die Zwölf und die anderen Jünger wieder da. Auch sie liefen überall herum und verkündeten: Er ist auferstanden! Viele aber hielten sein Anhänger für verrückt und verbreiteten, dass sie heimlich den Leichnam gestohlen hätten. Es wurde auch viel gespottet. Aber die Begeisterung ließ nicht nach, ganz im Gegenteil ..."

„Und die Sadduzäer?", schoss Salome dazwischen.

„Die Sadduzäer – sie waren wie vom Erdboden verschwunden, ganz merkwürdig. Sie dachten wohl, dass es mit der Kreuzigung ein Ende haben würde ... und nun das. Sicher waren sie verunsichert, ratlos und hielten sich zurück."

„Und die Römer?"

„Die Römer nahmen das gelassen auf. Sie hielten den Glauben der Juden sowieso für total überspannt und im Grunde waren ihnen die Götter egal. Ob auferstanden oder nicht? Auch nichts Neues. In den neuen Mysterienreligionen gab es schließlich auch Auferstehung. Die Juden waren für sie ein religionstrunkenes Volk, mit seltsamen Geschichten. Solange dieser Auferstandene nicht real wieder herumlief und sich in Fleisch und Blut als Widerstandskämpfer zeigte, solange ließen sie diese Nachrichten kalt. Jesus war gesehen worden? Wo war der Beweis? Wo war er? Hatte er sich Pontius Pilatus gezeigt? Sie hielten das alles für Gehirngespinste."

„Weiter!", drängte Salome.

„Weiter … nach einigen Tagen faltete mein Urgroßvater das Leintuch auf und staunte. In Lebensgröße war darauf der Abdruck des Gekreuzigten abgebildet. Später erzählte er wie er darüber erschrak, das Tuch zusammenfaltete und versteckte. Erst in seiner Todesstunde hat er davon berichtet."
„Das Tuch gibt es noch?"

„Ja", nickte Maria Salome. Dann beugte sie sich etwas vor und meinte im Flüsterton: „Wollt ihr es sehen? Der Moment ist günstig, mein Bruder würde es euch nicht zeigen, er macht ein großes Geheimnis daraus, ein Familiengeheimnis. Aber es muss schnell gehen …" Sie schaute sich vorsichtig um. Lukas hatte sich bereits erhoben, dann folgten sie rasch der jungen Frau durch etliche Gemächer, bis sie eine Kammer mit einer großen Truhe erreichten. Maria Salome öffnete die Truhe und nahm ein dickes zusammengefaltetes Leintuch heraus. Sie gab Salome ein Ende in die Hand, schritt mit dem anderen Ende durch den Raum und das Tuch entfaltete sich. Die Geschwister stießen einen Schrei der Überraschung aus. Auf dem neu wirkenden Tuch war ganz klar der Abdruck eines gekreuzigten Mannes zu sehen. Völlig deutlich und bis in Kleinigkeiten sah man die Folterspuren: das geschwollene Gesicht, die Blutgerinnsel am Haupt, ein aufgeschlagenes Knie, die Nagelwunden an Händen und Füßen und die Geißelspuren. Die beiden standen wie erstarrt. Maria Salome flüsterte: „Bitte, verratet mich nicht, das ist unser Familiengeheimnis und mein Bruder hätte es nicht erlaubt, dass es euch gezeigt wird. Er hat Angst damit in Schwierigkeiten zu kommen. Es könnte Ärger mit den Römern geben. Auch die Juden sollten nichts davon wissen, es ist zu gefährlich. Aber ich mache eine Ausnahme, denn ihr habt mir Kontakte nach Antiochia versprochen. Hier in Jerusalem werde ich niemals einen würdigen Ehemann finden. Für mich gibt es kein Zurück mehr zum jüdischen Glauben. Also was soll ich dann noch in Jerusalem?"

Noch tief ergriffen von dem Gesehenen versicherten Salome und Lukas ihre Unterstützung und versprachen auch über das Tuch zu schweigen. Wieder zurückgekehrt in den vorigen Raum wollte Salome noch einiges über die Anfänge der ersten Christianoi Gemeinde wissen. Vor allem über den leiblichen Bruder von Jeshua, über Jakov, den Zweitgeborenen. Er sei doch Leiter der Jerusalemer Gemeinde gewesen? Und wie er vom Gegner zum Gläubigen geworden wäre?

Maria Salome wirkte unsicher und zerstreut ... darüber wisse sie sehr wenig. Vermutlich würde Susanna mehr Auskunft geben können. Dieser Jakov sei plötzlich aufgetaucht und alle hätten ihm den ersten Platz in der Gemeinde eingeräumt, als Blutsverwandter habe er doch ein Anrecht auf die Führung gehabt. Aber in der Familie habe man Jakov sehr skeptisch gesehen. Ihr Vater habe ihr erzählt, dass er zwar in Jesus den Messias erkannte, aber immer mehr versucht habe die Gemeinschaft zurück zu führen, zur Tora und zum jüdischen Glauben. Beschneidung, Essensgebote, Reinheitsgesetze seien plötzlich wieder wichtig gewesen. Aber vor 25 Jahren habe er seinen Eifer so überspitzt, dass er auf Betreiben des damaligen Hohepriesters Hannas II. gesteinigt wurde. Das war zwar verboten, weil die Römer die Blutsgerichtsbarkeit haben ... so genau wisse sie das auch nicht mehr ... Susanna aber könne bestimmt Auskunft geben. Dann dauerte es nur noch wenige Jahre bis zur Zerstörung der Stadt. Danach sei die Urgemeinde verschwunden und erst mit Alexander und Rufus habe es einen Neuanfang gegeben. Sie schloss stolz: „Aber unsere Familie blieb dem Glauben an den Herrn die ganze Zeit treu und nun werden wir bald eine eigene Mahlgemeinschaft haben."

Marcellus trat wieder ein, ließ einen prüfenden Blick in die Runde schweifen und entschuldigte sein Verschwinden.

„Oh, wir haben alles Wichtige von deiner Schwester erfahren", beruhigte ihn Salome, „und wir wollen euch nicht weiter in Anspruch nehmen. Wir danken für eure Zeit, die Gastfreundschaft und die Auskünfte." Dabei stand sie auf und verbeugte sich leicht.

„Und die Schriftrolle?", hielt sie Marcellus auf, „werdet ihr auch unseren Namen in der Schriftrolle vermerken?"

„Selbstverständlich!", versicherte Lukas, „der Name des Josef von Arimatäa wird in der ganzen Oikumene bekannt werden und vielleicht sehen wir uns später einmal in Antiochia."

Maria Salome begleitete die Gäste bis zum Ausgang, umarmte Salome und flüsterte in ihr Ohr: „Denk an mich in Antiochia!" Diese nickte freundlich und so verließen sie das Haus des Josef von Arimatäa.

Auf der Straße blieben sie stehen, holten tief Luft und Salome stieß sogar einen kleinen Schrei aus. Den verwunderten Blick des Bruders beantwor-

tete sie mit unterdrücktem Zorn: „Die Kleine wird gut nach Antiochia passen. Dort findet sie genau das was sie sucht ... komm, lass uns zu Alexander und Rufus gehen. Ich habe noch Fragen an Susanna. So lange sie im
Handelshaus wohnt, will ich die Gelegenheit nutzen."

Kapitel 21

Das Grab ist leer.
Außerhalb der Zeit

In diesen kalten Tagen versuchten alle sich nach Möglichkeit um den großen Kamin zu versammeln, der ständig brannte. Dort fanden sie mit vielen anderen auch Hanna und Susanna. Hanna hatte die Annehmlichkei-
ten des Handelshauses genutzt und Susanna die Haare gewaschen. Nun
saß sie mit hüftlangen, schneeweißen und immer noch dichten Haaren
am Feuer und ließ sie trocknen. Die silbrig glänzende Haarpracht ließ etwas von Susannas früherer Schönheit ahnen. Salome war völlig begeistert von diesem Anblick und rief aus: „Susanna, du musst eine Schönheit
gewesen sein. Warum bist du unverheiratet geblieben?"

Susanna schaute auf, fasste das dichte Haar zusammen und flocht es zu einem
lockeren Zopf. Sie ging auf Salomes Frage nicht ein, sondern fragte etwas spitz:
„Nun, hat euch Maria Salome empfangen? Konnte sie eure Fragen beantworten?"

Salome war auf diese Frage nicht vorbereitet und meinte zerstreut: „Jaa …
es gab einiges Wissenswertes, das sie uns mitgeteilt hat. Aber sie scheint
mit ganz anderen Dingen beschäftigt zu sein".

„Dumme Gans!", tönte es vom Kamin.

„Was hast du gesagt?", Salome war völlig überrascht, die sonst so friedfer-
tige und zurückhaltende Susanna so zu erleben.

Doch diese wiederholte: „Dumme Gans! Sie sucht doch nur einen passenden Mann, möglichst aus einer Christianoi-Familie … aber bitte aus einer
vornehmen Sippe! Nicht irgendein Habenichts aus Jerusalem. Hier gibt es
kaum wohlhabende Christianoi, da muss man schon nach Antiochia aus-
wandern. Na, stimmt es? Hab ich Recht?"

„Ganz genauso war es", stotterte die sonst immer schlagfertige Salome,
„woher weißt du das?"

„Das hat mit Wissen nichts zu tun. Man sieht es ihr an der Nasenspitze an, dass sie einen Mann sucht. Aber hier gibt es niemanden, das hat sie immer mal wieder abfällig auf den Mahlfeiern geäußert. Außerdem sind sie schon in der vierten Generation Christianoi und haben nichts mehr mit den Juden zu tun. Ja, da kann unsereiner nicht mithalten."

„Susanna! So kenne ich dich gar nicht." Salome schien entsetzt aber Lukas lachte gerade heraus und meinte: „Recht hat sie! Aber noch schlimmer ist ihr Bruder."

„Was? Marcellus? Der war auch da?", rief Susanna, noch mehr aufgekratzt, „Hosianna! Dann wisst ihr jetzt was Christianoi-Adel ist. Sicher wollte er sich vergewissern, dass der Name von Arimatäa in der Schriftrolle vermerkt wird."

„Susanna!"

Lukas aber lachte aus vollem Hals.

„Stimmt es nicht?", rief diese triumphierend.

Salome nickte.

„Na also!", trumpfte die kleine Frau auf, „ach, und das will ich euch auf jeden Fall sagen: meinen Namen erwähnt ihr bitte nicht, ich war nicht wichtig."

Hanna hatte sich hinter Susanna aufgestellt, die Augen aufgerissen und beide Hände wie zur Abwehr erhoben.

„Du hast mir meine Frage nicht beantwortet, liebe Susanna", lenkte Salome in einem bewusst milden Ton ein.

„Heiraten? Nein, danke. Ich bin doch damals aus Caesarea Maritima weggelaufen, als sie mich verheiraten wollten."

„Wie du erzählt hast, soll es ein alter Mann gewesen sein. Aber du warst jung und bestimmt auch schön. Es muss doch andere Männer gegeben haben, denen du gefallen hast, und: warst du nie verliebt? Mal abgesehen von Chuza."

Susanna schnitt tatsächlich eine Grimasse: „Also ich bin weggelaufen, habe mich geweigert wieder zurückzugehen als die Männer aus meiner Familie kamen. Und damit war ich rechtlos und ehrlos. Keine Familie, keine Mitgift, kein Ehemann. Aber in der Jeshua-Jüngerschaft ging es mir gut. Vor allem Maria aus Magdala hat auf mich aufgepasst und wenn sie sich vor mich gestellt hat, dann haben die Männer sich nichts mehr getraut. Oh ja, sie hat mich beschützt und ich habe viel von ihr gelernt. – Verliebt? Nicht einfach finde ich. Meine Mutter sagte einmal zu mir: So wie du bist, mit deinen Ansprüchen, so bekommst du nie einen Mann. Das hat gestimmt aber es hat mich nicht gestört."

Salome nahm ihren ganzen Mut zusammen, gab sich innerlich einen Stoß und fragte ganz harmlos: „Und Jeshua? Er muss doch eine große Macht über Menschen gehabt haben und heute sah ich das Grabtuch bei Maria Salome: Wenn der Abdruck echt ist, dann muss er ein schöner Mann gewesen sein …"

Susanna zuckte etwas zusammen, hatte aber gleich ihre Sicherheit wiedergewonnen und verneinte heftig: „Nein, wo denkst du hin. Jeshua war für alle da. Keiner konnte ihn sich mit Frau und Kindern vorstellen. Es lag auch immer so etwas über ihm, auch schon in Galiläa … so eine leise Trauer und da war etwas um ihn herum, etwas … mir fehlen die Worte … Manche Tage waren so angefüllt mit seiner Rede, mit Heilungen, mit Streitgesprächen mit den Pharisäern, mit Zuhören, mit Trösten, mit den Kindern … Warum drängte er oft so viel an einem Tag zusammen? Und das wurde immer schlimmer, je näher wir Jerusalem kamen. Manchmal schien es mir, dass es wie ein Sog um ihn herum war, ein Sog, der immer stärker wurde und alles mitriss, was in seine Nähe kam. Ich hatte manchmal auch Furcht … ja, muss ich zugeben. Er hatte einen Auftrag und diesen hat er gelebt und erfüllt. – Und ich durfte dabei sein, da habe ich gar nicht an Heirat gedacht. Das Leben mit ihm war so reich, so liebevoll, so spannend, eine ganz neue Welt hat sich mir aufgetan und ich habe nichts vermisst. Ich bin sehr gut durchs Leben gekommen, auch wenn ich mir hin und wieder anhören musste, dass es unanständig sei ohne Mann zu leben und dazu noch in einer Gruppe mit verheirateten Männern und unmöglichen Frauen. Ich war die Jüngste, und an mich hat man sich gerne herangemacht und versucht mich zu verunsichern und zu ärgern. Aber da hat mir Maria aus Magdala die richtigen Antworten beigebracht; und dann waren die Leute schnell still. Es war meine Wahl so zu leben und ich habe es nie bereut. Wie viele unglückliche Frauen habe ich gesehen: Marta aus

Magdala, die immer geschlagen wurde weil sie nur Töchter gebar, Rut, die früh Witwe wurde, ihre Söhne fortschickte, aus Angst sie im Krieg zu verlieren, die vielen Witwen und verstoßenen Frauen, um die sich keiner kümmerte, die bettelten oder noch Schlimmeres taten um über den Tag zu kommen, Maria aus Magdala, die sechs Kinder verloren hatte und ganz allein blieb. Nein, nein … allein die vielen Schwangerschaften habe ich gefürchtet. Niemals wäre ich so alt geworden und hätte so viel erlebt. Und dann die Männer mit ihrem Hochmut, ja Verachtung auf uns Frauen. Sie fühlen sich so stark und viele danken jeden Tag dem Ewigen, dass sie nicht als Frau geboren wurden. Immer sind wir die Verführerinnen: Offene Haare, und der arme Mann ist uns verfallen, Berühren ist unschicklich, außerdem könnten wir ja gerade unsere Blutung haben und der Mann wäre unrein geworden. Frauen sind Verführerinnen und immer schuld. Singen ist auch verboten, da könnte der Mann betört werden. Ich habe so gerne gesungen, aber es musste Zuhause immer heimlich geschehen wenn keine Männer im Haus waren. Jeshua war ganz anders, er hat sich gefreut, wenn wir Frauen auf den Wanderungen gesungen haben."

„Du kannst singen? Bitte sing etwas, wir sind hier in einem Haus von Christianoi."

Susanna zögerte. „Jetzt bin ich alt, meine Stimme ist brüchig geworden," wandte sie ein.

„Susanna, bitte sing!", beharrte Salome.

Und Susanna sang. Mit einer unerwartet vollen und warmen Stimme, die man in diesem kleinen Körper nicht vermutet hätte. Man hörte, dass sie einmal viel Übung gehabt hatte. Die kleinen Risse in der Stimme machten den Gesang noch reizvoller.

Susanna sang:

„Hoch preist meine Seele den Herrn,
in Gott, meinem Heiland, jubelt mein Geist.

Er hat in Gnaden angesehen die Kleinheit seiner Magd:
Siehe von nun an nennen mich selig alle Geschlechter,
denn Großes hat an mir getan der Mächtige,
sein Name ist heilig,

und sein Erbarmen waltet von Geschlecht zu Geschlecht

über denen, die ihn fürchten.
Macht erweist er mit seinem Arm,

zerstreut, die groß sich dünken in ihres Herzens Meinung.

Herrscher stürzt er vom Thron
Und erhebt die Geringen.
Hungernden gibt er der Güter Fülle
Und Reiche entlässt er leer.
Er nimmt sich Israels an, seines Knechtes,
eingedenk seines Erbarmens,
wie er gesprochen zu unseren Vätern,
Abraham und seinen Kindern durch alle Zeiten."

Plötzlich verstummte jedes Gespräch im Raum. Alle kamen näher, blickten voller Erstaunen auf die kleine alte Frau mit der starken Stimme.

„Das war wundervoll", flüsterte Salome, als sie geendet hatte, „woher kennst du dieses Lied?"

„Es ist von Maria aus Magdala", antwortete Susanna, ganz in ihre Erinnerungen vertieft, „die Melodie hab´ ich mir selbst ausgedacht".

„Susanna, dieser Text ist so herrlich, ich werde ihn in mein Evangelium aufnehmen."

„Wie du willst", willigte Susanna ein, „aber bitte ohne meinen Namen."
„Ich werde sehen … Aber jetzt bitte, bitte, erzähle uns wie ihr den Tag der Grabesruhe erlebt hat und wie ihr am ersten Tag in der Woche zum Grab gegangen seid." Inzwischen hatten sich immer mehr Männer und Frauen um den Kamin versammelt.

Dann begann Susanna zu erzählen: „Es war schon spät als wir von der Grabstelle weggingen und wir mussten uns beeilen vor dem Anbruch des Sabbat Zuhause zu sein, bevor die drei Sterne am Himmel erschienen. Maria aus Magdala nahm uns in ihre Unterkunft auf, denn wir hätten es nicht bis hierher auf den Zionsberg geschafft. Ach, es war kein Sabbat wie sonst. Wir waren wie gelähmt, fühlten uns wie tot. Ich war so erschöpft, dass ich sofort eingeschlafen bin, auch die anderen begaben sich gleich zur Nachtruhe, keine sprach. Nur die Magdalenerin blieb sitzen. Sie saß sehr aufrecht und schaute zum Fenster hinaus, auf die drei Sterne. Ich schlief tief und fest, mein Körper war am Ende. – Am nächsten Morgen bin ich aufgewacht als die Sonne schon über dem Horizont war. Maria berührte uns, sie hatte Hirsebrei für uns zubereitet, aber konnte man nach den schrecklichen Ereignissen essen? Dann befahl sie in ihrer etwas strengen Art: Heute ist Sabbat, bleibt zuhause und hier habe ich für euch Myrrhe, Aloe, Kräuter und Öle vorbereitet, fertigt daraus Salben an. Sie selbst verschwand aber aus dem Haus. Wozu die Salben? Nach jüdischen Brauch werden die Toten gewaschen und gesalbt, in ein Leinen gewickelt und dann bestattet. Aber der Leichnam des Herrn lag schon eine Nacht im Grab. Was sollte das bedeuten? Doch unsere Köpfe waren dumpf und leer. Wir taten wie sie uns geheißen hatte."

„Wohin ging sie?", unterbrach sie Salome sehr gespannt.

„Ich weiß es nicht. Später hat mir eine Frau erzählt, dass sie zum Bach Kidron gegangen wäre, das war gerade ein Sabbatweg und erlaubt. Dort hätte sie den ganzen Tag regungslos gesessen. Der Tag war schrecklich, wie in einem bösen Traum. Alles dunkel, aus, vorbei, verloren. Wir glaubten jetzt käme *Melkut Jahwe*, das Reich Gottes und dann der Kreuzestod. Wir sprachen kaum miteinander, taten nur, wie uns geheißen. Am Abend kam Maria Magdala zurück. Sie lobte uns für die Salben und meinte, dass wir früh schlafen sollten. Wir gehorchten ihr. Wir verstanden nichts, aber wir waren froh, dass uns jemand führte und sagte was zu tun sei. Keine von uns konnte sich vorstellen wie das weitergehen sollte. So schliefen wir ein."

Susanna schwieg eine Weile und die große Spannung im Raum war fast körperlich spürbar.

„Ich erwachte diesmal beim ersten Sonnenstrahl, der auf mein Gesicht fiel. Maria saß wieder ganz merkwürdig vor mir und schaute zum Fenster. Dann weckte sie die anderen Frauen, befahl ihnen die Salbgefäße zu nehmen und ihr zu folgen. So verließen wir das Haus mit schwerem Herzen. Wohin führte sie uns? Zum Grab? Aber was sollten wir dort? Der schwere Rollstein verschloss das Felsengrab und wir hatten nicht die Kraft den Stein wegzurollen. So dachte ich, trotzdem folgte ich ihr willenlos. Maria aus Magdala ging mit festem Schritt voraus. Ich kann mich nicht erinnern

Menschen gesehen zu haben. Wir erreichten die große Treppe am Tempel, gingen daran vorbei, weiter zum Hasmonäerpalast. Bald war das Gartentor zu sehen. Ein schreckliches Bild stieg in meiner Seele auf, als ich noch einmal Jeshua sah, wie er sich blutüberströmt, mit der Dornenkrone, unter den Hieben der Soldaten hier durchschleppte. Dann war Golgota in Sicht. Mehrere Rabenvögel hatten sich niedergelassen, krächzten, stritten sich, einige Hunde liefen herum. Schnell wandten wir uns zum Felsen, zum Grab des Josef von Arimatäa. Und nun, die Sonne stand schon höher am Himmel und die ersten Strahlen berührten die Gräber ..., wir gingen weiter ... der Stein war weg! Der große Rollstein war weggerollt worden! Plötzlich schrien wir alle auf und liefen als gälte es unser Leben. Die Magdalenerin erreichte als erste das Grab. Es war leer, kein Leichnam!

Wir traten in die Grabkammer und schauten uns um, fanden aber nichts – nur das Leinentuch lag da. Plötzlich standen zwei Männer vor uns. Waren es Männer? Nein, es waren nur Umrisse von Gestalten, ein starkes und strahlendes Licht ging von ihnen aus. Ihre Gesichter konnte ich nicht sehen denn sie standen am Grabausgang und die Sonne war gerade aufgegangen. Da hörte ich wie sie sagten ... aber sehr seltsam: sie sprachen ohne Stimme: *Was sucht ihr den Lebenden bei den Toten? Er ist nicht hier, er ist auferweckt worden. Erinnert euch, wie er zu euch geredet, als er noch in Galiläa war: Des Menschen Sohn muss in die Hände der Sünder überliefert und gekreuzigt werden, am dritten Tag wird er auferstehen!*

Wir aber waren so erschrocken, dass wir voller Furcht zu Boden fielen. Dann waren sie fort und uns ergriff eine unbändige Freude. Ich sprang auf, jubelte und lief zurück in die Stadt. Oh, wie konnte ich damals rennen! Ich war jung und voller Kraft. Ich schaute mich nicht um, ich rannte einfach los ... wohin? Zu allen, zu allen Menschen um ihnen von der Auferweckung zu erzählen. Auf dem Zionshügel sah ich Kleopas mit einem anderen Jünger. Denen rief ich zu: Er ist auferstanden, er lebt! Ich lachte und tanzte und die beiden müssen mich für verrückt gehalten haben ... Jetzt wusste ich wohin ich rannte: Zu den Zwölf und den anderen Jüngern. Sie hatten sich nahe am südlichen Stadttor in einem Haus versteckt. Dort trommelte ich mit den Fäusten an die Tür und schrie: Macht auf! Jeshua lebt, er ist auferstanden! Dann endlich öffneten sie mit ängstlichen Gesichtern die Tür und ich tanzte hinein, rief immer wieder meine Frohe Botschaft, aber sie glaubten mir nicht, sie hielten das für Weibergeschwätz. Dann kamen die anderen drei Marien und berichteten das Gleiche. Aber sie glaubten immer noch nicht. Ich aber war trunken von meiner Botschaft und rannte weiter, durch die Gassen der Altstadt und rief immer weiter, dass Jeshua lebt und nicht mehr im Tod ist ...

Wie mir dann die Marien, es war auch eine Johanna dabei, berichteten, kam auch Maria aus Magdala und habe alles bestätigt. Aber ihr glaubten die Zwölf schon gar nicht. Nur Petrus war unsicher geworden und ist dann doch zum Grab geeilt. Dort sah er die leere Stätte und nur das Linnen. Er sei verwirrt wieder zurückgekommen.

Dann ... wie soll ich sagen ... dann war da kein Tag mehr, keine Nacht. Die Zeit schien still zu stehen oder raste sie dahin? Noch am selben Tag kamen Kleopas und der andere Jünger zurück, erzählten von ihrer Begegnung mit dem Herrn im Dorf Emmaus. Auch Maria Magdalena war er erschienen, sie hatte ihn zuerst auch nicht erkannt. Sie schien die einzige, die nicht verwirrt und auch nicht außer sich war. Wenn ich heute auf diese Zeit zurückblicke dann scheint es mir, dass sie ein ... wie soll ich sagen? ... ein Vorwissen, eine Ahnung hatte, was geschehen würde.

Wir alle standen dicht gedrängt in dem kleinen Haus, als plötzlich der Herr unter uns war. Er war da! Wirklich, und sagte: *Friede sei mit euch!* Aber die Apostel fürchteten sich und glaubten einen Geist zu sehen. Er aber sagte zu ihnen: *Was seid ihr verwirrt, und warum steigen Zweifel in euren Herzen auf? Seht meine Hände und meine Füße: ich bin es selbst. Rührt mich an und seht: ein Geist hat ja nicht Fleisch und Bein, so wie ihr es an mir seht!* Nach diesen Worten zeigte er uns seine Hände und Füße. – Ja, er war es und doch ... auch ich hatte Mühe ihn zu erkennen, genauso wie die Jünger in Emmaus und wie Maria aus Magdala. Es war Jeshua, aber doch ein anderer und deshalb zeigte er uns seine durchbohrten Hände und Füße, da mussten wir glauben. Langsam breitete sich auch bei den Aposteln Freude aus, die sich aber immer noch verwunderten. Dann sagte er: Habt ihr etwas zu essen da? Und sie gaben ihm ein Stück gebratenen Fisch und er nahm es und aß ihn vor unseren Augen. Da wurden wir alle froh. Jeshua erklärte uns warum dies alles so kommen musste, warum er leiden und am dritten Tag auferweckt worden war ... Aber verzeih mir, mein Kopf ist zu schwach, ich konnte all diese Worte nicht behalten. Ich erinnere mich noch wie er sagte: *Ihr seid meine Zeugen! Ich sende die verheißene Gabe meines Vaters auf euch herab und ihr sollt in Jerusalem bleiben bis die Kraft von oben kommt.*

Dann zogen wir hinaus, zum Ölberg, nahe Betanien. Dort segnete er uns und entschwand … in den Himmel? … Ich weiß es nicht mehr, alles war außerhalb der Zeit, als hätten wir unser altes Leben verlassen. Es war als wäre etwas ganz Anderes, etwas das man nicht mit Worten beschreiben kann, eine andere Welt war in unser Dasein eingebrochen. – Wir Frauen empfanden tiefen Frieden und Freude in unseren Herzen. Der Tod hatte nicht gesiegt! Die Botschaft des Herrn lebte. Wir wollten sie weiter verkünden." Susanna schwieg.

„Und die Apostel? Und die Jünger?", Salome blieb unerbittlich.

„Wir kehrten alle nach Jerusalem zurück. Die Apostel, nicht mehr alle, einige waren nach Galiläa geflohen, sie wählten anstatt Judas einen anderen Mann, Mattias. Wir waren voller Freude und doch durcheinander. Wer würde uns jetzt führen? Simon Petrus? Er hielt immer Abstand zu uns, besonders zu Maria aus Magdala. Aber noch hielten wir zusammen. Bis, ja bis die große Kraft Gottes über uns kam, der Tröster oder Paraklet, der Beistand, wie die Griechen sagen. Wann war das?…Nicht gleich … es war später … Und die Zeit war immer noch aus den Fugen."

Draußen hörte man das Wasser tropfen, es regnete, der Schnee verwandelte sich in Regen. Ganz Jerusalem versank in Schlamm und wer konnte blieb zu Hause.

Kapitel 22

Gedanken über die römische Schriftrolle.
Als der Paraklet kam

Am nächsten Morgen war es unmöglich aus dem Haus zu gehen. Es regnete und die schmale Gasse verwandelte sich in einen Sturzbach. Nirgends ein Stück trockene Erde. Keiner verließ das Haus wenn er nicht musste.

Lukas passte das sehr gut. Endlich einmal nicht von Salome gejagt werden, endlich Zeit seine Schriften zu ordnen und vervollständigen. Salome sollte, musste ihm mit ihrem guten Gedächtnis helfen. So saßen sie in einem der hinteren abgelegenen Verwaltungsräume und vertieften sich in ihre Arbeit.

„Wie willst du schreiben?", fragte Lukas, als er nach zwei Stunden einen ganzen Pack Papyrus zusammengebunden hatte. „Oder besser zuerst gefragt: Hast du den Aufbau der römischen Schriftrolle erfasst? Ich muss zugeben: erst hier im Gespräch mit den vielen Menschen, besonders durch Mattitjahus kluge Anmerkungen habe ich gelernt wie diese Schrift strukturiert ist."

„Dann erzähle du zuerst, sprich", ermunterte ihn Salome.

Lukas ordnete einige Blätter und begann zögernd: „Zuerst: es gibt eine Einleitung, eine Hinführung zum Thema, so wie du es auch planst. Der Verfasser erklärt wie alles Folgende zu verstehen ist. Er bezieht sich auf den Propheten Jesaja und benennt Jeshuas göttliche Abkunft gleich mit dem Titel: Sohn Gottes. Für die Leser wird gleich am Anfang das Messiasgeheimnis angekündigt und nach und nach enthüllt. Johannes der Täufer wird so beschrieben wie der Prophet Elia, der in der Endzeit wiederkommen soll. Für den Schreiber war Jeshua der Freudenbote, der Messias, der nicht vom Volk Israel angenommen wurde. Deshalb geht die Frohe Botschaft an die paganen Völker, an die Heiden.

Prozess und Kreuzigung scheinen der wichtigste Teil zu sein. Wurde dieser Teil zuerst geschrieben? Oder gab es schon eine Schrift, die eingearbeitet wurde? Ich meine, so wie du die Geburtsgeschichte übernehmen und einarbeiten willst. Jedenfalls ist alles auf Leiden, Tod und Auferstehung hin geordnet."

Salome nickte.

„Mir scheint auch, dass er die Ereignisse und Worte des Herrn immer bestimmten Orten zugeordnet hat, also dadurch seine Aussagen nochmal verbildlichte, verstärkte: Der aufgewühlte See und die Angst der Apostel, ihr fehlendes Gottvertrauen, die Verklärung auf dem Berg, wie die Gesetzgebung auf dem Sinai, die Synagoge für die Schriftlesung ... dann: der Verfasser steigert langsam seine Erzählung, während Jeshua zunächst als Prophet auftritt, wird immer klarer: Er ist mehr, er ist der Messias. Aber ein andere Messias als erwartet. Höhepunkt ist das Messiasbekenntnis in der Mitte der Schrift, als Simon Petrus es in Caesarea Philippi ausspricht. Es gibt drei Enthüllungsszenen über die Person des Herrn: Taufe, Messiasbekenntnis, Verklärung auf dem Berg. Es geht dreimal auch um Gotteserscheinung. Jedenfalls erinnert der Berg auch an den Sinai, als dem Volk Israel durch Mose die Gebote übergeben wurden. Jetzt aber gibt es kein neues Gesetz mehr, die Zeit der Gesetze ist vorbei. Es gibt ihn, Er ist der Weg, die Wahrheit... In der Tora ist alles geschrieben. Jeshua hat nie selbst geschrieben oder andere aufgefordert seine Worte aufzuschreiben. Jetzt geht es ums Tun! Um das richtige Leben, um die Errichtung des Reiches Gottes. Er schickt seine unwissenden Jünger aus, völlig unvorbereitet und sie sollen auch keine Sicherheiten mitnehmen, dafür totales Gottvertrauen, so wie der Wanderprediger, damals auf unserem Hofgut", erinnerte sich Lukas.

„So ist es. Und es muss viele dieser ersten Wanderprediger gegeben haben, Männer die verkündeten aber nicht aufschrieben. Sie lebten radikal die Nachfolge, setzten völlig auf Gottvertrauen, gründeten keine Gemeinden. Sie predigten die Bekehrung der Herzen. Aber viele der Worte, die mir der Wanderprediger damals sagte, nichts davon finde ich in der römischen Schriftrolle. Ich glaube, der Verfasser hat diese Worte, diese Geschichten nicht gekannt. Er lebte in Rom und hat dort sein Evangelium geschrieben."

„Und wir schreiben auch. Sollten wir vielleicht nicht auch wandern und predigen? Aber ich könnte das nicht. Ich kann aufschreiben aber nicht eine Rede halten. Ach, Salome, ich frage mich oft woher du den Mut nimmst eine eigene Schrift zu verfassen. Wer wird sie lesen? Was werden die Leute verstehen, gerade wenn sie aus fremden Ländern sind? Geben wir diese Schrift an die Gemeinden, dann werden Abschriften angefertigt ... wir haben keine Kontrolle über Abschreibefehler, Streichungen oder zusätzliche Sätze, die wir abgelehnt hätten. Wir haben keine Macht unsere Schrift zu schützen. Ist das nicht alles leichtsinnig und wer sind wir, eine solche Mission auszuführen?"

Salome reagierte leicht verärgert: „Da ist er wieder, mein kleinmütiger Bruder, der sich nichts zutraut. Lag nicht der Segen des Ewigen auf unseren bisherigen Reisen? Der Ewige erwählt wen er will, nicht wir erwählen Ihn. Du schaust zu viel zurück, Lukas. Vor einiger Zeit hast du mir gesagt: wir säen und andere werden ernten und jetzt vergisst du deine eigenen Worte. Wir fragen, hören zu, schreiben, machen unsere Arbeit und alles andere müssen wir dem Parakleten überlassen. – Etwas anderes: Das Ende der römischen Schrift ist merkwürdig. Ich meine, dass es einen Zusatz gibt, der letzte Teil, nachdem die Frauen erschrocken und zitternd vom leeren Grab geflohen sind, der scheint mir von einer anderen Hand. In diesem Teil steht auch die Emmaus-Erscheinung. Was denkst du?"

Lukas nickte: „Ja, da hat ein anderer weitergeschrieben. Wahrscheinlich weil der Verfasser ein hoffnungsvolles Ende und kein abruptes wollte. Genau das meine ich: Könnte das nicht auch mit unserer Schrift geschehen?"

„Und wenn schon", war Salomes kühle Antwort, „vielleicht ist es notwendig? Was wissen wir schon von späteren Zeiten? Ich will aber nicht aus Ängstlichkeit und Was-Wäre-Wenn-Denken, meinen Auftrag verfehlen. Oder um es mit Jeshua zu sagen: Fürchte dich nicht! – Auch habe ich keine Angst bestimmte Teile der römischen Schrift nicht zu übernehmen, da hab´ ich mich schon entschieden. Es ist ja geschrieben und kann dort gelesen werden. Beim letzten Gemeinschaftsmahl vor Getsemani werde ich Judas nicht erwähnen. Er hatte sich schon von den Jüngern getrennt."

„Du schönst mir manchmal zu viel, meine liebe Schwester, du milderst vieles ab", wandte Lukas ein.

„Möglich, aber ich will positiv, aufbauend schreiben, damit die Menschen ein gutes Beispiel haben. Es wird noch andere geben, die ihr Evangelium schreiben, in ihrer Art, mit ihren Themen. Ist das nicht auch legitim? Sowieso denke und schreibe ich als Frau anders als die Männer. Warum nicht? Und meine Hauptzeugin ist Susanna und durch sie auch Maria von Magdala, wirklich schade, dass ich sie persönlich nicht erlebt habe ... Es muss doch noch Spuren von ihr in Galiläa geben? Sie ist zurück, wo hat sie gelebt? Auch sie wird das Evangelium auf ihre Art weitergegeben haben ..."

In Lukas stiegen wieder die alten Befürchtungen auf, dass Salome weitere Reisen plante. Schnell lenkte er ab: „In der römischen Schrift sind sehr viele Zitate aus unseren alten Schriften, der Tora den Propheten und den Psalmen. Und die vielen Geschichten, die der Schreiber den Erzählungen aus unserer Tradition gegenübergestellt hat, aber immer so, dass Jeshua noch die alten Vorbilder übertraf. Da ist die Seesturmerzählung eine Überbietung von der Jona-Geschichte oder die Speisung der 5.000 übertrifft das Elischa-Wunder und die Auferweckung der Tochter des Jairus übertrifft die Totenerweckung des Propheten Elia, bei der Verklärung auf dem Berg tritt Jeshua sogar an die Stelle von Mose und der Tora, das Weinberggleichnis, das gibt es auch schon einmal, in der Jesajaschriftrolle ... und in der Leidensgeschichte gibt es viele Hinweise auf die Psalmen, besonders auf den 22. Psalm. Und im 2. Psalm stehen die Worte vom auserwählten Sohn, es sind die Worte aus der Weihe der jüdischen Könige ... Der Schreiber kannte sich gut aus. So sicher bin ich da nicht, wir werden Aarons Hilfe brauchen ..."

Salome hatte nur halb zugehört ... „das ist wichtig, dass wir auf die Geschichte Israels zurückgreifen und es mit unserem Evangelium verbinden. Auch wenn wir uns bereits von der Synagoge getrennt haben, aber Jeshua war Jude, alle waren Juden ... Gerade kommt mir eine Idee. Ich könnte die Geburtsgeschichte des Täufers, die mir Elisabet erzählt hat, als eine ... mhm ... ja, eine Vorgeschichte, eine Parallelgeschichte zur Geburt Jeshuas ausgestalten. Die Geburtserzählung ist wunderschön, aber sie muss gut eingebettet werden, darf in meinem Text nicht fremd erscheinen ... Ja, so mach ich das und die Leidensgeschichte, Verhör und Prozess, nein, die werde ich nicht komplett aus der römischen Schrift übernehmen ... da habe ich durch Susanna noch andere Erinnerungen und auch was mit Mattitjahu gesagt hat, will ich teilweise einbinden. Beklemmend der Barabbas-Ruf. Was mache ich damit? Ich werde es einfach so berichten wie ich es gehört habe ..."

„Diese römische Schrift ... sie muss kurz nach der Zerstörung des Tempels und dem Untergang Jerusalems geschrieben worden sein. Da spürt man den Ärger, die Enttäuschung, dass die Juden nicht alle zu Jeshua-Anhängern wurde. Wie wollten sie ihren Glauben weiterleben? Ohne Tempel? Ohne Hohepriester und Sadduzäer? War die Zerstörung nicht eine Strafe, dass sie Jeshua nicht angenommen hatten? War das nicht Gottes Gericht über sein halsstarriges Volk? Wo entstand die Schriftrolle? Wenn sie wirklich in Rom verfasst wurde, dann hätte der Verfasser doch auch Paulus kennen müssen, oder?"

„Nein", entgegnete Salome energisch, „nein, Paulus kannte auch nicht die Reden der Wanderprediger. Er war in den östlichen griechischen Städten unterwegs, in Korinth, Ephesus, Antiochia und wohl erst am Schluss seines Lebens in Rom. Nachdem er vom Präfekten Festus überstellt wurde. Und dort ... hat er noch lange gelebt? Er muss in der Verfolgungszeit von Kaiser Nero umgekommen sein. – Es gab auch in Rom bereits mehrere Gemeinden der Christianoi, wie auch in Jerusalem und Antiochia. Und ob die alle voneinander wussten? Wohl kaum. Paulus ging sowieso einen eigenen Weg. Ich fand es sehr aufschlussreich, dass er Susanna nie gefragt hat. Sie war damals schon die letzte Augenzeugin. Er hatte seine eigenen Quellen, seine eigenen Erfahrungen. Aber ich bin da auch zwiegespalten. Warum sprach er kaum vom Reich Gottes? Warum dieser Sühnetod am Kreuz? Das erinnert mich an die Tieropfer im Tempel. Aber mit dem Tempel hatte Jeshua gar nichts zu tun. Und warum nannte sich Paulus selbst Apostel? Er hat den Herrn doch gar nicht gekannt. Aber wie mir Susanna überlieferte sagte er selbstbewusst: *Ich habe mein Evangelium nicht von einem Menschen empfangen, bin auch nicht darüber belehrt worden.* Bedeutete womöglich: Ich stehe über den Augenzeugen? Also ich werde ihn nicht Apostel nennen."

„Aaron hält auf ihn große Stücke und ich muss seine Gedanken ernst nehmen," ergänzte Lukas, „ohne seine Mission wäre Jeshua bestimmt schon vergessen. Von den Wanderpredigern ist nichts geblieben. Und überhaupt: Wäre der römisch-jüdische Krieg nicht gekommen, dann hätten wir vielleicht jetzt eine Christianoi – Familiendynastie, die eine neue Adelskaste begründet hätte und nur leibliche Verwandte hätten die Gemeinde führen dürfen. Ist nicht Petrus vor Jakov geflohen? Salome, es gibt viele Wege und wir kennen sie nicht. Elohim kennt sie und er weiß, wie die Botschaft zu den Völkern kommt. Darüber grübeln bringt nichts."

„Als Aaron uns die römische Schrift vorgelesen hat, da habe ich erkannt, dass dieser Text mündlich überliefert wurde. Aber ich will in einem sehr guten Griechisch schreiben, meine Sprache soll schön, soll dramatisch und auch poetisch sein."

Zufrieden stand Salome auf, während Lukas eifrig weiterschreibend die Papiere ordnete. Sie verließ den Raum, lief unruhig durch die Lagerräume, bis sie vor Alexander stand. Dieser lächelte und meinte: „Ich sehe es dir an, du suchst wieder Mattitjahu aber ich muss dich enttäuschen. Er hat sich einige freie Tage erbeten und ist bei seinem Onkel in Betanien. Was kann ich für dich tun?"

„Nicht mehr viel, lieber Alexander", sagte Salome sehr weich, „wir sind fast fertig mit unserer Arbeit und wir wollen auch deine Gastfreundschaft nicht zu lange beanspruchen."

„Salome!", rief Alexander fast empört, „unsere Gastfreundschaft kommt von Herzen und wir werden tagelang trauern wenn ihr beide abgereist seid. Noch ist das nicht möglich denn die Winterstürme, Regen und der aufgeweichte Boden machen eine Reise nach Joppe unmöglich. Du wirst noch einige Wochen hierbleiben müssen. Dann, Ende des Martius erwarte ich neue Waren in Joppe und Mattitjahu kann euch zum Schiff bringen. Nutze diese Zeit, nutze die Gelegenheit noch ausführlich mit Susanna zu sprechen. Kennst du ihre Erinnerungen mit der Bildung der ersten Gemeinde? Du tust ein gutes Werk wenn du Susanna noch einige Wochen hier beschäftigst. Sie meint uns zur Last zu fallen, was Unsinn ist. Wenn sie aber eine Aufgabe hat, wird sie gerne hierbleiben und wir müssen nicht befürchten, dass sie sich ein Fieber in ihrer nassen Hütte holt. Sie hat einen eisernen Schädel und wie oft haben wir sie vor ihrem Eigensinn bewahren müssen."

„Oh ja,", lachte Salome, „dieser Tage habe ich eine ganz andere Seite an ihr kennengelernt, als ich ihr von unserem Besuch bei Maria Salome erzählte."

„Ein rotes Tuch! Maria Salome!", rief Alexander in gespielter Verzweiflung aus.

„Warum?"

„Nachdem sich Susanna entschlossen hatte in Jerusalem zu bleiben, musste sie auch für ihren Lebensunterhalt aufkommen. Josef von Arimatäa nahm sie als Magd in sein Haus auf und behandelte sie gut. Aber er lebte nicht mehr lange, sein Sohn war ein ganz anderer, ein knauseriger Mensch, der wohl auch Susanna ihre Nähe und ihre Erinnerungen an Jeshua neidete, denn es gab immer mehr Menschen von außerhalb, die sie nach Jeshua befragten. Als er starb wurde Maria Salomes Vater Hausherr und da hatte sich schon so ein … wie soll ich sagen … ach, egal, ich sage es direkt: ein Dünkel herausgebildet. Waren sie nicht etwas Besonders? Schließlich hatte der Herr in ihrem Familiengrab geruht, und dann das rätselvolle Grabtuch mit dem Abdruck des Gekreuzigten. Es trug nicht wenig zur Entfremdung mit der jüdischen Herkunft bei, denn Bilder von Menschen, und erst recht ein Bild des Erlösers, des Messias, das war anstößig. Also wurde mit der Zeit ein Geheimnis daraus gemacht, aber ein Geheimnis das alle kannten. Jedenfalls trennte sich die Großfamilie sehr schnell vom jüdischen Glauben. Distanz, ja ich meine Verachtung ist entstanden. Hatten die Juden nicht den Herrn verraten, noch schlimmer: dem Tod ausgeliefert? Ein gefährlicher Pfad wurde da beschritten aber immer mehr scheinen ihm zu folgen. Doch hat der Römer Pontius Pilatus das Urteil gesprochen. Das ist bei einigen schon fast in Vergessenheit geraten."

„Kajaphas war ein Vorfahr von Mattitjahu?", fragte Salome einmal wieder sehr direkt.

„Ja, das stimmt und Mattitjahu hat deshalb ganz unsinnige Schuldgefühle. Er quält sich. Verurteilung und Tod des Jeshua treiben ihn um. Ich befürchte, dass er einen endgültigen Schlussstrich ziehen wird und deshalb zu seinem Onkel Eljakim gereist ist."

„Mhm … was geschah weiter mit Susanna?",

„Sie hielt es einfach nicht mehr im Hause Arimatäa aus und als ich die Spannungen und dann auch Streitereien mitbekam, habe ich sie noch einige Jahre in meiner kleinen Weberei beschäftigt. Jetzt wo sie alt und gebrechlich ist, komme ich für ihren und Hannas Lebensunterhalt auf. Es ist mir eine Ehre."

Salome hatte konzentriert zugehört und nickte: „Ich verstehe. Die Botschaft des Herrn bleibt nicht in der alten Spur. Die Menschen benutzen diese für ihre eigenen Zwecke."

„So ist das, Salome", sagte Alexander ruhig, „aber es sollte uns nicht beunruhigen. Wir sollen die Botschaft verkünden. Ob sie auf unfruchtbaren Boden fällt und nicht aufgeht oder ob sie auf fruchtbaren Boden fällt und aufgeht, das ist die Sache des Ewigen. – Nun geh zu Susanna und lass dir noch erzählen. Sei nicht mutlos und traurig, wenn sich manches ganz anders entwickelt als wir uns wünschen."

So ermuntert und mit mehr Ruhe im Herzen suchte Salome Susanna und Hanna auf. Die beiden waren eifrig an einem einfachen Webstuhl beschäftigt und webten an einem Teppich in herrlichen blauen und roten Farben. Susanna war wieder ausgeglichen und freute sich Salome zu sehen. Diese nutzte die gute Stunde und brachte das Gespräch auf die erste Gemeinde der Jeshua-Anhänger, hier in Jerusalem. Der Nachmittag wurde sehr ergiebig.

Gespannt lauschte sie Susannas Erinnerungen: „Unsere Gemeinde, ach, Salome, wie viel ist seither geschehen und wie viel hat sich geändert. Als Jeshua, der Herr von uns gegangen ist, da waren wir zuerst wie Schafe ohne den Hirten. Jeshua hatte oft in diesem Bild geredet und jetzt erfuhren wir wie das ist. Einige Jünger gingen zurück nach Galiläa. Dort ist der Herr auch vielen erschienen, wurde später erzählt. Aber ich ging nicht mit. Es wäre für mich als junge Frau gefährlich gewesen. Ich blieb hier und Josef von Arimatäa gab mir die ersten Jahre Unterkunft und Brot. Dann bildete sich unsere erste Gemeinde mit Petrus und Johannes. Auch Maria aus Magdala war anfangs in der Leitung dabei. Nicht gerne haben sie die Männer zugelassen, aber sie war nun einmal die Erste bei der Auferstehung gewesen. Ihr Wort hatte Gewicht. Heute sage ich: zu viel Gewicht. Sie ordnete sich den Männern nicht unter und schuf sich so zunehmend Gegner."

„Was geschah mit Judas Iskariot?"

„Einige behaupteten er habe sich selbst entleibt, andere erzählten von einem schrecklichen Tod … Es war eine Zeit, die uns oft ratlos machte: Kam nun bald das Ende, von dem der Herr gesprochen hatte? Aber die Tage verliefen wie früher und alles schien wieder in eine alte Ordnung zu kommen … Wir kamen langsam zu der Überzeugung, dass wir zuerst die Frohe Botschaft an alle Menschen verkünden müssten, dann erst, dann könne das Ende dieser Welt kommen. Damals dachten wir noch nicht daran, dass ein Ende des Tempels und die Vertreibung der Juden so bald geschehen würde. – Aber andere hielten fest daran, dass bald der Herr als Richter auf den Wolken erscheinen würde, so wie er es vor dem Kajaphas bekannt hatte. Doch sollte nicht vorher noch der Tröster, der Beistand, der Paraklet kommen? Und warum sollte er kommen, wenn doch alles bald zu Ende sein würde? War diese Verheißung nicht ein Hinweis darauf, dass unsere Zeit doch noch nicht abgelaufen war? Maria aus Magdala glaubte fest daran, sie war unerschütterlich im Glauben, nie verzagt, nie unsicher. Ich klammerte mich stets an sie, sie war mein Fels, nachdem der Herr von uns gegangen war. – Und dann – eines Tages – es war das Wochenfest, das erste Erntefest, und wieder weilten wir alle zusammen in der Stadt. Wir waren im Haus des Josef von Arimatäa versammelt, da entstand plötzlich vom Himmel ein Brausen als käme ein gewaltiger Sturm. Er erfüllte das ganze Haus und Feuer erschien, Feuerzungen, die ließen sich auf uns nieder. Da fiel alle Angst von uns ab und alle redeten gleichzeitig und durcheinander, ein jeder in seiner Muttersprache und doch haben wir uns verstanden."

„Feuerzungen?", unterbrach sie Salome, „so wie damals, am Berg Sinai als das Gotteswort verkündet wurde?"

„Das weiß ich nicht, ich kenne die Tora nicht, aber ich kann dir berichten was damals geschah und es war wundervoll: ein Sturm von Feuerzungen, der all unsere Trübsal, unsere Sorgen und Unsicherheit wegfegte und uns frei und stark machte. Da hielten wir es im Haus nicht aus, liefen zum Tempelberg, zu den Säulenhallen und alle waren erstaunt, ja erschrocken als sie uns in vielen Sprachen reden hörten. Ware wir doch fast alle einfache und ungebildete Leute. Einige aber spotteten und sagten: Sie sind voll des süßen Weines. – Da trat Petrus mit den anderen Aposteln hervor und verkündete mit klaren und machtvollen Worten den Herrn. Allen berichtete er, wer Jeshua aus Nazaret war, wie er ans Kreuz geschlagen und vom Tod auferweckt wurde. Plötzlich konnte Petrus sogar aus den heiligen Schriften zitieren. Wieso? Weil er vom Geist Gottes erfüllt war. Ich gebe zu, früher war er ein Mann, der oft unbedacht und hitzköpfig redete, aber jetzt, jetzt redete er wie ein großer Lehrer. Und viele, sehr viele bekehrten sich an diesem Tag. – Waren das dieselben Jünger, die bei der Verhaftung und Kreuzigung des Nazareners geflohen waren, und jetzt mutig ihren Glauben bekannten, Jeshua als den Messias verkündeten? Hatte Petrus nicht im Hof des Hohepriesters seinen Meister verleugnet? War dieser Jeshua wirklich von den Toten auferstanden oder das Ganze nur ein Betrug? Vielleicht hatten sie den Leichnam entwendet? Aber woher dann diese Begeisterung? Dieser Mut? Der Hohe Rat musste einsehen, dass der Kreuzestod des Nazareners kein Ende gebracht hatte, im Gegenteil, ganz

Jerusalem redete nun davon. Die Sadduzäer und der Hohe Rat verhörten Petrus und Johannes, aber sie hatten keine Angst und sprachen von Jeshua als dem von Gott Gesandten. Da wurden sie unsicher und ließen die beiden am nächsten Tag wieder frei. Die Gemeinschaft wurde immer größer und einige glaubten, dass das Weltende kurz bevorstünde. Sie verkauften alles was sie hatten und schenkten das Geld der Gemeinschaft."

„Warte!", rief Salome aufgeregt, „das muss ich aufschreiben. Ich muss die Wachstafeln von Lukas holen. Warte, gleich bin ich wieder hier!" Sie rannte den Weg zurück, zur Schreibstube ihres Bruders, packte alle Wachstafeln zusammen und rief Lukas nur zu: „Susanna berichtet davon wie der Paraklet kam. Ich muss aufschreiben …"

„Aber …", wollte Lukas einwenden, doch Salome war schon wieder verschwunden. Sie setzte sich zu Füßen der alten Augenzeugin und schrieb und schrieb … und Susanna berichtete von dem Streit zwischen den Hellenisten und den Hebräern in der Gemeinde, von der Wahl der sieben Diakone und vom Märtyrertod des Stephanus …

So vergingen die trüben Tage wie im Flug. Zwar schüttelte Lukas missbilligend den Kopf, dass Salome nun doch Material für eine zweite Schriftrolle sammelte, aber wer konnte diese Frau aufhalten? Er gab seufzend nach und vertiefte sich in seine Texte. Salome aber erfuhr nun von Susanna, wie sich die erste Jerusalemer Gemeinde versammelte und es mit der offenen Tischgesellschaft des Jeshua aus Nazaret weiterging.

Kapitel 23

Die Urgemeinde in Jerusalem. Jakov der Gerechte und Paulus der Völkerapostel

„Und dann ging Maria aus Magdala weg aus Jerusalem?"

„Ja, leider. Die Männer hatten sie nur geduldet und sie bekam auch wenig Unterstützung von den Frauen. Besonders als Jakov, der Herrenbruder plötzlich nach Jerusalem kam, waren die meisten überzeugt: Er ist ein Blutsverwandter des Herrn, er muss die Leitung der Gemeinde übernehmen. Damit habe alles wieder seine Ordnung, wie mir einige sagten. Also Maria aus Magdala ging weg, mit den beiden anderen Marien, zurück nach Galiläa und ich überlegte mitzugehen. Aber wohin? In meiner Familie war ich verstoßen. Dort wäre ich eine Fremde gewesen und der Magdalenerin zur Last gefallen. Hier in Jerusalem lebte ich im Haus des Josef von Arimatäa gut. Auch hatte ich neue Freundschaften geknüpft. Und: hier war der Herr auferstanden! Hier wollte ich sterben. – Also trennten wir uns schweren Herzens. Noch sehe ich sie, wie sie im Stadttor stehenblieb und mir zuwinkte. Maria aus Magdala wollte selbst den Glauben in Galiläa verkünden und bestimmt hat sie es getan. Aber leider habe ich nie wieder von ihr gehört …

Petrus verließ auch um diese Zeit Jerusalem. Ich glaube, dass auch bei ihm der Grund der Herrenbruder Jakov war, der nun überall Verehrung und Autorität genoss. Jeshua sei ihm erschienen und so sei er zum Glauben gekommen, irgendwie ganz ähnlich wie bei Paulus. Der hatte uns alle mächtig erschrocken. Ein hasserfüllter Verfolger der Jeshua-Jünger und dann … ein glühender Verteidiger und Verkünder. Es dauerte eine ganze Weile bis wir wirklich zu ihm Vertrauen fassten. Bei Jakov war es ähnlich aber er war ein leiblicher Bruder des Herrn und mit ihm waren auch noch andere Familienmitglieder gekommen. Ich war verwirrt: Wollte das Jeshua? Er hatte sich doch von der Blutsverwandtschaft getrennt, sie hatten ihn damals für verrückt erklärt. Nein, Jeshua wollte keine Familie, keine Blutsverwandten, er wollte mit allen Menschen eine Familie gründen, eine große Tischgemeinschaft. Aber nun war die Familie da und ich dachte: das wird so enden wie mit den Sadduzäern, die auch das Amt des Hohepriesters über Jahrhunderte in der eigenen Familie besetzten. Entfremdung trat ein, nicht nur bei mir. Heute denke ich, dass auch Petrus so etwas erfahren haben muss. – Jakov war ein ganz anderer Mann als sein Bruder Jeshua, sehr ernst, gesetzestreu. Hatte er nicht früher seinen Bruder bekämpft? Und nun war er plötzlich da und rückte gleich in die Gemeindeleitung auf: die drei Säulen: Petrus, Jakov und Johannes. Aber nicht lange, Petrus ging bald weg und dann war Jakov der alleinige Leiter der Urgemeinde. Er führte auch gleich zurück, zur Tora, zur Beschneidung, Essensgebote und Reinheitsriten. Er selbst lehnte Weintrinken ab. Aber Jeshua hatte gerne Wein getrunken und sein Vermächtnis an uns war ein Gemeinschaftsmahl mit Brot und Wein ... Wie passte das alles zusammen? Doch viele waren zufrieden, ja begeistert von Jakov dem Gerechten, wie er dann genannt wurde ... Aber davor ... wichtig, dass ich es nicht vergesse: davor widerstand ihm einer: Paulus aus Tarsus. Er kam eines Tages aus Antiochia mit einem Barnabas und forderte, dass die paganen Völker ohne Beschneidung zum Gemeinschaftsmahl zugelassen werden ... Ja, Paulus, der hatte Mut und er widerstand dem Jakov. Petrus schwankte, wie so oft. Er hatte auch eine Vision empfangen und den Auftrag die Heiden zuzulassen ... aber da war Jakov ... Doch Paulus blieb hart und erkämpfte, dass die Heiden gleichberechtigt ohne Beschneidung, ohne Essenverbote aufgenommen wurden. Sehr seltsam: heute denke ich oft: die Pharisäer haben Jeshua auch bekämpft, nicht so wie die Sadduzäer, aber sie gaben Jeshua viele Widerreden, damals in Galiläa. Nun aber kam ein Pharisäer, ein Jude aus Tarsus und rettete die Tischgemeinschaft. Was wäre ohne Paulus geschehen? Zweifellos hätte sich Jakov durchgesetzt, er hätte neue Gemeinden in der Diaspora verhindert und dann wären wir alle im Krieg untergegangen. So aber überlebte Jeshuas Botschaft ausgerechnet durch einen Pharisäer, der ihn nicht einmal im Leibe gesehen hatte und der auch nie vom Reich Gottes redete, sondern immer von Kreuzestod, Erlösung und Auferstehung ... sehr seltsam. Aber ohne Paulus wäre alles verschwunden. Er aber gründete viele, viele Gemeinden im Osten des Reiches und nachdem die Urgemeinde in Jerusalem unterging, wurde der Glaube in der griechischen Welt weitergetragen."

„Aber aus Jeshua war Jesus der Christos geworden", warf Salome zögernd ein.

„Ja, das ist auch merkwürdig ... aber musste es nicht so kommen? Und Jakov starb schon früher, etliche Jahre vor der Zerstörung Jerusalems wurde er gesteinigt", berichtete Susanna.

„Wie war das möglich? Ich denke die Kapitalgerichtsbarkeit lag bei den Römern?", wandte Salome erstaunt ein.

„Das stimmt. Aber ein selbsternannter Hohepriester, Hannas II., lud Jakov vor den Sanhedrin und klagte ihn der Gotteslästerung an. Die Geschichte wiederholte sich. Hannas II war nicht legitimer Hohepriester, da der Präfekt ihn nicht ernannt hatte. Er hatte das Amt einfach an sich gerissen und schaffte es, dass die Sadduzäer der Verurteilung zustimmten. Die Pharisäer protestierten aber es half nichts und so wurde Jakov gesteinigt. Dann aber verklagten die Pharisäer Hannas beim neuen Statthalter Albinus, weil er eigenmächtig ein Todesurteil ausgesprochen und vollzogen hatte. Hannas II. wurde abgesetzt. Wir waren wieder ohne Gemeindeleitung."

„Und dann?", fragte Salome sehr gespannt.

„Dann wählte die Gemeinschaft Simon bar Kleopas, einen weiteren entfernten Verwandten von Jeshua. Ich aber war verzweifelt. Sollte die Gemeinschaft unter die Herrschaft der Familie kommen? Würde nun eine Dy ... Dy ..."

„Dynastie", half Salome aus.

„Richtig: eine Dynastie entstehen und das Amt des Gemeindeleiters vererbt werden, wir in der Herodesfamilie? Nie hätte das Jeshua gewollt. Aber dann kam alles ganz anders. Nur wenige Jahre später wurde Jerusalem erobert, alles zerstört und die Juden vertrieben. Und ab da gab es nur noch die paganen Gemeinden in der Diaspora. Erst Alexander und Rufus gründeten unsere Gemeinde wieder neu. Und ich sage: Sie gründeten die Gemeinschaft im Geist von Jeshua. Hier fühle ich mich wieder wohl, hier lebt wieder der Geist des Herrn. Doch weiß ich, wissen wir alle: Die Zukunft der Reich-Gottes-Botschaft liegt bei den paganen Völkern. Israel ist untergegangen."

Die Gedanken rasten durch Salomes Kopf ... war das Gottes Plan? Eine unglaubliche Geschichte. Was wäre passiert ohne Paulus, welcher den Zugang der Heidenvölker regelrecht erzwang, was wäre passiert, hätte es keinen römisch-jüdischen Krieg gegeben? Hätte sich die Urgemeinde unter Jakov und seinen Nachkommen in Jerusalem aufgebaut? Hätten sie alle anderen Gemeinden dominiert? Oder man hätte sich völlig zerstritten und gespalten? Wäre daraus eine der weiteren unzähligen jüdischen Sekten entstanden, die sich untereinander bekämpften, eine Blütezeit hatten und dann untergingen? Jedenfalls fühlte sich Salome durch diese Erzählungen bestärkt ihr Evangelium universal auszurichten, ganz gezielt für die paganen Völker und nicht mehr mit der Absicht die Juden zu Jesus von Nazaret hinzuführen.

Sie besann sich und fand zum Thema zurück. „Was weißt du noch von Paulus?"

Susanna breitete die Arme auseinander und machte einen etwas hilflosen Eindruck: „Oh, er soll sich ganz der Mission im Osten des Reiches gewidmet haben. Er ist auch mit dem Schiff auf dem großen Meer gefahren, bis auf die Inseln, er habe Schiffbruch erlitten, sei verfolgt worden und doch habe er unermüdlich Jesus den Christus, wie er sagte, verkündet. Überall gründete er Gemeinden, setzte Gemeindeleiter ein, sogar viele Frauen. Er machte keinen Unterschied und das war ganz in der Nachfolge des Herrn. Als ich ihn einmal in Jerusalem erlebte, war ich sehr beeindruckt. Seltsam aber war – ich habe es dir schon einmal erzählt – dass er nie mich als die noch letzte Augenzeugin befragte. Er hatte sein eigenes Bild von Jeshua, auch sein eigenes Evangelium. Er wirkte stets sehr sicher und heute muss ich zugeben: Ohne ihn wäre alles verloren. Er hat die Frohe Botschaft in die Welt gebracht."

„Weiter …"

Susanna überlegte und lachte auf: „Da gibt es eine Geschichte, sie hat uns ein Kaufmann aus Ephesus erzählt. Er stand in Verbindung mit Alexander und Rufus und erzählte einmal, wie Paulus in Ephesus einen richtigen Volksaufstand zu Wege brachte, denn er fand so treffende Worte gegen den Kult der Artemis, dass er den Devotionalienhändlern das Geschäft verdarb. Das geschah im Theater, dort sollen 25.000 Menschen Platz haben. Jedenfalls erzählte der Kaufmann diese Begebenheit so lustig, dass ich sie noch gut im Gedächtnis habe."

„Ich höre", drängte sie Salome.

Susanna begann leise lachend: *„Ein gewisser Demetrius, Silberschmied seines Zeichens, hatte bisher silberne Artemistempel gefertigt und damit den Geschäftsleuten des Kunsthandwerks recht guten Verdienst gebracht. Nun* rief er diese mitsamt den Arbeitern ihres Zweiges auf und sagte ihnen: Ihr Männer, wisst, dass unser Wohlstand aus diesem Gewerbe stammt. Ihr könnt aber mit Augen sehen und hört davon, wie dieser Paulus mit seiner Behauptung, dass Gebilde von Menschenhand keine Götter seien, eine große Menge nicht nur in Ephesus, sondern fast in ganz Kleinasien davon abspenstig gemacht hat. Nicht genug, dass dieser Erwerbszweig in Missachtung zu kommen droht, auch das Heiligtum der großen Göttin Artemis ist in Gefahr, der Geringschätzung anheimzufallen, und der erhabene Glanz der Göttin, von ganz Asien und dem Erdkreis hochverehrt, ist daran, das Opfer eines Raubes zu werden. – Dadurch wurden die Zuhörer in helle Wut versetzt und schrien: Groß ist die Artemis von Ephesus! Die ganze Stadt geriet in Aufruhr; wie von einem Geiste getrieben stürmten sie zum Theater und schleppten Gaius und Aristarchus aus Mazedonien, Gefährten des Paulus, dorthin. Als Paulus vor das Volk treten wollte, ließen es die Jünger nicht zu. Auch einige der höchsten Beamten der Provinz, die ihm gutgesinnt waren, ließen ihm die Warnung zukommen, er möge sich ja nicht einfallen lassen, sich zum Theater zu begeben. Dort schrie alles durcheinander; denn das versammelte Volk war außer Rand und Band, und die meisten wussten überhaupt nicht, weshalb sie hergekommen waren. Aus der Menge brachte man einen gewissen Alexander her, den die Juden nach vorne drängten; er winkte mit der Hand um eine Verteidigungsrede an das Volk zu halten – aber da man erkannte, dass er Jude war (und damit religiöse Sonderrechte hatte), riefen alle wie aus einem Munde und schrien wohl zwei Stunden lang: Groß ist die Artemis von Ephesus! – Endlich konnte der städtische Kanzler die Menge beruhigen: Bürger von Ephesus, sprach er, wo gibt es jemand, der nicht wüsste, dass die Stadt Ephesus den Tempel der großen Artemis und ihr vom Himmel gefallenes Bild bewahrt? Das steht unwiderlegbar fest. Ihr müsst deshalb Ruhe halten und dürft nichts Unbesonnenes tun. Ihr habt diese Leute hierhergebracht. Sie sind weder Tempelschänder noch Lästerer unserer Göttin. Wenn also Demetrius und die Kunsthandwerker seines Kreises eine Klage gegen jemand haben, so werden Gerichtstage abgehalten, und es gibt Oberrichter; dort mögen sie gegeneinander Klage führen; und habt ihr sonst noch ein Anliegen, so wird es in der gesetzlichen Versammlung entschieden werden. Sonst laufen wir auf den heutigen Vorfall hin, weil er durch nichts begründet war, sogar Gefahr, des Aufruhrs angeklagt zu werden – und wir werden über die Sache, über diesen Auflauf, meine ich, gewiss nicht Rede stehen können. – Mit diesen Worten löste er die Versammlung auf" ... schloss Susanna leise lachend. „Ja", meinte sie noch lachend, „so war Paulus. Im Handumdrehen hatte er die Leute gegen sich aufgebracht. Er soll seinen Mitarbeitern gesagt haben: Künde das Wort, tritt dafür ein, es sei gelegen oder ungelegen."

Auch Salome lachte bei dieser gelungenen Schilderung und bemühte sich, diese genauso aufzuschreiben. Dann hatte sie noch eine Frage: „War Paulus nicht in Caesarea Maritima gefangen gesetzt? So wurde immer in Antiochia erzählt. Und von dort wurde er nach Rom ausgeliefert. Weißt du davon?"

„Natürlich kenne ich die Geschichte. Auch sie hat viel Staub aufgewirbelt und Paulus ist es gelungen sich nach einer Falschbehauptung aus der Schlinge des Hohen Rates rauszuziehen. Er war sehr schlau und verstand es sogar die Sadduzäer und Pharisäer gegeneinander auszuspielen. Auch der Statthalter Felix war ihm nicht gewachsen."

„Erzähle!"

„Also es war hier in Jerusalem. Paulus ging in den Tempel und dort erkannten ihn Juden aus Kleinasien. Sie wiegelten die Volksmenge auf und schrien: Israeliten, zu Hilfe! Dies ist der Mann, der allenthalben seine Lehre wider das Volk, das Gesetz und gegen diese Stätte verbreitet. Auch hat er Griechen in den Tempel geführt und dadurch die heilige Stätte entweiht. – Das war eine Lüge aber man glaubte es, weil Paulus in der Stadt mit Griechen gesehen worden war. So geriet die ganze Stadt in Bewegung und es kam zu einem Auflauf des Volkes. Sie ergriffen Paulus und schleppten ihn zum Tempel hinaus und einige wollten ihn auf der Stelle töten. Aber da kam eine römische Kohorte und man ließ von Paulus ab. Der Oberst ließ ihn nun verhaften und nahm ihn mit in die Burg Antonia, das Volk aber schrie: Hinweg mit ihm! Paulus konnte den Oberst überzeugen, dass er nicht ein gesuchter Ägypter war, sondern Jude und bat ihn zum Volk sprechen zu lassen. Naja, der Anführer erlaubte es und Paulus hielt eine große Rede auf den Stufen des Tempels in aramäischer Sprache. Er war wirklich tollkühn, denn er bekannte sich vor der tobenden Menge zu Jesus dem Christos und schilderte wie ihm der Herr vor Damaskus erschienen war. Weiter sprach er von der Steinigung des Stephanus und wie ihn der Ewige zu den Heidenvölkern sandte. Es entstand ein Riesentumult und die Juden schrien: Hinweg von der Erde mit einem solchen! Er darf nicht länger leben! – Der Hauptmann fürchtete einen Aufstand, ließ Paulus in die Kaserne führen, wollte ihn verhören und auch geißeln lassen, damit er herausbekäme, was der Grund für die Aufregung sei. Schon hatte man die Peitschen bereitgelegt, da sagte Paulus: Habt ihr das Recht einen römischen Bürger, und dies ohne Gerichtsurteil, zu peitschen? Augenblicklich ließen sie von ihm ab und bekamen einen großen Schrecken. Um das Problem loszuwerden beriefen nun die Römer am folgenden Tag die Hohepriester und den ganzen

Rat um Paulus zu verhören. So geschah es und nachdem dieser im Sanhedrin eine Ohrfeige bekam, beleidigte er gleich den Hohepriester Ananias als eine übertünchte Wand, und dass er ihn gesetzeswidrig schlagen ließ. Dann bekannte er sich als Sohn eines Pharisäers und behauptete, dass man ihn wegen seiner Hoffnung auf die Auferstehung vor Gericht stelle. Das war sehr schlau, denn die Mehrheit im Sanhedrin, die Sadduzäer, glaubten nicht an eine Auferstehung, die Pharisäer aber wohl. Und sofort kam es zu einem großen Streit zwischen den beiden Parteien und die Versammlung spaltete sich. Die Römer, die dabeistanden, waren ratlos und fürchteten um das Leben des Paulus. Deshalb ließen sie ihn wieder in die Kaserne bringen, denn als römischer Bürger stand er unter dem Schutz des Kaisers. In der Nacht habe der Herr zu Paulus gesprochen: Sei guten Mutes! So wie du in Jerusalem für mich Zeugnis gegeben hast, so sollst du auch nach Rom kommen und dort Zeugnis geben".

Salome hatte aufgehört zu schreiben, so unwahrscheinlich und doch auch spannend erschien ihr die Geschichte. Sie lauschte Susanna, die noch lange berichtete, wie Paulus nach Caesarea zum Präfekten Felix gebracht wurde und man ihn dort gefangen setzte, weil die Juden ihn verfolgten. Es blieb nichts anders übrig als ihn nach Rom zu überstellen, denn dies verlangte er und er stand unter römischem Bürgerrecht. Nach zwei Jahren Festungshaft brachte man ihn mit dem Schiff nach Rom. Unterwegs erlitten sie Schiffbruch bei Malta, kamen aber dann in Rom an.

Eine neue Welt tat sich in Salomes Geist auf: Die Taten der Apostel, vor allem des Paulus, den sie immer mit einem gewissen Zwiespalt sah: Aber was wäre ohne seine kühne Missionsarbeit geschehen? Hat er nicht auch die Frohe Botschaft nach Antiochia getragen und nie hätte sie ohne Paulus Verkündigung davon erfahren.

„Susanna, woher weißt du all diese Geschichten? Das hast du doch selbst nicht erlebt. Wer hat das alles berichtet?"

Susanna nickte heftig: „So ist es, liebe Salome. Das waren einmal die Partner, die Kaufleute, mit denen Alexander und Rufus in Geschäften standen und dann war da noch ein uralter Mensch, ein Mann aus den griechischen Ländern. Er hatte Paulus auf seinen Reisen begleitet und er hieß – seltsam – also er hieß auch Lukas. Dieser Lukas wusste sehr viel. Alexander nahm ihn bis zu seinem Tod im Handelshaus auf und gewährte ihm ein Gnadenbrot. So wie mir heute auch. Dafür erzählte Lukas, der Begleiter von Paulus, an vielen Abenden uns aus den Reisen des Völkerapostels. Ich weiß, du siehst ihn nicht als Apostel, aber ich schon."

„Und gibt es Aufzeichnungen?", fragte Salome atemlos.

Susanna zuckte die Schultern: „Das weiß ich nicht, aber Alexander weiß sehr viel davon. Er war fast immer hier in Jerusalem, während Rufus viel reiste. Alexander hat Lukas gerne und oft zugehört. Vielleicht hat er auch einiges aufgeschrieben?"

Vielleicht eine neue Quelle! Salome war glücklich. Eine direkte Quelle für ihre zweite Schriftrolle, vielleicht im gleichen Haus? Sie dankte im Stillen dem Ewigen für seine Führung und seine Wege und nahm sich vor, sofort Alexander zu befragen und seine Erinnerungen aufzuschreiben. Wie gut, dass sie noch einige Wochen hier sein würden. Sie beschloss ihre Notizen für sich zu behalten um nicht erneut wieder mit ihrem Bruder in Streit zu geraten. Waren sie zurück in Antiochia und die erste Schrift über das Leben des Herrn verfasst, dann würde sie mit ihm reden.

Eines Tages trat Rufus auf sie zu und übergab ihr eine Nachricht: Aaron ben Salomo hatte aus Antiochia geschrieben. Er erwarte die Geschwister mit Sehnsucht und sei begierig von ihrer Reise zu erfahren.

„Mattitjahu ist auch zurück", lautete die nächste frohe Kunde, „er hat schon nach dir gefragt."

Tatsächlich. Schon am gleichen Tag besuchte sie Mattitjahu in ihrer Schreibstube. Er wirkte ganz anders als früher: Befreit, ohne diese leise Trauer, die sonst sein Gemüt überlagert hatte. Aber Salome scheute sich ihn direkt zu fragen was ihn verändert hatte. Und zusätzlich brannte auf ihrer Seele noch ein ganz anderes Thema: Was dachte Mattitjahu über die Auferweckung Jeshuas?

Kapitel 24

Auferweckung: Wahrheit oder Betrug? Mattitjahus Weg. Abschied in Joppe

Bald war Gelegenheit sich auszutauschen. Die Luft wurde milder, die Sonne stärker und der Regen hatte aufgehört. So trafen sich die Geschwister eines Abends mit Mattitjahu auf dem Flachdach des Handelshauses. Weit schweiften ihre Blicke über die Unterstadt. Trotz der Zerstörung weiter Teile, hatte der Anblick für Lukas und Salome an Schrecken verloren. Sie kannten nun viele Menschen, die dort wohnten, ihre Geschichten, ihre Schicksale, Freud und Leid. Sie waren heimisch geworden und der Abschied würde schwer werden.

Zunächst hatte Salome noch Fragen an Mattitjahu: Wie er die Finsternis verstehe, die beim Tod Jeshuas eingebrochen sein soll? Und was bedeutete der zerrissene Vorhang im Tempel?

„Das sind starke Bilder", begann der gelehrte Sadduzäer, „und schlimme Bilder. Denn die Finsternis deutete auf ein kosmisches Geschehen hin, wie ein Weltuntergang. An Pessach ist immer Frühlingsvollmond, also handelt es sich nicht um eine für alle sichtbare Verfinsterung. Es war die Finsternis für den Tod eines Gerechten und auch scheint Finsternis in unser Inneres einzukehren, wenn wir einen geliebten Menschen verloren haben. Dunkelheit ist ein Symbol für Gottes Gericht. Beim Propheten Amos heißt es: *An jenem Tag – Spruch des Herrn – lasse ich am Mittag die Sonne untergehen und breite am hellichten Tag über der Erde Finsternis aus.* Der zerrissene Vorhang im Tempe l... damit ist wohl der Vorhang vor dem Allerheiligsten gemeint. Der Schreiber der römischen Schrift wollte damit ausdrücken: Ende des Volkes Israel, Gott hat den Tempel und sein Volk verlassen. Wer hat das gesehen? Keiner. Mit diesem Bild wird Israel verworfen."

Salome rang mit Worten wie sie das Gespräch weiterführen könne, denn ihr Thema war heikel: Die Auferweckung des Jesus von Nazaret. Was würde ein Sohn von Sadduzäern dazu sagen? So begann sie weitschweifig Susannas Schilderungen jenes dramatischen Tages zu wiederholen und berichtete auch vom Besuch im Hause Arimatäa. Dann schwieg sie verlegen. „Nun, warum sprichst du nicht weiter?", munterte sie Mattitjahu auf, „es brennt dir doch etwas auf der Seele und ich ahne, was du mich fragen willst."

Salome seufzte tief und befreit: „Dann hab Mitleid mit mir und beantworte meine ungestellte Frage."

„Du willst wissen ob ich an eine Auferweckung glaube oder einen Betrug der Jünger annehme. Viele redeten davon, dass man den Leichnam weggenommen habe um eine Auferweckung vorzutäuschen … Nein, kein Betrug. Ich halte die Auferweckung für wahr."

„Du, ein Mann, aus sadduzäischer Tradition, in welcher ein Leben nach dem Tod strikt abgelehnt wird, du glaubst an die Auferstehung?"

„Ich bin kein Sadduzäer mehr, meine Liebe. Der erste Bruch war bereits in Alexandria, der Einfluss des griechischen Denkens. Nein, ich habe mich schon lange vom Glauben meiner Väter entfremdet. Und diese vielen Diskussionen um die Auferstehung, das leere Grab des Nazareners, die Begeisterung der Jeshua-Jünger, die Praxis der Mahlgemeinschaften … das hat mir einen anderen Zugang zu Elohim verschafft. Ich sehe ihn heute auch als einen Vater, als einen, der seine Kinder nicht im Tod lässt. Mein Leben steht jetzt in einem größeren Rahmen, es wird nicht zu Ende sein wenn mein Körper stirbt. Kurz: Ich bekenne mich heute als Pharisäer und wie diese glaube ich an ein Gericht und an die Auferstehung. Ich sehe auch ein Zeichen darin, dass alle jüdischen Gruppierungen im Krieg untergegangen sind, aber die Pharisäer haben überlebt und mit ihnen sehe ich auch eine Zukunft des Judentums. Jeshua wurde von vielen zu den Pharisäern gezählt und Paulus hat sich offen als ein Pharisäer bekannt. So gehen wir zwar verschiedene Wege aber vielleicht verwandten? Ist das doppelte Liebesgebot nicht auch unser Gebot? Steht es nicht bereits in der Tora?"

Salome hatte ihre großen dunklen Augen aufgerissen: „Du siehst mich erstaunt, ja fast sprachlos … aber im Tiefsten erfreut. – Warum aber glaubst du an Jeshuas Auferweckung? Könnte das nicht ein Betrug der Jünger sein, wie es manche behaupten?"

„Nein. Man kann einen Leichnam stehlen und eine Auferweckung vielleicht kurze Zeit vortäuschen. Aber man kann nicht die unterschiedlichsten Menschen dahin bringen dauerhaft diesen Betrug aufrecht zu erhalten. Welche Begeisterung! Welcher Mut! Welche Freude! Aus Feiglingen und Maulhelden wurden schlagartig mutige, kluge und beredte Menschen. Viele sind bereits für diesen Glauben in den Märtyrertod gegangen. Denk einmal an die Tausende, die Kaiser Nero grausam hinrichten ließ, auch Domitian, der jetzt herrscht, lässt immer wieder Christianoi verfolgen. Ja, auch Juden haben Jeshua-Anhänger verfolgt und sie aus den Synagogen vertrieben. Trotzdem: die Zahl der Anhänger wächst unaufhaltsam. Auch Petrus und Paulus sind den Märtyrertod gestorben, damals, in den Verfolgungen des Nero. Einen Betrug, eine Lüge, kann man nicht über Jahrzehnte vortäuschen und vorspielen, schon gar nicht über Länder und Kulturen hinweg. Noch bis vor kurzem sind die paganen Völker zum jüdischen Glauben konvertiert, jetzt werden sie alle Christianoi, obwohl sie sich damit in Gefahr bringen. Der Geist Gottes weht wo er will … heißt es … und wenn ich auch im Judentum bleibe, erkenne ich an, dass hier etwas Neues aufgebrochen ist. Auch im pharisäischen Judentum ist der Gedanke, der Glaube an eine Auferstehung seit langem lebendig. In der römischen Schriftrolle ist geschrieben, dass Herodes Antipas gerne Jeshua sehen wollte, er hielt ihn für den wiedererstandenen Johannes den Täufer. Deshalb könne er Wunder wirken. Diese Stelle beweist wie weit der Auferstehungsglaube auch im Volk schon verbreitet war. – Ich kann dieses starre Festhalten nur an der Tora nicht mehr vertreten. Alles wandelt sich ständig. Ist der Ewige nicht der Ursprung allen Lebens? Ist er nicht Dynamik pur? Kann es sein, dass er einmal ein Gesetz geschaffen hat und uns Menschen dann Jahrhunderte oder auch Jahrtausende damit allein lässt? Unterliegt nicht auch der Glaube einem ständigen Wachstum, führt er nicht immer mehr in größere Weite? – Der zweite Grund: Jeshua hat selbst von der Auferweckung gesprochen, mehrfach, auch in seinen Gleichnissen und hat die Auferweckung sogar aus der Schrift bewiesen, damals, als ihm die alberne Geschichte mit der Witwe und den sechs Brüdern erzählt wurde. Er verwies darauf, dass der Ewige immer ein Gott der Lebenden und nicht der Toten ist, wie er zu Mose aus dem brennenden Dornbusch gesprochen hat. Jeshua sprach von einer anderen Welt, einer Welt in der es nicht Männer und Frauen gibt, eine Welt, die wohl auch nicht jeder erreicht. Ein Gericht, das wir bestehen müssen. Und dieses Gottesreich bricht jetzt schon an, hier in dieser Welt, wenn wir nicht nur den Gesetzen der Tora folgen sondern auch dem Beispiel des Nazareners."

„Du sprichst uns aus dem Herzen", erwiderte Salome fast leidenschaftlich, „ja, das alles hast du in so packenden und klugen Worten zusammengetragen, dass ich jetzt sofort von der Auferweckung überzeugt wäre … doch ich bin es bereits. Deine Idee, dass wir uns selbst im Gericht das Urteil sprechen … das denke ich manchmal auch. Wir werden gemessen werden so wie wir den Mitmenschen gemessen haben. Dieser Satz des Wanderpredigers hat mich ganz früh gepackt und mein Leben lang nicht losgelassen."

Lukas hatte seinen Papyrus beiseitegelegt und griff in das Gespräch ein, „Ich kann mich nur anschließen was Mattitjahu sagte, aber ich kann mich nicht so gut ausdrücken. Jeshua hat sich auch seinen Gegnern, ja Feinden gezeigt. Paulus aus Tarsus, der die Jünger bis dahin verfolgt hat und auch sein leiblicher Bruder Jakov, waren lange gegen ihn. Plötzlich kam Jakov nach Jerusalem und bekannte sich gläubig. Gott ergreift uns, nicht wir ergreifen Gott. Viele blieben gleichgültig, spöttisch oder ablehnend, wenn sie von der Auferweckung hören. Ich denke, wer die Begegnung mit dem Auferstandenen erlebte, der muss erschüttert gewesen sein, denn es war ein Blick in eine andere Welt, eine Welt die wir nicht verkraften. Kleopas sagte uns in der Wüste: Jeder, der dem Auferstandenen begegnet ist, wusste was er tun sollte bis zum Tod. Wer Jeshua begegnete, begegnete Gott."

„Diesen Satz habt ihr mir schon einmal gesagt", meinte Mattitjahu nachdenklich, „aber hier trennen sich unsere Wege. Ich bleibe ein Sohn Abrahams und des Bundes." – Dann wandte er sich an Salome: „Unter welchen Gedanken willst du dein Evangelium schreiben?"

Salome sah ihm fest in die Augen und sagte langsam: „Mein Evangelium bezeugt die Menschwerdung Gottes."

Mattitjahu lächelte.

Verwirrt ging Salome in ihrer Schlafkammer auf und ab. Mattitjahu glaubte nicht an Jeshua als den Messias und Gottes Sohn. Aber er wollte auch keine Feindschaft. Wie das? War das noch möglich? Schließlich bekämpften die Juden heftig diese neue Sekte um den Nazarener, die immer noch in die Synagogen kam und immer öfter von den toragläubigen Juden hinausgeworfen wurde. Hier in Jerusalem war seit dem Fall der Stadt Ruhe eingekehrt, vor allem aber auch deshalb weil die Römer nur noch wenige Juden in der Stadt duldeten. Aber Susanna hatte ihr erzählt, wie erbittert der Streit zwischen den beiden Glaubensrichtungen vor dem Krieg tobte. Eine Ablösung war im Gange, eine Ablösung vom Judentum. Vor allem weil immer mehr Griechen, Phönizier und andere Völker sich taufen ließen und inzwischen die Mehrheit in den Mahlgemeinschaften bildeten. Hatte Jeshua das gewollt? Er hat es wohl vorausgesehen wenn er vom Feuer redete, das auf die Erde geworfen wurde und vom Streit in den Familien … Auf Seiten der Christianoi wuchsen Verbitterung, ja manchmal schon Hass gegen die Juden, die sich nicht bekehren wollten. Paulus soll schwere Anklagen gegen sein eigenes Volk erhoben haben, es würden Briefe von ihm in Antiochia und Umgebung gezeigt. Sicher wusste Aaron mehr davon und konnte ihnen bald berichten. Auch sie selbst fühlte immer stärker Enttäuschung in sich aufsteigen: hatten die Juden nicht das Unheil auf sich herabgezogen? War die Zerstörung des Heiligtums und der Stadt, die Zerstreuung in die ganze Welt, war das nicht doch ein Strafgericht? … Richtet nicht, auf dass ihr auch nicht gerichtet werdet … sagte der Wanderprediger. Überall wurden nun Gemeinden gegründet, und diese würden die Feindschaften zur Synagoge verstärken. Aber wie sollte es anders weitergehen mit der Frohen Botschaft? Schließlich konnten nicht alle als Wanderprediger durch die Lande ziehen …?

Die Tage wurden länger und heller, die Luft erwärmte sich, die Sonne setzte sich langsam durch. Das erste Grün begann zu sprießen und in der braunen Bergwelt Judäas kündete sich ein kurzer Frühling an. Dann eines Morgens standen alle zur Abreise bereit vor dem Handelshaus. Ein Schiff würde in Joppe ankommen, mit Gütern aus Rom, mit kostbaren Stoffen, Mobiliar und Luxuswaren. Mattitjahu hatte Träger, Esel, Pferde und zwei große Wagen bereitgestellt. Sie würden wieder den gleichen Weg zurückwandern auf dem sie hergekommen waren. Von Joppe aus ging die Reise mit dem Schiff weiter nach Antiochia.

Allen war es schwer ums Herz, denn sie hatten einander liebgewonnen und mit Wehmut dachte Salome an den letzten Abend als sie noch einmal in der Mahlgemeinschaft das Brot brachen und die Worte des Herrn, die er aufgetragen hatte, wiederholten. Wie tief gingen diese Worte, wie geheimnisvoll und wie schwer klangen sie in allen nach. Sie erinnerten sich daran, dass es dort, in der anderen Welt wieder ein gemeinschaftliches Mahl geben würde, dort im Reich Gottes.

Schon gestern Abend gab es Tränen, Dankesworte und immer wieder den Wunsch: Schickt uns bald die neue Schriftrolle, unsere Schriftrolle, unser Evangelium. Das versprachen die beiden.

Nun kam der Abschied von Alexander, Rufus, Hanna und Susanna. Dieser war am schwersten und aus Salomes Augen rannen die Tränen wie in Bächen. Auch die Männer hatten Tränen in den Augen. Hanna schluchzte so, dass sie kein Wort mehr sagen konnte. Nur die kleine Susanna lächelte unter Tränen als Salome sie umarmte. Sie bedankte sie sich aus ganzem Herzen, denn im hohen Alter durfte sie ihre Erinnerungen an Jeshua für ein Evangelium weitergeben. Das war für sie das Höchste!

Salome flüsterte ihr ins Ohr: „Ich habe noch zwei Bitten".

„Welche? Ich erfülle dir jede Bitte, wenn ich kann", erwiderte die kleine Alte.

„Zuerst", lachte nun auch Salome unter Tränen, „erlaube mir, dass ich einmal, nur ein einziges Mal in unserer Schrift deinen Namen erwähnen darf."

Susanna nickte, „und die zweite Bitte?"

„Ich bitte dich von Herzen mit Hanna bei Rufus und Alexander zu bleiben und nicht in diese schreckliche Hütte zurück zu gehen. Schließlich möchte ich, dass du unsere Schriftrolle noch in Händen halten kannst. Lukas und ich machen uns sofort an die Arbeit und ich hoffe, dass dich unser Evangelium noch dieses Jahr erreicht."

Susanna willigte wieder ein, wenn es sie auch offensichtlich Überwindung kostete.

Dann bestiegen alle die Reittiere, die schweren Wagen ruckten an und unter vielen Zurufen setzte sich die Reisgesellschaft in Bewegung. Mattitjahu hatte einen anderen Weg gewählt, hinunter durchs Tyropoiontal, da kamen sie schneller voran. Sie erreichten das südliche Stadttor, welches sie in die judäische Bergwelt entließ. An genau der Stelle wie bei ihrer Ankunft orderte Mattitjahu einen Halt an und gönnte den Abreisenden noch einen Blick auf die zerstörte Stadt. Mit allen Sinnen nahmen Lukas und Salome diesen letzten Anblick in ihre Seelen auf, dann kehrten sie sich ab.

Vorsichtig bewegten sich die Maultiere und Esel die steilen Bergpfade hinunter. Die Reise verlief schweigend und zügig. Am Abend erreichten sie wieder das Dorf Emmaus und bezogen im selben Haus wie bei ihrer Anreise Quartier. Hier in der Ebene war der Frühling schon viel weiter fortgeschritten. Der zarte Grünschleier dominierte, die Mandelbäume blühten, die Narzissen wiegten wieder ihre strahlend gelben Häupter im Wind … Erinnerungen an Galiläa stiegen auf.

Das Mahl am Abend war reichhaltig. Mattitjahu schenkte einen herrlich vollmundigen roten Wein vom Karmel ein und sagte den Becher erhebend: „Wein aus dem Garten Elohims. Ich habe euch zum Abschied ein kleines Fässchen abfüllen lassen."

Der Wein löste die traurige Stimmung und auch etwas die Zungen und so fasste sich Salome ein Herz und fragte Mattitjahu: „Du wirkst wie in einem zweiten Leben. Als wärst du noch einmal geboren worden."

Mattitjahu lachte auf: „Deine Beobachtungsgabe ist nach wie vor bewundernswert und du triffst es genau. Vor einigen Wochen erreichte mich die Nachricht meiner griechischen Ehefrau aus Alexandria. Sie erbat die Scheidung. Sie habe sich taufen lassen und auch unsere Söhne wünschten die Taufe. Sie bat mich zuzustimmen und das habe ich getan. Ja, es ist seltsam. Diese Nachricht hätte mich eigentlich traurig oder sogar zornig stimmen müssen. Aber das Gegenteil geschah: Ich fühlte mich befreit und sah plötzlich einen neuen Weg vor mir. Schon seit langem hadere ich mit meiner sadduzäischen Familie. Es gibt nicht mehr viele Verwandte, wie Großonkel Eljakim, den Lukas kennengelernt hat. Zweifellos wäre ich auch Sadduzäer und Tempelpriester geworden, wenn der jüdische Krieg nicht alles zerstört hätte. Da mein Vater das Unheil kommen sah und mich nach Alexandria schickte, nahm mein Leben einen anderen Verlauf. Die griechischen Philosophen, auch der große Philo prägten mein Denken immer mehr. Dann hörte ich von der Botschaft des Nazareners. Zwischen diesen vielen Denkhäusern irrte ich lange umher, bis – ja bis ihr beide in mein Leben gekommen seid. Die Arbeit für die Schriftrolle, die vielen Gespräche, die Menschen, die ich kennenlernen durfte, das alles hat mir gezeigt wo mein Platz ist: bei den Pharisäern. Sie haben die Katastrophe überlebt, sie wissen einen neuen Weg für uns Juden ... Neulich war ich bei meinem Onkel Eljakim und habe ihm meine Entscheidung mitgeteilt. Er reagierte wie erwartet und verstieß mich. So hat mich dasselbe Schicksal wie Jeshua getroffen. – In Jabne, ganz nah bei Joppe, wo ihr morgen das Schiff besteigen werdet, da treffen wir uns und beraten wie jüdisches Leben weitergehen kann. Die Römer haben es erlaubt, wenn wir uns aus Jerusalem heraushalten. Ich werde bei den Pharisäern noch einmal Schüler werden und in ein bis zwei Jahren hoffentlich nach Tiberias umsiedeln. Dort sollen bereits Schulen existieren. Ich gebe Jerusalem verloren, befürchte einen nochmaligen Zeloten-Aufstand. Aber das alles wird nichts daran ändern, dass Jerusalem für uns verloren ist."

Nun hatten die Drei noch genügend Gesprächsstoff für den ganzen Abend und Salome und Lukas freuten sich, dass Mattitjahu seinen Weg gefunden hatte, wenn er auch nicht in der direkten Nachfolge des Jeshua war.

Das Schiff ankerte schon seit einem Tag im Mare Nostrum, als sie Joppe erreichten.

„Hier bestieg Jona das Schiff, mit dem er vor dem Ewigen fliehen wollte", erinnerte sie Mattitjahu.

„Und hier erweckte Petrus Tabitha, die fleißige Schneiderin, wieder zum Leben. Er wohnte im Hause Simons, des Gerbers," ergänzte Salome.

Wieder fuhren die Boote zwischen Schiff und Ufer hin und her und brachten die kostbare Fracht an Land. Mit dem letzten Boot verabschiedeten sich Salome und Lukas von Mattitjahu. Alle drei konnten kaum sprechen und Salome umarmte den Freund unter Tränen. Mattitjahu zog aus seinem Gewand einen kleinen, zusammengerollten Papyrus, den er Salome übergab: „Ich habe den 103. Psalm für dich abgeschrieben. Die Pharisäer berichteten mir, dies wäre der Lieblingspsalm von Jeshua gewesen. Seine Gedanken waren eng mit diesem Psalm verbunden, darin steht: Gott ist die Liebe. Sehr selten wird in unseren heiligen Schriften der Ewige Vater genannt, aber hier, in diesem wundervollen Psalm gibt es eine Stelle. Lies ihn, wenn du wieder in Antiochia bist und denk an uns, die Halbbrüder des Jeshua aus Nazaret."

Salome war tief bewegt, nahm die Schriftrolle dankend entgegen und folgte Lukas ins Boot. Dort winkten sie dem Freund noch ein letztes Mal zu.

Der Wind stand günstig, die Seeleute lichteten den Anker, die Legionäre standen wachsam auf dem Deck, das Schiff nahm Fahrt auf und die Küste Palästinas verschwand.

Lange saß Salome mit dem Rücken angelehnt am Hauptmast und ließ ihr Gedanken treiben, während Lukas am Bug auf die Wasserfläche blickte. Der Himmel war wolkenlos, erstrahlte in einem geradezu unwirklichen Blau, die Frühlingssonne schickte wärmende Strahlen auf die Reisenden. Wie werde ich schreiben?, dachte Salome, wie erreiche ich die paganen Völker, die Griechen, die Römer und auch die Völker des Ostens und Nordens? – Ich werde versöhnlich schreiben, selten hart. Die Frauen werden wichtig sein und besonders die Mutter des Herrn, wenn er sich wohl auch nicht mit ihr verstanden hat … Die Frauen werden das Evangelium weitertragen. Und ich werde immer auf die Armen und Ausgestoßenen hinweisen, die der Herr so geliebt hat … Und ich werde die Lobgesänge schreiben, die ich in Jerusalem gehört habe: der Gesang Marias, der Lobpreis des Zacharias, das Ehre sei Gott der Engel, bei der Verkündigung an die Hirten, das Dankgebet des greisen Simeon als Jeshua in den Tempel gebracht wurde. Ja, das sind wundervolle Texte … aber: wie fange ich an?

Und plötzlich wusste sie es: Ich schreibe Theophilus nach Rom … *Weil schon manche es unternommen haben, einen zusammenhängenden Bericht über die Begebenheiten zu bieten, die sich unter uns zugetragen, wie sie die ursprünglichen Augenzeugen und Diener des Wortes uns überlieferten, so habe ich mich entschlossen, allem von Anfang an sorgfältig nachzugehen …*

Psalm 103

Preise den Herrn, meine Seele, und alles in mir
seinen heiligen Namen!
Preise den Herrn, meine Seele, und vergiss nicht,
was er dir Gutes getan hat!
Der dir all deine Schuld vergibt und all deine
Gebrechen heilt,
der dein Leben vor dem Untergang rettet
und dich mit Huld und Erbarmen krönt,
der dich sein Leben lang mit Gaben sättigt,
wie dem Adler wird dir die Jugend erneuert.
Der Herr vollbringt Taten des Heils,
Recht verschafft er allen Bedrängten.
Er hat Mose seine Wege kundgetan, den Kindern
Israels seine Werke.
Der Herr ist barmherzig und gnädig, langmütig
und reich an Huld.
Er wird nicht immer rechten und nicht ewig
trägt er nach.
Er handelt an uns nicht nach unseren Sünden
und vergilt uns nicht nach unserer Schuld.
Denn so hoch der Himmel über der Erde ist,
so mächtig ist seine Huld über denen,
die ihn fürchten.
So weit der Aufgang entfernt ist vom Untergang,
so weit entfernt er von uns unsere Frevel.

Wie ein Vater sich seiner Kinder erbarmt,
so erbarmt sich der Herr über alle,
die ihn fürchten.
Denn er weiß, was wir für Gebilde sind,
er bedenkt, dass wir Staub sind.
Wie Gras sind die Tage des Menschen,
er blüht wie die Blume des Feldes.
Fährt der Wind darüber, ist sie dahin;
der Ort, wo sie stand, weiß nichts mehr von ihr.
Doch die Huld des Herrn währt immer und ewig/
für alle, die ihn fürchten.
Seine Gerechtigkeit erfahren noch Kinder
und Enkel, alle, die seinen Bund bewahren, die
seiner Befehle gedenken und danach handeln.
Der Herr hat seinen Thron errichtet im Himmel,
seine königliche Macht beherrscht das All.
Preist den Herrn, ihr seine Engel, ihr starken
Helden, die sein Wort vollstrecken, die auf die
Stimme seines Wortes hören!
Preist den Herrn, all seine Heerscharen,
seine Diener, die seinen Willen tun!
Preist den Herrn, all seine Werke, an jedem Ort
seiner Herrschaft!
Preise den Herrn, meine Seele!

Einheitsübersetzung

III. Teil

Antiochia

Ein zweiter Brief aus Antiochia nach Rom

Levi ben Simon, Sohn des Simon ben Natan, grüßt ehrerbietig den edlen Theophilus Anicius Centho in Rom und erfüllt mit diesem Schreiben das Vermächtnis der Salome bat Natan.

Ehrwürdiger Theophilus, es mag dir merkwürdig erscheinen, dass ich auf eine Frau, Salome bat Natan, die Schwester meines Vaters verweise und nicht auf Lukas den Vaterbruder, mit welchem du korrespondiert hast. Dazu aber alles weitere mündlich.

Salome bat Natan starb vor einem Mond und verfügte, dass ihre gesamten Schriften an dich persönlich übergeben werden sollen. Eine Übergabe durch Boten nach Rom verbot sie ausdrücklich wegen der Unbilden und Gefahren auf dem Weg. Daher ersuche ich dich mit allem Respekt selbst die umfangreichen Schriftrollen auf unserem Landgut, nahe bei Antiochia, abzuholen und zu erwerben.

Unser Reisewagen erwartet dich am Hafen Antiochias wenn du mir deine Abreise mitgeteilt hast. Es ist mir eine Ehre dich und deine Begleiter zu beherbergen. Alle weiteren Formalitäten können wir dann in Ruhe bei der Übergabe besprechen.

Ich grüße dich und erwarte dich mit Freude und Zuversicht.
Friede und Heil deinem Haus und Segen auf deiner Reise.

Levi ben Simon

Kapitel 1

Zwei Reisende aus Rom

Im dritten Regierungsjahr des Kaisers Trajan erstrahlte Antiochia noch unversehrt von Erdbeben und Kriegen in herrlichem Glanz.

Drei Riesenstädte kannte das Römische Imperium: Rom, Alexandria in Ägypten und Antiochia am Orontes, die Hauptstadt der Provinz Syria. Hier wuchs die Gemeinschaft der Christianoi am stärksten und stand in regem Austausch mit den beiden anderen Städten. Bereits zwei Verfolgungszeiten hatte die neue Glaubensgemeinschaft überlebt: die schlimmste war unter Kaiser Nero, acht Jahre vor dem Fall Jerusalems, dann noch einmal flammte die Verfolgung unter Kaiser Domitian auf. Doch nun unter Trajan herrschte Ruhe obwohl der Konflikt mit dem Imperator keineswegs beigelegt war. Die Christianoi verweigerten ihm den Titel Gott und Herr, auch vollzogen sie nicht das Weihrauchopfer.

Antiochia hatte eine halbe Million Einwohner. Die Stadt lag nicht direkt am Mare Nostrum sondern eine ganze Strecke landeinwärts, von starken Stadtmauern umgeben, im Osten geschützt von Bergen. Der Hafen war neben den Fernhandelswegen die wichtigste Verbindung zu anderen Städten des Reiches.

An- und Abreisende, Einheimische, Kinder, Sklaven, Träger, Reisewagen und Handkarren, dazwischen viele Esel und Dromedare verstopften regelrecht die Hafenanlage. Über allem lag ein Gewirr von Stimmen, Sprachen, Rufen und Gelächter.

Zwei Männer verließen ein Handelsschiff, während sich der Ältere, ein noch rüstiger Greis auf seinen jungen Begleiter stützte, der ihn fürsorglich an Land brachte und sich auch um das Gepäck kümmerte. Derweil lockerte der Alte die steifen Glieder, beugte den Rumpf und streckte die Arme um wieder beweglich zu werden. Seine dunklen, immer noch wachen Augen hielten Ausschau, erspähten einen kleinen Reisewagen, dessen Kutscher ebenfalls in der Menge suchte. Die Augen der beiden trafen sich, eine stumme Frage und Antwort, ein kurzes Nicken und der Alte winkte dem jungen Begleiter ihm zu folgen.

„Der Herr Theophilus aus Rom?", richtete der bäurische Kutscher in holprigem Koine-Griechisch seine Frage an den Ankömmling. Dieser bejahte und schon öffnete ein Sklave die Tür des kleinen Reisewagens, half dem Alten beim Einsteigen, während der junge Begleiter das Reisegepäck im Wagen verstaute. Mit Ächzen und viel Knarren setzte sich das Gefährt in Bewegung. Der Kutscher knallte mit der Peitsche, rief dem stämmigen Pferd ein scharfes Ho! zu. So rollte der Wagen langsam auf die Landstraße. Antiochia entschwand den Blicken der Reisenden.

Im Wagen folgten die Augen des Jungen sehnsüchtig der sich langsam entfernenden Stadt.

„Du musst nicht melancholisch werden, lieber Claudius", ließ sich der Alte vernehmen, „auf der Rückreise haben wir sicher noch Gelegenheit in Antiochia bei einem Freund einzukehren und zwei, drei Nächte dort zu bleiben. Dann zeige ich dir die Tempel und das riesige Hippodrom auf der Orontesinsel, für den Besuch in einer Therme werden wir auch Zeit haben. Rom ist nicht zu übertreffen, das ist wahr, aber Antiochia steht Rom wenig nach. Doch zuerst auf dieses Landgut. Ich bin in Anspannung was uns dort erwartet."

„Danke Theophilus, ich danke dir, dass du auf meine jugendliche Neugier Rücksicht nimmst denn die Reise ist für dich beschwerlich, kein Vergnügen, wie für mich. Aber wann komme ich wieder hierher? Es ist eine einmalige Gelegenheit das berühmte Antiochia am Orontes zu sehen."

Über Theophilus altersschönes Gesicht zog ein Lächeln. Er hatte noch volles weißes kurzgeschnittenes Haupthaar, einen ebensolchen kurzen weißen Bart und seine Züge verrieten einen Gelehrten, einen Mann, der sein Leben mit Studium und Lehre verbracht hatte. Er wirkte nach innen gekehrt, hörte nur halb zu und zog aus seiner Toga einen Brief, der gut verschnürt war. Langsam band er ihn auf und las konzentriert mit zusammengekniffenen Augen.

„Du wirst bald Auskunft erhalten was das alles bedeuten soll", lachte sein Begleiter, „ich verstehe deine Unruhe und auch ich bin verwirrt: da ist von einer Frau die Rede – sehr merkwürdig."

Theophilus nickte: „Außerdem ist ziemlich deutlich geschrieben, dass es hier nicht um eine Übergabe sondern um den Verkauf der Schriften geht. Wir werden sehen. Aber ich muss das Angebot ernst nehmen. Schließlich habe ich gut zwei Jahrzehnte mit Lukas ben Natan korrespondiert und es schmerzt mich, dass dieser fruchtbare Gedankenaustausch durch seinen Tod beendet wurde. Aber nie schrieb er von Schriftrollen, nie. Ich vermisse ihn sehr, es gibt keinen Ersatz."

„Wie seid ihr in Kontakt gekommen? War der Beginn die Abschrift und Zusendung der römischen Schriftrolle zu den Christianoi nach Antiochia?"
„Ja, die römische Schriftrolle. Sie ist kostbar und einmalig und ein großer Schatz für unsere Gemeinden. Damals, als ich vor fünfundzwanzig Jahren in den Besitz dieser Schrift kam, fühlte ich mich verantwortlich auch den Antiochenern eine Abschrift zukommen zu lassen. Daraus entwickelte sich langsam, nicht mit dem Presbyter Flavius Julius, sondern mit Lukas ein intensiver Briefverkehr. – Ach, Claudius, schlimmer als der eigene körperliche Verfall ist im Alter der Tod von Freunden, von Menschen, die mich lange begleitet haben. Abschied ist angesagt, Abschied von dieser Welt."

„Theophilus, so kenne ich dich gar nicht, so melancholisch!", rief Claudius erschrocken aus.

„Ich bin nicht melancholisch mein Lieber, ich bin realistisch. Noch hast du viele Jahre vor dir, ich hoffe es. Dann, wenn du mein Alter erreicht hast, dann wirst du mich verstehen. Aber schauen wir nach vorn: Neugierig bin ich schon was diese Schriftrollen zu bedeuten haben. Warum hat er sie nie erwähnt? Ist er erst vor kurzem in ihren Besitz gekommen? Doch werden sie einen Wert haben, wenn wir selbst anreisen müssen."

„Vielleicht ein Schwindel? Vielleicht will dieser Levi ben Simon mit uns ein betrügerisches Geschäft machen?"

„Soll er", meinte der Alte gelassen, „es sollte mich wundern würden wir darauf reinfallen. Aber wer ist diese Salome?"

Claudius Augen folgten der Landschaft: ab und an einige karge Pinien, Wildesel suchten nach essbaren Pflanzen und viele Bauern waren zu Fuß unterwegs nach Antiochia, darunter auch Frauen, die ihre Lasten geschickt auf den Köpfen trugen.

„Ob die Schriften über Paulus Auskunft geben? Soviel Widersprüchliches wird über ihn berichtet. Entweder die Menschen sind begeistert und für ihn, oder es ist das Gegenteil. Einige lehnen ihn ab, manche fast mit Hass. Nie weiß ich wem ich glauben kann", begann Claudius wieder das Gespräch.

„Mein lieber Freund", entgegnete ihm der Alte, „mit den Schilderungen von Menschen und Ereignissen ist das so eine Sache. Du weißt selbst, wie in den Prozessen die Zeugen eine Tat ganz unterschiedlich beschreiben. Warum soll das alles falsch sein? Es kommt immer auf das Auge und die ganz persönlichen Erfahrungen des Betrachters an. Viele Zeugnisse, auch manche die sich widersprechen, können doch ein vollständiges Bild geben, besser als nur eine Aussage. Ist nicht jeder Mensch widersprüchlich? Wurde nicht auch Jesus von Nazaret ganz unterschiedlich gesehen und beurteilt? Die einen liebten ihn, die anderen hassten ihn. Für mich ist eine Schilderung dann glaubwürdig wenn sie widersprüchlich scheint, dann ist sie einfach echt."

Claudius Misstrauen blieb: „Wieso fahren wir auf ein Landgut? Wieso lebte Lukas nicht in Antiochia? Er war ein gebildeter Mann und ich wäre nie auf den Gedanken gekommen, dass er auf einem Bauernhof lebt."

„Das frage ich mich auch. Vielleicht hat er sich die letzten Jahre auf sein Gut zurückgezogen. Aber wenn ich den Brief richtig verstehe dann hatte eine Frau das Sagen. Salome, wohl die Schwester des Lukas. Ehrlich, ich kenne keine Frau die ihrem Neffen quasi befiehlt und anscheinend den Nachlass eigenständig geordnet hat. Die Frauen der Christianoi sind anders als die Frauen der paganen Völker. Aber dass sie selbständig Erbschaftsangelegenheiten regelte ... außergewöhnlich."

Der Wagen holperte in gemächlichem Tempo auf der Straße dahin, weiter ins Land hinein und nun wurde die Gegend lieblicher. Die ersten Bauernhäuser lagen zwischen kleinen Hügeln, Olivenhaine breiteten sich aus, auch Ackerland war zu sehen.

„Wir nähern uns unserem Ziel", meinte der Alte. Seine Stimme verriet Anspannung, sogar Beklemmung. Nun sahen die Reisenden gepflegte Weinberge, die Reben schon gut entwickelt. Eine Mulde öffnete sich und ein Landgut wurde sichtbar auf das der Wagen zurollte.

„Beim Herakles! Das ist kein Bauernhaus, das ist schon eine Villa Rustica", rief Claudius völlig überrascht aus.

Theophilus zog seine Augenbrauen zusammen: „Lass deinen Anruf zu Herakles! Wir sind Christianoi. Ja, ich gebe dir recht: eine prächtige Anlage, sogar mit Portikus. Das ganze Wohnareal mit Hecken abgegrenzt. So wohnen

römische Patrizier. Ich hatte mir einen einfachen Bauernhof vorgestellt."
Schon stürzten sich mehrere Sklaven auf den Reisewagen, nahmen das
Gepäck in Empfang, verneigten sich, und ein Hausverwalter hieß die bei-
den willkommen.

Auf der kleinen Treppe der Villa Rustica erschien ein Mann in den besten
Lebensjahren, stattlich, gut gekleidet und seiner Haltung nach der Besitzer und Dominus. Er ging den Ankömmlingen entgegen, doch in seinem
Gang, und noch mehr in seiner Mimik zeigte sich Unsicherheit, sogar etwas Abneigung. Trotzdem verbeugte er sich höflich und richtete die üblichen Grußworte an Theophilus, welcher diese freundlich erwiderte. Mit
Erstaunen bemerkte er die unruhigen Augen seines Gegenübers die keinen Halt fanden, wie irrlichternd über die Gäste flackerten und so ein
nicht ausgesprochenes Un-Willkommen verrieten.

„Tretet ein in mein Haus", sagte er formell und wandte sich dem Gebäude zu.
Gleich am Anfang warteten Sklaven auf die Ankommenden um ihnen die
Füße vom Reisestaub zu waschen. Während Theophilus genussvoll und
aufatmend seine Füße ins Wasser stellte, ließ er seine Augen schweifen: Sie
befanden sich tatsächlich in einem vornehmen römischen Haus mit Atrium, einem gepflegten Springbrunnen und anschließendem Garten.

Levi ben Simon, so hatte sich der Gastgeber vorgestellt, bat die beiden nun
in einen Raum, der offensichtlich sein Arbeitsplatz war. Es überraschte eine
stilvolle, gepflegte und nahezu feierliche Atmosphäre. Sogar Fresken
schmückten die Wände. Levi setzte sich hinter einen breiten Schreibtisch
auf dem kein einziges Blatt lag. Die polierte Tischplatte schimmerte makel-
los, wirkte wie neu. Wunderschön geflochtene und geschnitzte Sessel mit
teuren Polstern standen im Raum verteilt. Nachdem die beiden Platz genommen hatten, reichten Sklaven ein erfrischendes Wasser mit Zitronen.

„Nun freue ich mich, dass unsere Begegnung realisiert wurde", eröffnete
der Dominus das Gespräch, „ich will das Vermächtnis meiner Tante Salome erfüllen und auch abschließen. Sie und Lukas, mein Vaterbruder, haben umfangreiche Schriften angefertigt" ... er räusperte sich, „die ich nun
veräußern möchte. Damit ist für mich die Sache abgeschlossen."

Theophilus lachte innerlich: So, so ... er will verkaufen, nicht übergeben.
Er will ein Geschäft machen. Schwerlich kann ich mir vorstellen, dass Lukas dies verfügt hat. Aber was soll diese Salome?

Levi erkundigte sich nun höflich nach dem Verlauf der Reise und war begierig über Rom zu hören. Wie gern würde er die Kaiserstadt mit eigenen Augen sehen! Nach weiteren ausgetauschten Artigkeiten kam Theophilus wieder auf den Grund ihrer Reise zu sprechen: „Verehrter Levi", begann er langsam und überlegt, „doch bitte ich dich, bevor wir über geschäftliche Dinge reden, dass ich zuerst die Schriften sehen und in aller Ruhe studieren kann bevor ich mich entscheide sie zu erwerben."

Ein sichtbares Aufatmen ging durch Levi und er meinte betont lässig, fast nachlässig: „Edler Theophilus, von einer Schrift kann nicht die Rede sein, es handelt sich um zwei sehr umfangreiche Schriftrollen in Salomes Schreibkammer. Aber bevor wir über Dinge reden, die du nicht kennst: besser wenn ich euch dorthin führe und ihr euch selbst von der Qualität der Schriften überzeugen könnt." Nach einem kurzen Zögern setzte er hinzu: „Ich hoffe euch nicht zu enttäuschen, denn es geht wohl ausschließlich um diesen merkwürdigen Rabbi Jeshua, diesen jüdischen Wanderprediger, dem Lukas und Salome anhingen. Ich für meinen Teil halte nichts davon aber man muss den Willen der Verstorbenen respektieren und dies tue ich hiermit."

Abrupt stand er auf und lud die beiden Römer ein ihm zu folgen. Sie schritten durch das kleine Atrium, durchquerten einige Wirtschaftsräume und gelangten auf der Rückseite des Hauses zu einem Anbau.

Levi ben Simon öffnete die leicht knarrende Tür und führte seine Gäste in einen kleinen dunklen Raum. Er stieß einen Fensterladen auf und das einströmende Licht ließ viele Staubpartikel auftanzen, erleuchtete die Kammer. Die Schreibstube war sehr ordentlich aufgeräumt. In einem die ganze Wand ausfüllenden Regal lagen drei umfangreiche Schriftrollen. Ein alter abgenutzter Schreibtisch stand in der Mitte des Raumes, davor ein hölzerner Schreibsessel mit dicken Polstern. Im Raum verteilt mehrere Hocker, an den Wänden waren Landkarten befestigt.

„Bitte", wies Levi Theophilus an, „nimm Platz. Hier an diesem Schreibtisch hat Lukas unentwegt gearbeitet, während Salome auf und ab ging und ihm diktierte. Hier liegt ein Brief an dich." Er wies auf einen zusammengeschnürten, versiegelten Brief, der in der Mitte des Schreibtischs lag. „Gestattet mir, dass ich mich jetzt zurückziehe", verabschiedete sich Levi, verbeugte sich leicht und zog die Tür hinter sich zu. Die Beiden waren allein. Theophilus setzte sich an den Schreibtisch, zögerte eine Weile, dann nahm er den Brief, der von einer Staubschicht bedeckt war, erbrach das Wachssiegel und entfaltete die Blätter. Neugierig musterte er die Zeilen und reichte alles an Claudius weiter. „Mein Lieber, lies du, meine alten Augen haben Mühe das zu entziffern. Die Schrift ist klein und das Vorlesen ist neben meiner Begleitung dein Amt auf dieser Reise."

Claudius zog einen Hocker heran, setzte sich und begann zu lesen:

„Geliebter Theophilus, verehrter Freund und Jünger unseres Herrn,
nun bist du in meiner Schreibstube angekommen, dem Ort an dem ich die glücklichsten Stunden meines Lebens verbrachte. Hier verfasste ich mit Hilfe meines treuen Lukas alle Schriften, die von Jesus von Nazaret und seinen Taten künden. Oft träumte ich davon, dass ich dir persönlich die Schriftrollen übergeben könne: Mein Evangelium über Leben, Leiden, Tod und Auferstehung des Herrn, sowie meine Schriftrolle über die Taten der Apostel. – Aber ich verzichtete darauf dich persönlich zu treffen, denn es hätte mein Geheimnis zerstört und mich als Verfasserin gezeigt. Aufgeschrieben hat alles mein vielgeliebter Bruder Lukas, der mir vor einigen Monden in das Reich Gottes vorausgegangen ist. Nun bleibt mir nichts anderes übrig als dieses letzte Schreiben mit meinem wahren Namen an dich zu richten: Salome bat Natan.

Geliebter Freund, du hast viele Jahre mit mir korrespondiert, nicht mit Lukas. Verzeih mir die Täuschung. Lukas war mein Begleiter, Berater, Schriftkundiger und eine große Stütze. Aber die Verfasserin der Schriften bin ich, Salome bat Natan ..."

Claudius hatte langsamer vorgelesen und verstummte.

Theophilus saß zurückgelehnt im Sessel und hörte mit geschlossenen Augen konzentriert zu. Dann sagte er leise lachend: „Weiter ..."

Claudius fuhr fort:
„Es war nie meine Absicht meinen Namen bekannt zu machen, denn was gilt schon eine Frau? Wir sind im Besitz des Pater Familias und verfügen kaum über Rechte. Ein Evangelium geschrieben von einer Frau? Man würde vom Orontes bis zum Tiber schallend lachen und würde nichts ernst nehmen. Deshalb gebe ich Lukas als den Verfasser aus. Mein Geheimnis wollte ich bis zum Ende meines Lebens wahren aber dann riss ein plötzlicher Tod den geliebten Bruder von meiner Seite. Ich fühle, dass ich bald nachfolgen

werde und muss handeln. *Zwei Abschriften meines Evangeliums sind bereits in den Gemeinschaften von Jerusalem und Kafarnaum. Doch will ich sicher sein, dass auch dich meine Schriften erreichen und musste nun Levi damit beauftragen. Von Rom aus wird mein Evangelium den Siegeszug antreten. – Als weitblickende und nüchterne Frau weiß ich jedoch: Levi wird dir die Schriften nicht einfach übergeben, er will sie verkaufen. Das ist nicht in meinem Sinn. Aber die Zeit und die Möglichkeit mein Werk würdig in deine Hände zu übergeben schwinden von Tag zu Tag. Für eine Frau habe ich ein stattliches Alter von über siebzig Jahren erreicht und ich sah in der Gnade des langen Lebens auch die Verpflichtung alles, wirklich alles aufzuschreiben, was Lukas und ich auf unseren Reisen nach Galiläa und Judäa von den letzten Augen- und Ohrenzeugen erfahren hatten. Zudem sammelte ich viele Erinnerungen und schrieb diese in einer zweiten Schrift nieder, die ich TATEN DER APOSTEL nenne.*

Ich bete zum Herrn, dass er alles zum Guten lenkt und mein Werk unbeschadet in deine Hände gelangt.

Schau auf das Regal an der Wand. Du siehst darin eine große Schriftrolle mit einem blauen Band zusammengebunden. Diese birgt die wichtigsten und kostbarsten Aufzeichnungen über unseren Herrn Jesus Christus, mein Evangelium. In einer weiteren Schriftrolle, die mit einem braunen Band verschnürt ist, sind die Taten der Apostel aufgezeichnet, so wie sie mir Zeugen in Jerusalem und Antiochia erzählt haben. Auch liegt die vielgeliebte römische Schrift, welche du uns vor vielen Jahren nach Antiochia gesandt hast, in diesem Regal. Bitte nimm auch diese an dich. In diesem Haus gibt es keine Verwendung.

Nun weiter: Levi braucht Geld. Er ist ein schlechter Verwalter des Landguts und kann nicht wirtschaften. Nach meinem Tod wird sich alles auflösen, ich kenne ihn. Er hört auf Schmeichler, lässt sich von Dummköpfen benutzen, hat Frauengeschichten und braucht viel Geld, das er in Eitelkeiten verschwendet. Aber das ist nicht wichtig. Wichtig ist allein, dass meine Schriften in deine Hände kommen. Levi wird sich sofort in Schulden stürzen und die Gläubiger werden ihn bedrängen. – Deshalb habe ich vorgesorgt und wenn du am Regal an der hinteren unteren Wand eine Erhebung ertastest, dann drücke leicht darauf, ein Geheimfach wir sich öffnen. Darin findest du zwei Beutel mit Silberdenaren. Das ist genug und Levi wird damit zufrieden sein. Nimm diese Denare von mir, ich bitte dich! Verwende kein eigenes Geld, du wirst es noch für Abschriften brauchen."

Wieder hielt Claudius inne und blickte Theophilus an, der mit geschlossenen Augen zugehört hatte. Er nickte kurz und deutete auf das Regal. Claudius stand auf, tastete im beschriebenen Fach, fand Zugang und die beiden Beutel, die er schweigend auf den Schreibtisch stellte. Theophilus lachte wieder leise und auf und sagte: „Lies weiter …"

Claudius fuhr fort:

„Nun hoffe ich, dass du alles so vorfindest wie ich es beschreibe. Im untersten Fach findest du noch eine schwere Karaffe mit einem unserer herrlichen samtenen Rotweine, dazu römische Gläser. Ich nehme mal an, dass du nicht allein gereist bist sondern einen Begleiter hast. Genießt diesen Wein und denkt an mich, auch an meinen getreuen Bruder und Mitarbeiter Lukas.

Geliebter Theophilus, trage meine Schriften, meine Frohe Botschaft zu den Menschen in der paganen Welt. Für sie habe geschrieben. Dies soll unter dem Namen Lukas geschehen, nur so wird man die Schriften annehmen. Ich habe meinen Auftrag hiermit erfüllt. Es grüßt euch mit Liebe in unserem Herrn und Erlöser Jesus Christus, deine Schwester Salome, die dich im Reich Gottes erwartet.

Salome bat Natan"

Theophilus hatte die Hände vor das Gesicht gelegt, er atmete tief durch. Dann öffnete er die Arme und wies wieder auf das Regal. Schweigend brachte Claudius die Karaffe mit Rotwein und zwei wunderschöne römische Noppengläser. Dazu legte er ein kleines Leintuch.

Theophilus lachte: „Sogar an ein Reinigungstuch hat sie gedacht." Er nahm das Tuch und säuberte die leicht verstaubten Gläser. Claudius öffnete die Karaffe, goss den rubinroten Wein in die Gläser.

Die beiden Männer sahen sich an, erhoben die Gläser und der Alte sagte ruhig: „Auf Salome bat Natan und ihre Botschaft."

Kapitel 2

Entdeckungen

Levi lud zum abendlichen Mahl, zum Cena auf die Terrasse ein. Er erwies sich als großzügiger Gastgeber, die Tafel war reichlich gedeckt mit gebratenem Fleisch, Oliven, Backwaren, Früchten und einem köstlichen Brot. Dazu servierte der Dominus Wein aus eigenem Anbau. Theophilus hielt sich mit dem Trinken geschickt zurück, er nutzte die entspannte Stimmung, denn Levi war nach Erhalt eines Beutels mit Silberdenaren regelrecht umgeschwenkt. Er war nun offen, gesprächsbereit und freundlich, fast geschwätzig. Der Wein tat zusätzlich seine Wirkung und Theophilus lenkte den Gastgeber unauffällig durch eine Unterhaltung die eigentlich ein Verhör war.

Levi erzählte bereitwillig von Salome bat Natan, dieser Frau, die Respekt, Bewunderung, aber auch Neid, unterdrückte Wut und Kränkungen in der Familie ausgelöst hatte. Man brauchte sie und man lehnte sie gleichzeitig ab. – Natürlich, dachte Theophilus: eine dominante Frau demütigt unbewusst aber sicher auch bewusst die Männer in der Familie. Durch geschickte Fragen verwandelte er den ehemals wortkargen Hausherrn zu einem Wasserfall v Erzählungen.

Und Levi erzählte bis tief in die Nacht hinein …

„Wir sind Juden, ich meine ursprünglich waren wir es, von unserer Abkunft her. Aber schon mehrere Generationen leben wir in Syria und haben griechische Frauen geheiratet. So sind unsere Kinder nach jüdischem Gesetz keine Juden mehr, denn dazu braucht man eine jüdische Mutter. Die Tradition der Beschneidung ging zurück, wir essen nicht mehr koscher, nur vom Schweinefleisch halten wir uns fern. Wir feiern Pessach und das Laubhüttenfest, jedoch in freier Form. Den Sabbat halten wir nicht mehr streng. Im Dorf gibt es schon lange keine Synagoge mehr. Geblieben sind die jüdischen Namen, ein Relikt, das eher verwirrt. Doch meine Onkel hatten bereits griechische Namen: Andreas und Lukas. Meine Söhne wollen nun griechische Namen annehmen und mein ältester Sohn Juda nennt sich bereits Alexios. – Ihr seid Römer, Weltbürger und so kann ich frei zu euch sprechen, muss nicht fürchten, dass ich Ärgernis errege.

Mein Großvater Jakov ben Natan hatte fünf Kinder, eigentlich noch mehr, aber nur fünf überlebten: Der Älteste war Simon, mein Vater, dann kamen Juda, Andreas und Lukas. Vor Lukas wurde Salome geboren, das einzige Mädchen welches die Kindheit überlebte.

Salome ... wie soll ich beginnen? Nun, da alles vorbei ist und Lukas und Salome tot sind ... ihr seid Fremde, werdet in einigen Tagen zurückreisen... warum soll ich euch nicht die Wahrheit sagen? Ich meine die Gedanken, die ich stets für mich behielt und noch nie ausgesprochen habe...Dem ewigen Gott hat es nämlich gefallen alle geistigen Gaben, Talente, Schönheit und Willenskraft in dieses eine Kind zu legen: in Salome, nicht in ihre Brüder. Sie waren eher unauffällig, nicht schön, nicht hässlich, nicht beredt, nicht durchsetzungsstark, vielleicht sogar etwas langweilig. Nicht so Salome. Rein äußerlich war sie eine Schönheit. Groß, sehr groß mit einem ovalen Gesicht, dunklen, feurigen Augen, schönen Lippen und einer recht großen aber zu ihr passenden Nase, schwarzem Haar, eine edle Gestalt und eine recht helle Haut. Selbst im Alter war sie noch schön und Respekt heischend. Sie überragte die Brüder um Haupteslänge, was sehr ärgerlich war. Dazu hatte sie einen scharfen Verstand, eine schnelle Zunge und sie konnte rasch lernen. Ihr Gedächtnis war gefürchtet, denn sie vergaß nichts und dazu war sie stolz, oft hochfahrend, konnte verletzend sein. Ihr unbändiger Freiheitsdrang und ihr alles bezwingender Wille waren gefürchtet. Nichts schien sie zu ängstigen. Die Mutter starb nach der Geburt von Lukas und so wuchsen die beiden Kleinen, wie die Brüder sie nannten, fast getrennt von den anderen auf. Sie kannten nur die Fürsorge von Ammen, aber keine Mutterliebe. Umso mehr schlossen sie sich zusammen, waren ein Herz und eine Seele, viel enger miteinander verbunden als mit den großen Brüdern. Obwohl später Salome zwanzig Jahre in Antiochia lebte und in ganz anderen Kreisen verkehrte, blieb das Band der Geschwisterliebe fest und unzerstörbar. Wäre Salome ein Knabe gewesen, der Erstgeborene, ach, es hätte alles so viel einfacher gemacht. Aber sie war nun einmal ein Mädchen und bereitete ihrem Vater Jakov viel Kummer. Das alles berichtete mir mein Vater Simon, der Erstgeborene."

Levi hielt inne, nahm einen Schluck Rotwein, einen Schluck Wasser und fuhr fort: „In manchem blieben wir der jüdischen Tradition treu. So war es selbstverständlich, dass alle Söhne lesen und schreiben lernten. Für die Mädchen war das nicht vorgesehen. Damals gab es in der Nähe unseres bescheidenen Bauernhofs eine kleine Synagoge, mit einem Rabbi, der die Knaben unterrichtete. Salome wollte unbedingt lesen und schreiben lernen, was man ihr natürlich verwehrte. Schlau wie sie war, wartete sie bis Lukas in die Synagogenschule ging und lernte durch ihn mühelos und schneller als alle Brüder die Kunst des Lesens und Schreibens. Sie hat auch von uns allen am besten die aramäische Sprache bewahrt. Und so ging es weiter ... Von sich aus lernte sie bei einem gebildeten Sklaven ein gutes Griechisch, er musste sie ständig korrigieren und ihr schwierige Wörter erklären, ja sie schaffte es sogar bei einem alten Römer, der oft bei uns Wein einkaufte und der wohl auch wegen ihr gerne kam, also von ihm lernte sie einigermaßen Latein. Vater Jakov war oft verzweifelt und wollte sie so schnell als möglich verheiraten. Aber wer wollte eine derartig dominante Frau, die sich auch nicht hinter einem Mann einordnen wollte? Selbst ihre Schönheit war kein Lockmittel und die schlaue Salome verhielt sich auch ganz bewusst so, dass alle heiratsfähigen Männer in ihrem Umkreis regelrecht die Flucht ergriffen."

Theophilus und Claudius brachen unwillkürlich in Gelächter aus.

Levi schüttelte den Kopf: „Lacht nur, aber die Familie konnte nicht lachen. Wohin mit diesem Mädchen, das sich stets erfolgreich durchsetzte und sich auch noch über Männer lustig machte? Wir wurden – so erzählten es mir die Vaterbrüder – regelrecht zum Gespött der Bauern. Salome wollte lernen, nicht heiraten und Kinder gebären. Das verkündete sie ganz offen. Und sie wollte frei wie ein Mann leben. Manche rieten meinem Großvater die ungehorsame Tochter als Sklavin zu verkaufen. Das wäre ein letzter Ausweg gewesen. Doch Salome kannte die Gefahr und erwies sich im Handel, im Feilschen, im Übersetzen wenn Fremde kamen, bald als unverzichtbar. Außerdem konnte sie blitzschnell rechnen, sie entdeckte sofort jeden Betrug, gleich ob es um Wein, Korn, Oliven oder Lämmer ging. Wir alle wussten, dass sie uns einige Male vor großem Schaden bewahrt hatte, weil sie auf vornehme Käufer nicht hereinfiel und sich auch nicht einschüchtern ließ. Wenn Männer über sie lachten und sie nicht ernst nahmen, war ihr das gerade recht. Überheblichkeit und Unvorsichtigkeit nutzte sie geschickt aus. Wer würde ihren Platz einnehmen wenn sie als Sklavin verkauft würde? Niemand von den Brüdern – da waren sich alle ohne Worte einig. Also duldeten alle mit Zorn im Herzen ihre Dominanz ... Dann ereignete sich etwas Merkwürdiges. Es war ein Morgen im Hochsommer, als ein ausgemergelter, verrückt erscheinender Wanderprediger auf den Hof kam. Er bat um Wasser, was man ihm gewährte und dann saß er lange Zeit unter dem großen Ölbaum auf halbem Weg vor dem Haus, rührte sich nicht bis die Dämmerung hereinbrach. Dann stand er auf und ich sehe noch, wie er seinen Wanderstab erhob und mit einer unglaublich lauten und volltönenden Stimme rief: Der Herr hat mich gesandt, euch das Reich Gottes zu verkünden, den Armen die Frohe Botschaft zu sagen, die Rechtlosen aufzurichten … Sofort versammelten sich einige Sklaven und Tagelöhner um ihn, während mein Vater abwinkte und mit den Brüdern im Haus verschwand. Ich war damals noch ein halber Knabe und natürlich sehr neugierig. Meine Brüder und Vettern blieben ebenfalls stehen und wir beobachteten den Alten. Unsere Zeit ist immer noch reich an Spinnern und sogenannten Propheten. Seit Jahren verkündeten sie damals schon das Ende der Römerherrschaft und die Aufrichtung des neuen Reiches von König David. Wir hörten diesen lachend zu. Aber dieser Mann sprach ganz anders. Worte, die wir so noch nie gehört hatten. Er sprach von der Gerechtigkeit und Barmherzigkeit Gottes, von einem Reich Gottes, das kommen würde, denn ein Mann wäre erschienen, weit weg von hier in Palästina, in Galiläa … Unsere Mütter scheuchten uns ins Haus, verboten, dass wir zuhörten. Der Wanderer aber predigte und predigte bis in die Nacht hinein. Es war Vollmond und die Szene faszinierte mich, später schlich ich mich noch einmal vor das Haus um ihn zu hören. Mein Vater stand sogar in der Haustüre und hörte ihm auch zu und ich sah auch Salome, die sich zu den Zuhörern unter dem Ölbaum gesetzt hatte. – Sie muss dort die ganze Nacht geblieben sein und habe auch viele Fragen gestellt, welche der Prediger beantwortete, so erzählten es später die Sklaven. Zwischen ihr und dem Alten sei eine regelrechte Diskussion entstanden und sie sei immer stiller geworden. Am nächsten Morgen teilte uns Salome knapp mit, dass sie den Tag beschäftigt sei und nicht gestört werden wolle. Sie verschwand in ihrer Kammer und ließ sich nicht sehen. Der Wanderprediger blieb unter dem Ölbaum sitzen und verschlief den Vormittag, den Mittag … die Hitze war unerträglich geworden und als die Dämmerstunde anbrach, sah ich, wie Salome auf ihn zutrat und ihm etwas zusteckte, vermutlich Brot. Auch hatte sie einen Ziegenbalg mit Wasser gefüllt, den er dankend entgegennahm. Er verließ den Hof, ging in die mondhelle Nacht hinaus … wir haben ihn nie wieder gesehen."

Levi hielt inne, nahm wieder einen Schluck Wein. Seine Gedanken waren weit weg, eingetaucht in die Vergangenheit. Seine Zuhörer konnten sehen wie ihn die Erinnerungen überfielen, in Bann schlugen. Dann redete Levi weiter: „Ab da war Salome verändert. Sie hatte ihren Stolz und Spott verloren. Sie wurde stiller, ruhiger, nicht mehr so schroff und rastlos. Wir alle atmeten auf. Was uns allerdings störte: Sie setzte sich nun zu den Sklaven, kümmerte sich um Kinder und Kranke, sowohl auf unserem Hof als auch in der Umgebung. Sie schwindelte nicht mehr wenn Käufer kamen. Früher hatte sie öfter den Männern den Kopf verdreht, dass sie sogar zu deren Ungunsten abrechnen konnte, da war sie sehr geschickt gewesen. Nach der Begegnung mit dem Wanderprediger hörte sie damit auf. Jaaa … Sie war und blieb für uns ein Rätsel. Immer noch war sie unverheiratet obwohl nahezu zwanzig Jahre alt. Mein Großvater machte sich aber durch ihre Wesensveränderung nun doch Hoffnungen. Aber welcher Mann schaut gern zu einer Frau auf? Wirklich, es hat uns alle wütend gemacht, dass sie mit ihrer Größe auf uns herabschaute. Dazu ihre geistige Überlegenheit, die sie jetzt aber nicht mehr offen zeigte. – Langsam ging auch mit Lukas eine Veränderung vor sich, so berichtete mir mein Vater. Er beschäftigte sich viel mit der Tora, und Salome hatte ihm sogar die Tora und andere heilige Schriften in griechischer Übersetzung besorgt. Die … wie heißt das?"

„Die Septuaginta," warf Theophilus schnell ein.

„Richtig. Das Studium dieser Septuaginta band die beiden noch enger zusammen. Salome hatte sie von dem alten Römer erstanden, der ihr Latein beigebracht hatte. Woher hatte sie das Geld? – Lukas heiratete dann, widerwillig. Aber für Salome fand sich kein Mann …

Die Lösung kam dann von ganz unerwarteter Seite. Eines Tages verunglückte der Reisewagen eines vornehmen Antiocheners ganz in der Nähe unseres Bauernhofs. Ein Rad war gebrochen und das bedeutete eine aufwändige Reparatur, keine Weiterreise. Der Reisende war ein reicher Grieche mit Namen Apollos, ein Mann im fortgeschrittenen Alter. Wir mussten ihn in unser Haus aufnehmen denn es war schrecklich heiß, dazu kurz vor der Ernte, es gab alle Hände voll zu tun.

Apollos erwies sich als großzügiger Gast und legte gleich einige Denare auf den Tisch. Ich sehe noch, wie mein Großvater Jakov sich vor diesem Gast regelrecht fürchtete. Er musste bewirtet werden und man musste mit ihm sprechen, verhandeln. Wie mit diesem Herrn reden? Er war ein gebildeter und wohlhabender Mann, das sah man an seiner Kleidung, dem Wagen und dem ganzen Auftreten. – Mein Vater Simon, der auch Angst hatte sich als Ältester um ihn kümmern zu müssen, kam dann auf die Idee: Salome! Salome musste her und den Vornehmen bedienen. So wurde sie aus dem Weinberg geholt. Sie wusch sich schnell Hände und Gesicht, ordnete die Haare, zog ein sauberes Gewand über und trat so dem Fremden gegenüber.

Nie vergesse ich diese erste Begegnung. Ich stand neugierig in der Tür und musste von meiner Mutter weggezerrt werden. Noch heute sehe ich Apollos und Salome vor mir, wie sie sich gegenüberstanden. Apollos überragte sie, er war ein stattlicher Mann mit den scharfen Gesichtszügen eines Gelehrten. Salome wirkte wie immer selbstbewusst, zurückhaltend und leicht trotzig. – Meine Mutter sagte später: der Blitz schlug ein, jedenfalls bei Apollos. Salome bewirtete ihn und er bestand darauf, dass sie sich zu ihm setzte und sich mit ihm unterhielt. Und so saßen die beiden vor unserem schäbigen Bauernhaus und redeten und redeten ... Am Spätnachmittag war das Rad repariert, der Wagen wieder reisefähig. Doch Apollos wollte nicht aufstehen, er konnte sich von Salome nicht trennen. Mein Vater machte ihn schließlich darauf aufmerksam, dass er weiterreisen könne. Apollos überlegte kurz und verlangte meinen Großvater zu sprechen. Dieser kam und die beiden verschwanden ins Haus. Es war etwas im Gange, es lag etwas in der Luft, das spürten wir alle und so schlichen wir um das Haus herum um nichts zu verpassen. Dann war das Gespräch zwischen den Männern beendet. Apollos trat auf Salome zu und redete sehr ernsthaft mit ihr. Worüber haben wir erst später erfahren. Sie zeigte sich erschrocken, riss die Augen auf, wich einen Schritt zurück. Dann stellte sie Fragen, die Apollos direkt und kurz beantwortete. Sie nickte, verschwand im Haus und kam mit einem Bündel wieder. Sie umarmte ihren Vater, lächelte uns recht freundlich zu und folgte ohne ein Wort der Erklärung Apollos zu seinem Reisewagen. Apollos hielt die Tür offen als sei sie eine Domina, ließ sie einsteigen, folgte ihr, der Kutscher knallte mit der Peitsche, der Wagen ruckte, fuhr an und bald waren sie in einer Staubwolke verschwunden.

Danach brach die Hölle los! Alle redeten, schrien durcheinander, einige Frauen heulten auf, es war ein Tumult ohnegleichen. Allein mein Großvater Jakov stand wie versteinert. Nun wurde er mit Fragen bestürmt: Was war geschehen? Hatte er Salome als Sklavin verkauft? Meinem Großvater fehlten zunächst die Worte, dann sagte er mühsam: Nein, er wollte sie nicht als Sklavin ... er will sie heiraten. – Ein Aufschrei und ein Getöse an das ich mich noch heute lebhaft erinnere ... Tage- und wochenlang gab es kein anderes Gesprächsthema und die meisten waren überzeugt: in einigen Tagen ist Salome zurück, rausgeschmissen.

Aber sie kam nicht, die nächsten Wochen erfuhren wir nichts. Es wurden Wetten abgeschlossen, aber Salome blieb weg. Dann, nach zwei Monden kam ein Bote und brachte Lukas einen Brief. In diesem Brief teilte Salome ihrem Lieblingsbruder mit, dass Apollos sie tatsächlich geheiratet habe. Sie lebte nun in Antiochia. Ihr Ehemann sei Rechtsgelehrter und verteidige Menschen vor Gericht. Sie sei hochzufrieden, ja glücklich und lerne täglich viel über Gesetze und die Kunst der Rhetorik ... Rhetorik? Keiner von uns kannte das Wort, bis Lukas herausfand: Rhetorik ist die Redekunst. – Nach einigen Wochen besuchte uns Salome mit einer Sklavin. Sie sah wunderschön aus, war kostbar gekleidet, wirkte sehr ausgeglichen, ja heiter, was sie früher nie war. Ihr Ehemann unterstützte uns großzügig. Eigentlich hätte unsere Familie eine Mitgift zahlen müssen aber daran war gar nicht zu denken.

Nun da Salome fort war, merkten wir wie wichtig sie gewesen war, wie sie sofort unangenehme Aufgaben in Angriff nahm, schnell und mit sicherer Hand Probleme löste. Ja, widerwillig mussten wir einsehen, was wir insgeheim befürchtet hatten: Keiner von uns konnte ihren Platz einnehmen. Wie wäre es ohne die Unterstützung von Apollos weitergegangen? Ich glaube nicht, dass wir überlebt hätten denn die Zeiten wurden immer schlechter. Immer mehr Steuern verlangten die Römer, immer mehr Belastungen kamen auf uns zu. Auch da hielt Apollos seine schützende Hand über uns, wendete oft das Schlimmste ab. Die nächsten Jahre hörten wir nicht viel von Salome aber die finanzielle Hilfe kam zuverlässig. Über Lukas erfuhren wir von der Geburt zweier Kinder ..." Levi stockte, die Erinnerungen hatte ihn offenbar aufgewühlt.

Theophilus erkannte das und schlug vor: „Lass uns für heute Abend Schluss machen, Levi. Wir nehmen deine Gastfreundschaft noch gerne einen Tag in Anspruch und hoffen, dass du uns morgen Abend weitererzählst. Morgen wollen Claudius und ich mit dem Lesen der Schriftrollen beginnen und außerdem würde ich gerne – mit deiner Erlaubnis – die Gemeinschaft der Christianoi auf deinem Besitz aufsuchen."

Levi nickte bedächtig. Sein melancholisches Gesicht hellte sich etwas auf. Schweigend gingen die beiden Römer durch das Atrium zurück in ihre Herberge. Claudius sprudelte: „Meister Theophilus, das ist eine ganz und gar unglaubliche Geschichte. Ich bin völlig durcheinander".

Theophilus schaute zum grandiosen Sternenhimmel auf und erwiderte langsam: „Lass es gut sein, lieber Freund. Die Bilder sind zu stark, die durch unsere Seelen gehen. Wir brauchen die Ruhe der Nacht, das Geschenk des Schlafes damit wir morgen einen klaren Kopf haben. Ich wünsche dir einen geruhsamen Schlaf."

Wie die meisten alten Menschen hatte Theophilus keinen tiefen Schlaf mehr, er wachte öfter auf, ging hinaus in die funkelnde Nacht und dachte über die Ereignisse des Tages nach. Sobald die Vögel zwitscherten und den Sonnenaufgang ankündigten, warf er die leichte Decke weg, reinigte sich an einem Brunnen und beschloss noch vor dem Morgenmahl die Umgebung zu erkunden. Die Weinberge reichten bis an den hinteren Anbau des Landgutes heran und auf einer leichten Anhöhe erblickte der Alte eine riesige freistehende Schirmpinie. Von dort tönte ein Gesang herüber. Er beschloss dem nachzugehen und schritt in gemächlichem Tempo den Weinberg hinan. Gerade war die Sonne aufgegangen und schickte die ersten Strahlen über die Hügelkuppe. Der Alte legte schützend die Hand über die Augen und konnte eine Gruppe von Menschen sehen, die im Kreis vor der Pinie saßen. Auch diese bemerkten den Ankömmling, ihr Gesang verstummte. Dann hatte Theophilus die Anhöhe erreicht und blickte auf zwanzig Männer, Frauen und Kinder. In ihrer Mitte standen einige Becher und lagen mehrere Brote. Die Gruppe erstarrte regelrecht als der Fremde sie erreichte. In ihren Gesichtern malten sich Angst und Schrecken, kein Wort fiel. Theophilus war erstaunt und verunsichert. Warum schauten alle erschrocken auf ihn? Nach Gesetzlosigkeit wirkte die Versammlung nicht. – Er begrüßte alle freundlich. Nichts, keine Reaktionen. Selbst die Kinder hatten sich ängstlich hinter ihren Müttern versteckt. Gut, dachte der Alte: sie sind Sklaven und ich bin ein freier Mann aber ist das ein Grund in Angst und Schrecken zu fallen? Das Schweigen dauerte an und plötzlich blitzte es in ihm auf: Christianoi! Das sind Christianoi, die Gemeinde, die auf Salome und Lukas zurückgeht!

Er lächelte freundlich und sagte dann klar und ruhig: „Ihr seid Christen, fürchtet euch nicht. Auch ich bin ein Jünger des Jeshua aus Nazaret."

Nun erfasste die Szene Unruhe und Unsicherheit. Einige Männer redeten leise miteinander, die Frauen musterten ihn neugierig aber immer noch sagte keiner ein Wort. Da stand eine junge Frau auf, ergriff ein Ästchen, schritt keck auf den Fremdling zu und zeichnete eine weit gezogene, leicht gekrümmte Linie in den Sand. Dann schaute sie Theophilus herausfordernd an. Dieser lächelte, nahm den kleinen Ast und vervollständigte mit einem gleichen, spiegelbildlich gezogenen Strich, das Zeichen zu einem stilisierten Fisch. – Ein Aufatmen ging durch die Runde und ein älterer Mann sagte: „Sei uns willkommen Fremder, du gehörst zu uns. Ja, wir sind Christianoi, die Jünger des Jeshua aus Nazaret. Komm, setz dich zu uns und nimm an unserem Morgenlob teil."

Eine Frau legte aus mehreren Tüchern ein Sitzkissen zusammen, auf welches sich Theophilus langsam niederließ. Dann stimmten sie einen Lobgesang an mit der Bitte: „Komm bald, Herr." Der alte Römer war tief bewegt. In Rom gehörte er auch einer geheimen Christengemeinschaft an aber sie trafen sich in vornehmen Häusern, die meisten waren gebildete Menschen, auch die Sklaven und einige Juden, die kamen. Zwar lag die schreckliche Verfolgung unter Kaiser Nero nun vierzig Jahre zurück und auch die sporadisch aufbrechenden Verfolgungen unter Kaiser Domitian waren erloschen, doch beobachtete der römische Staat diese neue jüdische Sekte, die nur einen Gott kannte und sich weigerte dem göttlichen Kaiser zu huldigen, mit Argwohn. Waren nicht diese Mahlgemeinschaften, in denen sich Freie und Sklaven, Männer und Frauen, Menschen aus allen Völkern trafen, staatsgefährdend? Dass diese Christianoi ihren Glauben ernst nahmen bewies ihre Bereitwilligkeit, mit welcher sie in den Tod gingen. Trotzdem verbreitete sich diese neue Lehre im ganzen Imperium rasend schnell.

Das Morgenlob endete mit einem letzten Gesang. Alle fassten sich an den Händen und riefen: „Der Friede sei mit dir, unser Herr komm!" Die Kinder standen auf, rannten herum und die Aufmerksamkeit galt nun Theophilus, als ein weiterer Fremder dazu trat. Claudius hatte seinen Lehrer gesucht und war durch den Gesang hierhergeführt worden. Sofort verbreiteten sich wieder Angst und Schrecken. Doch Theophilus beruhigte: „Keine Angst! Das ist mein treuer Begleiter und Schüler Claudius, der ebenfalls Christ ist." Auch Claudius wurde nun freudig begrüßt und in der Runde ein Platz frei gemacht.

„Erzählt uns woher ihr kommt!", rief eine Frau den beiden zu, „wir haben noch nie solche vornehmen Glaubensbrüder wie euch gesehen – ausgenommen unsere Domina Salome. Sie und Lukas sind zum Herrn eingegangen und seither ist unser Leben, auch unsere Gemeinschaft gefährdet, denn wir haben keinen Schutz mehr. Was uns noch bewahrt ist das Andenken an diese von Gott gesandten Menschen. Aber wir wissen: Es kommen gefährliche und schwere Tage auf uns zu." Allgemeines zustimmendes Gemurmel und Kopfnicken. Ein alter Mann rief: „Bald aber ist alle zu Ende! Das Reich Gottes kommt und damit auch Gottes Gericht. Lasst uns ausharren und den Tod nicht fürchten."

Eine Frau wandte sich selbstbewusst an Theophilus: „Seid ihr Freunde von Salome und Lukas, Freunde aus Antiochia, aus dem Kreis der Gläubigen?"

„Nein", war die Antwort, „Claudius und ich kommen aus Rom." Ein erstauntes Raunen ging durch die Gruppe.

„Wirklich aus Rom? Gibt es dort Christianoi?", riefen viele durcheinander. „Oh ja, wir werden immer mehr", lächelte Theophilus, „und wir müssen uns langsam größere Verstecke suchen. Täglich kommen mehr Gläubige." Viele klatschten nun in die Hände, freuten sich, riefen: „Maranata – unser Herr, komm."

„Seid ihr Juden?", rief Claudius in das Durcheinander. Ein Mann im mittleren Alter gab Auskunft: „Viele von uns waren Juden, der Abstammung nach, aber unseren jüdischen Glauben haben wir abgelegt. Das Volk Israel hat den Herrn nicht erkannt, ihn abgelehnt. Deshalb hat der Ewige Stadt und Tempel zerstören lassen und unserem Volk ein Ende gesetzt. Jetzt sind wir keine Juden mehr sondern Kinder Gottes, so wie unser Meister gesagt hat: Wenn ihr nicht werdet wie die Kinder dann könnt ihr nicht in das Reich Gottes eingehen."

„Woher kennst du diese Worte?", verwunderte sich Theophilus.

„Salome hat sie uns oft vorgetragen, aus der Schriftrolle, die sie aus Rom erhielt. Kennt ihr die Schriftrolle?"

Theophilus nickte und sah mit Rührung und Freude wie sich ein geradezu feierliches Erstaunen ausbreitete.

„Du hast das alles aufgeschrieben?", kam sofort die nächste Frage.

„Nein", Theophilus wehrte ab, „ich war nur ein Übermittler. Aber Salome und Lukas haben auch eine Schriftrolle verfasst. Wisst ihr davon?"

„Ja, wir wissen, dass die beiden zweimal nach Palästina gereist sind um dort noch Zeugen zu finden."

„Dann hat euch Salome auch aus ihrer Schrift vorgelesen?"

„Oh ja, oft", meldete sich eine junge Frau, „und weil wir nicht lesen und schreiben können hat uns Salome gelehrt wie wir alles auswendig lernen und behalten können. Ich, Johanna, Debora und Sara, wir können die Frohe Botschaft von Salome auswendig aufsagen, jede einen Teil und so geben wir es an unsere Kinder weiter, sie lernen ganz leicht."

Theophilus war sehr beeindruckt: „Ihr wisst, dass Jeshua am Kreuz gestorben ist?", fragte Claudius und gab dem Gespräch eine neue Wendung.

„Er war ein Prophet!", rief ein ausgemergelter Mann, „Jeshua war ein Prophet und alle Propheten werden verfolgt und getötet."

„Aber er ist auferweckt worden und wieder bei Gott!", rief ein junger Mann mit großer Überzeugung, „und er wird bald kommen, diese Zeit geht zu Ende, Gottes Gericht naht."

„Er war mehr als ein Prophet", rief ein junges Mädchen, „er war der Messias, der Erlöser und mehr ... er war Gottes Sohn."

„Auf, die Arbeit beginnt", mahnte eine Frau, „wir müssen in den Weinberg, die Reben hochbinden und die Blätter abmachen." Sofort standen alle auf, räumten den Platz auf und verabschiedeten sich herzlich von den beiden Römern.

„Morgen, morgen sehen wir uns wieder ...", rief ihnen ein junger Mann nach.

Kapitel 3

Die Schriftrollen

Theophilus und Claudius gingen zurück zum Haus, die Morgenmahlzeit war bereitet.

„Was für eine Begegnung", brach es aus Claudius heraus, „Christianoi in dieser abgelegenen Gegend. Wie kamen sie zum Glauben?"

„Der Wanderprediger ...", sagte Theophilus nachdenklich, „der Wanderprediger und dann Salome und Lukas ... der Geist des Herrn weht wo er will." In der Tür stand Levi und wartete.

„Still!", befahl Theophilus, „erzähle nichts von unserer Begegnung. Ich traue ihm nicht. Er ist ein Mensch, der nicht treuhänderisch den letzten Wunsch seiner Verwandten erfüllt, er ist ein Geldgeier. Er soll nur wissen was unbedingt notwendig ist."

„Bist du sicher, dass er uns nicht heute oder spätestens morgen früh die Gastfreundschaft aufsagt?", flüsterte ihm Claudius zu. Theophilus lachte breit und antwortete leise: „Mein lieber Freund, ich bin ein alter Anwalt und kenne die Menschen. Levi bekam nur die Hälfte der Denare und ich habe ihm gesagt, dass wir zum Lesen der Schriften mindestens zwei Tage brauchen. Am Ende erhält er den zweiten Beutel und solange wird er uns gut behandeln." Claudius lachte auf und schaute bewundernd seinen Meister an.

„Schon die Füße vertreten?", rief ihnen Levi entgegen.

„Oh ja, verehrter Gastgeber", erwiderte der Alte mit Unschuldsmiene, „meine alten Glieder sind nach der Nachtruhe immer steif und Bewegung tut mir gut, – Ein herrliches Anwesen hast du, soweit der Blick reicht nur Weinberge. Du musst viele Leute beschäftigen."

„Zu viele", knurrte Levi, „viel zu viele, die sich hier eingefunden haben. Aber das war Salomes Werk, die viele Arme anlockte. Doch wie soll man wirtschaften? Wie einen Gewinn machen? Zu viele hungrige Mäuler und zu wenige fleißige Hände. Zu viele, die nicht mehr arbeiten können. – Aber kommt herein, das Morgenmahl steht bereit."

Das Morgenmahl mit Fladenbrot, Eier, Honig, Käse und Früchte, dazu reichlich herrliche Obst-Getränke, auch Milch, verlief im nichtssagenden Plauderton. Theophilus vermied alle heiklen Themen und berichtete aus Rom. Levi war ein wissbegieriger Zuhörer.

„Nun, wir sollten an die Arbeit", beendete Theophilus seine römischen Schilderungen, „wir müssen uns dem Studium der Schriften widmen und freuen uns dich verehrter Levi zum Cena wieder zu sehen. Ich wünsche dir einen erfolgreichen Tag."

So trennte man sich und der Alte steuerte sofort die Schreibkammer an. „Meister", wandte Claudius etwas verlegen ein, „wie lange müssen wir noch hierbleiben? Könnten wir nicht morgen in aller Frühe schon abreisen? Ich fühle mich hier nicht frei, nicht gut, irgendwie beobachtet. Und wenn wir heute die Schriftrolle mit dem Leben des Jesus aus Nazaret fertig lesen ... dann ... dann können wir doch die zweite Rolle auch in Rom lesen?"

„Claudius", der Alte war stehen geblieben und erhob mahnend den Zeigefinger, „du wirst dich noch gedulden müssen. Wir reisen übermorgen ab. Ich will sicher gehen, dass alle unsere Fragen beantwortet werden. Gerade zu diesen Reisen habe ich noch Fragen, die bestimmt Levi beantworten kann. Levi weiß vieles, das für uns wichtig ist. Und ich hoffe auch, dass er uns sagen kann wo wir Salomes Christianoi-Gemeinschaft in Antiochia finden können. Die müssen wir unbedingt aufsuchen. – Und noch etwas: Antiochia läuft uns nicht davon, ich verspreche dir, dass wir mindestens drei Tage dort bleiben werden."

Claudius war die Röte ins Gesicht gestiegen. Er eilte seinem Meister voraus, öffnete die Schriftrolle mit dem blauen Band, setzte sich an den Schreibtisch, rollte den Papyrus auf und begann für sich zu lesen. Er las und las ... vergaß den Alten.

Theophilus war unruhig im Raum auf und ab gegangen und blieb vor dem großen Regal stehen. Darin befanden sich einige merkwürdige Stücke aus Olivenholz, sie waren bearbeitet und poliert worden. Er drehte sie hin und her, bewunderte die Maserung des Holzes, die verschiedenen Brauntöne. Was hatten sie zu bedeuten? Wer hatte sie gesammelt, vielleicht als Erinnerungsstücke mitgebracht? Vielleicht von einer Palästinareise? Vielleicht waren sie vom Ölberg? Es dauerte eine ganze Weile bis ihm auffiel, dass Claudius ihn vergessen hatte und eifrig las.

Belustigt fragte er: „Willst du mir nicht vorlesen?"

Claudius hob den Kopf, auf seinem Gesicht war ungläubiges Staunen zu sehen: „Theophilus … das ist ungeheuerlich … diese Schrift, also sie beginnt mit dir, sie ist an dich gerichtet."

Theophilus rückte einen Sessel heran, setzte sich und sagte streng: „Lies!"

Und Claudius begann: *„Weil schon manche es unternommen haben einen zusammenhängenden Bericht über die Begebenheiten zu bieten, die sich unter uns zugetragen, wie sie die ursprünglichen Augenzeugen und Diener des Wortes uns überlieferten, so habe auch ich mich entschlossen, allem von Anfang an sorgfältig nachzugehen und es dir der Reihe nach zu beschreiben, edler Theophilus, damit du dich überzeugst von der Zuverlässigkeit der Dinge, über die du unterrichtet worden bist …"*

Stille.

Dann sagte Theophilus mit einer Stimme, die hörbar seine Ergriffenheit ausdrückte: „Lies weiter …"

Und Claudius las die Geburtsgeschichte Johannes des Täufers, die Verkündigung an Maria, die Geburt Jesu in Betlehem, die Verkündigung an die Hirten, der zwölfjährige Jesus im Tempel, das Auftreten des Täufers und er las und las …

Längst war die Mittagszeit vorbei und Claudius las noch immer. Als er zum Gleichnis mit dem barmherzigen Vater kam, unterbrach ihn Theophilus: „Genug, genug für heute mein Lieber. Wir sollten das Gehörte auf uns wirken lassen. Ich gestehe: ich bin tief ergriffen. Wieviel Neues hat Salome aufgeschrieben. Wie gründlich müssen die beiden in Palästina nachgeforscht haben, mit wieviel Liebe und Weitsicht die Zeugnisse aneinandergereiht sind und welche wundervolle Sprache! Ein schönes Griechisch aber auch für einfache, ungebildete Menschen gut zu verstehen. Sie war eine Meisterin des Wortes!"

Claudius wagte kein Wort zu sagen, er wollte Theophilus Gedanken nicht stören. Dieser stand auf und begann im Raum hin und her zu gehen, dabei sprach er zu sich selbst: „Sie hat die römische Schriftrolle fast vollständig eingearbeitet aber manches in eine andere Reihenfolge gebracht, auch unter eine andere Thematik gestellt, in einen anderen Zusammenhang gebracht. Sie hatte eine zweite Quelle: den Wanderprediger, den sie in ihrer Jugend hörte. Sie soll doch seine Worte aufgeschrieben haben, so berichtete es Levi. Diese Worte des Wanderpredigers sind neu für mich, sie stehen nicht in der römischen Schrift ..."

Er ging schweigend hin und her, blieb plötzlich stehen und sagte unerwartet scharf zu seinem Schüler: „Claudius! Schau einmal im Regal nach ob dort die Aufzeichnungen liegen, die sie damals angefertigt hat."

Claudius suchte sorgfältig das Regal ab, konnte aber nichts finden.

„Die Schriftrolle!", rief der Alte plötzlich aufgeregt, „rolle die Schrift ganz auf, bis zum Ende!"

Claudius tat so und tatsächlich, ganz am Ende lagen lose Papyrusblätter in der Rolle. Sie waren getitelt mit: Worte des Wanderpredigers.

„Lies!", befahl Theophilus aufgeregt. Es klopfte und ein Sklave trat ein, bat die Gäste zum Cena.

Mühsam nur konnte Theophilus seinen Unwillen über diese Störung verbergen. Aber sie mussten sich fügen und folgten dem Sklaven in den Speiseraum, wo sie Levi schon erwartete.

„Ich hoffe, ihr seid von der Qualität der Schriften überzeugt", empfing sie Levi mit unsicherer Miene und war sichtlich beruhigt als Theophilus dies mit großer Überzeugung bestätigte.

Wieder war es ein üppiges Mahl, das für die Gäste bereitstand. Theophilus jedoch bemerkte klarsichtig, dass sie außer Levi kein anderes Familienmitglied zu Gesicht bekamen. Wo waren seine Brüder, die Familien? Auch tagsüber begegneten sie keinem, das Landgut schien wie leergefegt, abgesehen von den Tagelöhnern und Sklaven. – Keiner soll dieses Geschäft mitbekommen, dachte der Alte grimmig. Keiner soll erfahren, dass es hier nicht nur um Schriften sondern um viel Geld geht. Aber es musste ihm gleichgültig sein, ihre Aufgabe war es allein die Schriften zu retten und noch einige Auskünfte zu erhalten.

So wandte er sich an den Gastgeber mit der Bitte: „Gestern Abend hast du uns von Salomes Leben hier auf dem Landgut erzählt. Wie ging es weiter?

Wie lebte sie in Antiochia? Und warum kam sie eines Tages zurück?"

Levi biss gerade genussvoll in eine Lammkeule, kaute ausgiebig und berichtete: „Wir erfuhren wenig von Salome. Nur Lukas besuchte sie ab und zu in Antiochia. Ehrlich gesagt war dies die beste Lösung für alle: Sie war fort, konnte lernen und mit gelehrten Menschen verkehren und wir hatten unsere Ruhe, dazu eine großzügige finanzielle Unterstützung. Damals waren wir Pächter und litten unter den hohen Abgaben an unseren römischen Patron. Dann kaufte Apollos diesem das Landgut ab und übereignete es Salome als Fideikommis. Sie fühlte sich immer verantwortlich und wenn sie auch in Antiochia lebte, so regelte sie doch die Verwaltung im Großen und Ganzen. Es ging uns langsam besser, aber Salome traute uns nicht, sie gab die Verwaltung nicht ab. Wir mussten uns mit dieser andauernden Kränkung abfinden. So ging das gut zehn Jahre. Dann starb Apollos und obwohl Salome sich mit den Söhnen aus erster Ehe gut verstand, beschloss sie zurückzukommen. Ihre Kinder waren kurz nacheinander in einer Fieberepidemie gestorben. Sie selbst war ökonomisch unabhängig dank des Fideikommis mit der Übertragung des Landgutes. – Damals lebte ich nicht hier, ich war lange auf Reisen in Ägypten, versuchte mich mit Handelsgeschäften, da mir das Bauernleben nicht zusagt. Ich kehrte dann doch zurück, kurz bevor Salome wieder kam und ich muss gestehen: das Landgut war in keinem guten Zustand. Meine Brüder waren sogar froh als Salome zurückkam, besonders Lukas. Diese Situation war aber nicht der wahre Grund für ihre Rückkehr. Sie schien sich mit ihrer Christianoi-Gemeinde in Antiochia zerstritten zu haben, jedenfalls redete sie nie wieder davon und hat sie später auch nicht mehr besucht. – Sie tat sich wieder mit Lukas zusammen und obwohl es reichlich Arbeit auf dem Landgut gab, waren sie oft am Abend mit dieser Schriftrolle aus Rom beschäftigt, die Salome aus Antiochia mitgebracht hatte. Dann entstand langsam der Plan selbst nach Palästina zu reisen und noch Zeugen zu finden, die diesen Wunderrabbi kannten. Nun- dieser lebte vor fünfzig Jahren – wer würde sich noch erinnern? Aber Salome, eigensinnig wie immer, beharrte darauf und schließlich war alles für eine erste Reise vorbereitet. Es war ein Wagnis und in Lukas Familie gab es viel Streit, doch Lukas ließ sich nicht beirren. Die erste Reise führte sie nach Galiläa, an den See Kinneret und sie war wohl erfolgreich. Noch im gleichen Jahr entschlossen sie sich nach Judäa und Jerusalem zu reisen. Diese Reise war wegen der römischen Besatzung gefährlich, doch schien auch hier alles nach Wunsch gegangen zu sein. Sie waren den ganzen Winter über in Jerusalem und kehrten erst im Frühjahr zurück. Danach begann die Arbeit mit den Schriftrollen. Ehrlicherweise muss ich zugeben, dass ich Salome doch bewunderte wie sie das alles schaffte: die Verwaltung des Landguts, sie hatte für ihre Abreise alles sehr gut geregelt und danach die Doppelbelastung mit der Anfertigung der Schriftrollen. Ihre Arbeitskraft war auch im Alter ungebrochen. Der Erfolg gab ihr recht, uns allen ging es gut. Sie vergrößerte die Schafszucht, ließ Obstgärten anlegen und erwarb weiteres Land für Getreidefelder. Das bedeutete: noch mehr Tagelöhner, die lange blieben und als die alt und gebrechlich wurden, durften sie trotzdem bleiben und wurden versorgt. Dann die vielen Kinder. Salome hatte sogar eine Schule für sie einrichten lassen. – Nun, so geht es nicht weiter. Aber sie hatte das Geld und damit das Sagen und wir gehorchten. Mein Vater war bereits gestorben, auch mein Onkel Juda. Andreas und Lukas war es recht, dass Salome die Domina war. Ich war als der Älteste allein mit meiner Meinung. Nun ist nur noch Andreas mit seinen Söhnen übriggeblieben und auch etliche andere Neffen gibt es. Ich selbst habe keine Kinder, das macht mir das Weggehen einfach."

„Da muss ich dich unterbrechen", griff Theophilus ein, „gab Salome nicht ihre beiden Schriftrollen nach Antiochia? Und in ihrem Schreiben stand, dass die Gemeinschaften in Galiläa und Jerusalem Abschriften erhalten hätten."

„Ja, das kann ich bestätigen. Eines Tages traf hier eine regelrechte Abordnung aus Palästina ein, es waren Männer und sogar einige Frauen. Salome blühte regelrecht auf. Sie bewirtete sie großzügig und sie blieben mehrere Tage hier. Dann reisten sie mit den Schriftrollen ab. Sie hatten den nicht ungefährlichen Landweg genommen. Damals kam auch ein Jude aus Antiochia, ein gewisser Aaron öfter aufs Gut. Er hatte einen scharfen Verstand und es gab manchmal heftige Diskussionen zwischen ihm und Salome. Es ging dabei um die Schriftrollen. Er hat wohl die Abschriften von Salomes Schriftrollen mitangefertigt und sie nach Antiochia gebracht. Salome war nicht mehr dort, aber vielleicht erkundigt ihr euch auf der Rückreise. Ich bin kein Christianoi und habe mich aus allem herausgehalten … Wo war ich stehen geblieben?"

„So lebt noch dein Bruder Andreas auf dem Gut?", unterbrach ihn nochmals Theophilus.

„So ist es. Wahrscheinlich werden wir den Besitz aufteilen, einige Neffen wollen sich auch selbständig machen, zu viele Streitereien. Wir werden alles aufteilen, ich lasse mich ausbezahlen … aber das tut nichts zur Sache. Veränderungen stehen an, das ist notwendig. Ich habe das römische Bürgerrecht erworben und ich will nicht mehr mein Leben weiterhin als Agricola verbringen, mich zieht es nach Rom." Damit war Levi bei dem Gesprächsthema das ihn am meisten interessierte: Rom, die Capitale des Imperiums, das Leben am

Hof des Kaisers, das Leben im Kreis der Reichen und Mächtigen. Theophilus und Claudius gaben bereitwillig Auskunft. Levi öffnete sich mehr und mehr und ließ erkennen woran sein Herz hing: am Glanz und Prunk der Hauptstadt, am Leben in Luxus, an Tratsch und Klatsch, an den üppigen Vergnügungen Roms … Du bist hier wirklich am falschen Platz, dachte Theophilus immer wieder, und Salome hatte Recht wenn sie den Untergang des Landguts voraussah.

Als sie in ihre Schlafräume zurückkehrten war es so dunkel, dass ein weiteres Studium der Schriftrolle unmöglich war. So verabredeten sich die beiden bei den ersten Strahlen des Sonnenaufgangs zum weiteren Lesen.

„Bitte lies zuerst die Worte des Wanderpredigers", war Theophilus erste Anweisungen Claudius, „und danach lass uns nochmal zum Morgenlob der Christianoi gehen. Nach dem gestrigen Abend ist mir klar, dass diesen Armen Unheil droht. Vermutlich wird Levi bei einer Besitzteilung seinen Anteil verkaufen, damit nach Rom gehen und dort alles verschwenden. Ich will sehen was ich für die Christianoi tun kann. – Nun aber lies uns die drei Blätter vor."

Und nun hörten die beiden Römer manch bekannte Aussprüche des Herrn, aber auch Neues. Die Geschichte vom großen Gastmahl war hier auch festgehalten. Aber es gab keinen zusammenhängenden Text, keine Beschreibung des Lebens Jesu, nichts von Kreuzestod und Auferstehung. Dafür wurde immer wieder das Reich Gottes genannt, dies schien der zentrale Gedanke zu sein. Immer wieder war von Gottes Barmherzigkeit die Rede und seiner Zuwendung zu den Menschen.

„Diese Worte müssen älter sein als unsere römische Schriftrolle", überlegte Theophilus, „vielleicht wurden sie bereits zu Lebzeiten des Herrn mündlich weitergegeben und durch Wanderprediger weitergetragen. Aber der Verfasser der römischen Schrift kannte diese Quelle nicht. Wie viele Zeugnisse, sowohl in mündlicher Überlieferung als auch in schriftlicher Form mag es noch unerkannt geben? Salome und Lukas hatten Recht, dass sie sich bereits als ältere Menschen nach Palästina aufmachten und sammelten, was nun verloren gegangen wäre. Ich bereue es, dass ich nicht in meinen jüngeren Jahren Gleiches getan habe … Was hast du da? Noch weitere Blätter?"

Claudius hatte ein weiteres Blatt aus der Schriftrolle gehoben: „Das gehört nicht dazu, das ist etwas anderes … anscheinend eine alte Aufzeichnung." Und er las: *„In jenen Tagen erging vom Kaiser Augustus die Verordnung, eine Zählung des ganzen Reiches vorzunehmen …"*

„Gib her!", sagte Theophilus aufgeregt. Er nahm das Blatt und meinte: „Die Geburtsgeschichte ... wie seltsam ... der Stil ist ganz anders, vermutlich hat Salome das Blatt so vorgefunden und es in ihr Evangelium geschickt eingearbeitet ..."

Die Sonne stieg höher und Claudius mahnte zum Aufbruch, wollten sie noch die Gemeinschaft unter der Pinie antreffen. Freudig wurden sie dort empfangen, sangen gemeinsam das Morgenlob, beteten und brachen das Brot, tranken den mit Wasser verdünnten Wein. Dann brachte Theophilus die Rede auf den Erben Levi ben Simon. Alle waren sich einig, dass sie bald ihre Arbeit verlieren würden, sie mussten neue Arbeit suchen. Einige hatten sich bereits überlegt nach Antiochia zu gehen und sich dort als Sklaven zu verdingen. Ihre Gemeinschaft würde sich zerstreuen. Gefasst schauten sie dieser Zukunft entgegen und Theophilus versuchte dies abzumildern, indem er jedem, gleich ob Mann, Frau oder Kind zwei Denare in die Hand drückte. Die Dankbarkeit war riesengroß und auch die Freude, von einer römischen Gemeinde unterstützt zu werden.

Trotzdem gingen der Alte und sein Schüler mit Kummer in den Herzen zum Morgenmahl. Dort eröffneten sie dem Gastgeber, dass sie am morgigen Tag abreisen würden, gleich in der Frühe, und alles Geschäftliche würde dann abgeschlossen werden. Sie entschuldigten sich am heutigen Cena nicht teilnehmen zu können, der Tag verlange ihre ganze Kraft und Zeit, sie wollten sich wegen der Abreise auch früh zur Nachtruhe begeben. Levi versprach ihnen eine kleine Mahlzeit am Abend zur Schreibkammer zu bringen.

So verbrachten die Freunde den ganzen Tag mit dem Studium der Schrift, mit Diskussionen, mit Vergleichen zur römischen Schrift und auch zur Tora der Juden, die Theophilus studiert hatte. Sie tauchten ab in die Zeit des Jeshua, fühlten sich als Jünger des Herrn und wanderten im Geist mit ihm durch Galiläa bis nach Jerusalem.

„Diese Schriftrolle ist gut ein Drittel länger als die römische", fasste Theophilus seine Eindrücke zusammen, „welche Sprachgewalt, welche wunderbaren Gleichnisse und dann die vielen Gastmähler. Diese scheinen mir der zentrale Gedanke in Salomes Evangelium zu sein, sie versinnbildlichen die Reich-Gottes-Idee. Der Höhepunkt ihrer Schrift scheint mir das Gleichnis vom Großen Gastmahl, das auch ein messianisches Gastmahl ist, es weist über unser Erdenleben hinaus. Gibt es auch etwas Schöneres, als mit allen lieben Menschen und guten Freunden gemeinsam an einem Tisch zu sitzen, ist das nicht ein wundervolles Bild vom Leben bei Gott? Ein großartiges Bild!"

„Da gibt es fünf neue Wunderberichte, die nicht in der Schrift stehen", ergänzte Claudius. „Die Auferweckung des Sohnes der Witwe zu Nain, die Heilung der Frau mit dem verkrümmten Rücken, am Sabbat! Und die Heilung eines Wassersüchtigen, auch am Sabbat. Das ist neu: von Sabbatheilungen steht nichts in der römischen Schrift … Dann die Heilung der zehn Aussätzigen und zum Schluss die Heilung des Dieners des Hohepriesters, dem ein Ohr abgeschlagen wurde."

Theophilus hörte aufmerksam zu und schwieg.

Nachdenklich fuhr Claudius fort: „Auch das Gebet des Herrn, das mit Vater unser beginnt, ist neu. Seltsam, dass für Jesus der Vater sehr wichtig war. Aber sein Vater war nicht Josef ben Heli … sein Vater … ich wage es kaum zu sagen, sein Vater war für ihn der Ewige selbst. Und warum redete er nie von seiner Mutter?"

„Er hatte mit seiner Familie gebrochen … eigentlich ungeheuerlich. Aber seine Lehre ging weit über die Familienbande hinaus…Und dann die vielen Frauen im Evangelium", lachte der Alte, „wenn ich nun nicht wüsste, wer dieses Evangelium geschrieben hat, würde ich mich wundern. Wer sie wohl waren: Johanna, Ehefrau des Chuza, Susanna und die rätselhafte Maria aus Magdala?"

„Aber auch der Verfasser der römischen Schrift schreibt von vielen Frauen und Meister, was mich besonders entsetzt: alle Jünger flohen und die Frauen blieben. Auch zum Grab haben sich nur die Frauen gewagt. Ich wollte es erst nicht glauben, aber das stimmt mit der anderen Schrift überein."

„Ja, mein Lieber, das ist wahrlich kein Ruhmesblatt für uns aber es muss wahr sein, denn Salome und Lukas werden in Jerusalem nachgeforscht haben und da gab es noch Menschen, die Erinnerungen hatten. – Eine Eigentümlichkeit in ihrem Aufbau sind auch die Parallelerzählungen. z. B. die Ankündigung der Geburt des Täufers ist in allen Teilen so gestaltet wie die Verkündigung an Maria in Nazaret und dann das Treffen der beiden schwangeren Frauen. Oder das dreimalige Verlorensein: das verlorene Schaf, der verlorene Sohn und die verlorene Drachme. Dadurch prägten sich wichtige Gedanken und eine Botschaft tiefer bei den Zuhörern ein. Und …", Theophilus lächelte, „da verrät sich die Schreiberin, eben typisch Frau, sie mildert alles ab, schreibt versöhnlich. Selbst am Kreuz schildert sie noch wie Jeshua sich den Menschen zuwendet und Gott bittet: Vater, vergib ihnen, denn sie wissen nicht was sie tun. Auch das letzte Wort des Herrn am Kreuz ist keine Verzweiflung wie in der römischen Schrift. Sie überliefert das Wort: Vater, in deine Hände befehle ich meinen Geist."

Claudius pflichtete bei: „Das ist ein konsequent durchgezogener Stil mit klaren Leitgedanken: Gerechtigkeit für die Armen, die Sinnlosigkeit von Reichtum und die Barmherzigkeit Gottes. Ich glaube nicht, dass ich so schreiben könnte."

„Ja, gut erfasst", bestätigte der Alte, „dazu ihr Stil, der ganze Farbenreichtum der Sprache und dann die Gleichnisse! Das sind noch einmal Höhepunkte und Perlen in Salomes Evangelium. Meisterwerke! Und geschrieben von weiblicher Hand. – Mein Lieber, in mir steigen auch Gedanken über meine Tochter Cordelia auf. Sie geriet nach mir, leider war sie eine Tochter und kein Sohn. Sie war auch so eine Salome, leider nicht so wild, nicht so durchsetzungsstark. Wie gerne hätte sie gelernt, wie gerne hätte sie sich gebildet. Aber ich setzte sie unter Druck bis sie einen Witwer heiratete, fünf Kinder bekam, drei starben früh und dann verkümmerte sie. Ihr Geist ist erstorben. Äußerlich ist sie gut versorgt, aber ihr Leben ist leer, ihr Geist verhungert. Ich empfinde deutlich Schuld wenn ich Salomes Werk höre."

Theophilus schwieg, grübelte, dann sagte er wie zu sich selbst: „Vergebung ist auch so ein wichtiges Wort, auf das Salome Wert legt. Wir Menschen werden schuldig im Leben und wir bedürfen alle der Vergebung."

Immer wieder von Gesprächen, Fragen und Vergleichen unterbrochen las Claudius weiter in der Schriftrolle. Für die zweite Schrift, die *Taten der Apostel* blieb keine Zeit mehr.

Kapitel 4

Besuche in Antiochia

Am nächsten Morgen reisten die beiden Römer sehr frühzeitig, noch vor dem Morgenmahl ab. Levi bekam den zweiten Beutel mit den Silberdenaren und er willigte erstaunt ein als ihn Theophilus um die Olivenholzstücke aus der Schreibkammer bat.

In Antiochia angekommen suchten sie das Haus eines Kollegen und alten Freundes von Theophilus auf. Dieser hatte jedoch am vorigen Tag in dringenden Familienangelegenheiten die Stadt verlassen, doch alles so geregelt, dass die Freunde eine komfortable Unterkunft vorfanden. Ein Hausverwalter stand für alle ihre Bedürfnisse und Wünsche bereit.

Wie versprochen blieben sie einige Tage in Antiochia und Theophilus zeigte seinem Schüler alle berühmten Bauten der Stadt, vor allem gönnten sie sich einen ganzen Tag in einer der herrlichen Thermen. Der Alte fühlte sich danach gestärkt, hatte neue Energie gewonnen. So suchten sie das Haus des Apollos auf, das sich im gleichen Wohnviertel befand, in welchem sie logierten. Sie hofften die Söhne des Apollos anzutreffen und noch wertvolle Hinweise über Salomes Zeit in Antiochia zu erhalten.

Erfreulicherweise war der Hausherr Aurelius Apollos Viator anwesend und zeigte sich freudig überrascht vom Besuch der Römer. Aurelius war der älteste Sohn Apollos aus erster Ehe, ein weitgereister heiterer Mann, der sich sofort mit dem gleichaltrigen Theophilus gut verstand. Rein äußerlich hätte man die beiden für Brüder halten können, sie besaßen eine gewisse Ähnlichkeit nicht nur in Haltung und Sprache, sondern auch im Aussehen.

Gerne war Aurelius bereit über vergangene Zeiten zu sprechen und genoss es regelrecht zu berichten: Sein Vater Apollos, ein Mann, der als ernsthaft, klug und beständig galt, kam an einem Hochsommertag von einer Reise zurück, in Begleitung einer zwanzigjährigen Bauerntochter. Ohne Wenn und Aber erklärte er: Ich heirate Salome! Aurelius und sein etwas jüngerer Bruder waren im gleichen Alter wie Salome und genossen den folgenden familiären Aufstand der Großfamilie, der diese Absicht für eine Alterstorheit hielt. Sie könne doch auch als Sklavin eine privilegierte Stellung erhalten, warum Heirat?! Indessen genossen die Söhne den Aufruhr. Endlich kam in diese allzu reglementierte und vernünftige Familie Bewegung und sogar der Hauch von Skandal!

„Ehrlich", lachte Aurelius, „wir beide hatten uns auch etwas in Salome verliebt denn sie war so ganz anders als die verwöhnten Töchter der Patrizierfamilien. Sie hatte Risse und Hornhaut an den Händen, die eine harte körperliche Arbeit bewiesen. Gesicht und Arme waren sonnengebräunt, auch die Füße waren mit einer Hornhautschicht bedeckt denn Salome lief auch später noch gerne barfuß. Sie war nicht geschminkt, trug keinen Schmuck, hatte keine raffinierte Haartracht mit falschen Locken und Zöpfen – aber sie war bildschön. Dazu merkwürdig klug, kein Bauerntrampel sondern eine scharfsinnige Frau, die ganz klar verstand hinter die Dinge zu schauen und alles Wissen nahm sie wie ein trockener Schwamm auf. Ihre Rede war höflich aber sehr direkt und wenn sie etwas nicht wollte dann konnte sie es unmissverständlich sagen. Kurz und gut: für meinen Vater, der gerade fünfzig Jahre alt geworden war, erwies sie sich als Jungbrunnen. Tatsächlich heiratete er sie noch in derselben Woche und schuf damit Fakten. – Ich vergesse nie die Hochzeitsfeier als eine Domina aus sehr feiner Gesellschaft sie herablassend fragte ob sie Ziegen melken und Schafe scheren könne? Salome war keinesfalls verlegen, ganz im Gegenteil. Sie erklärte dieser aufgeblasenen Herrin genau wie das vonstatten ging und lud sie auch noch auf ihren Bauernhof ein, dort könne sie unter Anleitung selbst diese Fertigkeiten erlernen. Salomes Griechisch war damals noch einfach aber korrekt. Es verbreitete sich erst ein entsetztes Schweigen, bis ein Freund meines Vaters leise zu lachen anfing und dann schallend lachte. Die meisten Männer stimmten mit ein, die Frauen waren entrüstet, einige beleidigt."

„Und dein Vater?", fragte Theophilus neugierig.

„Mein Vater genoss die Szene sichtlich und er hielt stets was er Salome vor der Hochzeit versprochen hatte: Freiheit, Bildung und Treue. Sie wurden ein außerordentlich glückliches Paar und ich habe mein Leben lang nie eine ähnliche Verbindung gesehen. – Auf anfängliches Unverständnis sagte mein Vater: In meine erste Ehe wurde ich gezwungen und wir beide waren unglücklich. Nun habe ich eine freie Wahl getroffen und werde darüber nicht diskutieren! Salome wollte alles lernen, einfach alles. Besonders vertiefte sie sich ins römische Recht, in die griechische und römische Literatur und schon nach einem Jahr assistierte sie meinem Vater bei den Prozessen. Später schrieb sie seine Verteidigungsreden für die Gerichtsverhandlungen und mein Vater nahm sie zu den Prozessen einfach mit. Das war ungewöhnlich aber es wurde respektiert. Außerdem ließ er sie rhetorisch ausbilden. Sehr gerne gingen sie gemeinsam ins Theater und auch auf Reisen. Ihr einziger Kummer war der frühe Tod ihrer beiden Kinder, die bereits in jungen Jahren einem fürchterlichen Fieber, das in Antiochia grassierte, zum Opfer fielen. Auch mein Vater wurde schwer krank und vermutlich hat ihm Salome das Leben gerettet, weil sie nicht von seiner Seite wich und sich dank ihrer bäuerlichen Herkunft gut mit Heilkräutern und fiebersenkenden Tränken auskannte. Durch ihre Arbeit trug sie zum Wohlstand der Familie bei und so war es selbstverständlich, dass mein Vater ihre Familie unterstützte."

„Wie kam sie zu den Christianoi?", unterbrach ihn Theophilus.

„Die Christianoi … ja, das war sehr seltsam. Zwei von Vaters besten Freunden, Flavius Julius und Antonius Tullius bekannten sich zu diesem neuen Glauben. Durch ihre Reden und in den Diskussionen gewannen sie Salome, die sich wohl an einen Wanderprediger erinnerte, den sie als junges Mädchen auf dem heimatlichen Hofgut gehört hatte. Es muss die gleiche Lehre gewesen sein. Und so begannen die Mahlgemeinschaften in unserem Haus, obwohl mein Vater und auch wir Brüder keine Christianoi wurden. Aber mein Vater war stets aufgeschlossen und es war ihm lieber wenn die Versammlungen hier stattfanden als in einem fremden Haus. Er wollte die Leute kennenlernen und es kam eine ganz und gar seltsame, um nicht zu sagen unmögliche Gemeinschaft zusammen. Einmal die Familien von Flavius Julius und Antonius Tullius, aber auch Leute aus dem Handwerk, viele Frauen Gebrechliche, Sklavinnen und Sklaven, Arme und auch Juden. Mein Bruder und ich waren schrecklich neugierig und nahmen auch an diesen Versammlungen teil. Ganz sicher waren sie eine wertvolle Erfahrung für uns. Wenn es auch nie eine Gesellschaft geben wird in der alle gleich sein werden, so muss ich doch zugeben: Hier war es so."

„Wie viele Personen haben sich versammelt?"

„Oh, es waren manchmal vierzig Männer und Frauen, auch Kinder. Das Haus war voll, alle saßen dicht gedrängt. Und alle waren willkommen. Auch mein Vater nahm teil. So ging das lange Jahre. Dann – es war kurz nach dem Tod meines Vaters, – wurde der Gemeinschaft eine Schriftrolle aus Rom übergeben. Sie schilderte das Leben, Leiden und die Auferstehung des Jesus aus Nazaret. Salome war völlig begeistert, lernte die Schrift auswendig und schrieb sie ab. Später, als sie wegging, hat sie ihre Abschrift mitgenommen. Eigentlich bereue ich es, sie nie gelesen zu haben. Aber ernsthaft habe ich mich mit diesem Glauben nicht beschäftigt, das Ganze war für mich ... wie soll ich sagen ... ein Kuriosum. – Nach Vaters Tod verlagerten sich die Versammlungen dann in das Haus von Flavius, der jedoch auch bald starb, dann in ein anderes Haus. Salome blieb der Gemeinschaft treu, dann aber muss es einen Bruch gegeben haben. Das war wohl entscheidend für sie wieder auf das heimatliche Landgut zurückzukehren. Konsequent wie sie war nahm sie ihren alten Namen wieder an: Salome bat Natan. Sie hatte einen sehr engen Kontakt zu ihrem jüngeren Bruder Lukas, der auch hin und wieder zu Besuch kam. Dann verloren wir uns leider aus den Augen, bis ich vor wenigen Wochen die traurige Nachricht von ihrem Tod erhielt."

Nun war es an Theophilus zu erzählen. Über die Palästinareisen der Geschwister, das Schreiben von zwei großen Schriftrollen, Salomes Vermächtnis. Auch über Levi und den Abkauf der Schriften erzählte er freimütig, was Salome vorausgesehen hatte und vorsorgte. Aurelius lachte schallend: „Ganz genauso war sie, Salome. Selbst noch über ihren Tod hinaus konnte sie Dinge regeln. Wie schade, dass ich nie ernsthaft an ihrem Glauben Anteil nahm. Heute wüsste ich gerne mehr darüber ... aber sie selbst hat sich dann von der Gemeinschaft getrennt. Warum? Sie muss enttäuscht gewesen sein. Sie zog sich auf das Landgut zurück, hat es wohl wieder saniert und soll sehr wohltätig gewesen sein. Schade, wenn es jetzt zerfällt. Aber alles vergeht im Leben, nichts bleibt von unserem Werk. Damit müssen wir uns alle abfinden."

Beeindruckt und tief berührt hatten die beiden Römer den Erinnerungen Aurelius zugehört. Er konnte ihnen auch mit Hilfe eines Sklaven sagen wo sich die ehemalige Gemeinschaft von Salomes Christianoi nun trafen. Heute Abend sollte dort eine Mahlfeier stattfinden. Dies war für Theophilus und Claudius ein Zeichen sich gleich auf den Weg dorthin zu machen. Sie mussten aber Aurelius versprechen ihn vor ihrer Abfahrt noch einmal aufzusuchen.

Die Gemeinschaft des Brotbrechens befand sich auch weiterhin in diesem Stadtviertel der Wohlhabenden, ja Reichen, allerdings am Rande gelegen.

Nachdem die Freunde mit Hilfe eines Sklaven die Gemeinschaft aufsuchten, gelangten sie zu einer Stadtvilla, wenn auch nicht ganz so prächtig wie Aurelius Domizil. Ein älterer Mann, ein gebildeter Sklave, empfing sie und nachdem sie sich als Christianoi vorgestellt hatten, bat er sie im Eingangsbereich zu warten.

Gleich darauf eilte ihnen ein noch jugendlich wirkender, aber doch nicht mehr junger Mann entgegen und stellte sich als Servius Rogatus vor. Seine Freundlichkeit war außerordentlich, geradezu überschwänglich und man hätte meinen können, dass alte Bekannte eingetroffen wären. Sein bereits kahler Kopf bewegte sich heftig, die Mimik war stark ausgeprägt und die großen Augen wie bittend auf die Fremden gerichtet: Man freue sich neue Brüder im Herrn begrüßen zu dürfen und er bitte sie in den Versammlungsraum. So betraten die beiden einen größeren aber nicht großen Raum, gleich in der Nähe des Eingangs. Dort lagen und saßen nach griechisch-römischer Art ungefähr ein Dutzend Personen um den üblichen flachen Speisetisch mit ausgesucht köstlichen Speisen, einer grandios dekorativen Obstschale, gebratenem Fleisch und Fisch, sowie edlem Backwerk und Wein. Wieder mit betont herzlicher und freudiger Stimme stellte Servius die Gäste vor: „Es ist mir eine große Ehre heute zwei neue Christianoi aus unserer Stadt begrüßen zu dürfen: Den edlen Theophilus und und …", er hatte Claudius Namen vergessen. Dieser assistierte: „Claudius Tarquinius Verus." – Die Runde schaute freundlich aber leicht distanziert auf die Eintretenden. Theophilus bemerkte mit Verwunderung, dass fast alle Anwesenden Senioren waren mit Ausnahme eines noch jungen Mannes und einer Frau im mittleren Alter. Er rückte die Vorstellung von Servius zurecht und korrigierte: „Wir sind nicht aus Antiochia, sondern Reisende aus Rom, nur wenige Tage hier in der altehrwürdigen Metropole Antiochia."

Das Zauberwort Rom war gefallen und sofort ging es wie ein Schlag durch die Gesellschaft. Die Körper strafften sich, in die Augen kam Glanz und die Mienen wurden offen, ja wissbegierig.

„Oh, Rom", rief ein Senior aus, ein Mann mit einem sehr freundlichen Gesicht, „da müsst ihr uns erzählen. Leider haben meine Wege nie nach Rom geführt, es ist wirklich sehr schade. Dort wird einem sicher viel geboten!" – Auch andere reagierten lebhaft, forderten die beiden auf in der Runde Platz zu nehmen und von allen Seiten wurden sie mit Fragen bestürmt. Bereitwillig beantworteten die Freunde diese. Es ging um Thermen, um römisches Essen, die Aufführungen im Theater und die Wettkämpfe, den

Kaiserhof ... aber keine Frage nach den römischen Christianoi-Gemeinden. Theophilus schoss es durch den Kopf: Niemand redete über die Gefahr einer neuen Verfolgung oder Bedrohung. Denn immer noch war der Status der neuen Glaubensgemeinschaft keineswegs geklärt. Wurden sie nicht vor zwölf Jahren noch unter Domitian als Staatsfeinde verfolgt? Beteten sie nicht zu diesem gekreuzigten Gott, eine einzige Lästerung und weigerten sie sich nicht die Göttlichkeit des Kaisers anzuerkennen? War die Zeit der Verfolgung schon vorbei? Zweifelhaft, ein neuer Kaiser konnte die Christianoi wieder als Gefahr für die Allmacht des Staates sehen. – Und: stritt diese Gesellschaft für ein besseres Leben der Armen und Kranken, der Ausgestoßenen? Beschäftigten sie sich mit gesellschaftlichen Fragen? Keine Rede davon, man beschäftigte sich mit sich selbst, abgeschlossen in einer wohligen Blase, ganz auf sich und die persönlichen Bedürfnisse konzentriert. Und draußen brannte die Welt, feierten Gewalt und Machtgier Triumphe über das geschundene Volk. Hatte nicht Jeshua immer Stellung bezogen? Hat er sich nicht mit den Mächtigen angelegt, ihnen den Spiegel vorgehalten? Die Menschen in seiner Nachfolge nicht geschont, sie zum Handeln aufgefordert, in seinen Tischgemeinschaften den Weg zum Frieden gezeigt?

Dann, nachdem alle Fragen betreffs Rom beantwortet worden waren, erkundigte sich Servius nach dem Zweck ihrer Reise. Der Name Salome bat Natan fiel und sofort trat eine Veränderung ein. Es schien als sei eine Tür zugefallen, als habe sich ein Vorhang gesenkt ... Jaaa ... Salome sei früher ein aktives Mitglied der Gemeinde gewesen, damals, als die Versammlungen noch im Haus ihres Gatten Apollos stattfanden. Das sei lange her und sie sei dann nach dem Tod des Ehemannes auf ihr Landgut zurückgekehrt.

Ob sie nicht vom Tod Salomes gehört hätten?, fragte Theophilus.

Betroffenheit. Nein, das habe man nicht erfahren.

Auch sei Lukas, ihr Bruder kurz vor ihr verstorben, ergänzte Claudius.

Da meldete sich die Frau im mittleren Alter zu Wort: „Ich habe beide gekannt, damals vor vielen Jahren, als sie in Jerusalem waren. Sie lebten den ganzen Winter im Handelshaus Simon und haben Nachforschungen über das Leben und Leiden unseres Herrn Jesus Christus angestellt. Aus diesem Grund suchten sie auch mich auf, denn ich komme aus dem Geschlecht derer von Arimatäa. – Josef von Arimatäa", schloss sie mit Nachdruck.

Theophilus reagierte wie von einem leichten Schlag getroffen: „In Jerusalem? Du hast beide persönlich dort erlebt?"

„Ja", war die leicht gelangweilte Antwort, „sie besuchten mich und wollten Näheres über die Grablegung erfahren, sie wussten, dass der Herr in unserem Familiengrab beigesetzt worden war. Ich erzählte ihnen was ich von meinem Vater und Großvater hörte. Mein Urgroßvater war Josef von Arimatäa", betonte sie mit Stolz.

„Da bitte ich dich, uns die Geschwister zu schildern", ermunterte sie Theophilus, „leider haben wir nur miteinander korrespondiert aber uns nie persönlich getroffen. Was waren das für Menschen: Salome und Lukas?"

Die Frau, die sich nun als Selina Maria Romola vorstellte, genoss offensichtlich die Aufmerksamkeit, die sie erregte. Betont kühl und distanziert kam ihre Antwort: „Salome und Lukas? Nun ja, ein merkwürdiges Geschwisterpaar. Da war zuerst sie, eine sehr große Frau mit einem … wie soll ich sagen? Mit einem sehr bestimmten, herrischen Auftreten. Sie war sehr wortgewandt und so richtig wagte keiner ihr zu widersprechen. Und Lukas? Nun ja, ein Schreiber und Gefolgsmann. Stets still und gehorsam, so wirkte er auf mich. Äußerlich glichen sich die beiden überhaupt nicht. Lukas, der arme Mensch hinkte. Aber das hat seine Schwester nicht gehindert ihn auf gefährlichen Reisen mitzuschleppen. Lukas war ihr völlig ergeben."

Theophilus, der als Jurist und Senator viel Menschenkenntnis hatte, dachte: sie entwirft ein negativ getöntes Bild von den beiden. Warum? Was haben sie getan? Haben sie der Gemeinschaft geschadet? Wurde durch Salome nicht die römische Schriftrolle bekannt? Und kein Wort über ihre Schrift, ihr Evangelium? Ganz bestimmt hat ihnen Salome eine Schriftrolle zukommen lassen. Und so fragte er sofort und betont harmlos nach Salomes Schriftrolle.

Aber nicht Selina Maria antwortete, sondern blitzschnell Servius, der mit gespannter, ja nervöser Aufmerksamkeit das Gespräch verfolgt hatte: „Salomes Schriftrolle besitzen wir und die römische Schrift verwenden wir auch immer bei besonderen Mahlfeiern."

„Und was sagt ihr hierzu? Beinhaltet Salomes Schrift nicht herrliche Gleichnisse, Berichte und Zeugnisse über unseren Herrn?"

„Oh jaaa ... "antwortete Servius und die freundliche Miene fiel merkwürdig in sich zusammen, „Oh jaaa ... aber die Schrift ist sehr lang, fast doppelt so lang wie die römische Schrift. Und das meiste ist auch Wiederholung. Ich sage mal: aus der römischen Schrift abgeschrieben. Die anderen Teile – nun ja – sicher von Wert aber für uns nicht wirklich notwendig. Also uns genügt die römische Schrift – für besondere Tage."

Schweigen. Und in einer Erklärung oder Rechtfertigung setzte Servius nach: „Salome war sicher eine kluge Frau aber für eine Gemeinschaft problematisch. Sie dominierte alles, war sehr anstrengend, streng, wusste alles besser und trieb uns ständig an. Sie wollte mit uns über die Texte der Schrift diskutieren. Aber wir sind keine Schriftgelehrten, wir hatten danach kein Verlangen. Für uns war das Zusammensein, die Gemeinschaft wichtig. Ach übrigens: kennst du auch die römische Schrift?"

Mit grimmigem Vergnügen entgegnete Theophilus: „Ja, ich habe damals die Schrift an eure Gemeinschaft gesandt, an einen Flavius Julius Cato." „Ach ja", durch Servius fuhr sichtbar der Schrecken. Dann fasste er sich und meinte betont lässig: „Flavius ist schon lange verstorben und die Mahlgemeinschaften haben sich seither stark verändert. Wir wechselten zweimal das Haus, seit einigen Jahren sind wir hier. Nun, alles unterliegt dem Wandel der Zeit."

Der Alte dachte: der Prophet gilt nichts in seiner Heimatstadt. Wie wahr hat Jeshua dieses Phänomen erkannt. Aber meine Fragen sind noch nicht zu Ende ... was sich hier ereignet hat könnte auch meiner Heimatgemeinde drohen ... da will ich noch etwas nachforschen. – Höflich trieb er seine Fragen in die alte Richtung weiter: „Mit Flavius Julius stand ich einige Zeit in Korrespondenz. Er berichtete mir von großen Mahlgemeinschaft, bis vierzig Personen. Aber hier sehe ich gerade ...", er überflog die Anwesenden mit scharfem Blick, „gerade elf Gläubige. Und verzeih mir wenn ich das so deutlich ausspreche: ihr scheint mir alle aus demselben Stand. Arme, Fremde, Sklaven sehe ich nicht. Auch scheint mir, dass unter euch keine Juden mehr sind. Und ich vermisse auch junge Leute."

„Die Juden!", griff Servius leicht verärgert die Frage auf, „seit vielen Jahren haben die Streitigkeiten mit der Synagoge so zugenommen, dass wir uns von den Juden getrennt haben. Sie wollten uns ihre Essensgebote und die Zubereitung koscherer Speisen aufdrängen. Ganz zu schweigen von der Beschneidung. Die Juden sind wieder zurück in die Synagoge, wir Christianoi sind unter uns, das ist viel harmonischer. Mir scheint, dass diese Entwicklung in allen Mahlgemeinschaften in Antiochia so verlaufen ist. Und die Jugend ... nun wir können nicht mehr als offen sein und einladen. Zwingen kann man niemanden an unseren Mahlfeiern teilzunehmen. – Doch nun sollten wir nach unserem Sättigungsmahl des Herrn gedenken und das Brot brechen, den Becher seines Blutes trinken, wie es der Herr uns überliefert hat, zur Vergebung unserer Sünden und im Gedenken an seinen Sühneopfertod am Kreuz." Sein Ärger war nun unüberhörbar geworden.

Allgemeine Zustimmung und so endet diese Mahlfeier mit einem offensichtlich feststehenden Ritual in feierlich-schwerer Sprache, welcher alle mit gesenkten Köpfen folgten. Schweigend vollzogen Theophilus und Claudius die Zeremonie mit. Eine Almosensammlung für die Armen folgte danach. Nach dem Gesang zum Abschluss, es war nicht der Hallelpsalm sondern ein ihnen fremder Text, in welchem litaneiartig der Herr Jesus Christus gepriesen wurde, wandte sich Theophilus an den leicht vergrätzten Servius: „Verehrter Bruder im Herrn, da du mir offen mitgeteilt hast, dass ihr die Schriftrolle von Salome bat Natan nicht braucht, würde ich diese gerne gegen eine Spende erwerben. Wäre das möglich?"

Servius schaute leicht verdutzt auf, blickte unsicher in die Runde, aus welcher ihm jedoch Zustimmung signalisiert wurde. Und so stand er auf, kam nach kurzer Zeit mit einer dicken Schriftrolle wieder, die er Theophilus übergab. Dieser hatte einen kleinen Beutel hervorgezogen, überreicht ihn mit den Worten: „Für die Armen." – Damit war ein unauffälliger Abgang möglich, den die beiden Freunde auch sofort erkannten und nutzten. Claudius hatte alles schweigend mitverfolgt, seine Gefühle schwankten zwischen Verwirrung und Ärger, so dass er seinem Meister das Gespräch überließ.

Servius Rogatus begleitete die Gäste noch bis zum Ausgang und da die Dämmerung bereits eingebrochen war, bat ihn Theophilus um einen leichten Wagen, der sie zu ihrem Domizil bringen konnte. So geschah es und während der ganzen Fahrt saßen der Alte wie der Junge mit aufgewühlten Gedanken in dem holprigen Gefährt, das sie durch die lauten Gassen der Stadt langsam ihrem Ziel näherbrachte.

Im Gästehaus angekommen platzte es regelrecht aus Claudius heraus: „Verehrter Meister, mich verlangt nach einem Schluck guten Weines um dieses Erlebnis hinunter zu spülen."

Theophilus lachte verständnisvoll und gab einem Haussklaven den Auftrag Wein zu bringen. Kurze Zeit später saßen sie im rückwärtigen Garten und der Alte goss den Wein in zwei kunstvolle römische Pokale. Sie erhoben diese, schauten sich stumm an und genossen die Gottesgabe.

„Was war das?", brach es wieder explosionsartig aus dem Jüngeren heraus, „das war doch nicht die Tischgemeinschaft von Jesus aus Nazaret … das war … das war ein privates Treffen von Gleichen, von Menschen, die sich seit Jahren kennen, gut versorgt sind und sich von der Welt abgekapselt haben. Dazu fast durchweg Senioren. Die Frohe Botschaft braucht die Jugend, nur diese kann sie weitertragen."

„Aber sie sammeln Geld für die Armen", wandte Theophilus sarkastisch ein, „sie tun nichts Böses, sie haben sich privat und bequem in einer Tischgesellschaft eingerichtet und das genügt ihnen."

„Aber Jesus wollte keine Almosen geben, er wollte Teilhabe, Gerechtigkeit, Würde und Gleichstellung aller Menschen, besonders der Armen, Verachteten und auch Schwierigen. Vor allem eine Einladung an alle Menschen, keine geschlossene Gesellschaft. Und dann diese seltsamen Worte vom Bund des Blutes und vom Sühnetod am Kreuz. Das ist Paulus Einfluss, stimmt es?"

„Ja, Paulus", sagte der Alte sehr ernst, „Paulus hat einen neuen Weg eingeschlagen. Für ihn stehen nicht mehr Lehre und Leben des Jeshua im Mittelpunkt der Frohen Botschaft, sondern das Kreuz und der Tod des Herrn als Sühnopfer."

„Aber … aber … Paulus war doch kein Augenzeuge, oder?", fragte Claudius sichtlich verwirrt.

„Nein, das war er nicht. Aber er bezeichnete sich selbst als Apostel und er berief sich auch auf den Herrn, der ihn persönlich beauftragt habe. Und eines muss ich zugeben: Seine Worte zünden, ich kenne zwei Briefe von ihm, seine Worte kommen in der griechisch-römischen Welt an. Wir haben uns von den Juden getrennt – oder sie von uns ... denk an unsere Gemeinschaft in Rom. Zeichnet sich da nicht eine ähnliche Entwicklung ab? Ich meine nicht so krass wie hier, noch gibt es viele Arme, Sklaven, Kranke und Geschundene. Aber auch bei uns sind die Juden fast verschwunden. Ich sehe das mit Schmerzen, aber vielleicht ist es unumgänglich, denn die Frohe Botschaft mit den jüdischen Gesetzen und der Beschneidung hätte keine Zukunft ... Und das andere, dass hier nur Gleiche mit Gleichen verkehren: so sind die Menschen. Sie suchen das Gewohnte, Bestätigung und wollen sich mit ganz anderen Lebensschicksalen und Fragen nicht auseinandersetzen. Sie erfahren untereinander viel Zuspruch und Sicherheit. Da stört schon eine Schriftrolle mit neuen Gedanken und dazu noch von einer Frau geschrieben ... so ist das: ein üblicher Ablauf von Gemeinschaften, die sich immer mehr abkapseln, verhärten und dann mit ihren alten Mitgliedern absterben. Es war gut, dass du dies gesehen hast, denn bald sollst du mein Nachfolger in der Gemeindeleitung werden. Kann man diesen Rückzug ins Private und Bequeme verhindern? Ich weiß es nicht, ich habe immer versucht dagegen zu steuern aber es ist sehr schwer. Was Jeshua mit seiner offenen Tischgesellschaft wollte, sprengt alle Formen, alle Hierarchien und schafft ständig neue Fragen, Probleme und auch Konflikte. Das wollen die meisten nicht. – Daran ist wohl auch Salome gescheitert. – Übrigens: Weißt du wem wir ihre Schriftrolle schenken werden?"

Claudius zog verblüfft die Augenbrauen hoch, überlegte kurz und meinte dann strahlend: „Aurelius Apollos Viator! Das ist eine gute Idee von dir."

„Nimm es gelassen und nüchtern was wir heute Abend erlebt haben", schloss Theophilus versöhnlich, „vielleicht kannst du in Rom einen anderen Weg einschlagen. Wichtig sind immer Menschen, die Fragen haben, die nicht auf alles eine Antwort wissen, die sich mit ihren Zweifeln auseinandersetzen, deren Herzen brennen. Die musst du suchen und für die Mahlgemeinschaft gewinnen. Und denk immer daran: ohne Jugend keine Zukunft! "

Am nächsten Morgen war die Abreise. Die Freunde besuchten kurz Aurelius Apollos und überreichten ihm zu seiner großen Freude Salomes Schriftrolle. Er wollte im Winter nach Rom reisen um dort Geschäfte zu tätigen und freute sich auf ein Wiedersehen.

Die Schiffsfahrt verlief unruhig, das Mare Nostrum war rau und stürmisch. Die Seeleute hatten alle Hände voll zu tun um das Schiff sicher in den Hafen von Ostia zu bringen.

Kapitel 5

Ankunft in Ostia

Erschöpft verließen die Reisenden am Nachmittag das Handelsschiff in Ostia. Die stürmische Überfahrt hatte den meisten die Seekrankheit beschert, schlaflose Nächte und ein andauerndes Ankämpfen gegen die Übelkeit.

Claudius musste seinen alten Mentor stützen als sie endlich festes Land betraten. Theophilus konnte sich nur mühsam auf den Beinen halten, immer noch fühlte er das schwankende Schiff unter seinen Füßen. So nahm er gleich auf einer steinernen Bank Platz und musste länger Zeit sitzenbleiben, sich erst einmal sammeln.

„Theophilus Anicius Centho!", ein junger Mann stürzte aus dem Menschengewühle auf den Sitzenden zu, „verehrter Meister, was hat Euch hierher verschlagen? Es geht Euch nicht gut, wie ich sehe. Hattet Ihr eine böse Überfahrt?"

Theophilus blickte auf und erkannte zunächst den im Gegenlicht stehenden nicht. Dieser bemerkte es und so stellte er sich vor: „Marius Aelius Verres … .erinnert Ihr Euch? Ich war Euer Schüler in Rhetorik und den Rechtswissenschaften. Vor drei Jahren habe ich meine Studien abgeschlossen und lebe hier in Ostia … Es geht Euch schlecht, was kann ich für Euch tun?"

Nun trat Claudius hinzu, machte sich mit dem jungen Mann bekannt und bestätigte eine böse Überfahrt und wie froh sie seien nun endlich römischen Boden zu betreten.

„Ihr seid meine Gäste", erwiderte Marius kurz entschlossen, „in meinem Haus ist Platz, gerade habe ich Freunde an den Hafen begleitet und nun steht euch mein Haus zur Verfügung. Erholt euch einige Tage, dann bringe ich euch nach Rom."

Theophilus fühlte immer noch eine schreckliche Übelkeit und war über das Angebot richtig erleichtert. Er nickte sein Einverständnis und Marius führte seine Gäste in ein nahegelegenes stattliches Haus.

„Verzeiht, wenn ich mich gleich zurückziehe", sagte der Alte schwach, „Marius, ich danke dir für deine Gastfreundschaft aber nun muss ich zuerst einmal den Schlaf nachholen und meinen Magen beruhigen." Der Gastgeber brachte seinen Lehrer in ein Gastzimmer und Theophilus legte sich mit Reisekleidung auf das Bett, fühlte immer noch die schwankenden Schiffsplanken, und nach kurzer Zeit überfiel ihn der Schlaf. Er schlief tief und fest die ganze Nacht hindurch und erwachte wunderbar gestärkt und frisch beim ersten Sonnenstrahl.

Inzwischen hatte Claudius dem staunenden Marius von ihrer Reise und den Schriftrollen berichtet, auch Salomes Rolle auf einem großen Tisch geöffnet und war gerade dabei die einzelnen Abschnitte zu erläutern, als der Alte eintrat.

„Theophilus, wie freue ich mich Euch so frisch und munter zu sehen", rief Marius und sprang auf seinen Lehrer zu.

Dieser lächelte etwas verlegen und meinte: „Das Alter fordert seinen Tribut, die Erholungsphasen werden immer länger und diese Überfahrt war wirklich eine der schlimmsten Seereisen, die ich erlebt habe. Marius, ich danke dir von ganzem Herzen, dass du uns Unterkunft gewährt hast denn ich bin sicher: auf dem Weg nach Rom wäre ich gestern liegen geblieben."

„Dann zunächst zum Morgenmahl", lud sie der Hausherr ein und so verbrachten sie die ersten Morgenstunden mit einem leichten und nahrhaften Frühstück.

Marius wollte alles über ihre Reise und die Begegnungen in Antiochia wissen. Er war kein Christianoi aber er hatte sich mit der neuen Lehre befasst, da einige seiner Mentoren sich zu diesem Jesus Christus bekannten. Die Zahl der Gläubigen wuchs ständig und Marius, der ein praktischer, kein spiritueller, doch ein aufgeschlossener Mensch war empfand die Notwendigkeit mehr über den neuen Glauben zu erfahren.

„Was ist so neu an diesem Jesus aus Nazaret? Was ist da so ganz anders als am Glauben der Juden? Ich habe es noch nicht richtig verstanden. Gut, der Glaube an einen einzigen Gott, er überzeugt immer mehr. Die Vernünftigen wenden sich verständlicherweise ab vom Götterhimmel der Griechen. Eine Alternative sind diese Mysterienreligionen, übrigens auch mit gemeinsamen Mahlfeiern. Aber auch diese Mysterienreligionen erscheinen mir zweifelhaft. Sie richten sich nur an bestimmte Gruppen. Der Mithraskult vorwiegend an Soldaten, nur an Männer, der Isis und Osiris Kult an Menschen, die aus Ägypten stammen. Mit erscheint, dass es da Parallelen gibt zur Christus-Verehrung. In beiden Mysterien geht es auch um einen gewaltsamen Tod und Auferstehung. Es sind Individuationswege, es geht um den einzelnen und seinen Weg zur Gottheit. Es geht nicht um Familien oder Volksgruppen, um den Erhalt des Staates, sondern um das Individuum. Und das scheint mir bei den Christianoi auch der Fall zu sein. Was ist also so neu an diesem Jesus aus Nazaret? Dass Götter Söhne mit Menschenfrauen zeugen, das gibt es bereits im griechischen Volksglauben. Und dass Götter unerkannt auf der Erde erscheinen, wie Zeus und Merkur, die um Obdach suchten und nur bei einem alten Ehepaar eingelassen werden, das kennen wir auch schon. Das erinnert mich an die Emmaus-Geschichte, die ich gestern in der Schriftrolle las. Auch hier stoßen Jünger auf einen unbekannten Wanderer, der sich als Gottheit zu erkennen gibt ... Der Skandal in dieser neuen Religion ist das Kreuz. Warum soll ausgerechnet ein gekreuzigter Galiläer die neue Gottheit sein? Das Kreuz, das stößt mich am meisten ab. Ein Freund von mir ist auch Christ geworden aber ich kann seine Erklärung über den Kreuzestod nicht akzeptieren. Gott wollte, dass sein Sohn geopfert wird? Für die Sünden der Menschen? Das ist doch archaisch und auch unlogisch. Lange gab es Menschenopfer, die dann von den Tieropfern abgelöst wurden, jetzt aber muss der Gesandte des einzigen Gottes, oder wie manche glauben sein Sohn, am Kreuz sterben? Sagt mir verehrter Theophilus: Was glaubt Ihr? Was glaubte diese Salome? Was schrieb sie?"

Der Alte hatte aufmerksam zugehört und nickte zu diesen Ausführungen: „Ja, deine Fragen und Zweifel sind berechtigt, lieber Marius. Da ist der schreckliche Kreuzestod, ein Schock und dass auch Jeshua in seinem Sterben die Verlassenheit erlebt hat, die Verlassenheit von den Menschen, aber auch von Gott. Die Kreuzigung ist ... wie soll ich sagen ... sie ist der Höhepunkt der Menschwerdung Gottes durch den Nazaraner. Wie oft fragen wir uns im Leid, besonders im Leiden der Unschuldigen: warum schweigt Gott? Auch das hat Jeshua erfahren. Gott schwieg zu seinem grausamen Ende. Es ist die tiefste Identifikation mit der Menschheit. ... Dann das Opfer: bedeutete nicht die Zerstörung des Tempels, dass der Opferkult zu Ende ist? Aber wie wir sehen: das Judentum ist nicht zu Ende, sie haben einen neuen Weg gefunden: sie brauchen keinen Tempel, keine Opfer mehr. Sie lehren in ihren Synagogen und finden Antworten, Kraft und Zuversicht in den heiligen Schriften, die auch wir als heilige Schriften verehren. Die Schrift, das Wort ist anstelle des blutigen Tieropfers getreten. Wenn ich die Entwicklung bei den Christianoi richtig überblicke dann entwickeln sich gerade zwei Antworten auf den Kreuzestod: In Antiochia, welches auch Rom voraus ist, hat der Apostel Paulus gelehrt, dass Jesus den Sühnetod für unsere Sünden am Kreuz starb und wir dadurch Auferstehung und ewiges Leben erlangen können. Ohne dieses Kreuzesopfer müssten wir Nachgeborenen im Tod bleiben. Als gebildeter Pharisäer begründete Paulus dies mit den Propheten, der Voraussage von einem leidenden Gottesknecht bei Jesaja. Paulus war tief enttäuscht von seinem eigenen Volk, dass sie ihren Messias, den von Gott gesandten Erlöser nicht angenommen hatten. Neulich bekam ich einen Brief von ihm in die Hände, in welchem er Schreckliches über sein Volk schreibt, verstörend, muss ich sagen, denn er war selbst Jude. Andererseits bewundere ich ihn auch, denn er hat sich mutig vom Judentum getrennt, hat Beschneidung, Essens- und Reinheitsgebote verworfen und den Glauben an Jesus allen Völkern geöffnet. Ohne ihn wäre die Frohe Botschaft mit dem Untergang Jerusalems auch verschwunden. – Ganz anders die palästinensischen Gemeinden: diese waren auch nicht einheitlich, aber sie verkündeten das Reich Gottes und die Worte des Jeshua, sein Leben, seine Tischgemeinschaften, auch Tod und Auferweckung aber ohne eine Deutung wie bei Paulus. Ich gestehe, dass ich selbst auch noch auf der Suche bin nach der Beantwortung über diese Frage des Kreuzestodes. Einen Sühnetod kann ich nicht annehmen, denn ich sehe es auch als einen Rückschritt, ganz wie du es gesagt hast. Trotzdem wird sich diese Deutung wohl durchsetzen, sie greift auf uralte Motive zurück."

Claudius hatte in großer Anspannung die Rede seines Meisters verfolgt und war über dessen schonungslose Offenheit fast erschrocken.

„Welche Motive sind das?", fragte Marius sofort zurück.

„Das Opfer", sagte der Alte nachdenklich, „alle Religionen kennen Opfer. Die Ägypter, Phönizier, Juden, Griechen, Perser, auch die Barbaren im Norden … alle Völker opfern ihren Göttern. Das Opfer muss sein, es muss dem Opfernden ein Verlust sein, er gibt etwas und hofft, dass er dafür etwas bekommt. Wo es Opfer gibt, da gibt es Priester. Ohne Opfer keine Priester. Noch sind wir Christianoi nicht so weit aber werden wir im Imperium ohne Opfer und Priester ernst genommen werden? Selbst wenn unsere Zahl ständig anwächst? Eine Religion ohne Opfer, ohne Tempel, ohne Priester? Das ist völlig neu, das gab es noch nie. Dafür Mahlgemeinschaften mit Armen, Sklaven, Verachteten, Frauen und Männern ... Claudius und ich haben gerade in Antiochia gesehen wie eine sehr lebendige und heterogene Mahlgemeinschaft über die Jahre immer einheitlicher, immer homogener wurde, eine Gemeinschaft die nicht mehr aufrüttelt, die nicht provoziert, in welcher man keine Spannungen aushalten muss ... manchmal frage ich mich: überfordert nicht das Evangelium die menschliche Natur? Dazu keine Hierarchie, keine Mächtigen, keine Priester, keine Rituale ... wird die Masse der Gläubigen das durchhalten? Werden sie sich nicht angleichen? Ich meine, dass dieser Prozess bereits im Gange ist."

Marius war konzentriert den Ausführungen seines alten Lehrers gefolgt: „Verehrter Meister, Ihr habt uns gelehrt auf den Grund der Fragen und Probleme zu gehen und so frage ich Euch, vielleicht etwas naiv, aber ich brauche in dieser Sache eine Orientierung: welchen Weg werdet Ihr einschlagen: Sühneopfer oder Mahlgemeinschaft?"

Theophilus schwieg und kämpfte sichtlich mit sich. Claudius war nervös geworden, er empfand das Insistieren des Gastgebers als unhöflich, wollte das Gespräch in eine andere Richtung lenken, doch Theophilus wies ihn fast barsch ab: „Nein, die Frage ist berechtigt und ich muss mich stellen. Warum ist das Opfer für viele annehmbarer als die egalitäre Tischgesellschaft? Ich meine: das Opfer ist einmal eine Handlung, die bekannt, allgemein akzeptiert ist, man vollzieht ein Ritual, das entlastet den Opfernden für eine gewisse Zeit, beruhigt sein Gewissen. Ganz anders mit der Mahlgemeinschaft ohne Ausschluss, ohne Wertung anderer Menschen, sogar ohne Hierarchie. Das stellt alle Traditionen auf den Kopf, das bricht alle gesellschaftlichen Regeln. Die Praxis der egalitären Tischgesellschaften kann nicht eingegrenzt werden, sie stellt uns täglich in die Nachfolge Jesu ... das ist viel schwerer. Für mich, für mich ganz persönlich steht die Mahlgemeinschaft im Vordergrund der Lehre Jesu, denn sie ist auch umfassender: ich muss meine Lebensweise ändern, ich muss mich einordnen können, auf Vorrechte verzichten, ich kann mich nicht auf Geburt, Geld und auch nicht auf Gelehrsamkeit berufen. ... Ja, wenn du mich so direkt fragst, dann wähle ich die Mahlgemeinschaften des Nazareners, sein Bild vom Reich Gottes."

„Gut", nickte Marius, „das ist eine gute Antwort. Aber Ihr habt mir nicht auf die Frage geantwortet wie Ihr selbst diesen Kreuzestod seht. Und Jesus aus Nazaret, wie ist er in den Tod gegangen?"

„Jesus ist in den Tod gegangen wie wir alle: Ohne ein Wissen über eine Auferweckung und ein weiteres Leben. Man muss sogar annehmen, dass er in Verzweiflung gestorben ist. In der römischen Schriftrolle schreit er am Kreuz: Mein Gott, mein Gott, warum hast du mich verlassen! Er ist den Weg des Menschen gegangen. Sein Leben ist exemplarisch. Er hat erst nach und nach seine Sendung verstanden und er ist diesen Weg gegangen ohne Vorauswissen. Mit Hoffnung ja, aber ohne Gewissheiten. Das heißt es in seiner Nachfolge zu gehen."

„Dann wird dieser Glaube an den Nazarener auch nicht lange währen, die Traditionen werden siegen, das Opfer ist leichter zu praktizieren und man kann auch diese Mahlgemeinschaften so ritualisieren, dass sich nur noch ein homogener Kreis trifft. Die neue Religion wird sich einebnen und dann verschwinden", schlussfolgerte der nüchterne Marius.

„Mhm" … Theophilus schloss lange die Augen … „nach unserem Ermessen wird es so ablaufen. Aber ich glaube, dass mit Jesus wirklich eine Zäsur, ein völliges Umdenken in der menschlichen Geschichte eingetreten ist: Nicht der Ritus ist wichtig, nicht die formale Erfüllung des Gesetzes. Gott will nicht das kontrollierbare Äußere des Menschen, sondern das unkontrollierbare Innere, des Menschen Herz. Nicht der Ritus ist wichtig, sondern das Sein … Noch sind wir zu nah an diesem Ereignis, wir sehen es nicht. Die Generationen nach uns werden es sehen und es erst langsam verstehen. Opfer...der Gedanke ist nicht ganz falsch. Aber vielleicht sollten wir ihn neu verstehen? Doch haben wir keine Augenzeugen mehr, was damals geschehen ist. Weder Salome und Lukas, noch der Schreiber der römischen Schrift waren Augenzeugen. Sie waren auf Aussagen anderer angewiesen. Und selbst Augenzeugen: ich habe so viele Prozesse erlebt, in welcher Zeugen eine Tat ganz unterschiedlich schilderten … nein, so kann man keine Antwort finden, nicht im Klauben von Wörtern und Streiten über Schriften. Die Schriften sind wichtig und wertvoll, ja … aber die Antwort auf das Leben und den Tod des Jesus von Nazaret liegt woanders …" Erregt war er aufgestanden und begann im Raum hin und her zu gehen, zu dozieren.

Claudius überlief es heiß und kalt. War sein geliebter Lehrer nicht gerade dabei ihre Mission in Frage zu stellen? Noch schlimmer: sie so auseinander zu nehmen, dass nichts mehr davon übrigblieb? – Doch er bezähmte die schreckliche Unruhe und konzentrierte sich ganz auf das Gespräch zwischen dem Alten und Marius.

„Das Opfer ist also doch nicht falsch ...", begann dieser, „ich meine wenn ich Euch richtig verstehe: Hat es einen anderen Sinn?"

Theophilus schaute auf und richtete einen scharfen Blick auf seinen ehemaligen Schüler: „Du hast es getroffen, Marius. Was mir durch den Kopf geht: vielleicht war der Kreuzestod ein Opfer, so wie es Paulus sieht ... aber ganz anders als bisher Opfer verstanden wurden. Dieses Opfer war nämlich unschuldig und ging freiwillig in den Tod. Hätte Jesus nicht mit Fug und Recht fliehen können? Wäre das nicht richtig gewesen? Das Urteil des Pilatus war falsch, Jesus war kein Aufrührer, er hatte kein Interesse an der Macht des Imperiums, keines an der Wiederherstellung eines jüdischen Königreiches. Und auch nach jüdischem Recht war er nicht schuldig. Gotteslästerung, hat ihm der Hohepriester attestiert ... aber ich bitte dich: was ist das für ein Gott, der durch Menschen beleidigt werden kann? Allein dieser Gedanke ist eine Hybris. Eine Beleidigung impliziert, dass der Beleidiger auf gleicher Ebene mit dem Beleidigten steht. Das ist doch lächerlich, was ist das für ein Gott der von Menschen beleidigt werden kann?" Er winkte ab: „aber das kann ich nicht laut sagen, die meisten würden sofort über mich herfallen ... mir gar nicht erst zuhören. Die Vorstellung, dass man Gott beleidigen könne, ist einfach abstrus. Nein, Jesus war unschuldig und ging freiwillig in den Tod. Paulus Deutung, dass Jesus für unsere Sünden gestorben ist, da kann ich nicht mit. Da werden doch die Reden des Herrn und die wundervollen Gleichnisse der Sinnlosigkeit preisgegeben. Gott ist ein Vater, gütig, er verzeiht ... aber trotzdem muss sein Sohn ans Kreuz?!"

„Warum dann?" riefen Claudius und Marius wie aus einem Mund.

Der Alte blieb stehen und streckte sich: „Jesus hat den Kreislauf der Gewalt, des Tötens von Unschuldigen, den Opferkult ein für allemal durchbrochen. Bis dahin bewegte sich die Menschheit in einem geschlossenen Kreis von Verführung durch das Böse, Gewaltausbruch, Töten eines Unschuldigen, Beruhigung der Wut, bis sich der Kreislauf mit neuen bösen Taten wieder in Bewegung setzte. Jesus hat diese Gewaltspirale ad absurdum geführt. Er hat die Gewalt überwunden, den Kreislauf durchbrochen, er hat über den Tod triumphiert. Damit ist eine neue Zeit angebrochen. So wird das auch von vielen indirekt empfunden und das Leben ist mit dem Tod nicht zu Ende, es ist verwandelt, wir dürfen auf ein neues Leben in einer anderen Welt hoffen. Mit seinem Kreuzestod ist ein Endpunkt in den jahrtausendealten Opfern gesetzt worden ... die Zeit ist ins Rollen gekommen, es gibt keinen Kreislauf mehr. Von hier ab beginnt eine neue Epoche, eine ganz neue Zeit ... aber das ist vielleicht zu kühn, zu weit in die Zukunft gedacht. Ich sehe das so ganz persönlich."

Marius atmete tief durch: „Dann glaubt Ihr, dass es nun keine Opfer, keine Gewalt an Unschuldigen mehr geben wird?"

„Nein", Theophilus schüttelte den Kopf, „mein Lieber, halte deinen alten Lehrer nicht für naiv. Aber das Kreuz steht nun da in der Weltgeschichte, sperrig und nicht zu übersehen. Wie Paulus sagt: Den Juden ein Ärgernis und den Heiden eine Torheit. Noch lange werden die Menschen weitere Irrwege gehen ... aber am Kreuz kommen sie nicht vorbei. Es wird lange dauern, bis der eigentliche Sinn des Kreuzestodes verstanden wird. Lange ... irgendwann werden die Menschen, die jetzt noch den ICHTHYS als unser Erkennungszeichen benutzen, diesen gegen das Kreuz eintauschen."

„Das Kreuz?", rief Claudius erschrocken, „ein Schandmal und Marterpfahl?"

„Genau das!", sagte der Alte sehr ruhig und sicher.

„Was hat es mit dem Fisch auf sich?", warf Marius in die Diskussion ein ... „wieso ist der Fisch ein Zeichen für diesen Jesus den Christos?"

Theophilus erklärte: „Fisch heißt im Griechischen Ichthys. Fische werden in den Evangelien oft erwähnt: Petrus, Andreas, Jakobus und Johannes waren Fischer. Und laut Salomes Schrift sagte Jesus zu Petrus: Von nun an sollst du Menschenfischer sein. Fische werden bei der Speisung der 5.000 Menschen ausgeteilt, der Auferstandene verzehrt nach Salomes Zeugnis einen Fisch vor den Augen seiner Jünger ... Und wenn auch die Juden gegen die Sterndeutekunst sind: Bei den alten Völkern steht das Sternbild der Fische für Israel, für die Juden. – Die ersten Christianoi haben das alles zusammengefasst, indem sie die Buchstaben des Wortes Ichthys neu interpretierten:

J = Jesous
CH = Christos / der Gesalbte
T = Theo / Gott
HY = Hyos / Sohn
S = Soter / Retter

Das ist die Kurzform unseres Glaubensbekenntnisses: Jesus Christus, Gottes Sohn und Retter." Noch lange saßen die drei Männer zusammen und diskutieren, fragten, forschten nach und staunten über diese neue Lehre, eine Lehre, die sich im Römischen Reich wie ein Lauffeuer verbreitete.

Früh am Morgen war Theophilus schon auf den Beinen und genoss die frische Seeluft am Meer. Voller Sorge hatte ihn Claudius gesucht und atmete erleichtert auf, als er seinen Meister am Ufer entlang gehen sah.

„Meister Theophilus", rief er ihm zu, „wie froh bin ich dich zu sehen. Unsere Gespräche gestern Nacht haben mich aufgewühlt, ja erschüttert. Manchmal schien es mir als würde sich vor mir ein Abgrund öffnen. Warum nur greift der Ewige nicht ein? Warum schweigt er zu Unrecht, zur Gewalt und warum kommen die Mächtigen meistens unbeschadet davon?"

„Aber er greift doch ein", war die ruhige Antwort des Alten.

„Wie?"

„In dir, in deinem Herzen, in deinen Gedanken. So hat es Jesus gelehrt. Jeder soll bei sich selbst anfangen, in seinem kleinen Lebenskreis, in seiner Familie, seinem Umfeld und nicht anklagend auf die anderen deuten. Das würde die Welt verändern, glaub mir, das würde das Reich Gottes bringen, das aber kein Paradies hier auf Erden wäre. Vorbilder sind mächtig, mächtiger als alle Bücher und alle Weisheitslehren. Gott greift durch uns Menschen ein, nicht in Blitz und Donner."

Claudius Gesicht drückte Verwirrung aus: „Darüber muss ich nachdenken. Das kann ich nicht so einfach annehmen … und noch etwas, verehrter Theophilus: Warum gibt es so viele Religionen, warum spaltet sich auch unser Glaube immer mehr in verschiedene Richtungen auf, warum können wir Christianoi nicht einheitlich, fest in unserem Glauben bleiben? Warum Hebräer und Griechen … und in Zukunft noch mehr Gläubige aus anderen Ländern? Wir können nicht einmal eine gemeinsame Antwort auf den Kreuzestod des Herrn geben. Das bringt doch alles Streitereien und Konflikte."

Theophilus lächelte: „Weil Gott die Vielfalt liebt und die Veränderung. Schau dir die Natur an: Es gibt keine Duplikate, auch die Pflanzen und Tiere sind einmalig, auch sie verändern sich, sterben ab und es gibt neues Le-

ben. Gott liebt die Dynamik aber wir Menschen wollen einen unverrück-
baren Glauben, wir wollen, dass alle und alles gleich sind und keine
Veränderung. Aber das ist gegen Gottes Plan. Leben heißt Verwandlung."

Claudius wagte noch einen Vorstoß: „Und wie soll ich nun die Nachfolge
leben? Woran soll ich mich orientieren?"

Beruhigend legte der alte Lehrer seinem Schüler die Hand auf die Schulter: „Das ist die Nachfolge: einfach tun, täglich tun. Und was deine Angst,
den Abgrund angeht: Das vergeht wenn du älter wirst. Das Leben wird
dich noch in manche Abgründe und auch durch Wüsten führen. Aber
wenn du in der Spur des Nazareners bleibst dann musst du dich nicht
fürchten. Jesus hat zu den Aposteln gesagt: Warum seid ihr so ängstlich?
Habt ihr keinen Glauben?"

„Jaaa … aber: was wird aus der Frohen Botschaft werden? Das Ende der
Zeiten ist nicht gekommen, es geht weiter … wohin? Was wird mit dem
Evangelium geschehen? Was werden die Menschen damit machen?"

Theophilus schaute auf die glitzernde Fläche des Mare Nostrum und sagte
in seiner ruhigen Art: „Mach dir keine Sorgen, tu das was zu deiner Zeit
erforderlich ist und glaub mir: das Evangelium findet seinen Weg."

Ein Brief aus Rom
nach Augusta Treverorum

Geliebte Brüder und Schwestern im Herrn,
geliebter Secundus,
geliebte Octavia,

Euch als Ehepaar und Leiter der Gemeinde der Heiligen im fernen Germania Inferior, in der hochberühmten Stadt Augusta Treverorum, grüße ich von Herzen und sende euch eine Schriftrolle zu, die ich aus der Hand des Verfassers erhalten habe: Lukas aus Antiochia.

Er hat in vielen Jahren auf Reisen und durch das Aufsuchen von Zeugen, die unseren Herrn kannten, diese Schriftrolle verfertigt. Es ist die Frohe Botschaft, das Evangelium des Lukas, in welchem er über Leben, Leiden, Tod und Auferstehung des Jesus von Nazaret berichtet. Diese erste Abschrift sende ich euch zu, damit ihr im fernen Land unseren Glauben verkündet und ihn fest in den Herzen der wilden Völker Germaniens verankert.

Ich bin mit euch im Herrn verbunden und bitte euch diese Schrift weiter zu verbreiten damit auf dem ganzen Erdkreis das Evangelium verkündet wird.

Grüßt alle Brüder und Schwestern in eurer Gemeinschaft des Brotbrechens von mir und den Gläubigen aus Rom.

Theophilus Anicius Centho

Die Romanfiguren – was sie repräsentieren

Salome bat Natan: die begabte und auch noch schöne Frau, die sich nicht auf Körper reduzieren lässt, die in einer Ehe mit geistigem Austausch die Erfüllung und in der Botschaft des Nazareners ihren Auftrag findet. Sie erfährt durch den Wanderprediger in ihrer Jugend eine Erschütterung, wird sich ihrer Privilegien und Talente bewusst, versteht diese als Auftrag und entschließt sich bereits im vorgerückten Alter ihr Evangelium zu schreiben. Sie gehört zu den Frauen, die in allen Zeitaltern emanzipiert und selbständig dachten und auch handelten, die Zwänge der Familie verweigerten, die vorgefertigte Rolle in der Gesellschaft nicht übernahmen. Und die deshalb auch letztlich akzeptiert wurden.

Lukas ben Natan: der jüngere Bruder, körperbehindert, intelligent und Salome eng verbunden. Als quasi mutterlose Kinder aufgewachsen, entsteht zwischen ihnen eine enge Verbindung, beide sind Außenseiter, sowohl in der Familie als auch in der Gesellschaft. Lukas erfährt durch seine Gehbehinderung früh ein Ausgesondertsein, eine Duldung, die ihn zu den Schriften der Tora und zum Evangelium aus Rom führt. Behinderung als Chance, als Auftrag, so begreift er sein Hinken. Die Geschwister ergänzen sich völlig: Salome, die Antreibende, Mutige, Lukas der Bedächtige und Kritische, der alles in Frage stellt, auch manchmal die Frohe Botschaft und sich selbst für einen unbedeutenden Menschen hält, wie er leitmotivisch immer wieder äußert. Doch auch er will – unglücklich in einer erzwungenen Ehe, unverstanden von seinen Kindern – etwas bewegen, das gelingt ihm mit Salome.

Die Beiden stehen auch für die Jüngeraussendung von Jesus: immer zwei, die zueinander halten und auch einfach weitergehen, den Staub von den Füßen schütteln, wenn man sie nicht aufnimmt, die unverdrossen das Evangelium verkünden.

1.Teil: Galiläa

Philippus; Reisender auf dem Schiff: ein Jude, der von seinem Glauben abgekommen ist. Hauptsächlich weil Tempel, Stadt und Hierarchie zerstört wurden. Er braucht die äußeren Machtsymbole um etwas zu „glauben". Die Leere kann er nicht ausfüllen, er ist orientierungslos, wurzellos geworden, hat sich der römischen Siegerkultur unterworfen, angepasst bis zur Namensänderung. Gängiger Typus bis heute.

Die Alte in Cäsarea M: eine Frau aus dem Diasporajudentum, die dieses seltsame Erlebnis mit einer Tante Susanna hatte, die einem „Wunderrabbi" nachlief. Auch ihr jüdischer Glaube ist durch die Diaspora schwach geworden (wie auch bei Salome und Lukas) und versandet dann endgültig. Aber sie hält noch einige Riten und Feiertage ein, warum weiß sie selbst nicht. Modernes Glaubensschicksal.

Rouven und Salome, die Nachkommen des Jeshua in Nazaret: Einfache Leute, verwirrt durch diesen Verwandten, den sie selbst nicht mehr kennengelernt haben. Er hat Unruhe in die Familie gebracht, die Ordnung zerstört, die Familie zerstritten, von daher: Ablehnung, man fühlt sich aus dem Dorfalltag herausgenommen, ausgesondert, heimlich verspottet. Die ganze Dimension hinter diesem Jeshua interessiert sie nicht. Sie sind verärgert über die Nachfragen nach Jeshuas Herkunft. War Josef der Vater? Alles peinlich aber früh hat sich dieses Gerücht (schon in der „römischen Schriftrolle", im Markusevang.) festgesetzt. Erschrocken wird auf die Erhöhung des Jeshua als Christos in den griechischen Gemeinden reagiert. War er mehr als ein Prophet? Man will nichts wissen, nur seine dörfliche Ruhe wieder haben! Er war ein Störer, ein Zerstörer der gewohnten Ordnung, ein Ärgernis und von daher: Schweigen, nicht mehr darüber reden. Der althergebrachte Glaube wird rituell ungefragt übernommen: So gehört es sich.

Rebecca, die Nachbarin in Nazaret: Sie versteht die Geschichte um Jeshua als Familienschicksal und Tragödie. Einerseits bewundert sie Jeshua, andererseits empört sie sich über den ganzen Unfrieden, den er über das Dorf gebracht hat. Und wurde durch die Kreuzigung nicht seine Scharlatanerie bestätigt? Messias?! Im nächtlichen Gespräch mit Salome erfährt sie aber eine echte Bekehrung, ein tieferes Verständnis und den Glauben an einen ganz anderen Messias, eine innere Befreiung, ein Aufbruch in eine neue, befreite Glaubenswelt.

Sixtus L. Varro, reicher Römer, ein Genussmensch, der oberflächlich das Leben als Spaß, Genuss versteht und auch glaubt ein Recht darauf zu haben. Alle Religionen verlacht er als kurios und unsinnig. Religion ist sowieso etwas Unnötiges in seiner hedonistischen Welt, aber er toleriert sie. Dann aber, als Salome ihm von Jeshua erzählt, von den Tischgemeinschaften für ALLE und einer hierarchielosen Gemeinschaft, empört er sich, denn er sieht – ganz ähnlich wie die Sadduzäer – seinen Stand und seine Privilegien als gefährdet an. Nichts geht über seinen „Spaß" im Leben, er sucht keine Antworten auf das Warum, Woher und Wohin. Bruch mit Salome, die in dieser Begegnung erkennt, dass sie auch den alten Freundeskreis in Antiochia verloren hat. Die Entscheidung für den Nazarener verändert radikal das Leben.

Marta, Fischverkäuferin in Magdala, ist die ewig geschundene Frau, die hart arbeitet, ungeliebt ist und auch noch die falschen Kinder gebiert. Sie wird verstoßen und nur durch die Liebe ihrer Schwester Rut kann sie überhaupt überleben. Diese ist eine Jeshua-Jüngerin aber Marta kann mit dem strikten Scheidungsverbot des Nazareners nicht einverstanden sein, denn die Scheidung war ihre Rettung von dem prügelnden Ehemann. Exkurs über Geschlechterverhältnis, Ehe-Gesetze in Rom und Jerusalem. Marta wirkt hart, scharf, (bettelnde Kinder werden weggejagt), aber sie ist nicht herzlos, sie ist ein geschundener, weitgehend ungeliebter Mensch, steht für die ausgebeutete Frau durch die Jahrtausende, die Gebärmaschine und ungebildete Arbeiterin, die aber die Strukturen in der Familie hochhält und immer „schuldig" ist.

Rut, ihre 10 Jahre ältere und sanfte Schwester, die eine wenn auch nur kurze, aber glückliche Ehe führte und ihre beiden Söhne wegschickte nach Alexandria, damit sie nicht als Zeloten im jüdisch-römischen Krieg enden. Sie empfindet ihr Schicksal trotzdem als glücklich, da sie auch den Nazarener erlebte und Zugang zu seiner Lehre und seiner Gemeinschaft fand. Sie hat inneren Frieden gefunden und kann daraus ihrer Schwester Marta eine Stütze sein und eine Heimat geben.

Maria Magdalena (erscheint nur in Erinnerungen), ist eine „Doppelgängerin" von Salome, äußerlich wie auch in ihrem geistigen Anspruch. Auch sie hat die Härte des Lebens erfahren mit dem Verlust von sechs Kindern, des Ehemannes und einer daraus resultierenden psychischen Krankheit. Dann hat sie Heilung durch Jeshua erfahren. Sie ahnt von allen Jüngern und Frauen seine Bedeutung, seinen Auftrag und Schicksal und will es (anders als Petrus), nicht verhindern. Sie versteht das irdische Leben in einem ganz anderen, großen Kontext.

Simon Petrus, (erscheint nur in Erinnerungen und Erzählungen) ist das Gegenstück zu Maria Magdalena. Er ist ein einfacher Fischer, sie eine gebildete Frau. Sie steht Jeshua näher, sie versteht ihn. Sie leitet die Frauen- er die Männergruppe. Petrus kann es nur schwer akzeptieren, dass eine Frau ihm „Konkurrenz" macht. Dazu ist sie die Glaubensstärkere, die Mutigere, denn sie bleibt in Jerusalem, erlebt den Prozess und geht mit den anderen Frauen ans Grab, während sich die Apostel noch verstecken. Petrus verspottet die Frauen mit ihrem „Weibergeschwätz", als sie vom leeren Grab berichten. Petrus und Maria M. thematisieren den uralten Geschlechterkonflikt, in welchem die Männer stets die Oberhand behielten. Die Gründe dafür werden verstreut immer wieder im Roman genannt: Geburtenzwang, körperliche Unterlegenheit, Zweifel der Frauen an sich selbst, mangelnde Solidarität unter den Frauen, Männerbünde, die auch über Gegensätze hinweg zusammenhalten. Maria M. verschwindet hinter den Aposteln. Erst in unserer Zeit wird sie als die erste Glaubenszeugin erkannt. Aber die Männer geben die Macht nicht her, sie haben sich in den Ämtern verschanzt. Petrus schwankt zwischen begeistertem Glauben und Kleinmut. Als es darauf ankommt versagt er und wird doch von Jeshua erwählt: Er ist der Normalfall, mit dem sich die anderen identifizieren können, nicht die überstarke Magdalenerin. Das gleiche Muster wiederholt sich bei Salome und Lukas. Diese zieht auch den Schluss, dass ihr Evangelium mit einem Männernamen verbunden werden muss, sonst wäre es chancenlos.

Jona, Fischer am See Kinneret und Großneffe des Jeshua: Er hat als einer der wenigen die Außerordentlichkeit des Nazareners verstanden, obwohl er ihn selbst nicht erlebt hat. In ihm blitzt etwas vom Original Jeshua auf: die Weite der Gedanken, er versammelt in Kafarnaum eine Gemeinde um sich herum, er ist ein Führer, ein Leiter aber er ist auch unverheiratet, er fühlt die alte Ordnung gebrochen, er kann nicht einfach so im gewohnten Gleis weiterleben und in ihm schwingt auch etwas Angst wegen seines Erbes mit. Wer war Jeshua? Die Frage war damals noch nicht beantwortet. Ungeheuerlich für alle Juden: Sohn Gottes! wie die Griechen sagten. Eine Gotteslästerung?! Und doch …

Simon, Enkel des Andreas ist ein braver Gefolgsmann des Jona, nicht aufrührerisch, nicht feurig, ein Beständiger, aber einer den die Gemeindebildung so notwendig braucht wie den Charismatiker. Beide ergänzen sich in Kafarnaum.

Zwei Römische Soldaten am See Kinneret: ein Römer und einer aus den Nordländern, grobe Männer, Söldner, Kriegsknechte, die kriegerische männliche Götter verehren und über den jüdischen Glauben mit dem unsichtbaren und familienlosen Gott lachen. Und dann noch der Blödsinn mit dem gekreuzigten Messias! Die Unterhaltung der beiden zeigt, dass es völlig irrwitzig erschien, dass dieser Glaube zur größten Religion auf dem Planeten mutierte. Bis heute unverständlich ... was für eine abgedrehte Geschichte ... aber die Anzahl der Christen wächst immer weiter. Das Christentum in Europa verändert sich, aber verschwindet nicht wirklich weil die Gesellschaft die Bergpredigt aufgenommen hat und in den „westlichen Werten" praktiziert.

Hesekiel, aus einer Pharisäerfamilie, hat als junger Mann den Nazarener erlebt und sich ihm langsam angenähert, dann als erwachsener Mann an ihn geglaubt. Hesekiel steht für das palästinensische Christentum. Er fußt im jüdischen Glauben und kann diesen und seine Herkunft nicht verwerfen. Damit ist er der Gegenpol zu Aaron ben Salomo in Antiochia. Es entstehen verschiedene Wege der Bekehrung, der Glaubensnachfolge. Hesekiel hält auch das jüdische Volk nicht für verworfen, aber wird es überleben? In seiner Zeit kann er keine Antwort finden, aber er hofft und bleibt ein Abrahamsohn und ein Jünger Jesu. – Hesekiel ist auch ein Jude, der im Gegensatz zu Mattitjahu (2. Teil) steht. Hesekiel wechselt durchaus die Glaubensgemeinschaften ohne das Judentum zu verwerfen. Mattitjahu, der Jeshua für einen Gottgesandten, oder mehr? hält, erfährt aber ausgerechnet durch die Pharisäer eine Wiedergeburt seines jüdischen Glaubens. Hesekiel, Aaron und Mattitjahu stehen für die ganz unterschiedlichen Wege, die Juden nach dem Einbruch des Nazareners in ihr Leben erfahren haben.

ANTIOCHIA

Aaron ben Salomo, ist ein torakundiger Jude, der zu den Christianoi konvertiert ist. Wie viele Konvertiten ist er besonders eifrig, überzeugt und verwirft den alten Glauben. Er ist ein glühender Anhänger des Paulus aus Tarsus und verficht seine Sühne-Theologie. Seine Torakenntnisse sind für Salome und Lukas sehr wertvoll, er kann vieles erklären und seine

Gedanken fließen in das Lukasevangelium ein. Salome schwankt zwischen den von ihr erlebten palästinensischen Gemeinden in Kafarnaum und Jerusalem und Aarons Einfluss, der in Paulus den Garanten sieht, wie die Frohe Botschaft die Heidenvölker erreichen kann: Radikaler Bruch mit dem Judentum.

Die Mahlgemeinschaften, die hierarchielose Tischgemeinschaft – Verkörperung der Reich-Gottes-Idee des Jeshua sind das zentrale Bild im Roman. Darum dreht sich alles. Es gibt fünf unterschiedliche Gemeinschaften, die ersten drei sind aus dem palästinensischen Christentum geformt, die letzte in Antiochia, ist schon in einem Abstiegsprozess.

1. Die Gemeinde in Kafarnaum

ist noch am nächsten in der Jeshua-Tradition, geführt von Jona und Simon, Nachkommen der Jeshuafamilie und des Apostels Andreas. Sie sind noch am nächsten „dran" und haben noch lebendige, persönliche Erinnerungen an den Nazarener. Dazu gehört die Gleichstellung der Geschlechter, die Würde der Kinder, das hierarchielose Feiern, die Selbstverständlichkeit der Gastfreundschaft im Haus des Petrus, einem Fischer-Gemeinschaftshaus und die Nähe zum Judentum. Von der Sühne-Theologie des Apostels Paulus wissen sie nichts.

2. Die Gemeinde in Jerusalem

ist durch Augenzeugen und die zweite Generation nach Jeshua auch noch nah am ursprünglichen Gemeinschaftsmahl. Aber es gibt schon leicht ritualisierte Formen, das Aufsagen von Texten, die Leitung liegt ganz in den Händen der Brüder Alexander und Simon. Doch zweifellos werden Fremde und auch Sünder (Legionäre) akzeptiert.

3. Die Gemeinde auf dem Landgut des Levi in Antiochia,

ist auch noch sehr ursprünglich, vor allem sind keine gebildeten Gemeindemitglieder vorhanden. Die Gläubigen, die nicht lesen können, haben die beiden Evangelien nach Markus und Lukas auswendig gelernt und geben die Texte an ihre Kinder so weiter. Sie sind sich ihrer Ohnmacht bewusst, sie haben von den Christianoi-Verfolgungen in Rom gehört, aber sie erwarten ein baldiges Weltende, so wie der Wanderprediger, welcher vor vielen Jahren die erste Botschaft des Nazareners zu ihnen brachte, verkündet hat. Der griechische Einfluss und Paulus sind ihnen unbekannt. Sie werden in dieser Form verschwinden.

Die beiden Gemeinden in Antiochia

1. Die Gemeinde im Haus des Apollos,

des Ehemanns von Salome, der eine vielfältige Glaubensgemeinschaft zulässt, die aber schon stark von Paulus Theologie durchdrungen ist. Jedoch ist Paulus in dieser Zeit bereits in Rom oder schon tot. Noch ist diese Gemeinschaft umfassend, noch sind Juden, Arme, Kinder und „Sünder" eingeladen. Aber die ersten Absonderungsbestrebungen zeichnen sich ab. Der ursprüngliche Sinn der Mahlgemeinschaften verschwindet bei jedem Umzug in ein anderes römisches Haus und Salome kann sich damit nicht mehr identifizieren. Man feiert einen Ritus, ist „unter sich". Es ist absehbar dass demnächst die Juden aus dieser Gemeinschaft verschwinden werden, der Bruch mit der Synagoge steht unmittelbar bevor. Leben und Worte des Jesus, des Christus treten immer mehr in den Hintergrund, der Ritus beginnt zu dominieren.

2. Gemeinde im Zerfallsprozess

Im Jahr 95 lernen die beiden Reisenden aus Rom Theophilus und Claudius, die Gemeinde in Antiochia kennen, welche einmal von Salome gegründet wurde. Und auch sie können sich damit nicht mehr identifizieren. Einmal ist von Vielfalt überhaupt nichts mehr zu sehen. Die Juden haben sich entfernt, aber auch die Armen, die keine Almosen empfangen wollten. Der Kreis ist stark geschrumpft, eine Gemeinschaft von Gleichen ist entstanden, man kennt sich, man ist wohlhabend, man privatisiert, man hat seine wohleinstudierten Rituale und man hat sich von den Ursprüngen weit entfernt, die eigentliche Idee ins Gegenteil verkehrt. Auch die Schriftrollen sind bestenfalls Geschichte. Salomes Schrift wird negiert, denn sie ist im Streit aus Antiochia weggegangen, die römische Schriftrolle wird maximal an Festtagen zitiert. Man hat sich alles so zurechtgestutzt, dass das eigene, private Leben nicht gestört wird, keine unpassenden Fragen, keine unangenehmen Gäste. Claudius ist entsetzt, aber Theophilus kennt bereits diesen Prozess und macht ihn auf die Gefahren als kommenden Gemeindeleiter aufmerksam. Enttäuscht verabschieden sich die Freunde von dieser Gesellschaft, die bereits in Auflösung ist. Maria Salome gehört bereits einem neuen Stand an: den gebildeten Christianoi, Leute, die immer mehr die oberen Schichten der Gesellschaft erobern und sich mit den Armen, Kranken und Fremden nicht mehr solidarisieren. Der große Wurf, die große Idee der Menschheitsfamilie ist überlagert, vertrocknet von privaten Bedürfnissen, von Familienersatz. Ein Status in welchem sich viele Gemeinden der Jetztzeit befinden. Erstickt in Ämtern, Ritualen und einer unverständlichen blutleeren liturgischen Sprache – aber „wohltätig".

2. Teil: Judäa

Mattitjahu ben Levkatan, Gelehrter aus einer Sadduzäerfamilie, ist das Gegenstück zu Hesekiel aus einer Pharisäerfamilie. Mattitjahu führt die Geschwister durch Jerusalem, Judäa und macht sie mit Augenzeugen bekannt. Er hat alles verloren: seine sadduzäische Herkunftsfamilie, seine griechische Frau, zwei Söhne, die sich den Christianoi zuwendeten. Mattitjahu hat sich vom Tempelkult und den Sadduzäern abgewandt aber er kann das Volk Israel nicht verwerfen. Er ist froh den Priesterstand nicht mehr ausüben zu müssen, der völlig ritualisiert wurde und vom Volk getrennt ist. Macht und Reichtum waren diesem Stand vorbehalten, der mit dem Krieg untergegangen ist. Mattitjahus jüdischen Gedanken finden in den Auseinandersetzungen Einfluss in Salomes Frohe Botschaft. Er steht im Widerspruch zu Aaron, dessen Einfluss nach der Rückkehr in Antiochia aber größer wurde. Mattitjahu zeigt einen Weg auf, wie sich Judentum und Christentum als geschwisterliche Religionen hätten verstehen können. Seine Worte sind „Zukunftsmusik".

Rufus und Alexander ben Simon, sind weitgereiste Christianoi, urspünglich Diasporajuden. Sie haben viele Gedanken, Strömungen, Religionen, unterschiedliche Gemeinden und politische Ereignisse im Römischen Imperium aufgenommen. Gezwungenermaßen wurden sie Weltbürger und Internationalisten. Sie reizt das Neue, sie lieben das Wagnis. Das Judentum in der Zerstreuung, die Überlegenheit, das Geschick sich anzupassen, der große Pragmatismus, der Juden erfolgreich und reich gemacht hat, kündigen sich bei ihnen an. Sie geben den beiden Forschungsreisenden den äußeren Rahmen und die Kontakte für ihre Nachforschungen. Auch hier wieder zwei, die sich ergänzen: Rufus der Jüngere, agiert nach außen. Alexander der Ältere ist der eigentliche Geschäftsmann und arbeitet im Kontor.

Hanna verkörpert die Samaritaner, die auch von den Juden verachtete Gruppe, deren Glaube – wie bei den Sadduzäern – sich allein auf die Tora bezieht. Einfacher als die ebenfalls ungebildete aber geistig wache Susanna, die sie betreut, ist auch sie eine Individualistin, die ihren Weg abseits der Männermacht gefunden hat. Sie gehört wie Salome, Maria Magdalena und Susanna zu den „Feministinnen", die sich nicht über Männer definieren.

Susanna, ist die Schlüsselfigur im Roman. Sie wird nur einmal, im 8. Kapitel des Lukasevangeliums erwähnt. Sie ist die einzige Augenzeugin, die

Jeshua ununterbrochen begleitet hat und für die Geschwister eine unverzichtbare Zeugin ist. Susanna ist als junge Frau vor einer Zwangsehe davongelaufen und hat Bildung in der Frauengruppe des Nazareners erfahren. Besonders stand sie unter dem Schutz der Magdalenerin, die auch eine Art Lehramt gegenüber den Frauen einnahm und vieles erklären konnte. An ihr hat sich Susanna orientiert, sie wurde zu ihrem Vorbild und obwohl Analphabetin, hat sie sich weitergebildet, hat Texte behalten, Lieder erfunden, kritisch beobachtet und das Erbe des Nazareners treulich überliefert. Susanna hat sich von allen religiösen und auch Geschlechterzwängen befreit. Sie ist wirklich eine befreite Christianoi, sozial, mitfühlend, gleichwertig, mutig, kritisch, selbstbestimmt. Ihr Blick auf die Männer- und Frauenrollen ist skeptisch, kritisch ohne in ein Täter-Opfer-Klischee zu verfallen. Sie klagt die Frauen wegen ihres mangelnden Selbststandes an, sie analysiert genau was geschieht als der leibliche Herrenbruder Jakov zur Urgemeinde stößt und ihm sofort als Blutsverwandten des Jeshua die Leitung der Gemeinde angetragen wird. Sie sieht auch, wie unter der Macht der Familie die große Reich – Gottes – Idee von der hierarchielosen Tischgemeinschaft zu verschwinden droht. Dann aber kommen die Griechen und Paulus. Sie drehen die Deutung von Tod und Auferweckung in eine ganz andere Richtung. Susanna ist nicht verwirrt, sie vertraut auf den Parakleten, sie sieht sich als einen unbedeutenden Menschen aber sie verzagt nicht, sie hält die Reich-Gottes-Idee unverdrossen aufrecht.

Rahel ist eine Frau, die gerne klatscht, die sich gerne am Negativen in ihrer Umgebung erfreut, die gerne hinter dem Rücken von „Freundinnen" über diese negativ redet. Dies geschieht nicht aus Bosheit, sondern aus Gedankenlosigkeit. Ihr Typus ist soz. unsterblich, wichtig ist in ihrer überschaubaren Welt alles erklären und einordnen zu können. Zweifel hat sie nicht, sie weiß immer „was sich gehört". Die äußere Form, die Gewohnheit und Tradition sind für sie die Maßstäbe. Entsprechend unverständig begegnet sie dem Rabbi aus Galiläa. Sie ist kein böser Mensch, aber in ihrer Gedanken- und Lieblosigkeit verbreitet sie das Böse, sie kann die Botschaft des Evangeliums in ihrer Weite nicht aufnehmen.

Lea, ist ganz ähnlich, aber nicht so negativ schwatzhaft, dafür träge. Obwohl weder sie noch Rahel unmittelbare Augenzeuginnen von der Begegnung des Jeshua mit der „Sünderin" waren, besteht für sie und auch für Rahel an ihrer Version kein Zweifel. Jede Schilderung, welche sie zum ersten Mal hörten, ist die Richtige! Korrekturen können nicht zugelassen werden.

Eljakim, Sadduzäer, ist der weiteste Gegenpol zu Jeshua aus Nazaret. Aus dem erblichen Priesteradel, reich, privilegiert durch die Jahrhunderte, hat er sich weit vom Volk entfernt. Er sieht sich mit Nicht – Sadduzäern auf keiner gleichen Ebene. Die hierarchielose Tischgemeinschaft ist für ihn ein Gräuel, der Rabbi aus Galiläa ein Erzketzer. Tradition und Gesetz sind unantastbar, denn würde man sie antasten, so würde seine privilegierte Welt zerfallen. Eljakim steht für alle Mächtigen in der Welt, die jede Veränderung misstrauisch beäugen und meistens unterbinden, aus Angst vor Machtverlust. Eljakim geht es um Macht, nicht um Glauben, schon gar nicht um Erkenntnis. Und Eljakim steht für ein unantastbares Priestertum, damals qua Geburt, heute qua Weihe. Es ist soz. der letzte Hort der patriarchalen Macht. Nie zweifelt er an der Richtigkeit und Gültigkeit seiner Gedanken und seines Amtes. Und deshalb gehen die Sadduzäer mit dem Tempel unter, während die volkstümlichen und ihren Glauben weiter entwickelnden Pharisäer, die Katastrophe überleben und ein Judentum ohne Priester, ohne Tempel und Opfer in die ganze Welt tragen.

Silva, ein römischer Legionär, kommt nur in Erzählungen zu Wort. Er symbolisiert die Weltmacht Rom, mit ihrem ungeheuren Machtstreben und einem nie endenden Blutdurst. Aber Silva kann nicht mehr. Er stellt sein blutiges Leben in Frage, sucht Ruhe in den Mahlgemeinschaften. Einer, der missbraucht wurde und der verstört auf den Untaten seines Lebens sitzt.

Maria Salome aus dem Haus Arimathäa hat bereits eine neue Kaste der Christianoi entwickelt. Sie fühlt sich als etwas Besseres, da ihr Urgroßvater den Nazarener kannte und das Familiengrab der Ort der Auferweckung war. Sie kann sich mit den einfachen Menschen in der Mahlgemeinschaft im Hause Simon nicht identifizieren. Sie sucht einen „gleichwertigen", bedeutet: reichen Ehepartner. Sie will aufsteigen und deshalb nach Antiochia, die Stadt mit den meisten Christianoi. Von Salome und Lukas hält sie nicht allzu viel, aber sie benutzt die Geschwister für Kontakte nach Antiochia und kann sich dort auch problemlos in einer abgehobenen, privaten Gemeinde einfinden. Sie und ihr Bruder Marcellus reden zwar von Jesus, dem Christos, doch sie haben ihn nicht verstanden. Der neue Glaube ist für sie eine Möglichkeit sich abzusondern und in der Gesellschaft aufzusteigen. Nachruhm, Anerkennung und gesellschaftlicher Status bedeuten für sie alles. Und dass ja der Name Arimathäa in der neuen Schriftrolle erwähnt wird! Viele „Kulturchristen" verhalten sich auch heute noch wie Maria Salome.

Kleopas ist ein Nordländer, einer der sich frühzeitig in zwei sehr widersprüchlichen Kulturen zurechtfinden musste. Einer, der sich dank seiner Talente immer durchlaviert hat, dem es gelungen ist nicht schuldig zu werden, aber einer der erkennt, dass er sich immer gedrückt hat. Sehr spät lernt er Jeshua kennen und findet die Wendung in seinem Leben. Weitgereist, ein Sprachenkundiger und gebildeter Mann stellt er die Fragen, die uns heute immer noch bewegen. Er versteht die Gedanken des Jeshua in einem sehr weiten Horizont. Nach einem ereignisreichen Leben zieht er sich als Einsiedler und in der Gottesschau zurück. Er missioniert nicht die Nomaden, die ihn versorgen. Er weiß: Gottes Geist weht überall, lässt sich nicht in Glaubensformeln einfangen. Er ist der „Mystiker", ein Christianoi, der weit über seine Zeit hinausblickt, einer der nicht mehr sehen kann, der aber als Blinder sehend ist.

Tariq, der Nomadenanführer ist ganz im Patriarchat gefangen. Sein Gesetzesglaube ist stark, aber als er das Gesetz an der Ehebrecherin erfüllt, erfährt er Schuld. Er akzeptiert Salome, obwohl eine Frau als jemand, der mehr weiß, ein Mensch, der befreien kann. Aus Neugierde missachtet er die strengen Geschlechterrollen in seinem Stamm. Auch er strebt nach vorn, in eine neue Glaubenswelt.

3. Teil: Antiochia

Theophilus, ein gebildeter Römer und jahrelanger Brieffreund des Lukas (eigentlich Salomes) ist auf der Reise zu einem Landgut in Antiochia um eine Schriftrolle abzuholen. Sein Schüler Claudius, schon ganz als Christianoi aufgewachsen, begleitet ihn. Die Geschichte ist nun seit dem Ende des 2. Teils 10 Jahre vorausgerückt, aber in den letzten fünf Kapiteln wird die Anfangszeit von Salome und Lukas aufgerollt, manches erscheint dem Leser nun in einem neuen Licht. Theophilus ist ein Weiser, einer der weiß, dass die Dinge trotz aller Mühe oft ganz anders laufen als die Initiatoren dies wollten. Er weiß, wie hinfällig Menschenwerk ist und er vertraut auf den Geist Gottes, auf den Paraklet.

Claudius, sein Adlatus und Nachfolger in der Leitung der Römischen Gemeinde, brennt noch ganz für die neue Botschaft. Er meint mit guten Taten, Logik, Glaubenseifer und viel Arbeit alles so richten zu können, wie er es sich wünscht. Auf dem Landgut erfährt er eine große Ernüchterung, ja manchmal Verzweiflung, aber auch ein großes Staunen und er bekommt durch die Gespräche mit Theophilus eine Ahnung von der Weite und Tiefe der Frohen Botschaft.

Levi, der Großneffe von Salome und Lukas, ist ein trostloser Geselle, ein „Loser", einer der alles nur mit halbem Herzen tut und immer auf seinen Vorteil und seinen „Spaß" schielt. So hat er Salomes Landgut bereits heruntergewirtschaftet und will alles verkaufen, in Rom das Geld verprassen. Er ist ein kleiner Betrüger, einer der nichts ernsthaft im Leben gewagt hat und will noch gegen den Letzten Willen seiner Tante Salome mit dem Verkauf der Schriftrollen ein lukratives Geschäft machen. Doch Salome hat dies alles vorausgesehen …

Servatius Rogatus, der Leiter der Antiochener Gemeinde, ehemals die Gemeinde der Salome ist ein Mann, der den eigentlichen Auftrag nicht mehr kennt, der eine abgewirtschaftete Gemeinschaft übernommen hat, in welcher sich nur noch Gutsituierte und Gleiche treffen. Schon im Zwischenkapitel zwischen Galiläa und Judäa zeichnet sich ein Abstieg der Mahlgemeinschaft ab. Im vorletzten Kapitel wird der Endzustand kurz vor der Auflösung geschildert, eine Form, in welcher sich viele traditionelle Gemeinden heute befinden. Geringe Anzahl von Gläubigen, „man kennt sich", private Interessen dominieren, „Spaß" und Unterhaltung, strittige oder konfliktreiche Themen werden vermieden. So wird beim Besuch der beiden Römer nicht nach der römischen Gemeinde gefragt und auch nicht nach neuen Schikanen oder bereits neuen Verfolgungen. Man hat sich in einem spätrömischen Bullerbü eingerichtet, ist ganz zufrieden und möchte auch nicht Fremde dazugewinnen, sie würden nur stören. Darüber wacht eifersüchtig S. R. einer, der bestenfalls verwalten aber nicht führen, nicht inspirieren kann. Die Frohe Botschaft ist in den Hintergrund getreten, keine Neugierde, keine gesellschaftlichen Fragen oder Aufbrüche, dafür eine selbstsatte Bräsigkeit. Das Fehlen von jungen Menschen, der Altersdurchschnitt von Senioren ist auch das Ende der Mahlgemeinschaft. Salome und Lukas störten …

Marius – der im letzten Kapitel die beiden Reisenden in Ostia beherbergt, stellt die Fragen der Zukunft nach diesem neuen, so merkwürdigen Glauben um den gekreuzigten Messias, vor allem die Frage nach dem Sinn des Kreuzestodes. Und Theophilus kann Antworten geben, wenn diese auch seinen Schüler Claudius schockieren. Das Evangelium findet seinen Weg …

Christina Kupczak,
geboren 1950 in Mannheim, lebt seit
40 Jahren in Frankfurt am Main.
Dort war sie in den Aufgabenbereichen
Gehörlosenseelsorge und Sozialarbeit,
Integration von Menschen mit
Behinderungen und Migranten tätig.
Ihre Bücher beschäftigen sich mit
der Botschaft des Evangeliums
im Hier und Jetzt. Näheres unter:
www.augenohr-frankfurt.de

Das Autorenduo mit Inklusionshintergrund

AugenOhr steht für die Zusammenarbeit der Autoren Lutz Riehl und Christina Kupczak. Beide kennen sich über eine langjährige gemeinsame Zusammenarbeit in den Bereichen Integration und Kultur.

Lutz Riehl ist von Geburt her fast blind und sehr intensiv durch das Hören geprägt, während Christina Kupczak auf eine vierzigjährige Erfahrung in der Arbeit mit gehörlosen Menschen zurückblicken kann. Auf diese Weise treffen die beiden Welten „Auge" und „Ohr" aufeinander.

Neben individuellen schriftstellerischen Projekten in den Bereichen Lyrik (Riehl) und Erzählung (Kupczak) arbeiten beide auf dem Gebiet des Theaters zusammen. Dies umfasst nicht nur das Schreiben von Stücken sondern auch deren Inszenierung und klangliche Ausgestaltung.

Im Oktober 2019 hatte die erste integrative Theaterproduktion des Autorenduos – die musikalische Komödie HÄNDEL UM HÄNDEL – ihre erfolgreiche Premiere.

Seit dem Jahr 2020 beschäftigt sich das Duo ebenfalls mit der Gattung Hörspiel.

Weitere Informationen über unsere Personen und unsere Tätigkeit erfahren Sie auf unserer Homepage: **www.augenohr-frankfurt.de**

Bibliografische Information der Deutschen Nationalbibliothek

Die Deutsche Nationalbibliothek verzeichnet diese Publikation
in der Deutschen Nationalbibliografie; detaillierte bibliografische Daten
sind im Internet abrufbar: dnb.dnb.de

Die automatisierte Analyse des Werkes, um daraus Informationen insbesondere
über Muster, Trends und Korrelationen gemäß §44b UrhG („Text und Data Mining")
zu gewinnen, ist untersagt.

Ganz besonders danke ich Herrn Andreas Gottselig
für die grafische Gestaltung und drucktechnische Begleitung.

Titelfotografie: Christina Kupczak
Gestaltung: www.gottselig.net
Verlag: BoD · Books on Demand GmbH, In de Tarpen 42, 22848 Norderstedt
Druck: Libri Plureos GmbH, Friedensallee 273, 22763 Hamburg

ISBN: 978-3-7597-6133-0